海浪
达洛维太太
The Waves / Mrs. Dalloway
〔英〕弗吉尼亚·吴尔夫/著
吴钧燮 谷启楠/译

名著名译丛书

人民文学出版社

Virginia Woolf
THE WAVES
根据 Mariner Books 1950 年版译出
MRS. DALLOWAY
根据 Harvest Books 1990 年版译出

图书在版编目(CIP)数据

海浪　达洛维太太/(英)吴尔夫著;吴钧燮,谷启楠译.—北京:人民文学出版社,2016(2025.5重印)
(名著名译丛书)
ISBN 978-7-02-011594-5

Ⅰ.①海… Ⅱ.①吴…②吴…③谷… Ⅲ.①长篇小说—小说集—英国—现代 Ⅳ.①I561.45

中国版本图书馆 CIP 数据核字(2016)第 094902 号

责任编辑　冯　娅
装帧设计　刘　静　陶　雷
责任印制　苏文强

出版发行　人民文学出版社
社　　址　北京市朝内大街 166 号
邮政编码　100705

印　　刷　三河市中晟雅豪印务有限公司
经　　销　全国新华书店等

字　　数　329 千字
开　　本　890 毫米×1290 毫米　1/32
印　　张　11.75　插页 3
印　　数　19001—22000
版　　次　2016 年 10 月北京第 1 版
印　　次　2025 年 5 月第 4 次印刷

书　　号　978-7-02-011594-5
定　　价　33.00 元

如有印装质量问题,请与本社图书销售中心调换。电话:010-65233595

弗吉尼亚·吴尔夫

弗吉尼亚·吴尔夫（1882—1941）

英国女作家。其作品摒弃传统的小说结构，运用"意识流"手法，注重心理描写，对现代文学影响深远。主要作品有长篇小说《达洛维太太》《海浪》《到灯塔去》，散文集《普通读者》等。

《海浪》是吴尔夫最具代表性的意识流作品，通过对六个人物成长经历的刻画，和对富有蕴意的海浪的描绘，揭示了生命的短暂与永恒之间的深刻矛盾。《达洛维太太》是吴尔夫的成名作，也是意识流小说的最初尝试之一，着重表现的是书中人物那些似无联系但令人感悟的瞬间印象。

译　者

吴钧燮（1928—　　），浙江杭州人。曾在政府部门从事文化教育工作，1959年起任专业编辑，为人民文学出版社编审。译有《托尔斯泰评传》《海浪》《老人与海》《简·爱》等。

谷启楠（1942—　　），山东威海人。南开大学外国语学院英语系教授，多年从事英美文学、加拿大文学的翻译和研究，译有《达洛维太太》《幕间》《福斯特短篇小说集》《塞巴斯蒂安·奈特的真实生活》等。

出 版 说 明

人民文学出版社从上世纪五十年代建社之初即致力于外国文学名著出版，延请国内一流学者研究论证选题，翻译更是优选专长译者担纲，先后出版了"外国文学名著丛书""世界文学名著文库""二十世纪外国文学丛书""名著名译插图本"等大型丛书和外国著名作家的文集、选集等，这些作品得到了几代读者的喜爱。

为满足读者的阅读与收藏需求，我们优中选精，推出精装本"名著名译丛书"，收入脍炙人口的外国文学杰作。丰子恺、朱生豪、冰心、杨绛等翻译家优美传神的译文，更为这些不朽之作增添了色彩。多数作品配有精美原版插图。希望这套书能成为中国家庭的必备藏书。

为方便广大读者，出版社还为本丛书精心录制了朗读版。本丛书将分辑陆续出版。

人民文学出版社
2015 年 1 月

目 录

海浪…………………………………………………… 001

达洛维太太…………………………………………… 201

海 浪

吴钧燮 译

前　言

《海浪》也许是弗吉尼亚·吴尔夫创作的九部小说最不容易读的一本书了。之所以如此,是因为我们遇到若干关乎可能性的问题;在阅读她此前此后的作品时,都不存在。譬如那些标明"某某说"的内容,怎么可能由人物口中道出;六个人物,又怎么可能聚在一起这样说话;此外,这些人物所"说"的部分与有关海浪的描写究竟是何关系,为什么能够相互穿插在一起,构成这么一种文本。这些问题不予解决,阅读障碍无以逾越。——正因为如此,《海浪》遭到站在小说立场的某些论家的批评,甚至斥为"失败之作";当然同时也获得了另外一些论家的赞扬。然而即便对于后者来说,作品中前述可能性之存在,仍然有待于得到确认。

梅·弗里德曼作为不很欣赏《海浪》的一人,在《意识流:文学手法研究》中说:"每个人都似乎在对自己或没有听进去的旁听者讲话,而不是在交谈,……当读者随意打开书而看到'伯纳德说'时,不免为之惊讶,因为下面紧接的话,恰恰是不想说出口的。"只消把《海浪》读上两三页,我们就会表示赞同,即所有这些根本不是人在说话。大概正因为如此,论家称之为一种"内心独白"。可是弗里德曼对此也不认可:"独白本身过于独具一格,难以使人相信是内心独白。……思想的连接是严格符合逻辑的,措辞也符合英文的一般句法。"《海浪》不仅无法归并于一般小说,与意识流小说也有明显差异。那么作家所写的到底是些什么呢。

这一问题在此前的《达洛维太太》和《到灯塔去》中其实已经存在,不过不大彰显罢了。我们无法相信克拉丽莎或拉姆齐夫人置身某一情景之中,真的就是那般想法;作家实际上并未直接描写人物的意识活动,而是在此基础之上有所丰富,有所升华,其间又与人物所处环境多所呼应联系。从这个意义上讲,称之为"诗化的心理分析"最为恰当。詹·哈夫雷说:"弗吉尼亚·吴尔夫需要的是一个第三人称叙述者,这个叙述者必须来自英国现实主义传统中全知全能的叙述者的声音,但同时又能意味着把观察和叙述当作一种创造而不是当作一种传达来加以戏剧化。"(《弗吉尼亚·吴尔夫作品中的叙述者和再现"生活本身"的艺术》)正因为叙述者身兼人物内心世界的观察者和分析者,观察、分析与叙述糅杂在一起,所叙述的内容也就不妨有别于人物自己所思所感,读者不至于太不习惯。于是有如哈夫雷所说:"只有一个叙述者的意识,从一大堆杂乱无章的事实造成的一片混乱之中创造出秩序,从而说明了它自己,而这个叙述者的意识,似乎便是意识本身。"无论是克拉丽莎,还是拉姆齐夫人,最终都是吴尔夫自己。

到了写《海浪》时,情况发生了变化:人物的内心世界仍然被观察,被分析,并被叙述出来,但是原来的"第三人称叙述者",也就是那个观察、分析的人消失了。上述观察、分析仍然是把握人物内心世界的主要方式,不过这一工作改由人物自己承担了。作品中标以"某某说"的,就是所观察、分析,并被叙述出来的内容。人物也许相对趋近于自身立场,但至少观察、分析的方式还是吴尔夫式的,亦如哈夫雷所说:"这个叙述者的声音以消融在它所创造的其他人物的声音中而著称,特别是消融在内心独白之中。"弗里德曼曾批评道:"六个人物若是离开了他们的抒情独白,就失去了生命。"然而问题恰恰在于他们通过这种独白获得了生命。

哈夫雷说:"从外表上看来似乎有两种真实(按指'客观真实'与'主观真实'),但最后呈现为只有一种真实,因为它们是由同一个创造者以同样的方法创造出来的——即从个人的准则和需要中有选择地创造出来的——同样,我认为,在其他场合,弗吉尼亚·吴尔夫的叙述者也都是创造者,而不是真实的或想象中的报道者。"在《达洛维太太》和《到灯塔去》中,人物丰富、升华了的意识活动,正是被创造出来的这样一种新的真实,讲得确切一点,一种新的主观真实。吴尔夫"意识流小说"的真正贡献——尤其是区别于乔依斯、福克纳之处——即在于此。

这种创造出来的主观真实,在上述两本小说中是被置诸客观真实——对克拉丽莎来说,是她的晚会;对拉姆齐夫人来说,是她在海滨别墅的生活——之中,《海浪》却又有所不同。客观真实已经不复存在,另外一种创造出来的真实取代了它。这就是伯纳德、苏珊、罗达、奈维尔、珍尼和路易怎么会在一起"说"的原因。莫洛亚在《吴尔夫评传》中把《海浪》别致地称为"一部清唱剧":"六个独唱者轮流地念出词藻华丽的独白,唱出他们对时间和死亡的观念。"不过舞台并非现实世界中的任何一处,它发生于一个新的空间;在这里他们的交流方式,并不等同于在现实世界中的交流方式。所以这些"某某说",虽然偶尔能被其他人听到,甚至形成对话,更多的时候则近乎自言自语。也只有在这个意义上,我们才能够把它叫做"内心独白"。——这个"独"字至为关键,伯纳德等拥有在现实世界中无法比拟的独立性。他们所"说"的常常是他们之间共同的事;但是当他们在"说"的时候,彼此距离非常遥远。

这可以被看做是超越每个人物的主观真实之上,并为他们所共同拥有的一种主观真实。然而它不仅仅是由六个"声音"——彼此多半听不到的声音——所构成的。娜·亚·索约洛娃在《弗吉尼亚·吴尔夫:一个色彩趋于黯淡的世界》中说:"作者为自己提出了这样一个任务:要把从童年到老年的人的意识进化过程显示出来。意识的每一阶段,都是与自然或宇宙的某一特定状态相应的,而从早晨到黄昏波谲云诡、涛声不绝、变动不已的海上景象,又作为每一个意识进化阶段的前导。"有关海浪的描写具有象征意义,大概无可置疑;然而就像这里所揭示的,如此"相应",又复"前导",似乎其间还有一种较之象征更其密切的关系。弗里德曼说:"描写部分并不为独白提供必要的外界背景。"显然并非如此;但是如果简单地把"从早晨到黄昏波谲云诡、涛声不绝、变动不已的海上景象"理解为六个"声音"发生的现实意义上的外界背景,肯定也是不对的。

小说开头,有关海浪及海滨花园的一番描写之后,六个人开始了他们的"说";所说的都是对于客观真实的感受,——后来伯纳德回顾道:"园子那边是海。我瞧见了某种发亮的东西……"正与最初他"说"的"我看见一个圆圈,在我头顶上悬着。四周围一圈光晕,不住晃动"相对应。这提示我们,描写部分与内心独白共同起始于客观真实中某一具体时刻,具体环境——这也是除内心独白时而涉及的有关人物经历的内容外,《海浪》唯一与客观真实发生联系之处。此后上述两种成分就分别按照它们各自的时间逻辑向后延续,对于海浪来说,是从早晨到黄昏的一天;对于伯纳德等六个人物来说,是几十年,他们活过了几乎整整一生。在这一过程中,两种时间自身的顺序得到严格遵循,无论海浪的变化,还是人物的意识,都是朝向未来的。只是到了最后一部分,伯纳德"说":"现在来总结一下吧。"人物改为转身面对既往的岁月。如果单看内心独白部分,我们会觉得由这些"某某说"组成的新的真实,只是现实世界之外的一个空间,在时间上仍然属于现实世界。当它们与有关海浪的描写部分相互穿插,形成现在这种文本之后,就完全不同了。海浪是作家所创造的新的真实的有机组成部分,它的确为内心独白提供了"必要的外界背景",但同样是创造意义上的。直截了当地讲,六个人物的几十年,相当于海浪的一天,它们共同构成了一种新的时间关系。人物的内心独白发生于其中,或者说,人物的命运发生于其中。这样吴尔夫所创造的真实,才是一种全新的时空关系,它打通了原来客观真实与主观真实的界限,把它们一并囊括在内。

从这个意义上讲,《海浪》较之《达洛维太太》和《到灯塔去》,的确大大发展了一步。如果说在那两部小说中,客观真实对于作家展现人物内心世界,有可能造成一种羁绊——按照吴尔夫自己的逻辑,的确如此;虽然换种看法,也许会说它们正是相得益彰——的话,现在她终于达到了自己的理想状态。回过头去看她在《本涅特先生与布朗太太》中说:"我要弄清楚,当我们提起小说中的'人物'时,我们是指什么而言。"在《海浪》中,她已经把这一概念改造得不仅与她的前辈威尔斯、本涅特和高尔斯华绥等的理解完全不同,而且与她自己在《达洛维太太》和《到灯塔去》中所演绎的也相去甚远。《海浪》是吴尔夫的一部义无反顾之作,甚至对她自己来说,也是绝无仅有的。现在可以回答本文开头所提出的问题了:吴尔夫创造了一种不同于任何既有的可能性的可能性。或者如吉·杜南在《弗吉尼亚·吴尔夫:小说的信条》中所说:"吴尔夫的信条就是祛除不可能性。"

在上述框架之下去理解"海浪"所具有的象征意义,恐怕就不止是一种对应关系了。林·戈登在《弗吉尼亚·吴尔夫:一个作家的生命历程》中把这种描写与《到灯塔去》第二部"时过境迁"联系起来,是独具只眼的。海浪,海滨花园,以及花园中的小屋,种种景色变化,显然处于异常细微而又不动声色的观察——某些地方甚至使我们联想到后来罗伯-格里耶式的纯客观描写——之中,那么谁在观察着这一切呢。类似的眼光我们在上述"时过境迁"中见过。戈登说:"《海浪》一开始就像造物者一样,写了一个无人的宇宙,它后来就有了居住者。""时过境迁"具有同样性质,虽然它只是人们离去——包括死亡——和剩余的人归来的一个间隙而已。《到灯塔去》中这一部与前后两部的对比,和《海浪》中有关海浪的描写与"内心独白"的对比不无类似之处。如果说前者意味着人之存在与否的话,后者同样向我们展示了两个极向——这正是吴尔夫所创造的新的真实或新的时空关系的两极。一端属于造物的,自然的;另一端则是人自己。也就是说,在对应关系之上,还有一种相互观照的关系:有关海浪的描写部分,映衬着伯纳德等人的存在;伯纳德等人的内心独白,则有一个天长地久、生生不息的背景。

关于《海浪》中六个人物的相互关系,论家多有论述。小说临近末尾处,伯纳德所"说"的一段话,也许对理解此点有所助益:

"如今我自问:'我到底是什么人?'我一直在谈到伯纳德、奈维尔、珍妮、苏珊、罗达和路易。我等于是他们全体合而为一么?我只是其中的一个而且是突出的么?我不知道。我们一起坐在这儿。不过如今波西弗早已死了,罗达也已死了;我们被彼此分开;我们并不聚集在这儿。可是我并没找到任何能把我们分开的障碍。我和他们是分不开的。当我这会儿在说这些话时,我就觉得'我就是你'。我们看得那么重的所谓彼此的区别,我们那么热心维护的所谓个人人格,如今都抛开了。"

如此说来,"彼此的区别","个人人格",都曾经存在;不过"如今"在伯纳德这儿"合而为一",而这个伯纳德并不同于与奈维尔等并列的伯纳德。这是小说最后一部分与前八个部分之间的一种发展,一种变化;当然同时还伴随着别的发展变化,即如此时汇聚了伯纳德、奈维尔、珍妮、苏珊、罗达和路易——或许还应加上虽未发出"声音",却为所有

"声音"所关注的波西弗——的伯纳德所"说"："在我身上也涌起了浪潮。它在逐渐扩大，高高耸起。"这是另外一种"合而为一"，发生于"我"与海浪之间；而吴尔夫所创造的真实——首先由六个"声音"，继而由有关海浪的描写和内心独白所组成——最终完成于此。在此之前，我们恐怕还不能不承认六个"声音"的相对独立性，有六个生命的确活在其中；虽然体现为内心独白的不同历程，而又为作者事先确定的各自的性格基调所导向而已。

　　这里伯纳德最终将伯纳德、奈维尔、珍妮、苏珊、罗达、路易以及波西弗"合而为一"，说来与《达洛维太太》中克拉丽莎最终将塞普蒂莫斯与她自己"合而为一"，以及《到灯塔去》中莉莉·布里斯科和其他活下来的人最终将拉姆齐夫人与他们"合而为一"多少相仿。都体现了吴尔夫本人对于生命的深切感悟。对于作家来说，或许正是全部寄托所在。杜南说："也许因为小说不可避免地要有一个结尾，要有一个限度，所以作家给某些读者以失败的感觉。小说的成功之处，就在于想把对世界的体验和盘托出，并把这个任务、这种职责赋予写作；成功之处，就在于让写作经受住了这种考验。而失败之处呢，就在于小说的必然性，结束的必然性，作品总得有一个结尾，因为要有一个形式，外在于书的主题的形式。"的确吴尔夫诗化的心理分析——《海浪》中的内心独白仍可归属此类——最具魅力之处，主要还在对于过程灵动而饱满的揭示，而这一过程似乎并无自行终了和归为任何结论的趋势；然而即便结尾的设置限制或简化了这种揭示，对于吴尔夫来说，仍然非这样结尾不可。

止　庵

二〇〇二年九月

太阳还没有升起。海天混沌一色,只有海面稍稍有一点涟漪,仿佛有一块布在上面起伏打皱。随着天色逐渐泛白,天边现出一条暗沉沉的线,把海和天分了开来,这时那块灰色的布上就出现了一行行浓重的条纹,在水面下绵延不断,互相追逐,彼此推拥,不断前进。

当它们到达岸边时,每条波纹先高高涌起,然后一一散裂,在沙滩上铺上一层薄薄的白色水花。波浪暂时平伏一会,接着又重新掀起,发出叹息般的声音,就像熟睡者梦中不自觉的呼吸。这时天边那条暗纹渐渐变得明朗,就像一瓶陈酒中的酒渣已经澄清,使酒瓶重新透出绿莹莹的颜色。地平线外,天空也慢慢变得清澈,仿佛那里鱼肚色的沉渣已经澄清,或者仿佛有个伏在地平线下的女郎举起了一盏明灯,使天空中横亘着一条条青黄夹白、色调暗淡的光纹,活像一把扇子上的一条条扇骨。接着她把灯更举高了一些,大气就显得仿佛是由纤维织成似的,它从绿色的水面上抽起一缕缕金黄血红的细丝,好像放烟火时纷纷腾起的烈焰。随后这些烟火的万千丝缕逐渐融汇成炽热的一片,将那原来沉甸甸像灰毛毯似的天幕烘托起来,化成了亿万点淡蓝的光霭。海面渐渐变得透明起来,不断微微起伏,闪闪发光,直到那些暗淡的条纹终于几乎全部消失无踪。那条擎着明灯的手臂慢慢地越举越高,最后那广漠的光焰似乎明显可辨;天边燃起了一圈弧形的光芒,映得它近旁的海面一片金光闪闪。

光照射到园中的树木,逐步把叶子一一映成了透明。一只鸟儿在高处啾然而鸣;静默了一会;接着又是另一只鸟儿在低处啁啾。阳光照出屋壁的棱角,然后像扇尖似的轻轻触在一块白色窗帘上,映出卧室窗前一片树叶细小得像指印般的蓝色阴影。窗帘微微地掀动了一下,但室内仍旧一片昏暗,朦胧难辨。外面,鸟儿一直在啁啾鸣唱着它们那单调的歌儿。

"我看见一个圆圈,"伯纳德说,"在我头顶上悬着。四周围着一圈光晕,不住晃动。"

"我看见一片浅黄色,"苏珊说,"蔓延得老远,最后接着一条紫边。"

"我听见一个声音,"罗达说,"唧唧,唧;一会儿高,一会儿低。"

"我看见一个圆球,"奈维尔说,"在连绵不断的山坡前像一滴水似的挂下来。"

"我看见一个红缨穗,"珍妮说,"上面缠满着金线。"

"我听见什么东西在蹬脚。"路易说,"一头野兽被链子拴住了脚。它在蹬呀,蹬呀,蹬呀。"

"瞧阳台角落上那个蜘蛛网。"伯纳德说,"网上面有一滴滴的水珠和一点点的白光。"

"窗子跟前满堆着扫拢来的树叶,像一些带芒的麦穗。"苏珊说。

"小路上投下一个影子,"路易说,"像一只弯起的胳膊肘。"

"草地上晃动着一块块光斑。"罗达说,"它们是树梢上透下来的。"

"躲在树叶深处的那些鸟儿,眼睛都闪闪放光。"奈维尔说。

"鸟毛上盖着一层粗短的绒毛,"珍妮说,"都被水珠打湿了。"

"一条毛虫蜷成个绿色的圈圈,"苏珊说,"一面有一排排短脚。"

"一只灰壳蜗牛爬过小路,一路压平了它身子底下的小草。"罗达说。

"一个个窗格里射出亮起了的灯光,在草地上闪闪烁烁。"路易说。

"石头冰我的脚。"奈维尔说,"不管圆的尖的,我都觉得出来。"

"我的手背火烫,"珍妮说,"手心却沾满露水,又冷又湿。"

"现在公鸡啼了,就像清溪里突然冒出一股鲜红的激流来似的。"伯纳德说。

"咱们上上下下、前后左右全是鸟儿的鸣叫声。"苏珊说。

"那只野兽在蹬脚;是一头被链子拴着脚的大象;那头又大又笨的畜生在沙滩上蹬脚。"路易说。

"瞧那所屋子,"珍妮说,"所有的窗子全挂着白色的窗帘。"

"洗碗间龙头里正开始流出冷水来,"罗达说,"直冲在盆子里的青花鱼上。"

"墙上满是金黄色的裂缝,"伯纳德说,"窗下有树叶子映出来的一点点细小得像指印般的蓝色阴影。"

"这会儿康斯泰伯太太正套上了她那双厚厚的黑袜子。"苏珊说。

"当炊烟一升起来,睡意就像一缕轻烟似的从房檐上被卷走了。"路易说。

"鸟儿原来正叽叽喳喳叫成一片,"罗达说,"这会儿洗碗间的门打开了,它们全一哄而起,像撒出一把谷子似的纷纷飞走啦。不过还单剩一只,在窗子下面叫个不停。"

"锅底上聚起了一层气泡。"珍妮说,"一会儿它们纷纷冒了上来,越冒越快,像一串银色的珠子似的一直冒到了锅面上。"

"现在比迪正拿一把带锯齿的刀子在刮鱼鳞,刮到一只木盆里。"奈维尔说。

"饭厅的窗户现在变成了暗蓝色,"伯纳德说,"烟囱上冒出一缕缕的轻烟。"

"避雷针上停着一只燕子。"苏珊说,"比迪砰地一声把水桶撂在厨房的石板地上。"

"教堂的钟敲了第一下。"路易说,"接着又继续敲下去;一下,两下;一下,两下;一下,两下。"

"瞧那桌毯,沿着桌边洁白地垂下来。"罗达说,"又摆上了一圈洁白的盘碟,碟子边上都描着银线。"

"忽然一只蜜蜂的嗡嗡声刺进我的耳朵。"奈维尔说,"它就在那儿哩;飞过去了。"

"我身上发热,打战,"珍妮说,"快避开太阳光,躲到阴凉地方去吧。"

"现在他们都走了。"路易说,"只剩下我独自一个。他们进屋子吃早饭去了,剩下我站在墙边的花丛里。天还很早,没到上课时间。花儿朵朵地布满在草丛中间。花瓣五色缤纷。花茎从下面漆黑的土沟里长出来。那些花儿就好像光线幻化出来的鱼儿在绿阴阴的水里游动。我把一株花茎捏在手里面。我就是那株花茎。我的根深深扎进大地深处,穿过夹着砖石的干土,穿过湿土,透过铅和银的矿脉。我全身都是由脆弱的纤维构成的。最小的地震都会震得我发抖,沉重的泥土挤得我喘不过气来。到了这儿,上面,我的眼睛全是绿色的叶子,什么都看不见。在这上面,我是个穿着灰法兰绒衣服的孩子,系着根用一个黄铜蛇头扣起来的皮带。在那儿,下面,我的眼睛就是尼罗河边沙漠上一尊石像上呆睁着的两眼。我看见女人们带着红色的水罐走到尼罗河边去;我看见骆驼一摇一摆走着,男人扎着头巾。我听到四周全是走动、颤抖和忙乱的声音。

"在这上面,伯纳德、奈维尔、珍妮和苏珊(不过不包括罗达)老用他们的捕虫网在花坛上掠着。他们从摆动的花尖上掠蝴蝶。他们把地面上洗掠一空。他们的网子里满是扑动的翅膀。他们叫唤着:'路易!路易!路易!'但是他们看不见我。我藏在灌木树篱外面。只有透过树叶丛中的孔隙才能看得见。唉,上帝,让他们快走开吧。上帝,让他们把那些蝴蝶放在一块小手绢上,摊在沙砾堆上。让他们数着他们的那些乌龟壳,那些花蝴蝶和白蝴蝶吧。只求别发现我。我就像树篱荫下一株水松树那么嫩绿。我的头发全是树叶。我扎根在泥土的深处。我的身子是一株花茎。我捏了一下手里的那株花茎。从它的断口处流出了一滴汁液来,黏糊糊的,慢慢地变得越来越大。这时篱笆孔前闪过一个粉白色的身影。接着一道目光从缝隙里溜了过来。这目光窥见了我。我是个穿着身灰法兰绒衣服的孩子。她找到了我。我的颈项背后被碰了一下。她吻了我。一切全都被打乱了。"

"我一吃完早饭,"珍妮说,"就连忙跑来。我望见篱笆孔里的叶子在动。我还当'那是只正待在窝里的鸟儿'哩。我分开叶子瞧瞧,可是那里并没什么待在窝里的鸟儿。叶子还是在动。我吓坏了。我跑过苏珊身边,跑过罗达身边,又跑过正在工具房里说着话的奈维尔和伯纳德。我边跑边喊,越跑越快。到底是什么东西在使叶子晃动?什么东西叫我心里直跳,撒腿就跑?最后我终于向这儿跑来,瞧见你,路易,全身碧绿,就像一株小树,像一根树枝,一动不动待着,呆呆地睁着一双眼睛。'他死了么?'我心里想,就吻了你一下,心在我的粉红色上衣里一个劲跳动,就像这些树叶子仍旧在动那样,尽管并没有什么东西使得它们晃动。现在我闻到了蜗牛儿的香味;我闻到了泥土味儿。我跳着。我滔滔不断地说着。我好像一张光线织成的网罩住了你。我浑身发抖地扑过来倒在你身上。"

"透过树篱的缝隙,"苏珊说,"我瞧见了她在吻他。我从花盆上抬起头来,从树篱上的一个缝隙里望过去,瞧见她正在吻他。我瞧见他们——珍妮和路易,正在接吻。现在我只好把我的苦恼包在我的小手绢里。把它紧紧地卷成一团。上课前,我要独自跑到山毛榉树下去。我不想坐在书桌跟前做算术。我不愿意坐在珍妮和路易的旁边。我要把我的痛苦心情带去,摊开在山毛榉树的树根前。我要小心察看它,用指头掂着它的分量。他们找不见我。我要吃野果,在刺莓丛里找鸟蛋吃,我会变得乱发蓬松,睡在树篱下面,喝沟里的水,死在那儿。"

"苏珊走过去了。"伯纳德说,"她刚走过工具房门口,把手绢紧紧揉成一团。她没有哭,不过她那挺漂亮的眼睛紧眯着,就像猫儿就要跳起来之前的眼睛那样。我要跟着她,奈维尔。我要带着好奇心悄悄跟在她后面,以便在她大发脾气,觉得'我孤单极了'的时候,好马上去劝劝她。

"现在她正悠悠晃晃、漫不经心地穿过野地走去,想瞒过我们。随后她走到了那个低坡上;她以为别人已经瞧不见了;她就双手握在胸前迈步飞跑起来。她两手的指甲在她那团手绢里紧勾在一起。她是在朝那山毛榉树丛下的荫蔽处跑。当她跑到那儿时,就像在游泳似的把两臂一分,钻进了树荫。但因为刚从阳光里来,两眼看不清,她脚下一绊,一下扑倒在树根上,躺在树丛下面,光线就像呼吸似的一隐一现,透射进来。树枝在上下地晃动。这儿正仿佛是充满着苦恼和烦乱。充满着忧郁哀愁。光线时明时暗。仿佛充满着痛苦。树根盘在地上活像个骷髅架,关节的地方堆满了枯败的树叶。苏珊把她的痛苦摊了开来。她的小手绢摊在山毛榉树的树根上,她就蜷缩地坐在她刚才跌倒的地方啜泣着。"

"我看见她吻了他。"苏珊说,"我从树叶中间望过去看见了她。她在像闪烁着钻石光彩的阳光下跳着舞,轻得像一粒飞尘。可我却身材矮胖,伯纳德,我个子矮。我一双眼睛望出去离地很近,老看得见草丛里的虫儿。当我一瞧见珍妮吻着路易,我原来满腔的热情就一下化成了冰冷的石头。我要啃着青草,死在一条满是污水烂叶的小沟里。"

"我瞧见你走过的。"伯纳德说,"你经过工具房门口时,我听得你在哭喊着:'我真不幸呀。'我放下了手里的刀子。我刚才正在跟奈维尔一起用木柴做船。我的头发蓬乱,因为康斯泰伯太太叫我梳梳头时,正巧有只苍蝇落进了蛛网里,我就问她:'我该去把那只苍蝇救出来呢,还是听凭它去被吃掉?'就这样,我老是把事情给耽搁了。我头发没梳,里面还沾着那些木屑。一听见你在哭,我就跟着你走来,接着就见你摊开了那块紧揉成一团,里面满包着怒气、满包着恼恨的手绢。不过这些很快就会过去的。现在我俩的身子紧靠在一起。你听得见我的呼吸。你看那只甲虫也正在想背走一片叶子。它一会儿朝这边爬,一会儿又朝那边爬,所以当你瞧着那只甲虫时,就连你想要占有某一件东西(眼前是想占有路易)的渴望,也正像透过山毛榉叶子时隐时现的光线那样,总会动摇的;而一些正在悄悄打进你内心深处的话,也总会把那个紧包在你手绢里的仇恨的结解开的。"

"我又在爱,又在恨。"苏珊说,"我只渴望要一样东西。我的眼睛是死板板的。珍妮的眼睛光彩焕发。罗达的眼睛像晚上总会召得蛾子飞来的小白花。你的眼睛又大又饱满,而且从来不低垂下来。可是我已经在开始追寻我的目标了。我看得见草丛里的虫儿。尽管我母亲还在替我织白短袜、缝围涎布的边,我还是个孩子,可是我又在爱,又在恨。"

"不过当咱们一块儿坐着,紧靠在一起的时候,"伯纳德说,"咱们俩就通过辞藻,互相融合在一起了。咱们四周净是一片迷雾。咱们是一块空幻不可捉摸的领域。"

"我看见了那甲虫。"苏珊说,"我看见了它是黑色的;我看见了它是绿色的;我只会说简单的字眼。可你却滔滔不绝,越说越远,把一个个字眼编成漂亮辞藻,越说越起劲。"

"现在,"伯纳德说,"让我们去历险吧。那儿树林子里有所白房子。它在咱们下面很远的地方。我们要沉下去,像游水的人想用脚趾尖碰到河底似的。咱们要穿过一片像绿色大气似的树叶丛沉下去,苏珊。咱们一边跑一边往下沉。气浪在咱们头上合了起来,那一大片山毛榉的叶子在咱们头上合拢了。这是那座有金色时针的钟。这些是那幢大房子上面高高低低、凹下凸起的屋顶。这是那个小马夫穿着橡皮靴在院子里噔噔噔地跑来跑去。这里就是埃尔弗顿。

"现在咱们已经穿过树梢落到了地上。大气不再在我们头上卷起它那长长的、讨厌的紫色气浪。咱们着了陆;咱们踏上了大地。这是女主人小花园四周修得整整齐齐的灌木树篱。午间她们常在园子里散步,手里拿着剪子,修剪玫瑰。现在咱们是在一个四面有围墙的林子里。这就是埃尔弗顿。我在路口上见过路牌,上面有箭头标着'去埃尔弗顿'。谁也没去过那儿。羊齿草的气味浓极了,下面长着红色的菌子。现在咱们惊醒了还从来没见过凡人的睡梦中的穴鸟;现在咱们踏着了那些年深月久、又红又滑的陈年橡实。这座林子四周围墙环绕;从来没有人上这儿来。听!这是一只硕大的癫虾蟆在乱树丛里扑通一声跳动;那是一颗原生枞树的果实啪哒一声落在羊齿草里自己烂掉。

"你踏在这块砖头上。望一望墙里面。这就是埃尔弗顿。女主人正坐在两扇长窗的中间在写字。几个园丁正在用又长又大的笤帚打扫草地。咱们是第一个上这儿来的。咱们是这块谁都不知道的地方的发现者。别出声:要是园丁看见了,他们就会开枪打咱们的。咱们准会像黄鼠狼似的被钉在马棚的门上。当心!别动。紧紧抓住墙头上的羊齿草。"

"我瞧见女主人在写字。我瞧见园丁在打扫。"苏珊说,"要是咱们死在这儿,谁也不会来埋葬咱们的。"

"快逃!"伯纳德说,"快逃!那个黑胡子的园丁发现咱们了!咱们会被打死的!咱们会像一只樫鸟似的被打死,钉在墙上!咱们是在一个不友好的敌境里。咱们一定要逃到那山毛榉林子里去。咱们一定得藏进树底下。我来的时候折弯过一枝小树枝。那儿有条暗道。你尽量低下身子来。紧跟着走,别回头。他们会当咱们是狐狸哩。快逃!

"现在咱们没事了。现在咱们可以重新直起身子来了。咱们现在可以在这高高的苍穹底下,在这广大的树林子里伸开手脚了。那只不过是大气气浪的嘘嘘声。那是一只斑鸠在从山毛榉树梢上的隐蔽处冲出来。这只斑鸠在扑翅飞起;这只斑鸠在扑着它那迟钝的翅膀。"

"现在你又越说越玄,"苏珊说,"一味编起漂亮辞藻来了。你一会儿像根气球上的绳子腾空而起,穿过层层树叶,越飞越高,高不可攀。一会儿你又慢慢腾腾地,落在我后面,不断地回顾,编着漂亮辞藻。你已经把我撇在一边。园子到了。这儿是灌木树篱。罗达正在这儿小路上,把花瓣儿漂在她那只褐色的水盆里不住地晃动着。"

"我的船儿都是白色的。"罗达说,"我不要蜀葵或者牻牛儿的红花瓣。我要把水盆侧过来,让白色的花瓣在盆里漂动。我现在有一队船儿正在漂洋过海。我要扔一根树枝进去当木筏,救一个落海的水手。我要扔块石子进去,瞧着海底里冒起水泡来。奈维尔走了,苏珊也走了;珍妮说不定是跟路易在厨房外的后园里采醋栗。乘赫德森小姐正把我们的作业本摊开在课桌上批改,我暂时可以独自待一会儿。我暂时有点儿自由。我把所有落下来的花瓣拾了起来,让它们漂在水里。我洒了些雨滴在几片花瓣上。我要在这儿树一座灯塔,一个'美人爱丽丝'头像。现在我要把这褐色水盆晃来晃去,好让我的船儿破浪前进。它们有的会沉没。有的会触礁。只有一艘会继续驶着。这一艘就是我的船。它驶进冰窟窿,里面有白熊在嗥,钟乳石垂下碧绿的链子。大浪涌起来了;浪尖弯下头来,窥视着桅顶的灯。船儿全被打散了,沉没了,只剩下我的船儿驶在浪头上,乘风飘到一个海岛上,那儿有鹦鹉在呢喃,还有啄木鸟……"

"伯纳德在哪儿?"奈维尔说,"他拿走了我的小刀子。我们正在工具房里做小船,苏珊经过门口。伯纳德扔下他的小船跟着她走了,随手带走了我的小刀子,用来削龙骨的那把挺快的小刀。他活像一团乱铅丝,一根旧钟绳,老晃荡个不停。他就像窗边攀着的海草,一会儿干,一会儿湿。他撇下我弄得我挺尴尬;他却跟着苏珊走了;而且要是苏珊一哭,他就会拿着我的小刀,向她瞎诌一气。那片大的刀刃是个国王呀,那片折断的刀刃是个黑人呀,我讨厌向人夸耀;我讨厌跟人纠缠。我讨厌到处游逛,把事情搅成一团。现在打铃了,咱们要迟到啦。咱们现在得把玩儿的东西扔下。咱们现在得一块儿进去啦。那些作业本已经一本本挨着摆在绿呢桌面上了。"

"我不会去回答动词变格,"路易说,"等伯纳德先答。我父亲是在布里斯班①的银行里工作,我说话有点澳洲口音。我要等着照伯纳德的答案抄。他是英国人。他们都是英国人。苏珊的父亲是牧师。罗达没父亲。伯纳德和奈维尔是上流人家子弟。珍妮跟她祖母住在伦敦。现在他们正在吮着笔尖。现在我们正在卷着作业本,斜眼偷看着赫德森小姐,数着她胸衣上的紫色钮扣。伯纳德头发里有片木屑。苏珊眼睛有点发红。两人都满面红光。可我却脸色苍白;我浑身整洁,我的灯笼裤用一条有蛇形铜扣的皮带扎紧。我的功课都记得挺熟。他们能知道的永远不会有我多。我又会变格又会变性。我能知道世界上一切东西,只要我愿意。可我不想出头露脸去回答功课。我的根受到压制,像花盆里的花根似的一味绕着转。我不想出头露脸,在这口黄黄的钟面、一直嘀嗒个不停的大钟支配下过活。珍妮和苏珊,伯纳德和奈维尔互相抱成团,纠合成一根鞭子来抽打我。他们讥笑我的整洁,嘲弄我的澳洲口音。我现在要学伯纳德那样含含糊糊地说几个拉丁字。"

"那都是洁白的字眼,"苏珊说,"像在海边拣到的石子似的。"

"我一说出它们来,它们就左右摇晃着尾巴。"伯纳德说,"它们直摇尾巴;它们直晃尾巴;它们成群结队在空中飘来飘去,一会儿向这,一会儿向那,飘个不停,一会儿分开,一会儿又合拢。"

"那都是金黄色的字眼,都是火红的字眼。"珍妮说,"我喜欢要一身火红的衣服,金黄色的衣服,深黄的衣服,好晚上穿。"

"第一个时态,"奈维尔说,"都有不同的含义。世上有一种秩序;这个世界上有各种特殊,各种差别,我现在还刚刚踏进这个世界的边缘。因为这还只不过是个开端。"

"现在赫德森小姐,"罗达说,"把书合上了。现在可怕的事开始了。现在她拿起一段粉笔在黑板上写了几个数目字,六、七、八,接着又画了个叉叉,又画了条线。答案是什么?别人都看着;他们看时都露出

---

① 澳大利亚昆士兰的首府。

懂了的神气。路易写了;苏珊写了;奈维尔写了;珍妮写了;现在就连伯纳德也动手写了起来。可我却写不出。我看见的只是几个数字。别人都交上了他们的答案,一个挨一个。现在该我了。可是我却没有答案。别人都让走了。他们砰地关上了门。赫德森小姐也走了。我一个人被留下来想答案。现在这些数目字没有一点意义了。已经失去意义了。钟在嘀嗒嘀嗒走着。两只指针像是两支正在沙漠里行进的车队。钟面上那些黑线是绿洲。长针走在前面,去找寻水。另外那只针在沙漠滚烫的石子上艰难地挣扎着往前走。它就要死在沙漠里了。厨房门砰地关上了。野狗在远处吠着。瞧,那弯弯扭扭的数目字开始包含着时间;它里面包含着世界。我动手描一个数目字,世界就被曲线包了进去,可我自己却在这条曲线外边;现在我把它描合拢……就这样……全合拢了,成了个整体。世界是个整体,而我却在外面,哭喊着:'哦,救救我,别让我永远被赶出在这时间的曲线外面!'"

"罗达坐在那儿呆瞪着黑板,"路易说,"坐在课堂里,我们却在伯纳德正讲他的故事的这会儿,顾自己逍遥在外,到这儿采几枝麝香草,到那儿摘一片青蒿叶子。她两只肩膀往后挺着,就像只小蝴蝶的翅膀那样。当她眼瞪着那些粉笔数字时,她的心也钻进了那些白圈圈;它跨过那些白色的曲线,独自走进了一片空虚。它们对她来说是毫无意义的。对它们她想不出答案来。她没有像别人那样的一个躯体。而我,尽管说话带澳洲口音,父亲是在布里斯班的银行里工作的,却并不像害怕别人那么害怕她。"

"现在,"伯纳德说,"让咱们爬到醋栗树丛的荫盖下面去讲讲故事吧。咱们去过一下地下的生活。让咱们去占有咱们那块在神气的醋栗树丛映照下的秘密国土吧,那树丛就像一座大枝形烛台架似的,一面通红闪亮,一面却漆黑无光。这儿来,珍妮,要是咱们俩弯着身子挤紧一点,就能坐在醋栗树叶子的荫盖下,瞧见炉香袅绕。这是咱们的天地。别人都沿着马车道走过去了。赫德森小姐和柯里小姐的裙摆在旁边扫过,就仿佛灭烛用的罩子似的。那是苏珊的白短袜。那是路易干干净净的跑鞋不慌不忙地在砂地上走过。这儿来了一些亲爱的贵客——枯枝败叶。现在咱们是在一块沼地上;一个瘴疠横行的丛林里。这儿有只满身长蛆的白象,它是被箭射中眼睛而死的。那些忙乱不停的鸟儿——苍鹰、兀鹰闪烁发光的眼睛,其中的含义显而易见。它们把咱们当成了倒下的树。它们去啄一条虫,——结果却是条戴眼罩的眼镜蛇,——它们就凭它去身带乌紫溃烂的伤疤,等着一头狮子来把它砸烂了。这是咱们的天地,在新月和星光的照耀下;半透明的巨大花瓣挡住入口,像紫色的窗子一样。一切都十分新奇。这儿的东西显得既庞大又渺小。花秆儿粗得像橡树。树叶丛高得像大教堂的圆顶。咱们是两个躺在这儿的巨人,能够叫森林索索发抖。"

"在这儿是这样,"珍妮说,"这会儿是这样。可是咱们马上就要走了。柯里小姐马上就要吹起她的哨子。咱们只好走。咱们就要分开。你会有几位用白丝带挂十字架的老师。我却会有一个东海岸学校里的女教师,老坐在一幅亚历山大皇后的画像底下,我就要去那儿,还有苏珊和罗达。只有在这儿是现实的;只有这会儿是现实的。这会儿咱们躺在醋栗树丛底下。微风一起,就满身都是斑斑驳驳的光点。我的手像一张蛇皮。我的膝盖像会浮动的粉红色小岛。你的脸就像底下张着网的苹果树。"

"在这个丛林里,"伯纳德说,"一点也不热。树叶在咱们头上拍着黑色的翅膀。柯里小姐已经在阳台上吹过哨子。咱们只得从这个醋栗树叶的篷帐下爬出来,站直身子。珍妮,你的头发里有树叶。你脖颈上有一条绿色的毛毛虫。咱们得排成队,两个一排。在赫德森小姐坐在办公桌前登记成绩时,柯里小姐要带咱们去稍微散一会儿步。"

"真乏味,"珍妮说,"光顺着公路走着,没有沿路的窗子可以看看,没有像矇眬的眼睛似的绿玻璃,可以透过它们望见里面的过道。"

"咱们得两人一排排成队,"苏珊说,"整整齐齐地走,不准慢吞吞地走,不准落在后面,路易在前面带队,因为路易动作伶俐,不会发呆走神。"

"既然别人都认为,"奈维尔说,"我身体太弱,不能跟他们一起走,既然我太容易疲倦,身体不好,那我就正好利用这段清静的时间,这段不必跟人家说话的时间,绕着屋子转一转,并且仍旧爬到扶梯半中央的那一级上,尽量重新体味一下昨晚当厨子正在反复调节火门那会儿,我透过弹簧门听到他们谈论那个死人时心里产生的感觉。别人发现他被割断了喉管。当时我觉得苹果树叶子都在半空中一动不动了；月亮也呆住了；我简直都抬不起腿来继续走上楼梯了。他是在阴沟里被发现的。他的血还顺着阴沟在汩汩地流。他的下腭惨白得像条死鱼。我要永远把这件严酷、无情的事称作'苹果树下的惨死'。天上飘着灰白色的云；下面是这棵无情的树；是带着像裹腿似的银白色树皮的恶狠狠的树。我这个小小的生命浪花是脆弱无力的。我没法摆脱。我碰到了障碍。我说过：'我没法克服这个不可理解的障碍。别人是摆脱开了。不过我们都逃不过劫数，大家都一样，逃不过这棵苹果树，这棵我们都没法摆脱的无情的树。'

"现在这桩严酷无情的事过去了；我要在这快近傍晚的时刻继续绕着屋子转转，在日落时分，太阳照在漆布地毯上闪出点点油光，一缕阳光投在墙上，映得椅脚仿佛折断了似的。"

"我们散步回来时，"苏珊说，"我瞧见弗洛里在厨房后面的园子里，四周全是晾着让风吹干的衣服，睡衣裤呀，衬裤呀，长睡衣呀，全被风猛烈地刮着。欧内斯特在吻她。他系着他那条绿的粗呢围裙，刚才正在擦洗银器；他把嘴噘得像个带褶子的口袋似的，隔着迎风飞舞的睡衣裤紧紧抓住了她。他像头蛮牛似的不顾三七二十一，她却发急得晕了过去，脸上煞白，只有几条细细的血管还显出点红色。现在尽管他们正在递着喝午茶时吃的面包盘、黄油碟和一杯杯的牛奶，我却像看见地上裂了道缝，咝咝地直冒气；茶壶也呼呼直吼，像欧内斯特刚才那样，而我呢，尽管牙齿嚼着软软的面包和黄油，嘴里抿着甜甜的牛奶，却仿佛被刮得迎风飞舞，就像那些睡衣裤那样。我不怕热，也不怕严冬。罗达一边吮着浸牛奶的面包皮，一边在梦想；路易用他那像蜗牛似的绿眼睛一味望着对面的墙；伯纳德把面包揉成一团团的小球，把它们称作'老百姓'。奈维尔已经用他那干净利落的方式吃完了。他把餐巾卷了起来，套进银圈里。珍妮把手指在桌毯上转动着，仿佛它们正在阳光下舞蹈，跳着趾尖旋转。可是我既不怕热，也不怕严冬。"

"现在，"路易说，"我们全起身离席，站了起来。柯里小姐把那个黑本子摊开在小风琴上。每当我们唱起歌来，把自己称作小孩子，祈求上帝保佑我们睡梦平安的时候,很难不掉下眼泪来。当我们忧心忡忡得情绪凄惨、身上发抖的时候,在一起唱歌是很甜蜜的。大家悄悄互相偎依着,我靠着苏珊,苏珊靠着伯纳德,紧握着手,心里都担着不少心事,我担心着我的口音,罗达担心着数目字;但大家有决心去克服。"

"我们像小马驹似的排队上楼,"伯纳德说,"一个跟在一个后面不住地蹬蹄子、踏脚,抢着进浴室。我们你一拳我一脚,互相扭打,在洁白的硬板床上跳着蹦着。该我洗了。我马上就来。

"康斯泰伯太太腰里围着条浴巾,拿起她那块柠檬色的海绵来,在水里浸浸湿;它变成了巧克力似的棕色;水珠直滴;然后高高举在浑身打着战的我的头顶上,挤了一下。水顺着我的脊背沟直淌下来。我身体两侧产生像针刺似的感觉。我浑身皮肤火热。我身上干燥的角落都被淋湿;我冰凉的身体变得暖洋洋的;它被冲刷得干净发亮了。水冲下来把我像条黄鳝似的裹在里面。现在一条暖暖的浴巾把我围了起来,当我擦一擦背的时候,它毛茸茸地弄得我心痒痒的。强烈丰富的激情在我心灵的屋顶上涌现;这一天——树林里的经历像大雨般倾盆而下;还有埃尔弗顿;苏珊和鸽子。沿着我心灵的墙壁顺流而下,交汇在一起,这一天的经历显得那么丰富多彩。现在我马马虎虎地套上了睡衣裤,躺在一条飘浮在微光中的薄薄的被单下,它像由一个浪头激起来的水花那样渐渐盖住了我的眼睛。透过它,朦胧而遥远地,我听到了从很远很远的地方传来开始合唱的声音;车轮声;犬吠声;人们的叫喊声;教堂的钟声;合唱开始了。"

"当我折好自己的衬衫和斗篷时,"罗达说,"同时也就抛开了我想成为苏珊或者珍妮的那种不可能实现的愿望。不过我要竭力伸直脚趾尖去碰着床脚的栏杆;我要借脚尖碰着栏杆,让自己有一点坚实牢靠的感觉。现在我不会沉没了;也不至于陷到薄薄的床单底下去了。现在我屏声静气,伸直身子平躺在这不牢靠的床垫上。我现在是露出在地面上了。我不必再站直身子,被人打倒,送了命。一切都显得宛转、柔和。墙壁和食柜洁白,黄色柜面宛转变曲,上面的镜子发白闪光。现在我可以把我的心情尽情倾诉出来了。我可以想象我的无敌舰队正在乘风破浪前进。我可以回避开不愉快的接触和冲突了。我独自在白色的山岩下航行。唉,可是我仍旧在沉没下去、陷下去!那是食柜的边沿;那是婴儿室的镜子。可是它们在伸展、延长。我陷落在像一堆黑色羽毛似的睡梦中;它沉重的翅膀压住了我的眼睛。穿过黑暗,我瞧见那长长的花坛,康斯泰伯太太从长着南美丝光草的那个角落上跑出来,告诉我我的姑母已经来了,要带我坐马车走。我上了车,又逃脱了;我靠有弹簧后跟的靴子跳过了树梢。可是现在我又掉进了停在大厅门前的马车里,她坐在车里点头晃动着黄色羽毛,眼光严厉得像发亮的大理石。唉,从梦中醒来吧!瞧,原来是衣柜。让我把自己从波涛里拉出来吧。可是它们向我压过来;它们把我卷在它们那巨大的波峰中间;我头上脚下;我被翻倒了;我四脚朝天,倒在这些长长的光线中,这些长长的波浪里,这些看不见尽头的小路上,有人在背后追呀,追呀。"

太阳正在升起。蓝色和绿色的海浪扇面形地迅速扫过海岸,绕过一棵棵海冬青的花穗,在沙滩上这儿那儿地留下了一个个发亮的小水潭。潮头退却后留下一条隐约可辨的黑色印迹。原来迷离模糊的礁石轮廓清晰起来,露出上面红色的裂缝。

一条条黑白分明的暗影横在草地上,在花心草尖上跳动的露珠使花园显得像一幅尚未整个完工而只是一些零碎亮斑拼成的镶嵌画。胸脯上有鲜黄和玫瑰色斑点的鸟儿不时喧闹地齐声高唱一曲,仿佛一些滑雪的人在手挽手地笑语欢腾,接着又突然寂静无声,仿佛被人打散了似的。

太阳更加大片地照亮了屋子。阳光触到了窗角上不知什么绿色的东西,使它显得像一块翡翠,像一个无核鲜果似的一汪嫩绿。阳光映得桌椅轮廓分明,使白桌布上像绣上了金光灿烂的条纹。随着光线的增强,不时会有某处的一个蓓蕾绽开,花朵怒放,上面还带着嫩绿的脉纹,微微抖索,仿佛绽蕾开放时的一番努力使得它摇曳不定,同时还仿佛用它们纤细的铃舌撞击着雪白的铃壁似的发出隐约可辨的丁冬声。每一样东西都显得柔和、朦胧,仿佛碗碟的瓷是流动的液体,刀叉的钢是水做的。同时那浪涛碎裂时的震荡发出沉闷的回响,仿佛一些大木头砰然落在海岸上。

"现在,"伯纳德说,"时间到了。白天已经来临。车子已来到大门口。我那口大箱子压得乔治的罗圈腿更加弯曲。讨厌的仪式结束了,还有赏钱呀,在前厅里的告别呀。现在轮到跟母亲哭哭啼啼的分别仪式,跟父亲的握手道别仪式;现在我必须不停地挥手,不停地挥手,一直挥到拐弯不见。现在这番仪式总算结束了。谢天谢地,全部仪式都已结束。我现在是独自一人了；我就要第一次去进学校。

"谁做事仿佛都只干眼前这一次；下次决不再干。决不再干。非干这类事真可怕极了。人人都知道了我要去进学校，第一次去进学校。'那孩子是第一次要去进学校了。'女佣人一边擦着楼梯级一边说。我决不能哭。我得像没事人似的望着他们。现在到了张着血盆大口似的车站门口：那圆盘大钟在直瞪着我。我一定得不断说些漂亮辞藻，好有些牢靠的东西挡着我，隔开女仆们的注视，盯着我瞧的那些大钟的漠不关心的脸的注视，不然我会哭出来的。那是路易，那是奈维尔，穿着长外套，提着手提包，待在售票窗边。他们很镇定。可是他们显得跟往常不同。"

"伯纳德来了。"路易说，"他很镇定；他很自在。他一边走一边晃动着提包。我要跟在伯纳德后面，因为他一点不露怯。我们被人流拥着走过售票处，一直走向月台，就像一条溪流带着树枝枯草涌到桥脚边。这儿是那个非常强大的深绿色火车头，周身没有脖子，只有脊梁和大腿，呼呼直冒气。值班员吹起了他的哨子；信号旗放了下来；仿佛轻轻一推引起一场雪崩那样，毫不费力地顺着势头，我们就向前开动了。伯纳德铺开一条毛毯，玩起了羊踵骨游戏。奈维尔在看书。伦敦逐渐零落散乱起来。伦敦逐渐扩大延伸。那儿有林立的烟囱和高塔。那儿有一座白色的教堂；那儿是一根高出在塔尖之上的桅杆。那儿是一条运河。现在那儿是一片开阔的地面，上面有柏油路穿过，奇怪的是这会儿就有人在那儿行走。那儿有座小山，上面是成排红色的屋子。有个人正在过一座桥，后面跟着一只狗。现在那个着红衣服的孩子开始开枪打一个农夫。那个着蓝衣服的孩子把他一把推开。'我舅舅是英国最好的射手。我表哥是驯养猎狐犬的能手。'吹牛皮开场了。我却没法吹，因为我父亲在布里斯班的银行里工作，我说话带澳洲口音。"

"经过这一场混乱，"奈维尔说，"经过这一场混乱和骚动，我们总算到了。这的确是个重大时刻，——的确是个庄严的时刻。我像一位老爷来到了他讲究的府舍。那一位就是咱们学校的创办人；咱们赫赫有名的创办人，他正抬起一条腿站在院子里。我们问候了我们的创办人。这个肃穆的四方庭院里充满着一种高尚的古罗马气派。各班级的教室里已经亮起了灯光。这些也可能是实验室;那儿准是图书馆,我将要在那里面钻研纯正的拉丁文,熟练掌握那些精致的语句,朗读维吉尔、卢克里修斯清晰、响亮的六音步诗;还要读着宽边四开本的大厚书,毫不含糊地带着满腔激情吟诵着喀特勒斯的情诗。同时,我还要躺在长满令人刺痒的小草的田野里。我要跟我的朋友们一起躺在高耸的榆树下。

"瞧,那是校长。可惜,他不由得要引起我的嘲笑。他太会花言巧语,同时也太油光水滑了,就像公园里的那种雕像那样。而且在他的背心,他那件绷紧得像鼓皮似的背心的左边,还挂着个十字架。"

"老克雷恩,"伯纳德说,"现在要站起来对我们讲话了。老克雷恩,那位校长,鼻子长得就像一座落日照耀下的大山,而且下巴上还有条发蓝的皱纹,就像被某一个游客放火烧焦了树木的山沟似的;又像是隔着雨濛濛的窗子望见的乱木丛生的山沟似的。他摇头晃脑地满嘴净讲些漂亮的大话。我也爱漂亮的大话,不过他那些话实在过分热烈得不像是真话了。可这一次他却深信它们都是真话。当他颇为吃力地摇摇摆摆蹒跚着离开房间,撞开弹簧门走了出去时,全体老师也都颇为吃力地摇摇摆摆蹒跚着撞开弹簧门,走了出去。这是我们离开姐妹们,在学校里所过的第一晚。"

"这是我在学校里所过的第一晚,"苏珊说,"离开我的父亲离开了我的家。我泪眼模糊,泪水刺痛了双眼。我讨厌松木和漆布地毯的气味。我讨厌那饱经风雨的灌木丛和卫生间里的瓷砖地。我讨厌人人都在嘻嘻哈哈地开玩笑,一副傻相。我把我那些松鼠和鸽子留下来让小男仆照料了。厨房门砰地一声,柏西打乌鸦的枪声在树叶丛中啪啪地直响。在这儿,一切都是虚假的;一切都是俗气的。罗达和珍妮正穿着棕色斜纹布衣服远远地坐在一边,瞧着兰伯特小姐在一幅亚历山大皇后的肖像下面坐着,朗读放在她面前的一本书。那儿还有一幅手工针黹,是不知哪个女人绣的。要是我不噘着嘴,不扭着手帕,我准不由得要哭出来。"

"兰伯特小姐戒指上那紫色的光,"罗达说,"不断在祈祷书洁白书页上那块黑色的污斑上来回闪过。这是一种像葡萄酒似的、含情脉脉的光芒。等我们的行李在宿舍里安顿好以后,我们就紧挨在一起坐在一张世界地图底下。这儿有上面带墨水缸的写字桌。我们可以用这儿的墨水来写我们的作业。可是在这儿我什么也算不上。我没有自己的面目。这一大群同伴,都穿着棕色斜纹布服,使得我没有了自己的独特人格。我们全都是冷冰冰的,毫不友好。我要想法扮出一副镇定自若、一副不同凡响的脸来,而且要使它带着无所不知的神气,然后整天带着它,像贴身带着的护身符那样,同时,——我发誓要做到,——我还要在树林里找到一个幽谷,让我可以在那儿把我那形形色色的稀世珍宝全显示出来。我决计要做到这一点。因此我决不哭。"

"那个黑黑的女人,"珍妮说,"颧骨挺高,有一身像带花纹的贝壳似的闪闪发光的衣服,准备着在晚上穿。这在夏季还挺不错,不过在冬天,我还宁肯要一身薄一点的衣服,上面嵌着红线,会在炉火光下闪闪发光。这样等亮了灯以后,我好着上我的红衣服,薄得像轻纱似的,紧裹在我身上,当我跳着舞走进房间来时,它会飘扬起来。当我走到房间中央在一张描金靠椅上坐下来时,它会散开成一朵花儿似的形状。可是兰伯特小姐却穿了一身灰暗的衣裳,当她坐在一幅亚历山大皇后的画像底下,把一只雪白的手指坚定地按在书页上的时候,它从她雪白的花边披肩下面像小小的瀑布似的垂了下来。然后我们就做起祈祷来。"

"现在我们两个一排地向前走,"路易说,"整整齐齐像典礼队伍似的走进小教堂。我喜欢我们走进这座神圣建筑物时四周笼罩的暗淡光线。我喜欢这种整整齐齐的排队前进。我们列队走进去,各自坐了下来。当我们进去时大家都一样,谁都不显得突出。我现在喜欢看到克雷恩博士稍微有点蹒跚,——但仅仅是由于他的个头的缘故,——爬上了讲道坛,照着一本摊开在那只铜鹰背上的《圣经》念起一段经文来。我心里很愉快;我为他的大个头、为他的权威感到满心欢喜。他平息了我那次可怕、丢脸的纷乱心情所引起的、长期萦绕不去的阴云,——当时我们围着圣诞树跳着舞,在分礼物的时候他们把我给忘掉了,一个胖女人说：'这个小孩子还没有拿到礼物哩，'接着就取下树梢上一面闪闪发亮的小国旗给了我，而我却恼得哭了起来，——因为竟让人家出于怜悯才记起了我。现在这一切都被他的权威、他的十字架平息了，我感到浑身充满了一种双脚落到了实地的感觉，觉得我的根一直深深地往下扎去，终于盘绕在一个坚实可靠的核心上。在他读着经文的时候，我恢复了自己的完整感。我成了在行进的行列中的一个人物，正在转动的巨大轮子中的一根轮辐，这终于在此时此地就立即使我昂起了头。本来我一直隐在暗地里，一直躲藏着；但当这轮子一转动起来，——在他读经文的时候，——我就昂首踏进了这朦胧的光影之中，就在这儿，刚才我曾瞥见但却不曾瞧清楚那许多跪着的孩子，那些圆柱子和黄铜祭器。这儿没有生硬的行为，没有突如其来的亲吻。"

"那蠢汉做起祈祷来，"奈维尔说，"就害得我挺不自在。当那亮闪闪的十字架在他胸衣上一起一伏的时候，他那干巴巴缺乏想象力的话就仿佛铺路石那样冰冷地砸在我头上。富于权威性的话常常被那些说它们的人糟蹋了。我要嘲笑揶揄这种可悲的宗教，嘲笑那些面如死灰、满身残伤、被悲痛压倒而浑身战栗的人沿着一条在无花果树荫下的灰白色道路上走着，路旁尘土中倒卧着许多孩子——赤身露体的孩子；而装满葡萄酒的羊皮酒囊一个个挂在小酒店的门上。复活节时我曾跟父亲一起旅行到过罗马；满街上都摇摇晃晃地挂着基督圣母的哆哆嗦嗦的形象；还有那种装在一只玻璃盒子里的基督的可怕形象在街上抬过。

"现在我要侧过身去装作要搔搔腿。这样我就可以瞧见波西弗了。他坐在那儿，笔直地坐在那些小家伙中间。他透过他那笔直的鼻梁有点吃力地呼吸着。他那双古怪的毫无表情的蓝眼睛带着异教徒的漠不关心神气，呆瞪着对面的柱子。他倒可以当一个出色的教堂执事哩。他真该有一根桦树枝条，好去责打犯了错的小孩子。他就像那些黄铜祭器上刻的拉丁文句子那样。他什么也没看；他什么也没听。他远离我们所有的人，独自待在一个异教的天地里。可是瞧，——他用手拍了拍自己的脖子背后。人们常为了这种手势而身不由己地终生爱上了一个人。道尔顿、琼斯、埃德加和贝特曼也像这样用手拍拍脖子背后。不过他们并没获得什么成功。"

"最后,"伯纳德说,"那唠唠叨叨终于停止。讲道结束了。他总算把门口那些白蝴蝶的飞舞都讲得无影无踪,化成了齑粉。他那难听而粗糙的声音就像个没刮干净的下巴。现在他像个喝醉了的水手似的蹒蹒跚跚回到了他的座位上。这种举止是所有那些老师们竭力想要模仿的;可是由于身体孱弱,由于穿着灰长裤显得邋邋遢遢,他们只不过把自己弄得滑稽可笑。我并不轻视他们。他们的古怪样子在我眼里只觉得可怜。我把这事以及别的许多事记在我的笔记本上,是为了供将来参考。等我长大时,我要经常带着一个笔记本——一个有许多页的厚本子,有条不紊地按字母编排。我要把我的警句一一记进去。在'H'栏下要记上'蝴蝶的齑粉'。要是在我的小说中我要描写阳光照在窗台上,我会去查查'H'栏,就会找到蝴蝶的齑粉这句话。这很有用。树木'用绿色的指头挡着窗户'。这也很有用。不过可惜!我很快就被分散了注意力,——被一缕像扭长了的糖果似的头发,被西利亚那本有象牙封面的祈祷书。路易能眼睛也不眨,整小时整小时地静观着大自然。我却做不到,除非去跟它交谈。'我那不曾被船桨搅动的心灵之湖,平静地起伏波动,不久就沉入了酣睡。'这一句挺有用。"

"现在我们出了这冷清清的庙宇,来到黄沙的操场上。"路易说,"因为今儿是个半放假的日子(公爵的寿诞),所以他们玩着板球,我们就在长长的草地上玩儿。要是我能成为'他们'之一,我也宁愿玩那个;我要套上我的护胸,大踏步跨上操场,走在击球手的最前面。现在你瞧,每个人都跟在波西弗后面。他粗大个儿,笨重地走下操场,穿过长长的草地,向耸立着那些大榆树的地方走去。他那威风凛凛的派头是一个中世纪司令官的派头。在他走过的草地上仿佛留下了一道闪光的脚印。他漠然望着我们这些追随着他的人、他的忠仆们,去像羔羊似的让人屠杀,因为不用说,他是准会去从事某一项玩命的冒险事业,最后死在战场上的。我的心肠变硬了起来;它好像一把双面锉刀似的从两方面刺痛着我:一方面,我爱慕他的威风派头;另一方面,我又鄙视他那粗里粗气的腔调,——我实在比他强得多,而且我是不服气的。"

"好吧,"奈维尔说,"现在让伯纳德来开始吧。让他来唠唠叨叨说下去,给我们讲各种各样故事,而我们懒懒散散躺着休息。让他来描述我们大家的所见所闻,使它们能变得有连贯性。伯纳德说世上老是会有故事的。我就是个故事。路易也是个故事。有关于那个着皮靴的孩子的故事,那个独眼龙男人的故事,那个卖海螺女人的故事。让他唠唠叨叨讲他的故事,我只管仰天躺着,透过抖动的草儿瞧着那些戴护胸的击球手直僵僵走路的样子。整个世界仿佛都在浮动、卷曲,——地上是那些树木,天上是那些云彩。我透过树梢,仰望天空。那上面仿佛在进行着竞赛。在柔和的白云之间,我隐约听到'跑呀'的喊声,我听到'这是怎么啦'的喊声。当云被风吹散时,它们就失掉了那一团洁白。要是那种蔚蓝色能永远存在该多好;要是那个空洞能永久存在该多好;要是这一刻能永远存在下去该多好……

"可是伯纳德仍旧在不停地讲着。比喻、想象就像泡泡似的冒了出来。'像一头骆驼',……'一只秃头鹰'。骆驼是秃头鹰;秃头鹰也就是骆驼;因为伯纳德是个没准头的家伙,吊儿郎当,但却讨人喜欢。是的,因为当他一讲起来,一打起那些可笑的比方来,我就会感到一阵轻松。你也会变得轻飘飘起来,仿佛你就是那些泡泡似的;你会变得无拘无束起来;我会感到,我终于摆脱了。就连那些圆滚滚的胖小子(道尔顿、拉本特和贝克)也会感染这种无拘无束。他们觉得这比打板球还好玩。这类话一冒出来他们就会马上抓住。他们让毛茸茸的小草刺痒他们的鼻子。可后来我们大家都觉察到了波西弗正庞然大物似的躺在我们中间。他怪里怪气地大笑了一声,似乎是赞许我们的嬉笑。但随即他就摇摇摆摆地在长长的草地上走过去了。我觉得他嘴里正在嚼着一根草茎。他感到厌烦;我也感到厌烦。伯纳德马上发现我们已经厌烦了。我觉察到他的话里有种拼命卖力以致有点过了分的味道,好像竭力在说:'你们瞧!'可是波西弗回答说:'不。'因为他总是会首先看出别人的虚假来;而且又粗鲁到极点。一句话说到半截怯生生地微弱下去了。是的,终于出现了那种可怕的时刻:伯纳德泄了气,说的话一点连贯性也没有了,他颓丧地勉强又支吾了几句就沉默了,张着口仿佛要哭出来的样子。这样说来,在生活的种种苦难和破灭中还包括这样一种情况——我们的朋友们甚至都不能把他们的故事说完。"

"现在让我来试试,"路易说,"在我们起身离开之前,在我们去喝茶之前，尽力用眼前这个时刻来作一次最大的努力。这总行得通吧。我们各自分手；有的人去喝茶；有的人去打鱼；我去把我的作文交给巴克先生。这总该行得通的。经过一场不和，经过彼此憎恨（我鄙视卖弄想象——我也满心憎恶波西弗的气焰），我被搅乱的心情凭着某种突然的省悟重又安定下来了。我要让这些树木、这些云彩作证，证明我完全心平气和了。我，路易，我，这个将要在这个世界上活过未来七十年的人，生来就是身心健全的，超越憎恨，超越不和。这儿，在这块草地上，我们曾为某种巨大的内在强制力所驱使而围坐在一起。树会摇动，云彩会飘走。到时候这种个人独白也该由大家来分担。我们不应该总是像敲锣似的老是只发出一个声音，每回只报一件大事。孩子们，咱们以往的生活就一直像敲锣似的；大喊大叫和夸口吹牛，啼啼哭哭和灰心丧气；在花园里揍彼此的后脖颈。

"现在这些草儿和树木，这使得蓝天被吹开一个空穴后又重新复原、吹动树叶后又重新归于安定的飘忽微风，还有我们在这儿抱膝围坐而成的一圈，都在提醒着另外某一种不同的、更好的、能永远体现理性的生活秩序。这我是在一刹那之间忽然领悟，而且试图今晚把它表达为言语、融铸成一个钢环的，尽管波西弗在一群小喽啰俯首帖耳追随之下莽莽撞撞地走了开去时，把这件事破坏了。不过我倒正需要波西弗；因为正是他启发了这番诗意。"

"已经多少年，多少月了，"苏珊说，"不管在丧气的冬天，或是在寒冷的春天，我都不断在跑上这座楼梯。现在已是盛夏了。我们上楼去换件白上衣好去打网球，——有珍妮和我，还有罗达随后也去。我上楼时数着每一级楼梯，把每一步都当一件好歹已经完结了的事情来数。每天晚上我也同样从日历上撕下已经过去的一天，然后紧紧地把它揉成一团。每当蓓蒂和克拉拉跪在那儿做祷告的时候，我就怀着报复的心情这样做。我不做祷告。我向这一天进行报复。我在象征它的东西上面泄愤。现在你已经死了，我说，上课的一天，可恨的一天。它们延续了六月份这整整一个月，——今天是二十五号，晴朗而井井有条的一天，打铃，上课，按照命令去洗澡，换衣，做功课，吃饭。我们听从中国回来的传教士讲话。我们被带去参观陈列馆,看名画。

"在家里,牧草正在草原上起伏波动。我父亲正靠在栅栏上抽着烟。屋子里每当夏日的清风吹过空寂无人的过道时,房门一扇接一扇地砰然开阖。说不定某一幅老画正在墙壁上晃动。一片花瓣正从瓶里的玫瑰上落下。大车在灌木树篱上撒落一束束干草。每当我经过楼梯转角的镜子,珍妮走在前面,罗达慢吞吞跟在后面的时候,我都像是看见了这一切,我老像是看见了似的。珍妮老在跳舞。珍妮老是在大厅里、在那难看的花砖地上跳着舞;她还在操场上翻筋斗;她常不顾禁令摘朵花来插在耳朵背后,引得柏里小姐乌黑的眼里满是赞慕之情,是对珍妮,不是对我。柏里小姐挺爱珍妮;我也可能喜爱过她,可是现在不爱了,只爱我父亲,还有我用笼子关着留在家里让小男仆照管的鸽子和松鼠。"

"我讨厌楼梯转角上那面小镜子。"珍妮说,"它只能照出我们的头,让我们的脑袋跟身子分了家。再说我的嘴也太阔,而两只眼睛又靠得太近;我笑起来牙床露出得太多。苏珊的脑袋跟它那恶狠狠的神气,还有那双草绿色的眼睛,——据伯纳德说诗人喜欢它们,因为它们能对付密密的白线针脚,——把我完全比下去了;就连罗达那张痴呆呆的脸也显得完美,就跟她常放在盆里漂的白花瓣似的。所以我上楼总是急忙跑过她们,跑到下一个楼梯拐角上,那儿挂着面长镜子,我可以照见自己的全身。现在我能连头带身体看到我的整体了;因为就是穿着这件斜纹布罩衣,它们也是连头带身体成为一个整体的。瞧,当我摆一摆头的时候,我细细的身体就从上到下全摆动起来;就连我瘦瘦的腿也在摆动,就像风中的花茎似的。我在苏珊的死板面孔和罗达的痴呆相中间摆动着;我像地缝中燃烧的火焰那么跳动着;我在晃动,我在跳舞;我从来没有停止过晃动和跳舞。我晃动着,就像那片像个小孩在灌木树篱上晃动、曾经吓了我一跳的树叶那样。我舞蹈着,跳出那些围着黄色护壁板、斑斑驳驳、杂乱无主的墙壁,就像炉火光跳跃着越过茶炊一样。我甚至在女人们冷漠的眼睛里也发现了兴奋的目光。当我读书时,课本黑暗的边缘上跳跃着一道紫色的光圈。但我却没法理解那有各种变化的每一个单字。我没法理解那从古到今的种种思想。我不会像苏珊那样失魂落魄地呆站着,含着眼泪想家;或者像罗达那样胡乱地躺在羊齿草丛里,把我粉红色的布衣染脏,幻想着海底茂盛的花草,鱼儿缓缓地游过礁石。我从不幻想。

"现在让我们快一些吧。现在让我首先脱下这些粗陋的衣服吧。这儿是我洁白的袜子。这儿是我的新鞋。我在头发上系上一条白缎带,这样当我跳过院子时,它就会一下飘了起来,但又仍旧整整齐齐地系牢在我的脖子底下。一根头发也不能吹乱。"

"那是我的面孔,"罗达说,"在镜子里,苏珊的肩膀背后——那就是我的面孔。不过我要缩在她的身后,好把它藏起来,因为我没在这儿。我没有面孔。别的人都有面孔;苏珊和珍妮有面孔;她们是在这儿。她们的世界是真正的世界。她们身上的负担是很重的。她们说是就是是,说不就是不;而我却老在闪避、改口,但总是一下子就被看穿。她们碰上女仆时,她望着她们,并不笑。可是她却老朝我笑。别人对她们说话,她们知道该说些什么。她们真正在笑;她们真正在生气;而我却一定要先望一望,等别人做了以后再照着别人做。

"现在你瞧,珍妮只是为了去打网球而穿上她的袜子时,是多么出奇地镇定自若。我羡慕这一点。不过我更喜欢苏珊的作风,因为她更加果断,却没有珍妮那么一心想出风头。两人都瞧不起我一味模仿她们的一举一动;不过苏珊有时候还肯教教我,——比如说,——怎么打蝴蝶结,而珍妮虽自有她的见识,却只藏在自己肚里。她们有可以坐在一块儿的朋友。她们有要在角落上谈的私房话。而我却只敢依恋着别人的名字和面容,但却把它们像消灾降福的符咒似的深藏在心底。我在大厅的远处看中某一张陌生的面容,但当这位不知名姓的她走来坐在我对面时,我却简直连茶都喝不下去。我喉咙哽住了。我被强烈的激动弄得身子都摇晃起来。我想象着这些不知姓名的人、这些美好无瑕的人正在灌木丛后面注视着我。我高高跳起,以求引起他们的赞美。夜晚,睡在床上时,我引起了他们无比的惊羡。我时常饮箭而死,以便赢得他们的眼泪。要是他们说过,或者我看见过他们行李上的一张标签而得知他们最近到斯卡布罗度过假,那个城市就仿佛遍地金光,街道都闪闪发亮。因此我最恨那些会使我看见自己真正面容的镜子了。独自一人时,我时常会落进空无所有的境界。我得小心踮着脚走路,生怕会失足掉出世界的边缘而落入空无所有。我得用手拍拍坚实牢靠的门,以便把我自己召回我的肉体。"

"我们来晚了。"苏珊说,"我们只好等着下一场轮到我们时再去打球。我们先在这块长长的草地上掷掷球,假装在瞧着珍妮和克拉拉,蓓蒂和梅维斯。可是我们不去瞧她们。我讨厌瞧别人打球。我要找出些我最讨厌的东西的化身来,把它们埋在地下。这块亮晶晶的小鹅卵石是卡尔洛太太,我要把她埋得深深的,就为她那种奉承巴结的举动,为她给我一个六便士来奖赏我练琴时把手指伸平。我埋下这六便士。我还想埋下这整个学校:那座健身房;那间教室;那个总有肉味儿的饭厅;还有那所小教堂。我想埋下那些红褐色的花砖和画那些老头子们——学校的资助者和创办者们——的竭力讨好的画像。有几株树是我喜爱的;那株皮上凝着一团团透明的树脂的樱桃树;还有阁楼上能望见远山的那一面的景色。除了这些,我简直想把所有的一切全埋掉,就像我埋掉这些难看的石子一样,它们老是散满在这个有许多码头和游客的海岸上。在家乡,浪头有一英里长。冬夜我们常听见它们澎湃的声音。上一年圣诞节有个独自驾着一辆马车的男人被浪头淹没了。"

"当兰伯特小姐跟教士说着话走过的时候,"罗达说,"别人都笑着偷偷模仿她驼背的样子;可是万物却都仿佛发生了变化并且变得格外明朗。珍妮在兰伯特小姐走过时实在蹦跳得太过分了。要是她瞧见了这朵小雏菊,事情就会发生变化。不管她走到哪儿,万物就会经她的眼睛一瞧而发生变化的;不过即使她走过去了,难道它们还会仍旧回复原状?兰伯特小姐正在带着教士经过边门到她个人的小园子里去;当她来到池子旁边时,她瞧见一只青蛙停在一片叶子上,这也会起变化的。不管她像座坟地上的雕像似的随便站在哪儿,一切就会显得严肃、苍白。她让她那件带穗子的披肩滑了下来,只有她的紫色戒指,她那葡萄色的紫水晶戒指仍在那儿闪闪发光。每当人们一离开了我们,他们就会引起这种神秘的印象。一当他们离开了我们,我就能伴随着他们去到池子旁边,并且把他们想象得庄严堂皇。每当兰伯特小姐走过时,她就会使小雏菊发生变化;当她用刀子切牛肉时,一切就都会显得像火焰在熠熠燃烧。随着时间一个月一个月地过去,万物就越来越变得不再那么僵硬严酷;就连我的肉体现在也仿佛能透过光;我的脊背变得像靠近烛火的蜡那么柔软了。我老在幻想;老在幻想。"

"我打赢了。"珍妮说,"现在该你们打了。我得倒在地上喘喘气。我因为奔跑,因为赢球,弄得气都喘不过来了。我浑身都因为奔跑和赢球弄得像散了架子似的。我的血准变得鲜红,沸腾,在我的胸口激烈跳荡。我的鞋底刺痛,好像有什么铁丝圈断了,刺进了我的脚。每一片草儿我都能看得挺清楚。不过我的前额、眼睛背后却跳得那么厉害,好像什么都在跳舞似的,——球网呀,草地呀;你们的脸像蝴蝶那么飘来飘去;树木也好像在上下跳动。全世界仿佛没有一样东西是稳定的,是静止不动的。什么都在激荡,什么都在跳舞;仿佛一切都在那儿风驰电掣、喜气扬扬。不过,当我独自躺在这坚硬的地上,瞧着你们打球时,我开始感到想要一个人独处;被某一个来寻找我的人召唤、叫走,这个人受到我的吸引,离不开我,禁不住要跑到我身边来,我正坐在一张金漆椅子上,披风在我身上飘扬,就好像一朵花。我们俩躲到一个亭子里,或者单独坐在一个阳台上,谈着心。

"现在高潮平息下来了。现在树木又回到了地面上;我胸口激荡的阵阵波涛起伏得比较柔和了,我的心驶进了港,仿佛一艘帆船的风帆缓缓地降落在白色的甲板上。球打完了。现在我们得回去喝茶了。"

"那些爱夸口的小伙子现在成群结队打板球去了。"路易说,"他们是齐声合唱着驾着他们的大四轮马车去的。他们的头一齐转向栽满月桂树丛的那个方向。现在他们又在夸口了。拉本特的哥哥是牛津大学的足球队员;史密斯的父亲曾经在伦敦板球场打出过一次百分。阿契和休,派克和道尔顿,拉本特和史密斯;接着又是阿契和休,派克和道尔顿,拉本特和史密斯,——这些姓名老在重复出现;老是这些同样的姓名。他们既是民团团员,又是板球队员;他们还是自然史学会的职员。他们老是四个人成一组,列队前进,帽上戴着徽章;每经过他们队长的身旁时他们都要一致敬礼。他们那种严守秩序是多么庄严,他们的严格服从是多么值得赞羡!要是我能追随他们,要是我能跟他们在一起,我情愿放弃我所知道的其他一切。不过他们也一样撕掉蝴蝶的翅膀，让它在那儿挣扎发抖；他们把血迹斑斑的手帕塞在角落里。他们在昏暗的过道里弄哭小孩子。他们长着通红的大耳朵，露在帽子外边。不过我们，奈维尔和我，我们还是但愿也能这样。我怀着羡慕的心情注视着他们。我躲在帘子背后偷看，看到他们动作的整齐一致而心花怒放。要是我的两腿能靠着他们的腿而增强力量，它们一定能跑得飞快！要是我能一直跟他们在一起，一块儿比赛取胜，一块儿划船参加大赛，整天骑马，我准会半夜里放声高唱！我准会一开口话如泉涌，滔滔不绝！"

"波西弗已经走了。"奈维尔说，"他整天只想着比赛。在四轮马车拐过月桂树丛时，他从不挥手告别。他瞧不起我身体瘦弱，不能参加比赛（不过他对我的瘦弱总是温和地同情）。他瞧不起我只是因为他关心他们比赛的胜败才勉强加以关心。他接受我的忠诚；他接受我提供的那种怯生生的、无疑是有点低声下气的主动帮助，尽管其中也带有点对他的头脑的轻视。因为他不会念课文。不过每当我躺在长长的草地上朗读莎士比亚或者喀特勒斯时，他比起路易来还理解得更好些。不是指理解字面，——可是字面算得了什么？我不是已经熟知怎样押韵，怎样模仿蒲伯、德莱顿甚至莎士比亚的文体么？可是我却做不到整天站在太阳底下专心眼盯着球；我做不到凭自己的身体来感觉球儿的传送，一心只想着球。我将终身是一个只会拘泥字面含义的人。但是我却无法跟他在一起生活，受不了他那股傻劲儿。他将来会变得粗俗，睡觉时鼾声如雷。他会娶妻成家，早餐桌上来一番温情脉脉的场面。可是眼前他还年轻。当他光着身子，转辗反侧，浑身燥热地躺在床上的时候，他跟阳光、雨水、月亮是融为一体，其间没有一根线、一张纸那样的隔膜的。这会儿当他们驾着车沿着公路驶去时，他脸上常常是一会儿发红、一会儿发青。他会扔掉他的外衣，又开两腿站在那儿，两手做好准备，眼睛盯着球门。同时他会祈祷着：'上帝保佑我们打赢'；他会心里只想着一件事，就是他们一定得赢。

"我怎么能跟他们一起坐着马车去打板球呢？只有伯纳德能跟他们一块儿去，可是伯纳德却老是错过时间，没法跟他们去。他老是错过时间。他那无可救药的喜怒无常妨碍他跟他们一块儿去。他洗着手,会忽然停下来说:'那儿有只苍蝇落进了蜘蛛网里。我该去救出它呢,还是让蜘蛛去把它吃掉?'他老是被种种数不清的彷徨困惑心情所笼罩,否则他本来会跟他们一起去打板球,会躺在草地上仰望着天空,并且在中了球的时候一下跳起身来。不过他们会原谅他的;因为他会给他们讲故事。"

"他们驾着车走了,"伯纳德说,"我错过了时间没能跟他们一块儿去。那班讨厌而同时又挺可爱的小伙子,你和路易、奈维尔都那么羡慕的小伙子驾着车走了,所有的人都掉过脑袋朝着一个方向。不过我对这类大出风头的事并不在意。我的手指头在琴键上溜过,却辨不清哪是白键哪是黑键。阿契毫不费力就能得一百分;我碰巧才能得个十五分。可是我们俩中间又有什么差别呢?不过等一等,奈维尔;让我说下去。一阵阵泡泡升了起来,就像锅底上升起来的那些银白色泡泡那样;想象之上更冒出新的想象来。我不能像路易那样坐下来拼命孜孜不倦地读书。我得把捕鼠机的小门打开,放出那成串的句子来,然后瞎猫碰死耗子似的把它们混在一起,这样就能胡乱看得出一条彼此多少连结在一起的线索来,而不至于互相毫无连贯。我要讲给你听关于博士的故事。

"当克雷恩博士念完祈祷文蹒蹒跚跚走出弹簧门的时候,看来他深信自己真高明无比;可是说实话,奈维尔,我们没法否认他一离开不但使我们感到轻松,而且甚至像感到摆脱了一个负担,就像拔掉了一颗牙似的。现在让我们来跟着他挤出弹簧门上他的住所去。让我们想象他在马棚那边的他那间私室里脱衣服的情景吧。他解开了他的吊袜带(让我不厌其烦而且不避琐屑地来谈吧)。接着用他那特有的姿势(很难避免使用这类老一套的话,而且在他身上这类话倒颇为适合),他从他的裤袋里取出了银币,又取出了铜币来,分别放在他的梳妆台上。他摊开两臂搁在椅子扶手上沉思起来(这是他一人独处的时刻;我们正是要尽量在这种场合看清他):他究竟还是穿过粉红色的桥梁走到他的卧房里去呢还是不去?这两个房间是由克雷恩太太床边的玫瑰色灯光形成的一道桥梁连接在一起的,这时克雷恩太太正头发散开在枕头上,读着一本法文的自传。她读着读着,用一种灰心绝望和自暴自弃的姿势伸手抹了抹自己的额角,叹息说:'就是这些么?'一边拿自己和某一位法国的公爵夫人比较着。现在,博士说,再过两年我就要退休了。我将要在西岸的一个乡间花园里修剪水松树篱。我本来可以做个海军上将;或者当个法官;而不是当个教师。是什么力量把我引上这条道路的呢,他自问,一边呆瞪着煤气灯光,两肩耸得比我们平时看到的还要厉害(记住,他身上只穿着一件衬衫)。究竟是什么无所不在的力量啊?他想着,一边转头越过自己的肩膀望了望窗户,一边又驰骋起他那庄严的词藻来。这是个狂风四起的夜晚;栗树的枝桠上下颠簸。星星在枝叶间闪烁。是什么祸福难凭的力量把我引到这儿来的啊?他一边问着,一边闷闷不乐地发现他的椅子已在紫色地毯的绒毛上磨坏了一个小洞。就这么,他坐在那儿,吊袜带拖在脚上晃来晃去。不过,讲一个人走进他的私室后的事情是很难的。这个故事我实在再讲不下去了。我是竭力在掉花腔;我是在叮当簸弄我裤袋里的四五个硬币。"

"伯纳德的故事我觉得很有趣,"奈维尔说,"开头是这样。可是到他后来越说越荒唐并且张口结舌,掉起花腔来,我就想起我自己的孤独寂寞来了。他看什么事情都只看阴暗的一面。所以我不能跟他谈波西弗。我设法袒露自己那荒唐而强烈的热情以求得到他的同情理解。那也准会成了一个'故事'。我需要这样一个人,他的头脑能使一切问题都迎刃而解;对他来说荒唐色彩也是美妙的,一根鞋带也有它的可爱处。可我能向谁去诉说我那迫切的热情呢?路易太冷淡,志向太大。实在没有人可说,——在这儿,处在这些灰暗的拱门、悲悲切切的鸽子、热闹的运动、传统活动和竞赛中间,而这一切都是那么巧妙地糅合在一起,以便阻止人们有独自的感受。可是当我偶然撞见了一些预示着将要来临的事情的意外征兆时,我惊得呆住了。昨天,当经过通向那所私人花园的开着的门时,我瞧见芬雅克正举起他的木槌。草地中央,茶炊里冒着热气。还有大簇大簇的蓝花。这时我心中突然涌起了一种朦胧而神秘的崇敬感,一种战胜了一切混乱的完美感。当时谁也没有瞧见我站在开着的园门口时那种凝神专注的神态。谁也没有猜想到当时我心中的迫切愿望,就是要把自己的生命献给某个神,然后死去、消失。

他的木槌放下了;幻景破灭了。

"我应当去找到某一棵树么?我应当丢弃这些班级课室和图书馆,以及我在其中读到喀特勒斯著作的发黄的大本书,去换取森林和田野么?我应该走到山毛榉树下去,或者沿着树影在水中像恋人似的难解难分的河岸信步走去么?不过大自然太单调、太乏味了。她有的只是崇高和无垠、水和树叶。我开始向往着炉火,清静,还有某一个人的肢体。"

"我开始向往着将要来临的黑夜。"路易说,"当我站在这儿,正要伸出手去碰威克汉先生门上的橡木纹镶板时,我想象自己是黎希留的好友,或者是正把鼻烟盒递给皇上本人的圣西门公爵。这是我受到的特殊荣宠。我的妙语隽句'像烈火般传遍宫廷'。公爵夫人叹赏得扯下了她们耳环上的绿宝石……不过这些缤纷的焰火只有当我在自己的小卧室里、独自处在黑暗中时才更能放射异彩。这会儿我还只不过是个带殖民地口音的孩子,正要用手指节去叩威克汉先生的仿橡木门。这一天是饱受屈辱和为了怕人嘲笑而不敢显露胜利的一天。我成了全校的第一名优等生。可是当黑夜一降临,我就可以解脱掉这个不值得羡慕的躯体——我的大鼻子,我的薄嘴唇,我的殖民地口音,而遨游在广阔天地里。那时我就会成为维吉尔的伴侣,柏拉图的伴侣。那时我就会成为法国一个名门望族的末代苗裔。不过我也是一个能强制自己的人,能竭力丢开这些虚无飘渺的王国,这些午夜的遐想,去面对这扇仿橡木门。我此生一定会做到——愿上天垂怜这一天不会太远——把这两种我看得那么惊人明显的矛盾事物出色地结合在一起。为了我所受的苦我定要做到这一点。我要敲门。我要走进去。"

"我已经扯下了五月和六月这整整两个月的日子,"苏珊说,"加上七月的前二十天。我已经扯下它们揉成一团,好让它们不再存在,最多只是还揣在我身边的一个负担。它们全是些委靡不振的日子,像伤了翅膀无法动弹的飞蛾。只剩下八天了。八天以后,六点二十五分,我就要走下火车,站在月台上。那时候我的自由就要展翅飞翔,所有这些叫人皱眉蹙额的限制——钟点、秩序、纪律,以及准时到这儿到那儿等等,都会彻底崩溃了。当我打开马车门,瞧见戴着他那顶旧帽子和绑着护腿的父亲时,那样的日子就终于到来了。我会发抖。我会掉下眼泪。然后第二天早晨我会一清早就起来。我会从厨房门走出去。我会到沼地上去走走。那些幽灵骑士们高头大马的马蹄声会在我身后响起,又突然停住。我会看到燕子掠过草地。我会纵身仆倒在河岸边,瞧着那些鱼儿在水草中间穿来穿去。我的手掌上会留下松针刺下的痕迹。我要在那儿掏出和扔掉所有我在这里得到的东西;某种叫人难受的东西。因为在这儿,冬去春来,在楼梯间,寝室里,我身上已经沾上了某种东西。我并不像珍妮那样一心想受到爱慕。我并不想使别人在我走进去的时候带着爱慕的神情抬起头来。我只渴望献身,被人献身,渴望孤身独处,让我好掏出我所有的东西来。

"然后我将穿过胡桃树荫下光影摇曳的小道走回家去,我会碰见一个老妇人正推着一辆满装柴火的小儿车;还有一个牧羊人。不过我们不会交谈。我会穿过厨房外的后园回家去,看见沾满露珠的包心菜卷曲的菜叶,和园中那所一扇扇窗上还遮着窗帘的屋子。我要上楼到我的房间里去,翻翻我自己那些小心紧锁在衣柜里的东西:我的贝壳;我的鸟蛋;我的奇花异草。我要喂一喂我的鸽子和松鼠。我要上我的狗棚那儿去梳梳我那长毛狗的毛。这样我就可以把我在这儿所沾上的那些叫人难受的东西逐渐地消除掉。可是这会儿铃又响了;又要照例没精打采地拖着脚走去。"

"我讨厌黑暗、睡觉和夜晚,"珍妮说,"讨厌躺在那儿一心盼望着白天来临。我盼望一星期变成整个儿的一天。当我很早醒来——鸟儿叫醒了我的时候,我躺在那儿望着食柜上的铜把手逐渐变得清晰;接着是洗手盆;接着是毛巾架。随着寝室里的每件东西愈来愈清晰,我的心也跳得愈来愈快。我觉得我的身子变硬起来,而且发红,发黄,变成棕褐色。我用手摸摸我的腿和身体,感到它们的曲线和它们的纤细。我喜欢听铃声响遍全屋,接着满屋子骚动起来,——这儿乒砰一声,那儿啪哒一响。房门打开关上;水哗哗地响着。我一边两脚落地,一边喊着,又是一天来啦,又是一天来啦。这有可能是倒霉的一天,不如意的一天。我常常受到责骂。我常常为懒、为爱发笑挨骂;可是即使正当马休士小姐在嘟囔我轻率散漫的时候，我也会一眼望见有什么东西在动，——也许是一幅画上的一抹阳光，或许是正拉着割草机经过草地的一头驴子，或者是在月桂树叶间闪过的一片风帆，所以我从来不曾垂头丧气过。什么也阻挡不了我一边跟马休士小姐去做祈祷，一边在她身后跳着足尖舞。

"再说，现在又快到我们可以离开学校，穿着长裙子的时候了。我要晚上戴着项链，穿上一身无袖的白衣服。在辉煌的屋子里将要举行舞会，一个男人会召我单独跟他出去，对我讲他从来没对别人讲过的事。比起苏珊或者罗达来，他会更喜欢我。他会在我身上发现某种品质，某种特有的东西。可是我不会让自己只跟一个人厮混在一起。我不愿意被固定起来，受到约束。我垂着脚坐在床沿边期待着新的一天到来时，浑身战栗发抖，就像树篱上的一片叶子。我还可以过五十年，还可以过六十年。我还不曾打开我的宝库。眼前还只不过是个开端。"

"还要再过好几个钟头，"罗达说，"我才能熄了灯上床躺下，游离在这个世界之外，了结这一天，去安心抚育我那棵小树，让它在我头上的碧绿穹苍底下颤巍巍地成长起来。在这儿我没法抚育它成长。老有人会把它碰倒。他们问这问那，不断打搅，把它碰倒在地。

"现在我要上浴室去，脱下我的鞋子洗一洗；不过在我洗的时候，当我低下头俯在洗手盆上的时候，我要让那俄罗斯女皇的面纱披落在我的双肩上。皇冠上的钻石在我的额头上闪闪放光。我仿佛听到那些悻悻的暴民在我走上阳台时大声鼓噪。现在我使劲儿揩干我的手，好让那位我忘了姓什么的小姐不至于疑心我是在向那群怒冲冲的暴民挥舞拳头。'我是你们的女皇，你们这些老百姓！'我的神态充满蔑视。我是无畏的。我征服一切。

"可惜这只是个脆弱的幻想。这只是株纸糊的树。兰伯特小姐一口气就把它吹倒了。就连她走过过道的身影就足以把它一下子化为齑粉。它是不牢固的；它不能使我感到满足，——这个当女皇的幻想。现在当它一旦破灭之后，就撇下我在这过道里只觉得浑身发冷。什么都显得苍白乏味了。我现在只好走到图书室里去，取出一本书来，翻翻，读读,再翻翻,读读。这儿有首关于灌木树篱的诗。我要沿着它信步走去,摘下花儿,绿色的牵牛花和月光色的山楂花,野玫瑰和蜿蜒的常春藤。我要把它们摘在手里,把它们放在光亮的桌面上。我要坐在颤悠悠的小河边,瞧着那些明朗舒展的睡莲,它们那月光般清冷的光辉,照映得覆垂在树篱上的橡树也熠熠生辉。我要采摘花朵;我要把花儿扎成一个花环,紧紧握着它,把它们献给……唉!献给谁?我的生命之流似乎受着什么阻扰;一道深沉的潜流拥在什么障碍物前;它在推挤;它在挣扎;其中仿佛有个解不开的结。唉,真痛苦,真难以忍受!我昏晕过去,我倒了下来。接着我的全身融化了;我挣脱了,我浑身发热了。现在那道潜流汹涌如潮,冲开闸门,迫退阻力,任情地奔腾着。我究竟该把这股这会儿正打从我温暖、松软的躯体中迸涌出来的东西奉献给谁呢?我要采摘我的花朵,把它献给……唉!献给谁呢?

"水手们正在成群地悠闲巡行,还有一双双情侣;公共汽车正隆隆地开过海滨,驶向城里。我愿献身;我愿使人充实;我愿把这种美归还给世界。我要把我的花儿扎成一整个花环,伸出手来跨步向前,把它奉献给……唉!奉献给谁呢?"

"现在我们已经被世人接纳了,"路易说,"因为这已是最后一个学期的最后一天,——奈维尔、伯纳德和我的最后一天,——不管我们的老师们曾经给了我们些什么。我们已经受到了推荐,世界已经呈现在我们面前。他们还要留下去,我们就要离开了。那位了不起的博士,所有的人中间我最尊敬的一位,步履略微有点蹒跚地走过各人的书桌前,逐一地分发装订好了的贺拉斯、丁尼生的诗集,济慈和马休·阿诺德的全集,都写上了合适的题词。我尊敬这只分书的手。他用充满自信的语调讲了话。他的话在他看来是真实的,尽管对我们来说却并不。他粗声粗气,满腔激动,既凶狠又柔和地对我们说,我们就要走了。他嘱咐我们要'像个男子汉似的离开'。(无论《圣经》上的话,《泰晤士报》上的话,从他嘴里说出来都显得同样铿锵有力。)有的人将要干这个,有的人将要干那个。有些人将不会再见面。奈维尔、伯纳德和我再不会在这儿会面。生活将会把我们分开。可是我们已经结下了某种不解之缘。我们孩子气的、无忧无虑的年头已经过去了。可是我们之间已经结下了某种纽带。首先是,我们已继承了某些传统。这些铺路石板已经经历了六百年的沧桑。这里的墙上刻着一些军人、政治家的名字,还有一些不幸的诗人的名字(我的名字也一定会列在他们中间)。愿上帝保佑所有这一切传统,这种种防范和限制吧!我是十分感激你们这些身穿黑袍的人,还有你们这些目前已故的人的,感激你们的教导,你们的指引;不过归根结底,问题还依然存在。分歧还并未解决。花儿在窗外摇头摆尾。我望见一些野鸟,而种种比最野的鸟儿还要更野的冲动,正在从我野性难驯的心中冒出来。我的目光是野的;我的嘴唇紧紧地抿着。鸟儿在飞翔,花儿在舞蹈;但我耳中却老是听见那沉闷的海浪声;还有那头被链子锁着的野兽在岸边的蹬脚声。它老在不停地蹬脚,蹬脚。"

"这是最后一次仪式。"伯纳德说,"这是我们所有仪式中的最末一次。我们心头充满了种种奇异的感觉。举起旗子的值班员快要吹响他的哨子;喷着汽的列车一会儿就要开动了。你正想要说几句只有在眼前这种场合才会有的话,体味一下只有在这种场合才会有的感受。你的头脑里装满了许多东西;你的嘴唇快要张开了。但正好这时一只蜜蜂撞了进来,绕着那位将军的太太汉普顿夫人为表示对送花人十分领情而在不断地闻着的那束花嗡嗡直打转。蜜蜂会去叮她的鼻子么?我们大家刚才都深受感动;但既有点不敬,又有点后悔;既急于想了结,又有点依依不舍。这只蜜蜂弄得我们分了心;它的随意乱飞,似乎是对我们那种紧张心情的有意嘲弄。它捉摸不定地嗡嗡飞着,一会儿到东,一会儿到西,最后终于在一朵康乃馨上停了下来。我们中许多人不会再会面了。当我们此后可以随意上床,或者多坐一会,我也再用不着偷偷藏起一截蜡烛头来读黄色小说的时候,我们也就不再能享受其中自有的某种乐趣了。那只蜜蜂现在又绕着了不起的博士的脑袋嗡嗡地转了起来。拉本特、约翰、阿契、波西弗、贝克,还有史密斯,——我都曾经十分喜欢过。我只认识过一个疯疯傻傻的小伙子。我只憎恨过一个讨厌的小伙子。我很乐意回想起自己在校长桌子吃过的那顿浑身别扭的早餐,吃的是果酱和烤面包。只有他这会儿不曾注意到那只蜜蜂。即使它停在他的鼻子上,他也会气派十足地一挥手把它赶掉。现在他已经干完了他的好事;现在他说起话来声音几乎若断若续,不过却也不尽然。现在我们——路易、奈维尔和我三个——已经被永远打发走了。我们已拿到了我们那几本十分精致的书,全都用细小难辨的草体字写上了挺有学问的题词。我们已起身走散,各奔东西;包袱已经卸掉了。那只蜜蜂已成了无足轻重、谁也不睬的小昆虫,它已飞出开着的车窗,飞得不知去向。明天我们也要飞走了。"

"我们快要出发了。"奈维尔说,"行李箱子在这儿,出租车已经来了。戴着宽边毡帽的波西弗就在那儿。他准会忘了我的。他会把我去的信随便乱搁在鸟枪和猎狗中间,一字不复。我要把写的诗寄给他,他也许会只回我一张风景明信片。但我却恰恰因此而更喜欢他。显然,由于他完全不学无术,他准会在我的生活中渐渐消失的。而我,尽管看来似乎难以置信,却一定会走向另一种生活;也许这只不过是一种儿戏,一种前奏曲罢了。尽管我受不了博士那套夸张的做作和装腔作势的热诚,但我却已经感觉到,我们仅仅隐约预见到的东西已在逐渐临近了。我将来一定能随意出入芬雅克曾经举起木槌来的那个小花园。那些曾经瞧不起我的人准会承认我的威权。但是凭着我身上的某种不可思议的生活法则,仅仅威权和财富还不够;我将不断排开帷幕,闯入隐秘的小天地,渴望独自听到别人的窃窃私语。因此我将要尽管犹豫迟疑,但却总是得意扬扬地往前走;明知有难以忍受的痛苦,但却认定在自己的历险道路上必定会经过重重磨难终于战胜一切,毫无疑问,最后我一定会找到我向往的目标的。我最后一次望见我们那虔诚建校者的雕像正矗立在那儿,鸽子在他的头边飞绕。它们会永远在他的脑袋周围盘旋,使它变得一片雪白,同时小教堂里传出风琴的呜咽声。好啦,我来找自己的座位吧;等我在我们预订的车厢房间角落上找到了我的座位,我要用一本书来挡着眼睛,好遮住淌出来的一滴眼泪;我要遮起眼睛来观察;偷偷瞧一下某个人的脸。今儿是暑假的第一天。"

"今儿是暑假的第一天。"苏姗说,"但这一天还没有展开。在我傍晚下车踏上月台以前,我不想去考察它。甚至在我嗅到凉丝丝、绿阴阴的田野气息之前,我连嗅都不准备去嗅它。不过眼前已经不再是学校的田野了;也已经不再是学校的灌木树篱了;这里田野上的人正在干真正的活儿;他们正在往大车上装真正的干草;这些牛也是真正的牛,不再是学校里的牛了。可是走廊上的石碳酸气味和教室的粉笔味儿仿佛仍旧在我的鼻子里。那些假型板闪光发亮的样子仿佛仍旧在我的眼前。我得等着瞧那一片片的田野和灌木树篱,林子和田地,铁路边点缀着一丛丛金雀花的陡峭斜坡,侧轨上的一节节货车厢,隧道和女人们正在晾洗衣裳的城郊小园子,接着又是田野,和孩子们攀在大门上悠晃着玩的景象,才能盖没那些东西,把它们深深地埋下去,——那个我恨透了的学校。

"我决不送我的孩子们上学校,一辈子也不想在伦敦过一宿。在这个空旷的车站上一切都散发出空荡荡的回声,灯光就像凉篷里的光那么黄惨惨的。珍妮就住在这里。珍妮常带着她的狗在这些人行道上散步。这儿的人都默不作声地急匆匆穿过街道。他们两眼只盯着橱窗。他们的头抬起、低下时差不多都一般高。一条条街道全被电线连接在一起。一所所房屋上全都是玻璃窗和金碧辉煌的装饰;瞧,现在又都是堂皇的大门和花边窗帘,圆柱和洁白的台阶。不过现在我已经经过了,又到了伦敦城外;又开始看到了田野、房屋,正在晾衣服的妇女,接着又是树木和田野。伦敦现在模糊了,消失了,渐渐支离破碎,终于完全不见。石碳酸和满是松脂的松木味儿逐渐淡漠。我闻到了谷物和芜菁的气味。我解开了一个用白布条系着的纸袋。鸡蛋壳从我的两膝间溜下地去。现在我们经过一个又一个的车站,纷纷打开一瓶瓶的罐头牛奶。现在妇女们彼此吻一吻,拿出篮子来进食。现在我要把头伸出车窗去。风立刻灌进了我的鼻子和喉咙,——凉爽的风,带咸味的风,夹杂着芜菁的气息。我的父亲已经在那儿,正转过背去跟一个农夫在讲话。我浑身哆嗦。我哭了起来。我父亲绑着护腿在那儿啦。我父亲在那儿啦。"

"我正舒舒服服坐在我的角落里一路往北开,"珍妮说,"坐着这列轰隆轰隆的快车,不过它开得又稳又快,使那些灌木树篱显得成了低低的一片,小山成了长长的一线。我们让那些信号棚一闪而过;我们使大地微微地摇摆。远方不断从四面汇聚到一点；接着我们又不断使远方无边无垠地展开在眼前。一根根电线杆不停地突然冒出来；一根隐没下去，另一根又接着出现。现在我们轰隆轰隆摇摆着开进了一条隧道。一位先生把窗子拉开了。我从镶在隧道壁上的闪光的镜子里看到了照出来的影子。我看见他放下了报纸。他朝我在隧道里照出来的影子笑了一笑。在他的注视下，我的全身不由得立刻自动地畏缩了一下。我的身子仿佛过着它自己的生活。现在黑洞洞的车窗又变得发绿了。我们已经开出了隧道。他又读起他的报纸来。不过我们已经表达了两者身躯之间的彼此赞赏。这会儿这里正有大量的身躯聚会在一起，我的身躯已经介绍给大家了；它刚才走进了这间全是描金椅子的车厢里。瞧，——所有别墅的窗子跟它们那白纱帐似的帘子全在跳舞；那些用蓝手绢包着头坐在麦田里树篱下的人也都像我那样觉得又热又兴高采烈。有个人在我们经过时向我们挥了挥手。这些别墅的园子里有树阴和凉亭，有些只穿着衬衫的年轻人正爬在短梯上修剪玫瑰。一个人骑着马在田野上慢步跑过。他的马在我们经过时向前猛冲了一下。骑马的人掉过头来望了望我们。我们又轰隆隆地开进了一片黑暗。我仰身靠在椅子上，尽情沉湎在欢乐中；我设想着自己穿过隧道，就要来到一个灯光辉煌摆满椅子的房间里，我将要在一张椅子上坐定下来，受到大家的称羡，我的衣裳在我身上潇洒地飘垂。可是瞧呀，我一抬头就碰上了一个性情乖张的女人的目光，她看出了我欢乐的心情。我的身子马上毫不客气地在她面前一下合拢，就像一把阳伞似的。我能随意打开或者合拢我的身体。生活开始了。此刻我正打开了我生活的宝库。"

"今儿是暑假的第一天。"罗达说，"现在，当火车正开过这些火红的岩石，开过这蓝色的大海时，已经了结了的那个学期才在我身后显示出了它完整的具体形象。我能辨认得出它的颜色来。六月是白色的。我瞧见田野上遍地是白色的雏菊和白色的衣裳；网球场上也划满了白线。同时还起过风，打过猛烈的响雷。一天夜里，有颗星星划破云空，我对星星说：'把我烧成灰烬吧。'那是在仲夏，正当开过游园会，我在那次游园会上受到了屈辱之后。七月里，使人难忘的是大风和暴雨。同时，还有正当我手里拿着个信封去给人送信时在院子当中碰上的那个死气沉沉、叫人望而生畏的铅灰色的泥水坑。我走到那泥水坑跟前。我走不过去。我失掉了把握。我说了句:'我们这些人真不中用。'就跌倒了。我就像是一根狂风中的羽毛被刮进了黑洞里似的。后来我鼓足勇气,把一只手扶在一堵砖墙上,迈步跨了过去。我提心吊胆地涉过那死气沉沉的铅灰色的大泥坑,十分费力地回到房间里。这就是当时我注定要过的那种生活。

"因此我特别记得夏天那个学期。生活就像掀起它那阴沉沉的浪头从大海里冒出来似的,不断出现令人震动的意外,乘人不防,好像猛虎的一跃。我们没法脱离这种境遇,我们被它困住,就像身子被困住在受惊的马上一样。不过我们想出了各种手法来弥补这种裂缝,掩盖这些裂缝。哦,验票员来了。这儿有两个男的,三个女的;篮里还有一只猫;还有正把胳膊靠在窗槛上的我,——这就是眼前在这儿的事情。我们渐渐靠近了一个地方,又离开了它,穿过窸窣有声的金黄色麦地。田里的妇女们惊奇地被我们抛在后面,继续锄着草。现在火车仿佛笨重地蹬着足,呼噜噜地喘着气,不停地向上爬坡。最后我们到达了荒原的最高处。这儿只生活着极少几只野山羊,几头乱毛蓬松的小马;可是我们却设备一应俱全,有小桌可以放报,有套环可以放稳我们的杯子。我们随车带着这一切设备来到荒原的最高处。现在我们已经来到了顶峰。一片静穆将要笼罩在我们身后。我只消越过那个秃脑袋回头瞧瞧,就能望见静穆已经笼罩在那儿,云彩的阴影正在荒地上互相追逐;静穆笼罩了我们走过的一段短暂的旅程。我现在所说的就是目前;今天是暑假的第一天。这就是我们无法摆脱的那个正在冒出来的怪物的一部分。"

"现在我们已经出发了。"路易说,"现在我正悬在半空,无所归属。我们不知自己身在哪儿。我们正坐在一列火车上穿过英国。英国在车窗外不断变换景色,飞逝而过,从山坡变换成树林,又从小河、垂柳变换成城市。而我却没有可靠的立足之地可去。伯纳德和奈维尔,波西弗、阿契、拉本特和贝克要去牛津或者剑桥,去爱丁堡、罗马、巴黎、柏林,或者去美国的某一所大学。我却去向不定,谋生之道不明。因此仿佛到处有一种难受的阴影,一种辛酸的色调,笼罩着这些金黄色的芒穗,这些深红的田野,这片犹如波涛起伏,但却只到田边而永不会溢出田塍的麦子。今儿是新的生活的第一天,是正在转动的车轮的又一根车辐。但是我的身子却像一只飞鸟的掠影似的徘徊不定。我一定很像一片草地上的日影那么飘忽难凭,很快消退,一会儿就暗淡下去,隐没在草地跟树林毗连的地方,要不是我竭力使我的头脑清醒的话。我强迫自己哪怕只用一行未写出来的诗句也好,一定要把眼前这一刻记述下来;要把那从埃及、从妇女们带着红色的水罐到尼罗河边去打水的法老时代就开始的漫长历史中的眼前这一小段标志出来。我仿佛已经生活了好几千年。但要是我现在闭目无视,理解不到我现在所乘这节坐满了回家度假的孩子们的三等车厢,就是过去和现在交汇的地方,那么人类历史中就漏掉了一小段景象。它那能看透我的眼睛就会阖上,——要是我现在由于懒散或者胆怯,一味让自己沉浸在过去、沉浸在黑暗中而逃入梦乡;或者像伯纳德那么说说故事,随波逐流;或者像波西弗、阿契、约翰、华尔特、拉松、拉本特、罗泊、史密斯那么一味说大话的话,——他们的名字永不会变了,永远只好叫说大话的小伙子。他们全爱说大话,老是话挺多,只有奈维尔除外,他会不时悄悄地去看一两本法国小说,因此老是溜进那些炉中有火、椅上有靠垫的房间,与许多书籍和一两个知己作伴,而我这时却正在一个柜台后面,俯身坐在一张小职员的椅子上。因此我会变得满腹牢骚,对他们冷嘲热讽。我会嫉妒他们能在那些古老的水松树荫下继续走他们安闲自在的老路,而我却要去跟那些伦敦佬和伙计职员们相处,在那个城市的街头劳碌奔波。

"不过这会儿我正满心空虚、无所着落地奔驰在茫茫田野上,——(这里有一条河;一个男人正在钓鱼;这里有一座尖塔,有一条乡村小街,街上有个装着弓形窗的小客栈,)一切在我看来都显得朦朦胧胧,有如梦幻。这些难受的念头,这种嫉妒,这种满腹牢骚,对我是格格不入的。我只不过是路易的一个幻影,一位短暂的过客,一心向往的只是种种梦境,以及清晨鸟儿啁啾,花瓣儿仿佛在无底的深渊上飘浮时,花园里可以听到的各种声息。我拼命用清澈的童年之水来溅湿我自己。它朦胧的水面起了波澜。可是那拴着铁链的野兽还是在海岸边不住地蹬脚,蹬脚。"

"路易跟奈维尔两人,"纳伯德说,"都不声不响地坐在那里。两人都陷入了沉思。他们俩都觉得有旁人在场仿佛是一堵使他们彼此疏远的墙。可是我一旦跟旁人在一起,话就立刻像烟圈似的袅袅升起,——瞧瞧各种妙语是如何从我嘴里脱口而出。简直就像划了一根火柴似的;什么东西马上就点着了。现在一位上年纪的,显然是事业颇为兴旺的男人上了车。我立刻想要去跟他结交;我出于本能地讨厌那种他一人冷冰冰、落落寡合地置身在我们中间的感觉。我不喜欢彼此疏远。我们都不是独处世上。同时我也希望给自己对人生真谛的宝贵观察增添材料。我的著作肯定会篇幅繁多,把所知的各种男男女女不同类型都收罗在内。我把在一个房间或者一节车厢里偶然碰见的各式人物都灌进我的头脑,就像在墨水瓶里灌满一枝自来水笔似的。我随时都有一种永不餍足的渴望。这会儿我凭种种眼前尚难解释、但以后一定能解释清楚的细微迹象,觉察到他就要开始挑衅了。他的沉默寡言正是快要猛烈爆发的前兆。他对一所农舍发了句议论。我嘴里马上就吐出了一丝烟圈(议论庄稼收获),在他的身边袅绕,跟他发生了接触。人的话音有一种打消隔阂的力量,——(我们都不是独处世上,而是人间的一个。)一当我们就农舍问题彼此交换了几句尽管简短但却亲切的议论之后,我就使得他比较开朗和踏实起来了。他是个和气但却并不见得忠实的丈夫;是位有不多几个雇工的小建筑商。在当地社会上他是个重要人物;已经当了市参议员,说不定有朝一日还会当上市长。他身上戴着一件挺大的饰物,样子像连根拔起的一对牙齿,是珊瑚做的,挂在表链上。华尔特·约·屈伦勃这类名字倒是挺适合于他的。他到过美国,带着太太一起去办生意上的事情,在一家小小的旅馆里开了个双间套房就花了他一个月工资。他的门齿上镶着一颗金牙。

"说实话我不大爱多想。我要求一切都踏实具体。全靠这样我才能把握这个世界。不过我觉得一句漂亮辞藻还是有它独立的价值的。但我想最好的辞藻大概只在孤身独处的时候才能想得出。它们仿佛需要有一种最后的冷冻过程,这我可做不到,因为我总喜欢在一滩言辞的热水里蹚着玩。但我这一套比起他们的来也自有它的好处。奈维尔受不了这位屈伦勃先生的粗里粗气。路易呢,像一只高傲的仙鹤那样小心翼翼地抬高了脚步走路,像用糖夹子夹糖似的仔细挑选着词句。的确,他那种放肆、嘲笑,但却有点故意壮胆的神气的目光,显露出了某种我们不曾估量到的东西。奈维尔也好,路易也好,身上都有一种精细而一丝不苟的特色,这是我所羡慕但却学不到手的。现在我开始想到该采取某种行动了。我们正开近一个交轨处,我必须在这儿换车的交轨处。我得搭另一列开到爱丁堡的车。我不大弄得清这件事,——它就像一粒钮扣或者一枚硬币似的胡乱夹杂在我脑子里的一大堆事情里。哦,那位乐呵呵的查票的老兄来了。我有票,——我当然有。但这没关系。只不过是我找得着找不着的问题。我仔细翻我的皮夹子。我翻遍了我的口袋。正是这类事情,老是阻碍我不能按我一直竭力想做的那样,找出一句十分切合目前这种场合的辞藻来。"

"伯纳德走了,"奈维尔说,"连张票都没有。他一边说着漂亮辞藻,一边挥了挥手,就撇下我们走了。他跟那个养马的或者修铅管的人说起话来,就像跟我们说话一样毫不费力。那个铅管匠对他中意极了。他准在想'要是我有这么个儿子,我一定要尽力想法让他进牛津'。可实际上伯纳德哪关心那个铅管匠?难道他不是只想把他老在跟自己讲的那个故事继续讲下去么?他小时候还在把面包搓成一个个小球吃的那会儿,就已经在开始讲这个故事了。这一个小球是男人,那一个是女人。我们都是这些小球。我们全都是伯纳德故事中的一句句辞藻,是他分别记进他的笔记本里去的一件件事件,有的记在'A'栏里,有的记在'B'栏里。他讲起关于我们的故事来,什么都了解,就只不了解我们最关心的事是什么。因为他根本不需要我们。他永远不受我们摆布。他正在那儿,站在月台上挥着手。他没上去,火车就开了。他转车没转成。他把车票给丢了。但那没关系。他会去跟一个酒吧间侍女谈谈人类命运的真谛问题。我们就要开走了;他已经忘掉了我们;我们已经从他的视野中消失了;我们要继续赶路,心头满是萦回不去的感慨之情,半是甜蜜,半是辛酸,因为瞧着他丢掉了车票,只好去凭他那半吊子的漂亮辞藻去闯荡世界,总有点叫人怜悯:他也是该受人爱惜的呀。

"现在我又假装看起书来。我高高地举着书,几乎遮住了眼睛。

但我没法在那些马贩子、铅管匠面前看书。我没有哄骗自己的本事。我不赞赏那个人;那个人也不赞赏我。至少让我做个诚实人吧。让我公开指责这个琐屑无聊、扬扬自得的世界,这些塞满马鬃的坐椅,这些码头和广场的彩色照片吧。我简直想大声疾呼地痛斥这种沾沾自喜的自满心情,这个平庸无聊的世界,它专会繁殖出那些表链上挂着珊瑚坠的马贩子。我身上有这么股火气,简直能把他们统统烧为灰烬。我的大笑会叫他们坐卧不宁,会逼得他们在我面前哀哀嗥叫。哦不,他们是不朽的。他们是胜利者。他们永远会让我没法在一节三等车厢里读喀特勒斯的著作。他们到了十月里就会逼使我逃进一所大学,将来当一名导师;然后跟一班教师们一起去希腊;还要在巴特农神殿的遗址上给学生讲课。倒不如去住在那样一所红色的村舍里,养养马,还胜过老像一条蛆虫似的钻在索福克勒斯和欧里庇得斯的骸骨里,娶上个品格高尚的太太——那种所谓的'大学夫人'。不过我的前途却准是如此。我准得吃这种苦头。才十八岁的我就会这样愤世嫉俗,弄得那班马贩子恨透了我。这是我的胜利;我决不妥协。我并不胆小;我也没有口音。我不像路易那样吹毛求疵,老怕别人想到'他父亲在布里斯班一家银行里工作'。

"现在我们渐渐开近文明世界的中心了。那儿就是那些熟悉的煤气罐。那儿是有一条条沥青小路穿过的公园。那儿是不害臊地嘴贴嘴躺在枯草地上的情人们。波西弗这会儿差不多已快到苏格兰了;他的火车正开过红土荒原;他看到了连绵不断的边界小山和罗马式城墙。他在看一本侦探小说,可是什么都猜得到。

"当我们愈来愈近伦敦这个中心时,列车渐渐开慢和拉长了,我这颗惊喜交加的心也仿佛膨胀起来。我将要碰到的究竟会是什么呢?在那些邮车、搬运夫和成群召唤出租汽车的人当中,究竟会有什么特别的奇遇在等着我?我自觉微不足道,茫然失措,但同时又欣喜若狂。在轻轻地震动了一下之后,我们的车停了。我要让别人先下车。我要先静静地坐一会儿,再投身到那一片纷乱中去。我还无法料想下一步将会碰到什么。一阵巨大的嗡嗡声传到了我耳鼓里。它就像海里的浪涛那样在玻璃的屋顶下不断回响。我们带着随身行李被卸在站台上。我们被挤散了。我的自尊心连同我的轻蔑感差不多被冲得无影无踪。我被卷进了人流,一下子被压到地下,一下子被抬到半空。我终于下到月台上,手里紧紧抓住自己唯一的东西——一只手提包。"

太阳升起了。一条条黄绿色的光影投在海边上,把饱经风霜的小船船舷镀成金色,并且使海冬青和它那像披着铠甲似的叶片反射出钢铁般的闪闪蓝光。阳光几乎映透了成扇形地迅速散开在沙滩上的那层薄薄的浪花。那个刚才摆动脑袋,使她戴着的各种珍宝——黄玉,蓝宝石,射出火花般闪闪反光的水晶宝石——都颤动个不停的女郎,现在已齐眉地显出她的身影来,睁大着双眼,用她的目光在浪头上开辟出一条笔直的通道。海浪原来那种鱼鳞似的闪闪亮光暗淡下去了;它们变得稠密起来;它们那绿阴阴的波谷颜色发黑变深,像是被成群游动的鱼填满了似的。当浪潮飞溅一阵,退落下去后,它们在海岸上留下了黑黑的一行树枝和树皮、碎草和木棍,仿佛有一艘小舟沉没碎裂了,驾船的人已游上岸去,跳上岩石,遗下他四散的货物听凭它们被冲上岸边。

花园里,黎明时原来那棵树、那丛灌木上紧一阵慢一阵零乱啁啾的鸟儿,现在鸣成了一片,又尖又响;一会儿齐声而鸣,仿佛庆幸自己有了伴,一会儿又单声鸣叫,仿佛在向青白色的天空倾诉。当那只黑猫在灌木丛中悄悄爬来,或者厨娘把煤灰倒在煤碴堆上惊动了它们,它们就轰然飞起,连忙逃开。它们的鸣声中有恐惧,有生怕遭到苦难的不安,也有宁愿此时此刻就被人捉住的喜悦之感。它们在清晨的晴空中争鸣着,高高地飞上榆树梢头,互相追逐着齐声而鸣,一会儿追,一会儿逃,你啄我我啄你一齐飞上云霄。然后它们厌倦了互相追逐,就快乐地重新飞下来,轻巧地向下降落,回到地面,安安静静地停在树枝上,或者落在墙头上,尖利的眼睛顾盼四周,它们的头一会儿转向这边,一会儿转向那边;清清醒醒,小心提防;全神贯注地发现了某项东西,某个特殊的目标。

那或许是个蜗牛壳,矗立在草地上仿佛一座教堂,一所高高耸起的建筑物,上面带着一圈圈焦痕,被草色映得微微发绿。或许它们是瞧见了那在花坛上放出一片连绵不断的紫色光芒的美丽花朵,下面还有紫色荫影形成的一道道暗沉沉的通道在花茎间纵横穿过。或许它们是在定睛注视着苹果树上那些小小的浅色叶子正在摇摇晃晃、欲坠又止,倔强地仍旧闪烁在瓣尖粉红的苹果花之间。或许它们是瞧见了树篱上的一颗悬在那儿却老不掉下来的雨珠,其中映出了整个屋子,以及那些高耸的榆树的影子;也或许它们是在直接盯着太阳,小眼睛都显得像是闪着金光的珠子。

现在它们东瞧瞧西望望以后,又瞧着更深的地方,瞧着花儿底下,透过黑洞洞的通道窥察那积满败叶落花的、光照不到的世界。于是它们中有一只就优美灵巧地往下一冲,准确地落下地来,一下就啄穿了那条无法自卫的毛毛虫又大又软的身体,反复的啄了又啄,然后就丢下它让它去逐渐烂掉。在那些花儿渐渐凋谢的近根的地方,浮动着阵阵死亡的气息;各种潮湿霉烂的东西发软膨胀的表面上冒出点点的水珠来。烂果子的皮裂开了,上面渗出来的东西稠腻腻地粘牢在那儿。黄色的分泌物一团团地渗出来,不时有条两头都有脑袋的说不出形状的东西在缓缓蠕动。两眼金光闪闪的鸟儿钻进树叶丛里,好奇地细瞧着那些水珠和浓液。时不时地,它们会用它们的嘴尖恶狠狠地戳进这种黏糊糊的东西里去。

同时,刚升的太阳照进窗户,照亮了镶着红边的窗帘,显示出一个个圆圈和一条条花纹来。接着,在逐渐强烈的光线中,帘子的白色映在盘子上;刀子上的闪光更加耀眼了。椅子和食柜朦胧地留在后面的暗影里,以致尽管各自独立,却仿佛连成了一片。镜子投射在墙上的一圈反光显得更加洁白了。窗台上的真花都伴着它们的幻影。然而这幻影也是花的一部分,因为每当一朵花蕾开放时,镜子里色彩较淡的那朵花也同样绽开了一个蓓蕾。

风起了。波浪像敲鼓似的拍打着海岸,仿佛一些扎着头巾的战士,一些头上包着布、手里拿着毒矛的人高高地舞着他们的武器,正在向着吃草的畜群,向一头白色的羔羊冲上来。

"事情的错综复杂显得更加逼人了，"伯纳德说，"在这儿，在大学里，生活忙乱操心到了极点，单单日常生活中的骚乱就一天天愈来愈叫人应接不暇。这个粗糠做的大馅饼里每时每刻都会露出一些新东西来。我究竟算是个什么？我问自己。是这个么？不，好像是那个。特别是这会儿，当我刚离开一个房间时，别人在谈天，而我孤单单的脚步声在石子路上回响，我瞧见月亮正在升起，高贵，冷漠，照耀着古老的小教堂，——这时我才渐渐明白我并不是单纯的一个人，而是复杂的好几个人。伯纳德在大庭广众前有点轻狂，但私下一个人时却沉默寡言。这一点正是他们所不了解的，因为毫无疑问，这会儿他们正在谈论我，说我老回避他们，说我有点遮遮掩掩。他们不了解，我必须作种种的转换；我必须尽量给轮流扮演伯纳德这个角色的好几个人的上场下场打掩护。我十分注意所处的环境。我不先问一问：他是个建筑商么？她是否有点不愉快？就根本没法在一个火车车厢里看书。我今天特别注意到可怜的西密斯长着他那一脸粉刺，万分痛苦地自知他很难有机会使比利·杰克逊对他产生好印象。我为这一点感到难受，因此有意热情地请他一起吃饭。尽管实际上并不是，他却会错以为这是说明我对他挺有好感。这倒是真话。不过'虽然多情善感近于妇女'（我这是在引用替我写传记的人的话），'伯纳德却具有男子汉那种逻辑分明的冷静头脑'。说起来，凡能给人以头脑单纯的印象的（而这大体上讲是件好事，因为头脑单纯看来自有它的美德），总是那些能在激流中安然不为所动的人（我仿佛立刻瞧见了一条把头朝着与激流相反方向的鱼儿）。坎农、赖西特、彼得、郝金斯、拉本特、奈维尔——全是那种激流中的鱼。不过你总该懂得，你，我那一召即来的本人（光召唤而没人来应可真是件叫人苦恼的事，这会使深夜显得空虚，老待在俱乐部里的那些老人们脸上流露的表情，其原因也正在这儿——他们已不再指望去召唤那永不再来的本人），你总该懂得我今晚所说的这些只能勉强表明我的真意。心底里，当我迥然不同的时刻，我也会心口如一的。我会热情洋溢地流露同情；我也会像一只待在洞里的癞虾蟆那样，不管发生什么事都无动于衷。你们那些正在议论我的人当中，没有几个能够像我这样既有感情又有理智。你瞧，赖西特热中于猎兔子；郝金斯老在图书馆里整整一下午发愤用功。彼得在流通图书馆里有个年轻的女朋友。你们全都忙忙碌碌,陷了进去,脱不开身,打起精神来对付,简直使出了全身的劲,——只有奈维尔除外,他的头脑要复杂得多,不会单单被某一项活动所激动。我也同样是太过复杂了。在我身上,总有某种东西独立不羁,无所牵挂。

"现在正好说明我对环境十分敏感的一件事是:这会儿我走进自己的房间,亮了灯,看见桌子和桌上的一张纸,看见我那随手搭在椅背上的睡衣,我深感到自己正是那种既勇敢又有心计的人,那种大胆而危险的角色,他轻轻地脱下自己的斗篷,抓起笔来就给他正热恋着的那个姑娘写了下面所说的这样一封信。

"是的,一切都很顺利。我这会儿心情正好。我能够直截了当地写出我已经多少次动笔而没有写成的这封信。我刚进屋子;我扔下了帽子和手杖;我连纸都顾不得摊摊平,就把脑子里正好想到的事写了下来。这准会是一篇出色的随笔,她一定会觉得它是文不加点、毫无删改地写出来的。瞧瞧这封信多么潦草,——这儿还有块粗心大意弄上的污迹哩。应该不顾其它而只求做到才思敏捷和不拘小节。我要用一种敏捷、潦草而细小的字迹来写,有意把'y'的下面一笔拖得挺长,把't'的上面一笔像这样写成短短的一横。日期要只写上十七日、星期二,后面打上个问号。但同时又必须使她产生这样一个印象,就是尽管他——因为这并不是真正的我自己——写得那么潦草随便,其中却隐含着一种亲密和敬重的意味。我必须隐约提到我俩之间曾经谈到过的一些话,——回忆起某个难忘的情景。但一定得让她觉得(这非常重要)我是以世上最最轻松自如的口气随便提到这件事和那件事。我要顺便谈起那次我为救那个溺水的人(我有很好的措词来谈这件事)如何帮了莫法特太太的忙以及她当时说的话(我有记录),还要同样用显然是随便的但却又是十分深刻的笔调(深刻的评论总是随便写下来的)谈到我对某一本读过的书、一本生僻的书的看法。我要让她在梳头发或者吹灭蜡烛的时候忽然会说:'我是在哪儿读到这些话的?哦,是在伯纳德的信里。'我需要的是那种才思敏捷、热烈动人的效果,那种一句句话如流水奔泻似的风格。我心目中想到的是谁呢? 当然是拜伦。在某些方面,我确实有点像拜伦。也许稍稍借助一下拜伦会有助于我的文思。我来读它一两页吧。不,那会挺乏味;会弄得七拼八凑。那会显得有点太一本正经了。现在我是把握了其中的诀窍。我是在心里捉摸到了他的节奏(写作中最主要的东西就是韵律)。好了,我要毫不拖延,趁着灵机一动,动笔就开始写……

"可是彻底落空。完全失败。我鼓不起足够的劲头去完成这一次转换。真正的我与扮演的我仿佛脱了节。要是我重新来写,她就会觉得'伯纳德是在装模作样自命为文学家;伯纳德是在预先想到他的传记作者'(这倒是真的)。不,我要到明早吃过早饭后再马上来写这封信。

"这会儿让我来用一些幻想中的情景散散心吧。让我来设想一下自己被邀到离兰利车站三英里,拉夫顿皇家御庄的雷斯托弗家做客。我在暮色朦胧中来到那里。那幢虽然破旧但却不凡的房子的庭院里有两三条悄悄跑来的长腿狗。厅上有褪色的旧地毯;一位军人气派的先生一边抽着烟斗一边在阳台上踱来踱去。总的气氛是那种高贵不凡的清贫和与军界有联系。书桌上放着一只猎马的蹄子——一只原先宠爱的马。'你骑马么?''是的,先生,我很爱骑马。''我的女儿正在客厅里等着我们哩。'我的心在胸口扑通扑通地跳了起来。她正站在一张矮桌旁边;她刚去打过猎;她就像个带男孩子气的女孩那样大口地嚼着夹肉面包。我给上校留下了相当好的印象。我不算太聪明,他觉得;但也并不太蠢。我还会打弹子。一会儿已经在这一家待了三十年的一位漂亮的女佣人走了进来。餐具上的图案是那种东方的尾巴长长的鸟儿。壁炉上方挂着她母亲身穿细棉布衣的肖像。我在某种限度之内,能够十分轻易地描绘周围环境的细节。可是我究竟能不能使它最终产生预期的效果呢?我能不能听见她的声音——当我俩单独在一起,她叫我'伯纳德'的时候应有的那种神态语气呢?

"说实话,我是需要靠旁人的光来给我启发的。一个人,在我自己那暗淡的火光的照耀下,我常常会发现自己故事中的薄弱之点。真正的小说家,十足头脑单纯的人,倒能毫无限制地一直幻想下去。他不会像我那样心口如一。他不会有这种像熄灭的炉子中的冷灰似的令人灰心丧气的感觉。我的眼前浮动着一层障翳。一切都变得模糊不明。我不想再去凭空编造了。

"让我定一定心吧。整个说来今儿是挺好的一天。夜间在心灵的屋檐上凝成的露珠是圆润而绚丽多彩的。早上过得挺好;下午散步消遣。我喜欢瞧灰色田野上一座座尖塔的景象。我喜欢瞥一眼别人两肩之间的地方。种种事情不断在我头脑里出现。我想象丰富,思路敏锐。午饭以后,我又对戏剧性产生了兴趣,我把平常在几个我们都认识的朋友身上隐约觉察到的许多事情拼凑成一个具体的形象。我毫不费力地就能实现自己的转换。不过现在还是让我静静坐下来,靠着那没有完全烧着、露出明显的黑黑棱角的煤块所发的暗淡火光,向自己提出那个决定性的问题吧。究竟那些人中间哪一个是真正的我?这在很大程度上要看房里有什么人而定。当我对自己唤一声'伯纳德'的时候,来的是谁呢?是个诚实而又有点嘲弄意味的人,尽管理想破灭,却还没有满腹牢骚。是个没有明确的年龄和使命的人。是我自己,仅此而已。就是他,这会儿正拿起火棍,捅捅煤灰,让它们从炉算上纷纷落了下来。'老天,'他望着它们落下来,自言自语地说,'多大的灰啊!'接着郁郁不乐而又有点自慰地说,'莫法特太太反正会把它们统统打扫干净的。……'我想将来我在一生中东捅捅西捅捅,一会儿撞在马车的这面壁上,一会儿又撞在那面壁上的时候,一定会常常自言自语地重复着这句话的:'哦,是啊,莫法特太太反正会来把它们统统打扫干净的。'然后就上床睡觉去了。"

"在一个只是过一时算一时的世界上,"奈维尔说,"干吗要去分辨、区别?何必要给一件事取上个名字,除非我们这样做就能使它有所改变。让它去存在吧,管它这条河岸也好,这片美景也好,反正我在这短暂的一刻里是浑身欢畅。阳光灼人。我看到小河。我看到树木在秋天的阳光下斑驳枯黄。船儿在一片红色和一片绿色中悠悠驶过。远处敲起了钟声,但并不是为死亡而敲的丧钟。钟声也有为生命而敲的。一片叶子落了下来,是因为喜悦。哦,我真爱生活!瞧那柳树是怎样长出美丽的小枝刺向天空!瞧瞧那只小船是如何从柳树丛中穿过,上面坐满着懒懒散散、无思无虑、身强力壮的青年。他们正在听留声机;他们吃着装在纸袋里的水果。他们把香蕉皮扔出去,一条条像黄鳝似的沉到了河里。他们的一举一动都挺美。他们背后放着做饭的作料和各种装饰物;他们房间里塞满了船桨和油画复制品,但是他们使一切都显得挺美。那只船儿从桥下划了过去。划来了另一只。接着又来了一只。那儿是波西弗,他正懒洋洋躺在椅垫上,安如磐石,泰然自若。不,这只不过是他的一个追随者,在那儿模仿他那安如磐石、泰然自若的气派。只有他不知道他们玩的把戏,即使当场抓住了,他也只高高兴兴地举手揍他一拳。他们也穿过桥洞,从闪着黄一道紫一道美丽光影的'垂柳的喷泉'下划了过去。微风拂动;窗帘飘荡;我望见树叶背后那幢庄严然而永远令人愉快的建筑物,似乎显得有点松散,但却并不臃肿;尽管建在泥炭地上已不知有多少年,却仍旧亭亭屹立。现在我心中开始涌起了熟悉的韵律;沉睡的字句又动弹了,又扬起了头来,反复地一会儿高昂、一会儿低沉。是的,我是一位诗人。我的确是一位伟大的诗人。船儿和青年们都消逝了,还有那远方的树,那'垂柳的喷泉'。我看见这一切。我感到这一切。我充满了灵感。我眼中涌起了泪水。但即使我已有了这样的感觉,我还是拼命使劲地鞭策我的狂热。它汗水淋漓了。它变得有点虚假做作。字句,字句,一连串的字句,它们奔驰得多欢,——它们那长长的鬃毛和尾巴竖得多直,但是由于我自己的某种过错,我却怎么也无法投身到它们的背上;我无法把那些女人和网兜统统赶开,跟它们一起远走高飞。我身上有某种缺点——某种要命的犹豫不决,只要我一放纵了它,它就会变得装腔作势,肆无忌惮。不过要说我不能成个大诗人,那是难以置信的。我昨夜里写的不是诗又是什么?我是不是有点太敏捷,太灵巧了?这我不知道。有时候我自己也不知道自己,或者说不知道如何去估量、辨认和清点那些使我之成其为我的种种习性。

"有某种东西离开了我;有某种东西撇下了我去跟那正在前来的人汇合,而且竭力要我相信我不看也明知道那是谁。当一个人增添了一个朋友,即使那人还在远处,也会使得你发生多么古怪的变化。当那些朋友们记起我们来的时候,他们就会对你产生多大的好处。可是当你被人记起,被人冲淡,使你的自我被掺了假,被搅混了,因而变成了别人的一部分的时候,又是多么地痛苦。随着他的来到,我就变成不再是我自己,而是奈维尔跟别的某个人的混合了。——跟什么人呢?跟伯纳德么?对,是伯纳德,因此我也正该向伯纳德去问这个问题:我究竟是谁?"

"多奇怪,"伯纳德说,"这柳树仿佛是曾跟谁在一起看见过的。我曾经是拜伦,这棵树曾经是拜伦的树,它眼泪汪汪,洒落如雨,悲悲切切。这会儿咱们在一起瞧着这棵树,它却是一副刚梳洗过的样子,根根树枝都整齐分明,在你那清澈头脑的迫使下,我要把我的感觉告诉你。

"我感到你的非难,我感到你的力量。我在你身边,成了一个邋遢而急性子的人,手帕上老沾着松饼的油腻。是的,我一只手拿着格雷写的《挽歌》,另一只手去摸索那浸饱黄油、粘牢在盘子底上的最后一块松饼。你讨厌这个;我明显地感到你的厌恶。为这事所促使,我急忙想重新赢得你的好感,就开口跟你讲我怎样硬拉波西弗起床的事来;我讲起他的拖鞋,他的桌子,他那枝淌满烛油的蜡烛;当我掀掉他脚上的毯子时他发火抱怨的口气;原来他一直蒙头裹在毯子里,就像个其大无比的蚕茧似的。我把所有这些事形容得那么生动,尽管你满心地不痛快(因为我们的相遇老被一种难以捉摸的暗影笼罩着),最后终于还是忍不住,你大笑了,开始喜欢起我来。我的风趣和口若悬河、自然而然、出人意外的话,使我自己也感到高兴。当我用自己也远远想象不到会有的那么丰富的言辞来揭开事物的秘密时,我自己也感到惊奇。我曾经细心观察。当我一边讲的时候,各种想象就滚滚不断地在我的脑子里出现。我心想,这正是我所需要的;我自问,干吗我不能写完我正要写的那封信呢? 我房间里老是摊满着我没有写完的信。每当我跟你在一块时,就会猜想到我或许真是最有天分的人中间的一个吧。我浑身充满青年人的愉快和活力,充满对即将来到的事的预感。我仿佛看见自己正莽莽撞撞,但却劲头十足地绕着花儿营营乱转,嗡嗡飞着钻进鲜红的花萼,使蓝色的烟囱里震耳地回响出我那嗡嗡嘤嘤的声音。我会多么津津有味地享受我的青春(全靠你才使我能有这样的感受)。享受伦敦的乐趣。还有自由自在的乐趣。不过别说了。你并不在听我。你用那种无法形容的熟悉手势摸着膝盖,表示出某种异议。我们能从这类迹象中猜出我们这些朋友们心里的不舒服。'当你那么丰富充实的时候,'你似乎在说,'可别扔下我不管。''别说了,'你说,'还是问问我有什么痛苦吧。'

"那就让我来扶植扶植你吧(你也帮了我不少的忙呀)。你在这样一个美好的,尽管正在渐渐萧索但却仍旧明朗的十月天里,躺在这温暖的河岸上,望着船儿一只接一只地划过这株枝叶已有点光秃的柳树。你一心想当个诗人;你还想当一位恋人。可是你那无比清醒的头脑,你决不自欺的明智(这些拉丁语句我是从你那儿学来的;而你这些好品德却使我有点不好意思,更看清我自己素养的残缺不全),却使你感到迟疑。你从不醉心于故弄玄虚。你决不让迷雾蒙住你的眼睛,不管是玫瑰色的也好,黄色的也好。

"我没弄错么?我没有误解你左手那隐约可辨的手势么?那就把你的诗拿给我看吧;给我看看你昨夜写下的那几张纸吧,当时你那么灵感勃发,以致现在想起来都有点不好意思。因为你根本不信任何灵感,不管是你的也好我的也好。我们还是一起走过桥上,穿过榆树阴,回到我的房间里去吧,在那儿,四面围着墙壁,窗上垂着红色的斜纹布窗帘,我们可以躲开这些叫人分心的嘈杂声,菩提树的香味和各种气息,和种种其他的生命活动:这些神气活现走来走去的轻佻的女店员,这些心事重重、步履艰难的老太婆;这种由一个隐约出现、马上又瞧不见了的人偷偷瞥来的眼光,——那可能是珍妮,也可能是苏珊,或者,那会是罗达从林阴道上走了过去么?哦,从你脑袋的微微一扭,我又猜到了你的感觉;我从你身边逃开了;我像一群老是飘忽不定的蜜蜂嗡嗡地飞走了,我没有你那种耐性,能牢牢不放地专心于某个单一的对象。不过我还会回来的。"

"当周围有这样的建筑物时,"奈维尔说,"我无法忍受这儿有女店员。她们那小声窃笑、嘀嘀咕咕,叫我难受,扰乱我的宁静,正当我沉浸于最最纯洁的愉快心情时,让我猛然想到了我们的堕落。

"不过在跟那些脚踏车、菩提树香味和嘈杂街道上闪过的人影小小地交过了一场锋以后,我们又夺回了自己的阵地。我们又是平静和秩序的主人;又是骄傲的传统的继承者了。灯火开始在广场上投下一条条细长的黄色光影。河上升起的雾气渐渐布满这古老的地方。它慢慢附着在灰白的石头上。这会儿村道上的树叶变得沉甸甸的,羊儿在潮湿的田野上发出咳嗽声;不过这儿在你的房间里我们是干燥的。我们悄悄说着私房话。火光时明时暗,照得某个门把闪闪发亮。

"你在读拜伦的诗。你划出了那些似乎跟你的性格合拍的段落。我在所有看来是流露着一种嘲弄然而激烈的心情的诗句旁边都发现了记号;那是一种飞蛾式的急躁心情,硬往坚硬的玻璃上碰。当你用铅笔在那些地方划着的时候,你在想:'我也正是这样猛地扔掉斗篷。我也同样面对着命运啪地弹一下手指。'可是拜伦却决不会像你煮茶煮得那么糟,把茶壶灌得满满的,以致一盖上盖茶就漫得到处都是。那儿桌上有一滩褐色的水,——它正流到你的书上和纸上去。现在你赶紧笨手笨脚地用你的手帕擦干它。接着你就把那手帕往口袋里一塞,——这绝不是拜伦,这是你;这一点是那么能说明你的本性,因此要是再过二十年,当我俩都已出了名,得了风湿,痛得难受的时候,只要一想起你,我就会想到这个场面;而且要是你死了,我会为你流泪。你一度曾是托尔斯泰的年轻信徒;现在你又是拜伦的年轻信徒;说不定你也会是麦瑞狄斯的信徒;而且将来你还会在复活节假期去游历巴黎,回来时打着个谁也没听说过的法国人所打的那种黑色领结。那时候我就会不理你了。

"我只是一个人——我自己。我绝不去扮演喀特勒斯,尽管我崇拜他。我是个最拘泥死板的学生,这儿摆着本字典,那儿放着个笔记本,把过去分词的罕见用法都一一记了进去。可是一个人总不能永远拿着把刀子老是去精雕细琢这些古老的碑文。我会做得到老拉上红色斜纹布窗帘只顾读我的书,像块石头似的老待着不动,在灯光下脸色发白么?那倒的确是光辉的一生呀:一心去追求学识渊博;沿着曲折的词句一直探索下去,不管它会把你引向哪儿,走进沙漠也好,陷入流沙也好,对一切勾引和诱惑都视若无睹;甘心永远贫困,蓬首垢面;甘心在皮卡迪里大街上被人看做笑柄。

"不过我太心绪不宁了,没法好好说完我的话。我一边来回踱着掩饰我的激动,一边很快地说着话。我讨厌你那油腻的手绢,——你甚至会弄脏了你那本《唐璜》的。你没有听我说。你在发挥些关于拜伦的漂亮议论。当你在用你那斗篷和手杖摆出种种姿势来的时候,我正想要对你讲到一个从来没对别人讲过的秘密;我是想请你(一边说一边背朝你站着)把我的生命放在你手里,告诉我我究竟是不是注定总是会遭到我所爱的人的厌恶?

"我背朝你站着,局促不安。不,我的手现在倒挺坚定。我很有把握地在书柜里匀出一个位置来,把《唐璜》插了进去;好了。我是宁愿被人喜爱的。比起通过沙漠追求完美来,我倒宁愿成个名人。不过,我究竟是不是注定要遭人讨厌呢?我究竟是不是一个诗人?快接着吧。那涌向我嘴边一吐为快的欲望,就像铅那么冰冷,像子弹那么一触即发,那种我从女店员、妇人们身上一心想要得到的东西,那种野心勃勃,那种生活中的粗俗趣味(因为我恰恰就喜爱这个)现在随着我的诗向你扔了过去,——你接着吧。"

"他像一枝箭似的冲出了房间。"伯纳德说,"他把他的诗交给了我。唉,友情啊!我也同样想把鲜花压在莎士比亚十四行诗集的书页里呀!唉,友情啊!你的矛枪是如何一下就刺中人的要害,——这儿,这儿,还有这儿。他刚才转过身来,直接看着我;他把他写的诗交给了我。我生活中的一切迷雾全都消失无踪。这样的信赖我一定要保留着直到我死的一天。他像长长的浪头,像滚滚的波涛,完全淹没了我,他那势不可挡的气派——使我变得仿佛赤裸裸的,把我心灵之岸上的那些小石子全都暴露在光天化日之下。这真叫人羞惭;我仿佛变成了一些小石子。一切假象都消失了。'你并不是什么拜伦;你只是你自己。'会被旁人感染得跟他合成了一个人,——那真是件古怪事哩。

"感觉到有一条从彼此身上伸出来的线,用它那美好的细丝穿过横亘其间的那个世界的广漠空间把我们互相连结起来,倒真是件古怪的事哩。他已经走了;我站在这儿,手上拿着他的诗。我们之间连着那条线。不过现在感觉到那疏远的神态不见了,那探究的目光暗淡隐没了,这多么叫人愉快,叫人安心!拉下窗帘,不让旁人在场;感到自己已从那些可怜巴巴的精灵伙伴们曾经栖身,但却被他用强大威力赶得躲了开去的那个阴暗角落里脱身回来,是多么值得庆幸的事。现在,那些即使在受到伤害的危急关头也仍在替我警惕操心的又机灵又爱嘲弄的精灵们,又都成群地回来了。还带着它们的称号:我是伯纳德呀,我是拜伦呀,我是这,我是那呀等等。它们黑压压聚成一片,照旧用它们的玩笑和议论来充实我,使我在一时的激动下那种美好的单纯心理黯然失色。因为我远比奈维尔所想象的要顾自己得多。我们并不像我们那些朋友们为了他们自己的需要所希望的那么单纯。而爱却是单纯的。

"现在我的那些精灵伙伴们又回来了。现在我那防御壁垒上曾被奈维尔用他惊人巧妙的一击所刺伤的裂口又修复了。我现在差不多又变得完整无缺了,而且觉察到自己为能把被奈维尔所忽略的全部能耐施展出来而感到多么得意扬扬。我一边拉开帘子望着窗外,一边心里想:'这不会使他高兴,但却会使我自己高兴。'(我们总是通过和自己朋友们的对照来衡量自己的能耐的。)我的视野远比奈维尔所能达到的要广阔得多。他们正在大声唱着打猎时的歌向路那边拥去。他们是在兴高采烈地带着猎犬去打野兔。那些老在马车驶过拐角时同时掉过头来的戴制服帽的小伙子们,正在互相拍着肩膀大吹其牛。可是奈维尔却小心避免干扰,正像个搞阴谋诡计的家伙那么偷偷摸摸急忙溜回自己的房间去。我望见他在矮矮的椅子上坐了下来,两眼盯着那此刻被设想成是一座坚实稳定的建筑物的炉火。他在想,但愿生活能有这样的持久、这样的秩序就好了,——因为他最渴望的就是秩序,而最讨厌我那种拜伦式的懒散杂乱;这样想着,他就拉好了窗帘,闩上了门。他的两眼(因为他正坠入了情网;爱情的不祥阴影笼罩了我们刚才的那次会见)充满着思慕,饱含着泪水。他抓起火棍,猛一下捅毁了炽烈的炉火中所包含的那种暂时的稳定坚实之感。什么都在改变。连同青春和爱情在内。小船已驶过垂柳的拱门,现在正在桥洞下面。波西弗、汤尼、阿契也好,别的人也好,将来都会到印度去。我们不会再见面了。想到这儿,他伸手去拿他那册练习本——用带斑纹的纸订得整整齐齐的一本,——用他此刻最钦佩的一位诗人的风格,开始狂热地写起长长的一行行诗句来。

"可是我还想继续待下去;靠在窗台上,侧耳静听。远处又传来了那嬉笑的合唱声。他们这会儿又摔起瓷器来,——这是他们的新玩意儿。一个步履不稳的老太婆背着个口袋,蹒跚地经过被火光映红的窗子走回家去。她生怕它们会倒下来压在她身上,把她撞进路旁的沟里去。但是她停下来,似乎想在那烈焰四射、烧焦的纸片满处飞腾的篝火上烤一烤她那双害着风湿病的、肿胀多瘤的手。这个老太婆留连在火光映照的窗户底下。真是个鲜明对照。这情景我看见了,奈维尔却没看见;我感受到了而奈维尔却没感受到。正因为这样所以他将会达到完美,而我一事无成,死后没留下任何东西,只除了一些泥沙混杂、毫不完美的辞藻。

"现在我又想起了路易。他会用些什么幸灾乐祸但却一针见血的话来形容这个萧索的秋夜,这种乱摔瓷器和大唱行猎歌曲,形容奈维尔、拜伦和我们在这儿的生活呢?他薄薄的嘴唇似乎嗫了起来;他脸色苍白;他坐在一间办公室里用心看着一份复杂难懂的商业文件。'我那在布里斯班一家银行里工作的父亲'——他因为引以为耻,所以老在谈起他——已经破产了。因此路易,全校最优秀的高材生,只好坐在一间办公室里。但我在寻求对比时,却常常感到他的目光仿佛正盯着我们,他那嘲弄的目光,他那无礼的眼睛,把我们就当作他老在办公室里审核的某笔总账中无足轻重的细目那样,一股脑儿加在一起。将来某一天,他会在红墨水里蘸一蘸他的细笔尖,结算完成了;我们的总额将会一清二楚;但这还不算完。

"嘭!他们现在又把一张椅子摔在墙壁上。那么说我们是毫无希望了。我的情况也同样很难说。我不是正沉湎在突如其来的感慨中么?一点不错,当我把身子俯出窗外,将我吸着的香烟向外一扔,让它打着转轻轻落在地面上的时候,我感到路易甚至在注视着我的香烟。随后他说道:'这倒有点意思在里面。但到底是什么呢?'"

"人们继续来来往往。"路易说,"他们不断在这家饮食店的窗前经过。汽车,货车,公共汽车;接着又是公共汽车,货车,汽车,——它们全在窗前驶过。远处,我望得见一幢幢房屋,一家家店铺;还有一座市教堂的尖塔。近处,是那些玻璃货架,摆着一盘盘甜面包和火腿三明治。从一只大茶壶里喷出来的水汽把什么都蒙上了。一股牛肉和羊肉、灌肠和土豆泥发出来的油腻腻、潮滋滋的气味,它们就像一片潮湿的网似的挂在店堂中央。我把我的书竖着靠在一瓶威斯特调味汁上,竭力想显得跟周围旁的人一样。

"但是我做不到。(他们继续不停地来往,继续乱糟糟地走来走去。)我没法看书,也没法满有把握地点我所要的牛肉。我反复说着:'我是个平常的英国人;我是个平常的小职员。'但我同时却在不断望着邻座上那些小个子男人,以便确信我的举动能跟他们一样。他们这会儿满脸堆笑,面皮打皱,老是随着多变的心情挤眉弄眼,像猴子似的紧缠不放,为对付眼前的特殊场合而特别圆滑,正在使出浑身解数讨价还价,拍卖一架钢琴。它正挡着店堂的门,所以他宁愿只收十镑钱把它卖掉。人们继续来来往往;他们继续在教堂的尖塔下,在火腿三明治的盘子前来来去去。我头脑中的意识之流飘荡不定,不断被他们的嘈杂纷乱所困扰和打断,弄得我没法专心去吃我的饭。'我宁愿只收十镑钱把它卖掉。琴架子还挺不错;但是它挡着门。'他们就像浑身羽毛油光水滑的海鸥似的,一会儿潜下水去,一会儿又钻出来。任何超过这个的比拟都会是缺乏自知之明。这就叫低贱,这就叫平常。这当儿一顶顶帽子在不断晃动,门在不停地打开关上。我痛感这种变化无常,这种纷纭杂乱;这份幻灭和绝望。要是这就是一切,那它就是毫无价值的。不过同时我也感觉到饭店里的某种节奏。它仿佛一首圆舞曲的曲调,声音时高时低,反复旋转不息。侍女们灵巧地擎着托盘,一阵风地进进出出,转个不停,递上一盘盘蔬菜,一碟碟杏子和果冻,准确及时地送到顾客们的桌上。这些平常人把她们的节奏跟自己的节奏配合起来('我宁愿只收十镑钱;因为它挡着门'),享用着他们的蔬菜,他们的杏子和果冻。这么说,在这一串连锁行动中哪儿有什么毛病?哪儿有什么裂缝会叫你看出其中有不对的地方?这套循环是流畅不断的;这种和谐是完美无缺的。这就是中心旋律;这就是支配一切的大发条。我注视着它展开、缩拢;然后又再一次展开。但是我却始终没有被容纳进去。每当我开口讲话,竭力模仿他们的口音,他们就竖起耳朵,等着我再讲,以便猜出我的家乡,——看看我到底是来自加拿大还是澳大利亚,我,这个一心最渴望能投入别人爱的怀抱的人,却始终是个不相干的外人。我,只等渴盼能淹没在平常人的温暖浪涛里,却仍旧会凭眼角的一瞥,看到远处的某一种景象;会注意到那一顶顶帽子在不断的纷扰中不住晃动。那彷徨、烦恼的心灵的怨诉(有个牙齿残缺的女人正在柜台前畏畏缩缩地说着)就仿佛是冲着我来的:'求主把我们这些来来往往,心灰意懒地在眼前摆满火腿三明治的橱窗前徘徊的人,重新收回你的羊栏吧。'是的,我会让你们重新恢复秩序的。

"我要读一读这本靠在威斯特调味汁瓶子上的书。它里面有种钢铁似的韵律,有些完美的说法,字数并不多,但却是用诗写的。所有你们这些人都忽略了它。这位已故的诗人所说的话你们全忘了。可是我却没法把它翻译出来,好让它那摄人的力量吸引住你们,使你们明白自己是毫无目的的;那种节奏是庸俗而不值钱的;这样就会消除那种堕落,否则要是你们对自己的毫无目的蒙然不觉,这种堕落就会浸透你们,使得你们未老先衰。翻译这些诗句使它容易读懂,这将是我未来的使命。我,这位柏拉图和维吉尔的知心朋友,将要去敲那扇橡木门。我反对这种流行的熟铁捅火棍。我绝不会容忍这些无聊的流行大毡帽和洪堡式毡帽,以及形形色色插羽毛的或者五彩斑斓的女人帽子。(苏珊我是敬重的,她夏天就只戴顶朴素的草帽。)还有那种死啃书本和凝成大大小小的水珠从窗户上流下来的水汽;那些公共汽车猛然刹车和开动的声音;那副在柜台前犹犹豫豫的神气;以及那些令人厌烦地拖长声调所说的无聊废话;我一定要让你们都恢复秩序。

"我的根深深穿过地下的铅矿和银矿,穿过发出气味的潮湿泥沼地,伸到一个当中紧紧纠结成一团的橡树根瘤里去。尽管伸手不见五指,泥土塞住了我的两耳,我却仍旧听见了战争的传闻;听见了夜莺的鸣声;感觉到了一批批人流在成群结队地东奔西走寻求文明,就像一群群候鸟在结队迁徙去追寻夏天;我还看见了女人们带着红色的水罐到尼罗河边去打水。我在一个花园里醒来,觉得颈子背后被人一碰,是个热烈的吻,珍妮的吻;我记得这一切,就像一个人会牢记一次半夜火灾中惶急的尖叫,摇摇欲坠的屋柱,和红一道黑一道的光影。我老是在醒醒睡睡。一会儿睡,一会儿醒。我看见亮闪闪的茶炊;满满装着浅黄色三明治的玻璃格子;高踞在柜台边高凳子上的穿着宽大外衣的男人;而在他们的背后,我看到了永恒。这是一个包头巾的人用一把烧红的烙铁烫在我哆嗦的皮肉上的烙印。我看见这家饭店耸立着,在它的背后是羽毛蓬松但却已被包扎起来,仍在拍动但却已经合了起来的往事的翅膀。正因为这样,我才会噘起嘴巴,面容苍白,才会心怀憎恨、满腹牢骚地露出一副厌恶和难看的脸色,转过身去瞧着正在水松树下悠游闲荡的伯纳德和奈维尔;他们有从祖上继承下来的安乐椅;他们可以拉下窗帘,让灯光正好照亮他们面前的书本。

"对苏珊,我是敬重的;因为她要坐在那儿做针线活。她坐在一盏静静的灯光下缝缝补补,屋外的庄稼就在窗户底下发出轻微的簌簌声,使我有一种安全的感觉。因为我是她们中间最小最弱的一个。我这个孩子老瞧着自己脚底下,瞧着泉水在鹅卵石子上淌成的小溪。我说,这是只蜗牛,那是片叶子。我很喜欢蜗牛;我很喜欢叶子。我老是最小的、最天真的、最诚实的一个。你们这些人都有依靠。我却是赤手空拳的。当那个头发盘成辫子的侍女扭着腰走过来时,她马上就把你要的杏子和果冻递给了你,像个好姊妹似的。你就像是她的兄弟。而当我掸掸背心上沾的面包屑站起来时,却把一笔太大的小费,一个先令,悄悄塞在盘子底下,使她在我离开之前不会发现它,这样等我走出弹簧门以后,她一边笑着一边把它捡起来时所流露出来的那种轻视,才不至于戳痛我。"

"现在一阵风卷起了窗帘。"苏珊说,"朦胧难辨的瓶瓶罐罐,跟那张有洞的破安乐椅一下显得清晰了。平时见惯的那些已经褪色的暗淡条纹又布满在糊墙纸上。鸟儿的齐声欢鸣已经结束了,只有一只鸟儿现在还在靠床的窗边叫着。我要穿好长袜子,悄悄走出卧房门,下楼经过厨房走出去,穿过花园,走过花房旁边到田野里去。现在还是大清早。沼地上还蒙着一层雾。天气凛冽僵硬得就像一件裹死人的麻布尸衣。不过它会变得柔和、变得温暖起来的。在这个时刻,这个大清早里,我感到自己就是这片田野,这个谷库,就是这些树木;这一群群的鸟儿是我的,还有直到我几乎就要踩到它身上时才跳开的这只小野兔。那只懒洋洋地伸伸两只大翅膀的苍鹭是我的;还有那头一边一步步往前挨着、一边咯嚓咯嚓大声咀嚼着的牛;那只猛然向地上掠下来的燕子;那天上隐约的一抹红晕和接着当红晕消退时又隐约出现的一抹蓝晕;那四周的宁静和钟声;那正在从田野里召唤马匹去套车的男人发出的叫喊声,——这一切全都是属于我的。

"我是无法分割或者一分为二的。我曾经被送进学校;曾经被送到瑞士去完成我的学业。我讨厌油布地毯;我讨厌枞树和山。让我现在仆倒在这片平地上,躺在有一片片云儿缓缓飘荡的鱼肚色天空下。大车沿着大路渐渐驶近,显得越来越大。羊群聚集在田野当中。鸟儿聚集在大路当中,——它们还不需要飞开。柴火烧出的烟升了起来。它使清晨的寒气消失。现在白天开始了。色彩又重新显现。白昼通过他的种种农作物翻腾起阵阵金黄色的波涛。大地沉甸甸地坠在我的脚下。

"但是我这个凭靠在这扇大门上,用我那猎狗似的鼻子警惕四周的人,到底是谁呢?我有时候(我现在还不到二十岁哩)觉得自己根本不是一个女人,而是映射在这扇大门上、这块地上的一道光。我有时想,我就是四季,正月,五月,十一月;泥泞,雾,清晨。我不能让人拨过来拨过去,或者放在水里轻轻地漂来漂去,或者跟大家混在一起融合无间。可是现在,当我靠在这儿一直到门框在我的手臂上压出了印子的时候,我感到了自己身上增添的体重。在学校里、在瑞士这段时间,我已经增添了一点什么,增添了某种实实在在的东西。并不是叹息和嬉笑;也不是兜圈子或者随口乱说;不是当罗达两眼越过我们的肩头故意不看我们时的那副奇怪神情;也不是珍妮那种身子和四肢连在一起的趾尖旋转。我的一举一动总是凶猛的。我不能跟别人混在一起,轻轻地漂来漂去。我最喜欢路上碰到的牧羊人的那种盯视;正在山沟里的一辆大车旁边给孩子喂奶的吉卜赛女人的那种盯视。我也会那样喂奶的。因为要不了多久,在蜜蜂围着犄牛儿嗡嗡打转的正午时分,我的情人就要来到了。他会立在杉树底下。他对我说一句话,我就会回答他一句话。我要把自己身上新增添的东西统统交给他。我会生孩子;我会有扎着围裙的女仆;有手拿干草耙的雇工;有一间厨房,那儿他们会把害病的羊羔抱进来放在烘篮里暖和暖和,那儿一只只火腿挂着,一个个葱头闪闪发亮。我要像我母亲那样,扎着蓝色的围裙不声不响地把食柜锁上。

"现在我肚子饿了。我要把我的长毛狗喊来。我一心想着摆在一间明亮的房间里的干面包片和新鲜面包、黄油和一个个洁白的菜盘子。我要穿过田野回家去。我要跨着坚定有力的步子沿着这条草径走去,一会儿避开一个泥坑,一会儿跳上一个个土堆。我的粗布衬衫上沾上了一点点的水迹;我的鞋变得潮润发黑。白昼驱散了凛冽寒气;变幻不定地现出灰黄、碧绿和赭褐的颜色。鸟儿已不再群集在路当中了。

"我走了回来,像只猫儿或者像一只回窝的狐狸,毛上盖了一层白白的霜,脚爪上沾满粗硬的泥土而觉得僵硬。我穿过白菜地走回来,脚碰着菜叶子使得它们吱轧发响,露珠四溅。我坐下来等待父亲的脚步声,他就要沿着石板路慢腾腾走来,手里掐着几根摘来的药草。我一杯接一杯地倒着咖啡,桌子中央笔直地竖着还没有开放的花,夹在果酱罐、面包和黄油中间。我们都默默地不说话。

"接着我走到食柜跟前,拿出几袋滋润可口的无核葡萄干来;我提起挺重的面粉袋放在刮洗得干干净净的厨房桌子上。我又揉,又押,又拉,把两手按进暖乎乎的面团里。我伸出手让冷水成扇形地从指缝间冲过。火呼呼地旺起来了;苍蝇嗡嗡地飞着打转。我所有那些葡萄干、大米、银色的和蓝色的口袋,又锁进了食柜。肉块在烤炉里竖着;用干净毛巾盖好的面包像个柔软的圆屋顶似的鼓了起来。午后我走到河边去。整个世界仿佛都在进食。苍蝇从这片草地飞到那片草地上。花儿里饱含着花粉。天鹅排成一行在小溪里逆流而进。这会儿已显得暖洋洋的云彩透出斑斑日影,正在小山上飘过,把水面和天鹅的颈项照得一片金黄。那些牛悠闲地嚼着草儿,一步步在田野上踱着。我分开草丛寻找白色的蘑菇,摘下它们的茎盖,同时采下长在它们附近的兰草,连着根上的土放在蘑菇的旁边。随后就回到家里,把水壶烧开放在茶桌上刚刚绽露出红色的玫瑰花中间。

"可是夜色已经降临,灯点亮了。而一当夜色降临,点起灯来,它就在常春藤上投下一片明亮的黄光。我坐在桌旁做着针线。我想起了珍妮;想起了罗达;这时听到石板路上响起辚辚的车轮声,几匹干农活的马吃力地拉着车回来了;我听到晚风中传来车辆行人的嘈杂声。我望着黑洞洞的园子里颤动的树叶子,心里想:'他们正在伦敦跳舞。珍妮正吻着路易。'"

"多奇怪,"珍妮说,"人一定得睡觉,一定得灭了灯走上楼去。他们脱掉衣服,穿上白色的睡衣。这些屋子里都灯火全无。一排烟囱顶耸现在天空中;还有一两盏路灯在那儿亮着,就像屋里点着没人需要的灯似的。街上仅有的人迹是一些匆忙来去的穷人。这条街上没有一个人来往;一天已经结束了。只有几个警察站在街角上。可是黑夜终于来临了。我觉得自己在黑暗中闪闪发光。绸缎裹着我的双膝。我的两腿互相挨擦着,光滑得跟丝绸一样。项链上的宝石冰冷地贴在我的脖子上。鞋子有点挤脚。我身子笔直地坐着,以免头发碰到了椅背。我全身盛装,准备停当。这是暂时的沉静;是短暂的黑暗时刻。小提琴手们已经举起了他们的弓弦。

"现在汽车滑行着停了下来。车道上照亮了狭狭的一道线。门打开又关上了。人们在纷纷来到;他们没有做声,只是忙着进来。前厅里一片脱下斗篷的窸窣声。这是前奏曲,是开头。我望望四周,悄悄偷看,扑上点粉。一切都按部就班,准备停当了。我的头发卷成一个个大波浪。我的嘴唇抹得鲜红。我已准备好马上上楼,加入到那些跟我身分相当的男男女女们中间去。我走过他们身边,任凭他们注视,正像他们也任凭我注视一样。我们目光像闪电似的彼此迅速一瞥,但却不动声色,或者显出互相熟识的神情。我们只用身体互相传达心意。这才是我的天职,我的世界。一切都是安排停当、准备有素的;这儿那儿都有仆役们恭立着,听我报了自己的名姓,我那还是新的、不大为人所知的名姓,马上在我前面扬声地通报着。我就走了进去。

"这儿在这些空旷无人静候来客的房间里,摆着金漆的椅子,靠壁摆满盛开的雪白、碧绿的花朵,比长在地里的花更为恬静、端丽。小桌上放着一本精装的名册。这正是我日夜向往并且早就知道的。我是天生属于这儿的人。我泰然自若地踏上厚厚的地毯,我神态自如地飘然走过溜光发亮的地板。我现在在这香风四溢、富丽堂皇的环境中欢畅地舒展开来了,就像一株正在伸开叶子的羊齿草似的。我停下步来,审视这个世界。我向这一群不熟悉的人望去。望着这些像男人似的身子笔挺,浑身闪耀着碧绿、粉红、珠灰色彩的女人们。她们全是千篇一律的;她们在自己那服装的掩盖底下全像是一些长年流淌在固定沟槽里的深深的小溪。我又回想起了那条地道反映在窗玻璃上的影子;它在熠熠闪动。当我向前倾身注视时,那些千篇一律的陌生男人也在望着我;我转身去瞧着一张画时他们也转过身去。他们心绪不宁地伸手去摸摸自己的领带。他们摸摸自己的背心和手绢。他们年纪很轻。他们都急于想给人好印象。我觉得自己身上涌出了千百种潜力。我一会儿狡诈,一会儿欢乐,一会儿阴沉忧郁。我既端庄又灵活。我神采飞扬、伶俐活泼地向这一个说:'来吧。'又阴沉别扭地向那一个说,'不行。'有一个断然离开了他已在玻璃橱前站了好一会儿的那个位置。他走近了。他正在向我走来。这是我从没经历过的最激动的时刻。我局促。我不安。我仿佛一棵小河上躺着的小草,一会儿漂向这儿,一会儿漂向那儿,但却竭力端然不动,使他好继续向我走来。'来吧,'我说,'来吧。'那个正在走近的面色苍白、头发漆黑的人是神态忧郁、罗曼蒂克的。而我却相反地既狡狯、淘气,又应付自如;因为他是忧郁而罗曼蒂克的。他来了;他已站在我的身边。

"现在我身子微微一拧,离开了原地,像一只蜮虫挣脱岩壁那样;我跟他一起陷了进去;我被卷走了。我们汇合进这股缓缓的潮流。我们在这缠绵的乐声里一会儿卷进去,一会儿又卷出来。这股舞蹈的潮流仿佛时时被一些暗礁所阻断,变得不协调,变得支离破碎。进进出出了一会儿,我们现在终于被卷进了这个宏大的舞阵里;它使我们俩紧靠在一起;我们无法从它那蜿蜒、缠绵、陡峭、严实的四壁中脱出来。我们俩的身躯,他的坚实,我的灵活,在它的整体中被紧紧地挤在一处;它使我们紧贴在一起,接着它又延伸出去,在平稳流畅和蜿蜒起伏中,使我们在它的里面转动个不停。突然间音乐中断了。我的血还在沸腾,但我的身子却猛然站住。整个房间在我的眼前摇晃。它终于停止不动了。

"那么好吧,让我们头晕眼花地走到金漆椅子那儿去。我原先没想到这种舞阵有那么厉害。我头晕得超出意料。我不在乎世上的一切。我不在乎别的任何人,只除了这个我还不知道叫什么名字的男人。

月亮啊,我们这一对不是挺可意的么?我们这一对,我穿着绸缎,他穿着千篇一律的那一套,我们不是挺愉快地坐在一起么?跟我身分相当的那班人现在尽管望着我吧。我也毫不躲闪地回望着你们,你们这些男男女女们。我也是你们当中的一个。这也是我的世界。现在我端起这只高脚杯呷了一口。酒有股辛辣的药味儿。我一边喝一边禁不住做鬼脸。这是把香味和鲜花、辉煌和闷热,全都提炼在这种强烈的黄色液体里了。原先藏在我两肩后面的某一个刻板乏味、全神警惕的家伙,现在慢慢地阖上眼睛,逐渐沉入睡乡了。这真是喜出望外的事,真叫人如释重负。我喉咙里的那个闸门打开了。话源源不断成堆涌出,一句接一句。究竟是些什么话毫无关系。它们推推搡搡,争先恐后往外挤。一个字眼跟另一个结成了伙,滚翻在一起,就化出了许多来。我究竟在说些什么无关紧要。在成堆的话里,有句话像一只展翅飞腾的鸟儿,飞越过我俩当中的那个空间,停在了他的嘴边。我又倒满了我的杯子。我喝了下去。我们中间的那道帷幔消失了。我被接纳进了另一个心灵的温暖和隐秘之处。我们俩仿佛正一起站在高高的阿尔卑斯山的一个山口上。他忧郁地立在山路的最高处。我弯下身去,摘下一朵蓝色的鲜花,踮起脚来把它插在他的外衣上。好了!这是我兴高采烈的时刻。现在它已经过去了。

"现在冷淡乏味的感觉来到了我们中间。别的人在一旁匆匆走过。我们已失掉了那种两人身体如醉如痴紧贴在一起的感觉。我同样也喜欢那些浅头发蓝眼睛的男人。门开了。门老是不断地开闭。现在我在想,下次门再打开时,我的整个生活就一定会发生变化。谁来了?哦,只不过是送酒来的仆人。那儿来了个老头子,——我跟他在一起只会成了个小孩子。那儿又来了个贵妇人,——我在她面前就得装模作样。那儿也有一些年龄跟我相仿的姑娘,对她们我只有剑拔弩张毫不掩饰的敌意。因为她们是跟我同样身分的人。我是天生属于这个世界的。这是我打的一次赌,是我冒的一次险。门开了。哦,来吧,我对这一个说,从头到脚都洋溢着喜气。'来吧,'他果然向我走来了。"

"我要悄悄落在他们后面,"罗达说,"仿佛看见了一个熟人。但我其实谁也不认识。我要拉开窗帘望望月亮。片刻的遗忘会平息我的激动。门开了;一只老虎跳了进来。门开了;恐怖冲了进来;一阵阵恐怖紧随着我不放。让我去偷偷瞧一瞧我独自的宝藏吧。在世界的那一头有几个深潭,里面映出大理石圆柱的倒影。一只燕子用翅膀沾了一下那深黑的潭水。可是这时门开了,人们走了进来;他们向我走来。他们装出隐约的微笑以便掩饰他们的残酷和他们的漠不关心,一边一把抓住了我。燕子用翅膀在掠水;月亮孤独地越过蔚蓝的大海。我必须接受他的手;我必须答复。可是我该怎么答复他呢?我被硬逼着站在这儿,为自己这粗蠢而不匀称的身躯羞得浑身发烧,被硬逼着去承受他那冷漠和轻视的神情。我,这个一心向往着在世界那一头的大理石圆柱,和燕子在那儿用翅膀掠水的深潭的人。

"黑夜已经越过烟囱顶上稍稍去远了一些。我从他的肩头上望出去,瞧见了窗外一只泰然自若的猫,它并没有被淹没在灯光里,也没有被束缚在绸缎里,要逗留就逗留一会儿,爱伸懒腰就伸伸懒腰,要走就走。我厌恶一切私生活的琐碎细节。可是我却被牢牢钉住在这儿,不得不听。我受到一种巨大的压力。我想要移动一步,就先得去掉那多少个世纪以来的重压。千百支利箭会刺穿我。轻视和嘲笑会刺伤我。我这个敢于挺胸面对暴风雨、甘愿被冰雹所埋葬的人,却被牢牢钉死在这儿,无处躲藏。猛虎扑来了。像鞭子似的利舌落在我身上。它们灵活而不断地把我浑身舔了个遍。我只好支吾搪塞,用谎言来挡开它们。有什么护符能抵挡住这种灾难呢?我又怎么好意思在这种热辣劲头面前装得若无其事呢?我想起了那些箱子上的姓名;那些裙子从撑开的两膝间垂下来的母亲;那些与嶙峋陡峭的山坡相接的林中空地。把我藏起来吧,我哭喊着,救救我吧,因为我是你们当中最小、最柔弱无告的人。珍妮能像只海鸥掠过滚滚波涛,机灵地东瞧西望,说这说那,想说什么就说什么。可我却在说谎;在支吾搪塞。

"独自一人时,我摇晃着我的水盆;我是我那支舰队的女主人。但在这儿,手里拧着我那女主人窗前锦缎窗帘的穗子,我却是支离破碎,不再是个完整的人了。那么珍妮在跳舞时究竟有什么成竹在胸;苏珊在灯下安静地俯身用白棉线穿针时到底为什么有这样的自信?她们会说,好吧;她们会说,不行;她们甚至会用拳头砰砰敲桌子。而我却迟疑不决,哆哆嗦嗦;我仿佛老看见那吓人的荆棘树影在荒野中摇曳。

"现在我要假装有什么事似的,走过房间,到外面有凉篷的阳台上去。我望见天空中映射着突然大放光明的月亮的一缕缕清辉。我还望见广场上的栏杆,和两个看不清面容的人正背映着天空斜倚在那儿。那么说,也有一个千古不移的世界。我穿过客厅,它伸出许多条利舌像刀子似的割痛我,使我口吃,逼得我撒谎,当我走出那儿时,我看到了一些轮廓不清、丧失美感的面孔。一对对情人们正躲在法国梧桐下面。警察立在路口放哨。一个男人走了过去。那么说,是有千古不移的世界。但是我此刻提心吊胆地置身于火焰旁边,仍旧被那股烫人的热气所灼伤,唯恐门一开,那只猛虎又跳了出来,心里还是乱得简直说不出一句话来。凡是我说的话,都遭到人家的反驳。每次门一开,我的话就被人打断了。我现在还不到二十岁。我会被毁了。我会被人愚弄一生。我会在这些男男女女中像波涛起伏的大海中一只软木塞似的被簸弄来簸弄去,这些人都有一张抽搐的脸,善说谎的舌头。每次门一开,我就会像一棵小草似的被抛向一边。我就像是一些水沫,漂浮附着在礁石的边缘上,把它们染上一层白色;这儿,在这个房间里,我也只不过是一个姑娘。"

已经升起的太阳光芒不再流连在绿色的床垫上,它们断续地映透那些晶莹的珠宝。照亮它们的表面,又笔直地投射在海浪上。它们射到什么上面时都简直像砰然有声似的。它们投射下来时,就像马蹄踏在草地上似的发出震动的声音。它们溅起的千百条水花,就像射向骑者头上的长矛和标枪。它们掠过沙滩,就像一层有着钢铁般的蓝光和钻石般的闪闪棱角的水浪。它们强有力地不断伸缩着,仿佛一台发动机在反复地吞吐着它的力量。阳光照在麦田和树林上。小河显得发蓝而且互相编织在一起似的,向水边倾斜下去的草坪变得像微微竖起的鸟羽那么翠绿。小山仿佛被皮带捆紧似的曲折皱缩,就像是一条条肌肉鼓起的肢体那样;而四周边缘骄傲地笔直耸立着的树林子,就仿佛是马颈子上被修剪过的粗鬃毛似的。

在花坛、池塘和花房上遮着浓密树荫的花园里,一只只鸟儿各自在灼人的阳光下啁啾而鸣。有一只在卧室的窗下鸣叫;另一只则在紫丁香树的最高枝上;而另外又有一只却高踞在墙头上。它们每一只都尖声而鸣,热情奔放,仿佛只顾让它们的歌声冲口而出,却不管它是否以刺耳的不和谐声音搅乱了别人的歌唱。它们圆圆的眼睛鼓起、发亮;它们的脚爪牢牢地抓住树枝或者栏杆。它们毫不隐蔽地在空气和阳光下鸣叫着,漂亮地披着它们的一身新羽毛,有的带贝壳似的纹理,有的像闪亮的盔甲,这儿一条条浅蓝,那儿一点点金黄,有的是一色浅亮的条纹。它们鸣叫得就仿佛这鸣声是它们受着清晨的驱使而不由自主地发出来的。它们鸣叫得就仿佛生命的锋铓受到了淬砺,可以像利刃似的刺破和粉碎那淡青色光芒的朦胧迷雾,那湿土的一片潮气,那厨房油烟的弥漫蒸腾,那牛羊肉的腥膻气味,那水果糕点的扑鼻甜香,那泔水桶里潮滋滋的菜帮果皮,倒在垃圾堆上还散发出一阵阵水汽。这些鸟儿伸出它们那干脆利落、残忍无情的尖喙,飞落在种种潮湿、发霉、打皱的东西上。它们突然从丁香树枝或者栏杆上猛扑下来。它们攫住一只蜗牛在石头上磕着。它们有条不紊地使劲磕着,直到把蜗牛壳磕碎,一条黏糊糊的东西从破壳里流了出来。它们敏捷地飞掠、滑翔,冲上云霄,发出喊喊喳喳的短促尖鸣,然后高踞在树梢上,俯视着下面的树叶和尖塔,芳草如茵、白花遍地的田野,涛声隆隆仿佛在击鼓催动一整队插着羽毛、扎着头巾的士兵前进的大海。不时地,它们的鸣声合成一片急促的曲调,仿佛一条山涧中水流汇合交织,汹涌激荡,然后混合成一道激流,愈来愈快地擦过周围连绵不断的树叶顺流而下。但是接着碰上了一座礁石,又分道扬镳了。

  阳光射进房间时化成锋利的楔形。什么东西被光一照,都带上了一层疯狂的色彩。一只盘子变得像一汪白色的湖水。一把餐刀看来像一柄冰冷的匕首。大玻璃杯突然显得好像被一条条光线举了起来似的。桌椅仿佛原来是沉在水底下,现在忽然浮了出来,上面蒙着一层深红、橘黄、淡紫的颜色,就像熟透的水果皮上的红晕。瓷器上的熠熠闪光,木头上的纹理,垫席上的一丝一缕,都显得越来越精致清晰。所有的东西上都没有丝毫阴影。一只水瓶显得那么碧绿纯净,使得你的目光仿佛被它的强烈光彩像漏斗似的吸了进去,不由自主地被紧紧粘在上面。物体的形状既厚实又有棱角。这儿是一张清晰突起的椅子;那儿是一个笨重庞大的食柜。随后当光线逐渐变得强烈时,它们面前就浮过一块块阴影,并且渐渐聚成一团,笼罩在它们背后,变成重重叠叠的阴影。

  "多么美丽而古怪啊,"伯纳德说,"这个到处是圆顶和尖塔的伦敦就在迷雾中闪闪发光地出现在我的眼前。当我们来到时,它正在煤气塔和工厂烟囱的守卫下沉睡在那儿。它把这庞大的蚁群拥抱在自己的怀里。一切喊声和喧哗都被一片宁静悄悄地裹了起来。就连古罗马也不会比它显得更庄严了。不过我们本来就是存心要上它这儿来的。它那慈母般的沉沉睡意已经有点惊醒了。连绵不断的密密麻麻的房屋在雾中出现了。工厂,教堂,玻璃的圆屋顶,机关学校和一座座剧场耸立在眼前。北方开来的早班车像一颗炮弹似的向它射来。列车开过时我们拉开了一扇窗帘。当我们隆隆地驶过一个个车站的时候,那些带着呆呆的期待神色的脸凝视着我们。当我们带着死亡的威胁一阵风地掠过时,那些人稍稍把手上的报纸捏得更紧一点。可是我们继续轰隆隆地前进。我们仿佛就要在这个城市的腰窝上爆炸似的,就好像一颗炮弹快要击中一只带着母性的庄严的臃肿庞大的畜生。她正喃喃地哄着孩子;她在等待着我们。

"这时我一面站着眺望车窗外面,一面确凿而又有点古怪地感到,正由于自己碰上的这种极大的好运(已经定下了婚约),我现在才成了这种飞快的速度、这颗射向那个城市的炮弹的一部分。我已经麻木不仁到了宽大和容忍一切的地步。我会说,亲爱的先生,你干吗要这么心神不定地忙着拿下箱子来,把你已经戴了一整夜的小帽子拼命塞进去?我们不管干什么都毫无用处。我们所有的人都笼罩在一种壮丽的和谐一致之中。我们仿佛被一只硕大无朋的鹅的灰色翅膀一扇似的(今儿是个晴朗但却单调乏味的早晨),都变得高大、庄严而整齐划一了,因为我们大家心里都只抱着一个共同的愿望——开向目的地。我不愿意火车轰隆一声停下。我不愿意我们面对面坐了一整宿所形成的这种联系一下就断绝。我不愿意感到仇恨和敌意又重新出现;还有那分歧的欲望。我们在疾驶的火车里坐在一起,只抱着一个共同的希望就是开到尤斯顿,这种同舟共济是难能可贵的。可是你瞧,这已经过去了!我们的希望已经实现。我们正开近月台。性急、忙乱,以及希望首先走出大门挤上电梯的心情已经表现了出来。不过我并不希望首先走出大门,去重新挑起个人生活的重担。我从星期一她同意跟我结婚那天起,就仿佛全身每一根神经都激动地充满了自尊感,弄得非先嚷一句'我的牙刷呢?'然后才会在镜子里瞧见了自己的牙刷,可是现在我却但愿一松手把我的行李都扔下,只顾站在这儿的街道旁,与己无关地冷眼望着这些公共汽车,心里既无所向往,也无所艳羡,只有一种对人生命运所抱的无限好奇心,——如果说这对我还多少有点吸引力的话。不过连这个也没有。我已经到了,被接纳了。别的我一无所求。

"仿佛婴儿吃饱以后吐掉奶头昏昏欲睡那样,我现在可以随意地深深沉浸到这种被人们认为无所不在的日常生活中去了。（附带说一句，譬如裤子的作用可多了不起呀；一个聪明的头脑常常会因为一条蹩脚的裤子而弄得到处碰壁的。）你常常会看到人们在电梯门前的那种有趣的犹豫。究竟该乘这一座电梯呢，还是那一座，还是另外的一座？接着自尊心出现了。他们就胡乱乘了上去。他们全都是因为某种必要才被迫去干的。诸如必须去践个约会或者买顶帽子之类的糟糕事儿，使得这些一度曾经那么一致的可爱的人类各自分道扬镳。就我自己来说，我是毫无目标。我也毫无野心。我将听凭自己随波逐流。我的脑子就像一条有什么就反映出什么来的灰暗泉水那样什么也留不住。我记不住自己的往事，自己的鼻子，自己眼睛的颜色，或者我自己对自己究竟有什么总的看法。只在紧急关头，在十字路口，在街道边沿，一种保全身躯的愿望才会跳了出来紧紧抓住了我，使我就在此刻，在这辆公共汽车面前，止住了步。看来，我们都是一心想要活着的。随后，漠不关心又再度出现了。车辆行人的喧闹，许多无法分辨的人脸有的往这儿，有的往那儿，纷纷在眼前经过，又使得我昏昏欲睡；眼前那些人脸渐渐变得眉眼模糊。行人简直会踏到我的身上来似的。而且，现在到底是什么时刻，我觉得自己被捆住了的今儿这个日子到底是哪一天？车辆行人的嗡嗡声也完全可能是别的什么在喧哗，——森林里树木在呼啸，或者野兽在怒吼。时间已经倒退着呼地缩回去了一两寸；我们向前所走的小小几步已经白费了。我还想到我们的身躯实际上是裸露着的。只有薄薄的一身扣上扣子的衣服遮盖着我们的身体；正像这些人行道路面遮盖着下面的贝壳、骸骨和寂静。

"不过的确，我这种想象，我这种仿佛被不由自主地卷进一条溪水下面去似的盲目摸索，老是被一些像在乱梦中那么任性所至，毫不相干的好奇、贪婪和欲望的冲动所干扰破坏，弄得破碎零乱(比如我竟然垂涎起那只手提包来)。不行，我还是希望钻下去；去探索隐秘的深处；去偶尔利用一下我的不必老是行动而只需考察探究的特权；去倾听朦胧、古老的树枝坼裂和猛犸吼叫的声音；去想入非非地渴望做那些一味行动的人所无法做到的事——包罗万象地理解整个世界。难道我不是正一边走着，一边被一种奇怪地震颤不宁的同情心激动得浑身打战么？

这种从我这样一个普通人身上涌起的同情心,正促使我去理解这些满怀热望的人群;这些睁大眼睛到处走动的人;这些供差遣的童仆和这些蒙然不知自己注定的前途,还在一味窥视着商店橱窗的鬼鬼祟祟、心神不定的姑娘们。而我却是明知道我们这些人朝生暮死的短暂一生的。

"不过的确,我无法否认自己感觉到生命对我来说是神秘莫测地拖长了。这是不是指我可能会生儿育女,会广传后苗,比这一代人,这些尽管劫运难逃,却仍在为没完没了的竞争而一路你推我搡的老百姓心胸更广阔一些呢?我的女儿们将要在某一个暑期上这里来,而我的儿子们则要开辟新的领地。因此我们并不是在风中转眼就吹干的雨滴;我们会叫花园繁茂,树林喧闹;我们会有另外一种不同的发展,而且永世不绝。那么说,这就是我所以满怀自信而胸有成竹的原因所在,否则当我面对这条拥挤街道上的人流时,何以总是能在挨肩擦臂的行人中为自己开出一条路来,能把握住安全的时刻穿过马路,就会成了不可思议的怪事了。这样说倒不是夸耀;因为我毫无自负之心;我并不曾想到自己的特殊天赋,特异气质,或者我身体上的那些特征:眼睛上、鼻子上、嘴上的等等。在眼前这会儿,我并不是我自己。

"可是你瞧,它又回来了。一个人是没法消除他那固有的气质的。它通过某个口子,不知不觉地潜入到一个人的特有结构——他的人格——之中。我绝不是这条街道的一个组成部分,——不,我只是在观察这条街道。因此,你就跟它分开了。比如说,那边后街上有个姑娘正站在那儿等着;等谁呢?真是个罗曼蒂克的故事。那家铺子墙上装了个起重机,我就问,这起重机为什么装在那儿呢?接着说设想六十年代某一天,有一位高贵的太太衣着时髦,装腔作势,正被她那满头大汗的丈夫从一辆四轮大马车里拽出来。真是个挺滑稽可笑的故事。这就是说,我是个天生的瞎编专家,抓住什么事情都能瞎吹一气的家伙。而且,就在自然而然地随手作出这些观察的过程中,我就精心磨炼了自己,使自己变得与众不同,并且每当我正信步走着时,总仿佛听见有个声音在叫我'注意,快把那个记下来',因为我明白别人是会要我在某个冬天的夜晚说明一下所有我这些观察的意义的,——它将成为人们辗转相传的一段名言,一份画龙点睛的最后总结。不过一味在后街上自言自语不久就变得乏味了。我需要有听众。这是我的致命伤。正是这个原因，使那份最后总结卷边折角，老是写不出来。我不能一天接一天地老坐在某一家邋遢的小饭店里，要一杯同样的酒来，把自己整个儿泡在这同一种液体——这同一种生活——里面。我想好了我的漂亮辞藻以后，就要带着它跑到一间陈设齐全的房间里去，在那儿它会被照耀在几十枝烛光之下。我需要有无数只眼睛注视着我把这些漂亮花哨的东西展现出来。要使我感到对自己有把握（我注意到了这一点），就必须要有别人眼光的印证，所以我常常没法完全弄清楚自己到底是什么样的人。像路易、罗达他们就恰恰能在孤身独处中完全认清他们自己。他们讨厌印证和旁人对他们的描绘。他们把有一次别人给他们画的像全都脸朝下地扔在野地里。路易的话就像上面紧紧地压着冰块。他的话好像是使劲挤出来的，那么凝炼，那么牢实。

"所以说，在一度沉沉昏睡之后，我希望能够在我那些朋友们脸上光辉的照耀下神采焕发，光彩夺目。我曾经跋涉在一片默默无闻、暗淡无光的领域里。那是个古怪的境界。我在短暂的宽慰时刻，在暂时忘掉一切的满意心情下，曾听见过偶尔从这个光明灿烂、一片喧哗的圈子里漏出来的一点时隐时现的浪涛起伏声。我虽有过一个无限平静的短暂时刻。也许那就是幸福。现在我却被一种刺痛的感觉，被好奇、贪婪（我正感到如饥似渴）和一种克制不住地想要充分自信的心情弄得沮丧不堪。我想起了我还能跟他们谈些事情的人：路易、奈维尔、苏珊、珍妮和罗达。在他们面前我显得是多才多艺的。他们使我摆脱阴暗的心情。谢天谢地，我们今晚就要见面了。我不必再孤孤单单一个人待着了。我们要在一起吃晚饭。我们要跟快到印度去的波西弗告别。时间还早，但我仿佛已看见了那些不在眼前的朋友们的先驱者、伴随者——他们的身影。我看到路易就像石头的雕像那么棱角分明；奈维尔就像用剪刀剪出来的那么一丝不苟；苏珊的眼睛像两颗明亮的水晶；珍妮像一团火那么狂热地在干燥的地上跳着舞；而罗达那个山泉女神却仿佛老是身上湿淋淋的。这都是些幻想的图画，——这都是些虚构，这些不在眼前的朋友们的幻影都显得膨胀、怪诞，只要给真人的靴尖一碰就会消失得无影无踪。但它们把我鼓动得心情活跃起来。它们把那些迷雾一扫而光。我开始厌恶孤单,——厌恶感觉到它那层层的帷幕闷热而不舒服地笼罩在我的四周。唉,快扯掉它们,活动活动吧!不管什么人都行。我并不挑剔。打扫街口的人也行;邮差也行;这家饭店里的侍者也行;和气的老板更好,他那和气态度就像是专门准备来对待你的。他亲手在为一位特殊的贵客拌制生菜。这位贵客到底是谁,我问,为什么特别?他对那位戴耳环的太太又究竟在说些什么;她是个熟朋友,还是一位顾客?我在一张桌旁坐下以后,立刻就感到那蜂拥而来的纷乱和不宁,以及种种的可能性和种种的指望。许多幻想马上大量繁殖起来。我对自己这样的想象丰富都有点不好意思起来。我可以毫不费力地详细描绘这儿的每一把椅子、每一张桌子和每一个来吃饭的人。我的头脑一会儿转到这件事情上,一会儿转到那件事情上,给每一件事物都披上一层言辞的薄纱。就是对侍者讲上一句有关酒的话,也会引起一次点火爆炸。一枚火箭立刻就腾空而起。它那金黄色的微粒洒落在我想象力的肥沃土壤上,繁荣孳生。这种爆炸的完全意想不到的特色,——也就是人们彼此交往的乐趣。我,这个跟一位陌生的意大利侍者混在一起的人,究竟是谁呢?这个世界是变幻无常的。谁能断定每一件事情究竟有什么含义呢?谁能料想一句话最后会落向何方呢?它就像是一个飞过无数树梢的氢气球。谈论知识是毫无用处的。一切都只是实验和冒险。我们永远在跟一些未知数打交道。未来将发生什么?我不知道。不过当我放下酒杯时我忽然想了起来:我已经约定了婚期。我今晚要跟我的朋友们一起晚餐。我就是伯纳德本人。"

"现在是八点差五分。"奈维尔说,"我来得很早。我提前十分钟就坐在我的位置上,好充分体味一下每一分钟期待的滋味;好瞧着门打开,说:'来的是波西弗么?不,不是波西弗。'当我说'不,不是波西弗'时,心里有一种病态的高兴劲儿。我已经瞧着门打开关上有二十次了;每一次都使悬念的心情更加强烈。他就要坐在这张桌子上。看来仿佛不可置信似的,他本人的身子就要出现在这儿。这张桌子,这些椅子,这个里面开着三朵红花的金属花瓶,马上就要发生极大的变化。这会儿这个房间,连同它的弹簧门,它的那些桌子和上面堆满的水果与大块的冷肉,就已经带有一种虚假和悬而未决的样子,就像一个你正在一边等待一边预料马上就会发生什么事情的地方那样。各种东西都在摇摆晃动,仿佛还没有确实存在似的。白桌布上空空荡荡的样子十分触目。其他正在这儿吃饭的人冷漠和敌视的神气叫人难受。我们对望一下,明白彼此并不认识,白白眼,接着就转身走开了。这种对望仿佛是鞭打似的。它使我从中感到了世上全部的冷漠和无情。要不是他要来,我简直会受不了这个。我一定会走。但这会儿一定有人已经瞧见他了。他准是正坐在一辆马车里;他准是正在经过某一家商店。他仿佛每一分钟都在向这个房间倾注这种刺眼的光、这种强烈的实体感,以致各种东西仿佛都失去了它们正常的用途,——这把刀刃仿佛只是一道闪光,而不是切东西的用具。正常的标准似乎都失效了。

"门开了,但他并没有来。来的是正在门口迟疑不决的路易。这正是他那种自信和胆怯的奇怪的混合。他进来时在镜子里照了照自己;他捋了捋头发;他对自己的外观不大满意。他老说:'我是一位公爵,——一个古老家族的末代子孙。'他性情尖刻、多疑,态度高傲,爱闹别扭(我是在拿他跟波西弗对比)。同时他又叫人害怕,因为他眼光里正带着嘲笑神气。他瞧见了我。他走过来了。"

"苏珊已经来了。"路易说,"她还没瞧见我们。她没有打扮,因为她瞧不起伦敦的浮华。她在弹簧门边站住了一会儿,望望四周,就像一只被灯光眩住了眼睛的动物似的。现在她又走动了。她的行动有一种像野兽那样既悄不做声又满有把握的神气(即使在穿过桌椅当中的时候)。她好像凭着本能就能找到路似的,在这些小小的桌子中间穿来穿去,一点也碰不着人,也不睬那些侍者,但却直接就能向角落上我们的这张桌子走来。她一瞧见我们(奈维尔和我),脸上就露出一副深信不疑的神气,叫人提心吊胆,就仿佛她已找到了正是她想要找的东西。被苏珊爱上简直会像是被一只鸟儿用尖利的嘴给一下刺穿,钉牢在谷仓的大门上似的。不过有时候我倒也愿意被一只鸟喙所刺穿,毫不含糊地牢牢钉住在一扇谷仓的大门上,就此一劳永逸。"

"现在罗达也到了,不知是打哪儿来的,正当我们没有望着的时候偷偷地溜了进来。她准是绕了好大的圈子,一会儿掩在一个侍者的身背后,一会儿躲在一根装饰性的柱子后面,以便尽量推迟见面时的激动,以便多抓住一分钟的时间去摇晃她盆里的花瓣。我们会惊动了她。我们会使她受到折磨。她害怕我们,她瞧不起我们,但还是畏畏缩缩地朝我们走过来,因为不管我们多么残酷无情,总还是有那么几个名字、那么几张会用喜色相迎的面孔,这就会使她的道路显得光明一些,使她能重续自己那美好的幻梦。"

"门又开了,门老在开,"奈维尔说,"可是他还没有来。"

"珍妮来了。"苏珊说,"她在站在门口。一切都仿佛呆住了。那个侍者也站住不动了。在靠门的桌上用餐的那些人在望着她。她好像成了一切的中心;桌子,一连串的门、窗和天花板都在她四周放出闪闪光芒,就像一颗映在打碎的玻璃窗上的星星四周放出的光芒那样。她使各种事物汇合于一点,变得井井有序。现在她看到了我们,向我们走来,所有的光芒都随着在我们头上震颤飘摇、起伏波动,带来一阵新的情绪高潮。我们都起了变化。路易伸手去摸他的领带。奈维尔紧张不安地坐在那儿等待着,心神不定地把他前面放着的刀叉摆摆直。罗达吃惊地望着她,就像远处的天边忽然冒出了一团火似的。而我呢,尽管竭力让自己的头脑里装满了潮湿的草地呀,湿润的田野呀,房顶的雨声呀,冬天撼屋的大风呀等等,以便使我的心灵能抵挡她,但却仍旧感到她的揶揄偷偷地包围了我,感到她的嘲笑的火舌卷到了我的身上,毫不容情地映出了我寒酸的服装,我粗蠢的指甲,我连忙把手藏到了桌毯底下。"

"他没有来。"奈维尔说,"门开了,可他还是不来,来的是伯纳德。他脱下大衣时,不出所料,果然在腋窝缝里露出了里面的蓝衬衫。同时,不像我们大家,他不用手推门就直撞了进来,根本不想到他是正在走进一间坐满陌生人的屋子里。他也不照镜子。他的头发很乱,可是他并不觉得。他毫没觉出我们跟他有什么不同,也没想到这张桌子就是他要来的地方。他上这儿来的时候一路犹豫不定。那是谁呀?——他问自己。因为他有点认得一位穿着演歌剧的斗篷的女人。他好像对所有的人都有点认得,但其实一个人也不认识(我是在拿他和波西弗比较)。不过现在他一瞧见我们时,就和蔼可亲地打了个招呼;他那副宏容大量、热爱人类的神气(同时又带着对所谓'热爱人类'这种无聊事姑且容忍的态度)是那么势不可挡,以致要不是为了波西弗的缘故使这一切都显得虚夸不实的话,你简直会觉得(而且有些人已经这样觉得):这真是我们的喜庆节日;这会儿我们是全体团聚在一起了。可是没有波西弗在场总缺少点实在感。我们就好像只是一些在半空中朦胧移动的影子,空洞的幻象。"

"弹簧门仍旧在不断地开。"罗达说,"不断在进来一些不相识的人,我们以后永不会再碰见的人,他们令人不快地在我们身旁擦过,带着一副满不在乎的冷淡神气,使人产生一种即使没有了我们世界还将继续存在的感觉。我们绝不会销声匿迹,我们绝不会忘掉自己的面目。就连我这样一个人也在内,尽管我并没有自己的面目,我走进来时对旁人毫不产生影响(苏珊和珍妮一进来就曾使别人从头到脚都起了变化),只一味彷徨不定,无所归属,跟什么都合不到一块,没法使自己成为一片空白、一种自然的延续或者一堵无声的墙,作为这些人体移动的背景。这全是因为奈维尔和他那种忧伤的缘故。他强烈的忧伤劲头弄得我心乱如麻。什么都安定不下来,什么都平静不下来。每当门一开他就呆呆地盯着桌子,——他不敢抬起眼睛来看,——然后就探索地望望邻座说:'他还没有来。'但是他终于来了。"

"现在,"奈维尔说,"我的树开花了。我的心情振作起来了。一切的烦闷都消失了。一切障碍都扫除了。笼罩着的纷乱气氛结束了。他恢复了正常秩序。餐刀又能切东西了。"

"波西弗来了。"珍妮说,"他没有特意打扮。"

"波西弗来了,"伯纳德说,"他整了整头发,并不是为了虚荣(他并没有照镜子),而是为了跟礼貌之神和解。他是随和的;他真是个英雄人物。那些小伙子曾跟着他列队穿过运动场。他擤擤鼻子他们也跟着擤擤鼻子,但却学不像,因为他是波西弗。现在当他就要离开我们上印度去的时候,所有这些小事都涌上了心头。他真是个英雄。哦,的确是这样,这是无法否认的,而且当他在他所喜欢的苏珊身旁落座时,事情就达到圆满的地步了。我们这些原来像一帮恶狗似的彼此猖猖乱咬的人,现在都显出了一副像士兵在长官面前那样规矩沉着的神气。我们这些人曾经因年轻而各行其是(最大的还不到二十五岁),像急性的鸟儿那样各唱各的调,并且以青春年少时那种残酷无情和不顾一切的自私心理猛磕着我们各自的蜗牛壳,直到把它磕破(我也参与了其事),或者独自高踞在卧室窗外,欢唱着对一只毛羽未丰、嘴黄未退的鸟儿来说特别宝贵的爱情、光荣以及其它种种个人体验,现在,我们都变得彼此比较亲近了;而且当我们坐在这家饭店里时,我们彼此挨得更紧一些,因为在这饭店里人人都各异其趣,车辆行人的络绎不绝老搅得我们分心,同时镶着玻璃的大门不断打开,把千百种诱惑强加给我们,伤害和破坏我们的自信,——在这儿,我们团坐在一起使我们更觉得彼此相亲相爱,而且相信我们能受得住这些诱惑。"

"现在,让我们摆脱掉阴沉孤独的感觉吧。"路易说。

"现在,让我们直截了当毫不掩饰地说说我们心里正在想的事情吧。"奈维尔说,"我们各自独处、埋头学业的时候已经过去了。那种互相掩饰、鬼鬼祟祟的日子,在楼梯上的泄露秘密,一会儿满心害怕一会儿欣喜若狂的时刻,现在都过去了。"

"老康斯泰伯太太举起了她那块海绵,一股暖流就流遍了我们全身。"伯纳德说,"我们仿佛披上了一身焕然一新、感觉敏锐的皮肉做的衣服。"

"着皮靴的小伙子在后园里跟洗碗的女仆调情,"苏珊说,"就在被风刮着的晾洗衣服下面。"

"风一阵阵地刮得就像一只老虎在喘气似的。"罗达说。

"那个人满身发青地躺在沟里,被割断了喉咙。"奈维尔说,"上楼的时候,我都没有力气提起脚来,去踢那株僵硬地竖起它那银白色叶子的讨厌之极的苹果树。"

"灌木树篱上有片树叶,并没有人吹它,却在那儿抖动。"珍妮说。

"在那个太阳晒得火烫的角落上,"路易说,"花瓣儿在一片浓绿中摆动。"

"在埃尔弗顿,花匠们用他们的大扫帚在一个劲地扫呀扫呀,而那个女人正坐在桌前写字。"伯纳德说。

"现在我们在会面时回忆过去,"路易说,"就像在从一个缠紧的线团里把一根根线抽出来。"

"当时,"伯纳德说,"马车开到了门口,我们把自己的新帽子按按紧挡住我们的眼睛,好遮起那有失男子汉气概的眼泪,接着就坐车驶过街道,在街上就连碰到的女仆们也在盯着我们,而我们的名字就用白颜料写在箱子上,向全世界宣告着我们是在上学校去,箱里装着按规定要带的几套衬裤、袜子,上面都有我们母亲预先花了好几个晚上替我们缝上的姓名缩写。这等于是我们从母亲身上的第二次分娩。"

"然后兰伯特小姐,柯廷小姐和巴德小姐支配了一切,"珍妮说,"这几位伟大的小姐戴着雪白的皱领,面色像石头,一副谜样的神气,手上的紫晶石戒指像洁白的小蜡烛和朦胧的萤火虫似的在法文、地理和算术课本上闪闪晃动;还有地图,铺着绿呢的长桌,架上摆着的一长排鞋子。"

"准时响起了铃声,"苏珊说,"姑娘们格格笑着,互相打闹。椅子在漆布地毯上拖出拖进。不过有一间阁楼上可以望见蓝色的景致,望见远处一片田野,毫没沾上各种不自然的军营式生活的臭味。"

"蒙在我们头上的迷雾终于消散了。"罗达说,"我们紧紧抓住了那些衬着绿叶在花环上瑟瑟摇曳晃动的花朵。"

"我们变了,变得认不出来了。"路易说,"我们暴露在各种不同的光线之下,各自身上所有的东西(因为我们都是那么地互不相同)就像中间夹着空白的强烈斑点那样散乱地显示了出来,仿佛一滴酸不平均地滴在一块印版上似的。我成了这样,奈维尔成了那样,罗达又显得不同,伯纳德也一样。"

"然后一只只独木小舟穿过了苍白的柳枝,"奈维尔说,"伯纳德漫不经心地迎着一片浓绿,迎着一幢幢坚实古老的房子走去,就在我身边的一个土堆上绊倒了。在一阵感情冲动下,——风从来不曾那么狂暴过,闪电从来不曾那么猛烈过,——我拿起了我的诗猛地扔掉,砰地一声关上了门。"

"可是我,"路易说,"当你们不见了以后,就在我的办公室里坐了下来,撕下一张日历,向一班船舶经纪人、粮食零售商和保险公司统计员们宣布,十号、星期五,或者十八号、星期二的黎明已经在伦敦降临了。"

"同时,"珍妮说,"罗达和我在鲜艳的盛装中出现,脖子上冷冷发光的项链上镶着几颗无价的宝石,跟人一一地点点头,握握手,含笑地从盘子里取了一块夹肉面包。"

"老虎跳了出来,燕子在世界那一头的水潭中用翅膀点一点水。"罗达说。

"不过此时此刻我们正团聚一堂。"伯纳德说,"我们会合到了一起,在一个特定的时刻,到这个特定的地方。我们是被一种共同的深刻感情吸引来参加这次圣餐的。我们是不是可以像俗话所说的称它为'爱'呢?我们可不可以叫它作'对波西弗的爱'呢,因为波西弗马上就要到印度去了。"

"不,这个名称太特定、太狭窄了。我们不能把自己深广的感情局限在这样小的一个目标上。我们来到一起(从北方,从南方,从苏珊的农庄,从路易的公司)是为了做一件要由许多双眼睛乐意地、而不是勉强地——干吗要勉强?——同时看着它发生的事。那只花瓶里有一朵红色的康乃馨花。刚才我们坐在这儿等待时还是一朵单纯的花,而现在却已成了一朵七边形的、花瓣重重、红中带褐发紫的花,挺立在银白色的叶丛间,——这是一整朵每一只眼睛都曾作了它各自的贡献的花。"

"经过青春时代的任性激动和无限烦恼之后,"奈维尔说,"现在光明已经投射在真正的目标上了。这儿是刀子和叉子。世界已经呈现出它的真正面貌,我们也是这样,因此我们可以在一起谈谈了。"

"我们是各不相同的,这要解释起来是太深奥了。"路易说,"不过让我们来试试看。我进来时把我的头发抹抹平,希望看起来显得跟你们一样。但我却做不到,因为我不像你们那样单纯和完整。我已经度过了几千个一生。我每天都在重新发掘。我在沙堆中找到了自己的遗骸,那是几千年前的妇女们堆起来的。那时我正在尼罗河边听着歌声和拴着铁链的野兽的蹬脚声。你在自己身旁看到的这个人,这个路易,只不过是某种曾经辉煌一时的东西的残渣和灰烬。我曾是一位阿拉伯王子;瞧瞧我那豪放的举止吧。我曾是伊丽莎白时代的一位伟大诗人。我曾是路易十四宫廷里的一位公爵。我十分虚荣,十分自信;我有无限的欲望,要使妇女们爱怜和叹息。我今天没有吃饭,为的是好让苏珊会觉得我面色苍白,珍妮会赠给我她那怜惜的珍贵香膏。但我在爱慕苏珊和波西弗的同时,却憎恨其他的人,因为我是为了他们才做出抹平头发、掩饰口音这些蠢事的。我是一只捧着颗硬果吱吱乱叫的小猴子,而你们是些提着装满陈面包的花哨口袋的邋遢女人;我也仿佛是只关在笼里的老虎,而你们是手执烧红铁条的看守。这就是说,我比你们凶猛有力,但在多少年默默无闻之后才显露的出头指望,却会被弄得逐渐磨尽了锐气,而一味只在害怕被你们所讥笑,在探索风向以躲开迷眼的风暴,在力求写出钢铁般铿锵有声的诗句以便用海鸥去对比缺牙少齿的妇人,对比教堂的尖塔,对比我在吃饭时看到的那些时隐时现的毡帽,——当时我正把我的一本诗集(大概是卢克里修斯吧?)竖在调料瓶和沾上了肉汁的账单旁边。"

"可是你决不会恨我。"珍妮说,"即使远远地在一间满是描金椅子和外交使节们的屋子的那一头,你只要一瞧见我,也决不会不穿过整个屋子向我走来,为了想得到我的怜惜。刚才我一进来,所有的东西就都一下变得呆若木鸡。侍者站住不动了,正在吃饭的人举起叉子待在那儿。我露出一副早就预料会发生什么情况的神气。我坐下来时,你伸出手去摸摸你的领带,接着又把手藏在桌子底下。而我却什么也不隐藏,我早就有所预料。每次门一开,我就喊道:'又来了!'不过我的想象力只限于躯体。我不能想象超出我躯体所及范围以外的东西。我的躯体是我的前导,就像一盏灯笼在前面照着我走进一条黑巷子,使一样一样的东西离开黑暗进入光圈。我照花了你的眼睛,使你相信这就是一切。"

"可是当你站在门口时,"奈维尔说,"你引人发呆,招人赞叹,而这对自由自在的交往是个极大的妨碍。你一站在门口就引得我们都注意你。但你们却谁也没有瞧见我的来到。我来得很早;我很快就直接来到这儿,以便坐在我所珍爱的人旁边。我的生活有一种急促的步调,这是你们所没有的。我像一条追踪的猎犬。我从清早直到黄昏整天都在追猎。无论是跋涉荒漠追求完美,无论是名誉或者金钱,我都觉得毫无意义。我会有钱,我会有名。但我却永不会得到我所渴望的东西,因为我缺少躯体的美和随之而来的勇气。我头脑的敏捷是过分超乎我的躯体之上了。还没等走到目的地我就会跌倒,而且跌倒在一个潮湿的、也许是令人作呕的土堆上。我在生命的悲号中赢得别人的怜悯,却不是爱。因此我痛苦难受之极。不过我并不像路易那么难受得使自己成为笑柄。我非常实事求是,决不会去干那些装腔作势、耍弄花招的事。我对任何事情——只除了一件——都看得一清二楚。这是我可取的地方。它使得我的痛苦总是带有一点令人兴奋之处。它使得我即使在默默无言的时候也能对旁人起一种摆布的作用。而正因为我在某一方面有点沾沾自喜,正因为尽管欲望不变,一个人总还是在不断改变,早上就无法料到晚上将会跟谁在一起,所以我决不止步不前;我从最倒霉的处境中重新爬起,掉过头来,改变方向。石子从我一身铠甲似的皮肉,从我的身体上反弹回去。我就要这样终生追求,直到老死。"

"要是我能相信,"罗达说,"我会在追求和改变中终老一生,我就会不再害怕了,因为什么都不会永久存在。这一分钟并不一定会导向下一分钟。门开了,老虎跳了出来。我来时你们并没看见。我是有意绕过椅子走来,好避免那一跳带来的恐怖。我害怕你们所有的人。我害怕感情激动的震撼会跳到我身上来,因为我不会像你们那样去应付它,——我不善于让这一分钟自然而然消失在下一分钟里。对我来说它们都是恶狠狠的,都是彼此分开的;要是我在这一分钟那一跳的震撼下吓倒了,你们就会扑上来,把我撕得粉碎。我没有目标。我不知道怎样从这一分钟走向下一分钟,从这个钟头走向下个钟头,凭某种自然的力量去对付它们,直到把它们化成了不可分割的整个一团,那就是你们所说的生活。因为你们都有个追求的目标,——一个乐意要他坐在自己身边的人,对么? 一个想法,对么? 你的美丽,对么? 我弄不清楚,——你们过着每天、每一个钟头,就像一只追踪的猎犬跑过森林中的一根根树干和林中大路上的一片片绿茵似的。可是对我来说却连一个可以追踪的目标或者躯体都没有。而且我没有面目。我就好像是涌上海滩的潮头,或者就像是月光那样,笔直地一会儿照在一只铁罐头上,一会儿照在像披着铠甲的海冬青的尖利叶瓣上,或者照在一块骨头或者一只快烂光了的小船上。我好像被风卷进大山洞里,我好像一片纸头扑打在长得没有尽头的走廊上,必须用手支着墙才能挣脱开来。

"但是正因为我想要一切东西都有个立足之地,因此每当我慢吞吞跟在珍妮或者苏珊后面走上楼去时,总假装自己也有个目标。看见她们在穿上长袜,我就也穿上长袜。我等着你先说话,好随后跟你说得一样。我穿过整个伦敦被吸引到一个特定的场所、一个特定的地点来,并不是为了来看一看你,你,或者是你,而是想在你们这些无忧无虑、过着完整而不可分割的生活的人的共同的火焰上点燃我自己的火焰。"

"今晚我走进这间屋里来时,"苏珊说,"我站定了一下,像只眼睛紧贴地面的野兽那样向四面窥视。地毯、家具的气味和屋里的一股味道使我讨厌。我喜欢独自穿过潮湿的田地,或者站定在一扇大门边,用我那猎狗似的鼻子警惕着四周,心想,野兔在哪儿呢?我喜欢跟那样一些人在一起:他们手里拈着几株药草,往火里吐痰,穿着拖鞋在长长的小道上慢吞吞地走,就像我的父亲那样。我能懂得的话只是爱恋、憎恨、气愤或者痛苦的大喊大叫。这些话就仿佛是从一个老太婆身上脱下那已成为她身体一部分的衣服,露出她的本来面目。而这会儿当我们谈话的时候,她就仿佛是在衣服里面满身臊得通红,一副大腿皮干皱,乳房松垂的样子。一当你们沉默不语的时候,你们就又显得美丽了。我除了自然的乐趣外,再没有其他的东西。这差不多就使我心满意足了。我疲倦了就去睡觉。我躺在那儿,就像一片交替地长着各种庄稼的田地;夏天,热浪在我身上起伏;冬天,我会冻得干裂。可是冷热会自然交替,不管我愿意不愿意。我的孩子会继承我;他们长牙,他们啼哭,他们上学、回家,就像大海的波浪在我身下起伏。没有哪一天会没有它们的波动。我会比你们所有的人都更高地登上一年四季的高峰。到我死时,我所拥有的东西会比珍妮、比罗达更丰富。但另一方面,你们会对旁人的想法和嬉笑千百次地作出嫣然多姿的反应,而我却会时常闷闷不乐,满肚子火气,恼得满脸通红。我会被残酷而美好的母性的热情弄得皮包骨头,不像样子。我会不择手段地为自己的孩子们的前途打算。我会恨透那些看到我孩子的缺点的人。我会不要脸地撒谎来庇护我的孩子。我要依靠他们做屏障来远远地躲开你,你,还有你。但同时我又嫉妒难忍。我恨珍妮,因为她让我知道我的两手发红,我的指甲被牙齿咬得参差不齐。我爱得那么狂热,因此当别人对我所爱的人用一句他不该听到的话来加以形容时,我会痛苦得要命。他幸而避免了,而我却留在那儿,拚命想要抓住一根在树梢的叶丛中一会儿缩进一会儿伸出的细线。我弄不懂那些辞藻。"

"要是我生来就不懂得一个词后面自然而然会跟着出现另一个词的话,"伯纳德说,"谁知道呢,也许我就会成了个不知什么样的人。但事实是,正因为想在什么事情上都找到自然的次序,因此我受不了孤身独处的重压。一当我看不到言辞像烟圈似的在我四周袅绕,我就觉得眼前漆黑,——我就变得什么也不是了。只要我一个人待着,我就会陷入无精打采,就会一边捅着炉灰,一边懊丧地自言自语说,反正莫法特太太要来的。她会来把这些统统打扫干净。当路易一个人待着时,他会想得特别深,而且会写出一些比我们大家都还要存在得长久的话来。罗达喜欢一个人。她害怕我们,因为我们会动摇了她只有在一个人时才会有的存在感,——瞧瞧她把叉子抓得多么紧,这是她对付我们的武器。可是我却只有当那个铅管匠或者马贩子或者不管什么人说上句什么,引起了我的兴头来,才会变得实际存在。这时我的话所形成的烟圈就会那么可爱地升降起伏、回旋缭绕在鲜红的龙虾、黄嫩的水果上,把它们织成了一个美丽的花环。不过要知道,言辞是多么轻浮,——它全是由形形色色巧妙的借口和陈旧的谎言构成的。由此可见,跟你们不同,我的性格一部分是由旁人提供的刺激所形成,而不完全是我自己的。仿佛银子上有某种瑕疵,某种不规则而难以捉摸的纹理,使得它降低了成色。在学校时常常使奈维尔那么光火的那件事——我扔下了他,其原因就在这里。我曾跟那些戴着小制帽、佩着徽章的爱吹牛的小伙子们在一起,一块儿坐着一辆四轮大马车驶走,——他们当中有几个今晚也在这里,穿得整整齐齐地在一起吃饭,然后又和和气气地一块儿上音乐厅去了;我喜欢他们。因为正跟你们一样,他们也总是会使我变得实际存在。同时也正因为这样,所以当我离开你们,火车继续开走以后,你们觉得不是火车走了,而是我伯纳德走了,他满不在乎,他无动于衷,他拿不出车票,而且说不定把钱包也丢掉。苏珊两眼盯着在山毛榉树叶中一会儿缩进一会儿伸出的那根细线,喊了起来:'他走了!他从我身边逃开了!'因为什么也捉摸不着。我老在不断地制造和重新改造。不同的人会从我口里引出不同的话来。

"所以我今晚乐意坐在一起的不是某一个人,而是五十个人。可是你们当中却只有我能十分自在地坐在这里却又并不放肆。我并不粗俗;我不是个势利小人。尽管我无力抵挡社会的压力,但我凭我舌头的灵活,却能使一些奥妙费解的话广为流传。瞧我那些小玩意儿,一转眼就能无中生有地编造出来,它们是多么有趣啊!我绝不是吝啬鬼,——我死的时候会只留下一柜子的旧衣裳,——我也几乎毫不在乎那些给路易招来那么多苦恼的小小的虚名。可是我曾做了更大的牺牲。像我这样夹杂着钢铁、银子甚至普通泥土的驳杂纹理的人,那些不靠别人刺激的人是没法把我紧紧捏成一团把握在手里的。像路易和罗达那样自我克制和英雄主义我做不到。就是在滔滔空谈中我也永远说不出一句完美的辞藻来。但是对于临时的某一瞬间,我却会比你们任何人都做出更多的贡献来;我会比你们任何人都走进更多的房间,更多不同的房间。不过因为我身上有某种东西不是内在的而是外来的东西,所以我将会被人忘掉;我的声音一消失,你们就不会再记得我,就是偶然记起,也只会把我当作是一个曾经将水果化成漂亮辞藻的声音的回声罢了。"

"注意,"罗达说,"听我说。你们瞧光正在每秒钟都越来越变得更强烈,开花和成熟到处可见;而当我们的目光环视这间满是桌子的屋子时,它仿佛能穿透那些鲜红、橙黄、深褐和其他古怪的中间色调的帷幕,使它们像纱幕似的分开然后又合拢,一样东西跟另一样东西全融合在一起了。"

"是的,"珍妮说,"我们的感官似乎扩大了。原来苍白脆弱的各种神经网膜膨胀和延伸起来,像细丝似的布满我们全身,使空气变得仿佛可以触摸,并且把以前听不到的种种遥远的声音都捕捉了进去。"

"伦敦的喧嚣,"路易说,"正围绕着我们。汽车、货车、公共汽车在不停地来来往往。一切全融合在一个像转动的车轮似的单一的声音之中了。各种单独的声音——车轮声、钟声、醉汉和寻欢作乐者的叫嚷声,全都打成一片,成为一个像发出钢铁般蓝光的、循环不息的混合声音。随后汽笛一声长鸣。接着,海岸逐渐远去,烟囱逐渐隐没,轮船出海了。"

"波西弗走了。"奈维尔说,"我们四周被密密围绕着,坐在这儿,被灯光映照得五色斑驳;所有的东西——手、窗幔、刀叉,正在用餐的其他人,——都混成一片。我们被四壁围绕,困坐在这儿。而印度却在外面的天地里。"

"我看见了印度。"伯纳德说,"我看见那长长的平坦海岸;我看见一些被践踏得满街泥泞的弯曲小巷,在许多东倒西歪的宝塔之间穿来穿去;我看见一些有雉堞的金光闪闪的房屋,看起来像在一个东方博览会上匆匆搭起来的临时建筑物那样,有一种脆弱而摇摇欲倒的样子。我看见一对阉牛拉着一辆低矮的牛车走在烈日烤晒的大路上。车子笨拙不灵地摇来晃去。一会儿一只轮子陷进了车辙,马上就有无数个只围着缠腰布的土人团团围住了它,起劲地叽叽喳喳着,但却什么也不干。时光仿佛永无尽头,雄心只是一场空幻。那种一切人类努力都是徒劳无功的心情笼罩着一切。弥漫着一股古怪的酸臭味儿。一个老头待在一条土沟里,不停地一边嚼着槟榔,一边意守丹田。可是瞧,波西弗来了;波西弗骑着匹满身跳蚤的母马,戴着顶遮阳帽。靠贯彻西方的行为准则,运用了他惯用的粗暴言语,不到五分钟牛车就被扶了起来。东方的难题终于被解决了。他继续骑马上路;人群紧围着他,把他看成是——他实际也是——一位神。"

"他不可捉摸,"罗达说,"不管身上有没有什么神妙莫测之处,他总像是一块石头投入池塘,被成群的小鱼所蜂拥围绕。就像这些小鱼那样,我们东游西窜,最后当他来到时,总是窜过去团团围绕着他。就像小鱼那样,感到眼前有了一块大石头,就心满意足地起伏回旋着。一种安宁感悄悄地涌上了我的心头。一道金光射进了我们的血液。一下,两下;一下,两下;心儿在安详、信赖地跳动,沉浸在一种幸福的忘我境界,一种慈祥宽厚的喜悦心情中;而且瞧呀,——所有的外部世界,远方天际的朦胧影像,例如印度,都出现在我们的眼底。原来萎缩的世界又自动伸展开来;遥远的外省从黑暗中重新涌现;我们看见了泥泞的道路,枝蔓纠结的丛莽,成群的人,仿佛就在我们眼前啄食着腐烂尸骸的秃鹫,看到了我们美丽骄傲的外省的一角,这一切都是因为波西弗独自骑着一匹满身跳蚤的马沿着一条僻静的小路前进,在荒凉的树下安下营帐,然后独自坐下来眺望着巍峨的群山的缘故。"

"那就是波西弗,"路易说,"在微风下分而复合的云块下,他在刺人的草丛间坐了下来,静悄悄地坐在那儿,使我们自己感觉到,当我们像一个肉体、一个灵魂原来彼此孤立的部分又互相会合在一起时,还竭力想说'我是这个,我是那个',是十分荒唐的。我们出于害怕,丢掉了某些东西;出于虚荣,背弃了某些东西。我们曾竭力强调差别。为了渴望孤立,我们故意突出自己的缺点和自己特别的地方。然而我们脚下却正有一根链子在不停环绕、环绕,绕成一个铁青色的圈子。"

"那是既爱又恨的心情。"苏珊说,"它就是那条使我们往下一望就觉得头晕目眩的黑不见底的汹涌激流。我们这会儿正站在一块巉崖上,但只要往下一望,就立刻会觉得头晕眼花。"

"那是爱,"珍妮说,"又是恨,就像有一次我在花园里跟路易亲了亲嘴时苏珊对我感到的心情那样;因为我浑身打扮一新,一走进来时就使得她心里想到'我的手是通红的',因此赶紧把它们藏了起来。可是我们彼此间的恨却是跟我们的爱分不开的。"

"但是,"奈维尔说,"那在我们各自架起来的荒唐的立足平台下面汹涌怒吼的激流,比我们站起身来想要说话时那种声嘶力竭、无理取闹的大叫大嚷,还要显得平稳一些;当我们拼命争论,嚷着'我是这个,我是那个!'时,说的话都是荒唐的。

"不过我在吃。我一边吃,一边就渐渐想不起来自己究竟特别在什么地方了。我愈来愈被食物所压倒。这一大口一大口美味的烧鸭,配着各种合适的蔬菜,妙不可言地使你依次感到既暖乎又扎实、既甘甜又辛辣的滋味,经过我的嘴,咽下我的喉咙,装进我的肚皮,使我浑身安逸。我感到平静,庄重,自制。现在一切都显得踏实了。这会儿我的嘴本能地渴望而且预先体味到了某种甜甜的、清淡爽口的东西,某种带糖分的、柔和的东西;还有那带着葡萄叶的碧绿,麝香般的香味和葡萄般的紫色的冰凉的酒,当我饮着它的时候,它熨帖地抚慰着我上腭上敏感的神经,使得我的口张大得活像个有圆顶覆盖的大洞。现在我能镇定地望着脚下那奔腾湍急的水流了。我们该用一个什么特别的名字来称它呢？让罗达来说吧，她的脸我正从对面的镜子里朦胧地望见。这位罗达，那次当她在一个褐色的水盆里摇着她那些花瓣时，我曾打断了她，问她伯纳德偷走小刀的事。在她眼里，爱并不是一个旋涡。她朝下望去时也并不觉得晕眩。她的目光远远地越过我们的头上，越过印度的上空。"

"是的，"罗达说，"我穿过你们的肩头与肩头之间，越过你们的头顶，望着一处景色，一块山谷，那儿皱襞重重的陡峭山坡四面聚合拢来，就像鸟儿叠起的翅膀。那儿铺满短短的草儿的草地上长着叶片深暗的灌木，而在这深暗的背景上，我看见一个人形，颜色发白，但并不是石像，它在移动，仿佛是个活人。不过这既不是你，也不是你，也不是你；既不是波西弗，苏珊，珍妮，奈维尔，也不是路易。当一只白色的手臂支在膝盖上时，它弯成一个三角形；随后它伸直了，就像一根石柱；一会儿又像往下倾注的泉水。它不打手势，也不招呼，根本没有瞧见我们。大海就在他身后咆哮。他是我们无法企及的。但我却大胆地去到那儿。我是上那儿去充实我的空虚，延长我的黑夜，使它尽量充满着许多梦境。而且从此时此地我就能一转眼去到我的对象身边，对他说：'别再游荡了。别的一切都是考验和假象。这儿才是最后的目的地。'可是这种远行，这种出发的时刻，总是正当你们在场的时候开始，就在此时此地，从这张桌子，从这些灯光，从波西弗和苏珊身边开始出发。我老是越过你们头上，从你们的肩头之间，再不就是当我在舞会上穿过房间，站在窗口往下望着街道的时候，看见那个树丛。"

"可是他的鞋声呢？"奈维尔说，"他在楼下大厅里的说话声呢？还有看见那个对谁也不瞧一眼的他呢？有人老等着，可他一直不来。时间越来越晚了。他已经忘记了。他正跟另一个人在一起。他是个负心汉，他的爱是毫无价值的。唉，然而那份伤心……那份无法忍受的失望！可是接着门开了。他来啦。"

"我用十分甜美的声音向他说：'快过来吧！'"珍妮说，"他果然过来了；他穿过房间向我走来，我正坐在那儿，衣服像轻纱似的飘垂在金子、杯子、桌子,——没有一样东西不光辉四射。所有的东西都在颤动,所有的东西都像点着了火,所有的东西都发出闪闪光芒。"

("瞧吧,罗达,"路易说,"他们变得像一首夜曲那样心荡神怡了。他们的眼睛闪闪眨动,快得好像飞蛾的翅膀那样,看起来就仿佛毫没有眨动似的。"

"号角和鼓声响了起来。"罗达说,"树叶分开了;牡鹿在丛林深处吼叫。传来跳舞和擂鼓的声音,就好像一些手持标枪、全身赤裸的土人在跳舞擂鼓似的。"

"就好像有一些野人,"路易说,"正围着篝火在跳舞。他们是野性难驯、残酷无情的。他们围成一圈,一边跳着一边拍着肚皮。火焰腾起照亮他们涂得五颜六色的面孔,照亮豹子皮,还有他们从活的生物身上割下来的血淋淋的肢体。"

"狂欢的节日越来越热火朝天。"罗达说,"盛大的游行队伍经过了,向四面抛掷着青青的树桠和带花的枝条。他们的号角吹出一股蓝烟;他们的皮肤在火把照映下现出红色和黄色的斑点。他们抛掷着紫罗兰。他们给情人戴上花环和桂冠,就在陡峭的山坡汇合的那片草地上。游行队伍经过了。当他们经过时,路易,我们感觉到了气氛的冷落,我们不愿忍受衰颓。月影渐渐横斜。我们心照不宣地一起躲避开去,靠在一个冰冷的坟头上,望见那红红的火焰逐渐低落下去。"

"死亡是跟紫罗兰交织在一起的。"路易说,"死,永远是死。")

"我们多么自豪地坐在这儿,"珍妮说,"我们这些还没满二十五岁的人!外面树木在开花;外面一些女人在徘徊;外面马车急促拐弯,匆匆驰过。经过种种摸索,经过青年时代的种种彷徨和迷惑,我们正视着未来,不怕将要到来的是什么(门开了,门老是在不断地开)。一切都是真实的;一切都明确无疑,毫无幻影和空想。美正显示在我们的眉梢眼角。我有我的美,苏珊有苏珊的美。我们的肌肤坚实而平静。我们相互间的差别就像骄阳下岩石的影子那么轮廓分明。我们的身边摆着黄松松、结结实实的新鲜面包;桌毯是洁白的;我们的手心微屈着,随时准备握紧。无数的日子将要来临;无数的冬日和夏日;我们几乎还不曾去触动自己的宝藏哩。现在果实已经在叶子下面圆熟了。满屋金光辉映,我马上要向他说道:'快来吧!'"

"他长着一双红耳朵,"路易说,"当那班城里的店员在饭馆柜台上吃快餐时,肉味儿就像一片黏湿的网笼罩在四周。"

"既然我们面前还有数不清的时间,"奈维尔说,"我们就要问问我们应当做些什么?我们会在证券街上闲逛,东瞧瞧西看看,没准买上枝钢笔,就因为它颜色是绿的,或者是打听一下一个镶着块蓝宝石的戒指要卖多少钱么?或者我们会坐在屋里,望着炉火变红?我们会随手取本书来,翻到这页读一读,翻到那页读一读么?我们会无缘无故又笑又嚷么?我们会踏进鲜花盛开的草地,采些雏菊来编成一串么?我们会查一查什么时候有开到赫布里底群岛去的最近一班火车,并且定一间车厢么?这一切都是可能的。"

"对你来说是这样,"伯纳德说,"可是我昨天却径直朝一只邮筒上撞了过去。我从昨天起已经订了婚了。"

"我们盘子旁边这一小堆糖看起来多古怪呀。"苏珊说,"还有这些杂乱的梨子皮,这些镜子边上的丝绒镶边。我过去从来没有注意过它们。现在一切都稳稳当当,一切都确定不移的了。伯纳德订了婚。有一些不可挽回的事已经发生了。一个圈圈已经套到了浪花上;一条链子已经加上了。我们再不能自由自在地奔流了。"

"这只是暂时的。"路易说,"直到链子断了,混乱重新恢复以前,人们会看到我们被束缚住了,呈露在大众面前,被夹在老虎钳中间。

"可是这会儿圈子打破了。这会儿水流又欢畅了。现在我们奔流得比过去更汹涌了。原来在心底里阴暗的杂草丛生处伺机等待着的种种欲念,现在又冒了出来,把我们淹没在它们汹涌的波涛里。痛苦和妒忌,羡慕和欲望,还有某种比它们更深沉,比爱更强烈也更隐蔽的东西。要求行动的声音响起来了。你听,罗达(因为我俩是心照不宣的,我们的手都靠在冰冷的坟头上),听那要求行动的凌乱、急促、亢奋的声音,那猎犬追逐猎物似的声音。他们这会儿急不择言,连把一句话说完整都顾不及了。他们用情侣间那种喁喁情话似的语调说着。一种不可抗拒的兽性控制了他们。他们腿股间的神经亢奋。他们的心在他们的肋

"她们毫不在乎,"罗达说,"不管别人用手指指点点也好,目光挑剔找碴也好。她们转脸一望,显得多么从容;她们那副神气,多么能干、自豪!珍妮的眼睛里现出多么旺盛的生命力;苏珊的目光是多么清澈,草根里的虫子都逃不过它!她们的头发油光水亮。她们的两眼闪闪发光,就像野兽穿过叶丛在追寻猎物。圈子打破了。我们一下子变得各自东西。"

"可是这种扬扬自得的喜悦很快就会消失,"伯纳德说,"简直是太快了。贪婪地自我肯定的时刻很快就会过去,一心渴求幸福、幸福、更多的幸福的欲望已经餍足了。石子已沉了下去;这种时刻已经过去。在我周围展开了一片广阔无垠、混沌难辨的境界。现在我的两眼中仿佛睁开了千百双无限好奇的眼睛。现在谁都可以来杀掉我这个已经订了婚的伯纳德,就因为他们自己还不曾去接触这片未知的境界,这座陌生世界的丛莽。为什么,我小心地悄声问,那儿那些女人要自己单独聚在一块吃饭呀?她们是什么人?究竟是什么原因会使她们在这特定的夜晚聚会到这个特定的地方来?角落上那个年轻人,看他时时用手摸摸后脑勺的那副局促不安的神气,准是刚从乡下来的。他是来求人的,所以那么急于想十分得体地应酬他的东道主,他父亲的老友的这一番款待,以致这会儿他对明早十一点半光景将要享到的那种乐趣都几乎感受不到一点乐趣了。我还看到那位太太在一场全神贯注的谈话中间,曾三次用粉扑扑她的鼻子,——谈的也许是爱情,也或许是谈她们一位最亲密的朋友的不幸。'噢,不过我的鼻子不知弄成一副什么样子了!'她这样想着,就马上掏出她的粉扑来,在扑着粉的那段时间,就把方才对于人心不古的种种万分激烈的感慨忘了个一干二净。可是还有一个始终无法解释的疑团:那个戴着单眼镜的孤身男人是谁;那位独自喝着香槟酒的上了年纪的太太是谁。这些不认识的人究竟是什么路数?我心想。我可以编出成打的故事来讲他说了些什么,她说了些什么,——我眼前仿佛有成打的有趣场面。然而故事算得了什么?不过是我簸弄的玩具,吹起的泡泡,是一个圈圈穿过另一个圈圈。而且我有时候甚至怀疑起究竟有没有所谓故事来。我的故事是什么?罗达的故事又是什么?奈维尔的又是什么?世上只有种种事实,比如说:'那位穿灰色衣服的年轻人,神气一本正经,在别人那种喧闹对比之下,显得十分古怪,这会儿他掸掉背心上的面包屑,用一种既威严又和气的手势跟侍者打了个招呼,对方马上走上前去,过了一会儿就用盘子托着一张小心折起来的账单回来了。'这确是真情,这确是事实,但除此之外的一切,就都是无从知晓,全凭猜测了。"

"现在,"路易说,"当我们付过了账正要分别时,我们血液里那因为彼此十分不同,因而常常会猛然破裂的圈圈,又再一次弥合在一起了。我们完成了某种东西。是的,正当我们起身离座,有点局促不宁、犹豫不定的时候,我们双手紧抱住这种共通的感觉衷心祈求着:'千万别挪步,别让那弹簧门粉碎了我们所完成的东西,粉碎了就在这儿,在这些灯光、果皮、凌乱的面包屑和来往的人们当中所形成的这片小天地。千万别挪步,别走。把它永远保持下来。'"

"让我们再保持它一会儿吧,"珍妮说,"不管我们把它叫做爱也好,恨也好,保持住这片由波西弗、由青春和美形成四壁的小天地,还有那深入我们内心的某种东西,今后也许我们再也无法从哪一个人身上再找回这样的时刻了。"

"世界另一头的树林和辽远的国土,"罗达说,"正是在这里面;那大海和丛莽;那豺狼的号叫,还有那照耀在兀鹰翱翔的高山之巅上的月光。"

"幸福就在这里,"奈维尔说,"种种安静平凡的事物也在这里。一张桌子,一把椅子,一本裁纸刀插在书页里的书。从玫瑰花上掉落下来的一片花瓣,还有当我们静静坐着时,或者想起某一件小事来,突然开口说话时那光影的颤动。"

"一个星期中的那几天也在这里。"苏珊说,"星期一,星期二,星期三;奔向田野的马和驶回家来的马;还有那白嘴鸦一会儿高翔、一会儿低飞,落到它们在榆树上的巢里,不管在四月天,还是在十一月天。"

"将要来临的事都在这里。"伯纳德说,"这是我们向靠着波西弗创造出来这个美妙得意的时刻所投下的最后也是最明亮的一滴,就仿佛是从天而降的一滴水银。将要来临的究竟是什么呢?我一边想,一边掸掉我背心上沾的面包屑;外面等着的究竟是什么呢?我们坐着吃饭、谈话的时候,已经证明了我们有能力给时间的宝库增添财富。我们并不是一些奴隶,生来就该弯腰屈背不断忍受无数卑鄙的打击。我们也不是尾随着主人的绵羊。我们是造物者。我们也曾创造了某种东西,可以汇合到古往今来的亿万会众中去。当我们戴上帽子推开了门的时候,我们也并不是跨入一片混沌,而是踏进这样一个世界,在那儿我们自己的力量也能克敌制胜,帮助创造出一条光明而永恒的道路来。

"趁他们去叫出租汽车的这会儿,波西弗,看看这你很快就要见不着的景色吧。马路的路面被数不清的车轮子碾得又硬又光滑。由我们巨大的能量所形成的一层黄色的光幕,就像一大块着了火的布似的笼罩在我们的头上。是戏院、音乐厅和家家屋里的灯火汇合成这一片光海的。"

"一团团尖尖地直竖着的云块,"罗达说,"飘浮在像涂了油的鲸须那么漆黑的天空上。"

"现在痛苦降临了;恐惧的利齿咬啮着我。"奈维尔说,"现在车子开来了,波西弗要走啦。我们有什么办法能留住他?怎样才能沟通我们之间遥远的距离?应当怎样去扇旺这堆火焰,才能使它永远炽烈?怎样向长久的未来作出表示,表明现在正站在街上路灯下的我们将永远爱着波西弗?现在,波西弗终于走了。"

太阳已经高高升到天顶。它已经不再是若隐若现,只能从它的隐约闪光猜到它的所在,仿佛一位女郎正半躺在蔚蓝大海的床垫上,把水晶球状的珠宝戴在她的额头上,射出枪刺般乳白色的光芒在朦胧的大气中闪烁,就像一条跃起的海豚露出它的肚腹,或者是一把劈下来的刀刃发出闪光。现在太阳已毫不踌躇、毫不容情地炽烈照耀着。它照射在坚实的沙滩上,使块块岩石成了一个个炽热的熔炉;它搜索着每一个水潭,捉住躲藏在隙缝里的小鳉鱼,暴露沙滩上朽烂的车轮和白骨残骸,或者是一只颜色黑得像铁的没有了鞋带的靴子。它使每一样东西现出它本来的色调;使一座座沙丘显示出它无数晶亮的颗粒,使一丛丛野草显得碧绿;它还照射在沙漠荒原的不毛之地上,时而曲折透过车辙,时而扫过孤零零的路标石堆,时而洒落在矮小而幽绿的野树丛上。它照亮金光闪闪的伊斯兰寺院,南部乡村里单薄的红白色纸板小屋子,跪在干河底里在石头上捶打着皱成一团的衣服的乳房松垂、头发灰白的妇人们。正在缓慢地隆隆驶过海面的轮船也被直射的阳光攫住,它透过黄色的布篷照着那些在甲板上打盹或散步的乘客,他们正日复一日地被紧紧挤在油腻而隆隆震动的船舱里,由轮船载着他们单调乏味地驶在海浪上,不时用手搭在眼睛上眺望着陆地的出现。

　　阳光照在密密耸立的南方群山上,射进深深的满是石子的干河床,那儿在高高的吊桥下河水已经干枯得使那些跪在石头上的洗衣妇人几乎已没法浸湿她们要洗的衣裳;精瘦的骡子狭狭的肩背上驮着篓子,在轧轧发响的灰色碎石上小心地择路而行。到了正午,灼热的阳光把那些小山晒成灰色,仿佛在一次爆炸中被削平和烧焦了似的,而在更靠北面比较多云和多雨的地方,那些像被一把铁铲的背削成光溜溜平板的色的灯,正在依次巡视各个房间。阳光透过灰蓝色的空气微粒照射在英国的田野上,照亮了沼泽和池塘,停在柱子上的一只雪白的海鸥,徐徐掠过梢头平整的树林、还没长大的庄稼和波浪起伏的牧草地上空的云影。它照在果园的墙上,使墙砖的每一个坑洼、每一条纹理都闪出刺目的银色和紫色,火红滚烫得仿佛摸上去都快要融化了,仿佛只要一碰它,就马上会化成烧焦了的灰土似的。一串串葡萄干挂在墙边,像红艳艳的浪花和瀑布;李子圆熟长大,从叶面下露了出来。无数青草的叶子汇合成青翠欲滴的一大片。树影缩小成为仿佛只是围着树根的一个深黑的水潭。像洪水泛滥似的阳光使所有原来层次分明的东西都融成了一片绿色。

鸟儿热情地争着齐声鸣唱,然后全都停止了。它们一边低声叽叽喳喳,一边衔着一小段草茎或者树枝钻进树上高处黑色的树节里。它们身上闪着金色和紫色,飞落在花园里,那儿金色和淡紫色的金链花和珍珠菜的球果纷纷坠落下来,因为在这正午时分,园里正百花盛开,花团锦簇,就连花丛底下的阴暗通道都变得一会儿发绿,一会儿发紫,一会儿发褐,就看阳光是透过红色的花瓣呢,还是透过宽阔的黄色花瓣,或者是一时被毛茸茸的花茎挡住了。

阳光直射在屋子上,使发暗的窗户之间的白色墙壁显得耀眼。被绿色树枝密密缠绕的窗框,把当中望不透的黑沉沉一块圈在里面。一道轮廓锐利的楔形光线照在窗台上,映亮了屋子里有蓝色花纹的盘子,带弯把的茶杯,一只大碗的中腰,有十字格的地毯,以及那些玻璃橱和书柜的威风凛凛的轮廓和线条。在它们这些庞然大物背后形成一块阴影,其中大概还有某个隐约可辨的东西,它不曾被阴影所淹没,也没有使它更加浓重。

波浪碎裂后,海水就迅速漫上岸边。浪头一个接一个地高高涌起又猛然落下;乘着落下时的势头,浪花往回飞溅。海浪通体深蓝,只是浪尖上有像钻石般四射的光芒,它起伏颤动,就像壮健的马在奔驰时马背上筋肉的起伏颤动那样。海浪猛然落下;退了回去,然后又猛然落下,仿佛一只强大的野兽在沉重地蹬脚。

"他死了。"奈维尔说,"他落了马。他的马绊倒了。他被摔了下来。世界的船帆突然倾倒,正砸在我的头上。什么都完了。世界的光熄灭了。前面耸立着那株我无法绕越过去的大树。

"唉,把我手里的这份电报团掉吧,——让世界的光重新照耀,就算根本没这件事吧!可是干吗一个人要把脑袋转来转去竭力回避呢?这是真情。这是事实。他的马颠踬了,他摔了下来。闪闪越过的树木和白色的栏杆一下子全飞上了半空。他一阵天旋地转;耳朵里嗡的一声。接着是重重的一击;世界好像四分五裂了;他沉重地吸了一口气。他就在摔下来的地方当场死去了。

"乡间的谷仓和夏天的假日,我们曾经在里面待过的房间,——这一切现在都已成为那已经逝去的虚幻世界里的东西。我的过去已跟我毫不相干了。人们飞跑着赶来。穿着马靴的人、戴着遮阳帽的人,他们一起把他抬到一个凉亭里;他就在那些陌生人中间死去了。他老是生活在孤独和沉默中间。他时常离我而去。然后,当回来时,我就说:'瞧他,显得多了不起!'

"那些女人慢吞吞从窗前走过,仿佛街上压根儿并没裂开一条深渊;也没有一株我们绕不过去的长着硬挺挺叶子的树似的。那么说,我们准是该被鼹鼠丘绊倒的了。我们闭着眼慢吞吞走着,沮丧到极点。可是干吗我要这样心灰意懒呢?干吗我要勉强抬起脚来,爬上楼去呢?这会儿我正站在这儿;手里拿着电报,站在这儿。以往的夏天假日,我们曾在里面闲坐过的屋子,都已经像还带着块块红斑的纸灰似的飘走了。还值得再跟人们聚会,重新开始么?干吗还要再跟别的人在一起谈天、吃饭,建立新的交往?从现在起我是孤身一人。再没有人了解我了。我接到过三封信,'我马上要去跟一位上校玩掷铁圈,所以不再多写了,'他就这样结束了我们间的友谊,挥挥手挤进人丛不见了。这样的滑稽戏演出是用不着一本正经的开幕式的。不过要是当时有个人说一声'等一等',把马肚带再收紧三个孔,他是会对得起他再活着的那十五年的,他会出入宫廷,会一马当先统率一支部队,去推翻某个万恶的暴君,然后再凯旋归来的。

"哦,这会儿有窃笑的声音,有人在捣鬼。准有人在背后嘲笑我们。那个小伙子在跳上公共汽车去的时候差点儿立脚不稳了。波西弗摔了下来;死了;埋葬了;我留心瞧着来往的行人;紧紧抓住公共汽车扶手;决计要救他们的命。

"我不想抬腿爬上楼梯去了。当楼下那个厨子在反复开大和关小炉门的当儿,我要在那株该死的树底下站一会,独自跟那个被割断喉咙的人待在一起。我不准备爬上楼去了。我们都是在劫难逃的,我们所有的人。女人们提着买东西的袋子慢吞吞地走过。人们不断来来往往。可是你们奈何不了我。因为这会儿,就在这一刻,我俩正在一块儿。我把你紧紧抱在胸前。来吧,痛苦,尽管来摆布我吧。用你的利齿深深咬进我的肉里。把我撕得粉碎吧。我不停地哭着,哭着。"

"这真是不可思议的巧合,"伯纳德说,"真是错综复杂的事,弄得我走下楼梯来时简直弄不清究竟哪是喜哪是忧了。我生了儿子;波西弗却死了。我仿佛是悬在半空里,被两种都是十分强烈的激动心情左右紧紧地围住;但究竟哪是忧,哪是喜呢? 我问着自己,但却回答不上来,只明白我需要安静,需要独自一人,上外面去,赢得一个钟头的时间来考虑一下我这个小天地究竟碰到了什么事,死亡对我的世界到底发生了什么影响。

"那么说,这就是波西弗所永远不能再看见的那个世界了。让我来好好瞧一瞧吧。卖肉的正在把肉送到隔壁那一家;两个老头顺着人行道蹒跚走来;麻雀一哄而起。接着机器开动起来了;我觉察到了那种节奏,那种颤动,但却只把它看做一件与己无关的事,因为他已经再也看不见它了(他正面色惨白满身绷带地躺在一间屋子里)。所以现在正是我的一个好机会,弄清楚到底什么事是最重要的,但我必须小心,而且毫不说谎。对于他,我过去的心情总是:他俨然居于中心地位。从此以后我再也不会上那儿去了。那地方已经空了。

"哦,不错,戴毡帽的男人和提着口袋的女人啊,我可以老实告诉你们,你们已经丧失了一种本来会对你们是十分宝贵的东西。你们失掉了一位你们本来可以追随的领袖;你们当中的某一个失掉了幸福和孩子。本来会把这些给你们的那个人已经死去了。他正躺在一张行军床上,满身绷带,在印度的一所炎热的医院里,一些蹲在地板上的苦力正轻轻地挥着那种扇子——我忘了他们当地叫什么。不过这一点很重要:'你一定有点不知怎么才好。'我对他说,仿佛这是件无可置疑的事似的,同时一边看着鸽子停在屋顶上,想着我的儿子刚生下来。我从小就记得他那副超然物外的古怪神气。然后我又继续说下去(先是眼里充满泪水,随后渐渐干了):'不过这样倒比任何人敢于设想的都还更好一些。'我向着大街尽头半空中某个正在面对着我,但却视而不见的抽象的东西说:'这确实是所能做到的最好的事情么? 要是这样,那我们就心安理得了。我徒劳无益地向着那张粗蠢发呆的脸这样说(因为他才二十五岁,而他本来应该可以活到八十岁)。我不准备躺下来,把操心的一生白白花在啼哭上。(这话真该记在笔记本上;这是对那些毫无意义地送了性命的人的一种鄙视。)还有,这一点也很重要:我一定要能做到把他置于一种无聊可笑的境地,这样才使他不至于骑在一匹高头大马上,自己也觉得有点滑稽。我一定要能这样对他说:'波西弗,真是个可笑的名字。'不过同时我要对你们这些忙着去乘地下铁道的男女们说,你们本来是应当十分敬重他的。你们本来是应当列队跟随着他的。这样一群用饥饿而急切的眼光望着生活的人,要在他们中间夺路挤过去,倒真是件古怪的事。

"但信号灯已经在亮了,它不断招呼着,竭力想诱使我回去。这只是把好奇心暂时赶走了一会儿。你简直没法脱离开这架机器,自由地生活半个钟头。我注意到,人体已经开始变得样子都差不多了,但它们内里却各有不同,——这是透视法。在那块报纸张贴牌背后的是一个医院;一间大屋子,里面有许多穿黑衣服的人正拉着一根绳子;然后他们就把他落了葬。可是既然大家说有一位著名的女演员离了婚,我就马上要问是哪一位? 不过我又不能掏出一文钱来;我不能去买份报纸;我还受不了旁人打搅。

"我问,既然我永远不能再看见你,把目光注视在那个实体上,那么我们用什么方式来联系呢? 你已经穿过院子,越走越远,把连在我们之间的那根线越拉越细,可是你总还存在于什么地方吧。你身上总还有什么东西仍旧留了下来吧。比如裁判员身份。这就是说,假如我在我自己身上发现了一种新的气质。我会悄悄地请你来评断。我会问,你的结论是什么?你将仍旧是仲裁人。但到什么时候为止呢?事情将会变得不容易解释清楚:会出现各种新的事情;现在已经出现了我的儿子。我现在正处在某种经历的顶峰。它将会逐渐走下坡路。我已经不会再深信不疑地大声嚷着:'多好的运气!'兴高采烈,鸽子的成群降落,已经过去。混乱,细节,又重新回来了。我对橱窗上写的各种名目已不再感到惊奇。我不再想到:干吗匆匆忙忙?干吗要赶火车?事物的常规又恢复了;一件跟着一件,按照通常的次序。

"是的,不过我仍旧憎恶通常的次序。我还不准备让自己变得甘愿接受事物的常规。我要继续走着;我不会停下来、四面瞧瞧,打乱了我头脑里的节奏;我要继续走下去。我要踏上这些台阶,走进美术陈列馆,让自己受那些像我一样不受常规约束的头脑的影响。已经没有多少时间去回答问题了;我的神祇在招手;我变得如醉如痴了。这儿就是那些挂在廊柱之间的神色冷漠的圣母像。但愿她们能使那烦躁不宁的心眼儿、那扎满绷带的脑袋和那些拉着绳子的人都安静下来,好让我能在事物深处找到某种隐约不可捉摸的东西。这儿是花园;还有花丛中的维纳斯;这儿是圣徒和忧郁的圣母。幸好这些画都无所容心;它们既不推推搡搡,也不指指点点。这样它们倒扩大了我对他的想法的范围,使他在我心目中显得样子不同了一些。我回想起了他的漂亮。'瞧他,显得多了不起!'我常说。

"这些线条和色彩差不多使我相信我自己也能显得一副英雄气概的,我这个能那么毫不费力说出漂亮话来的人,却那么轻易任人摆布,随遇而安,不能紧握拳头,却犹豫不定地随时说一些漂亮辞藻来适应周围的环境。现在,透过自己的软弱,我重新发现了他对我来说究竟意味着什么:他正好是我的反面。由于生性诚实不欺,他毫不懂得这套夸张其辞的把戏。而是全凭天生的分寸感做人,不愧是一位深通生活艺术的大师,因而他显得十分老于世道,随处给人以一种平静甚至可以说是冷漠的感觉,无疑并不关心自己的出人头地,不过同时却又有一种极大的同情心。一个小孩正在游戏……一个夏天的傍晚……门会一会儿开一会儿关上,老是开关个不停,透过它我瞧见了一些情景,使我不禁流泪。因为它们是无法描述的。我们的寂寞,我们的孤独,原因正在这里。我转向我头脑中的这个领域,发现它是空空洞洞的。我自身的软弱使我心情沉重。从今以后再没有他来跟它形成对比了。

"现在瞧吧,那个忧郁的圣母泪水纵横了。这是我的葬礼。我们没有什么仪式,只有些个人的悼词,而且没有一致结论,只有些各不相关的强烈感慨。说的都和我们的实际情况毫不相干。我们坐在国家美术馆的意大利陈列室里,胡乱欣赏着零星的片断。我怀疑替善是否感觉到了这种老鼠似的啃咬。画家总是生活在有条不紊专心致志的气氛中,一笔一笔地画着。他们不像诗人那样是替上帝受难的替罪羊;他们并不是被铁链拴在山岩上。所以才有那种静穆和崇高。可是那种深红色一定使替善感到很不是滋味。无疑他曾用强有力的双臂抱着丰饶角成了功,但后来却在这样的堕落中丢了脸。不过那种静穆——那种不断地要求人全神贯注——使我感到重压。这种压力是模模糊糊的,不连贯的。我分辨力太差,一知半解。虽触着了铃键,我却并没有按响铃铛,或者吵吵嚷嚷地瞎咋呼一气。我只是异常地陶醉于那种华丽,那种在绿的底色上衬托出来的耀眼的鲜红,那一长排圆柱的行列,那像一只只竖起的耳朵似的黑色的橄榄树背后透出来的橘黄色调。我背脊上发出阵阵尖利的激动感觉,但却是杂乱无章的。

"但在我的理解中还夹杂进了一点什么。有某种东西深深潜藏在那儿。我一时曾想去攫住它。但结果仍让它潜藏起来,潜藏起来;还是让它在我的头脑深处悄悄地哺育着,等到开花结果吧。在经历过松松垮垮的一生,到了一旦得到启示的时刻,我也许才会去触动它,而现在这念头却在我的手上粉碎了。各种念头无数次在我的手上粉碎,难得有完整成形的时候。它们总是弄得粉碎,倾泻在我的头上。'它们会比色彩和线条存在得长久,因此……'

"我打起哈欠来。我兴奋激动得够了。我已经被那份紧张劲儿和长长的时间——二十五分钟,半个钟头——弄得精疲力尽,所以只好脱身离开那架机器,一个人孤身独处。我变得沉默寡言,冷漠僵硬起来。我要怎么才能打破这种沉默呢,它对于富于同情的心灵来说是很不光彩的。还有别人也在满心痛苦,——许许多多人在满心痛苦。奈维尔满心痛苦。他深爱着波西弗。可我对于走极端实在再无法忍受了;我但愿能跟一个什么人在一起笑笑,一起打打哈欠,一起回忆他是怎么搔头皮的;一个他曾经喜欢而且愿意相处的人(不是他曾爱过的苏珊,倒还不如是珍妮更好些)。在她房里我还可以进行忏悔。我可以问一问,他有没有告诉你我那天曾拒绝过跟他一起上汉普顿宫去玩?一想到这些事就会半夜让我满心悔恨地惊醒过来,这都是会让人愿意到世上任何热闹集市上去公开脱帽忏悔的罪愆——一个人竟会不肯在那天上汉普顿去玩。

"可是这会儿我渴望置身于生活之中,置身于各种书籍、小饰物以及商人们日常来访的喧嚣之中,让我在经历了这一阵精疲力竭之后好凭借它们休息一下我的脑袋,在这一番启示之后闭上一会儿我的眼睛。然后我会直接走下楼去,喊住第一辆遇上的出租汽车,开到珍妮那儿去。"

"这儿有个水坑,"罗达说,"我跨不过去。我听到那个大砂轮就在离我脑袋不到一英寸的地方轧轧地飞转。它卷起来的风扑在我的脸上。一切可以捉摸的生活形式都已遗弃了我。除非我能伸手摸到一点坚实的东西,我就准会顺着永恒的通道被永远地刮走了。可是我又能摸到什么呢?什么砖头,什么石头?好帮我跨过这条鸿沟安然回到我自己的躯体里?

"现在影子消失了,一道红光斜照下来。原来满身华丽的身影现在已变得一身褴褛。当他们说他们爱他从楼道上传来的声音、他那双旧鞋以及他身上的种种禀性时,我告诉他们说,那个站立在陡峭山坡汇合处坟头上的身影已彻底破灭了。

"现在我要沿着牛津街走去,瞧着一个被闪电划破的世界;我要看着裂开的橡树,正开着花的枝桠折断下来,颜色还是红艳艳的。我要上牛津街去买舞会上穿的袜子。我要在电闪雷鸣下照样干平常所干的事情。我要从光秃秃的地面上采集紫罗兰,扎在一起献给波西弗,算是我给他的一点东西。现在瞧瞧波西弗给我的东西吧,现在当波西弗已经死去时,瞧瞧这条街吧,房子都造得根基不实,一口气就能吹倒。汽车横冲直撞轰隆开过,像恶犬似的赶得我们几乎无处逃命。人类的面孔是丑恶可怕的。但正合我的心意。我渴望置身于大庭广众之前,面对横暴,被人像一块小石子似的砸碎在岩石上。我喜欢工厂的烟囱、吊车和大卡车。我喜欢来来往往的那些面孔、面孔、面孔,冷漠无情,千丑百怪。我厌恶美,厌恶亲密。我漂浮在激流狂涛上,会葬身其中,没有人会来救我。

"波西弗死后赠给了我这样的遗物,让我看到了这样可怕的东西,留下我去忍受这样的屈辱——一张一张的面孔,就像厨子端上来的一只一只汤盘;粗蠢,贪婪,轻浮;手拎着大包小包望着商店橱窗;使着媚眼,泛着红晕,把什么都给糟蹋了,连我们的爱经她们的脏手一触,也显得不纯洁了。

"这儿有家卖袜子的商店。我简直可以相信美又重新涌现了。它的声息来自这些货架间的通道,透过这些花边,在这些装满五彩缤纷的缎带的货筐间隐约可闻。这么说在这喧嚣的深处还潜藏着温暖的洞穴;还有一些清静的斗室,让我们可以藏身其中,在美的翅膀的荫蔽下躲开我所向往的真实。当一位姑娘轻轻拉开一只抽屉时,苦恼被暂时搁在一边。可是接着她说话了;她的声音惊醒了我。我拨开这堆乱草寻根究底,发现了艳羡、妒忌、仇视和怨恨,在她一开口说话时就纷纷爬满了沙滩。这就是我们的同伴。我要付清货款,拿起包来走开。

"这就是牛津街。这儿满是仇恨、嫉妒、匆忙和冷漠,纷纷扰扰显出一副粗野的模样来冒充生活。这些就是我们的伙伴。想想我们坐在一起吃饭的那些朋友吧。我想起了路易,他在一份晚报上读着体育栏,一心只怕出丑;一个势利小人。他一边瞧着来往的行人一边说,只要我们愿意追随,他就愿意作我们的牧人。只要我们顺从,他就能把我们管束起来引上正道。这样他就可以心满意足地把波西弗的死一笔抹杀,目光专注地越过那些调料瓶,扫视着天上的宫室。同时伯纳德两眼通红地一屁股倒在一张安乐椅上。他会掏出自己的笔记本来;他会在'D'栏下写下'友人去世时适用的辞藻'。珍妮会跳着足尖舞穿过房间,坐在她的椅子靠手上问道:'他爱过我么?''比起苏珊来更加爱我么?'苏珊忙着料理她那乡间的农场,她会手里拿着一只盘子,在那封电报面前站住一秒钟;然后,她会用鞋跟把它一脚踢到炉门跟前去。奈维尔泪眼模糊地盯着窗子望了一会儿之后,会透过泪水看到了什么,问道'窗前走过的是谁呀?'——'多可爱的小伙子?'这是我对波西弗的献礼:枯萎的紫罗兰,发黑的紫罗兰。

"现在我上哪儿去呢?上某个玻璃柜里保存着耳环、陈列柜里摆着皇后们穿过的服饰的博物馆么?或者到汉普顿宫去,看看红墙和庭院,还有那大批黑色尖塔形的水松树一棵棵整齐地排列在花间草地上的悦目景象么?在那儿,我会重新找到美,平定我那被搜剔、弄凌乱的心灵么?可是独自孤孤单单地能做些什么呢?独自一人,我准会站在空荡荡的草地上说:老鸦在飞;有个人提着口袋走过;一个园丁正推着一辆小车。我会排着队闻到汗酸味,还有跟汗酸味同样可怕的气味;同时跟别的人一起,像许多块肉中间的一块肉那样地被挂在那儿。

"这里有个购票入场的大厅,这儿你可以夹在许多在炎热的下午吃过午饭、正在昏昏欲睡的人们中间听听音乐。我们刚饱餐了牛肉和布丁,足可以活上一个礼拜不吃一点东西。因此我们就像一堆蛆似的躲在一个什么东西后面任它把我们带到什么地方去。彬彬有礼,仪表堂堂,——我们都在帽子下面飘着斑斑白发;窄窄的鞋子;精巧的提包;刮得光光的两颊;这儿那儿可以看到军人式的胡髭;不让一点点尘土沾在我们的厚呢衣服上。抖一抖节目单,把它打开,向友人们稍稍问候几句后,然后就安顿了下来,仿佛一些海象搁浅在岩石上,仿佛笨重的身体无力蹬进海水中,只指望靠海浪把我们漂起来,可是我们太笨重了,而阻隔在我们和海水之间的干硬砂石又太多了。我们被食物撑饱了肚皮,躺在那儿,热得发昏。这时,那个浑身鼓胀,但却裹着闪光绸缎的海青色女人前来解救了我们。她紧抿着嘴唇,显出一副全神贯注的神色,正巧及时地膨胀了起来,不停打旋,仿佛瞧见了面前的一个苹果,她的声音仿佛一枝利箭,尖利地发出了一个'啊!'字。

"一把斧头已经砍进一株树里,一直砍到了树心;树心是暖呼呼的;树皮里发出颤动的声音。'啊!'一个女人在威尼斯探出窗口,向她的情人高喊,'啊,啊!'她喊着,接着又喊了一声:'啊!'她把喊声传进了我们的耳朵。但只不过是喊声而已。可喊声算得了什么呢?接着一些蠢虫似的男人带着他们的小提琴跑来了;他们等待;他们算着时间;他们点头哈腰;他们一躬到地。而在那许多陡峭山坡四面汇合的地方,当一个水手嘴里衔着一根树枝跳上岸来时,响起了阵阵笑语的声音,仿佛橄榄树和它们那无数舌头形的灰色叶子正在迎风舞蹈。

"'仿佛','仿佛','仿佛'……可是在冒充某种事物的表面外形下,究竟潜藏着什么东西呢?现在闪电已劈进树里,开着花的枝条已经坠落,波西弗死后,赠给了我这样的遗物,使我能看清事物了。那儿有个正方形;那儿有个长方形。运动员们拿起正方形来放在长方形上面。他们放得十分准确;他们准备了一个极好的安身处。几乎什么也没有剩在外面。结构已经清晰可辨;草创的东西已经在这里说明了;我们并不是那么各不相同,也并不是那么卑劣;我们已完成了一些长方形的东西,并且把它们竖在正方形上。这是我们的胜利;这是我们的安慰。

"这种心满意足的滋味沿着我的脑壁顺流而下,使理解力豁然开朗。别再游荡了吧,我说;我就是目的地。长方形已经安在正方形上;螺旋形安在顶上。我们已被拖过砂石,下到了海里。运动员们又来了。可是他们正在捯着自己的脸。他们已不再那么潇潇洒洒,快快活活。我要走了。我要把今天下午存放在一边。我要作一次远行。我要去格林威治。我要毫不害怕地跳上电车,跳进公共汽车。当我们在摄政街上蹒蹒跚跚走着,我被推挤得撞在这个女人、那个男人身上时,我没有受伤,也没有因这种碰撞而受到冒犯。一个正方形竖在长方形上。这是些卑劣的街道,沿街的市场上到处不断在讨价还价,各种各样的铁棒、螺栓、螺钉都摊在外面,人们一窝蜂拥下人行道,用粗厚的手指捏捏那些生肉。结构已经清晰可辨。我们已准备了一个安身处。

"那么说,这些就是长在田野里的乱草中,遭牛马践踏,受风吹日晒,糟蹋得几乎不像样子,既不会开也不会结果的花儿了。这些就是我从牛津街的人行道上连根拔来的,我那只值一文小钱的花束,我那只值一文小钱的紫罗兰花束。现在我从电车的车窗里,望见出现在烟囱之间的桅杆;那儿是河;那儿有开往印度的船。我要沿着河走。我要慢慢走过这道堤岸,那儿有个老人在一个玻璃棚下面看报。我要走过这个高坡,望着船只顺流而下。有个女人在甲板上散步,带着一只绕在她脚边直吠的狗。她的衣裙随风飘扬;她的头发随风飘扬;他们正在驶向大海;他们正在离开我们;他们正在这夏日的傍晚渐渐消逝。从此我要撒手,我要放弃了。从今以后我终于要放松那受到克制、硬加阻遏的欲望,毫不自惜,浪掷此生。我们要并马驶越那荒凉的山坡,到那燕子在暗沉沉的深潭上掠水飞翔、一根根圆柱完整耸立的地方。驶入那拍岸的海浪,驶入那白沫飞溅遍布天涯地角的汹涌大浪。我扔掉了我的紫罗兰,我赠给波西弗的献礼。"

太阳已经不再停留在中天。它的光线倾侧,向下斜照。一会儿它射在一块云边上,把它映得一片通明,成了一个没人敢于落脚的火岛。接着日光先后照着一块又一块的云彩,使得下面的海浪就像不断被一些变幻不定越过颤动的蓝空猛烈飞来的羽箭所射中一样。

　　树梢的叶子被阳光晒得干瘪发脆,在飘忽不定的微风中僵硬地窸窣发响。鸟儿都停着不动,只不时把脑袋急促地向左右扭动一下。它们现在停止了唱歌,仿佛已经喧哗得够了,仿佛这丰饶的正午已经使它们感到了餍足。蜻蜓在一棵芦苇上方一动不动地停留了一会儿,接着它那蓝色细线似的身躯就又箭似的射向天空。从远处传来的隐约嗡嗡声,就好像是天边一些纤细的翅膀在上下抖动时发出的断续颤音。河水这会儿把芦苇扶得笔直挺立,就仿佛四周有玻璃围绕着它们凝固了似的;接着玻璃晃动了起来,那些芦苇就又被漂得歪歪倒倒了。垂头沉思地立在田野里的牲口们,笨重地一步步向前移动。屋旁木桶里的龙头不再淌水,仿佛桶里已经装满,接着它又一滴接一滴地连着滴了三滴。

　　窗上变幻不定地映出一些明亮的光斑,一根树枝的拐弯,然后是一片清澈明净的空白。窗幔鲜红地垂在窗边上,房间里利刃似的日光照着桌椅,使它们涂着油漆和清漆的光面上现出了裂缝。绿色水罐的肚子鼓得挺大,罐壁上映出拉长了的白色窗户的影像。光驱退了黑暗,豪爽地分头照亮了各个角落和四壁的雕饰;不过它仍把黑暗挤压在一处,聚成不可名状的一堆。

　　海浪汹涌堆积,波面起伏曲折,然后迸然四散,把石子和沙砾迸了起来。它们掠过岩石,溅起高高的浪花,沾湿原来是干燥的岩穴洞壁,在内陆上留下一个个水塘,海浪退却后,一些失水僵卧的鱼儿在那儿扑打尾巴。

"我签下自己的名字,"路易说,"已足有二十次了。我,又是我,又是我。我的名字就摆在那儿,清楚,明确,毫不含糊。我自己为人也是清清楚楚,毫不含糊的。不过我身上已积聚了广泛继承得来的人生经历,我已经活了几千年了。我就像是一条蛀进一株十分古老的橡树干的蛆虫。不过这会儿我很坚实,这一会儿,在这晴朗的上午,我是精神振作的。

"太阳在明朗的天空中照耀着。但每当十二点钟,我所注意的并不是天晴或者落雨。每到这个钟点,琼生小姐总是用一只铁丝筐托着我的信件送来给我。我在这些雪白的纸页上留下我名字的印迹。树叶在簌簌发响,水在流下阴沟,在一片浓绿中点缀着大丽花和百日草;我一会儿是位公爵,一会儿是柏拉图,是苏格拉底的朋友;是长途跋涉四方移居的皮肤焦黄黝黑的人;是那永恒的行列,妇女们提着手提箱走过斯特兰德大街,就像她们有个时期曾带着水罐走向尼罗河边一样;我那百倍于寻常的漫长一生,它那卷起、叠紧的全部篇页,此刻全都凝聚在我的姓名中;它有时清晰、有时模糊地显现在纸张上。如今作为一个成熟的男人,不管在阳光下或者在风吹雨打中都傲然挺立,我就必须像一把斧头般重重砍下去,全凭自己的分量砍倒一棵橡树,因为要是我游移不定、误入歧途,我就会像雪花似的飘坠,消逝无踪。

"我几乎爱上了电话和打字机。通过信件和电报,打到巴黎、柏林、纽约去的电话上简短而有礼的命令,我把我的无数生命融而为一;我借着我的勤勉和决心,在那张地图上画上各种路线,把世界上各个不同的地方联系到了一起。我爱在十点准时走进我的房间;我爱那暗沉沉的红木发出的紫色闪光;我爱那桌子和它鲜明的轮廓;还有那拉起来很顺利的抽屉。我爱那伸出话筒口承受我的轻声低语的电话机,以及墙上的日历牌;还有那约会登记册。普兰蒂斯先生约在四点钟;埃雷斯先生约在准四点半。

"我喜欢被请到伯查德先生的私人办公室去,汇报我们跟中国的商业往来。我希望能继承一张大靠椅和一条土耳其地毯。我正在为事业的进行出力;我排除面前的疑难,把商业远远扩展到世界各地发生麻烦的地方。如果我坚持不懈,消除麻烦建立起秩序来,我有朝一日就会拥有查丹的地位,庇特、柏克和罗伯特·皮尔①的地位。这样我就可以除去某些污点,雪掉某些旧耻:那个从圣诞树上摘下一面小旗给我的妇女;我的口音;挨打受难;吹牛的小伙子;我那在布里斯班银行里做事的父亲。

"我曾在一家餐馆里读我心爱的诗人之作,并且一边搅着咖啡,一边听着小职员们在小桌上互相打赌,望着女人们在货柜前迟疑不决。我曾说过,决不容许有比如随手扔一张发黄的纸头在地板上那样不合适的事。我说过,他们跑来跑去总得有个目的;他们总得在一位严厉的主人支使下每星期赚两镑十先令工钱;到夜晚总得有一只手来照拂我们一下,有一件长袍来裹裹我们的身子。我治好了这些创伤,并且对这些畸形儿倍加体谅,使他们既无需辩解也无需道歉,以免浪费了我们的精力,然后我还将把他们在这种艰难时刻颓然倒下并且在多石的海滩上摔断了筋骨时所丧失的东西归还给街上,归还给餐馆。我要搜索几个字眼,锤炼出一个锻铁的环子,把我们围在里面。

"可是如今我却分不出一点点时间来。这儿既没有间歇,也没有在颤动的叶子遮蔽下的树荫,或者是一个凉亭,好让你避一避阳光,跟一个情人在晚凉时坐下来歇一歇。我们肩承着世事的重担,满眼都是它的幻影;只要我们眨一下眼,或者把目光移开一下,或者转过身去琢磨一下柏拉图说过的名言,或者回忆一下拿破仑和他的赫赫战果,我们就会使世界遭到某种误入歧途的损失。这就是生活:普兰蒂斯先生约在四点;埃雷斯先生约在四点半。我喜欢听电梯轻轻地滑动,砰然一声停在我的那一层楼,然后是一个男人威严的脚步声穿过走廊。就这样,我们凭着共同的努力把一艘艘船只派往地球上最遥远的地方;厕所和健身房一应俱全。我们肩承着世事的重担。这就是生活。只要我努力不懈,我就会继承一把靠椅和一块地毯;萨里郡的一处地产,有暖房,有罕见的针叶树、甜瓜或者花木,使别的商人会不胜艳羡。

---

① 以上都是英国历史上著名的政治家。

"不过我仍旧保留着我的阁楼。我在那儿翻着平常的小书本;我在那儿望着雨点闪闪地落在屋瓦上,最后使得它像警察的雨衣那么闪光发亮;我在那儿望见穷人房屋的破窗子;精瘦的猫;一个妓女去街头拉客前,正在对着一面破镜子挤眉弄眼修饰面孔;罗达有时也会上那儿来,因为我们是恋人。

"波西弗已经死了(他死在埃及;他死在希腊;所有的死总是同样的一种死)。苏珊已有了孩子;奈维尔很快爬到了显赫的地位。生活在流逝。云彩在我们房上不断地变幻。我干这干那,接着又是先干这又干那。在时而聚会时而分手之间,我们都渐渐有了各自不同的气度,养成了各自不同的行为习惯。但要是我不牢牢地留下这一类印迹,并且把我身上的好几个不同的人糅合成一个,实际存在于此时此地,而不是像飞舞在远山上的零星雪花那样转瞬即逝;不在我穿过办公室时向琼生小姐问问关于电影的情况,并且喝一杯茶,接过一片我最爱吃的饼干,那我就准会像雪花似的飘坠,消逝无踪。

"可是当六点一到,我向看门人触帽致意,像往常那样因为一心讨好而过分殷勤多礼;然后弯腰顶风挣扎着往前走,衣钮扣得严严实实,下巴吹得发青,两眼淌出泪水,这时我真希望有个小巧的女打字员依偎在我的膝上;我想到我最心爱的菜是肝泥和咸肉;因此我很想绕到河边,到那条狭窄的小街上去,那儿有人们常常光顾的小酒店,街的尽头望得见往来的船影,女人常常在那儿打架。可是我马上恢复了理智,提醒自己普兰蒂斯约定在四点钟,埃雷斯约定在四点半。斧子一定得砍进木头;橡树必须劈到树心。我肩上承着世事的重担。面前是钢笔和纸张;我要在铁丝筐里的信件上签上我的名字,我,我,我,老是我。"

"夏天来了,接着又是冬天。"苏珊说,"季节在消逝。梨子长得圆熟了,从树上纷纷落下。一片枯叶斜竖在那儿。可是水汽蒙住了窗子。我坐在炉火边,盯着壶里的水在开。我透过窗户上淌下来的汽水看得见那株梨树。

"睡吧,睡吧,我轻声哼着,不管是夏天也好,冬天也好,五月也好,十一月也好。我唱着催眠曲,尽管我哼不成调子,也从来听不到音乐,只除了那种乡间的音乐——狗吠,铃响,车轮碾过砾石的声音。我在炉火旁哼着歌儿,就仿佛一只海滩上的老蚌在咕哝做声似的。睡吧,睡吧,我说着,想用自己的声音预防不管谁弄响牛奶罐,开枪打老鸦、射兔子弄出来的声音,或者至少不让他们把这种破坏的震撼带到这只柳条摇篮边来,惊动里面那蜷缩在粉红色毯子下的娇嫩肢体。

"我已失掉了我那种冷漠的心情,茫然的目光,瞪得圆圆的像是梨子、能瞧得清草木的根的眼睛。我已不再是正月、五月或者任何别的季节了,而是全力纺成了一根围绕着摇篮的细线,织成了一个用我自己的血肉做的茧,裹着我那小宝宝的娇嫩的肢体。睡吧,我一边说着,一边感到自己身体里涌起一种越来越狂野、凶狠的力量,要是有任何陌生人、拐子手敢闯进屋子来惊醒了正在睡着的孩子的话,我就会冲上去一拳把他打倒。

"我整天扎着围裙曳着拖鞋在屋子里走来走去,就像我死于癌症的母亲一样。我已不再从沼地上的草儿或者石南花来辨清眼前到底是冬还是夏,而只是瞧窗户上究竟是蒙着水汽还是冰霜。当云雀冲霄高鸣,然后又像一片苹果皮似的从空中直坠而下时,我俯下身来,喂着我的小宝宝。我过去常常穿行在山毛榉树丛中,注意到樫鸟飞落下来时身上的羽毛变成蓝色,经过牧羊人和流浪汉身边,他们定睛望着一个女人正蹲在一辆翻倒在沟里的大车旁边,如今我却手里拿着掸子在一间间房里走来走去。睡吧,我说着,一心只盼着睡意会像一条鸭绒被子似的覆盖下来,罩住这幼弱的肢体;我要求生活能收起它的利爪,掩住它的闪光,平安地过去,让我的身子变成一个洞穴、一个温暖的庇护所,让我的孩子好在里面安睡。睡吧,我说,睡吧。或者我就走到窗子边,望一望那高高的乌鸦巢和那株梨树。'等到我的眼睛闭上时,他的眼睛一定会睁了。'我心里想。'我会超脱自己的躯体跟着它们一起远行,这样我就能看见印度。他会带着战利品回来,放在我的脚前。它会增加我的财富。'

"但是我不再黎明时就起来,去看卷心菜叶上紫色的露珠;玫瑰花上鲜红的露珠。我不再用猎犬似的鼻子去警惕四周,或者夜晚躺在那儿,望着树叶遮住了星星,星星渐渐移动,树叶仍静静地挂在那儿。卖肉的在吆喝;牛奶得放在阴凉的地方,以免变酸。

"睡吧,我说,睡吧,这时壶里的水正开了,水汽愈来愈浓,从壶嘴里直喷出来。生命也像这样充满我周身的血脉。生命也像这样贯注在我的四肢里。我也像这样被压力驱策前进,以致从早到黑开门关门不停地进进出出,几乎忙碌得要哭出来。'够了。我已经享够了这天然的乐趣。'可是更多的东西仍旧会来临,会有更多的孩子;更多的摇篮;厨房里会有更多的篮子和腌制好了的火腿;发亮的葱头,菜圃上会有更多的莴苣和土豆。我就像一片被大风吹落的树叶;时而掠过潮湿的草地,时而旋转飞起。我已享够了这天然的乐趣;但愿什么时候我能摆脱掉这种餍足,满屋人人沉睡使人感到的压抑会一旦消除,那时我们能坐在那儿读书,而我会刚把针穿好一半就停住不动。灯光映在暗沉沉的窗玻璃上会亮起一团火。常春藤当中会映照出火光。我在冬青树丛中看见了一条灯火辉煌的街。我在掠过村道的风声中听到了热闹的车马声,人们断续的笑语声,以及门一打开时珍妮嚷起来的声音:'快来!快来!'

"然而并没有什么声音打破我们屋里的沉寂,只有门外紧挨着的田野中传来的哀叹声。风掠过榆树;一只飞蛾扑在灯火上;一只牛在哞哞地叫;屋椽上突然喀的一下发出一声干裂声,我把针穿好,嘴里喃喃地说着:'睡吧。'

"现在是时候了。"珍妮说,"现在我们见面了,又团聚在一块儿。现在我们来谈谈,来讲讲故事吧。他是谁?她又是谁?我十分好奇,可又不知道会碰到什么事。要是我们初次相识时你告诉我一声:'班车四点钟从皮卡迪里开出,'我就不会耽搁下来拣一些必要用品放到手提箱里,而会立刻就来了。

"我们就在这儿这些修剪过的花丛下面,坐在这幅画旁边的沙发上吧。让我们不断地用事实来装饰我们的圣诞树吧。人们很快就走光了;我们得赶上他们。那儿那个人,正站在玻璃柜旁边的那位;你相信么,他简直是生活在瓷瓶瓷罐子中间。只要打破一个,就等于糟蹋了一千镑钱。他从前在罗马爱上过一位姑娘,可是她抛弃了他。因此才摆弄起瓶瓶罐罐、古董旧货来,全是从人家公寓里找来,或是从荒凉的沙漠里发掘出来的。既然美的东西必定每天都会被打破,不然就不成其为美,因此他老待着不动,他的生活就凝滞在一片瓷器的汪洋大海里。不过说来奇怪,他年轻时有一次还曾坐在泥地上,跟一些士兵在一块喝罗姆酒哩。

"你一定得迅速麻利,灵巧地把一件件事实补充上去,就像把一件件玩具挂到树上,用手指把它们一一扭牢。他老屈身俯就,瞧他甚至向一朵杜鹃花屈身俯就。他甚至向一个老太婆屈身俯就,就因为她耳朵上戴着钻石;还在一辆单马车里为她的财产操心忙碌,指点她谁该救济,哪株树倒了,明天该把谁赶走。(我一定得告诉你,我已经享受了多年的生活,现在我都已经过了三十岁了,老是在冒险,就像一头山羊在高山上从一块岩石跳到另一块岩石;我哪儿也待不长;我从来不跟某一个人特别亲近;可是你会发现,只要我一抬手,就会有人马上拔脚跑到我跟前来的。)那儿那一位是个法官;那一位是个百万富翁,而那一位戴着眼镜的,十岁时就曾经用一枝箭射穿过他的家庭教师的心脏。后来他曾奉派带着公事骑马穿过沙漠,参加过革命,这会儿他正在为他已在诺福克定居多年的母亲家的家史收集材料。那位下巴发青的小矮个儿,右手萎缩了。可是怎么萎缩的?我们不知道。那位妇女——你小声点,——耳朵上垂着珍珠穿成的宝塔,曾经是一团真正的烈火,她曾使我们一位政界要人的生命融融燃烧过;从他死了以后,她一直能看见精灵,预卜吉凶,还收养了一位皮肤像咖啡色的青年人,她叫他做弥赛亚。那位胡子挂下像个骑兵军官的人,曾经过着最放荡的生活(这在一本回忆录里都记述过),直到有天在火车里碰到了一个陌生人,那人在从爱丁堡到加拉设尔这段路上凭着读圣经就把他彻底转变了过来。

"这样,在几秒钟里,我们就灵巧熟练地解开了别人脸上写着的那些神秘难懂的文字。这儿,在这间屋子里,有许多被抛在海岸上的残缺破碎的贝壳。门不断打开。屋里愈来愈充塞着知识,痛苦,形形色色的野心,不少的冷漠,还夹杂着某些失望。凭我们,你相信么,就能建造教堂,左右政治,判处人死刑,管理某些国家大事。我们共同的丰富经历是源远流长的。我们有许许多多子女,男女都有,我们用心培育他们,麻疹流行时上学校去看望他们,希望抚养他们长大来继承我们的房产。

我们都在用不同的方式创造这一天,这个星期五,有人上法庭;有人进城;有人去托儿所;有人去列队行军,排成四列纵队。千万双手在做针线活,在扛起运砖的灰斗。种种活动,数也数不尽。而明天这一切又会重新开始;明天我们又要安排利用星期六。有的人坐火车去法国;有的人乘船去印度。有些人今后再不会上这间屋子里来了。你也许今晚就会死去。别的人也许会生下个孩子来。各种各样的建筑物、政治、冒险、绘画、诗、孩子、工厂都会从我们身上产生。生活来了又去;我们在创造生活。你信么?

"不过我们是生活在血肉之躯中,所以只是通过这血肉之躯的想象力看到事物的轮廓。我在明朗的阳光中看到这些岩石。我没法把这类事实带进一个岩洞里去,蒙着眼依次区别它们的黄色、蓝色、赭色,把它们合成一个实体。我不能老坐着不动了。我得马上就走。班车就要从皮卡迪里开走了。我要把这些事统统扔开——钻石呀,萎缩的手呀,瓷瓶子呀等等,——就像猴子赤裸裸的爪子扔开坚果一样。我没法告诉你生活究竟是这样还是那样。我就要从这堆混杂的人群中挤出去;我就要推推搡搡;在人群里被挤得颠簸起落,就像大海里的一只船一样。

"因为现在我的肉体,我这个不断发出信号,心血来潮地一会儿说出阴暗的'不'字,一会儿又说出爽朗的'来'字的伙伴,已经在那儿召唤了。有个人已经移步走动了。我举起过手么?我望过一眼么?我那带草莓花点的黄围巾曾经挥动过,发出过信号么?他忽然离开了墙边。他领会了。我身不由己走进了树林子里。一切都神魂颠倒,仿佛一首夜曲,鹦鹉成群地啼着穿过树梢。我浑身兴奋。现在我感觉到自己正在推开的这层围幔的粗糙质地;我手心上摸到了那冰冷的铁栏杆和它那粗糙不平的油漆。现在那使人寒战的黑潮浸透了我的全身。我们已经在屋子外面。黑夜在面前展开;黑夜随着游动的飞蛾在眼前横过;黑夜遮蔽着到处游荡寻求险遇的情人。我闻到了玫瑰的味道;我闻到了紫罗兰的味道;我瞧见了刚刚隐没的红色和蓝色。我脚下一会儿是砾石,一会儿又成了青草。高高的屋子背面露出怯生生的灯光矗立在那里。整个伦敦都不高兴看到这些闪闪的灯光。现在让我们来唱我们的那首情歌——来吧,来吧,快来吧。现在我发出的响亮信号就仿佛一只蜻蜓在笔直地飞去。唧,唧,唧,我像一只夜莺在细声地啼鸣,它的歌声仿佛被它太细的嗓子眼给堵塞住了。接着我听见树枝的折裂声和鹿角的断裂声,仿佛树林子里所有的野兽都在追猎,都在荆棘丛中用后脚站起然后又落下。有一只野兽用角刺穿了我,深深刺进了我的身体。

"接着一些湿润清凉的柔嫩花叶拂拭着我的全身,把我包裹起来,使我得到了抚慰。"

"噢,"奈维尔说,"看见那正在壁炉架上走着的钟么?是的,时间在消逝,我们在变老了。不过跟你,只跟你一个人在伦敦这地方同坐在一间生着火的房间里,你坐在那儿,我坐在这儿,这就够了。这世界每个角落都已被抢掠一空,它所有的山峰高地都正遭到洗劫,摘尽了鲜花,夷为平地。瞧那炉火的光一会儿高一会儿低地映在窗幔的金线上。被它照亮的那只果子沉甸甸地掉落了下来。它照着你的靴尖,它把你的脸映成了一片红光,——我想那是炉火光而根本不是你的脸;我想那靠壁的是书,那是窗幔,而那个可能是一把靠椅。不过你一来,什么就都变了样。你早上一来,杯子和碟子就变了样。我扔开报纸想,毫无疑问,我们这不堪入目的丑陋生活,只有在爱抚的目光下才会变得有光彩,有意义。

"我站起身来。我已吃完了早饭。我们将有整整的一天,而且是晴朗、温暖、轻松无事的一天,我们穿过公园走到堤岸街,沿着斯特兰德大街走到圣保罗教堂,然后上一家店里去买了一把伞,一路上一直在谈天,不时停下来看一看。可是这能持久么?我在特拉法加广场上那只一见就永不能忘的狮子旁边自己问自己说;——这样我就一幕幕地重新回顾起自己过去的生活来;那儿有一棵榆树,波西弗正躺在那边。我们要永远、永远地信守不渝,我发誓说。然后在一阵常有的怀疑心情下冲上去,紧紧握住了你的手。你离开我走了。走下地下铁道简直像是死别。我们被分开了,我们被那无数的面孔阻隔开了,还有那穿堂的强风,就像是在那儿呼呼地掠过满地的砾石。我呆瞪瞪地坐在自己的房间里。到了五点钟,我明白了你是不守信用的。我抓起电话机,从你空无一人的房间里传来的一阵阵倒霉的嗡嗡声,使我的心都沉了下去,正在这时房门开了,你就站在那儿。这是我们最美妙的一次会见。可是这样的聚会和分别,最终却毁了我们。

"现在这房间在我心目中成了中心,仿佛是一个从永恒的黑夜中挖掘来的东西。外面是错综交织的线,但它们却把我们团团围住,包了起来。这里我们俩成了中心。在这里我们可以默默无言,或者虽说话却不用大声。你曾注意到了这个,注意到了那个么?我们说。'他也曾说过那样的话,意思是……'她住了口,我立刻相信自己是被怀疑有些靠不住。确实,昨天深夜我曾听到楼道上有人说话的声音,有一阵啜泣声。这意味着他们之间关系的结束。这样,我们就老兜着圈子,说起一些无关宏旨的话来,而且说得有板有眼的。说起柏拉图和莎士比亚,也说起一些无名人物,一些毫不相干的人物来。我最讨厌有些人在背心的左边挂着一个十字架。我最讨厌各种仪式和哀悼,讨厌基督在另外一个战栗可怜的形象旁边战栗发抖的可悲形象。还有那些全身盛装、挂满勋章和宝星,在大吊灯底下显出一副派头十足、满不在乎的神气,而且老是不得当地夸夸其谈的人。相反地,一排树篱上的一根小花枝,或者平坦的冬日田野上的日落景象,或者公共汽车上一个老太太双手叉腰挎着一只提篮的样子,我们却总是互相指点着叫对方留心看一看。能这样互相指出来叫对方看一看,是一种多么巨大的安慰啊。还有彼此相对无言。顺着隐秘的思路进入往事,翻看书籍,拨开枝叶,摘取果实。而你能领会这个,而且十分赞赏,正像我能领会你身体无意间的一举一动,而且赞赏它的从容不迫,它的强健有力——你一下推开窗子,显得两手是多么的麻利。因为可惜的是我的头脑有点不太灵活,容易疲倦;我对一个目标会感到乏味,也许甚至会厌倦。

"唉!我不能戴一顶遮阳帽在印度骑马行走,然后回到一座小平房去。我不能跟你似的,像个半赤着身子的男孩那样在船甲板上跌跌撞撞走来走去,用橡皮水管互相喷水。我需要这炉火,我需要这把安乐椅。我需要在一天的劳碌奔走、在它的种种苦恼、不断倾听、不断等待和种种疑虑之后,有个人在一起坐一坐。在争吵和和解后,我需要亲密——跟你单独在一块,使这种喧嚷重新平静下来。因为我就像猫那样习惯于整洁。我们必须反对让世界遭到荒废和受到糟蹋,让成群横冲直撞的废料败类在到处转悠。一个人必须用裁纸刀平平整整地切开书页,用绿丝带把信函一捆捆干净利落地扎起来,用大笤帚把煤渣扫成一堆。必须尽力做好一切事情,来驱除受到糟蹋的威胁。让我们谈谈描写罗马人的严肃和美德的作品吧;让我们跋涉沙漠去寻求完美吧。是的,不过我却更爱悄悄地从你亮晶晶的灰眼睛中,从摇曳生姿的青草和夏日的微风中看到这些高贵的罗马人的严肃和美德,从正在玩耍的孩子们——正在甲板上赤着身子用橡皮管互相喷水的船舱侍童们的欢笑和叫嚷中看到这些。所以我并不像路易那样是个对世事漠不关心、一心只想跋涉沙漠探求完美的人。各种色彩常常沾满书页,朵朵云影也常常在它上面掠过。连诗歌,我觉得也只是你在说话的声音。埃塞巴底斯、厄杰克斯、赫克托尔①和波西弗也都是你。他们爱骑马,他们随便地冒险轻生,他们甚至也不大爱读书。不过你可不像厄杰克斯或者波西弗。他们不会用你那样美妙的神气耸耸鼻子、摇摇额头。你就是你。这对我是个极大的安慰,补偿了许多的缺憾——我的丑陋,我的孱弱,还有世界的腐败,青春的逝去和波西弗的死,以及数不清的种种苦恼、怨恨和嫉妒。

"不过要是有一天你吃过早饭后不来,要是有一天我从一面镜子里望见你也许在寻找别的人,要是电话铃在你无人的房间里嗡嗡地空响,那么我就会……在经历过说不出的痛苦之后我就会——因为想欺骗自己的心是毫无意思的,——就会去寻求并且找到另外一个你。这会儿,让我们一拳头叫那时钟的嘀嗒声见鬼去吧。快挨我近一点。"

---

① 埃塞巴底斯,古雅典著名军人和政治家;厄杰克斯和赫克托尔都是荷马史诗中特洛伊战争的勇士。

现在天空中的太阳落得更低了。一座座岛屿状的云块愈来愈浓密,慢慢移过太阳,使礁石突然显得漆黑,摇曳的海冬青从蓝色变成了银白,一块块阴影像灰色的布似的铺满在海面上。海浪不再涌到较远处的水潭和那条不规则地断断续续留在沙滩上的黑色水印。沙子显出珍珠似的白色,又光又滑。

鸟儿猛扑下来,又盘旋着高飞入云。其中有些迎风追逐,散乱翻滚地穿风而行,仿佛是一个整体被割裂成了许多碎片。鸟群像个大网似的降落在树梢上。偶尔有只鸟儿独自飞向沼地,孤单单地停在一个白色树桩上,一会儿展开一会儿合拢它的两只翅膀。

花园里几片花瓣坠落下来。它们掉在地上,样子就像一只只贝壳。枯叶不再斜竖在地,而是停停歇歇地被风一直刮向某一株花茎。一道光波猛一下闪闪耀眼地穿过所有的花儿,就仿佛一片鱼鳍切断湖水中的一株绿草。时时有一阵强劲的疾风刮得各式各样的草儿起伏不定,接着当风弱了下来的时候,每一片草叶又都恢复了它的尊严。鲜艳的花盘被阳光晒得灼热发亮的各种花儿,每当迎风摇晃时就暂时摆脱开阳光,随后有些沉重得无法再挺直起来的花冠就微微地弯垂了下来。

午后的阳光晒暖着田地,使暗影中透出蓝色,把谷物映得通红。一片耀眼的光亮仿佛把田野涂上了一层漆。一辆大车,一匹马,一群老鸦,——不管什么东西在它上面经过,就仿佛浑身被镀上了金色。要是一头牛把它的一条腿移动一下,就立刻会像在赤金的表面上激起一阵闪光的涟漪,它的两角也仿佛镶着一圈光晕。树篱上挂着带浅黄色芒刺的谷穗,都是一辆辆显得低矮、原始的大车装得满满地从饲草地上驶来时被擦落下来的。团团的云块一路翻腾过来时毫不收缩,始终保持着它胖滚滚的形象。不时地,在它们飘过的途中,它们会把整个村子一下罩进它们撒下的网里,接着,在飘过去以后,又让它们脱出了网外。远处的天际,在亿万蓝灰色的尘粒中,会突然闪出一块窗玻璃的反光,或者现出一座教堂尖塔或一棵树木的简单轮廓。

红色窗幔和白纱窗帘被风吹得扑打着窗槛,一会儿飘进一会儿飘出,成条或者成片地照进屋去的阳光,在射过被风阵阵吹起的窗幔时颜色有些发褐,并且带着一种肆无忌惮的神气。它在这儿把一口玻璃橱照成棕色,那儿使一把椅子显得发红,在另一处又使一只绿瓶子的瓶面上摇曳地映出了一扇窗户的影子。

有一会儿,所有的东西都在摇曳起伏,迟疑不定,就仿佛有一只穿过房间的巨大的飞蛾,用它扑打的双翅把房中庞大坚实的桌椅统统都遮蔽住了。

"时间的一滴坠落了。"伯纳德说,"在我心灵的屋檐上形成的一滴坠落了。在我心灵的屋檐上,时间一边形成,一边又坠落。上星期,当我正站在那儿刮胡子时,就曾坠落了一滴。我手里拿着剃刀站在那儿,突然意识到自己的动作仅仅是习惯性的(时间的一滴就正是这样在形成),因此我嘲弄地祝贺我的双手能跟它保持一致的步调。刮吧,刮吧,刮吧,我说。不停地刮下去。那一滴就坠落了。在一整天的工作中,在间歇的时候,我的脑子老是转到一块空白的地方,自己问自己说:'究竟什么东西失掉了?什么东西完结了呢?'接着,'完事大吉吧,'我一面喃喃地说着,'完事大吉吧,'一面用这些话来安慰我自己。人们注意到我脸上的茫然若失,我说话的茫无头绪。一句话说到一半就含糊不清了。而且在我扣上大衣钮子准备回家时,还更加戏剧性地说了这么一句:'我失掉了我的青春。'

"说来古怪,每当危机关头,一个不恰当的辞藻准会急于自动地冒出来,——这是对老靠带着一本笔记本的古老文明习惯生活的人的一种惩罚。这种时间一滴滴地坠落跟失掉青春毫不相干。这种坠落是意味着时间正在愈来愈收缩集中趋向一个目标。时间如果像一片阳光普照、光影摇曳的牧场,如果像正午的田野那么广阔无垠,那就表示着它还悬而未决。时间正在逐渐收缩集中趋向一个目标。当窗上一滴水珠带着沉淀物沉甸甸地落下来时,时间也在坠落。这些都是真正的循环,都是真正的事件。这时,仿佛全部炫目的大气都消散了,我瞧清了那赤裸裸的底蕴。我看清了在习惯遮蔽下的东西。我懒洋洋地在床上躺了好几天。我走出去吃饭时,像一条鳕鱼似的张大着嘴喘了口气。我并不想操心去说完整一句话,我经常那么迟疑不安的行动也变得像机器似的准确。就在这种情况下,当我经过一所售票处时,我就走了进去,完全像一个机器人那么平平静静地买了一张去罗马的票。

"现在我就坐在这些花园中的一张石凳上,眺望着这座永恒的城市,这时五天以前在伦敦刮着胡子的那个小人儿,显得已经好像是一堆旧衣服了。伦敦仿佛也已经消散无踪。伦敦只不过是一些破落的工厂和几个煤气塔罢了。但同时我也与眼前这番壮观毫无关系。我看见那些身挂紫色饰带的神父和那些好看的年轻保姆;我只注意到外表。我坐在这儿,就像个大病初愈的人,一个非常单纯的人,只会说些简单的字句。'太阳光很猛,'我说,'风挺凉。'我觉得自己就像一只在地面上打着转的虫子,而且简直可以赌咒说,我坐在这儿,几乎像能感觉到它的坚硬,它那打着转的行动似的。我并不想离地而去。我预感到要是我能把这种知觉再向前延伸六英寸的话,我就会触到某种奇妙的境界。但是我的喙不够长。我并不希望延长这种超然物外的精神状态;我不喜欢它;我甚至嫌弃它。我不想成为一个连续五十年静坐不动、意守丹田的人。我但愿被驾在一辆大车、一辆拉菜的大车上,拉着它沿着一条石子路辚辚驶去。

"说实话,我不是那种要么满足于孤身独处要么满足于与无限相处的人。一人独住的房间跟天空一样使我感到厌倦。只有在向着许多人敞开它的各个方面时,我的生存才会熠熠闪出光彩。就让他们遭到失败,而我也百孔千疮、像着火的纸头那样渐渐烧尽吧。唉,我说,莫法特太太,莫法特太太,你快来把它打扫干净吧。我已失掉了许多东西。我已衰老得失掉了某些愿望;我失掉了朋友,有的是由于死亡——像波西弗,有的仅仅是由于无力穿过街来。我并不像从前一度看来那样富有才华。有些东西非我力之所及。我永远弄不懂那些比较艰深的哲学问题。罗马是我可能到的最远的地方。当我夜里入睡时,常常会带着一阵剧痛突然想到我会永远看不到塔希提岛上的土人用灯光来捕鱼,一只狮子在丛莽中跃起,一个赤身裸体的男人在吃生肉。我也永不会学俄文,读吠陀经典。我永远不再会走着路猛然撞在邮筒上。(但尽管如此,由于这次碰撞的猛烈,在我的夜梦中仍然常有几颗星星迷人地坠落下来。)不过我愈往下想,真情就显露得愈加清楚。多年来我一直在抱怨似的咕哝着什么'我的孩子呀……我的老婆呀……我的房子呀……我的小狗呀。'当我用大门钥匙自己开门进来后,总是要先做一番这老一套的仪式,好让自己包裹在这种温暖的气氛里。现在那层可爱的纱幕落下了。我现在再不渴望这些财富了。(附带说说:一个意大利洗衣妇在肉体的纯洁程度上并不亚于一位英国的公爵小姐。)

"不过让我想一想。时间的一滴坠落了;进入了另一个阶段。一个阶段接着一个阶段。这些阶段为什么要有尽头呢?它们又通向哪里?达到什么结局呢?因为它们总是披着庄严的长袍出现的。碰到这些难题,善男信女总是去求教于那些眼前正高视阔步走过我身边的身挂紫带、满脸情欲的先生。可是就我们来说,我们却最憎恨那些导师们。只要有个人站起身来说'看啊,这就是真理',我就马上会在他背后看见有只浅黄色的猫儿正在想偷一条鱼吃。瞧吧,我说,你忘掉那只猫了。所以在学校的时候,奈维尔在那个昏暗的教堂里一看到博士挂的十字架,就大为生气。而我,尽管老是容易为一只猫,或者为围绕着汉普顿夫人不断捧向鼻边嗅着的花束嗡嗡乱转的蜜蜂分心,当时却立刻就编出了一个故事来,把十字架的威严锋芒扫灭得一干二净。我曾编了成千上万个故事;我曾在无数册笔记本里记满了辞藻,准备用在我将来找到的真正的故事上,用在那个所有这些辞藻都能适用的故事上。可是我到现在还没有找到那个故事。以致我已经开始产生了疑问:世上真的有什么故事么?

"现在从这个阳台上瞧瞧下面这些蜂拥的人群吧。瞧瞧那普遍的活跃和喧闹劲儿吧。那个人正在被他那头骡子弄得手忙脚乱。五、六个好心的闲汉正在自愿帮忙。别的人看也不看地在一旁经过。他们自己操心的事就多得像一团乱麻。瞧瞧那一望无际的天空吧,上面正飘满着一团团雪白的云块。想象一下那延伸许多里的平原,那些渡槽,那崎岖不平的古罗马车道和罗马城郊平原上的累累枯冢,而在平原之外就是海,接着又是一些陆地,接着又是大海。我原可以停留在这整幅图景的任何一个细部上——比如说那辆骡车吧,——然后轻而易举地描绘一番。可是干吗要去描绘一个被自己的骡子弄得狼狈不堪的人呢?再说,我也可以编出些故事来讲讲那个正在走上台阶来的姑娘:'她在阴暗的拱门下跟他会了面……"咱们的事算了结了。"他一边掉脸离开了那个关着一只中国鹦鹉的鸟笼,一边说。'或者只是简单地讲:'事情就这样了结了。'可是干吗要把我任意想出来的情节强加上去?干吗要揉揉这个,搓搓那个,捏出一些小人儿来,就像那些托着货盘沿街叫卖的玩具贩子呢?为什么在一切之中,偏偏要挑出这个细节来呢?

"我在这儿正在蜕去我生命中的一层皮,可是他们却大概只会说:'伯纳德是在罗马度十天假。'我在这儿正徬徨无定地在这个阳台上踱来踱去。不过正当我在踱步时,瞧瞧那些点和线是怎样逐渐连成一气,当我正在走上这些台阶时,各种东西是怎样逐渐失掉了它们刚才各自所有的孤立无援的神气。那红色的大花盆现在成了红底上闪出黄中带绿的颜色。世界开始从我身旁急速逝去,就仿佛火车开动时两旁逝过的树篱边缘,轮船行驶时海水的波浪。我也在移动,渐渐卷进了那一件事紧跟着另一件事的总的顺次变换中,而且仿佛不可避免似的,这棵树要移近来,接着是这根电线杆,然后是这段树篱的断缺处。同时,当我被围绕、被卷进去一起参与行动时,往常的辞藻又开始冒了出来,而我也只想打开我头脑里的活板门,放它们自由,因此我径直朝着那个后脑勺有点似曾相识的人走去。我们曾在学校里同过学。我们毫无疑问应该会面。我们一定得在一块吃午饭。我们要谈谈。不过等一等,先稍微等一会儿。

"这种力求置身事外的短短一会儿是不应当小看的。它们太难得了。塔希提成了有可能实现的事。倚在这个栏杆上我远远望见一片汪洋。一片鱼鳍划动了一下,这个单纯的视觉印象跟任何推理都毫无关系,它是突然冒出来的,就像你也有可能望见天边忽然出现一只海豚的鳍一样。正因为这样,视觉印象常常会给你一个简短的提示,告诉你我们该及时去打开障壁,引人开口了。因此,我在'F'栏下记下了:'汪洋大水中的一片鱼鳍。'我时时都在头脑的空白边缘上记下一些话来以备将来作最后的陈述,现在就记下了这一句,准备供某一个冬日的黄昏使用。

"现在我得上哪儿去吃午饭了,我要把杯子举在手里,透过酒望出去;我要带着比平常更超然物外的神气瞧着周围,当一位漂亮的女人走进饭店,穿过餐桌之间走过来时,我要对自己说:'瞧她朝着一片汪洋大水走到哪儿去呀。'一句无聊的话,可是对我来说却是严肃的,带着石板似的颜色,崩溃的世界和坠地飞散的流水似的声音。

"那么,伯纳德(我又把你重新唤醒过来,你是我干各种事情离不开的伙伴),让我们来开始这新的一章吧,来看看这种陌生、古怪而同时又含混、可怖的新经历——也就是这正在形成的新的一滴——怎样出现吧。那个人的名字叫做拉本特。"

"在今天这个炎热的下午,"苏珊说,"在我正带着我的儿子在散步的这个园子里,这片田地上,我已经实现了自己最高的愿望。大门的铰链长了锈;他使劲把它推开。幼年时代的强烈激情,珍妮吻路易时我在花园里流的眼泪,我在那间充满松木味的教室发的火。在那骡子踏着尖尖的蹄子得得走来,一帮意大利妇女围着披巾、头上插着康乃馨花在泉水旁闲谈的异国我所感到的孤独,如今都已换成了安全、充实和亲密感。我度过了多年平平静静、富有成果的生活。我拥有了一切我能见到的东西。我植下种子培育了树木。我开了池塘,让金鱼在叶子宽阔的睡莲下潜游。我在草莓地和种莴苣的菜地上张起了网子,给梨子和李子罩上了一只只白纸袋,以免被黄蜂叮坏。我眼看着我的儿女们一度曾像嫩果似的用网子罩在他们的小床上,如今都已一个个挣破网眼在我身边走着,长得比我还高,把长长的身影投在草地上。

"我就仿佛自己所种的树那样被围进墙篱,种在这儿。我叫着:'我的儿子,'我叫着:'我的女儿。'就连那个从他堆满钉子、油漆和铁丝网的柜台后面抬起头来望一望的铁器铺老板,也对这辆装满蝶形网兜、水果篓和蜜蜂箱在大门口停下的破旧货车充满敬意。圣诞节时我们在钟座上挂起槲寄生树枝,称好我们的黑莓和蘑菇,点清我们做的果酱罐罐,每年背靠着客厅的百叶窗板量量身高。我还为死者扎白花环,里面编进银色的枝叶,怀着哀伤系上我的名片献给已故的牧羊倌,向已故的赶车人的遗孀表示慰勉:我还坐在快咽气的妇人们床边,听她们喃喃诉说临死前的恐惧,让她们紧紧抓着我的手;我常去一些屋子里作客,它除了对像我这样出身的人之外,简直叫人无法忍受,我却从小就见惯了那些农家院子、粪堆和满地乱跑的鸡,以及一个母亲带着成群正长大的孩子挤在两间小屋子里。我见惯了窗上淌下来的水汽,我闻惯了穷困落魄的气息。

"现在我一边手里拿着剪子站在我的花丛里,一边自问:那阴影到底是从哪儿来的呢?究竟是一种什么震动,能使得我那好容易才收敛起来、硬压下去的生命力重又奔放了起来?不过有时候我对于自然的乐趣,正在长熟的水果,弄得满屋是船桨呀、猎枪呀、骷髅头呀、得奖领到的书本呀和其它种种战利品的孩子们,的确感到了厌倦。我厌倦了这个身躯,厌倦了自己的能干、勤奋和手腕,厌倦了做母亲的随时保护、小心提防地把她自己的孩子——老是她自己的孩子——召集在一张长桌子周围的那股拼命操心费力的劲儿。

"这是在阴冷多雨的春天刚刚来临,黄花突然开放,我正检看着放在蓝色遮棚下的肉块,用手按按沉甸甸地装满茶叶和葡萄干的银色口袋的时候,忽然回忆起了太阳如何升起,燕子如何掠过草地的情景,回忆起了我们还是孩子时伯纳德所说的那些漂亮辞藻,以及树叶子重重**叠叠**,轻飘地在我们头上摆动,刺破了蓝色的天空,把摇曳不定的光影投射在我正坐在那儿啜泣的山毛榉树下那些像青筋突起般的树根上。一只鸽子飞了起来。我猛然跳起,急忙去追寻那仿佛从一个气球上垂下来的绳子那么愈飞愈高、越过一根根树枝飘然离去的词句。就在这时,像一只摔碎的碗似的,我一早晨的宁静心绪被打破了,我一边把面粉袋放下来,一边想,在我四周的生活,原来就像是围绕着一颗被拘禁的种子生长的草儿。

"正在拿着剪子剪下一些蜀葵的我,曾去过埃尔弗顿,踏着腐烂的橡实,看见了那位正在写字的夫人和手持着大笤帚的园丁们。我们气喘吁吁地往回逃跑,生怕会被射死,并且像黄鼠狼似的被钉在墙头上。现在我正在量着食物,加工保存。到夜晚我就在一张安乐椅上坐下,伸手取过我正在缝的东西;耳听着我丈夫的鼾声;当一辆开过的汽车上射来的强光照亮窗子时,我抬起眼来瞧着,感觉到我那生活的波浪仿佛在牢牢生根的我周围汹涌掀起又粉碎四散了似的;而且当我用针刺进、拔出,把线穿过白布的时候,仿佛听到了喊声,看见了别人的生活正在像草儿围着桥墩起伏回旋。

"有时我想起曾经爱过我的波西弗。他在印度骑马摔死了。有时我想起罗达。惊惶的喊叫时时使我在深夜惊醒。但是大多数时间我在心满意足地跟我的儿子们一起散步。我在剪掉蜀葵上枯萎的花瓣。尽管有点过早地身体发胖,头发变白,但我却仍旧两眼像珍珠似的清澈,安然地漫步在田野上。"

"现在,"珍妮说,"我正站在地下铁道的车站上,所有引人的地方都在这儿相会——皮卡迪里南段,皮卡迪里北段,摄政街,干草市场。我在伦敦市中心的街道底下站住了一会儿。无数的车轮正在我的头上驶过,无数的脚步正在我的头上踏过。条条文明的大道在这儿交汇,又伸向四方。我正置身在生活的中心。可是瞧呀——那里有面镜子映出了我的身形。多么孤单,多么憔悴,多么衰老!我已不再年轻。我已不再是这个行列中的一员了。成千上万的人急速得可怕地顺着这条楼梯降下来。巨大的齿轮毫不容情地搅动着使他们往下直降。成千上万的人已经死了。波西弗死了。我还在行动。我仍旧活着。不过现在要是我招手示意,谁还会来呢?

"我就像一只吓得两胁不住起伏的小动物似的站在这儿,心里直跳,浑身发抖。可是我将要无所畏惧。我会打落那抽在我两胁上的皮鞭。我可不是只呜呜叫着直向暗处藏躲的小动物。方才只是因为我还来不及像平常抬眼看自己那样先做好准备就突然望见了自己,所以才一时畏缩了一下。的确,我已经不年轻了,——我不久就会举手召唤却自觉徒劳,我会不飘扬我的披巾就让它垂落在我的身边。我不会再听见黑夜中一声突然的叹息,感到有人再在黑暗中向我走来。再不会在通过漆黑的地道时去瞧车窗中的身影。我要去瞧别人的脸,我会瞧见他们也正在探索着别人的脸。我承认,方才一时之间,那些直立的身体无声地随着自动电梯急速下降,就像一支死人的军队身不由己、快得可怕地直往下坠,还有那不停搅动的巨大机器毫不容情地推着我们,我们全体,向前直冲,确实使我心惊胆战,想要逃到一个安全之处去躲起来。

"可是现在我赌咒,在对着镜子认真做了一些使我浑身武装的小小修饰后,我就会毫不害怕了。想一想那些红黄两色、准时开停的漂亮公共汽车吧。想一想那些强大而好看,时而放慢到步行速度,时而又像箭似的直向前冲的小汽车吧;想想那些浑身武装、修饰整齐、正在驾着车向前开去的男男女女吧。这是凯旋的行列;这是得胜的军队,带着旗帜和黄铜鹰徽,头上戴着战争中赢得的桂冠。他们确比那些只围着一块腰布的土人优越,比那些头发汗湿、松垂的乳房上吊着吃奶孩子的女人优越。这些宽阔的通衢大道——皮卡迪里南街,皮卡迪里北街,摄政街和干草市场——就是穿过丛莽的铺沙的胜利之路。我穿着小小的漆皮鞋,披着薄膜似的轻纱头巾,嘴唇涂红,眉毛用铅笔描细,也随着军乐声向胜利进军。

"瞧他们就是在这儿地底下,也还在炫耀着他们那不断放射出珠光宝气的华丽衣服。他们甚至连泥土也不肯任它去长草,生虫。这儿有在一个个玻璃柜子里被灯光照得闪光发亮的轻纱和绸缎,有密密缝着数不清的精细花边的内衣。他们浑身鲜红,碧绿,淡紫,染成了各种各样的颜色。想想他们是怎样一边爆破岩石,一边编织、拉直、熨平、染制和打通这些地道的啊。电梯上上下下;列车开开停停,就像海上的波浪那么有规律。正是这个赢得了我的忠心皈依。我是生来属于这个世界的,我追随在它的旗下。我们都那么了不起地雄心勃勃,既大胆又好奇,而且有魄力能够在正当努力的时候,中途停下来潇洒自如地在墙上涂上一句玩笑话,在这种时候,我又怎能一心想要逃到一个安全之处去躲起来呢?因此我要在脸上扑上粉,把嘴唇抹红。我要把眉梢描得比平时更细。我要出头露脸,跟别的人一起挺直身躯站在皮卡迪里广场上。我要做一个果断的手势招呼一辆汽车,车里的司机会以一种说不出的麻利姿态表示他领会了我的手势。因为我仍旧能激起别人的殷勤。我仍旧觉察到街上的男人们在向我弯腰致礼,就像被微风吹拂得闪闪发红的庄稼在默默低头那样。

"我要乘车回到我自己的屋子。我要在瓶子里插满多得几乎容不下的大束低垂下来的鲜花。我要把一张椅子放在这儿,一张椅子摆在那儿。我要预先摆好香烟、酒杯和几本封面色彩鲜艳的新书,以备伯纳德随时会来,要不就是奈维尔或者路易。不过也许并不是伯纳德、奈维尔或者路易,而是某个新的、不熟悉的人,是我在一处楼道上偶然碰到的人,而正当我们转身分开时,我悄声地说了句:'来吧。'今天下午他就要来;这个我不熟悉的、新认识的人。让那死人的无声的队伍降落下去吧,我要继续向前进。"

"我如今不再需要一个房间,"奈维尔说,"也不再需要四壁和炉火了。我已经不再年轻。我毫不嫉妒地走过珍妮的屋子,而且微笑地瞧着那个年轻人在踏上门阶时有点局促地整了整他的领带。让这个干净利索的年轻人去按响门铃;让他去见到她吧。我只要想见她就可以见到她;不想见时,我就走了过去。老疮疤已经不再刺痛,——嫉妒、心计和烦恼都已经淡漠。我们也已经失掉了我们的自豪。我们年轻时可以随便坐在哪儿,坐在通风的大厅里一张光椅子上,门在不断地开开闭闭也不在乎。我们曾像孩子似的半裸着身体在船甲板上跌跌撞撞走着,用橡皮管互相浇水。现在我可以赌咒说,我也正像那些干完了一天工作,乱纷纷地拥出地下铁道的人一样,毫无区别,并无二致,多不胜数。我已摘取了我的果实。我对一切都漠然视之。

"归根结底,我们并没有什么责任。我们并不是裁判者。别人并没请我们去用拶子拷问自己的同类;别人并没请我们去登上布道坛,在暗淡的礼拜天下午给他们讲道。还不如去欣赏欣赏一朵玫瑰花,或者读读莎士比亚,就像我常在这儿舍茨伯里大街上读到他的作品那样。这儿出现了一个傻瓜,那儿出现了一个无赖,那儿又从汽车上下来那个在她的御舟上被活活烧死的克丽奥巴特拉。这儿也有遭诅咒的人物,那些在违警法庭上靠壁站着的没鼻子的人,两脚受着火刑,嗷嗷直叫。这倒真算得上是诗,只要我们不去写它。他们准确无误地扮演着他们的角色,几乎还没开口,我就已经料到他们要说些什么,因此静等着他们把准是已经由别人写好了的话说出口来的那个神圣时刻的到来。即使只是为了看戏的缘故,我也很愿意在舍茨伯里大街上永远地走下去。

"随后从街上走进了一间屋子,那儿有的人在说话,有的简直懒得开口。他在说,她在说,另外还有人也在说,说的全是些已经被人说腻了的事情,因此这会儿只消一句话就可以省掉这一切麻烦。争论,嬉笑,老一套的牢骚不平充塞空气,使得它令人窒息。我拿起一本书,漫不经心地读了半页。他们还没有闭上话匣子。那个孩子在跳着舞,身上穿着她母亲的衣服。

"可是这时罗达,也许是路易,总之某个如饥似渴、十分痛苦的心灵在一旁经过,又掉头离开了。他们是要求有一个情节,对么?他们要求有一个解释?他们不满足于这样一个平常的场面。不满足于静等人们说些仿佛已经写好了的话;眼看着一句话准确无误地把一小块胶泥贴在预定的地方,来塑造人物;发现突然之间背靠天空出现了一组群像的轮廓。不过如果他们要的是暴力,我倒在一间屋子里既看到过死亡,也看到过谋杀和自杀。一个人走了进来,另一个人又出去了。楼道里有啜泣的声音。我听到过扯断线,打上结,一个女人膝上放着块白布静悄悄地不断一针针、一针针地缝下去的声音。干吗要像路易那样一定要问一个原因,或者像罗达那样飞到一个遥远的牧场去,拨开桂树的叶子去寻找雕像?他们说一个人一定得展翅飞越风暴,相信在这狂涛恶浪的那一边一定会有阳光普照;阳光笔直射进那杨柳丛生的池塘。(这儿现在正是十一月;穷苦人被寒风吹裂的手上捧着火柴在叫卖。)他们说在那儿能找到彻底的真理,在这儿摇摇晃晃走进了死胡同的美德,在那儿能完美无缺地找到。罗达正伸长脖子,蒙住她那双疯狂的眼睛在我们身旁飞驶而过。如今已那么得志的路易,正在走向他那矗立在凹凸不平的屋顶上的阁楼窗子前,凝望她身影消逝的地方,但他必须去到他的办公室里,坐在那些打字员和电话之间,竭力来设法教导我们,使我们得到新生,来改造那尚未诞生的世界。

"可是这会儿在这间我不敲门就进来了的屋子里,人们说的尽是些仿佛已写好在那儿的话。我朝书架边走去。按我的心意,我情愿随便读一两页不管什么。我可以不必说话。可是我在听着。我异常全神贯注。不用说,读这首诗不能不费点力气。书页常常是朽坏、肮脏、撕破,陈旧模糊的页子粘在一起,夹着马鞭草和犄牛儿的碎片。读这首诗你必须睁着无数只眼睛,就仿佛午夜在大西洋上照着奔腾巨浪的明灯似的,有时也许只能发现一缕海草露出水面,有时浪涛会突然裂开,露出一个怪物的双肩。你必须抛弃反感和妒忌,不横加干预。你必须要有耐心,并且无限地细心,让极轻微的响声,不管是蜘蛛的小脚在叶片上的爬动声,或者水流进某个不相干的排水管发出的汩汩声,都一一显示出来。对什么都不该满心害怕地加以排斥。写作这一页(我在别人谈话时所读的这一页)的诗人已经退隐了。这里既没有逗点也没有分号。每一行诗也不是平时可见的那么长短。有些简直是胡说八道。你准会抱着怀疑态度,但结果却会把小心提防的心理抛到了九霄云外,一当那门打开时,就不折不扣地完全接受了。有时你还会哭;也会毫不留情地利刃一挥,把那些烟炱、树皮和各种各样生硬的附加物统统铲去。就这样(当他们在谈话的时候)把你的网愈来愈深地沉下去,小心地拉起来,把他和她所说的那些拉出水面,写成诗。

"现在我听完了他们的谈话。这会儿他们已经走了。只剩下我一个人。我原可以安心地永远注视着炉火在燃烧,就仿佛一个汽室或者一个熔炉似的;但现在有根尖木梢样子看来挺像个绞架,像个矿井,像个幸福谷;一会儿又像条蛇,火红地盘在那里,浑身是白色的鳞片。窗幔上的那个果子在鹦鹉的啄食下长得愈来愈大。吱,吱,火在燃烧,好像林子深处的虫子在吱吱地叫。噼,啪,当树枝弹出来震动空气时发出了爆裂声,现在就好像一阵枪弹齐发,一棵树倒了下来。这些就是伦敦的夜声。接着我听到我久已在期待的那个声音。它渐渐移动,愈来愈近,踌躇一下,停住在我的门外。我喊了起来:'快来吧,在我旁边坐下,坐在椅子边上。'被自己一向就有的幻觉弄得忘乎所以,我大声喊着:'快走近一点,走近一点。'"

"我刚从办公室回来。"路易说,"我把我的大衣挂在这儿,手杖放在那儿,——我喜欢设想当初黎希留走路时也用这样一根手杖。这样我就剥夺了我自己的权威。刚才我曾靠着一张漆得发亮的桌子,坐在一位经理的右边。一张标志着我们事业兴盛的地图挂在对面墙上。我们一起把船只派出去绕遍整个世界。地球上布满了我们的航线。我有着极大的声望。办公室里所有的年轻女士们当我进去时都纷纷跟我打招呼。现在我可以爱上哪儿吃饭就上哪儿吃饭,而且可以毫不夸耀地预料自己不久就会在萨里郡拥有一幢房子,两部汽车,一座暖房和一些希有品种的甜瓜。不过我仍旧经常回去,回到我的阁楼里,挂好我的帽子,独自重新继续我自从用拳头叩校长的仿橡木门之后所开始的那种可笑的尝试。我翻开一个小本子。我读了一首诗。一首就足够了。

唉,西风啊……

唉,西风啊,你跟我的一切,从红木桌子到鞋罩,都格格不入,而且唉,也跟我的太太,那位连英语都永远说不正确的小演员格格不入……

唉,西风啊,你究竟何时吹来……

罗达,露出忘掉一切的出神样子,茫然的两眼显出蜗牛肉似的颜色,不管她是在星光闪耀的午夜来到,或是在中午最平淡的时候来到,西风啊,都是从不会妨碍了你的。她立在窗前,望着那些穷人们屋上的烟囱顶和打破的窗子……

唉,西风啊,你究竟何时吹来……

"我的使命,我的负担,老是比其他的人重。我的肩上压上了一座金字塔。我曾尽力去干大量的工作。我曾驱策着一支粗野难驯、无法无天的队伍。我曾坐在饭馆里,带着我那澳洲口音,竭力想叫那些小职员们愿意跟我交往,同时却又从不曾忘了我自己那严肃而毫不含糊的信念,以及需要解决的矛盾和不一贯。我还是个孩子时,曾梦想过尼罗河,老不愿清醒过来,但却还是伸出拳头去叩了那扇仿橡木门。要是我能像苏珊或者我最羡慕的波西弗那样毫无天生的使命,那该快乐得多。

唉,西风啊,你究竟何时吹来,
好叫细雨能滋润地面?

"我天生的使命,那座这些年来硬绷绷一直压得我喘不过气来的金字塔究竟是什么?但愿我会老念念不忘于尼罗河和那些头上顶着水罐的女人们;老感觉自己跟麦浪滚滚的长长夏日和冰天雪地的漫漫严冬密不可分。我并不是一个孤身的过客。我的生命并不是像钻石表面上那转瞬即逝的闪烁光辉。我在地底下曲折前行,仿佛是一个提着灯在照亮一间间牢房的看守人。我的天生使命就是要念念不忘并且尽力把那许多线——我们漫长的历史和纷纭复杂的一天中那些有粗有细、已断未断的线——编织成一条巨缆。老是有更多的事情需要了解;纠纷不和需要倾听;弄虚作假需要申斥。这些屋顶全都破破烂烂,烟熏火燎,上面全是些烟囱帽,凌乱不齐的石板瓦,偷偷来去的猫和一窗窗阁楼窗。我小心地从那些破玻璃和旧瓦片中间望进去,看到的只是邪恶和饥饿的面孔。

"假定我能说明这一切的原因——用写在一页纸上的一首长诗——然后就死去。我可以告诉你,这倒并非不值得的。波西弗已经死去。罗达离开了我。但我却要憔悴干枯地活下去,令人尊敬地拄着金头的手杖在这城里的街上走我的路。也许我永远不会死,也许连这种持久不变和始终一贯也无法做到……

唉,西风啊,你究竟何时吹来,
　　好叫细雨能滋润地面?

"波西弗正当绿叶繁盛,全身枝条还在夏日的轻风下簌簌摇动时就被埋进了土里。当旁人都纷纷说话时曾经跟我在一块分享过宁静,而当羊群聚集起来循规蹈矩地悄悄奔回茂密的牧场时曾经转身躲开的罗达,如今也已经像沙漠上的炎热那样消散无踪了。当阳光晒得城里的屋瓦发热膨胀时;当枯叶啪哒有声地落在地上时;当老人们带着尖头棍子,像我们从前刺她那样地刺着地上的小纸片时,我就会想起了她……

唉,西风啊,你究竟何时吹来,
　　好叫细雨能滋润地面?
上帝啊,但愿我的爱人会投入我的怀抱,
　　让我能重新在床上安眠!

我现在又重新拿起我的书来;我现在又要努力去做我的尝试了。"

"唉,生活啊,我多么害怕你!"罗达说,"唉,人类啊,我多么憎恨你们!在牛津街上,你们是那么推推搡搡,碍手碍脚,令人讨厌,你们面对面坐在那儿,两眼盯着地下铁道,样子又显得多么猥琐!现在,当我爬上这座从峰顶上可以望见亚洲的大山时,那些牛皮纸货袋和你们的脸还深深印在我的脑海里。我也曾受了你们的沾染而弄脏了身体。你们在门口排着队买票时,发出难闻的气息。所有的人都穿着灰不灰、棕不棕、颜色混混沌沌的衣服,甚至帽上都从不曾插过一根鲜蓝色的羽毛。没有一个人敢与众不同。为了混一天日子,你们是怎么在那儿泯煞良心,说谎骗人,打躬作揖,奉承讨好,口若悬河,奴颜婢膝啊!你们曾如何牢牢把我困住在一个地方,一把椅子上,自己面对面地坐了下来,整整把我困住了一个钟头!你们是怎样用你们那龌龊的爪子,从我身上夺去了一个钟头与下一个钟头之间的空白,把它们卷成肮脏的一团,扔进了废纸篓里。可是这就是我的生活。

"然而我却屈服了。讥笑和哈欠被我用手遮了起来。我并没有跑到街上去,在阴沟上摔碎一只酒瓶子来表示我的怒气。我激动得浑身发抖,却还装作毫不意外。你们干什么,我也干什么。要是苏珊和珍妮这样穿袜子,我就也这样穿。生活是那么可怕,我只好老是挡上一重又一重的围幔。一会儿透过这个窥视生活,一会儿又透过那个窥视生活;管它是玫瑰花叶子也好,葡萄藤叶子也好,——我把整条街道,牛津街,皮卡迪里路口,统统都挡了起来,用我一时的心血来潮,用葡萄叶或者玫瑰叶。学校放学时,过道里还有那些信箱匣子。我偷偷走过去看上面的标签,想象着各种名字和面孔。不知是哈罗加特呢,还是爱丁堡,那个地名仿佛镶着一道金色的光圈,因为有一个我已记不起名字的姑娘曾经站在那儿的人行道上。不过那只是个名字罢了。我离开了路易;我害怕拥抱。我曾竭力想用毛毡、用衣服把那蓝澄澄的刀刃遮起来。我企求白昼突然变成黑夜,我渴望看到食橱逐渐消隐,感到床铺变得软乎乎的,人好像悬在半空里,瞧着那拉长了的树木,拉长了的面孔,碧绿的沼地边缘上两个人影在痛苦地诀别。我把字眼抛散出去,就像大地光秃秃的时候播种的人在翻过的田地里撒种子似的。我老是希望黑夜延长,好尽量使它充满着种种的梦境。

"随后在某个府第里,我拨开音乐的树枝,看见了我们所造的屋子;正方形架在长方形上。'里面什么都有的屋子,'当波西弗死后,我在一辆公共汽车上一边说着,一边歪倒在别人的肩头上;不过我还是上格林威治去了。我一边在堤岸上走着,一边祈祷但愿我能永远像雷电似的在天边轰鸣,那儿没有什么蔬菜之类,但却偶尔有一两根大理石圆柱。我把我手上的花束往正在蔓延的浪花中一扔。我说:'毁了我吧,把我带到天涯海角去吧。'浪花已经碎裂,花束也已凋零。我如今已很少想起波西弗了。

"现在我正在爬上这座西班牙的山峰;我要设想骡背就是我的床,我正躺在这儿快要死去。现在在我和那个深渊之间仅仅隔着一张薄纸。我身下的床垫上那些隆起的地方都显得软乎乎的。我们蹒跚地爬着——蹒跚地继续往前走。我脚下的山路不断向上延伸,通向山颠上一棵孤零零的树,旁边有一个池塘。当傍晚群山收敛,像鸟儿拢起翅膀来的时候,我细细剖析着池水之美。我有时摘到一朵红色的康乃馨花,捡起几束干草。我独自陷身在草地里,手指触摸到了一块陈腐的骨头,心想:一旦风扫过这片高地时,也许除了一抔尘土什么也不会剩下。

"骡子不断蹒跚地往上爬着。山脊像一重雾霭似的升起,不过在山顶上我可以望见非洲。现在床在我身下塌陷了。床单上散布着的一个个黄色的圆孔使我透过它们掉了下去。床脚边那个生着一张白色马脸的好心女人做了个告辞的动作,转身走开了。那么谁能陪我一起去呢?只有花,牵牛花和月光色的五月花。我把它们草草地聚成一束,编了一个花冠,把它……唉,究竟给谁呢?现在我们跨过了悬崖边缘。我们脚下闪着捕鲱鱼的船队的灯光。崖壁消失了。像细小、灰色的涟漪起伏,无数的波浪展开在我们身下。我什么也看不见。我们会坠下去,落在波浪上。海水会在我的耳边轰隆作响。白色的花瓣会在海水中变黑。它们会漂浮一会儿,随后就沉了下去。把我在波浪上翻一个身会把我挤沉下去。一切都可怕地纷纷坠落下来,把我淹没在里面。

"可是那棵树上有枝枝丫丫的树杈;那是一座村舍屋顶上僵硬的线条。那些涂得红红黄黄的气泡似的东西是人脸。我伸脚踏在地上,战战兢兢地跨出步子去,把手按在一家西班牙旅馆硬邦邦的门上。"

太阳正在沉落。像坚硬石块似的白昼裂开了,光线从它的裂片之间透过去。红光和金光射进波浪,像一些飞驶的箭,箭上镶着黑暗的羽毛。一道道光线变幻不定地游移闪动,仿佛从一个个沉陷下去的岛屿上发出来的信号,或者是一些顽皮嬉笑的孩子透过月桂树丛投射过来的标枪。可是波浪在涌近岸边时变得完全暗淡无光,发出一连串的轰隆声碎裂下来,就像倒塌了一座墙壁,一座灰色的石墙,浑然地毫无一丝透光的裂缝。

微风拂过,树叶一阵哆嗦;而经过这阵搅动,它们就失掉了原来的那种浓褐,变得发白、发灰,正如沉重的树身摇曳晃动,失去了它浑然一体的感觉一样。一只停在最高枝上的老鹰眨了眨眼,腾身飞起,飘然远翔。一只野鹬在沼地里悲啼着,它盘旋,躲闪,飞到更远些的地方,继续在那儿孤独地悲啼。火车和烟囱冒出来的烟被风吹得蔓延开来,纷纷碎裂,融入了笼罩在海面和田野上的整个毛毡似的天幕。

庄稼已经收割。原来那大片的滚滚麦浪现在只剩下短短的残茬。一只大猫头鹰迟钝地离开榆树,摇摇晃晃地升空飞起,像顺着一条从空垂下的线似的飞到了杉树梢上。群山上缓缓移过的阴影一会儿扩大,一会儿消退。荒原最高处的池塘漠然地静静躺在那儿。没有一张毛茸茸的兽脸去那儿张望,没有一只蹄子在那儿溅水践踏,也没有一个发热的兽鼻伸进水里去浸一浸。一只鸟儿停在一根灰色的细枝上,满满地吸了一口凉水。没有啮草声,没有车轮声,只有突然怒号的风像满帆的船儿驶来,拂过草尖。一块骨头躺在那儿,饱经雨打日晒,变得像一根被海水磨光了的树杈那样闪闪发亮。一株春天晒成了红褐色,盛夏时又被南风吹得弯下了柔软枝条的树,现在已变得像生铁那么光秃乌黑。

这地方是那么辽远偏僻,以致既看不到发亮的屋顶也看不到闪光的窗户。这凝滞厚实的暗沉沉的大地吞没了那些脆弱的镶嵌和那些像蜗牛壳似的累赘物。现在这儿只有透明如水的云影,雨点的拍打,一缕锋利似箭的阳光,或者就是突然袭来的暴风雨。一些孤零零的树耸立在远处的群山上,就像是一座座的方尖碑。

火性全退,灼热的焦聚已经涣散了的傍晚阳光,照耀得桌椅显出较为柔和的轮廓,给它们点缀上了一个个褐色和黄色的菱形光斑。四周衬着阴影,它们看来显得更为凝重,仿佛色彩都偏离地聚到了一边。这儿放着刀叉和酒杯,但却显得拉长、胀大了似的,样子十分怪异。镶在一圈金框里的镜子静止不动地映出面前的景物,仿佛在它眼前一切都将永恒地存在。

这时海滩上的阴影延伸开来;黑暗变得愈来愈浓重。那只铁黑色的靴子变得像个深蓝的水洼。礁石失去了严峻的样子。围在那只旧船四周的海水变得一片深黑,就像里面浸满了贻贝。浪沫不停地飞溅,在朦胧的沙滩上到处留下了珍珠般闪光的白影。

"汉普顿宫。"伯纳德说,"汉普顿宫。这是我们约定聚会的地方。瞧瞧汉普顿宫里那些红色的烟囱和方形的雉堞。我说'汉普顿宫'时的这副口气,就证明我已经到了中年。十年、十五年之前,我一定会说:'汉普顿宫么?'带着疑问的口气——那里究竟是个什么样子?那儿有湖,有迷宫么?要不就是带着一种预感:我在这里会碰到什么事情么?我会遇见谁?而现在,汉普顿宫,汉普顿宫,这几个字眼就像锣声似的回响在我费了许多力气才清扫出来的这片空地上——通过半打的电话和明信片联系,发出了一阵阵响亮震耳的招呼声,同时眼前出现了一幅幅的图画:夏天的午后,小船,小心提起裙裾的上年纪的太太们,冬天的一壶茶水,三月里的几朵水仙……这些都呈现到了水面上,现在又都隐伏在每一个场面的深处。

"现在,在我们约定的旅馆门前,他们已经都站在那儿,——苏珊,路易,罗达,珍妮和奈维尔。他们都已经一起来到了。当我跟他们会合之后,自然会马上设计出另一种安排、另一种方案来。现在白费气力,过多地设计种种场面是应当受到注意,加以阻止的。我最不愿意受这种强迫。还隔着五十码距离,我就觉得自己的生活常规已经被改变了。跟他们做伴的吸引力已经在我身上起了作用。我走近了一些。他们没有看见我。现在罗达看见了我,但由于她害怕会面时的激动,还假装我是个陌生人。现在奈维尔转过脸来了。突然间,我一边举手招呼奈维尔,一边大声喊着:'我也在莎士比亚十四行诗的书页里夹过鲜花哩。'接着就心乱得说不下去了。我这艘小船在汹涌激荡的波浪上摇摆不稳地颠簸起伏。世上真没有一种灵药(让我把这记下来)能抵抗会面时的激动。

"把粗糙不平的边缘互相弥合在一起也是极不舒服的;直到我们慢吞吞地踱进了旅馆,脱下大衣和帽子以后,会面才渐渐地变得令人惬意起来。现在我们齐集在狭长而光秃秃的饭厅里,它面向着一个花园,一片绿荫荫的地带叫人难以置信地仍旧映照在落日里,因而树林间横亘着一条金黄色的光带,我们坐了下来。"

"现在我们彼此紧挨着,"奈维尔说,"坐在这张狭长的桌子周围,现在,当最初的激动还没有平息下来的时候,我们究竟怀着一种什么样的心情?现在要像老朋友们好不容易才会面时应有的那样,诚实、坦白、直率地说说,我们会面时的心情到底是什么?是哀伤。门不会开;他不会来了。而我们都心情十分沉重。因为我们都已经到了中年,我们肩上都压着重担。让我们把各自的重担放下来吧。我们要问一问,你我都是怎样度过自己的一生的?你,伯纳德;你,苏珊;你,珍妮;还有你们,罗达和路易?如今各种屋子的门上都贴满着各种名单。在我们掰开这些小面包,动手吃鱼吃沙拉以前,我摸了一下我的贴身口袋,摸到了我的证明书——我带在身边以便证明我比别人高明的东西。我通过了考试。我的贴身口袋里带着文件就可以证明这一点。可是苏珊,你那映出了萝卜地和麦子田的目光却叫我感到困扰。带在我贴身口袋里的这些文件——它们是证明我已经通过了考试的大声宣告——只发出了怯生生的声音,就仿佛有人在荒凉的野地里拍着手掌以便吓退老鸦似的。现在连这声音(我的拍水声和它发出来的回响)也在苏珊的目光瞪视下沉寂了下来,使我耳朵里只听到风掠过已翻耕的土地和一只鸟——也许是一只满心陶醉的云雀——在鸣唱的声音。那个侍者,或者那对偷偷摸摸老厮混在一起——有时到处晃悠,有时躲在一处呆望着还不曾昏暗到足可遮住他们躺卧的身体的树荫——的情人,他们曾听到了我的声音么?没有;拍手的声音没起作用。

"既然我没法掏出我的文件来,大声念念我的证明书以便证明我已通过了考试,那么我还剩下些什么呢?只剩下苏珊那双像珍珠般滚圆、透明的绿眼睛里的冷冷目光所揭示出来的东西。每次我们聚在一起,刚会面的别扭劲儿还没平伏下来的时候,总有某个人会不甘心于被湮没无闻,这时你就会一心想要把他的人格压下去,使它屈服于自己的人格之下。现在对我来说,这个人就是苏珊。我竭力想用说话来影响苏珊。听我说呀,苏珊。

"只要吃早饭时有人进来,就连我帷幔上绣的那个果子也会大起来,大到鹦鹉会伸嘴去啄它;你简直可以用大拇指和食指把它摘下来,清早稀薄的去脂牛奶会变成乳白色、蓝色或者玫瑰色。在那个时刻你的丈夫——那个拍打着胶皮靴子,用鞭梢指着不下崽的母牛的男人——嘴里老在咕咕哝哝。你什么也不说。什么也没看见。习惯蒙住了你的双眼。在那个时刻你们间的关系是沉默、空虚、阴暗的。而我在那个时刻的关系是温暖和多种多样的。对我来说从来就没有那重复的老一套。每一天都充满危险。我们表面上圆滑,骨子里却像盘起的蛇那么难对付。假定我们正在读《泰晤士报》吧;假定我们正在互相争论吧。那都是挺有意思的事情。假定这会儿正是冬天。大雪纷飞,积满屋顶,把我们全封闭在一个红色的洞穴里。水管冻裂了。我们在屋子当中安了一只黄色的铁皮澡盆。我们手忙脚乱地到处去找盆子。瞧那儿——书橱上面的管子又裂了。我们又笑又嚷地瞧着这一场灾难。就让生活保障统统完蛋吧。就让我们一无所有吧。或者,假定现在正是夏天,我们就会漫步走到一个湖边,去看中国白鹅迈着扁平的脚摇摇摆摆向水畔走去,或者去看一个像骷髅架子似的城市教堂,门前摇曳着苍翠的新绿。(我是随便举例;我总是举一眼看得见的东西。)每一种景象都是一个精巧的图案,是灵机一动地描画出来以便说明人们亲密相处时的意外感和美妙奇趣的。雪和冻裂的水管也好,铁皮澡盆和中国鹅也好,——都是些醒目高悬的标志,凭着这些,我一一回顾,就认清了每一种爱的特色;认清了它们是如何地各不相同。

"眼前——因为我竭力想缩小你的对立情绪——你那双碧绿的眼睛紧盯着我,你那不整洁的衣服,你那粗糙的双手,以及说明了你那母性光辉的一切其它标志,都像蛎贝紧粘在岩石上那样牢牢粘附在你的身上。不过说真的,我并不想刺痛你;我只是想恢复和重整一下我在你身上所丧失了的自信心。改变现状已经是不可能的了。我们的命运已经注定。过去,当我们跟波西弗一起在伦敦一家饭店里相聚的时候,一切都还在摇摆、闪烁;我们有可能做一切事情。可现在我们已经选择了——有时还不如说是仿佛别人为我们选择了——让自己被一把钳子紧紧地夹住了当胸。我也选择了。我并不是在外表上留下了生活的烙印,而是在内心,在洁白、赤裸而柔弱无告的内心。我被形形色色的头脑、面庞和其他事物的烙印弄得满是斑斑的创痕,它们是那么无孔不入,实实在在,有声有色,但却又无可名状。在你心目中,我只不过是'奈维尔',你看清了我生活的狭隘局限和它无法逾越的界限。但在我自己看来,我是广阔无垠的;我是个条条细丝不可觉察地穿入世界深处的大网。我这个网几乎跟它所围绕的东西难以区别。它捕起了那些大鲸鱼——那些巨大的海中怪兽和白糊糊混沌一片、变幻无常的东西;我侦察,我窥视。在我眼前展开了……一本书;我一眼望穿了底蕴;望穿了核心——一直看到了深处。我知道什么样的爱会跳动着腾起熊熊烈焰;嫉妒的恶毒火苗会如何四处蔓延;爱与爱会怎样错综复杂地彼此勾心斗角;爱会造成纠缠不清的死结;爱又会粗暴地将它们一刀两断解脱开。我就曾经被纠缠进去过;我也曾被一刀两断地解脱开。

"但一度也确曾有过另一种值得夸耀的事,那是当我们一心盼着屋门打开,波西弗在门口出现的时刻;当我们在一家酒馆的木板凳子上放浪不羁地倒身坐下来的时刻。"

"曾经有过那座山毛榉林子,"苏珊说,"埃尔弗顿,还有那钟上金光闪闪的时针在树木丛中放出光辉。一群鸽子穿过树叶。变幻无常的光在我头上飘忽不定。我已经记不清它们了。可是奈维尔,我曾为了保持自尊屈辱过你,你现在瞧瞧我放在桌上的这只手吧。瞧瞧我的指关节和手心上浓淡不等的健康肤色。我的躯体已经像个工具似的,被一个挺能干的干活的人每天切切实实地使用得旧了。刀刃是光洁锋利的,中间已经有点磨蚀。(我们常在一起苦斗,就像在田野里争斗的野兽,像用角抵撞的牡鹿。)而你那苍白消瘦的肌肉却一眼就望得透,就连苹果或者一球果实也该像罩在玻璃下面似的外面蒙着一层薄膜。要是跟一个人,只是一个人,但却是时时在变化的一个人一起紧挨着躺在一张躺椅上,你也只能望透一寸深的肌肉;里面的神经、筋脉、缓慢或者急速地流动着的血液:但却决不能看透一切。你不能看到花园里的一所房子;田野里的一匹马;眼前展开的一座城市,即使你像老太婆似的费尽目力想看清她正在缝补的东西。可是我却看到了像一整块一整块坚实、庞大的街屋似的生活;它的墙堞和高塔,工厂和煤气塔;已记不清是什么时候造的古色古香的住房。这些东西都结实、突出,不可磨灭地印在我的脑海里。我既不随和,也不讨好;我坐在你们中间,用我的坚硬来磨砺你们的软弱,用我清澈的双眼中射出的碧绿的光芒,来克制你们那像银灰色的飞蛾翅膀那么扑打个不停的贫嘴乏舌。

"现在我们已经像牡鹿抵角似的交过锋了。这是个必不可少的前奏;老朋友的致意。"

"树丛当中的那道金光已经消隐了,"罗达说,"一片苍绿横亘在它们背后,绵延伸长像梦中所见的一把刀刃,或者像谁也不去涉足的渐远渐细的岛屿。现在顺着大街开来的汽车开始像眨眼似的灯光闪闪。情侣们现在可以躲到暗地里去了;遮蔽着他们的树干变得粗大,显得淫猥。"

"从前有个时期情况并不是这样。"伯纳德说,"有个时期我们能够随自己的意思不去随波逐流。现在我们却需要打多少个电话,寄多少张明信片,才能冲破一个缺口使我们能聚会在一起,到汉普顿宫来会面啊? 从正月到十二月,生活飞逝得有多快啊! 我们大家都不停地被事物的激流所冲走,这些事我们已那么司空见惯,因此毫不在意;我们从不去作比较;也从来不曾想起过你或者想起过我;而正因这样无所用心,才算勉强地避免了龃龉,冲破了堵塞在那条已经年深月久的河道口上的丛生的杂草。我们为了赶上从滑铁卢站开来的火车,不得不像一条鱼似的跃出水面,跳得老高。可不管我们跳得多高,最后还是重新回到溪水里去。我如今再不会坐船上南海诸岛上去了。我有儿有女。我已经自己也莫名其妙地被推上了我目前的位置。

"不过我宁愿相信,被死死钉住了的只不过是我的躯体,——这个你们在这儿唤作伯纳德的人。我比当初年轻的时候更能头脑冷静地进行思考,那时候我老不由自主要拼命地寻根究底,探求我自己,就像小孩探究一个麦麸饼似的,'瞧呀,这是什么?这又是什么?这能算是一件好的礼物么?就是这些么?'如此等等。现在我已知道那些礼物袋里装的是什么;因此已不大在乎了。我把自己的思绪放手撒了出去,就像一个农人大把撒出种子,在金色的落日下撒落下来,撒落在碾平放光的光秃秃的耕地上。

"一句辞藻。一句并不完美的辞藻。而且这些辞藻又算得了什么?它们已没有多少东西可以让我亮到桌面上来,摆在苏珊这只手的旁边;已没有多少东西可以连同奈维尔的证明书一起,从我的口袋里摸出来,我不是一位法律权威,或者医学权威,或者财务权威。我全身裹在一些像湿草似的漂亮辞藻里;我闪闪发光,发着磷光。当我说'我燃烧起来。我闪闪发光'的时候,你们谁都感到了这一点。当我在操场边的榆树荫下,嘴里滔滔不绝说出一些漂亮辞藻来的时候,那些年轻小伙子总是觉得'这句话说得好,这句话说得妙'。他们也滔滔不绝地说了起来;他们还带着我那些漂亮辞藻跑开了。而我却在孤独中变得憔悴。孤独是我的致命伤。

"我在一家一家的屋子里辗转游荡,就像中世纪的游方僧那样抡着念珠讲着故事去哄那些妇人和姑娘们。我是个游荡的小贩,靠说故事换取食宿;我是个不大挑剔、容易满足的客人;时常被安置在一个有四根柱子的大床的最好的房间里;有时却又睡在谷仓里的干草堆上。我既不在乎跳蚤也不反对满屋绫罗绸缎。我十分随和容忍。我不是个说教家。我十分懂得生命的短促和其中充满的种种诱惑,因此绝不去给人画许多严厉的框框。可是我也并不像你们所想象的那样毫不挑剔,就像你们从我的夸夸其谈中得出的判断那样。我骨子里还是多少暗藏有一种严厉和鄙视的锋芒。不过我很乐于随和迁就。我编故事。我从什么事情上都能找出有趣的东西来。一位姑娘坐在一家农舍的门前;她正在等待;等谁呢?受到了勾引还是没有受到勾引?那位校长在地毯上看到了一个洞。他叹了口气。她的妻子用手指掠掠她那仍旧还很丰盛的波浪形的头发,一边在沉思……如此等等。手的挥动,在街口上的犹豫不定,有个人朝阴沟里扔了个烟头,——这都是故事。但究竟哪一个是真的故事呢?这我不知道。正因为如此,我像在一口碗橱里挂衣服那样把我的辞藻挂在那儿,等什么人去穿它。在这样等待着,推测着,不断地记着笔记的同时,我并不执著于生活。我可能会像一只蜜蜂似的被人从一朵葵花上掸下来。我那随时一点一滴地积聚起来的哲学,会一下子像水银泻地般消失得无影无踪。而目光粗野但却生性严格的路易,却在他的阁楼里,在他的办公室中,对于他必须知道的事情都已形成了确定不移的结论。"

"这打断了我正想竭力连贯起来的线,"路易说,"是你的嘲笑打断了它,你的满不在乎的神气,还有你的美丽。多年以前珍妮在花园里吻我的时候,曾经打断了这条线。那些爱吹牛的小伙子们在学校里嘲弄我的澳洲口音时也曾打断了它。我刚说:'意义就在这儿。'接着马上就痛苦地心里一惊,——由于虚荣心的刺激。我刚说:'听那只夜莺在铁蹄践踏下,在征服者和移民者的脚下引吭歌唱。请相信吧……'接着就立刻被人打断了。我老是在破砖碎瓦上面小心翼翼地走路。各种不同的光照射下来,平平常常的东西就变得浑身斑驳,样子古怪。我们今天在这傍晚时分重新会合在一起,有酒,有摇曳的树影,有身穿白色法兰绒衣服的青年们携带着坐垫从河边上来,可是这样一个重叙旧欢的时刻,对我来说却在人对人所加的折磨、所作的丑事和牢狱的阴影下,显得黯然失色。我的感官是如此地带有病态,以致尽管我们一起坐在这儿,却很难靠一层粉红的颜色来一笔抹杀我的理性不断对我们提出的严重指责。出路何在,我自己问自己,桥梁又在哪儿?我怎样才能把这纷纷晃动得令人眼花缭乱的幻影,归结成一条能把一切贯串在一起的线?因此我在深思,同时你们在心怀不满地看着我噘起的嘴、我深陷的两颊和我老是皱起的眉头。

"不过我请你们同时也注意到我的手杖和我的坎肩。我已继承到一张结实的红木写字台,摆在一间挂满着地图的房间里。我们的轮船凭它们设备豪华的舱房,赢得了令人艳羡的声誉。我们备有室内游泳池和健身房。我现在穿着白色的坎肩,每当确定一个约会时,总是先查一查一个小本子。

"我显出狡黠和嘲弄的神气,希望你们因此不致觉察到我的战栗、敏感、十分稚嫩而脆弱的心灵。因为我永远是最年轻稚嫩的一个;最容易天真幼稚地大惊小怪;老是最先觉察和同情那些别扭或者可笑的事情——不管是鼻子上的一块污斑,或者是一颗没有扣上的钮扣。我为一切的屈辱感到难受。但我同时又冷酷无情,坚硬如石。我不明白你们怎么会说能在世上活过一阵是幸运的。当一只水壶开了,当轻风掀起珍妮有污斑的披巾,使它像丝网似的飘动时,你们那种无聊的兴奋,孩子般的激动,在我看来,就仿佛是一些朝着正要发火抵人的公牛眼前抛去的丝织的轮船。我谴责你们。可是我心里却依恋着你们。我愿跟你们一起去经受死亡的烈火。但我又更乐于孤身独处。我陶醉于金色和紫色的华服。但我却更乐于越过烟囱纵目眺望;猫把它们长癫疮的肚皮贴在坑坑洼洼的烟囱管上蹭痒痒;打破的窗户;一个兴旺的教堂尖塔上发出来的粗哑的钟声。"

"我只看到我眼前的东西。"珍妮说,"这块披巾,这些酒迹。这只杯子。这个芥末瓶。这朵花。我喜欢摸到的东西,尝到的滋味。我喜欢雨变成了雪,因而变成了触得到摸得着的东西。因为性子直,而且远比你们都更有勇气,我决不在我的美貌中搀上俗气以免叫自己受不了。我贪婪地全盘吞下这一切。这是有血有肉、实实在在的东西。我的想象力是肉体的想象力。它的幻影也不是像路易那样的精巧细致、雪白纯洁的幻影。我不喜欢你那些瘦猫和坑坑洼洼的烟囱顶。你那屋顶上讨厌的美景叫我受不了。穿着制服的男男女女,假发和长袍,圆顶礼帽和漂亮的开领网球衫,变化多端的妇女服装(我经常注意各种服装),都使我感到赏心悦目。我跟他们形影不离地进出于各种房间,各种厅堂,这儿那儿,他们到哪儿,我也到哪儿。这个人把一只马的蹄子举起来看看。那个人老把装着他个人收藏品的抽屉拉开关上。我从来不孤独。我身边老围绕成团的追随者。我母亲从前准是一味追求晚会,我父亲则是一味醉心于大海。我却像是一只一路跟在军乐队后面走的小狗,随后又停下来闻闻一株树干,嗅嗅一堆黄色的垃圾,突然冲过街去追逐一只杂种野狗,接着又提起一只前腿,专心闻着肉铺里飘来的一缕诱人的肉香。我的广泛交往曾使我到过许多新奇的地方。那么多的人都离开墙根,一下子向我跑过来。我只要举一举手就行了。他们立刻会像箭似的冲向约会的地方——也许是阳台上的一把椅子,也许是街角上一家铺子。你们生活中那些苦恼和分歧对我来说是一夜一夜地解决的,有时候只凭坐着吃饭时手指在桌毯下的一触,——我的肉体变得那么灵活流动,在手指的一触下甚至全化成了一滴水,鼓得十分饱满,颤颤悠悠,闪闪发光,在狂喜中坠落下来。

"当你们坐在桌前写写算算的时候,我却坐在一面镜子跟前。就这样,坐在我神圣的卧室里面对着镜子,我仔细审视着我的鼻子和脸颊;我那张得太开以致露出了牙床的嘴唇。我瞧着。我小心打量着。我挑选着究竟是黄色还是白色,是色调明朗一些还是暗淡一些,是线条弯曲一些还是挺直一些来得更合适。我对一个人活泼,对另一个人刻板,有时候浑身银白像根冰柱子那么有棱有角,有时又一身金黄像蜡烛火那么摇曳生姿。我曾放浪形骸,仿佛一条尽情地挥出去的鞭子。那边角落上那个人的衬衫前胸本来是白的;随后变得发红了;浓烟和烈火包围了我们;是起了一场大火……可是我们几乎连嗓子都没有提高,只一味坐在壁炉前的地毯上,像对着蚌壳似的悄声倾诉着我们的心臆,免得卧室里有人会听见,不过有一次我曾听到厨子动弹了一下,又有一次我们还当嘀嗒的钟声是足球在那儿……我们已经灰飞烟灭,没留下一点遗骸,一点未曾烧尽的骨头,一绺头发,可以保存在表链上的小盒子里,就像你的亲友们死后留下来的那样。如今我已头发斑白;如今我已瘦削憔悴;但是我正在正午的光天化日下坐在镜子跟前照着我的脸,一丝不爽地看清了我的鼻子,我的两颊,我那张得太开以致露出了牙龈的双唇。不过我并不害怕。"

"一路上有路灯柱子,"罗达说,"还有些树木,它们的叶子还遮不住从车站通到这儿来的路。那些叶子还是能遮得住我。但我并没有躲到它们下面。我直接走到这儿来会见你们,并没像我往常那样兜着圈子想规避感情的激动。不过这只是因为我已经让我的身体学会了去干某一件事。从内心来说我仍旧没有学会;我怕,我恨,我爱,我羡慕而又瞧不起你们,但我从来没有快快活活地跟你们会面过,我一路上忍住不曾去躲在树荫或者邮筒背后,直接从车站走到了这儿,即使还隔着老远的时候,就从你们的大衣和雨伞上看出了你们是怎样靠着不断地偶尔会面来过活的;你们都有使命在身,有派头,有儿女,有权势,有名望,有爱,也有社会交往;而我在这方面一无所有。我没有自己的面目。

"在这儿这间餐厅里你们只看鹿角,大玻璃杯,盐瓶子,桌毯上黄色的污迹。'待者!'伯纳德说。'来面包!'苏珊说。侍者就马上来了;他端来了面包。而我却看见像一座大山似的酒杯的杯壁,只看到一部分鹿角,还有那只水罐壁上的亮光,就仿佛黑夜中的微光一闪,充满着惊奇和恐怖。你们的话音就像森林中树木的干裂声。你们的脸和上面的坑坑洼洼处也是一样。夜半远远地靠着广场的栏杆,静静地站在那儿,这是多么美啊!你们身后是雪白的浪花,渔夫们正在远处天边收网撒网。风吹动着原始森林树梢的叶子(不过我们这会儿是坐在汉普顿宫里面)。鹦鹉的啼声打破了丛莽的沉寂(这儿电车正在开动)。燕子在午夜的深潭上掠水飞过(我们正在谈话)。这就是我们一起坐在这儿时我竭力想去领会的环境。就因为这样我必须在七点半的时候忍受这汉普顿宫里的苦修。

"但既然这些小面包和一瓶瓶的酒我正需要,你们那坑坑洼洼的脸也显得挺美,而这桌毯连同它上面的黄迹又决不会使得理解力愈来愈扩大范围,以致最后(就像夜里我的床悬在半空,我从大地的边缘上坠落下去时所幻想过的那样)能包括整个世界,我就只好去把个人的种种古怪行径彻底分析一下了。我还不得不在你们竭力缠着我讲你们的儿女、你们的诗、你们的冻疮,以及一切你们正在做的或者正在感到难受的事的时候来动手进行分析。不过我是不会上当受骗的。不管怎样想引我往这个方向那个方向,不管如何缠住不放,竭力刺探,我还是会穿透这层薄纱,掉进火海。而你们是不会来伸手救我的。你们倒会比古时的行刑者还更残酷无情,任我掉落下去,并且趁我掉下去时把我撕得粉碎。不过有时候仿佛脑壁会变得挺薄,什么念头都能透得过去,这时我就会想象:我们可以吹出那么一个大泡来,连太阳都可以在里面出没,我们也可以把蓝色的白昼和漆黑的午夜一起偷到手里,马上脱身逃开此时此地。"

"一滴又一滴地。"伯纳德说,"寂静正在坠落。它在头脑的屋顶上逐渐形成,然后又坠落在下面的池子里。永远独自一人,独自一人,独自一人,听着寂静坠落,然后把它们坠地的声音尽量扫到远远的一边。饱经沧桑,悠然自得地带着中年的自满,我这个被孤独毁了一生的人听任寂静一滴又一滴地坠落。

"不过如今那不断坠落下来的寂静正在把我的脸打得坑坑洼洼,把我的鼻子渐渐冲化,就像雨中淋在院子里的雪人那样。随着寂静的坠落,我被完全销蚀融化,变得面目模糊,几乎跟任何人都一模一样,难以分辨。这并不要紧。其实又有什么事是要紧的呢?我们吃得挺好。鱼、小牛排和酒已经把自高自大心理的尖利牙齿都磨钝了。急迫心情早已无影无踪。连我们中间最好虚荣的,也许是路易吧,也不再在乎别人是怎样想的了。奈维尔的苦恼也已无影无踪。让别人去得意吧,——他就是这么想的。苏珊静听着她所有已经安然入睡的孩子们的鼻息声。睡吧,睡吧,她喃喃地说。罗达已经把她那些船儿摇到靠了岸。究竟它们是沉没还是安全下了锚,她已不再关心了。我们乐于接受一切这样的说法,就是这世界看来对任何人都给予了公平的机会。现在我想到,地球只不过是偶然从太阳表面上飞出来的一块石头,在无限空间中任何地方都并不存在着生活。"

"在这一片寂静中,"苏珊说,"似乎从来不会有一片树叶坠落,有一只鸟儿在飞翔。"

"似乎曾经发生过一次奇迹,"珍妮说,"随后生活就永远停顿在此时此地了。"

"所以,"罗达说,"我们已再没有什么可活的了。"

"可是,"路易说,"你们听听这世界正在广漠无垠的空间中移动。它轰然有声;被照亮的一小片历史已经逝去,连同我们那些皇帝和皇后;我们已经消逝了;还有我们的文明;尼罗河;以及全部的生活。我们各自的一点一滴都已消散无踪;我们都已在无边无际的时间中、在黑暗中湮灭消失了。"

"寂静正在坠落;寂静正在坠落。"伯纳德说,"不过现在你们听:嘀嗒,嘀嗒;呼呼,呼呼;世界已经在召唤我们回来。当我们方才超越了生活时,我有一会儿曾听到了那怒号的黑暗之风。随后就又是嘀嗒,嘀嗒(这是钟声);接着是呼呼,呼呼(这是汽车声)。我们登陆了;我们已上了岸;我们正坐在这儿,一共六个人,围着一张桌子。是回忆起我的鼻子才提醒了我。我忽地站起来;'斗争!'我喊着,'斗争!'边喊边回忆着我自己鼻子的形状,同时就用这只小勺恶狠狠地敲打着这张桌子。"

"让我们反抗这种无限的混乱,"奈维尔说,"这种不可名状的愚蠢吧。一个士兵躲在树背后跟一个女护士调情时,会比所有的星星都值得羡慕。不过有时候一颗闪烁的星星出现在明净的天空中,会使我觉得世界是美丽的,而我们这些蠢虫却用我们的情欲把树木都糟蹋得丑陋不堪了。"

("是呀,路易,"罗达说,"寂静只保持了一个多么短促的时间。他们已经在把餐巾放在盘子旁边,用手摩摩平了。'谁来了?'珍妮说;奈维尔叹了口气,记起波西弗已经再也不会来了。珍妮掏出了她的小镜子。她像个艺术家似的打量着自己的面孔,在鼻子下面扑了扑粉,然后稍稍考虑了一下,就在嘴唇上不深不浅、恰到好处地抹上了一点口红。眼看着这番打扮既感到轻视又觉得害怕的苏珊,扣上了自己大衣上最上面的一颗钮扣,接着又把它解开了。她正准备去做什么呢?做某件事情,但一定是与此不同的。"

"他们正在自己告诉自己。"路易说,"'现在正是时候。我还生气勃勃哩。'他们在这样说。'我这张脸在黑洞洞的无限空间衬托下准会非常突出。'他们没有把这话接着说下去。'现在正是时候。'他们老是说着这句话。'园子快关门了。'跟着他们,罗达也汇合进了他们的洪流,也许我们本该悄悄落在后面一些走的。"

"就像有事情要悄悄商量的同谋犯似的。"罗达说。)

"这话一点不假,"伯纳德说,"而且当我们正顺着这条路走着的时候,我想起了一件确凿的事实:有个皇帝曾骑着马在这儿的一个鼹鼠丘上绊倒过。不过拿一个头上戴着个金茶壶的小人物,来跟那广漠而旋转不停的无限空间相对照,似乎有点太古怪了。你会轻易恢复对各种人物的信任，却不大容易恢复对他头上戴的东西的信任。我们英国过去的历史只不过是一英寸长的光辉。那时候人们在自己头上戴上个茶壶，就宣称：'我是皇帝！'不，我是一边跟大家一起走着，一边竭力想恢复对时间的感觉，但那种弥漫于眼前的黑暗，却使我变得茫然起来。这所王宫显得轻飘飘的，仿佛只是一朵暂时停留在天上的云块。一个接一个地把皇帝扶上宝座，戴上皇冠，这不过是人们头脑里想出来的恶作剧。而我们这并排走着的六个人，凭我们自己身上那种我们称之为思想和感情的杂乱无章的闪光，又能拿什么去反对这股潮流，怎样去跟它进行对抗？究竟有什么是经久不变的？我们的生命也同样是在沿着这些漆黑无光的小径暗暗流走，度过一段混沌不明的时间。奈维尔有一回把一首诗塞到我手里。怀着一种突如其来的对于永恒的确信，我曾说：'莎士比亚所了解的东西我也同样了解。'但这种心情已经过去了。"

"说来荒唐而可笑，"奈维尔说，"当我们在这儿走着的时候，时间仿佛又回来了。这是一只狗的欢蹦乱跳造成的。机器在转动。年代使那座大门变得古色古香。现在对比着那只狗看起来，三百年的确显得比逝去的一刹那要长一些。威廉王戴着假发骑上了他的马，宫女们用鲸骨撑开的绣花长裙曳过草地。在我们这会儿一路走着的时候，我开始相信欧洲的命运是无比重要的，而且尽管听来仍旧显得有些可笑，但确实一切都全靠着那次布伦亨战役①。是的，在我们一起走出这座大门时，我宣布，这会儿正是时候；我现在成了乔治王的忠诚子民。"

"我们顺着这条林荫道往前走时，"路易说，"我稍稍地靠在珍妮身上，伯纳德跟奈维尔手挽着手，而苏珊的一只手握在我的手里，我们称自己为小孩子，祈求上帝在我们睡着时保佑我们安然无恙，这真叫人禁不住要掉眼泪。一起唱着歌，为了在黑暗中壮壮胆而拍着手，同时柯里小姐在一旁奏着小风琴，这滋味是多么甜蜜啊！"

"铁门关上了。"珍妮说，"时间的利齿不再咬人。我们战胜了无边的空间，用口红，用粉，用轻纱似的手绢。"

---

① 布伦亨，德国西南部多瑙河边的一个村庄，1704年英军曾在这里大胜德军。

"我紧紧抓住,牢牢不放。"苏珊说,"我紧握住这只手,不管是谁的,心里是爱,是恨,这都没有关系。"

"一种平静、超脱的心情笼罩着我们,"罗达说,"我们享受着这种暂时的轻松感觉(毫无焦虑的泰然心情是难得有的),同时我们的脑壁仿佛变得透明。雷恩修造的宫廷挺像一首向大厅里冷淡乏味的听众表演的四重奏,它是个长方形。正方形已经叠在长方形上,因此我们说:'这正是我们的住处。现在建筑物已经在望。已经再没有什么东西留在外面了。'"

"那朵花,"伯纳德说,"我们跟波西弗一起吃饭时饭店桌上的花瓶里插的那枝康乃馨花,已经变成了一朵六边形的花;它包含着六种生活。"

"映着那些水松树,"路易说,"看得见正有一种神秘的光在照亮着。"

"它是花了不少心血,费了不少手脚才弄出来的。"珍妮说。

"婚姻,死亡,旅行,友爱,"伯纳德说,"城市和乡村,儿女和其他种种;从这片黑暗中分割出来一个多面体;一种有多种面目的花。让我们停住一会儿;让我们来看看我们到底弄出来了一点什么东西。让它映着水松树闪闪发光吧。是一种生活。就在那儿。它消逝了。它熄灭了。"

"现在他们都已不见了。"路易说,"苏珊和伯纳德。奈维尔和珍妮。你和我,罗达,在这座石头墓穴旁边停一会儿吧。我们究竟会听到他们在唱什么样的歌儿呢,现在,当这几对已经寻找过坟墓,珍妮伸出带着手套的手指点着,假装看见了一朵睡莲,而苏珊,一直爱着伯纳德,这会儿正在对他说着:'我那毁了的一生,我那虚度的一生。'还有奈维尔,正在湖边,在月光映照的水边,拿起珍妮那抹着樱桃色指甲油的小手,喊道:'爱情啊,爱情啊。'而她却模仿着鸟叫似的声音回答说:'爱情么,爱情么'我们究竟听到了什么样的歌儿呀?"

"他们走向湖边,不见了。"罗达说,"他们悄悄穿过草地溜走了,但却满有把握地要求我们对他们的古老特权大放慈悲——千万别去干扰它。心潮翻腾汹涌得那么厉害,他们不得不抛开我们。黑暗隐没了他们的身体。我们到底听到了什么样的歌儿——是猫头鹰的,是夜莺的,还是雷恩的呢?轮船在轰隆轰隆地开;电车轨道上光在闪烁;树在庄严地弯腰低垂。一层光幕笼罩在伦敦上空。这儿是个老妇人,正在默默地走回去,还有个男人,一个迟归的渔夫,正拿着钓竿从坡上走下来。一个声音、一点活动我们都不能放过。"

"一只鸟儿正在飞回巢去。"路易说,"夜睁开了眼,在入睡之前向灌木丛中迅速地扫视了一眼。它们给我们带来的这些纷纭复杂的信息,除此以外还有许多曾经在这位或那位皇帝统治下在这一带出没过的已死者——男孩子和女孩子,男人和女人,——我们怎么才能把他们传来的信息统统归纳在一起呢?"

"一种重压落在黑夜上,把它压倒了。每棵树都跟一个阴影连在一起显得很粗大,但却并不是映在树背后的阴影。我们听见一个斋戒中的城市屋顶上发出报警的鼓声,当时土耳其人正饥肠辘辘,心怀叵测。我们听到他们正像牡鹿长鸣般地尖声叫嚷着:'快开门,快开门!'听那些电车正在嘎嘎尖鸣,电车轨道在闪闪发光。我们听见山毛榉和白桦树抬起了它们的枝桠,仿佛新娘正让她的丝绸睡衣窸窣坠地,然后走到门口说:'快开门,快开门!'"

"一切都显得活生生的。"路易说,"今晚我到处都听不到死亡的声息。你或许会觉得那个男人脸上的蠢相,那个女人脸上的衰老,浓重得足以抗住符咒,召来死亡吧?但今晚死亡究竟上哪儿去了呢?一切傻话蠢事,鸡零狗碎,这个那个,统统像玻璃似的碎成齑粉,化作蓝中带红的浪潮,夹带着数不清的鱼儿,消散在我们的脚下。"

"要是我们能一起登上山峰,凭高远眺,"罗达说,"要是我们能凌空独立,远离尘俗,那有多好,——可是你为一点点欢笑赞扬的喝彩声就会怦然心动,而我却最恨人们嘴上的是非和毁谤,只信赖孤独和不可抗拒的死亡,因此只好分道扬镳了。"

"永远地分道扬镳了。"路易说,"我们牺牲了在羊齿草丛中的拥抱,以及在湖边、站在墓穴旁,像避人密商的共谋者那样不停地、不停地、不停地谈情说爱的机会。不过现在你瞧,正当我们站立在这儿时,地平线上一个浪花碎裂了。鱼网逐渐收拢升高。它升到了水面上。活蹦乱跳的银色小鱼划破了水面。它们跳动着,拍打着,被抛在了海岸上。生活把它的捕获物胡乱扔在草上了。有几个人影向着我们走来。他们是男人呢还是女人?他们身上仍旧裹着他们当初被沉溺入水时所裹的模糊难辨的浪花的外衣。"

"现在,"罗达说,"当他们走过那棵树旁时,他们恢复了正常的形状。他们只不过是几个男人和女人。他们一脱下浪花的外衣,惊异和畏惧的感觉就起了变化。重新涌起了怜悯之情,当看见他们走到了月光底下,就像是一支大军的残兵败卒,正仿佛是我们自己的影子似的,他们每晚(在这儿或者在希腊)走上战场,又每晚带着满身创伤和残破的脸回来。现在光线又照到了他们身上。看得清他们的脸了。他们变成了苏珊和伯纳德,珍妮和奈维尔,都是我们所熟悉的人。这多么叫人望而生畏啊!这多叫人束手无策,叫人难堪!我全身又感到了一阵熟悉的寒战,一阵恐惧和憎恨,我觉得他们撒在我们身上的那些钩子,那些问候、招呼、指头的点点戳戳、目光的注视探索,仿佛把我紧紧抓住,拖向了某一个地方。可是他们总不能不说话,而他们一开口所说的那些话,以及那种熟悉的腔调,那种老跟你的期望背道而驰的内容,和那种又重新从黑暗中勾起千百件往事的手势,都使得我大失所望。"

"有某种东西在摇曳闪动。"路易说,"他们沿着林荫道走近来时,幻影就又出现了。又开始谈笑风生,问这问那。我对你有这样的想法,——你对我又是怎样想的呢?你到底是怎么样一个人?我到底是怎么样一个人?——这些又都重新在我身上激起了一种局促不宁的心情,脉搏跳动加快了,眼睛发亮了,那种如果没有它就会使生活变得平淡无奇和死气沉沉的个人生活的全部疯狂劲头,又都重新出现了。他们完全控制了我们。南方的阳光闪耀在这个墓穴上;我们动身投入了那凶险无情的大海的浪潮。当我们迎接他们——苏珊和伯纳德,奈维尔和珍妮——回来时,愿上帝帮助我们演好我们的一份角色。"

"我们的出现似乎破坏了什么东西,"伯纳德说,"也许是整整一个世界。"

"不过我们简直喘不过气来了,"奈维尔说,"我们是那么精疲力竭。我们正陷在一种疲乏和什么也不想干的心情之中,就好像我们现在一心只盼着能重新回到我们当初所离开了的娘肚子里去。除此以外的一切都显得是乏味、强加和令人厌倦的。珍妮的黄披巾在眼前的光线下显出像飞蛾似的颜色;苏珊的两眼黯淡无光。我们看起来简直跟河水难以分别。只有一截烟蒂是我们当中唯一显得突出的东西。我们的全部心情都带着黯淡的色彩,只觉得应当撇下你们,挣脱一切,任情地独自去挤出某种苦水,某种同时也带点甜味的毒汁来。可是这会儿我们实在是太精疲力尽了。"

"经过我们这一阵如火的激情之后,"珍妮说,"再没有剩下什么可以保存到项链盒子里去的了。"

"到现在我还像只小鸟似的,"苏珊说,"仍旧不知满足地渴望着得到某种我所错过了的东西。"

"让我们再稍稍留一会儿再走。"伯纳德说,"让我们几乎是别无旁人地单独在这河边的高坡上蹓一会儿。现在是差不多该睡觉的时候了。人们都已回家去。这会儿望着河对岸那些小店主卧房里的灯光逐渐熄灭,是多么叫人感到快慰。那儿一盏……那儿又是一盏。你们想他们今天的收入大概是多少?刚刚够他们付房租、电灯费,买吃食和孩子们的衣穿。不过只是勉强刚够。这些小店主卧房里的灯光,使我们多么深深地体会到生活还是可以过得下去的呀!星期六到了,手头也许刚好还有几文钱可以买几张电影票。熄灯以前,也许他们要到小园子里去一趟,看看卧在木板窝里的大兔子。这只兔子他们是准备宰了作星期天的午餐菜吃的。然后他们就关了灯。然后他们就睡觉了。而对成千上万个人来说,睡觉不外乎只是温暖和宁静,外加稍微作一会儿天马行空的幻想。'我已经把我那封信,'那个卖蔬菜的想,'寄给了《星期天日报》。说不定我会在这场足球赛中赢到手五百镑赌注吧?那我们就可以宰那只兔子吃了。生活真有味。生活挺不错。我已经寄出了信。我们要宰那只兔子吃的。'然后他就睡着了。

"那还在继续不停。听。那儿传来仿佛车皮在铁路侧线上连接的声音。那就是我们生活中一件接一件事情的愉快的连接。连接,连接,连接。必须,必须,必须。必须走,必须睡觉,必须醒来,必须起床——这就是那个严肃而宽大的字眼,我们老装模作样地咒骂它,却又把它紧记在心,没有了它我们就会毁了。我们是多么崇拜这种像侧线上车皮接拢似的声音啊!

"现在我听到从河的下游远远地传来的合唱声;是那些爱吹牛的小伙子们在唱歌,他们刚在拥挤的轮船甲板上出游了一整天,现在正乘着一辆大游览车回来。他们还像从前那么唱着,当冬夜穿过院子时,或者当夏天屋子的窗户都敞着时,喝醉了酒,乱砸家具,头上戴着带条纹的小圆帽,大马车拐过路口时一致转过头来;而我那时多希望能跟他们一起去。

"我们正在这歌声,这打着旋的河水,这隐约听得见的风声中失去了什么啊!我们身上的一小部分已经化为乌有了。好吧!那么说是有某种十分重要的东西已经失落。我再支持不下去了。我要睡觉。可是我们必须走;必须去赶火车;必须走回到车站里……必须,必须,必须。我们只不过是些肩挨着肩摇摇摆摆向前走着的躯体。我只是在我脚上的酸痛和两腿的疲倦中感到自己的存在。我们似乎已经一起走了好几个钟头。可是走了些什么地方?我已记不清了。我仿佛一根木头平稳地顺着一道瀑布落下来。我不是个裁判者。没人要我作出判断。在这种灰暗的光线下房子和树木全一模一样。那是个邮筒么?那里走着的是个妇女么?车站到了,就是火车把我轧成两段,我也会在那一边重新连在一起,因为我是完整的,是无法分割的。但奇怪的是即使在这会儿,在睡梦里,我也还是在右手里紧紧地捏着我回滑铁卢站的半截回程票。"

现在太阳落山了。海天一色,混沌难辨。拍岸碎裂的海浪把白色的扇形水头远远地漫进海滩,使发出隆隆回响的岩洞深处都铺上了一层白影,然后才又带着叹息似的声响掠过海边砂石退了回去。

树木摇着枝桠,树叶纷纷坠地。它们就心安理得地静静躺在原地等待着消亡。一度曾红光闪闪的残破器皿上射出来的灰黑色反光照进了园子里。黯淡的阴影使花茎间的通道变得漆黑。画眉鸟已经不叫,蛆虫缩回了它小小的洞里。不时有一根发白的空心麦草被风从陈旧的鸟巢上吹落下来,掉在散满着烂苹果的颜色发暗的草丛间。工具房墙上的光线已经消隐,蜻蜓蜕下的皮空荡荡地挂在一只钉子上。屋里的各种色彩都像溢出了它的边框似的;原来整洁的笔触都变得鼓鼓囊囊,歪歪扭扭;食柜和椅子的褐色身影化成了一片模糊。从天花板到地板之间整个儿垂着一大块摇曳不定的黑暗的帷幕。镜子朦胧不清得就像是一个遮满爬藤的岩洞的洞口。

巍巍丛山失掉了它们的实体感。飘摇不定的光还偶尔在那些已经暗沉沉看不清的道路之间楔入一丝微弱的亮影,但像鸟翅收拢的山坡汇合处却连一点点光都照不见,而且那里也没有一点声音,只除了一两只鸟儿在寻找一株更僻静的树枝栖身时发出的哀鸣。在悬崖边上不停响着的,既有那曾经掠过树林的风声,也有那眼前在大海上平息下来成为千百个宁静如镜的陷坑的水声。

就仿佛空中有一种黑暗的波浪在汹涌激荡似的,黑暗不断地蔓延着,逐渐笼罩了房屋、山坡和树木,就像水波四面冲刷着一艘沉船那样。黑暗冲刷着街道,围绕某一个单独的人影打旋,渐渐把它吞没;把正在夏日绿叶如盖的榆树浓荫下拥抱的一对人影也完全隐没。黑暗的波浪涌上杂草丛生的林间小路,涌上起伏不平的草地表面,淹没了一棵孤零零的荆棘树和树脚下一个空空的蜗牛壳。再往上去,黑暗攀登光秃的山坡,一直爬到断续嶙峋的大山顶峰,那儿白雪常年积在坚硬的岩石上,即使山谷中已经溪水潺潺,遍地布满葡萄的黄叶,坐在阳台上的姑娘们用扇遮着脸眺望着山上的积雪时也是这样。而这一切,也都被黑暗吞没了。

"现在来总结一下吧。"伯纳德说,"现在来向你说明一下我生活的意义吧。既然我们互不相识(尽管我想我们在上船去印度的时候见过一次面),我们可以坦率地谈谈。我老有个幻觉,仿佛有什么东西能维持一会儿不变,它有轮廓,有重量,有深度,是完完整整的。这个,从目前看来,似乎就是我的生活。要是做得到的话,我愿意把它整个儿交给你。我会像一串葡萄似的把它摘下来。我会说:'拿着吧,这就是我的生活。'

"但可惜的是,我能看见的东西(这个里面满是人影的球),你是看不见的。你看到我坐在桌子对面,有点发胖的、上了年纪的人,两鬓已经斑白。你看到我拿起餐巾,把它打开。你看到我给自己斟了一杯酒。同时你也看到在我身后门老在开,人来人往的。但是为了让你理解,把我的生活交给你,我必须给你讲一个故事,——而这类故事是那么多,那么多,童年的故事,学校时代的故事,恋爱,结婚,死亡,等等,等等;却没有一个是真的。可是我们像孩子似的互相讲着故事,而且为了美化它们,我们编造了这些荒唐离奇、五光十色、漂亮好听的辞藻。我多么厌倦那些故事,多么厌倦那些总是四平八稳、漂漂亮亮地流传下来的辞藻啊!唉,我多么怀疑那种在半张拍纸簿纸片上勾划出来的干净利落的生活设计啊!我开始渴望像恋人们用的那种简短的语言,断断续续、含糊不清的字句,就像人行道上拖沓的漫步声。我开始去寻求一种设计,更加符合那种断断续续、确凿无疑地不时出现的屈辱和得意的时刻。在一个风雨交加的日子里躺在一个田沟里,刚下过雨,随后大量乌云布满天空,——破碎的云块,细小的云片。这时使我满心欢喜的正是那种紊乱,那种高远,那种平静和骚动。大片的云总是变幻不定的,事物的运动也是这样;一种险恶不祥的东西,跌跌滚滚,匆匆忙忙;一时巍然屹立,一时蔓延伸展,一时又突然飘走不见了,而我一刹那间躺在田沟里,忘掉了一切。这时,什么故事,什么设计,在我的心目中连一丝影子也没有了。

"不过眼前在我们一边吃饭时,让我们把这些场面翻过去,就像孩子们把几页图画书翻过去,同时保姆在一旁指点着说'这是一头牛,这是一只船'那样。让我们翻过几页去,不过为了让你感到兴趣,我还要附带加个注。

"首先,有个育儿室,窗户朝着园子,园子那边是海。我瞧见了某种发亮的东西,——当然,准是一口食柜门上的铜把手。然后是康斯泰伯太太把海绵高高举过头顶,挤着它,立刻,左面,右面,顺着脊背,到处感到了一种如利箭穿射似的快感。同样地,在我们的有生之年,只要还在呼吸,每当我们撞在一把椅子、一张桌子或者一个女人身上,也总会感到一阵像被利箭穿透似的快感,——当我们在花园里漫步,在这儿饮酒时,也是这样。确实,有时当我经过一座窗口透出灯光、里面正在生孩子的小屋时,我几乎想要去请求他们,别朝这个新生的躯体上挤海绵。然后,是那个花园和那片绿荫如盖、几乎遮蔽了一切的葡萄藤叶子;在浓绿深处像火花般耀眼的花朵;在大黄叶子下一只被癞皮虫缠得苦恼不堪的老鼠;在育婴室天花板上一只嗡嗡飞个不停的苍蝇,以及那一盘盘样子单纯老实的面包和黄油。这一切都仿佛出现在一瞬间,但却一辈子都留在脑海里。一张张脸若隐若现。飞跑着拐过街角,'哈罗,'你会说,'珍妮在这儿。那是奈维尔。那是穿着灰法兰绒衣服、系着蛇形皮带的路易。那是罗达。'她有个水盆,用它来漂白色的花瓣。这是苏珊,我跟奈维尔在工具房里的那一天她还哭来着;我马上觉得自己原来漠不关心的态度软化了。可奈维尔并没软化。'正因为这样,'我说,'我是我,而不是奈维尔。'真是个了不起的发现。苏珊哭了,我就跟在她后面。她那泪水沾湿了的手帕,她因为不如意而哭得像水泵似的一起一伏的肩背,弄得我满身难受。'这可真叫人受不了。'当我挨着她在像骷髅骨那么硬的树根上坐下来时,这么说。就在那时候,我第一次觉察到了世上存在着仇敌,它们变幻不定,但却经常在那儿;那就是我们老在反抗的各种势力。让自己消极地任其支配是不可想象的。'那是你走的路,人世,'有人会说,'而我走的却是这条路。'那么,'就让我们去探索吧。'我喊着,跳起身来,跟苏珊一起跑下山去,随后就看见了那个穿着双大靴子在院子里登登地走着的小马夫。下面,透过浓密的树荫望去,园丁们正用大笤帚在打扫草地。那位夫人在写字。我大吃一惊,待住不动,心想:'我决不能去打搅他们,使那些笤帚哪怕是停住一下。他们扫,就让他们扫吧。也不能去扰乱了那个正在写字的女人的平静。'说来奇怪,一个人不知为什么既不能去阻止园丁扫地,也不能去打搅一个女人的安静。因此我这一辈子,他们就仍旧留在那儿。这就仿佛一个人在斯东汉①一觉醒来,四周全被一些石头,被那些仇敌,被他们的存在所包围住了似的。接着一只斑鸠从树丛里飞了出来。而我,由于正在初恋,就编了一段辞藻——一首诗——来描写这只斑鸠,只是一句,因为我的头脑里开了一个窍,也就是使人能一眼看透一切的那种突如其来的心明眼亮。接着又是更多的面包、黄油,更多的苍蝇沿着天花板嗡嗡乱转,那上面闪烁着点点的光斑,白濛濛地摇曳不定,同时一些手指般的尖尖光影滴落在壁炉架的一角上,形成一些蓝汪汪的水潭。每天我们坐在那儿喝茶时都瞧见这些景象。

"可是我们是各不相同的。蜂蜡——那种敷在脊背上的处女蜂蜡——在我们各人身上融化时都化成形状各不相同的斑块。在醋栗树丛中跟厨房下女调情的那个着靴子的小伙子的抱怨:晾在绳子上被大风刮得飘起来的衣裳;阴沟里的那个死人;月光下孤零零的苹果树;满身癞皮虫的老鼠;滴下蓝色水潭来的光影;——我们身上的白蜡受到每一桩这类事情的沾染时产生的影响都各不相同。路易痛恨人类情欲的本性;罗达痛恨我们的冷酷;苏珊无法跟人相处;奈维尔渴望秩序;珍妮热心于爱;如此等等。当我们彼此分开时,我们都感到异常痛苦。

"不过我却避免了走这样的极端,因此比我的许多朋友都更为长命,只是有一点发胖,头发发白,可说是饱经沧桑,因为我感兴趣的是生活的全景,——不是站在屋顶上鸟瞰,而是从三层楼的窗子里所看到的全景,——却并不是一个女人对一个男人说些什么,即使那个男人就是

---

① 英国萨利斯堡平原上的史前石柱群遗址。

我。因此我在学校里的时候怎么会被别人唬住呢?他们又怎能弄出些事情来难住我呢?当时那位博士老踊踊跚跚地走进教室,就仿佛在登上一只风暴中的战船,对着一只喊话筒发号施令似的,既然凡是人有了权势总会变得装模作样,所以我既不像奈维尔那样恨他,也不像路易那么尊敬他。当我们一起坐在教堂里的时候,我就记笔记。那儿有圆柱,有阴影,有黄铜祭品,孩子们用祈祷书挡着打打闹闹,交换邮票;一个长了锈的唧筒似的声音;博士嗡嗡不停地讲着不朽,讲我们应当努力做个大丈夫;波西弗直搔着他的大腿。我记着讲故事的材料;在我的笔记本纸边上画着人像,因而显得更心不在焉。下面是我当时看到的几个人的样子。

"波西弗那天在教堂里两眼直瞪瞪地盯着前方。他同时还有个用手拍拍后脑勺的习惯。他一举一动总显得与众不同。我们大家也都用手拍拍后脑勺,却学不像。他有一种凛然不可侵犯的美。正因为他一点也不早熟,所以他总是毫无异见地读着各种专门写来教诲我们的书,从而养成了一种使他得以避免不少丢脸和麻烦事情的出色的 equanimity①(拉丁词自然而然地在这儿冒了出来),他就带着这样一种心理平衡,把露茜的淡黄色辫子和粉红色脸蛋看成是女性美的最高典范。由于这样循规蹈矩,他后来的兴趣是极为高雅的。不过总也会有点音乐,有点放荡的欢乐之歌。透过窗子也少不得会听见一两首来自某种匆遽而陌生的生活的行猎之歌,——一种在群山间响亮回荡然后又逐渐消失的声音。有什么值得惊奇,出人意外,使我们无法解释,只觉得简直近乎荒唐的呢?——当我正想着他时,这样一个想法突然冒了出来。小小的观测镜立刻垮了。大圆柱倒塌了下来;博士消失得无影无踪;一种突如其来的狂喜心情笼罩了我。他是在跟人赛马时摔死的,当我今晚沿着舍茨伯里林荫路走来时,那些从地下铁道门口涌出来的无足轻重而且几乎说不出形状的脸,以及那许多微贱的印度人,那些死于饥饿疾病的人,受欺骗的妇女,遭鞭打的狗和啼哭的孩子……所有这一切在我看来都是受到了剥夺的。他原可以去仗义执言。他原可以去保护弱

---

① 意思是"心理平衡",源出拉丁文。

者。到了四十上下的年纪时,他原可以去推翻那些权势者。我从来没想到有什么样的催眠曲能把他哄得昏昏入睡的。

"不过还是让我来继续挖掘下去,用我的勺子再舀起这类被我们乐观地称之为'我们友人的性格'中的另一个——路易——来吧。他坐在那儿直盯着那个说教的人。他的整个心思都好像凝聚在他的眉头上了,他的嘴唇紧紧地抿着;他两眼专注,可是突然之间闪出嘲笑的光芒来。他也害着冻疮,是血脉流通不畅引起的后果。闷闷不乐,孤独无友,在被人疏远中他有时会偶尔推心置腹,向人描述浪花是怎样拍打他家乡的海岸。青年人的冷酷目光直盯着他那发肿的关节。真的,不过我们也敏锐地觉察到了他是多么说话锋利,头脑灵敏,遇事严格,每当我们躺在榆树荫下装作在专心看着板球比赛时,我们总是多么自然而然地渴望得到他难得的称赞。正如波西弗的优越受人敬重那样,他的优越却遭人怀恨。为人拘谨,多疑,走路高高提着步子就像一架起重机,但尽管如此,当时却传说着他曾直接用光拳头砸烂过一扇门。不过他的那座高峰实在太光秃秃地净露着石头,这一类的朦胧迷雾简直有点跟它不大相称。他没有那种能使人与人互相接近的亲切感。他老是态度傲慢,高深莫测;简直是位善于有意做出一副一丝不苟的神气来令人望而生畏的学者。我的辞藻(像如何描绘月亮之类)从没受到他的赞赏。另一方面,我对仆役们的应付自如却使他嫉妒得要命。但这并不意味着他丧失了对自己长处的信心。那是跟他对秩序的尊崇可以媲美的。后来他的成功原因也就在此。不过,他的生活却并不幸福。可是瞧呀,他在我的手掌心上已经两眼翻白了。突然间你对人到底是怎么回事感到了乏味。我把他放回到水潭里让他去重新恢复光彩。

"下一个轮到奈维尔,他正仰天躺在那儿凝视着夏日的天空。他就仿佛是一片飘荡在我们中间的飞絮,懒洋洋地老逗留在操场上有阳光的地方,并不用心倾听,却也并不显得疏远。正是受了他的影响,使我胡乱地到处涉猎,却从不曾认真去接触过拉丁古典语文,同时也是从他那儿染上了种种难改的思想习惯,使我们无可救药地变得看法偏颇,——比如说把十字架看做是罪恶的标志。我们在这类问题上的爱憎参半、模棱两可,在他看来是无可辩解的背叛不忠。那摇头晃脑、夸夸其谈的博士,我曾描写他坐在煤气炉边挥舞自己的袜带,在他看来只不过是个宗教迫害的工具。因此他一反自己平时的懒惰,热心地钻研起喀特勒斯、贺拉斯、卢克里修斯来,不错,他懒洋洋地静躺在那儿,但却兴高采烈地专心注视着那些板球队员,同时又用他那像食蚁兽的利舌那么迅速、机灵、什么都能抓住的脑子,探究出那些罗马典籍文句中的全部奥秘来,并且还要找上一个人而且总是能找到一个人来坐在他旁边。

"还有那些老师的太太们会曳着长长的衣裾,簌簌有声地走过,高大而威严;这时我们就会举手触帽。还有那无穷的沉闷会无所不包地笼罩一切,永无变化。永远、永远、永远没有任何东西会用它的鳍划破那一片灰沉沉的大水。不会有任何事情发生,来消除那沉重得无法忍受的厌倦。一学期一学期地在过去。我们长大了;我们起了变化;因为,不用说,我们都是动物。我们并不是不管怎样都永远自觉的;我们自动地呼吸,吃喝,睡觉。我们不只各自分散地存在,而且还像混沌一团的东西那么存在。一下子就会把一马车的小伙子发动起来,出去赛板球,比足球。整整一支大军出发去横扫欧洲。我们在公园里、庭园里聚集,并且热心地反对任何竟然想独自存在的叛教者(如奈维尔,路易,罗达)。同时我已习惯于每当听到一两支清楚可辨的曲调,比如路易在唱的,或者奈维尔在唱的,我就会情不自禁地全神贯注于那歌唱的声音,它咏唱着夜晚穿过庭院传来的几乎既无歌词又无含义的熟悉的歌儿;现在当那些大小汽车载着人们上戏院去的时候,我们仿佛又听到了那声音在我们的四周回响。(听:汽车飞快地经过这家饭店;河下游不时响起一阵汽笛,那是一艘轮船正要起锚入海。)要是火车里有个旅行商贩请我吸一撮鼻烟,我是会接受的。我喜欢事物那种丰富、简陋、亲切,虽不那么聪明,但却十分平易而且简直有点粗俗的面貌;喜欢俱乐部和酒馆里的人们,喜欢那些几乎赤身裸体地光穿着内裤的矿工们的谈话,——喜欢那种直率,毫不做作,除了吃饭,恋爱,钱和还能过得去的日子之外全无其它目标;那种不抱任何大的希望、理想和其它雄心壮志;那种只求把事情做好而毫不装腔作势等等。我喜欢这一切。因此我愿意到他们中间去,而奈维尔却会生气,至于路易,我完全同意,他准会转身就走。

"就这样,我身上那件蜡的背心完全不是平均而有秩序地,而是大块大块地化了下来,这儿一大滴,那儿一大滴。现在,透过这层透明的东西,就可以望见外面那些美妙的牧场了,它们乍看起来是那么皎洁明亮,人迹罕到;还有那些草地,上面满是玫瑰和藏红花,但同时也有岩石和毒蛇,有肮脏和漆黑的东西,有使人迷惑、绊住和跌倒的东西。你从床上跳起身来,推开窗子;鸟儿多么嘈杂地一哄而起!你很熟悉那种翅膀的扑击,那种高歌啼鸣,啁啾婉转和纷扰乱飞;一片大喊小叫的嘈杂声音;滴滴露珠都在闪烁、颤动,仿佛整个园子是一幅散碎零乱、隐约发光的镶嵌画,还没有拼成一个整体;有一只鸟儿就在紧靠着窗子的地方婉转歌唱。我听见了这些歌声。我注视着这些幻影。我看见了这些琼们、陶洛赛们、米丽安们,当我走过林荫路,在桥头上停下来望着河水时,我又把它们的名字统统忘掉了。在它们当中出现了一两个比较触目的形象,那就是在窗前用青春时期的自我陶醉婉转歌唱的鸟儿;它们在石头上摔碎它们的蜗牛,把嘴伸进软乎乎、稠腻腻的东西里去,冷酷,贪婪,毫不容情;这就是珍妮,苏珊,罗达。她们不是在东部就是在南方教养长大的。她们留起了长长的辫子,现出一副受惊的小马驹的样子,这是妙龄少女们的特征。

"珍妮第一个怯生生地挨近大门边来吃糖。她挺机灵地一把从你手里把糖抢了过去,但她两只耳朵却往后紧贴着,仿佛会咬人似的。罗达很野,——谁也抓不住她。她又有点害怕又手脚不灵。苏珊是最先变得像个真正的成年妇人,充满着纯粹女性的温情的。是她在我脸上洒上了灼人的热泪,既美,又吓人;这两种特点都有,也都没有。她天生是诗人的偶像,因为诗人们总是渴望平静;有个人坐在旁边缝着,口里说着'我又是爱,又是恨',她既不温柔也不热烈,但却具有某种品质,正符合写诗的人都特别向往的那种为表现完美风格所必需的既崇高又不刻意造作的美。她父亲披着松松垮垮的晨衣,趿着破旧的拖鞋,懒散地走过一个个房间,然后又顺着铺石板的过道走去。在寂静的夜里能听到一英里外一道水墙似的瀑布在隆隆地冲下来。那只衰迈的老狗几乎无力跳到他坐的椅子上去。当她不停地转着缝纫机的轮子时,可以听见那几个蠢头蠢脑的仆人正在声震全屋地大声说笑。

"即使在苏珊扭着她的手绢,喊着'我又是爱,又是恨',而我正在极度苦恼激动的时候,我也曾提到了这一点。'一个愚蠢不堪的仆人,'我说,'在上面的阁楼里大说大笑。'而这种小小的戏剧性插曲,表明我们在沉浸于自己的生活体验时,常常多么地并非全心全意。每当满心激动的时候,旁边总有那么一个好发议论的家伙在那儿指指点点;他老在悄声细语,就像那个夏天的早上在那间屋子里,正当收下的庄稼运到窗前的时候他就悄声地向我说:'河边的草地上长着杨柳。园丁们用大笤帚在扫地,那位太太正在写字。'这样,他就把我们引到了完全越出我们自己当时的处境的境界;引到了象征的,因而也许是永恒的境界,要是在我们的睡觉、吃饭、呼吸,那么既满含着肉体要求、又满含着精神要求的喧嚣生活中谈得上有什么永恒境界的话。

"河边长着杨柳。我跟奈维尔、拉本特、贝克、罗姆赛、休士、波西弗还有珍妮一起坐在平坦的草地上。透过那些春天夹杂着朵朵绿穗、秋天夹杂着橘黄颜色的茸茸细叶,我看见小船,房屋;我看见忙碌、衰老的妇女。我把一根又一根的火柴醒目地插在草地上,以便标志在理解(也许是哲学、科学,也许是我自身)的过程中的这一个或者那一个阶段,这时我那无拘无束随意活动的感官末梢,正在捕捉各种朦胧的知觉,过后再让头脑去吸收和消化它们:钟鸣声;一个骑车的姑娘,她一路骑着的时候,仿佛稍稍地揭开了一角帷幕,后面隐藏着一片混沌莫辨、喧嚣纷扰的生活,它正在我这些朋友和这棵柳树的圈子以外汹涌激荡。

"只有这棵树抵挡住了我们的不断变迁。因为我总是在不断地变化、变化;一会儿是哈姆雷特,一会儿是雪莱,一会儿又是陀思妥耶夫斯基一部小说里的主人公,我已忘了他叫什么;说来难以相信,我在整整一个学期里还是拿破仑;不过主要还是拜伦。有个时期我一连几星期扮着这样的角色:大步走进房间里,一边把手套和大衣扔在椅背上,一边小声地骂着人。我经常走到书架边去,再啜一口那神效的灵药。这一来,就弄得我竟会把一连串排炮似的辞藻,去倾泻在某个很不相宜的对象身上——有时是个已婚的姑娘,有时又是个已经入了土的姑娘;每一本书里,每个靠窗的座位上,都塞满了一张张写给某一位使我变成了拜伦的女子的信，却都不曾写完。因为要用别人的文体去写完一封信实在太难了。我曾满头大汗地急忙赶到她家，交换了表记，结果却并没娶她，无疑是因为要达到那样的感情热度，时机还太早的缘故。

"这儿又需要有点音乐了。不是那种狂热的行猎歌，波西弗的音乐；而是一种痛苦、嘶哑、发自肺腑，而同时又是昂扬、像云雀那么清脆、洪亮的歌声，应该用它来代替这种平淡乏味而愚蠢的描写，——多么过分地矜持！多么过分地说理！——这样是没法去描绘那种转瞬即逝的初恋时刻的。一层粉红色的薄雾笼罩了白昼。瞧瞧她来到之前和离去之后一间屋子的变化吧。瞧瞧外面那些蒙然无知的人在怎样赶他们的路吧。他们既看不见也听不见，只是一味地往前走。在这样一种喜气洋洋然而又有点使人感到重浊的气氛里活动时，一个人对他自己的一举一动会变得多么地敏感，——连拿起一张报纸来时，也会觉得仿佛有什么东西黏乎乎地粘你的手。随后来的是一种镂心刻骨的感觉——仿佛一只蜘蛛在吐丝、织网，拼命去盘绕一棵荆棘树似的。随后又像闪电似的，突然变得满不在乎；光突然熄灭了；随后，那种无限轻松的喜悦感又重新恢复；某些田野上仿佛永远现出了碧绿的光彩，一幅幅自然风光——比如说，汉姆斯台德那儿的一片绿荫——仿佛在黎明的曙光下出现；人人的脸上都容光焕发，大家都像参与共同密谋似的，怀着一种心照不宣的温存喜悦之情；随后，是一种事情已告圆满结束的神秘感觉，而接着，又是那种每当她耽误了回信，每当她爽约不来时发生的像鲨鱼皮那么粗糙难受的感觉——那种像利箭穿心般叫人浑身打战的激动心情。涌起了种种让人如坐针毡般难以忍受的疑心，恐惧，恐惧，恐惧……不过当一个人并不需要什么连贯的东西，只不过需要一阵咆哮、一声呻吟的时候，煞费苦心地去想出这些连贯的词句来又有什么用处呢？而且若干年之后你所看到的，只不过是个正在饭店里脱下她的斗篷的中年妇人。

"不过还是再回过头来吧。让我们再假装把人生当成是一种固体物质，形状像个圆球，可以让我们捏在手里随意摆弄。让我们假装认为我们可以编出一个合乎逻辑的简单故事来，因此当了结了一桩事情——比如说恋爱——以后，我们就可以井然有序地再接下去讲另一桩。我方才说有一棵柳树。它那像倾盆大雨般垂下的枝条,它那弯曲起皱的树皮,看来像是置身于我们的想象力之外,但眼前却仍然无法阻止住它们,仍然被它们所改变,不过尽管如此,它们还是稳定不变地显示着自己,而且还有一种我们的生活所缺乏的坚定精神。它所作的评价,它所树立的标准,就表现在这里,当我们变迁不定时,它何以仿佛老是在冷静地衡量,其原因也正在这里。比如说,奈维尔跟我一起坐在草地上。可是我要问,如果跟着他透过树枝去注视河上的一艘小船,一个正在从纸袋里拿出香蕉来吃的年轻人,一切能像那样明确无疑么?由于这幅景象被那么热烈地鲜明刻画出来,而且又那么浸透着他高度的想象力,因而一时之间仿佛我也同样透过柳树枝看到了它:小船,香蕉,年轻人。但接着它就消失不见了。

"罗达失魂落魄地走了过来。她要是穿上件华丽的长袍,准能骗过任何一个学者,要是掩住那两只穿着拖鞋的脚,准能骗过一只正在碾平草地的驴子。她那双梦幻般的、惊愕的灰眼睛深处,究竟隐隐约约闪动着什么令人生畏的东西,跃然欲出?即使像我们那样冷酷无情而且心存报复,我们也还没有坏到这样的程度。我们准是因为有着自己起码的好心肠,或者是因为向一个我一点也不熟悉的人这样随便谈论有点不太合适,所以我们不想再说下去了。她所看到的那棵柳树,是生长在一片灰暗、没有一只鸟儿在那儿歌唱的荒漠边上。树叶子被她一瞧就索索发抖,当她经过旁边时就痛苦地起伏摇晃。电车和公共汽车声音粗哑地在街上隆隆开过,它们越过山岩,急急地向远处飞驶而去。也许有一根圆柱在阳光照耀下矗立在她那片荒漠上,在一个池塘的旁边,常常有野兽偷偷走到那儿去喝水。

"然后珍妮来了。她在那棵树上燃起了她的熊熊烈火。她就像个皱成一团的玩偶,狂热地渴望着要痛饮那干燥的尘灰。气势汹汹,锋芒毕露,丝毫不是出于一时冲动,她是完全胸有成竹地跑来的。因此许多小小的火焰蜿蜒地燃遍在干燥大地的裂缝上。她使得柳树摇曳起舞,但却并不是在幻想中;因为她对任何不存在的东西是从来都看不见的。这是一棵树;那儿有条河;现在是下午;我们正在这儿,我穿着我的毛哔叽衣服;她穿着一身翠绿。既没有过去,也没有将来;只有围在一圈光环里的眼前,还有我们的肉体;此外就是那不可避免的高潮和狂欢。

"路易呢,当他小心翼翼地(我一点也不夸大)把一件雨衣平整地铺好,在草地上坐下来时,使人不由注意到他的在场。这真叫人望而生畏。我总算有那份聪明,知道敬重他的正直不欺,尊重他用那双因为生冻疮而包扎着破布的手去摸索一粒货真价实的钻石。我在他脚边草地上挖洞埋下一盒盒用过的火柴。他莞尔一笑,用刻毒的口吻责备我的无聊。他那贫乏可怜的想象力使我感到有趣。他故事中的人物都戴着礼帽,谈着用十镑价钱出售钢琴的事。在他的田野上电车尖声驶过;工厂冒着刺鼻的浓烟。他出没在寒酸的小镇和街道上,那儿在圣诞节的时候女人们喝醉了酒,赤身裸体地躺在床单上。他的话像从铅弹滴制塔上坠落下来,落进水里又反迸起来。他搜索到了一个字,仅仅只有一个字,来形容月亮。然后他就站起身来走了,我们也都站起身来走了。可是我迟疑了一会儿,望了望树,而当我望着秋天如火如荼的黄色树枝时,一点沉积物凝成了;我凝成了;一滴坠落了下来;我坠落了下来,——这就是说,我从某种已经结束的体验中解脱了出来。

"我站起身走开了,——是我,我,我;并不是拜伦,雪莱,陀思妥耶夫斯基,而是我,伯纳德。我甚至把我的名字重说了一两遍。我摇着手杖走着,进了一家店铺,买了——但却并非因为我爱音乐的缘故——一幅镶在银色画框里的贝多芬像。这倒并非因为我爱好音乐,而是因为整个人生,它的大师们,它的探索者们,当时以一长列光辉人物的形象出现在我的身后;而我是他们的继承者;我,是继续者;我,是奇迹般被指定把他们的事业继续下去的人。因此,摇着手杖,含着眼泪——与其说是出于骄傲,还不如说是出于自卑,——我顺着街道继续往前走去。翅膀已经开始扑动,鸟儿开始高歌欢鸣;现在你走了进去;你进了屋子,枯燥、冷漠、挤满了人的屋子,桌上陈放着它的各种传统、常用物件、成堆废物和无价之宝的地方。我来找缝制家常衣服的成衣匠,他还记得起我的叔父。顾客来得极多,但面目不像那些第一流的脸(奈维尔、路易、珍妮、苏珊、罗达)那么鲜明触目,而是模糊,面目难辨,或者说面目是如此多变,因而显得难以辨认。我脸上发红同时又心存鄙视,在一种赤裸裸的惊喜参半的古怪心情中承受了这突然的一击;这混乱的兴奋心情；这复杂、骚乱、突如其来地同时来自四面八方的生活的冲击。在珍妮坐在描金椅子上显得光彩焕发、气度雍容的晚会上，老不知道下一句该说些什么；弄出了难堪的冷场来就仿佛每颗沙砾都看得清楚的光秃沙漠那么触目；紧接着又说出了不该说的话，因而自觉像根直捅捅的通条那么过分诚恳，但愿能变得像发亮的便士那么圆滑却又实在做不到，——所有这一切是多么令人难堪！多么叫人丧气啊！

"然后有位人人做了一个生动的手势，说：'跟我来。'她领着你走进一个隐秘的斗室，让你有幸跟她亲密相处。称呼由姓改成了名字；名字又改成了昵称。对印度、爱尔兰或者摩洛哥究竟该怎么办？年老的绅士们钻在枝形吊灯下面解答着这类问题。你感到自己令人惊奇地知道了不少事情。外面种种模糊难辨的势力在发威；里面我们却十分亲密，十分爽直，确实有这样一种感觉，就是在这儿，在这间小小的房间里，我们尽可以把这一天看做是一星期中的任何一天。星期五或者星期六。在脆弱的心灵上包上了一层外壳，发出珍珠的光泽，灿烂耀目，激情的利喙怎么也啄不穿它。它在我身上形成得比大多数人都更早。不久我就能在别人刚吃完甜食时已经在泰然地削自己的梨。我能在周围一片沉默时从容说完自己的话。也正是在这段时期里，追求学识的完美具有了一种吸引力。你感到能用在右脚脚趾上拴上根绳子一早起床的办法，来学会西班牙文。你把自己的约会本上的小格填满了八点赴晚宴，一点半赴午餐会等等。你有了许多的衬衫、袜子和领带可以在床上摊出来展示。

"但是这种一丝不苟，这种军人般秩序井然的列队前进，实在是一个错误，一种省力的行为，一种欺骗。即使当我们穿着白坎肩，彬彬有礼地在约定的时刻准时来到时，在这种行动的下面，总是隐隐流动着一连串迅速交替的断片残梦，育婴室的催眠曲，街上的喧嚷，残缺不全的语句和幻影——榆树，柳枝，正在扫地的园丁，正在写字的女人，——这一切，就是在我们正引着一位太太走向午餐桌时也还是在不断地起伏隐现。正当你那么一丝不苟地把桌毯上的刀叉摆一摆整齐时，千百张面孔在那儿扮着鬼脸。其中没有一样东西你可以用勺子捞到它，也没有一样东西你可以称之为一件大事。可是它，这种潜流，却是活生生的,深深隐藏在那儿的。当我专心浸沉在其中时,我会停下来品味某件事,接着又是另一件,注目凝视一个也许插着一枝红花的花瓶,同时突然想到了某一条道理,某一个突然的发现。或者当我正在斯特兰德大街上走着时,我会忽然说:'这正是我需要的一句辞藻,'因为这时正有一只神话般美丽的怪鸟,一条鱼,或者一团镶着红边的云块涌现了出来,一下子永远驱散了某个老在缠绕着我的念头,随后我就继续往前走去,重新满怀乐趣地察看着橱窗里的领带和别的东西。

"生活的结晶,或者像你所称呼的那样——生活的圆球,绝不是摸上去硬绷绷、冷冰冰,而是包着一层薄薄的气壳。只要一挤它就会整个爆裂。我从这口大汽锅里完完整整提炼出来的词句,只不过是连成一串的六条不小心被捉住的小鱼,成千上万别的鱼则在扑哧扑哧地直跳,弄得这口大汽锅里像是有一锅银水在沸腾冒泡,而它们却从我手缝里溜掉了。各种人脸重新浮现,这一张,那一张,都在我的气泡壁上印下了他们的美,他们是奈维尔,苏珊,路易,珍妮,罗达以及成千上万别的人。真难把他们安排得井然有序,单独把某一个分离出来,或者把整个的效果发挥出来,——又像是在说音乐了。多么宏大的一曲交响乐啊,包括它里面的和声和不谐和音,它的高音清亮,低音重浊,接着又昂扬激越起来!每个人奏着他自己的曲调,用小提琴,长笛,小号,定音鼓,或者其他各种各样可能的乐器。奈维尔奏的是'我们来谈谈哈姆雷特'。路易奏的是沉寂。珍妮奏的是爱。然后突然在一阵情绪冲动下,跟一个性情平和的男人一起上昆布兰的一家旅馆去待上整整一星期,窗子上不断地雨水淋漓,每顿饭吃的只有羊肉,羊肉,还是羊肉。可是这一个星期却是从未被提起过的激情旋涡中一块永不磨灭的中流砥石。就是在那段时间里,我们玩着多米诺骨牌;当时,我们争论着老得嚼不动的羊肉的问题。当时,我们在荒野沼泽间漫步。随后,一个小姑娘从门外探头进来,把那封用蓝色信纸写的信交给了我,从信里我知道了那个曾使我成为拜伦的姑娘就要嫁给一位乡绅了。一个套着护腿的男人,一个手里老拿着根鞭子的人,一个常在饭桌上大谈肥阉牛问题的人……我嘲弄地欢呼了一声,仰望着天上的浮云,痛感到了自己的失败;想到了自己渴望自由自在;逃避麻烦;又想受到束缚;作个了结;继承事业；当个路易这样的人；又想保持我自己；随后我独自披着雨衣走了出去，在永恒的群山下感到自己满腹牢骚，毫不高超；然后走了回来，抱怨羊肉，收拾起行装，就此又重新回到了旋涡中，回到了痛苦的磨难里。

"但尽管如此，生活还是愉快的，过得去的。星期一之后是星期二；然后又到了星期三。头脑增加了年轮；个性变得坚强起来；痛苦已经被岁月所吸收。一开一合，一开一合，愈来愈劲头十足、嗡嗡有声，青春的火气和热情被全部发动起来，全力运转，以致整个人都仿佛在不断收缩伸展，像一座钟的发条似的。从正月到十二月，流水奔腾得多快！我们随着事物的激流漂走，它在我们心目中已显得那么司空见惯，几乎丝毫没有留下形迹。我们漂着，漂着……

"不过，既然一个人总得跳一步（以便把这个故事讲给你听），那我就在这儿，在这个问题上跳一步，现在跳到一个完全是老生常谈的事情上——比如说火棍和火钳的事情上来吧，这是在那位使我变成拜伦的女士嫁人后过了一段时间，我在一个我想称之为琼斯第三小姐的人的影响下所看到的东西。她是这样的一位姑娘——每当想邀你一起吃饭时就准是穿着某一套衣裳，摘下某种样子的一朵玫瑰来戴在身上，她会使你在刮脸时总想到：'要稳一点，稳一点，这是桩非同小可的事情。'接着你就会问：'她对孩子会怎么样？'你注意到她弄那把雨伞时有点笨手笨脚；但当一只老鼠被捉住时却很专心致志；而且最后一点，她不会让早饭时吃的面包（我一边刮脸一边正想着婚后生活中那川流不息的早饭）老显得平淡无奇，——你坐在这位姑娘对面，看到早饭面包上停着一只蜻蜓时，是决不会感到吃惊的。同时她还激起了我想在社会上爬上去的愿望；她也使得我蛮有兴趣地去瞧以前老觉得讨厌的新生婴儿的脸。而你头脑里的脉搏的那种细微而有力的跳动——嘀嗒，嘀嗒，——也显得节奏更加庄严。我漫步在牛津街上。我们是延续者，我们是继承者，我一边说，一边想着我的那些儿女们；即使这种心情有点浮夸到了荒唐的程度，使你只好借跳上一辆公共汽车或者买一份晚报来加以掩饰，它却仍旧是一种古怪的因素，使得你那么劲头十足地系好靴带，现在又那么兴致勃勃地跟一些正在干着各种事业的老朋友们高谈阔论。路易,这位老待在阁楼里的人,罗达,这位老显得湿淋淋的泉水女神,如今都已变得跟我过去曾觉得是肯定无疑的想法格格不入;都代表着正跟我如今认为是那么明显无疑的事(我们总得结婚,成家过日子)截然相反的另一面;我为此爱他们,可怜他们,同时却又深深地羡慕他们那不同的命运。

"一度我曾有过一位为我写传记的人,他如今早已死了,但如果他现在还以他早先那种急于讨好的心情追踪我的足迹,他一定会在这儿这样写道:'就在这个时期,伯纳德结了婚,买了一所房子。……他的朋友们发现他愈来愈热心于家庭生活。……儿女的出世使他急需增加自己的收入。'这正是传记的文体,它也确实把一片片破碎的东西、边沿参差不齐的东西拼凑到了一起。归根结柢,要是你写信也老用'敬爱的先生'开头,用'你忠实的某某'结尾,那么你就无法去指责这种传记文体;你无法鄙弃这些像罗马大道似的平平坦坦通过我们纷纭复杂的生活的词句,因为它们迫使我们不得不作为一个文明人,用跟警察们一样的那种缓慢稳重的步子走路,尽管你也许同时会小声地嘟囔着各种各样胡说八道的话——'听,听,狗叫','滚,滚,死亡','别哄我世上有真心实意的婚姻',等等。'他在事业上获得了一些成就。……他从叔父那里继承到一小笔遗产。'——传记作者就是这样写下去的,而且要是一个人穿着长裤并且用的是背带,你也得说到这件事,尽管这常常会弄得你劳而无功,白费气力乱写这样的字句,但你还是得说到这件事。

"我的意思是说,我已变成了像人们在田里踏出一条小路来似的在生活中留下了脚印的人。我的左边靴跟已经有点磨蚀了。每当我走进去时,屋子里总是会一阵忙乱。'伯纳德来啦!'不同的人说的时候口气又是多么地各不相同啊!有许多的屋子,就会有许多不同的伯纳德。有可爱但却软弱的;有强健但却傲慢的;有聪明但却严酷的;有脾气挺好但却——我决不会弄错——十分乏味的;有心怀好意但却态度冷淡的;有衣冠不整但却——走进另外一间屋子——又是俗气、爱打扮、穿得太讲究的。我到底是怎样一个人,在我自己看来却又与此不同,全不像上面所说的那样。我最愿意让自己牢牢地坐定在早饭的面包前,面对着我的太太,正因为她如今已完全是我的太太,而绝不再是从前想跟我见面时就戴上某种样子的一朵玫瑰的那位姑娘了,因此她使我有一种置身于无忧无虑之中的感觉,大概就像一只雨蛙伏在一片惬意的绿叶下时的感觉一模一样。'把那个递给我……'我会说。'这是牛奶……'她会这样应答着,或者是:'玛丽就要来了……'——对那些已经把自古至今一切战利品都已继承到手的人来说,这只是些简简单单的话,但对当时还正日复一日地置身在生活的高潮中的人来说却并不是这样,在这种情况下你会在每天吃早饭时感到完美和满足。肌肉,神经,肠子,血管,这一切就等于是我们整个身子的线圈和弹簧,这架机器的不知不觉的嗡嗡运转,正像舌头的一伸一吐那样,十分顺利正常。一开一合;一开一合;吃,喝;有时还加上说话,——全部机制仿佛在一会儿伸展,一会儿收缩,就像一台时钟的发条那样。吐司和黄油,咖啡和咸肉,《泰晤士报》和信件……突然电话铃急急地响了起来,我不慌不忙地站起身来向电话走去。我拿起那黑色的话筒。我注意到自己的脑子在从容不迫地调整自己,以便去接收传来的信息,——也许是(一个人总是会有这样的幻想的)要你去承担领导大英帝国的职责;我发现自己不动声色;我觉察到我那注意力的原子是多么活跃地散布开来,围住干扰物,吸收那信息,自动调整到一种新的状态,在我放下听筒的那一会儿,就已经创造出了一个更丰满、更强有力、更复杂的世界,我就是被召唤要到这个世界里去担当我的角色,而且毫无疑问一定能胜任愉快。我戴上帽子,踏进了一个人头济济的世界,那些人也同样都戴上了帽子,当我们在火车里、地下铁道里推挤着,彼此遇见时,我们用既是竞争者又是伙伴的目光互相会意地挤挤眼,大家都同样带着满身的手段和计谋,要去达到一个同样的目的——谋生。

"生活是愉快的。生活挺不错。光是生活的进程本身就叫人满意。就拿一个身体健康的普通人来说吧。他喜欢吃饭和睡觉。他喜欢吸点新鲜空气,用轻快的步子走过斯特兰德大街。或者拿乡下来说吧,那儿有只公鸡停在大门上啼;那儿有只家禽正在绕着一块田边飞跑。总有一件事等着要做。星期一之后是星期二;星期三,星期四。每一天都激起同样的安宁生活的涟漪,重复着同样的韵律曲线;给新的沙滩带来了一层寒潮,或者缓缓地消隐而并不带来寒冷。生命就这样在逐渐增加年轮;人格逐渐变得坚强。原来像冒冒失失、偷偷摸摸地把一粒谷子撒向空中,让它被四面八方来的生活的狂风刮得东飘西荡似的举动,现在已变得慢条斯理,有条不紊,而且撒得有的放矢,——至少看来是这样。

"天啊,多么愉快!天啊,多么好!当火车驶过市郊,看得见那些卧室窗子里的灯光时,我会说,那些小店主的生活是多么不错啊。当我站在窗口,望着手里提着小口袋正在蜂拥进城去的工人时,我就说,可真像一窝蚂蚁那么勤劳能干、精力饱满啊!当我看见一些人穿着白球裤正在正月天的雪地上追着一个足球飞跑时,我就说,手脚是多么坚实、灵活而有力啊!由于如今爱为小事情闹脾气,——也许该怪吃的那些肉,——我觉得给我们婚后生活中那无边的平静搅起点小波澜来倒也显得有趣,我们的孩子快要出世了,稍微打破一下这种平静只会更增加点乐趣。我会在吃饭时打瞌睡。我净说些荒唐话,仿佛因为我是个百万富翁,所以满可以随便乱扔一些五先令的小钱;或者因为我是个高空作业工人,所以有意要在一个小矮凳上绊一跤。临上楼睡前,我们常在楼梯上才结束争吵,然后站在窗口,望着就仿佛一块蓝石头的内部那么清澈的天空。'谢天谢地,'我说,'我们不必把这些散文硬调和进诗里去。简简单单的话就足够了。'因为眼前景色的辽阔和清澈看起来是那么了无阻碍,使我们的生活可以越过所有那些林立的屋顶和烟囱,向着一望无际的天边不断地向前伸展。

"直到陷进了那种猝然的死——波西弗的死。'哪一边是幸福?'我问(我们的孩子已经生下),'哪一边是痛苦?'这是我在下楼梯当中想到自己的两腰时,纯粹作为对身体情况的考察而说的。同时我也在观察屋子的情况:窗帘在迎风飘起;厨子在哼唱着;衣服挂在半开半掩的橱门里隐约可见。'但愿再给他(我自己)一点休息的时间吧。'我一边下楼一边说,'现在他就要在这间客厅里受罪了。简直无法逃避。'不过光用言语还不足以表达痛苦。需要大叫大喊,天旋地转,印花布床单显得模糊发白,对时间和空间的感觉混乱;觉得移动的东西完全静止不动;声音一会儿很近一会儿又挺远;肌肉像被裂开,鲜血迸涌,一个关节突然抽搐,——在这一切后面隐隐现出某种重要的事情,不过还很遥远,还只应当把它搁在一边。因此我走出了门。我看到了第一个他已再也无法看到的清晨,——那些麻雀仿佛是孩子们用线拴着的玩具。毫不关心地从旁观看着事物,却仍能看出它们本身的美,——这是多么古怪!还有那种如释重负的感觉;装腔作势和虚幻不实都不见了,一种明朗透澈降临了,你一边走着,一边自己仿佛变得消失不见,而事物却都清晰可见,——这是多么古怪。'现在,还会有些什么样的新发现呢?'我说着,为了紧紧抓住不放,掉头不顾那些报牌,继续往前走,望着那些图画。圣母像和圆柱,拱门和橙子树,都像创始的第一天那么宁静,不过它们已经知道了人世的悲伤,它们就悬在那儿,而我则凝神地望着它们。'瞧,'我说,'我们在一起,没有一点干扰。'这种轻松自在、无所挂碍,就像是一种胜利,它在我心中激起那么强烈的喜悦,因而即使现在我有时候也还常到那儿去,以便重新唤回这种喜悦,以及波西弗。可是这并没能维持多久。折磨你的是头脑里那只眼睛老在可怕地活跃:他如何摔下来,变成什么样子,他被人们抬到了哪儿,那些人身上只围着腰布,拉紧着绳子;头上的绷带和污泥。接着又可怕地猛然涌来了一个回忆,料不到又赶不开,那就是——我没能跟他一起上汉普顿宫去。这只利爪在抓得人痛苦不堪,这只利齿在撕得人粉碎:我没有去。尽管他竭力在说,这并没什么关系;何必去打搅而破坏了我们当中这毫无阻挠心心相印的时刻呢?但尽管如此,我懊丧地说,我总归是没有去,从而被那些老缠住人不放的魔鬼们骗出了神圣的避难所,而跑到了珍妮那儿去,因为她有一个自己的房间;房里摆着几张小桌子,桌子摊满着各种小玩意。到了那儿,我痛哭流涕地坦白忏悔自己没上汉普顿宫去。而她则回想起了别的一些在我看来微不足道,对她来说却十分痛心的事,使我明白了当世上有许多事我们没法参与时,生活会如何地显得黯淡无光。还有,后来过不多久,一个侍女送来了一张便条,而在她转身去写回信而我满心好奇地想知道她在写些什么、写给谁的那一会儿,我仿佛看到了在他的坟头上落下了第一片秋叶。我看到了我们正匆匆地跨过眼前这一刻,把它永远地留在了身后。接着,我们肩并肩地坐在沙发上,势所必然地重提着那些别人早已说过的话:'如今百合花要在五月里才开得茂盛哩。'我们用百合花来比波西弗,——而正是这个波西弗,我一心只希望他能蓬乱着头发,推翻权势,跟我一直形影相随;他已经被太多的百合花所淹没了。

"因此眼前这一刻的真诚感消失了;变得有点象征色彩;而我最受不了这个。我嚷着说,不管我们怎么样嘲笑议论得触犯神明,也还比这样乱洒百合花的甜水,在他身上堆满各种辞藻好。因此我默然不再开口,而头脑中既没有未来,也不想远事,一心一意只看重目前的珍妮,挨了这一鞭只是扭了扭身子,在脸上扑了点粉(我就爱她这一点),随后站在门口台阶上一边用一只手按住头发免得被风吹乱,一边挥手跟我道别,正是这个手势使我对她感到敬重,就仿佛它正表明了我们的决心——再不让百合花生长了。

"我用彻悟的眼光瞧着街道上那无聊的虚幻景象:它的门廊;它的窗帘;买东西的妇女们发黄的衣服,贪婪和踌躇满志的神气;包着大围巾出来呼吸新鲜空气的老人;行人过马路时的小心翼翼;人人都一定要继续活下去的决心,而实际上,我说,你们这些笨鹅和蠢人啊,屋顶上随时都可能会飞下瓦片来,汽车也随时可能会出岔;因为一个醉汉干吗手里拿着根大棒到处寻衅,是什么道理也说不清的,——就是这么回事。我就仿佛是一个人被放进后台去,让他看了种种舞台效果的奥秘似的。不过,我终于回到了自己那个安乐窝似的家,管客厅的女仆叮嘱我要穿着袜子悄悄走上楼去。孩子正在睡觉。我走进了自己的房间里。

"难道就没有一把利剑或者别的什么东西,可以用来砸烂这四堵墙,这安身立命之所,这种生儿育女,这种老生活在窗帘帷幕之中,一天天变得更沉湎于图书和画册么?倒还不如像路易那样,为追求完美而耗尽心血;或者像罗达那样撇下我们,越过我们头上而飞向荒漠;或者千挑万挑而结果只挑上了像奈维尔那样的人;还不如做个像苏珊那样的人,对烈日下的酷热和霜打的青草都又爱又恨;或者跟珍妮那样,爽爽快快,就像个野兽。他们每人都有他们自己的乐趣;对死亡他们又都抱有同感;这对他们都很有好处。因此我一一拜访了我这几位老朋友,用手指摸索着硬打开了他们项链上紧锁着的小盒。我顺次去到他们跟前,手捧着我的忧伤——不,不是我的忧伤,而是我们这种人生的难以理解的本质——请他们剖析。有些人去找牧师;有些人去求教于诗神;而我却求教于我的朋友,我自己的心,我在辞藻和断简残篇中寻求一种完整无缺的东西,——在我看来,月亮和树木中的美还是显得不够;对我来说一个人跟另一个人的接触就是一切,但就连这个也还感到捉摸不透,因为我是那么不完美,那么脆弱,那么无可形容地孤独。我就是这样地束手无策。

"这就是故事的结局么?是一声长叹?水上的最后一个涟漪?一道涓涓细流流向一条阴沟,然后就潺潺地消失无踪?让我赶紧用手摸一摸桌子,①——就这样,——好恢复我对眼前的感觉。一个摆着各种调味品瓶子的餐具架;一满筐的圆面包;一盘香蕉,——这都是叫人看了觉得舒服的情景。但是要是根本无所谓故事,那又怎么谈得到结局或者开场呢?当我们试图讲述生活的时候,生活大概是不愿意让我们这样来摆弄它的。深夜不眠时,我奇怪自己为什么不能更加克制一些。那就不必去操心把材料一一归入那些文件格了。力量是多么奇怪地在一条干涸的小河沟里逐渐消退隐没的啊。深夜独坐,自感到我们已经是精疲力尽了;我们的这点水只能勉强淹着那些海冬青的穗子;我们甚至都无力再把那些稍远一点的鹅卵石浸没。什么都完了,我们已经无能为力。只能等待着——我整夜都在等待着——全身再涌起一点精力;我们站起身来,我们把浪花的鬃毛往后一甩;我们步履沉重地奔上岸边;我们是不肯被束缚住的。这就是说,我刮了胡子,洗了脸;不惊醒我的妻子,独自吃了早饭;戴上了帽子,走出门去谋生。星期一之后,星期二又来到了。

"不过某种迟疑、某种疑问的心情还是存在。我推开门,发现大家那么专心忙碌着,觉得十分惊奇;我犹豫了一下,端了一杯茶,不管人家问要不要糖和牛奶。现在,在游荡了千百万年之后,当星星终于坠落在我的手掌上时,它发出的光能使我稍稍打个冷战,不过如此而已,我的想象力早已经枯萎了。不过某种迟疑的心情还是存在。一个暗影在我的头脑中颤动着掠过,就仿佛在一间傍晚的屋子里飞蛾的翅膀颤动着

---

① 西方迷信,认为用手摸一下木头的东西可以消灾免祸。

在桌椅间飞过那样。比如说,当我这年夏天上林肯郡去看望苏珊,她穿过花园,像半张的风帆那样不慌不忙,用一个怀孕的女人那种摇摇摆摆的姿态迎着我走来时,我心里想:'事情就是在这样发展着,可是为什么?'我们在花园里坐下来;大车一路掉着干草驶了过来;四周是乡间常有的那种老鸦和鸽子的一片嘈杂的鸣声;果子都包着纸,用网保护着;管园子的在那儿掘着地。蜜蜂嗡嗡地在花丛间暗红色的通道中穿来穿去,停在向日葵的花盘上。细树枝被风刮过草地。这一切是多么和谐,同时又令人似觉非觉,仿佛笼罩在一层雾里;可是对我来说却显得可憎,就好像你的肢体被一张网把它们紧紧地束在了它的网眼里。她曾经拒绝了波西弗,却让自己去忍受这个,这种被紧紧密裹得透不过气来的境遇。

"我在河边坐下来等火车,当时我心里想着,我们是如何放弃抵抗,屈服于自然的愚蠢安排啊。浓荫覆盖的树林展开在我的面前。由于神经受到某种气味或者音响的轻轻一触,那个老的幻影——扫地的园丁,写字的太太——又重新出现了。我瞧见了埃尔弗顿山毛榉树下的身影。园丁在扫地;桌前坐着的太太正在写字。可是如今我在童年的直觉中加进了成年的贡献——餍足和听天由命;对我们生来无法避免的东西的感触;死;对种种局限性的认识;人生是如何比我们曾经想象的更冷酷无情。当时,在我还是个孩子的时候,就已确知仇敌的存在;反抗它们的必要性使我满心烦恼。我曾经跳起身来大喊:'让我们去探索一番吧!'这样一来就消灭了对处境的畏惧。

"可现在到底有什么处境可以消灭的呢?厌烦和听天由命。又有什么可以探索的呢?树叶和林子中并没隐藏着什么。要是一只鸟儿展翅飞起,我已不会再去做一首诗了,——我只会再重复一遍自己早已说过的东西。因此要是我有一根手杖去指点出人生曲线的种种高低曲折,那么这就是其中最低陷之处;在这儿,它徒劳无益地盘旋在浪潮不到的泥泞里,——我现在就正背朝着一道树篱坐在这儿,帽檐低低地拉到眉梢,望着那群绵羊露出它们那副呆头木脑的蠢相,用又细又僵的腿麻木不仁地一步步往前走着。不过要是你把一把钝刀子放到一块长长的磨石上去一磨,就立即会迸出一点东西——一道尖利的火光来;相反要是放到日常惯见的那种既无理性,又无目的的蠢然大物上去磨,就只会迸出一种轻蔑和敌视之火来。我把我的头脑、我的生命,这沮丧疲惫、奄奄一息的陈旧的东西,拿来朝着这堆浮在油腻腻水面上的鸡零狗碎、枯枝败叶、叫人望而生厌的残骸朽骨、破船烂板上劈头盖脑地砸过去。我跳起来大声说:'揍,揍!'我反复地嚷着。这是一种努力,一种挣扎,是一种不断的挑战,是不断地砸碎又拼拢,——这是一种每日不间断的战斗,胜利也罢失败也罢,只一味全力以赴地猛打穷追。使零乱的树木井然有序;树叶的浓荫变得疏朗,摇曳生光。我用一句出人意外的辞藻网罗住了它们。我用字眼使它们摆脱了混沌不明。

"火车到站了。它长长地驶进月台,停了下来。我赶上了这班火车。因而傍晚就回到了伦敦。多么叫人感到满意啊,这通情达理的气氛和烟草味;一些老太婆带着她们的篮子爬上了三等车;亲友们在一些小站上道别时的互道晚安和明天见,然后就出现了伦敦的灯光——既不像青春时的炫目狂欢,也不像暗红色的褴褛破旗,但不管怎样总还是伦敦的灯光;高高亮在大楼办公室里的强烈电灯光;沿着冷清的人行道两侧的路灯光;热闹地闪耀在街头市场上的照明灯光。正当我已暂时赶走了我那仇敌的时候,这一切都使我感到高兴。

"同样我也乐于发现——比如说,在戏院里——那种人生的壮观场面。在这儿,一头浑身土色、粗俗不堪的田里的畜生会挺直身躯,十分机智勇敢地起来反抗绿色的树林和绿色的田野,以及那些一边嘴里咀嚼、一边不慌不忙一步步往前走着的羊群。此外,不用说,灰色的长街上一扇扇窗户都灯烛辉煌;一块块小地毯横在人行道上;有打扫干净、装饰一新的屋子,炉火,食品,美酒和闲谈。两手已经干瘪的男人,耳朵上挂着珍珠串成的宝塔形耳坠的女人们出出进进。我看见一些老人,脸上被世俗的劳累深深刻上了带着嘲弄神情的衰老皱纹;美貌受到那样的珍爱,仿佛在年岁上它也是新生的东西;而青年人又是那么地耽于追欢寻乐,以致你真会觉得欢乐是确实存在的;似乎草地正是为此而修平;大海掀起微波,树林中欢跃着毛羽鲜明的小鸟,也都是为了迎接青春,为了迎接即将来临的青春。在那儿你会遇见珍妮和海尔,汤姆和蓓蒂;在那儿我们互相开着玩笑,彼此吐露着衷情;而且没有一次不在门口分手时预先约定后会之期,在另外的某一家屋里,按不同的情况,比如季节的变换而定。生活是愉快的;生活真不错。过了星期一之后是星期二,随后又来了星期三。

"是的,不过每过一阵子之后又会出现不同的变化。这也许表现在某一晚屋里的某种样子,椅子的某种摆法上。深深地埋身在屋角的一张沙发里,看着,听着,似乎是十分惬意的。这时,碰巧有两个身影背朝窗子站在一棵枝叶纵横的树前。你会心情一阵激动之下,感到:'世上的确有一些身躯,没有漂亮的脸,但却有满身漂亮的衣服。'接着,在涟漪散处,一阵冷场之后,那个你本来会跟她融洽谈心的姑娘会在心里对自己说:'他年纪太大了。'不过她错了。这并不在于年纪;这是因为又有一滴坠落了下来;又是新的一滴。时间又一次动摇了事物的安排。我们从醋栗树叶遮成的穹隆下钻了出来,走进了一个更为广阔的世界。现在事物的真实秩序——我们老有这样的幻想——变得清楚明白了。因而暂时地,在一间客厅里,我们的生活自动调整得跟正在庄严地通过天空的白昼保持了同一步调。

"就因为这样,我没有去穿上我那黑漆皮鞋,找一条不错的领带,而去找了奈维尔。我去找我这位老朋友,他在我还是拜伦,是梅瑞狄斯笔下的年轻人,又是陀思妥耶夫斯基书中那个我忘了叫什么名字的主人公时,就已经熟悉我。我找到他时,他正独自一个人在看书。一张整整洁洁的桌子;一条一丝不苟、平平整整地拉上了的窗帘;一把正在裁开一本法文书的裁纸刀,——我心想,没有哪个人在我们初次见到他以后,会在神态或者衣着方面起什么变化。这会儿他就正坐在自从我们初次见面以后就一直坐着的那把椅子上,还穿着那样的一身衣服。这儿有无拘无束;这儿有亲密无间;炉火光映得帷幔上的一个圆圆的苹果掉了下来。我们在这儿谈着;坐着闲谈;漫步顺着那条林荫小路走去,这条路通向树下,通向那些浓密的树叶簌簌作响,枝头挂着累累果实的树下,我们经常一起踏着这条小路,以致如今围绕着其中的某些树,围绕着某些戏剧和诗歌,某些我们最心爱的宠物四周的草皮都变得光秃秃的了,——这些草地是不断被我们杂乱无章的脚步踏光的。每逢我不得不等待的时候我就看书;每逢我夜里醒来时,我就摸索着在架上取下一本书来。不断膨胀,经常扩充,我的头脑里积累了一大堆来历不明的东西。我不时地从中掰下一块来,也许是莎士比亚,也许是某个姓裴克的老太太的话;我常一边躺在床上抽着烟,一边自言自语说:'那是莎士比亚的话。那是裴克的话。'感到一种确知无疑和广有知识的激动心情,这是无限欣慰而又无法表达的。因此我们一起欣赏着我们的裴克,我们的莎士比亚;互相对照着各自的版本;让对方的真知灼见使自己的裴克或莎士比亚得到更好的阐明;然后就陷入了一段沉默的时刻,只是偶尔被几句简短的话所打破,就仿佛沉默的水面上一片鱼鳍浮上来一闪;接着,这片鱼鳍,这个念头,就又深深沉入水中,周围稍稍激起一圈心满意足的微波。

"是的,但突然间你听见了时钟的嘀嗒声。沉湎于这个世界中的我们重又意识到了另外一个世界。这令人感到痛苦。是奈维尔使时间起了变化。他本来是按他头脑里那不受限制的时间来进行思考的,刹那之间思绪能从莎士比亚一直延伸到我们自身,这时他通了通炉火,却按标志着某一特定人物的到来的另外一个时钟开始生活了。他那广阔而可敬的思想活动范围缩小了。他变得警觉起来。我能觉察到他正在倾听街上的声音。我注意到他怎样摸了摸一张椅垫。从古到今和亿万人类中,他挑选了一个人,一个特定的时刻。大厅里传来了一个声音。他正在说的话就像闪烁不定的火焰似的在空中摇曳起来。我注视着他正在从别的脚步声中分辨某一种脚步声;期待着某种特定的识别标志,用蛇一般迅速的目光瞥了一下门上的把手。(由此可见他的感受力出奇地敏锐;他总是在受到某一个人的熏陶。)这样强烈的一种热情把其他的一切热情都排斥了出去,就像异物被从明净的液体中排除了出去一样。我开始自觉到我的混浊的天性,其中充满了沉淀物,充满了迟疑,充满了要用笔记本记下来的种种辞藻和笔记。窗帷的褶皱变得沉静、稳重;桌上的镇纸变得坚硬;窗帷上条条线纹闪闪发光;一切都变得清晰明确、一目了然,显出一副与我无关的情景。因此我站起身来,离开了他。

"天哪!当我走出房间时,那种旧的苦恼的利齿、那种对某个不在眼前的人的思念,是如何狠狠地咬噬着我啊!思念谁呢?起初我自己也不知道;随后我想起了波西弗。我已好几个月没有想到他了。现在跟他一起大笑,一起嘲笑奈维尔,手挽手地一起大笑着走开,——这就是我所渴望的。但是他已不在。他的位置空在那儿了。

"说来奇怪,已死的人常会在街角上、在梦境里突然跳出来,出现在我们面前。

"这股那么寒冷、猛烈地突然刮来的狂风,这一晚使得我怀着渴望伴侣、安心和交往的心情,穿过整个伦敦去看我另外的两个朋友罗达和路易。当我一边上楼时,一边心里在奇怪着,他们之间到底有什么关系?他们俩到底单独在一起讲了些什么?我想象她摆弄茶炊时准是一副笨手笨脚的样子。她越过石板屋顶呆呆凝视着,——这个泉水女神身上老是湿淋淋的,脑子里充满着梦想和幻影。她拉开窗帘望着黑夜。'快滚吧!'她说。'荒野在月光下都是漆黑一片。'我按按门铃;我等待了一会儿。路易大概正在把牛奶倒在小碟子里喂猫;路易,他把那两只瘦骨嶙峋的手合在一起时,就好像船坞的两半在汹涌的水面上痛苦费力地慢腾腾合拢那样,他熟知埃及人、印度人,以及那些怀揣宝石、身穿粗衣的颧骨高高的人所说过的话。我敲敲门;我等待了一会儿;没有人来答应。我又沉重地走下了石头楼梯。我们那些朋友们是多么疏远,多么少通音信,多么难得彼此来往,互相了解。而我在我那些朋友们眼里,也同样是模模糊糊,很少了解;像一个幻影,只是偶尔见到一下,更多的时候是见不到的。人生的确只是个梦。我们的火光,那只在不多的几个人眼里闪过的一星星鬼火,很快就会熄灭,而一个意志也就消失了。我回忆我的朋友们。我想起了苏珊。她买了地。黄瓜和西红柿在她的暖房里成熟。去冬的霜冻冻死了的葡萄藤,又重新发出了几片新叶。她脚步沉重地带着她的儿子们穿过她的草地。她巡视着由一些套着护腿的男人经管的地,用她手里的手杖指指一座房顶,一些树篱,一些失修倒塌的墙。鸽子摇摇摆摆跟在她身后,吃着从她那能干的、俗气的手里撒下来的谷粒。'不过我不再一清早就起来了。'她说。然后是珍妮,不用说,又在款待一位新的年轻人。他们那平常的交谈已到了要害关头。房间会弄得暗沉沉的;椅子重新摆过。因为她仍旧在追求着眼前。毫不抱任何幻想,坚强、冷静得就像一块水晶,她挺着胸膛冲向战斗。她毫不怕它的枪刺把她刺穿。当她额上一绺鬈发变得灰白时，她毫不在乎地把它搀混进其他的头发里。这样当人们来埋葬她时，一切都仍旧不会出什么岔子。只会看见几小根束起的缎带。不过不管怎样，门总算开了。来的是谁呀？她问着，一边站起身向他迎来，不慌不忙，仍像那初春的夜晚，当屋里可敬的公民们正规规矩矩上床睡觉时，那些伦敦高楼大厦下的一株树荫简直还遮不住她谈情说爱的艳事；电车刺耳的声音和她高兴的尖叫声搀合在一起，而当一切野性的快感都已得到满足，她平静下来颓然躺下时，树叶的摇曳起伏还将遮掩住她的疲乏，她那甜蜜的怠倦。的确，我们这些朋友是如此难得来往，很少了解；但尽管这样，当我遇见一个陌生人，而且就在这儿这张桌子旁想要暂时摆脱一下我所谓的'我的生活'时，它总显得不是我所频频回顾的那种生活；我不是一个人；我同时是好几个；我简直不知道我究竟是谁，——是珍妮、苏珊、奈维尔、罗达，还是路易，也不知道怎样把我的生活与他们的生活区别开来。

"那个初秋的夜晚，当我们再一次聚会起来，在汉普顿宫一起吃饭的时候，我心里就是在这样想着。一开始我们都感到相当不舒服，因为大家这时都已经对自己的情况做了一番交待，但另外每一个身上穿着这样或者那样的服装，手里拿着或者没有拿着手杖，先后顺着路走到聚会处来的人，仿佛都正好跟他的情况形成鲜明的对比。我看见珍妮瞧了瞧苏珊那俗气的手，跟着就把自己的手藏了起来；我呢，想到奈维尔那么干净整洁，一丝不苟，就深感自己被那种种辞藻玷污了的生活实在是一团糟。而他也竭力夸起口来，因为他为自己独自一人、独处一室以及他所取得的成就感到羞惭。路易和罗达，这两个合谋者和在饭桌上留心注意着一切的侦察者，却感到：'不管怎样，伯纳德总还能让侍者给我们端面包来，我们却不会打这种交道。'我们一时间仿佛看见了那个我们无法仿效、但同时却又无法忘掉的人整个儿赤裸裸地呈现在我们的面前。我们看见了我们原可以做到的一切；看见了我们已经错过的一切，因而一时间对别人应得的嫉妒起来，就仿佛当唯一的一块蛋糕切开以后，小孩子们总会眼看着自己的那一块似乎变小了似的。

"不过尽管如此，我们已经喝了些酒，而在它的魅力下，我们忘掉了敌意,也不再互相攀比。而且,饭吃到一半时,我们觉得那处在我们身外,跟我们格格不入的一片黑洞洞的东西,愈来愈变得浓重起来了。风声,车轮疾驶声,仿佛变成了时间的怒号,而我们正在急急地往前冲去……但冲向哪儿?我们到底是什么人呢?一时间我们仿佛熄灭了,像燃尽的纸灰中一点残余火星似的熄灭了,黑暗怒号起来。我们越过时间、越过历史渐渐远去。对我来说,这只持续了一秒钟。是我自己的爱吵吵嚷嚷把它打断的。我拿起一把勺子来敲着桌子。要是我能够用罗盘来测量事物的话,我很愿意那样做,但是既然我仅有的仪器是辞藻,我就发挥了一些辞藻,——但这一次到底讲了些什么,我已忘记了。我们变成了只是围坐在汉普顿宫一张餐桌边的六个人。我们站了起来,一起沿着林荫道走去。暮色显得渺茫不实,仿佛空谷传来的一阵阵笑声的回音。在这种情境下,我的欢悦心情又连同着我的肉体一起重新回来了。在园门前,在一棵雪松树前,我仿佛看见了一片耀眼的光芒——奈维尔、珍妮、罗达、路易、苏珊和我,我们的生活,我们自己。威廉王仍旧显得仿佛是个虚幻不实的统治者,他的王冠只不过是些炫目的金银片。而我们——在砖头前,在树枝前,我们这多少亿人中的六个,在无限的古往今来中的眼前这一刻里,正在这儿扬扬得意地焕然发光。眼前就是一切;只有眼前就足够了。然后,奈维尔、珍妮、苏珊和我,就像浪涛拍岸似的纷纷碎裂,让位于下一片叶子,让位于某一只鸟儿,让位于一个玩着铁环的孩子,一只跳跳蹦蹦的狗,经过炎热的一天后聚积在林子里的热气,像白丝带那样扭动在水面微波上的光线。我们分散了;我们隐没在树荫和黑影里,让罗达和路易继续站在墓穴旁边的高坡上。

"当我们从那一阵入水潜没——多么深,多么美!——之中重新回到水面上来,看到那两个密谋者仍旧站在那儿时,心里感到有点惭愧。我们失掉了他们还保持着的东西。我们打搅了他们。不过我们已经疲倦了,而且不管是好是坏,大功告成还是半途而废,暮色的纱幕总还是把我们的行为掩盖了起来;当我们在面河的高坡上稍稍停留一会儿时,光线越来越暗淡了。汽艇正在让它所载的游人登岸;传来远远的欢笑声,唱歌声,就像人们正在挥着他们的帽子参加最后的合唱。歌声从水面上传来,我心里仿佛又一下涌起了那一生都在支配着我的惯常的冲动,想听任别人齐声合唱着同一首歌的喧嚣声浪把我上下颠簸;让那几乎是无聊的欢乐、激动、得意和渴望的喧嚣声浪把我抛掷上去又掉落下来。不过这会儿不行。不!我还无法让自己平静下来;我还无法弄清楚我自己;我不得不让一分钟之前还曾使我变得急切、入迷、羡慕、警觉和对别的一切都抱着反感心情的东西重新落进水里。我还无法恢复过来,忘掉那种没完没了的浪费,游荡,不由自主地随波逐流,悄然无声地冲向远去,冲到桥洞底下,树丛或者小岛背后,海鸟栖息在木桩上的地方,冲到正在起伏不定的水面上,最后变成海上的浪花。……我还无法从那样的放荡中恢复过来。我们就这样地分手了。

"那么,这样跟苏珊、珍妮、奈维尔、罗达、路易斯混在一起,放浪形骸,是不是就是死亡?是一种分子的重新聚合?对未来的一点暗示?笔记已经潦草记好,书已经合上,因为我只是个断断续续上课的学生。我从不在规定的时间里做我的作业。稍后,在行人拥挤的时间里走在舰队街上时,我重新回想起了那个时刻;我又把它继续下去。'难道我一定要在桌毯上敲我的勺子么?'我问,'难道我不能也同样不加反对么?'公共汽车堵塞住了;一辆紧跟着一辆开来,然后卡的一声停了下来,像一串石块连成的链条上又加上了一节。行人来来往往。

"形形色色,手里提着皮包,敏捷非凡地互相闪避,进进出出,这些人就像一条涨水的河流那样走过街道。他们闹哄哄地来来去去,就像列车穿过地下铁道。抓住一个机会,我穿过马路去;钻进一条暗沉沉的横巷,走进一家店里去理发。我仰身靠在椅背上,身上罩上了一块布单子。面前是镜子,我在里面看得见自己那被裹住了的身子和过往的行人;他们停下来,照一照,又不感兴趣地继续往前走去。理发师开始来回移动着他的理发剪子。我感到自己在那冰凉的铁器的震颤下毫无抗拒的能力。那么,我心里说,我们就这样被捆住身子安顿在那儿让人剪去了毛发;我们就这样成排地躺在潮湿的青草、干枯的或者还是苍翠的枝叶上面。我们再也无须在风雪下暴露于光秃秃的树篱前了;再也无须在狂风怒号时挺身支着沉重的负担昂首而立;或者在沉闷的正午天,当鸟儿深隐在树枝中,湿气使叶子泛白的时候,毫无怨言地默默待在那儿。我们已经被剪了毛,我们已经完蛋了。我们变成了那个漠然无动于衷的宇宙的一部分,它当我们正热火朝天时却在睡觉,而当我们入睡时却光焰炽烈起来。我们已抛开了我们的地位,现在静静地躺在这儿,毫无生气,而且很快就要被人遗忘了!正在这时,我瞧见理发师的眼角上现出了一种仿佛街上有什么事引起了他的兴趣的神气。

"是什么引起了理发师的兴趣?他究竟在街上看见了什么?这样一来,我又重新复苏了。(因为我并不是个神秘的怪物;老是有什么东西会引动我的心,——好奇、嫉妒、艳羡,对理发师发生了兴趣以及诸如此类的事,都会使我重又回到世事的表面上来。)当他正在刷掉我外衣上的头发碴时,我不惜用心思去捉摸清楚他这个人,然后,我挥动着手杖,走上了斯特兰德大街,同时为了跟自己相对比,我回忆起罗达的样子来,她老是那么偷偷摸摸,老是露出一副害怕的眼色,老在追寻某一根荒漠里的圆柱并且为了寻找它而消失不见了;她害死了她自己。'等一等。'我一边说,一边在想象中(我们总是这样跟自己的朋友们互相交往)挽住了她的手臂。'等这些公共汽车开过吧。别这么冒险地穿过去。这些人都是你的兄弟。'我在劝说她的同时,也是在劝说我自己的心灵。因为生命并不是单一的;我甚至并不总是知道自己究竟是男是女,是伯纳德,还是奈维尔、路易、苏珊、珍妮或者罗达,——我们全那么奇怪地彼此交融在一起。

"我挥动着手杖,刚刚理过发,颈子背后还有点麻酥酥的,一路经过那些就在圣保罗的近旁沿街叫卖从德国运来的便宜玩具的小贩们,——圣保罗,这个伸开两翅正在孵蛋的母鸡,上下班时间的公共汽车和川流不息的男男女女就在它的羽翼下往来经过。我想象着路易会怎样衣冠整洁,手持手杖,迈着他那生硬的、甚至有点昂首天外的步子跨上这些台阶。我想,正因为带着澳洲口音('我父亲在布里斯班银行界工作'),他准会比像我这样已经听了一千年这些老一套的催眠曲的人怀着更大的敬意上这儿来。我每次进来时,总会一下就注意到那些蹭得油光光的鼻子,擦得发亮的铜乐器;那种单调平板的嗡嗡哼唱,其中一个男孩的声音会呜咽萦绕在圆屋顶之下,仿佛一只失群乱飞的鸽子。我总会深有所感于那种死者的宁静和安息气氛——仿佛战士们正长眠在他们旧有的战旗之下。接着,我就会对这种仿佛一个坟墓似的老在盘旋不息的荒唐做作嗤之以鼻;嗤笑这种号角、凯歌、盾形纹章,以及怎样大吹大擂加以宣扬的关于复活、永生的信心。接着,我那游移不定的探究眼光,又会使我显得像个满心畏惧的孩子;像个蹒跚徘徊的退休老人;或者像那些虔诚顶礼的女店员们,她们那瘦弱可怜的胸膛里天知道正怀着一些什么样的隐忧,因而在上下班的拥挤时刻跑来寻求安慰。我迷茫、张望,满心惊奇,有时甚至想偷偷地依附在别人的祷辞的飞箭上,冲上屋顶,冲破它,凌霄飞去,不管飞向何方。可是接着就发现自己像一只失群哀鸣的鸽子似的掉了下来,扑着翅膀向下坠落,满怀着有趣、惊奇的心情落在某个奇形怪状的屋檐承溜上,某个蹭得油光光的鼻子或者荒唐的墓石上,又继续瞧起那些带着导游手册在旁边徘徊走过的游客来,同时那男孩子的声音还在屋顶下回荡,风琴不时短暂地醉心于奏出一些笨拙的欢乐音调来。我心里自问,像这样,路易又怎能把我们所有的人都包容起来?怎能用他的红墨水,用他那极细的笔尖,把我们统统圈住,合而为一呢?乐声在圆屋顶下如怨如诉,逐渐地平息了下来。

"这样,我就挥动着手杖又走到了街上,瞧着文具店橱窗的铁丝公文夹,望着一筐筐从海外殖民地运来的水果,喃喃地哼着'皮里柯克正坐在皮里柯克的小山上',或者'听,听,狗吠',或者'世界的伟大时代又开始了',或者'滚,滚,死亡'……把随波飘荡的诗和胡诌搅和在一起。下一步总有什么事情等着去做。过了星期一是星期二;星期三,星期四。每一天都激起同样的小小波澜。人也像树一样有年轻。也像树那样,叶子会凋零。

"因为有一天,正当我俯身凭靠在通向田野的门上时,韵律忽然中断了:韵律和吟哦,诗歌和胡诌。我脑中出现了一片清明。我透过浓密的树叶望见了习俗。倚在大门上,我心中惋惜着那么多乱七八糟的事,那么多不如意和彼此分离,因为一个人甚至都无法穿过伦敦城去看望一位朋友,生活中是那么充满着种种约束;你也无法坐轮船上印度去,看看一个赤身裸体的人在蓝澄澄的水里用鱼镖扎鱼。我曾说过生活从来是不完满的,就像一句未说完的话。尽管我能从火车上遇见的任何一个行商手里接受鼻烟来吸,但却仍然无法保持那种连续感——保持世世代代的人们,带着红色水罐上尼罗河边去的妇女,啼鸣在征服者和移民们中间的夜莺所有的那种感觉。我曾说过,这种意图是太雄心勃勃了,我怎能连续不停地举步攀登这个阶梯呢？我自己对自己这样说着,就像在对一个结伴远航去北极的人说话似的。

"我曾向那个在多次非凡的历险中都跟我厮守在一起的自我说话；这个忠实的人当人人都已上床睡觉的时候仍旧坐在炉火前,用火棍捅着炉灰；这个人曾经那么神秘而且被突然公认为已经功成名就地坐在一座山毛榉树林中,河边的一棵柳树旁,曾经俯身凭靠在汉普顿宫的胸墙上；这个人曾经在紧要关头保持了镇定,用勺子敲着桌面说：'我不同意。'

"但就是这个自我,当这会儿我正俯身凭靠在门上,面对着脚下五色缤纷波涛起伏的田野时,却默然不答。他既不反驳,也不想开口说话。他还没有捏紧拳头。我等待着。我倾听着。什么也不曾来临,什么也没有。这时我哭了起来,突然深信自己已经完全被遗弃,现在是什么也没有了。没有一片鱼鳍来搅破眼前这片汪洋大海。生活已经把我毁了。当我说话时既没有应和也没有反驳。这是真正的死亡,比朋友的死亡、青春的死亡更为货真价实。我是理发店里一个被紧紧包裹起来只占这么一小点地方的躯体。

"我脚下的景色凋零了。就仿佛日蚀时那样,日光隐没了,使原来一片郁郁葱葱布满了盛夏浓绿的大地显得满目凋零,脆弱而虚幻。我也仿佛在一条尘土飞扬的曲折小道上看见了我们聚在一起,结伴走来,一起吃饭,在这一间或者那一间屋子里会面的情景。我看见了我自己忙忙碌碌不知疲倦的样子,从这个人身边匆匆跑到那个人身边,被拉走,被驾车带走,出门旅行,又回到家里,一会儿加入这一伙,一会儿又加入那一伙,在这儿吻一吻别人,在那儿又抽身躲开；老是抱着某种特殊的意图紧盯这些事不放,鼻子嗅着地面就像猎狗在追踪似的；只偶尔抬起头来,偶尔发出一声惊诧、绝望的叫喊,然后就又照旧用鼻子嗅着追踪起来。多么乱七八糟的一大堆杂事呀：这儿生了孩子,那儿死了人；有甜蜜有趣的事,也有费力烦心的事；而我自己老是在其间忙忙碌碌,东奔西走。现在这一切全了结了。我再也没有胃口去狼吞虎咽;再也没有毒刺可以去扎人;既没有尖利的牙齿和强健的手,也没有那样的愿望,想再爬上果园的墙头去摸那些梨子和葡萄,受那灼人的日晒了。

"树林消失了;大地沉入一片阴影。没有一点声音打破这寒冬似的景色。没有鸡啼;没有炊烟;也没有火车开过。我心里说,真是个没有自我的人。只是个凭倚在门上的沉重的躯体。一个死人。怀着冷漠的绝望和幻想全都破灭的心情,我回顾着那一团飞扬乱舞的尘土;我的一生,我朋友们的一生,还有那些神话中的精灵,拿着扫帚的男人呀,正在写字的女人呀,河边的柳树呀,——这些也全都是尘土凝成的云雾和幻影,尘土变幻无常,正像云雾消长不定,一会儿金黄,一会儿鲜红,失掉高耸的巅峰,飘到这儿,飘到那儿,朝三暮四,轻浮无定。而我,带着笔记本,编着辞藻,只不过是记下了一些变幻,一些阴影。我一直是在孜孜不倦地记录着阴影。我心里说,现在没有了自我,既无分量,又无形象,叫我怎么去继续在一个既无分量、也无幻想的世界中混下去呢?

"我这种沮丧心情的沉重分量,压得我正凭靠着的门霍然打开了,把我这个上了年纪、身体笨重、头发灰白的人推了出去,推向色彩暗淡的空荡荡的田野。再也听不见任何应和的回声,再也看不到什么幻影,也召不来任何反驳,只能老是毫无遮蔽地一直向前走去,在死寂的大地上毫不留下什么印迹。即使有一只羊在大声咀嚼,一步步向前走动,或者有只鸟儿,或者有个人在用一把铲子铲土也好,即使有一丛荆棘把我钩住,或者有条里面满是湿漉漉浸饱了水的树叶的土沟害得我失足掉下去也好,——可是都没有,只有一条沉闷的小路在平地上一直向前伸展,伸向眼前这片老是不变的天地的阴冷、苍白和单调、乏味的景色。

"那么在日蚀之后,光明又是怎样重新回到大地上来的呢?是奇迹般怯生生地回来的。只是一条条朦胧的光影。它像个玻璃罩似的悬在那里。它像是个有一条细裂缝的环子。里面闪出一星微光。下一瞬间又现出一片暗褐色。接着冒出一团水汽,仿佛大地正初次在开始呼吸,一下,两下。然后在一片昏暗中,有个人身上发出绿光在那儿走来。随后是一片白色的雾霭逐渐盘旋着散去。树林的脉搏跳动起来,现出澄蓝和碧绿,同时田野逐渐地饱饮进鲜红、金黄和棕褐的颜色。突然,一道河水捕捉到了一线蓝光。大地吸收着色彩,就像海绵慢慢地吸进水分似的。它变得沉重、变得丰满起来;显得悬而未决;正在我们的脚下摇摆着,把自己安顿下来。

"就这样,大地景色又回到了我的眼前;我看到田野五色缤纷波浪起伏,不过现在有一点不同;我看到,但却没被瞧见。我毫无遮蔽地向前走去;没有欢呼声来迎接我。我已经失去了那件旧斗篷,那种旧的反应;那只能反射声音的凹拢的手心。像鬼影那么朦胧,走到哪儿都毫无足印而只是能观察四周,我独自漫游在一个从未涉足过的新世界里;我擦过新的花朵,除了发一些婴儿般单音节的字音外说不出话来;我,这个曾说出过那么多漂亮辞藻的人,如今却完全失掉了辞藻的庇荫;我,这个总是跟自己声气相投的人结伴交游的人,如今却无人做伴;我,这个总是有人在一起共享那掏清了炉灰的炉算,或者那有金色光环围绕的食柜的人,如今却变得孤孤单单。

"可是叫人如何去描绘那失去了自我后所见的世界呢?找不到字眼。蓝色,红色,——就连这些也使人感到困惑,就连这些也深藏在迷雾中,而不是透亮清澈。怎么再去用清清楚楚的字眼描绘或者述说任何事物呢?——除了说它正在枯萎凋零,说它正在经历一次逐渐的变化,就连在一次短短的漫步中,它也会变得平平常常,总是那副景象。当你向前走着,每张树叶都彼此相似时,茫然的感觉就会重新出现。当你带着一连串虚幻的辞藻去看它们时,美的感觉就会重新出现。你呼吸着实有其物的气息:在下面的山谷中,火车正穿过田野,披着像垂下的耳朵似的煤烟。

"但是我在草地上坐了一会儿,高踞在海浪和树林的呼啸声之上,我望见了那所屋子,那个花园,还有那拍岸的波涛。正在一页页翻着画册的老保姆停了下来,说:'瞧,这是真实的东西。'

"这就是我今晚沿着舍茨伯里林荫道走着时心里想到的念头。我正在想着画册中的那一页图画。而正当我在挂大衣的地方碰见你的时候,我自己对自己说:'不管我碰见的是谁都一样。整个"生活"这件小事已经完结了。我不知道那是谁,也不想知道;反正我们就在一块儿吃饭吧。'因此我挂好了大衣,轻轻拍了拍你的肩膀说:'咱们坐在一块

儿吧。'

"现在饭已吃完了;我们四周全是些果皮和面包屑。我想要掰下这一块来递给你;不过到底这里面有没有什么实实在在的、真实的东西,我也不知道。我甚至也不知道我们究竟是在什么地方。在这一小片天空笼罩下的到底是哪一个城市?我们正坐在这儿的地方是巴黎呢,还是伦敦,或者是某一个兀鹰翱翔的高山下一座座粉红色房子散布在柏树荫下的南方城市?这会儿我一点也拿不准。

"现在我开始记不清事情了;我开始疑惑这些桌子是否稳定,疑惑此时此地是否真实无虚,并且用我的指关节使劲地敲着那些看起来确是坚实可靠的东西的边边角角,口里说着:'你真是坚硬的么?'我曾看到过那么多各种各样的事物,说过那么多各种各样的话。我已茫然自失在吃吃喝喝的过程中,迷失在用自己的双目去浮面地探索那层包裹着灵魂的薄而坚硬的外壳,当一个人年轻时,这层外壳总是把你严严地包了起来,——青年人的残酷,他那无情的利喙老是不断地啄、啄、啄,其原因就在这里。如今我自问:'我到底是什么人?'我一直在谈到伯纳德、奈维尔、珍妮、苏珊、罗达和路易。我等于是他们全体合而为一么?我只是其中的一个而且是突出的么?我不知道。我们一起坐在这儿。不过如今波西弗早已死了,罗达也已死了;我们被彼此分开;我们并不聚集在这儿。可是我并没找到任何能把我们分开的障碍。我和他们是分不开的。当我这会儿在说这些话时,我就觉得'我就是你'。我们看得那么重的所谓彼此的区别,我们那么热心维护的所谓个人人格,如今都抛开了。是的,自从老康斯泰伯太太举起她那块海绵,把热水浇在我身上使我浑身充满了情欲的那个时候起,我就一直是多情善感的。我额头上感受到波西弗坠马时受到的打击。我颈子背后感受到珍妮对路易的一吻。我眼睛里满含着苏珊的泪水。我远远望见罗达所见到过的那根像一条金线般闪闪发光的圆柱,而且还感觉到她一跃逝去时所带起的那一阵风。

"因此,当我在这儿这张桌子上,用自己的双手来塑造我一生的故事,把它作为一个整体摆在你的面前时,我不得不去回想已经远远消逝、深深隐没,渗透在这一个或者那一个人的一生中,已成为它们的一部分的那种种事物；还有那种种梦幻，种种围绕在我们四周的事物，以及我们的那些形影不离的伙伴们——那些若明若暗的魔怪，它们日夜不断地经常出没，它们在入睡时变得颠颠倒倒，它们时常发出慌乱的急叫，当我想要逃开时它们伸出自己那幻影般的手指把我紧紧抓住，——它们都是你可能成为的那些人的影子；是没有出世的自我。同时还有那个老畜生，禽兽，那个浑身长毛的野人，他用他的手指去抓食成串的肚肠；它狼吞虎咽，直打饱嗝；他说起话来瓮声瓮气，发出喉音，——嗯，他也在这儿。他牢牢踞在我身上。今晚他一直在大吃鹌鹑、生菜和杂碎。他现在爪子里正捧着一杯上等的陈白兰地。他浑身斑驳，呜呜直哼，当我喝下一口酒时，他使我脊梁骨上感到一阵酥麻。的确，吃饭之前他洗过手，但它们仍旧是毛茸茸的。他把裤子和背心都扣严实了，但它们所裹着的那些器官总还是一样。要是我让他吃饭时等得久了，他就要发起倔来。他不断挤眉弄眼，带着那种近乎白痴般的贪馋神气指着他想吃的东西。老实跟你说，我有时候真有点管不住他。这个人，这个浑身多毛、长得活像人猿似的人，在我一生中起了他的一份作用。他使得绿的东西显得更加碧绿，他在每一片树叶后面举起冒着鲜红火焰和刺鼻浓烟的火炬。他甚至使冷冷清清的花园也变得光彩焕发。他曾在昏暗的小巷里挥动他的火炬，使那儿的姑娘们突然显得红艳照人，令人心醉。唉，他曾那么高高地举起他的火炬！他曾弄得我迫不及待，心痒难熬！

"但这都已成为过去。这会儿，在今晚，我的躯体就像一座肃穆的神殿似的高高耸立，其中的地板上铺着地毯，人声营营，祭坛上烟雾缭绕；不过在最上面，在我这个平静的头脑中，只涌现出悦人的阵阵乐声和阵阵馨香，同时那只失群的鸽子在不住哀鸣，旗帜在坟墓上簌簌飘动，午夜看不见的微风摇曳着敞开的窗外的树枝。当我带着这种超脱的心境俯视四周时，就连那些散碎的面包残屑也显得有多么地美！梨子的皮盘成多么匀称的螺旋形，又薄又色彩斑驳，就像某种海鸟的蛋壳，就连笔直地并排摆着的刀叉也显得干净利索、整齐合理；连我们剩在那儿的面包角看来也坚坚实实，像涂着一层黄澄澄的釉彩。我甚至还有点赞赏自己的手，那上面的根根指骨呈扇形散开，周围绕着神秘的青筋,显出灵活自如,能柔软地屈伸,也能突然地把东西捏碎,——我赞赏它那无限的敏感。

"能无限地感受一切,包容一切,为自己的充实而高兴得发抖,但又清醒而善于自制,——看起来我这一生就是这样,因为欲望已不再强烈地迫使它;好奇心已不再使得它染上各种千变万化的色彩。它已变得深沉而平静无波,因为他已经死去,——这个我称之为'伯纳德'的人,他曾老带着笔记本作着笔记,记下吟风弄月的辞藻,各种人的特色;人们如何掉头四顾,把烟头扔在地下;在'B'栏里记下蝴蝶翅膀上的粉,在'D'栏下记下对死亡的各种叫法。不过现在让门打开吧,那扇老支在它的铰链上不停开合的玻璃门。让一位妇女走进门来,让一个蓄着胡须、穿着晚礼服的年轻人在椅上坐下来吧;他们能告诉我一些什么吗?不!那些事我都已知道。要是她突然站起身来走了,我会说:'亲爱的,你已经不能让我目送着你的背影了。'那崩落的海浪引起的震动声曾回荡在我的一生,它使我惊醒过来,看见环绕在食柜上的金色光晕,如今再也不会使我手里拿着的东西索索抖动了。

"因此现在,自命把握了事物的奥秘之后,我能够不用离开原地,离开我所坐的椅子,就像个侦察者那么四处窥探。我能够神游那有土人坐在一堆篝火旁的辽远的荒漠边际。白昼来临,一位女郎把一些中心火红的晶亮宝石挂到额上;太阳把它的光芒直射到一幢人们还在沉睡的屋子上;海浪的条条波纹颜色变深,它猛烈地拍打着海岸;浪花飞溅;海水四溢,漫过小船和海冬青。鸟儿齐声喁啾;花茎之间伸展着深暗的通道;屋子照亮发白了,睡着的人伸着懒腰;一切都渐渐地骚动起来。光线涌进房里,不断把黑影驱向一角,使它们神秘莫测地悬在那儿。中间那个黑影里面有什么东西?到底是有是无?我也不知道。

"哦,那是你的脸。我碰到了你的目光。我曾认为自己那么广博,像一座神庙,一座教堂,整个宇宙,毫无羁绊,可以无所不在地深入各种事物的任何边际,也包括这儿在内,可现在已什么也不是,只不过是你所看到的这样——一个上了年纪的人,身子相当笨重,两鬓苍苍,他(我在镜里望见了自己)正把一只胳膊支在桌子上,左手擎着一杯陈年白兰地。这是你给我的沉重一击。我曾走着路撞在一个邮筒上。我身子摇摇晃晃。我举手捂住脑袋。我的帽子丢掉了,我失落了我的手杖。我弄得自己一副蠢相,理所当然地遭到了行人的嘲笑。

"天啊,生活是多么说不出的叫人厌恶!它对我们开了些多么卑鄙的玩笑,这一会儿自由自在,下一分钟又是这样的事。在这儿我们置身于面包屑和弄脏了的餐巾中间。那把餐刀已经粘满了油腻。杂乱、肮脏和腐败包围了我们。我们一再在把一些死鸡死鸭的尸体塞进嘴里去。我们必须用这些油腻腻的面包屑,沾满口水的餐巾,以及小小的尸体来维持我们的身体。老是周而复始地重复这一套;老是碰到对头;目光盯着我们的目光;手指紧扭着我们的手指;时时地耐心等待。召唤侍者。付清账单。我们必须硬撑着站起身来离开椅子。我们必须去找到自己的大衣。我们必须走出门口。必须,必须,必须,——这讨厌的字眼。再一次,我这个曾以为自己可以置身事外,曾说过'现在我已撇开了这一切'的人,发现海浪已把我冲倒,头上脚下,把我所有的那些东西冲得七零八落,让我去捡,去收拾,去把它们集在一起,竭力鼓起劲儿,站起身来去对付敌人。

"说来奇怪,能忍受那么多痛苦的我们,却也会给别人造成那么多痛苦。奇怪的是,一个我全不熟悉,只记得在一艘开往非洲去的轮船跳板上曾见过一次的人的脸——只不过记得眼睛、两颊、鼻孔的一个模糊轮廓,——竟能给我带来这样的侮辱。你瞧着,吃着,微笑着,感到厌烦,高兴,恼怒,——我所知道的不过如此而已。可是这个坐在我身边一两个小时的阴影,这张有两只眼睛向外窥视着的假面具似的脸,却能够逼得我退缩,把我牢牢困死在所有这些不相干的人脸中间,把我紧闭在这间闷热的房间里;驱使我像一只飞蛾般在一枝枝蜡烛当中乱飞乱扑。

"不过等一等。当他们正在窗洞后面结算着账单时,先等一会儿。既然我曾责骂过你给了我沉重的一击,使得我在果皮、面包屑和陈年的碎肉渣中间踉跄欲倒,那么我也想用片言只语记述一下:同样也是由于你的目光的注视对我所产生的压力,我是如何开始看到了这个,看到了那个。钟在嘀嗒嘀嗒地走着;那个女人打了个喷嚏;侍者走了过来,——发生了一种事物逐渐聚合拢来,汇成一片的现象,加速和统一的现象。听：哨子响了一声，车轮飞快驶过，门在它的铰链上轧轧作响地转动。我重新又恢复了复杂感、现实感和斗争感，为此我要感谢你。同时怀着一点惋惜、一点羡慕的心情和极大的好意，我要握住你的手，祝你晚安。

"谢天谢地能让我孤身独处！现在我又独自一人了。那个几乎完全陌生的人已经走了，大概是去赶一班火车，去雇一辆汽车，去某个地方找一个我不认识的人。那张老盯着我瞧的脸不在了。压力解除了。这儿是些喝完了的咖啡杯。这儿是一张张推开了的椅子，但是没有人来坐它们。这儿是许多空桌子，但今晚再也不会有人来吃饭了。

"现在让我高声唱起我的颂歌来吧。谢天谢地能让我孤身独处。让我独自一人待着吧。让我扯下、扔开这块生活的纱幕和迷雾吧，它只要被一点点微风一吹就会发生变幻，日日夜夜、整天整宿都在不断变幻。就在我坐在这里的这一会儿，我就一直在变。我也看到天空在变。我望见阴云遮住了星星，然后放开这些星星，接着又再次遮住了星星。现在我已不再去看它们的变化了。现在没有人看见我，而我也不再变化了。谢天谢地能够孤身独处，它解除了目光给人的压力，肉体给人的诱惑，以及一切说谎和卖弄辞藻的必要。

"我那本塞满了辞藻的书掉到了地板上。它落在桌子底下，静等着打杂女工来扫走，她每天清早都没精打采地走来搜寻碎纸屑、废电车票，以及这儿那儿揉成一团扔在等待扫走的杂物堆上的一两张便条。吟风弄月的辞藻究竟都是些什么？谈情说爱的辞藻又是些什么？我们究竟该给死亡起个什么样的名字？我都不知道。我只需要一种简单的语言，像恋人之间所用的那样，需要那种单音节的字眼，像小孩子走进屋里看见母亲正在缝纫时，他就一边捡起一小块鲜艳的呢绒、一片羽毛或者一小条印花布，一边嘴里喃喃地说着的那一种。我需要一种号叫，一种呐喊。当暴风雨掠过沼地、在无人过问、独自躺在一条土沟里的我身上扫过时，我不需要任何字眼。任何干净利落的东西。任何足跟牢牢站稳在地板上的东西。不要那种共鸣和悦耳的回声，它们突然从我们的胸膛里涌出来回荡在一根根神经之间，形成狂热的音乐和虚假的辞藻。我已经讨厌透了那些漂亮的辞藻。

"宁静、咖啡杯和桌子要比这些好得多。独自坐在那儿,像一只孤独的海鸟伸开双翅停在一根木桩上似的,要比这些好得多。就让我永远坐在这儿,伴着这些光秃秃的东西,这只咖啡杯,这柄餐刀,这把叉子,这些东西本身,我自己也只是我自己。别走过来打搅我,提醒我现在已到了关门的时候,应该走了。我情愿把我身上所有的钱统统都给你,只求你别来打搅我,让我静静地独自永远坐下去,坐下去。

"可是现在那侍者头儿自己也已经吃完了饭,他走了出来,皱着眉头;他从衣袋里掏出他的围巾来,作势示意准备要离开了。他们必须离开;必须安上窗板,必须折起桌布,用一个湿拖把把桌子底下擦一擦干净。

"那么真该死,不管我多么疲乏和厌倦这一切,仍旧必须硬撑着站了起来,找到我的那件大衣;必须把我的两臂伸进衣袖;必须用围巾把自己裹起来以便抵御夜晚的寒风,走了出去。我,我,我,不管我多么疲倦,多么精疲力竭,而且几乎已经被用鼻子去嗅种种事物弄得厌倦透顶,不管我这个上了年纪的人已经变得身子笨重,害怕劳累,也仍旧必须挣扎着走出门去,去赶一次末班车。

"我又看到面前那熟悉的街道。那笼罩在文明之上的穹苍已经黯然无光。天空黑得像涂了漆的鲸鱼骨。不过天边有一点亮光,不知是灯火,还是黎明的曙光。感得到有某种骚动——不知哪儿的梧桐树上有麻雀在啾鸣。有一种天将破晓的感觉。我不想把它叫做黎明。对一个站在街道上,几乎有点头昏眼花地仰望着天空的上了年纪的人来说,城市的黎明又到底意味着什么呢?黎明就是天空发白;是又一次新的开端。是又一个白昼;又一个星期五;又一个一月或者九月的二十号。又一次人们纷纷睡醒。星星逐渐隐退、熄灭了。波浪之间的一条条光带变深了。田野上的薄雾变得浓密了。一抹红晕凝聚在玫瑰花上,甚至也凝聚在卧室窗下的那朵白玫瑰上。一只鸟儿在啁啾。农舍里的人点亮了他们清早的蜡烛。是的,这是永恒的重新开端,不断的潮落和潮涨,潮涨和潮落。

"在我的身上也涌起了浪潮。它在逐渐扩大,高高耸起。我又一次觉察到了一种新的欲望,有什么东西从我心底里涌起,就像一匹骄傲的骏马,它背上的骑手先用马刺踢着它,然后又把它向后勒住。现在,正当我骑在你背上伫立着,在最后一段跑道上跃跃欲试时,我们究竟望见了什么样的敌人正在向我们迎面扑来呢?这就是死亡。这敌人就是死亡。我正在向着死亡冲去,平端着我的长矛,头发迎着风向后飘拂,就像一个年轻人,就像当年驰骋在印度的波西弗那样。我用马刺踢着马。哦,死亡啊,我要一直向你猛扑过去,永不服输,永不投降!"

　　海浪拍岸,纷纷碎裂。

#达洛维太太

谷启楠 译

前　言

长篇小说《达洛维太太》是英国著名女作家弗吉尼亚·吴尔夫的成名作,也是西方现代主义意识流小说的最初尝试之一。文学评论家丹尼斯·普帕德指出,吴尔夫认为传统的欧洲叙事形式已经变得过于造作,对作家束缚过多,使他们难以用富于诗意的、印象主义的方式表现生活。他说:"吴尔夫相信,表现人物的似无联系但令人感悟的瞬间印象,是对小说形式的极大改进。吴尔夫争辩说,这种瞬间印象(如果放在一起统观的话)可以满足读者的好奇心,同时也符合她的思想,即人的个性不能只靠语言来表达。"①《达洛维太太》就是吴尔夫将上述思想付诸实践的成果。该书体现了现代主义作品的反传统倾向和"极端化"、"片断化"、"非连续性"的特点。《达洛维太太》在题材、风格和写作方法上都有许多创新,本文仅就其塑造人物形象的方法加以论述。

一

在创作《达洛维太太》的初始阶段,吴尔夫曾在日记里谈到她的构思:"在这本书里,我大概有太多的想法,我想表现生与死、精神健全与精神错乱;我想批评这个社会制度,展示它是如何运转的,展示它最强烈的方面。"②为了达到这一目的,吴尔夫摈弃了传统的刻画人物性格的方法,大胆地试验了新的手段。正如英国文学评论家安德烈·桑德斯所言:"她的小说试图'消解'人物,同时又在一个美学的形态或'形式'范围内重新建构人类的经验。她寻求表现瞬间感觉的本质,或者

---

① 丹尼斯·普帕德(Dennis Poupard)《二十世纪文学批评》1986 年版第 20 卷第 390 页,引文自译。
② 同上。

说是有意识的和无意识的心理活动的本质,然后将其向外扩展,达到对模式和节奏的更广泛的认识。瞬间的反应、即逝的情感、短暂的刺激、游离的思绪,都被有效地'卷曲'成一种连贯的、有结构的文体关系。"①

吴尔夫采取的最主要手段是描写人物的意识流,包括他们的一系列感觉、想法、回忆、联想和反思。这样做是为了从人物本身的视角出发,去展现他们的内心世界,以及他们之间的关系。小说的直接背景是一九二三年六月的伦敦,主要情节非常简单,仅描写英国下议院议员的太太克拉丽莎·达洛维从早晨上街买花到午夜家庭晚会结束这十几个小时里的所见所闻和所感所想。然而从小说一开篇,作者就带领我们直接进入主人公的意识之中,随着她的意识流,我们逐渐了解到她从十八岁到五十二岁这三十四年间的生活经历和感情纠葛。此外,我们也了解到另外两个主要人物彼得和塞普蒂莫斯的心理与感情历程。小说重点展现了英国中上层阶级的人物的精神风貌,揭示了第一次世界大战后人们心中的惶惑、焦虑、恐惧和渴求,同时也间接地反映了大战结束后五年间英国社会的变迁,如战争的影响、传统观念的衰败、社会差别的缓和、社会气氛的宽松、海外殖民统治的动摇,等等。可以说,意识流不仅是这部小说的写作手法,而且构成了小说的题材。

为了描写人物的意识流,吴尔夫使用了内心独白的方法,记录人物在意识层面上的内在感情历程。内心独白有直接和间接两种,吴尔夫在这里使用的主要是间接内心独白,即用第三人称来叙述人物的心理活动。小说开头的第三段是个典型的例子:

> 多有意思!多么痛快!因为她过去总有这样的感觉,每当随着合页吱扭一声——她现在还能听见那合页的轻微声响——她猛地推开伯尔顿村住宅的落地窗置身于户外的时候。早晨的空气多么清新,多么宁静,当然比现在要沉寂些;像微浪拍岸,像浮波轻吻,清凉刺肤然而(对于当时的她,一个十八岁的姑娘来说)又有几分庄严肃穆;当时她站在敞开的落地窗前,预感

---

① 安德鲁·桑德斯(Andoew Sanders)《牛津英国文学史》1996 年版第 515 页,引文自译。

到有某种可怕的事就要发生;她观赏着鲜花,观赏着烟雾缭绕的树丛和上下翻飞的乌鸦;她站着,看着,直到彼得·沃尔什说:"对着蔬菜想什么心事呢?"——是那么说的吧?——"我感兴趣的是人,不是花椰菜。"——是那么说的吧?这一定是他在那天吃早餐的时候说的,在她走到屋外的台地之后——彼得·沃尔什。他过些天就要从印度回来了,是六月还是七月,她记不清了,因为他的来信总是那么枯燥无味;倒是他常说的几句话让人忘不掉;她记得他的眼睛、他的折叠小刀、他的微笑、他的坏脾气,还有,在忘掉了成千上万件事情之后,还记得他说过的关于卷心菜的诸如此类的话——多奇怪呀!

作者就是这样把我们带进克拉丽莎·达洛维的意识之中。克拉丽莎清晨来到户外,从自己的感受联想起年轻时的往事,又想起过去的恋人彼得·沃尔什,记起他将要从印度回来。短短的一段不仅介绍了两个主要人物,而且把小说的时间跨度一下子拉回到三十多年之前,把过去与现在自然地联系在一起。"当时她站在敞开的落地窗前,预感到有某种可怕的事就要发生",一句话点出了克拉丽莎性格的重要特点——恐惧心理。更有意义的是,克拉丽莎的意识流里充满对自己的审视和评价,使我们得以较深刻地了解她的内心世界。例如,她走在大街上,看着过往的车辆,触景生情,思绪万千:

> 现在她不愿意对世界上的任何人评头品足。她觉得自己非常年轻,与此同时又不可言状地衰老。她像一把锋利的刀穿入一切事物的内部,与此同时又在外部观望。每当她观看那些过往的出租车时,总有只身在外、漂泊海上的感觉;她总觉得日子难挨,危机四伏。这并不是因为她自作聪明或自恃出众。她究竟是如何靠丹尼尔斯小姐传授的那点支离破碎的知识度过这半生的,连自己也不明白。她什么都不懂,不懂语言,不懂历史;她现在很少读书,除了在床上读些回忆录;然而对她来说,这里的一切,那些过往的出租车,绝对有吸引力;她不愿对彼得评头品足,也不愿对自己说三道四。

通过这段直白我们了解到,克拉丽莎虽然有钱有地位,但生活并不幸福。她的内心充满危机感和恐惧感。有时她甚至想到了死:"那么这要紧吗?走向邦德街时她问着自己,她的生命必须不可避免地终止,这要紧吗?所有这一切在没有她的情况下必须继续存在,她对此生气吗?

相信死亡绝对是个终结难道不令人感到欣慰吗?"这段内心独白为以后情节的发展作了铺垫。

在上述两例中,吴尔夫都再现了主人公的自由心理联想过程。她还用同样的方法描写退伍军人、精神病患者塞普蒂莫斯的意识流,逼真地再现了他的狂想和恐惧。塞普蒂莫斯参加过世界大战,残酷的战争使他对战友的阵亡麻木不仁,并使他得了"弹震症"。退伍后他时时被负罪感所困扰,导致精神失常。小说里有多处展现他的自由心理联想。例如,一次他坐在公园里冥想,突然跑来一只狗,他受到惊吓,恐惧感倍增,觉得狗正在变成人,进而思索自己能看出狗变人是因为热浪的缘故,而热浪将会化解自己的遗体,最后只剩下一根根神经。小说里还有很多类似的冥想,表现了这个人物对生活的恐惧与绝望,也为他后来跳楼自杀埋下了伏笔。

在许多情况下,人物的某些深层次的情感很难用语言表达,因此就需要使用意象来代替语言,让读者从中体会人物的情感。下面一段克拉丽莎缝补衣裙时的意识流就含有十分耐人寻味的意象:

> 宁静降临到她的身上,平静,安详,此时她手里的针顺利地穿入丝绸,轻柔地停顿一下,然后将那些绿色的褶子聚敛在一起,轻轻地缝到裙腰上。于是在一个夏日里海浪聚拢起来,失去平衡,然后跌落;聚拢又跌落;整个世界似乎越来越阴沉地说:"完结了。"直到躺在海滩上晒太阳的躯体里的心脏也说"完结了"。无需再怕,那颗心脏说。无需再怕,那颗心脏说,同时将自己的重负交给某个大海,那大海为所有人的忧伤发出哀叹,然后更新,开始,聚拢,任意跌落。那个躯体则孤零零地倾听着过往蜜蜂的嗡嗡声;海浪在拍打;小狗在吠叫,在很远的地方吠叫,吠叫。

此处的大海意象一方面反映了克拉丽莎对手中缝着的绿衣裙的印象,另一方面也暗示她的心情极不平静,仍在考虑着死亡问题。她那些无法用语言表达的思绪尽在这意象之中,十分耐人寻味。

从这部小说可以看出,意识流是吴尔夫塑造人物形象的主要方法,具有很大的魅力,它能使读者洞悉人物的内心世界,觉得他们真实可信,这是传统的叙事方法难以做到的。

二

由于一个人物的主观视角有一定的局限性,吴尔夫又借助了其他人物的视角。这种多元视角的方法可以丰富人物形象,也有助于展示人物之间的相互关系。例如作者在塑造克拉丽莎形象时,除了使用克拉丽莎本人坦诚自省的视角以外,还使用了其他人物的视角。这些人物包括她过去的恋人彼得·沃尔什、她过去的亲密女友萨莉·西顿、她女儿的家庭教师基尔曼等,甚至包括一个从未引起她注意的斯克罗普·派维斯。他们的意识流从不同的方面提供了对克拉丽莎的看法,从而使她的形象立体化。例如,斯克罗普从旁观者的角度描述了克拉丽莎的外在形象:她是个"有魅力的女人","有几分像小鸟","体态轻盈,充满活力"。基尔曼和萨莉很了解克拉丽莎,因此提供了较为深入的看法。基尔曼认为克拉丽莎"缺乏文化修养",是个"既不懂悲伤又不懂快乐的女人",是个"随随便便浪费自己生命的人"。萨莉说克拉丽莎"心地纯洁",对朋友"慷慨",但"在内心深处是个势利眼"。

彼得·沃尔什的视角更为重要,因为他曾是克拉丽莎的恋人,又一直生活在他们夫妇圈子的边缘,处于观察和了解他们的有利地位。彼得受过西方民主思想的教育,刚从生活工作多年的印度回国,因此能用新的眼光回顾过去的恋情,能较冷静地审视克拉丽莎一家及其上层社会的朋友,并对他们做出批判性的评价。例如,彼得回伦敦看望克拉丽莎后,边走边思考克拉丽莎为人处世的态度:

……对她明显的评语是:她很世俗,过分热衷于地位、上流社会和向上爬——从某种意义上讲这是事实;她向他承认过这一点(你如果费一点儿力气的话总是能让她承认的;她很诚实)。她会说她讨厌穿着过时的女人、因循守旧的人、无所作为的人,也许包括他自己;她认为人们没有权利袖手闲逛,他们必须干点儿什么,成就点儿什么;而那些大人物、那些公爵夫人、那些在她家客厅里见到的头发花白的伯爵夫人们,在他看来微不足道,这非什么重要人物,而在她看来则代表着一种真正的成就。她有一次说贝克斯伯拉夫人身板挺直(克拉丽莎自己也是同样;她无论是坐还是站从不懒散地倚着靠着;她总是像飞镖一样直挺,事实上还有一点僵硬)。她说她们有一种勇气,对此她随着年龄的增长钦佩有加。在这些看法中自然不乏达洛维先生的见解,不乏那种热心公益的、大英帝国的、主张税制改革的统治阶级的精神,这种精神已进入她的思想,正如经常发生的那样。虽然她的天资比理查德高两倍,但她却不得不通过他的眼睛去看待事物——这是婚姻生活的悲剧之一……

彼得的这番评价基于他对克拉丽莎的深刻了解,因此能一针见血地揭示她精神空虚和趋炎附势的特点。总之,从多元视角出发去审视人物,更符合现代人观察事物的方法,因而使人物显得更加真实可信,便于读者认同。

三

为了使人物形象更加丰满,吴尔夫还采取了一种措施。她设置了两条平行发展的叙事线索,一条表现克拉丽莎,另一条表现塞普蒂莫斯。这两个人物从来没有见过面,只是在小说即将结尾时,克拉丽莎才听精神病医生布拉德肖爵士谈起塞普蒂莫斯自杀的事。吴尔夫曾说过,她塑造塞普蒂莫斯的目的是让他作为克拉丽莎的"替身"(double),以便"使达洛维太太的形象完满"。塞普蒂莫斯与克拉丽莎是互相映衬、互为补充的。克拉丽莎属于上层阶级,且精神健全;塞普蒂莫斯则属于平民阶级,并患有精神病。从表面上看,他们似乎没有什么共同之处,但实质上并非如此。从宏观上讲,这两个人物生活在同一个时间和空间。从微观上讲,他们的心理状态极其相似——都被孤独感和恐惧感所困扰,都常常想到死亡,都相信人死后仍有灵魂存在。正因为如此,塞普蒂莫斯的死讯才会在克拉丽莎的心里引起强烈的反响。克拉丽莎不禁深思:

> 她有一次曾把一先令硬币扔进蛇形湖里,以后再没有抛弃过别的东西。但是他把自己的生命抛弃了。他们继续活着(她得回去;那些屋子里仍挤满了人;客人还在不断地来)。他们(一整天她都想着伯尔顿,想着彼得,想着萨莉),他们会变老的。有一种东西是重要的;这种东西被闲聊所环绕,外观被损坏,在她的生活中很少见,人们每天都在腐败、谎言和闲聊中将它一点一

滴地丢掉。这种东西他却保留了。死亡就是反抗。死亡就是一种与人交流的努力,因为人们感觉要到达中心是不可能的,这中心神奇地躲着他们;亲近的分离了,狂喜消退了,只剩下孤单的一个人。死亡之中有拥抱。

克拉丽莎正是从塞普蒂莫斯自杀一事得到了启示,认识了个人与外部世界的关系。她认识到,塞普蒂莫斯自杀是为了维护人格的尊严,对比之下,自己缺乏的正是这种精神。从这个意义上讲,塞普蒂莫斯帮助她重新认识了自己。可以说,这是她觉醒的开始。我们可以看到,克拉丽莎一生中完全遵循上流社会的道德规范,就连婚姻也是为了满足向上爬的需要,她的社会地位和安逸生活是以牺牲个人的尊严和爱情为代价的,也给她带来了困惑和痛苦。克拉丽莎和塞普蒂莫斯对于生死问题的看法是互为补充的,从不同的角度反映出第一次世界大战给人们的心理造成的影响。吴尔夫让这两个背景迥异的人物互为映衬,从各自的角度探讨他们所共同关心的生死问题,真可谓有异曲同工之妙。

四

在这部小说里,吴尔夫还使用了讽刺手法来传达她对英国社会制度的批评。她讽刺的对象主要是上层阶级中那些非常保守的、坚决维护大英帝国殖民统治的人。这些人永远生活在过去,死死抱住殖民主义不放,无法跟上时代前进的步伐。布鲁顿勋爵夫人就是一个典型的例子,她对印度人民要求摆脱英国统治的斗争做出了如下反应:

……布鲁顿夫人想听听彼得的意见,正好他刚从那个中心地区回来,而且她要让桑普森爵士会见他,因为作为士兵的女儿,印度局势的荒唐,或者说是邪恶,确实使她彻夜难眠。她已经老了,干不了什么大事。但是她的房子、她的仆人们、她的好朋友米莉·布拉什——他还记得她吗?——都在那里要求效劳,如果——一句话,如果他们能派得上用场的话。要知道她虽然从来不提英格兰,但是这个养育着众生的岛屿,这片亲爱又亲爱的土地已溶进她的血液之中(尽管她没读过莎士比亚);如果有史以来有一个女人能戴头盔射利箭,能领兵出征,能用不可抗拒的正义去统治野蛮的部族,并成为一具没有鼻子的尸首躺在教堂的盾形坟墓之中,或变成某个古老山坡上被青草覆盖的小土堆,那个女人就是米莉森特·布鲁顿。尽管她受到性别的限制,又缺乏逻辑思维能力(她感到给《泰晤士报》写封信很困难),但她仍时时想着大英帝国,并且通过与那个全副武装的战争女神相联系得到了像步枪捅弹杆的身姿和粗犷的举止,因此不能想象她即便死后能与大地分离。也不能想象她会以某种精灵的形象游荡于那些已不再悬挂英国国旗的地区。要她不当英国人,即便在死人中间——不行,不行!绝对不行!

这段意识流惟妙惟肖地刻画出一个维护殖民统治的"爱国者"形象。此外,彼得对老帕里女士的评价"她会像一只寒霜里的小鸟,死去时仍用力抓住树枝"也生动地勾画出这类人物的本质。

吴尔夫还讽刺了其他一些人物。例如休·惠特布雷德在王宫担任卑职,极尽阿谀奉承之能事;精神病医生威廉·布拉德肖爵士靠着"均衡感"隔离压制病人,"不仅自己发家致富,而且使英国繁荣昌盛"。作者还借彼得之口谴责了战争给青年人带来的灾难:"丰富多彩的、不甘寂寞的生命则被放到满是纪念碑和花圈的人行道底下,并被纪律麻醉成一具虽僵挺但仍在凝视的尸首。"

讽刺手法的使用,不仅有助于刻画人物形象,而且深化了作品的主题,它给小说增添了社会批判意义,而这正是这部作品的价值所在。

吴尔夫使用意识流、多元视角、人物的映衬和互补、讽刺四种方法塑造出栩栩如生的人物形象,使读者接触到人物的内心世界,较深刻地体会到人物的思想感情,这是《达洛维太太》成功的一个重要原因。不仅如此,作品还给读者留下了想象的余地。由于作者打破了按时间顺序叙事的格局,让人物的意识流倾泻而出,作品似乎给人以"杂乱无章"的感觉。然而正是这种叙事方法才使读者摆脱了被动阅读的地位。他们必须细心阅读,努力从"杂乱"之中找出"章法",理顺事件的始末,弄清人物之间的关系,从而发现人物性格并理解作品主题。这种方法虽然增加了阅读的难度,但能促使读者发挥主动性,积极解读书中的涵义,可以收到较好的阅读效果。

谷启楠
二〇〇二年九月

达洛维太太说她要自己去买鲜花。

因为她已给露西安排了很多事做。几扇屋门将从合页上卸下；朗波尔迈耶店里的工人要来。再说，克拉丽莎·达洛维想，今天早晨多么清新啊，好像是专为海滩上的孩子们准备的。

多有意思！多么痛快！因为她过去总有这样的感觉，每当随着合页吱扭一声——她现在还能听见那合页的轻微声响——她猛地推开伯尔顿村住宅的落地窗置身于户外的时候。早晨的空气多么清新，多么宁静*，当然比现在要沉寂些；像微浪拍岸，像浮波轻吻，清凉刺肤然而（对于当时的她，一个十八岁的姑娘来说）又有几分庄严肃穆；当时她站在敞开的落地窗前，预感到有某种可怕的事就要发生；她观赏着鲜花，观赏着烟雾缭绕的树丛和上下翻飞的乌鸦；她站着，看着，直到彼得·沃尔什说："对着蔬菜想什么心事呢？"——是那么说的吧？——"我感兴趣的是人，不是花椰菜。"——是那么说的吧？这一定是他在那天吃早餐的时候说的，在她走到屋外的台地之后——彼得·沃尔什。他过些天就要从印度回来了，是六月还是七月，她记不清了，因为他的来信总是那么枯燥无味；倒是他常说的几句话让人忘不掉；她记得他的眼睛、他的折叠小刀、他的微笑、他的坏脾气，还有，在忘掉了成千上万件事情之后，还记得他说过的关于卷心菜的诸如此类的话——多奇怪呀！

她站在人行道的石沿上挺了挺身子，等着达特诺尔公司的小货车开过去。一个有魅力的女人，斯克罗普·派维斯这样评价她（他了解她的程度就跟威斯敏斯特区的居民了解自己紧邻的程度差不多）；她有几分像小鸟，像只樫鸟，蓝绿色，体态轻盈，充满活力，尽管她已年过五十，而且自患病以来面色苍白。她站在人行道边上，从未看见过他，她在等着过马路，腰背直挺。

由于在威斯敏斯特住了——有多少年呢？二十多年了——克拉丽莎相信，你即使在车流之中，或在夜半醒来，总能感觉到一种特殊的寂静，或者说是肃穆；总能感觉到一种不可名状的停顿、一种挂虑（但那有可能是因为她的心脏，据说是流行性感冒所致），等待着国会大厦上的大本钟敲响。听！那深沉洪亮的钟声响了。先是前奏，旋律优美；然后报时，铿锵有力。那深沉的音波逐渐消逝在空中。我们是如此愚蠢，穿过维多利亚街时她这样想。因为只有老天爷才知道一个人为什么如此热爱和如此看重它，人们发明了它，把它建造在自己周围，打乱它，又每时每刻重新创造它。然而那些衣着最为平俗的女人，那些坐在门前台阶上（酗酒自毁）的最最痛苦沮丧的人们，对它同样情有独钟；真没办法，她相信就连议会的法案都无法改变这种心态，原因只有一个：他们热爱生活。在人们的目光里，在疾走、漂泊和跋涉中，在轰鸣声和喧嚣声中——那些马车、汽车、公共汽车、小货车、身负两块晃动的牌子蹒跚前行的广告夫、铜管乐队、转筒风琴，在欢庆声、铃儿叮当声和天上飞机的奇特呼啸声中都有她之所爱：生活、伦敦、这六月的良辰。

因为现在是六月中旬。战争①已经结束，但对福克斯克罗夫特太太这样的人例外。昨晚她在大使馆心事重重，十分悲痛，因为她的好儿子战死了，这样一来那所古老的庄园宅邸就定得归一位堂兄弟了。又如贝克斯伯拉勋爵夫人，听说她在主持慈善义卖开幕式的时候手里拿着电报，她最心爱的儿子约翰战死了。然而战争毕竟结束了，感谢老天爷，终于结束了。现在是六月，国王和王后都在白金汉宫。虽然时间还早，但到处都能听到有节奏的声响、马蹄疾驰的嘚嘚声、球板击球的啪啪声。洛德板球场、阿斯科特赛马场、拉内拉赫俱乐部和其他一切，都包裹在晨曦构成的蓝灰色轻柔细网之中，但是随着时光的推移，这网将会逐渐展开，将它们显现出来；同时在草坪和球场上将会出现奔腾的马驹，它们前蹄触地，立即跃起，还有旋转击球的小伙子，以及穿薄透布衣裙的嬉笑的姑娘们，她们在彻夜狂舞之后仍不忘带着怪异的长毛狗出来散步。就在这么早的时辰，小心谨慎的贵族遗孀们已经坐着自己的

---

① 指第一次世界大战。

汽车匆匆去完成神秘的使命。店主们拿着人造的和天然的钻石在橱窗里忙个不停,他们把惹人喜爱的海绿色胸针摆在十八世纪的背景上以吸引美国人(但是你必须注意节省,不要轻易给伊丽莎白买东西)。而她则以一种不合常理的、执着的热情像以往那样爱着这一切;她本人就是这一切的组成部分,因为她的前辈曾在几代乔治国王宫中担任过朝臣;就在今天晚上她自己也要点燃灯火,主持晚会。可是多么奇怪呀,一进圣詹姆斯公园,那么寂静,那薄雾,那嗡嗡声,那缓慢浮游的快乐鸭群,那长着喉囊的水鸟摇摆而行。是谁正向这边走来,背向政府办公楼,恰如其分地提着绘有皇家盾形纹徽的公文箱? 那不是休·惠特布雷德吗,她的老朋友休——令人爱慕的休!

"你早啊,克拉丽莎!"休很随便地打着招呼,因为他们两人从小就相识,"你这是到哪儿去啊?"

"我喜欢在伦敦散步,"达洛维太太说,"真的,比在乡下散步舒服。"

他们刚进城——可惜——是来求医的。别的人进城来看电影,看歌剧,带女儿见世面,而惠特布雷德夫妇却来"看医生"。克拉丽莎到疗养院去过不知多少次,探望伊夫琳·惠特布雷德。伊夫琳又病了吗? 伊夫琳身体很不好,休说,同时努着嘴,挺挺他那着装得体的、具有高度男性美的、十分丰满的身体(他几乎总是穿得过于讲究,大概不得不如此,因为他在宫廷里有个小差事),暗示他的太太有点儿内科病,对此老朋友克拉丽莎·达洛维是了解的,就不用他细说了。是啊,她确实了解,多讨厌的病啊! 但与此同时,克拉丽莎不知为什么像小妹妹似的意识到自己头上的帽子。这帽子不适合清晨戴,是吗? 因为休总使她产生这种感觉,当休一面快步前行,一面下意识地提提帽子并说克拉丽莎真的像个十八岁的姑娘,还说他本人当然会出席她的晚会,伊夫琳坚决主张他去,他可能要晚到一会儿,因为他必须先带吉姆的一个儿子去参加宫中的晚会,云云——她和休在一起时总感觉自己的个子变小了,像个中学生,可是她爱慕休,固然因为早就认识他,但她确实认为休是有个性的好人,尽管理查德差点儿被他气疯,至于彼得·沃尔什,至今没有原谅她,就因为她喜欢休。

她还记得在伯尔顿时的一幕幕往事——彼得大怒；休无论如何不是他的对手，但也绝不是彼得说的那种傻瓜，不仅仅是理发师的发型木模。当休的老母亲让休放弃射击，或要他陪伴去巴斯市的时候，休二话不说，绝对从命；他确实不自私，至于像人家说而且彼得也认为的，休没心没脑，除了英国绅士的礼貌和教养以外一无所有，这只不过是她亲爱的彼得在盛怒之下说的气话；休可能执拗，可能难对付，但是他可爱，值得在这样的早晨与之一起散步。

（六月已给树木披上绿装。宾里科一带的母亲们在给婴儿喂奶。新闻从舰队街传送到海军部。繁忙的阿灵顿街和皮卡德利街好像温暖了公园里的空气并使树叶发热发亮，使它们升腾于神圣活力的气浪之上，这活力是克拉丽莎所热爱的。去跳舞，去骑马，她一向喜爱这些活动。）

因为他们也许分别了好几百年，她和彼得；她没写过一封信，而他的信就像干柴棍。可是突然间她会想到，如果他现在和我在一起会说些什么呢？——有的日子、有的景物会把彼得平静地带回她的心里，全然没有往日的苦涩，这也许是关心别人得到的回报吧。许多往事重又涌上心头，在一个晴朗的早晨，在圣詹姆斯公园中央——它们确实再现了。然而彼得——无论天气多么好，无论树木、青草和穿粉红衣裙的小女孩多么漂亮——彼得全都视而不见。他会戴上眼镜，如果她叫他戴的话，他会看上两眼。他真正感兴趣的是世界局势，还有瓦格纳①的音乐、蒲柏②的诗歌、人们的性格等永恒的话题，还有她自己灵魂的瑕疵。彼得责备她时是何等严厉！他们争论得何等激烈！她会嫁给一个首相，站到楼梯之上；他叫她完美的女主人（她为此曾在卧室里大哭一场），她是个当完美女主人的材料，彼得这样说。

于是她在圣詹姆斯公园里仍然不知不觉地继续这场争论，依然假定她当初没有嫁给彼得是对的——当时确实是对的。因为在婚姻关系中，对于同居一室朝夕相处的两个人来说必须有一点个人的自由，必须

---

① 瓦格纳(1813—1883)，19 世纪后期德国作曲家、音乐教育家。
② 蒲柏(1688—1744)，英国 18 世纪前期最重要的讽刺诗人。

有一点独立性。理查德给了她这种自由,她对他也是如此。(比如,他今天上午在哪里?在某个委员会吧,她从不详细打听。)可是和彼得在一起就什么都得公开,所做的每一件事都必须公开。这实在让人难以容忍,而当小花园喷泉边的那一幕发生时,她不得不与他决裂,否则他们就毁了,两个人都会毁掉,她确信这一点;尽管此后多年她忍受着利箭穿心般的哀伤和痛苦,而且后来当她在一次音乐会上得知彼得娶了他在去印度的船上邂逅的女子为妻时,她又经历了一番震惊。她永远不会忘掉这些!冷漠、无情、伪君子,彼得曾这样批评她。她始终不明白彼得到底在乎什么。可是那些印度女人大概明白——那些愚蠢、漂亮、脆弱的傻瓜们。不过她白可怜彼得了,因为他过得还幸福,他让她相信他过得十分幸福,尽管他从未做成与她谈过要做的事;他此生无所作为。这仍使她感到愤慨。

她已来到圣詹姆斯公园门口。她驻足片刻,看着皮卡德利街上来往的公共汽车。

现在她不愿意对世界上的任何人评头品足。她觉得自己非常年轻,与此同时又不可言状地衰老。她像一把锋利的刀穿入一切事物的内部,与此同时又在外部观望。每当她观看那些过往的出租车时,总有只身在外、漂泊海上的感觉;她总觉得日子难挨,危机四伏。这并不是因为她自作聪明或自恃出众。她究竟是如何靠丹尼尔斯小姐传授的那点支离破碎的知识度过这半生的,连自己也不明白。她什么都不懂,不懂语言,不懂历史;她现在很少读书,除了在床上读些回忆录;然而对她来说,这里的一切,那些过往的出租车,绝对有吸引力;她不愿对彼得评头品足,也不愿对自己说三道四。

她唯一的天才是几乎完全靠本能来了解别人,她一面走一面想。如果你让她和某个人一起待在屋子里,她会像猫一样弓起后背,或像猫那样高兴得低声叫起来。德文希尔公爵府、巴斯侯爵府、带有瓷鹦鹉的府邸,她曾见过所有这些地方灯火辉煌;她记得西尔维娅、弗莱德、萨莉·西顿——诸如此类的许多人,以及彻夜跳舞;她还记得那些马车缓慢地经过这里驶向市场,记得乘车穿过这公园回家;她记得有一次曾把一先令硬币扔进海德公园的蛇形湖里。但是每个人都会记得的;而她所爱的则是此时此地、她眼前的一切,是出租车里那个胖胖的女人。那么这要紧吗?走向邦德街时她问着自己,她的生命必须不可避免地终止,这要紧吗?所有这一切在没有她的情况下必须继续存在,她对此生气吗?相信死亡绝对是个终结,难道不令人感到欣慰吗?然而在伦敦的大街上,在世事沉浮之中,在这里,在那里,她竟然幸存下来,彼得也幸存下来,他们活在彼此心中,因为她确信她是家乡树丛的一部分,是家乡那座确实丑陋、凌乱、颓败的房屋的一部分,是从未谋面的家族亲人的一部分;她像薄雾飘散在她最熟悉的人们中间,他们用自己的枝杈将她扩散,正如她曾见树木散开薄雾一般,然而她的生命、她的自我飘散得何等遥远。但是当她观看哈查兹书店的橱窗时究竟在梦想着什么呢?她在努力寻觅着什么呢?乡间白茫茫的黎明是一种什么意象,这时她正读着那本打开的书上的诗句:

  无须再怕骄阳酷暑
  也不畏惧肆虐寒冬。①

这个世界最近所经历的事情在他们所有的人——无论男人还是女人——的心中孕育了一汪泪水。泪水和忧伤,勇气和忍耐力,一种完全正义和坚忍的态度。例如,想想她最钦佩的女人,那个主持慈善义卖开幕式的贝克斯伯拉夫人。

  这里陈列着乔洛克斯的《野游和欢宴》②;这里有《索比·斯庞吉》③,有阿斯奎斯夫人④的《回忆录》,还有《尼日利亚狩猎记》,这些书都是打开的。这里总有那么多书,可是似乎没有一本适合带给住疗养院的伊夫琳·惠特布雷德。没有任何东西能使她快乐,没有任何东西能使那个瘦小枯槁得无法形容的女人在克拉丽莎进门时哪怕表现出一瞬间的热情友好,在她们坐下开始谈论妇女的疾病这一无尽无休的老话题之前。她多么希望在她进门时人们会显得愉快些,克拉丽莎想着,

---

① 见莎士比亚的《辛白林》第四幕第二场中的一首挽歌。
② 似指英国小说家瑟蒂斯(1803—1864)的幽默故事集《乔洛克斯的野游和欢宴》。
③ 似指瑟蒂斯的小说《斯庞吉先生的狩猎之旅》。
④ 阿斯奎斯夫人(1864—1945),全名玛格特·阿斯奎斯,英国作家。

同时回过身来又向邦德街走去。她很烦恼,因为干点事情总要找些别的理由是非常愚蠢的。她宁愿自己是理查德那样的人,干什么都为自己,她一面等着过马路一面想,而她有一半时间干事情则不那么单纯,不像他们那样为自己,而是为了让人们这样想或那样想。她知道这完全是愚蠢的(现在警察举起了手),因为从来没有人上过当,哪怕是一秒钟。唉,如果她能再活一次该多好!她一面想着,一面踏上人行道,那她就会是另一个样子了!

首先,她会像贝克斯伯拉夫人那样肤色稍深,皮肤像起皱的皮革,还有一双漂亮的眼睛。她会像贝克斯伯拉夫人那样动作缓慢而庄重,身材高大,像男人一样关心政治,拥有一幢乡间宅邸,非常有尊严,非常诚恳。但她却不具备这些,她只有像豌豆秧一样瘦弱的身体、滑稽的小脸、像鸟喙一样的嘴。诚然,她姿态优雅,还有好看的手和脚,而且穿着讲究,尽管花钱不多。可是现在她的身体(她停下来看一幅荷兰绘画),这个身体及其一切功能似乎变得无足轻重——都化为乌有了。她有一种最奇怪的感觉,觉得自己成了隐身人,不为人所见,不被人所知。现在她不会再结婚再生育了,只能以令人吃惊的和相当庄重的方式与芸芸众生一同前行,走上邦德街。这就是达洛维太太,她甚至不再是克拉丽莎,而是理查德·达洛维太太。

邦德街使她着迷,这个季节清晨时分的邦德街,它那招展的旗帜,它那许许多多的店铺,毫无张扬,毫无辉耀;一卷苏格兰粗呢展示在她父亲五十年间常去选购西装的那家商店;几粒珍珠;一方冰冻鲑鱼。

"就是如此,"她注视着水产店自言自语,"就是如此。"她重复了一遍,在一家手套店的橱窗前停留片刻,战前你可以在这里买到近乎完美的手套。她的老威廉叔父过去常说:淑女以鞋和手套为标志。战争期间他在一天清晨卧床自尽了。他曾说:"我已经活够了。"手套和鞋:克拉丽莎对手套倒是情有独钟,可是她自己的女儿,她的伊丽莎白,对手套和鞋一点儿都不感兴趣。

一点儿都不感兴趣,克拉丽莎想,一面沿着邦德街走向一个小店,每次开晚会店家都为她预留鲜花。伊丽莎白真正最关心的是她的小狗。整个房子弥漫着焦油皂的气味。尽管如此,可怜的小狗格里泽尔也比基尔曼小姐好得多。犬瘟热、焦油皂以及别的什么东西都比关在令人窒息的卧室里捧着本祈祷书强！她简直想说,什么都比这强。但这可能只是一个阶段,正如理查德所说,是所有女孩子必然经历的阶段。有可能是相恋。可为什么和基尔曼小姐呢？当然基尔曼的境遇不佳,人们必须理解;而且理查德说她很能干,真正有历史头脑。不管怎么说,这两个女子形影不离;她自己的女儿伊丽莎白竟去参加了圣餐仪式。她倒一点儿也不在乎伊丽莎白如何穿戴,如何对待前来吃午饭的客人,因为她的经历告诉她,宗教的狂热常使人变得冷酷(事业也是如此),使他们缺乏感情,如基尔曼女士为俄国人什么事情都愿意干,还为奥地利人忍饥挨饿,但私下里却给人带来真正的折磨,她是那么麻木不仁,总穿着件绿色防水布上衣。她成年到头穿着那件上衣;她大汗淋漓;她进屋没有五分钟就使你意识到她的长处和你的短处;她是多么贫穷,你是多么富有;她是怎样住贫民窟的,没有靠垫、床、地毯或别的什么东西;她的整个灵魂被穿透其间的怨言所锈蚀,她在大战期间遭学校解雇——可怜的痛苦不幸的人！因为人们憎恨的不是她,而是她的思想,毫无疑问,其中有许多是从别处搜集来的,不是她本人的思想;她已变成人们夜间与之争斗的那些幽灵中的一员,成为那些叉开双腿站在我们身体之上吸干我们一半生命血液的幽灵,即统治者和暴君中的一员;因为毫无疑问,如果再掷一回骰子的话,如果是黑色的一面朝上而不是白色的一面朝上的话,克拉丽莎会喜爱基尔曼小姐！但在今生今世则不可能。绝不可能。

然而她总感到刺痛,因为这个野蛮的魔鬼在她心中翻搅！因为她听见树枝咔嚓作响并感觉到魔鬼的蹄子踏入枝叶繁茂的树林深处,即灵魂的深处;因为她从来没有感到过比较满意或比较安全,那是由于"仇恨"这个野蛮的魔鬼无时无刻不在她心中翻搅;特别自她得病以来这仇恨产生了巨大的力量,使她感到被擦伤,感到脊柱受损,不仅带给她肉体的疼痛;而且动摇、震颤、扭曲了她从美景、友谊、健康、爱恋和美化家园当中得到的乐趣,似乎真的有一个魔鬼在刨根,似乎表面的心满意足不过全是自爱的表现！如此这般的仇恨！

无稽之谈,无稽之谈！她对自己喊道,一面推开马尔伯里花店的两扇弹簧门。

她向前走去,轻盈、修长、腰板挺直,马上受到脸庞像纽扣的皮姆小姐的欢迎。皮姆的双手总是通红通红的,好像一直浸在凉水里摆弄鲜花来着。

店里满是鲜花:有翠雀花、麝香豌豆花、成束的丁香花;有康乃馨,许许多多的康乃馨。还有玫瑰花,还有鸢尾花。是啊,很多很多——于是她在站着和皮姆小姐谈话的同时呼吸着这带泥土味的花园的馨香;皮姆曾得到过她的帮助,认为她很仁慈——要知道她多年前确实仁慈——非常仁慈,可今年她显得老了些。她站在鸢尾花、玫瑰花和一簇簇点头摇摆的丁香花丛中半闭着眼睛,头一会儿转向这边,一会儿转向那边,在经历了街上的喧哗之后深深地吸着那芳香的气味和那清幽的凉意。然后,她睁开了眼睛,那些玫瑰花显得多么新鲜啊,真像刚从洗衣房送来叠放在藤托盘里的带饰边的家用亚麻布制品;红康乃馨颜色略深且排列整齐,高高地昂着头;所有的麝香豌豆花在盆中向外蔓延,浅紫的、雪白的、苍白的——仿佛现在是晚上,穿着薄布衣裙的姑娘们出来采摘麝香豌豆花和玫瑰花,在晴朗的夏日白昼连同它那几乎变得深蓝的天空以及它的翠雀花、康乃馨、马蹄莲隐退之后。现在是六点转变为七点的瞬间,每一朵花——玫瑰、康乃馨、鸢尾、丁香——正烂漫辉煌,白色、蓝绿色、红色、深橙色;每朵花仿佛都在雾蒙蒙的花坛里单独燃烧,柔和而纯洁;她是多么喜爱那些灰白色的蛾子啊,它们旋转着飞进飞出,飞过向日葵花,飞过晚樱草!

当她开始和皮姆小姐一起从一个花罐走向另一个花罐挑选鲜花的时候,她自言自语道:无稽之谈,无稽之谈,声音越来越轻,仿佛眼前这美景、这香气、这颜色,以及皮姆小姐对她的好感和信任是一阵海浪,她任其冲遍全身,让它降服"仇恨"那个魔鬼,彻底降服它;这海浪将她向上托起,突然间——哎呀,外面街上响起了枪声!

"天啊,那些汽车。"皮姆小姐说,手里正捧着一大把麝香豌豆花,她走到窗前看看,又走回来抱歉地笑笑,好像那些汽车和汽车轮胎的问题都是**她的**过错。

使达洛维太太吓了一跳并使皮姆小姐走到窗前又回来道歉的巨大爆炸声来自一辆小轿车。这车已停靠在人行道边,正对着马尔伯里鲜花店的橱窗。过往的行人当然要驻足观看,他们刚看见紫灰色的车座前有个非常重要的人物的脸,一个男人的手就拉上了窗帘,这样一来,除了一方紫灰色以外就什么都看不见了。

然而谣言马上从邦德街的中央传到一头的牛津街和另一头的阿特金森香料店。它无影无声,像飘临山头的一片浮云,飘得很快,犹如面纱;它确实以浮云的无华和静悄飘落到人们的脸上,一秒钟前这些脸还完全是惶惑不安的。可是现在神秘女神已将一只翅膀擦过他们;他们已听到某种权威的声音;宗教的精灵出没四方,她的双眼被绷带紧裹,双唇张得大大的。可是谁也不知道刚才看见的是什么人的脸。是威尔士亲王,还是王后,还是首相?到底是谁呢?没有一个人知道。

埃德加·杰·沃基斯胳膊上套着一卷铅管,他大声地、无疑是幽默地说:"是受(首)相的其(汽)车。"

塞普蒂莫斯·沃伦·史密斯发现前面无法通行,他听见了这句话。

塞普蒂莫斯,三十岁左右,面色苍白,鹰钩鼻子,穿着棕色鞋子和旧大衣,他那双淡褐色的眼睛里流露出恐惧,能使根本不认识他的人也产生恐惧感。世界已经扬起了鞭子,会落到谁的头上呢?

一切戛然而止。汽车发动机的轰鸣听起来像传遍全身的不规则的脉搏跳动。阳光变得异常炎热,只因为那辆小轿车停在马尔伯里花店的橱窗外。坐在双层公共汽车上层的几位老妇人打开了黑色阳伞,然后这边一把绿伞、那边一把红伞啪啪地打开了。达洛维太太抱着一大把麝香豌豆花走到窗口向外张望,她那粉红色的小脸皱了起来,充满疑问。大家都注视着那辆汽车。塞普蒂莫斯也在看着。骑自行车的小伙子纷纷跳下车来。车辆越聚越多。那辆轿车还停在原地,挂着窗帘,窗帘上有奇特的图案,像一棵树,塞普蒂莫斯想;一切事物逐渐地被吸引到一个中心的现象就发生在他眼前,似乎一种恐怖的东西很快就要出现,马上就要喷出烈焰,他感到十分恐惧。整个世界在动摇,在震颤,并威胁着要迸出烈焰。是我挡住了去路,他想。他不是正在被人观看和指点吗?他在人行道上牢牢地站定难道不是为了某个目的吗?但究竟是为什么目的呢?

"咱们走吧,塞普蒂莫斯。"他的妻子说。她身材矮小,眼睛大大的,脸又扁又尖,是个意大利姑娘。

但是柳克利西娅自己也不由自主地看了看那辆轿车以及窗帘上的树形图案。车里坐的是王后吗?是不是王后出门买东西?

那辆车的司机先前一直在打开什么,旋转什么,又关上什么,现在他进了驾驶室。

"走吧。"柳克利西娅说。

可是她的丈夫(他们结婚已有四五年了)惊跳起来生气地说:"好吧!"仿佛她打断了他的思路。

人们一定注意到了,人们一定看见了。人们,她一面看着那些瞪大眼睛注视那辆轿车的人群一面想,那些英国人以及他们的孩子、马匹和服装,对于这些她在某种程度上是爱慕的,但现在他们不过是"人们"而已,因为塞普蒂莫斯刚才说"我要自杀",多可怕的话呀。假设他们听见了他的话?她看看人群。救命啊!救人啊!她真想对那些肉食店的伙计和女人们喊。救人啊!那不过是去年秋天的事,她和塞普蒂莫斯站在河堤街上,两人合披一件斗篷,他不说话,只顾看报,她抢过报纸,当着在场的那位老人的面大笑起来!可是人们通常加以掩饰的是自己的失败。她必须带他离开这里到公园去。

"现在该过马路了。"她说。

她有权挽起他的手臂,尽管这样做不表达丝毫感情。他会向她伸出一只瘦骨嶙峋的胳膊;她是那么质朴,那么感情用事,才二十四岁,在英国无亲无故,只是为了他才离开意大利的。

那辆轿车窗帘紧闭,带着一种神秘莫测的矜持向皮卡德利街驶去,它依然受到注视,依然用同样隐秘的暗示使站在路两边的人们脸上显出崇敬的神情,它暗示的崇敬是对王后的呢,还是对亲王的呢,还是对首相的呢,谁也不知道。汽车里的那张脸只有三个人看见过,而且只有几秒钟。甚至对那人是男是女仍有争议。但是里面可能确实坐着一位大人物;大人物正路过邦德街,面目隐蔽,与平民不过一手之隔;这些平民百姓也许是第一次也是最后一次与英王陛下,即国家永不磨灭的象征近在咫尺,简直可以通话。这个国家的永不磨灭的象征将来一定会被好奇的古迹学家们在筛选历代废墟时发现,当伦敦变成了长满野草的小径的时候,当所有那些在这个星期三的上午匆匆行进于人行道上的人都变成了白骨,他们的灰尘里只剩下几枚结婚戒指和无数已烂掉的牙齿中的金质填料的时候。到那时,轿车中的那张脸将大白于天下。

很可能是王后,达洛维太太想,一面捧着刚买的鲜花走出马尔伯里花店,是王后。她站在花店旁边,在阳光下瞬间露出异常尊严的表情,此时那辆轿车从她面前驶过,离她仅一英尺左右,挂着窗帘。是王后去医院,是王后去参加慈善义卖开幕式,她想。

堵车事件发生在这个时间实在是太糟糕了。洛德板球场、阿斯科特赛马场、赫灵海姆马球俱乐部,有什么赛事吗?她很想知道,因为这条街已无法通行。那些坐在公共汽车上层两侧的英国中产阶级绅士淑女们带着包裹和阳伞,是啊,甚至在这样的天气里还穿着毛皮大衣,她想,这些人的可笑程度超出人们的想像,与世上的一切格格不入;还有王后本人受阻,王后本人无法通行。克拉丽莎被阻隔在布鲁克街的一边;老法官约翰·巴克赫斯特爵士则被阻隔在另一边,中间是那辆轿车(约翰爵士多年来参与制定法律并喜欢服装考究的女人),此时那位轿车司机只是微微欠了欠身,对警察说了些什么,或者出示了什么东西,只见那警察敬了个礼,举起一只胳膊,歪了歪头,指挥公共汽车移向一侧,于是小轿车通过了路段。它缓慢地、无声无息地开走了。

克拉丽莎在猜测;她当然明白;刚才她看见那个侍从手里拿着一个白色圆形的神奇东西,是块圆牌,上面刻着名字——是王后的,还是威尔士亲王的,还是首相的?——那块圆牌凭借自身的光泽燃烧着开路(克拉丽莎看着那辆车逐渐变小,直至消失),去放射光芒,周围是枝形吊灯、闪烁的星章、佩戴着橡树叶勋章的直挺的胸膛、休·惠特布雷德和他所有的同事们、那些英格兰的绅士们,当天晚上将在白金汉宫。而克拉丽莎本人也要举行晚会。她挺了挺身子;她就要这样站到自家的楼梯之上了。

那辆轿车已经开走,但它留下了细微的余波;这余波流入邦德街两侧的手套店、帽子店和成衣店。在三十秒钟里所有人的头都朝着一个方向——窗户。女士们正在挑选手套——是要长度到臂弯的还是要超过臂弯的?是要淡黄的还是要浅灰的?——她们都停了下来;那句话刚说完事情已经发生了。这事孤立地看实在微不足道,就连能传导远在中国发生的震波的数学仪器都无法记录它的震频;然而它的充实性则是令人畏惧的,它的普遍吸引力则能引发公众的情感;因为在所有的帽店和成衣店里互不相识的人们面面相觑,联想起那些死者,联想起国旗,联想起大英帝国。在一条小街上的一家专卖酒店里,一个曾久居英国殖民地的人辱骂了温莎王室①,引起了议论、摔啤酒瓶和满堂的争吵;这声音不知怎地竟回响在马路对面那些姑娘的耳中,她们正在购买婚礼用的饰有洁白丝带的内衣。因为那辆开过去的小轿车所带来的表面的激动情绪在沉降之时又引发出一种深刻的东西。

那辆轿车平稳地穿过皮卡德利广场,沿着圣詹姆斯街开去。许多高个子男人、身体健壮的男人、穿着燕尾服和白套衫并且头发向后梳的男人,不知为什么都站在怀特俱乐部的凸窗前,双手背在燕尾服的后面向外张望,本能地感觉有伟人路过此地;而那不朽人物的微光照在他们身上,如同先前照在克拉丽莎·达洛维身上。他们马上站得更直,把手移到身侧,好像随时准备侍奉他们的君主,如果需要的话,随时准备走向炮口,正如他们的先辈曾经做过的那样。他们身后的那些白色半身雕像以及那些摆满《闲谈者》杂志和汽水瓶的小桌似乎在表示赞许,似乎在暗示英格兰起伏的麦浪和庄园宅邸,似乎在反射外面汽车轮胎微弱的嗡嗡声,正如教堂内低语高响廊的墙壁反射一个人的说话声并借助整个建筑物的力量把它变得洪亮悦耳。披着方巾的莫尔·普拉特捧着鲜花站在人行道上,祝愿那个亲爱的年轻人身体健康(坐在车里的肯定是威尔士亲王②);仅仅出于兴奋的心情和对贫穷的鄙视,她会把够买一罐啤酒的钱,买一束玫瑰花,抛向圣詹姆斯街,如果不是看见警察盯着她,阻挠她这个爱尔兰老妇人表示忠心的话。圣詹姆斯宫的卫

---

① 1917 年英国王室正式更名"温莎",并沿用此称呼至今。
② 威尔士亲王(1894—1972),指英国国王乔治五世的长子,1910 年被立为王储,1911 年被封为威尔士亲王。即后来的爱德华八世。

兵们敬礼致意;亚历山德拉①王太后的警察表示赞许。

就在这段时间里,一小群人聚集在白金汉宫门前。他们都是些穷苦人,无精打采地但满怀信心地等待着;他们观看飘扬着国旗的王宫,观看站在基座上衣裙飘荡的维多利亚女王②雕像,观赏着她的层层喷泉流水和她的天竺葵花丛;他们从林荫路上过往的许多汽车当中先是注意这一辆,然后注意那一辆;他们自负地对平民乘车出游大动感情,他们在这辆或那辆汽车开过之时重温着赞美之词使其永远新鲜。他们一直听任谣言聚集进他们的血管并刺激他们大腿的神经,想到君主正在看着他们,王后在低头致意,亲王在致敬;想到神赐予国王们的天堂般的生活、王室的侍从武官们和那深深的屈膝礼、王后旧日的玩偶屋、嫁给了英国人的玛丽公主③,还想到亲王——啊! 亲王! 据说他酷似老爱德华国王,可身材比老国王要修长得多。亲王住在圣詹姆斯宫,可说不定今天早晨会出来看望他的母亲。

抱着孩子的萨拉·布莱奇里这样说,她不时踮起脚尖,犹如站在宾里科家里的壁炉网旁边,但她的目光一直注视着林荫路;此时埃米莉·科茨在王宫窗外踱来踱去,想到那些女用人,数不清的女用人,还有那些卧室,数不清的卧室。一个牵着条亚伯丁小猎狗的年纪较大的绅士和一些无业游民也加入了这个人群,人越聚越多。小个子鲍利先生在奥尔巴尼饭店有一套房间,他心灵深处的生命之源已用蜡封住了,然而贫穷的妇人等着看王后过路的情景——可怜的女人们、听话的小孩们、孤儿、寡母、大战,啧啧——诸如此类的事可能将这蜡封不合时宜地、感伤地突然开启;他真的热泪盈眶了。一阵微风带着从未有过的暖意炫耀地吹拂着林荫路,吹过稀疏的树木,吹过青铜英雄雕像,也掀动了在鲍利先生的英国胸中飘扬着的国旗。于是在那辆轿车转弯驶入林荫路时他提起帽子,待车开近时又将帽子高高举起;他听凭宾里科来的穷苦

---

① 亚历山德拉(1844—1925),英国国王爱德华七世(在位时期:1901—1910)的配偶,英国国王乔治五世(在位时期:1910—1936)的母亲。
② 维多利亚女王(1819—1901),英国女王(在位时期:1837—1901),印度女皇(在位时期:1876—1901)。
③ 玛丽公主(1897—1965),英国国王乔治五世的女儿,嫁给了第六代赫里伍德伯爵。

母亲们挤到身旁,依然笔直地站着。那辆车开到眼前了。

突然,科茨太太抬头望望天空。一架飞机的轰鸣声传入人群耳中,似乎预示着不祥。它飞过来了,掠过树丛,尾部喷出一股白烟;那烟在翻卷扭动,实际上是在写着什么! 是在天上写字母! 大家都抬头望去。

那飞机突然向下飞,而后又垂直上升,画了一个圆圈,加速,下降,上升,无论它怎样飞,无论它飞向哪里,它的后面都飘散着一缕层次分明的浓浓的白烟。这白烟在空中翻卷盘绕,构成了字母。可到底是什么字母呢? 是 AC 吗? 一个 E,然后是个 L? 它们只停留片刻就飘移淡化,从空中被抹掉了;飞机疾驰向前,又开始在另一块空间写下一个 K,一个 E,也许还有一个 Y?

"Blaxo。"科茨太太一面用一种紧张的、敬畏的声音拼读,一面凝望着天空;她那白色襁褓里的婴儿一动不动地躺在她的怀中,也凝望着天空。

"Kreemo。"布莱奇里太太小声拼读着,像个梦游症患者。鲍利先生凝视着天空,手一动不动地举着帽子。林荫路上所有的行人都站着仰望天空。就在他们仰望之时,整个世界变得寂静无声,只见一队鸥鸟从天上飞过,先是一只带头的,跟着又是一只;就在这异常的静寂与平和之中,在这灰白颜色之中,在这纯洁之中,时钟敲了十一响,它的声波渐渐消逝在天上的鸥群里。

那架飞机转过弯来,加速飞翔,随心所欲地俯冲,快捷,自由自在,像一个人在滑冰——

"那是个 E。"布莱奇里太太说——或者是个跳舞的人——

"那是 toffee(太妃糖)。"鲍利先生低声自语——

(那辆轿车驶进王宫大门,没有人去注意它)飞机关掉喷雾嘴,加快速度越飞越远,天上的烟雾逐渐稀薄,聚拢到几大片云朵周围。

飞机已经离去,隐没在云层后面。四周一片静寂。

挂着字母 E、G 或 L 的云朵自由自在地飘浮,好像注定要从西飘到东去完成一件永远秘不可宣的最重要的使命,然而它确实是在完成一件最重要的使命。突然间,在一列火车钻出隧道的同时,那架飞机又从云层里冲了出来,它的轰鸣声传进正在墨尔街、格林公园、皮卡德利广场、摄政街、摄政公园的所有人的耳中,它喷出的那缕白烟在机身后面旋转,那飞机冲下来,旋即上升,书写着一个又一个字母——可是它到底写的是什么呢?

柳克利西娅·沃伦·史密斯和丈夫并肩坐在摄政公园的宽路边的座位上,她抬起头来望着天上。

"塞普蒂莫斯,你看,你看啊!"她喊道。因为霍姆斯医生曾嘱咐她要设法使丈夫对自身以外的事情感兴趣(他本没有什么大病,只是精神不太好而已)。

这么说,塞普蒂莫斯一面仰望天空一面想,他们在向我发出信号。不过不是用普通的词语;也就是说,他还读不懂这种语言;但是这种美,这种精致的美是十分明显的;泪水模糊了他的眼睛,当他看到那些白烟形成的词语在空中逐渐消散融化,以无尽的慈爱和带笑的善意赐予他形状变幻的无法想象的美,并通过信号暗示要永远无偿地为他提供只需一看的美,更多的美!眼泪顺着他的面颊流了下来。

那是 toffee;他们在为太妃糖做广告,一个保姆告诉(柳克)利西娅。她们两人开始一起拼读 t—o—f—

"K—R—"那个保姆说。而塞普蒂莫斯则听见她对他耳语:"凯——来啦",深沉而柔和,像优美的风琴声,但这声音里又掺杂着一点类似蚱蜢叫的刺耳成分,它新奇地刺激着他的脊柱,并将声波传入他的大脑,这声波在他脑中回荡,然后戛然而止。这真是个绝妙的发现——人的声音在某种大气条件下(因为人必须讲究科学,科学最为重要)竟能使树木很快变活了!那些榆树忽升忽降,所有的叶片闪烁着光芒,颜色忽浅忽深,从蓝色直到波谷的绿色,像无数马头上的鬃毛,像无数女士帽子上的羽毛,它们是那么自豪的、那么壮丽的起起落落;利西娅兴奋地用一只手使劲按住丈夫的膝盖,使他不能动一动,否则那些榆树忽升忽降的激动人心的景象会使他发疯。但是他不会发疯。他会闭上眼睛,他不想再看下去。

然而它们在向他招手;树叶充满活力,树木充满活力。由于那些树叶通过千百万条纤维与座位上的他,与他自己的身体相连接,它们煽动着他的身体,使其随之上下起伏。当树枝伸展的时候,他也伸展肢体以示赞同。那些扑打着翅膀飞起来又落到锯齿形喷泉上的麻雀是整个景象的一个组成部分;白色与蓝色的背景,饰以由黑色树枝构成的条纹。各种声音由于事先的谋划形成了和声;声音的间歇与声音本身同样有意义。一个小孩哭了。从远处适时地响起号声。这一切加起来意味着一个新的宗教诞生了——

"塞普蒂莫斯!"利西娅喊道。他吓了一大跳。人们一定注意到了。

"我要散步到喷泉,然后再回来。"她说。

因为她再也忍受不下去了。霍姆斯医生也许会说没有什么大不了的事。她却恨不得丈夫现在就去死!她不能总坐在他身边看着他瞪眼出神而对她不屑一顾并把一切搅得乱七八糟;天空和树木,孩子们嬉戏着,拖着小车,吹着哨子,摔跤跌倒;这一切都很糟糕。他不愿意自杀;她也无法向任何人诉说。"塞普蒂莫斯工作太辛苦了"——这是她唯一能说的话,对她自己的母亲。爱恋使人孤独,她想。她无人诉说,就是对塞普蒂莫斯也什么都不能讲;她回过头去,看见丈夫仍然穿着破大衣坐在那个座位上,弓着腰,瞪着眼。虽然一个男人扬言自杀是怯懦的表现,可是塞普蒂莫斯也曾打过仗;他曾经很勇敢,可现在却判若两人了。利西娅戴上镶花边的假领子。她戴上新帽子,他却从不留意;她不在时,他反倒高兴。而他不在时,什么都不能使她快乐!什么都不能!他很自私。男人都自私。因为他没有病。霍姆斯医生说他没有什么大不了的事。她摊开一只手。看!她的结婚戒指松动了——她瘦多了。受苦的是她自己,但是她无人诉说。

意大利太遥远了,她远离了那些白色房屋和那姐妹们围坐着缝帽子的房间,远离了那些每天晚上十分拥挤的街道,人们在街上散步,哈哈大笑,不像这里的人那样半死不活,蜷缩在巴斯轮椅里盯着几朵插在花盆里的丑花!

"因为你应该去看看米兰市的那些花园。"她大声说道。可是说给谁听呢?

周围一个人都没有。她的话音转瞬即逝,犹如一枚火箭转瞬即逝。它射出的无数火花在照亮长空之后终于退让了,黑暗重又降临,泼洒在众多房屋和高塔的轮廓线上;荒凉的山坡变得模糊不清,最终陷入黑暗。然而尽管它们已经消逝,夜空仍将它们统统包容;它们被剥夺了颜色,从窗口消失了,但它们仍以更加沉重的形式存在着,揭示出坦诚的日光所未能显现的东西——聚集在黑暗中、蜷缩在黑暗中的万物那纷扰不定的状态,全然失去了晨曦带来的欣慰感(晨曦将无数墙壁刷成灰白,点染每一块窗玻璃,驱散田野上的薄雾,显现出安静吃草的红褐色母牛,那时世间的一切再次被装点得赏心悦目,又重新存在)。就我一个人;就我一个人!她在摄政公园的喷泉旁喊道(同时凝视着那个印度人和他的十字架),仿佛是在午夜,所有的疆界都消失了,这个国家又回到古代的状况,正如罗马人当时所见,他们登陆时,这个国家正处于朦胧之中,山脉无名,河流蜿蜒不知流向何方——她所感到的黑暗就是如此;突然间,一块暗礁好像骤然生了出来,她就站在暗礁上面,她诉说着几年前她是如何在米兰结婚成为他妻子的,并说作为妻子她永远永远不会告诉别人他疯了!暗礁旋转着坠落下去,她也随之跌落,跌落。因为塞普蒂莫斯已经离去,她想——离去,像他扬言的那样,自杀——扑向马车轮下!可是他并没有自杀,他就在那边,依然独自坐在椅子上,穿着破大衣,跷着腿,眼睛直勾勾的,在大声自言自语。

　　人不应该砍树。有一个上帝存在(他常把这类心得记在信封背面)。要改变这个世界。别再有人因仇恨而残杀。要让人们知道(他记了下来)。他在等待。他在倾听。一只栖息在对面栏杆上的麻雀叫着"塞普蒂莫斯,塞普蒂莫斯",重复了四五遍,然后拉长调子继续尖声唱起希腊文,叙述世间如何没有罪恶;另一只麻雀也加入进来,它们一起用刺耳的长声唱着希腊文,从河那边死者经常出没的生命草场的树丛里,叙述着世间如何没有死亡。

　　这边是他的手;那边是死去的人。有些白乎乎的东西正聚拢到对过的栏杆后面。但是他不敢看。埃文斯就在栏杆后面!

　　"你在说什么呢?"利西娅突然问道,并在他身旁坐了下来。

　　又来打扰!她总是打扰。

　　躲开这些人——他们必须躲开这些游人,他说着(跳将起来),马上到那边去,那边的一棵树下有几把椅子;而且公园长长的坡地在那里向下倾斜,像一条绿带,上方高处罩着蓝色和粉红色烟雾幻化成的布顶篷;那边还有许多形状极不规则的房屋,构成了防御墙,在烟雾中显得朦胧,车辆在一条环形路上轰轰作响;在右面,许多黄褐色的野兽从动物园的围栏里伸出长长的脖子,大叫着,号叫着。他们两人坐到那边的一棵树下。

"你看啊。"她一面请求他,一面指着一伙扛着板球门柱的男孩子。其中的一个拖着脚走,不时立在脚后跟上旋转,然后继续拖着脚走,仿佛在音乐厅里扮演小丑。

"你看啊。"她又请求他,因为霍姆斯医生曾嘱咐她要让丈夫注意具体的事物,去音乐厅,去打板球——那是一项很好的户外运动,霍姆斯医生说,正适合她丈夫参加。

"你看啊。"她重复道。

无影无形的上苍在命令他看,这个声音在与他——塞普蒂莫斯——进行沟通,他最近曾出生入死过,是全人类最伟大的人,是前来复兴社会的上帝(他躺着,像一张床单,像一块只有太阳才能融化的雪毯,永不损耗,永远受苦),是替罪的羔羊,是永远蒙受苦难的人;但是塞普蒂莫斯不想看,他痛苦地呻吟着,挥了挥手把那永久的苦难、那永久的孤独从身边赶开。

"你看啊。"她又重复一遍,因为他不应该在外面大声自言自语。

"哎,你看啊。"她请求他。可是有什么好看的呢?几只绵羊,不过如此。

到摄政公园地铁车站怎么走——他们能不能告诉她去摄政公园地铁站的路——梅济·约翰逊向他们打听。她两天以前刚从爱丁堡市来到这里。

"别从这边走——到那边去!"利西娅大喊,挥着手让她走开,生怕她看见塞普蒂莫斯。

这两个人看来都很怪,梅济·约翰逊想。这里的一切看来都很怪。她是第一次来伦敦,到她伯父在莱登霍尔街开的商店任职。在这个上午她步行穿过摄政公园时,椅子上的这对夫妇使她大吃一惊;那个年轻妇女像个外国人,那个男人看上去非常古怪;这个景象她到老也不会忘记,她会从记忆中搜寻出五十年前一个夏日的清晨她是如何穿行于摄政公园的。因为她只有十九岁,终于离家来到伦敦;现在多么奇怪啊,她刚才问过路的那对夫妇,那女人突然跳起来,摆了摆手,而那男人——他好像很怪僻;也许他们在吵嘴,也许他们要永远分离;她明白,他们之间肯定发生了什么事;现在所有这些人(因为她又走回宽路)、这些石盆、这些排列有序的花卉、这些老先生老太太、他们多是坐着巴斯轮椅的病残人——所有的人都显得那么古怪,与爱丁堡人不同。梅济·约翰逊加入到那些缓步行进、目光茫然、沐浴着微风的伙伴中去——几只松鼠蹲坐着在舔自己身上的毛,喷泉上的麻雀扑打着翅膀寻找面包渣,几只小狗在栏杆旁边戏耍打斗,和煦的微风吹拂着它们,给它们接受生活馈赠时的不以为然的凝视平添了几分古怪与和缓——梅济·约翰逊感到实在有必要大喊一声"哎呀!"(因为那个坐在椅子上的年轻男人刚才吓了她一跳。她知道一定是发生了什么事。)

可怕!可怕!她真想喊出来。(她已经离开了家人,他们曾警告过她会发生什么事情。)

她为什么不待在家里呢?她喊着,一面扭着栏杆上的铁帽。

那个姑娘还什么都不懂呢,登普斯特太太想(她把面包皮留起来喂松鼠,并常带午饭到摄政公园来吃);真的,在她看来,身体健壮些、举止放松些、期望值适中些似乎更好。帕西爱喝酒。是啊,有个儿子更好,登普斯特太太想。她自己经历过坎坷,因此情不自禁地向这样的女孩子微笑。你会结婚的,因为你很漂亮,登普斯特太太想。结婚吧,她想,到那时你就明白了。啊,那些厨师,还有别的人。每个男人都有自己的一套。可是假如我事先能知道的话,我还会做出这样的选择吗?登普斯特太太想;她不禁想对梅济·约翰逊说句悄悄话,想让自己皮肤松弛、布满皱纹的老脸感受一番怜悯的亲吻。因为生活一直很艰难,登普斯特太太想。她还有什么代价没付出呢?玫瑰花、身材、还有她的脚。(她把裙子下面那双肿胀的脚收了回去。)

玫瑰花,她轻蔑地想。全是些没用的东西,我亲爱的。因为说真的,由于吃喝、做爱,并随着好坏时光的流逝,生活已经不仅仅是玫瑰花了;还有,让我告诉你,卡丽·登普斯特并不想和肯梯斯镇的任何女人调换命运!但是她恳求怜悯。怜悯,为了那些失去的玫瑰。怜悯,这是她有求于梅济·约翰逊的,此时她正站在风信子花坛旁边。

啊,可是那飞机!登普斯特太太不是总想去国外看看吗?她有个外甥,是传教士。那飞机升腾起来冲向前方。她常在马盖特城海滨下海,而且从未远行到看不见陆地的程度,然而她却不能容忍怕水的女人。飞机一掠而过俯冲下来。她的心提到了嗓子眼。它又飞上去了。里面坐着一个满不错的小伙子,登普斯特太太敢打赌;飞机向远处飞去,速度很快,逐渐模糊,越来越远,它快速滑翔在格林尼治镇及所有的船舶桅杆上空,掠过一组孤零零的灰色教堂建筑——圣保罗大教堂及其他教堂,最后飞临从伦敦两侧向外延伸的片片农田和深棕色的树林,在树林里许多爱冒险的鸫鸟大胆地跳来跳去,它们眼睛一瞟,叼起蜗牛就往石头上磕,一下,两下,三下。

那架飞机越冲越远,最后只剩下一个闪亮的光点:一个志向、一个集点、一个人类灵魂的象征(在本特利先生看来似乎如此,他正在格林尼治兴致勃勃地滚压他家狭长的草坪);它象征着人类摆脱躯体、飞离房屋的决心,本特利先生一面想一面快速滚压那棵雪松的四周,而摆脱的方法是借助于思维、爱因斯坦、推测、数学、孟德尔的理论①——那架飞机冲向远方。

而后,一个衣衫褴褛、相貌平平的男人提着一个皮革书包站在圣保罗大教堂的台阶上,欲进又止,因为不知里面会有什么精神安慰,会受到多大的欢迎,也不知里面有多少飘着旗子的坟墓,那些旗子不是战胜军队的象征,而是战胜烦人的追求真理精神的象征,他想,为了追求真理,我现在连个职业都没有。更重要的是,教堂给你提供伙伴,他想,它邀请你加入一个社团,许多伟人都属于这一社团,许多先烈曾为它而献身,为什么不加入呢,他想,把自己那塞满传单的皮书包放到祭坛前,放到十字架前,十字架象征着一种高于寻觅求索和拼凑文字的东西,一种已成为纯精神的东西,像魂魄脱离了躯体——为什么不进去呢?他想,就在他犹豫不决的时候,那架飞机飞过了卢德加特圆形广场。

---

① 孟德尔(1822—1884),奥地利遗传学家,孟德尔学派的创始人。

奇怪得很，到处是一片寂静。来往的车流上空听不到一点声音。飞机就像无人驾驶似的，自由自在地翱翔。现在机身尾部喷出一圈圈白色的烟雾，它们旋转着上升，上升，垂直上升，仿佛出于狂喜和十足的欢欣而升腾着，写下了一个T，一个O，一个F。

"他们在看什么呢？"克拉丽莎·达洛维对前来开门的女仆说。

这幢住宅的大厅犹如墓室一般凉爽。达洛维太太举起一只手伸向眼睛，她听见女仆露西关门时裙子沙沙作响，她感觉自己像个出世已久的修女，身上披着熟悉的薄纱，充满对古老宗教的虔诚。厨师在厨房里吹着口哨。她听见打字机的啪啪声。这就是她的生活，她在大厅的桌子前低下头，受这种神圣氛围的影响而弯下了身子，感觉得到了祝福和净化。她拿起记录电话留言的拍纸簿时，自言自语道：这样的时刻多么像生命之树上的花蕾啊，它们是黑暗中的花朵，她想（似乎有一朵可爱的玫瑰花曾为她单独开放）；她没有一时一刻相信过上帝；但是，她想，一面拿起拍纸簿，她在日常生活中更应做出回报，对仆人们，是啊，还对小狗和金丝雀，最重要的是对她的丈夫理查德，他是这一切——欢快的声音、绿色的灯光，甚至会吹口哨的厨师（因为沃克夫人是爱尔兰人，整天吹口哨）——的基础；你必须用这些秘密贮存的美妙瞬间去回报，她想着，一面拿起拍纸簿，此时露西正站在她身边想解释什么：

"太太，达洛维先生——"

克拉丽莎读着电话留言："布鲁顿勋爵夫人想知道达洛维先生今天能否和她一起共进午餐。"

"太太，达洛维先生让我告诉你他要在外面吃午饭。"

"天啊！"克拉丽莎说，而露西则善解人意地也表示失望（可是感受不到那种痛苦）；露西感觉到了她们两人之间的默契，理解这种暗示，思考着上流社会的人是如何对待爱情的，她以保持平静来改善自己的前途；她接过达洛维太太的阳伞，就像捧着一位女神从战场凯旋后卸下的一件神圣的武器，把它摆到伞架上。

"无须再怕。"克拉丽莎说。无须再怕骄阳酷暑；因为布鲁顿夫人邀请理查德而不邀请她这件事带来的震惊撼动了她站立着的这一瞬间,就像河床上的一棵植物因感觉到过往船桨的震动而颤抖:她就是这样摇摆着,颤抖着。

米莉森特·布鲁顿(据说她的午餐会总是别有情趣)竟然不邀请她。一般庸俗的嫉妒是不能把她和理查德分开的。但是她惧怕时间本身,她从布鲁顿夫人的脸上(仿佛这脸是用毫无知觉的石头雕刻的日晷)看到生命在日渐减少;看到年复一年自己的生命份额如何被逐渐削减,那剩余的部分是如何几乎无法扩展,几乎不能再像年轻时那样吸收人生的颜色、盐分和音调。年轻时她曾吸收过这一切,因而当她进屋时便能充满整个房间;当她站在自家客厅门口犹豫不决的那一刹那,她常感到一种美妙的挂虑,犹如那种使跳水员在跳入海中之前迟疑片刻的挂虑,此时他脚下的大海时而幽暗时而光亮,那颇有拍岸之势但实际上只轻柔地划开海面的波浪向前滚动,掩盖了海藻,又在翻转之时给海藻蒙上一层银白色的珍珠。

她把拍纸簿放回到大厅的桌子上。她开始慢慢上楼,一只手拉着楼梯的扶手,仿佛刚刚离开一个聚会,在那里一会儿这个朋友,一会儿那个朋友回忆起她过去的面容和声音;仿佛她已关上房门来到外面独自站立,孤零零的,背景是可怕的夜空,或者确切地说,背景是这个平平常常的六月早晨投注的一派晨光。这个早晨对某些人来说是柔和的,闪烁着玫瑰花瓣的光彩,她知道,也感受到了,当她在半楼梯敞开的窗旁停下来的时候;从这窗口传来窗帘掀动的噼啪声、狗群的吠叫声,还传来白昼的研磨声、敲击声和充满活力的声音,她想着,觉得自己突然萎缩,变老,胸部也变平坦了,仿佛她已飘到门外、窗外,飘离了自己的躯体和大脑;她的大脑已经不中用了,因为布鲁顿夫人(据说她的午餐会总是别有情趣)没有邀请她。

像个修女回屋歇息,或像个孩子探索塔楼,她向楼上走去,在半楼梯的窗旁停留片刻,然后走进盥洗室。那里铺着绿色地毡。有一个水龙头漏水。在生活的中心有一处空白,一间阁楼。妇女们必须脱下她们华贵的服装。中午时分她们必须脱掉礼服。她摘下别针插在针垫上,把饰有羽毛的黄帽子放到床上。床单很干净,用一条宽带紧紧地绷在床上。她的床会越来越窄。蜡烛燃掉了一半,她曾彻夜阅读马尔博男爵①的《回忆录》。她曾在深夜里阅读从莫斯科撤退那一章。由于下议院开会总是开到很晚,理查德在她得病以后坚持让她睡觉不受干扰。说实在的,她宁愿读关于莫斯科撤退的书。他了解这一点。于是她的房间被安排在阁楼上,床很窄;她躺在那里看书的时候(因为她常常失眠)总排除不掉从生孩子时起保留下来的那种贞洁感,它像床单一样紧裹着她。她在做姑娘时就很可爱,但突然出现了一个瞬间——例如在克利夫登镇的树林下面的小河上——当时由于这种冷漠的精神起了作用,她未能使他满足。后来在君士坦丁堡又是如此,以后这种情况一而再、再而三地发生。她明白自己缺少什么。不是美貌,也不是智慧。而是一种从中心向四周渗透的东西,一种温暖的东西,它冲破表层并在男女之间或女人之间的冰冷接触中掀起微波。因为她能够朦胧地感觉到**那种东西**。她讨厌它,对它有一种老天爷才知道是从哪里学来的顾忌,或者像她感觉的那样,来源于大自然(大自然总是明智的);然而她有时却不由自主地屈服于妇人的而不是姑娘的魅力,屈服于妇人在坦言自己的争吵和蠢事时表现出的魅力,要知道她们经常对她倾诉衷肠。不知是出于怜悯,还是由于她们的美貌,还是因为她的年龄比她们大,或是出于某种巧合——例如一种淡淡的香气,或邻家的小提琴声(在某些时刻声音的威力是那么奇特),她这时会毫无疑问地产生与男人同样的感受。不过那只是一瞬间,但已足够了。那是一种顿悟,有几分像一个人脸上的羞红,你力图掩饰它,但当它扩散时,只好由它去扩散,你跑到最远的角落,在那里发抖,觉得整个世界向你逼来,充满了某种令人惊讶的意义、某种狂喜的压力,这种意义和压力迸裂世界那层薄薄的表皮喷涌而出,以一种格外的轻松流过龟裂处和红肿处。然后,在那一瞬间,她看到了一束光;一根火柴在一棵番红花上燃烧;一种内在的意义几乎表达了出来。然而逼近的退却了,坚硬的变软了。这一瞬间消失了。这样的瞬间(和女人们在一起也有同样的感觉)与她的床、马尔博男爵的书以及燃掉一半的蜡烛形成了鲜明的对照(她放下帽子)。她躺在床上睡不着觉,地板在咯吱作响;灯火通明的房子突然转暗,如

---

① 马尔博男爵(1782—1854),法国将军,拿破仑时代回忆录的作者。

果她抬起头会正好听见咔嚓一响,那是理查德在尽可能轻地放松门把手;他穿着短袜悄悄溜上楼来,然后,像经常发生的那样,扔掉暖水袋大骂起来!她笑得多么开心啊!

可是这个爱情问题(她一面想着,一面收拾起上衣),这个与女人恋爱的问题。以萨莉·西顿为例,她与萨莉·西顿旧日的关系。不管怎么说,那难道不是恋爱吗?

坐在地板上——这是她对萨莉的第一个印象——萨莉坐在地板上,抱着双膝,抽着烟卷。是在哪儿呢?在曼宁家?在金洛克-琼斯家?反正是在一次聚会上(具体地点她说不准),因为她清楚地记得曾问过和她在一起的那个男人:"**那女人**是谁?"他告诉了她,并说萨莉的父母关系不好(她是多么震惊啊——一个人的父母竟然吵架!)。但是一整个晚上她的目光都离不开萨莉。那是一种她最羡慕的非凡的美,肤色稍深,一双大眼睛,还有她自己不具备因而总是很嫉妒的品质——一种随心所欲,好像萨莉想说什么就说什么,想做什么就做什么;是一种外国人普遍具有而英国女人不常有的品质。萨莉总说她有法国血统,她的一位祖先曾服侍过玛丽·安托瓦妮特①,后来被砍了头,只留下一枚红宝石戒指。大概就在那个夏天萨莉来到伯尔顿小住,一天晚上正餐过后她出人意料地走了进来,口袋里没有一分钱,她的到来使可怜的海伦娜姑妈如此心烦意乱,她一直没有原谅她。萨莉家里曾吵得不可开交。那天晚上她来的时候确实一文不名——她典当了一枚胸针作为来程的路费。她是在情急之下跑出来的。克拉丽莎和萨莉坐了一夜,倾心长谈。是萨莉使她头一次感到她在伯尔顿的生活有多么封闭。她对性爱一点儿都不懂,对于社会问题也一无所知。她有一次曾见过一位老人在田野中倒地猝死——她还见过几头刚刚生完小牛的母牛。但是海伦娜姑妈从来不喜欢讨论任何事情(萨莉给她威廉·莫里斯②的书时,不得不裹上牛皮纸)。她们在顶楼她的卧室里坐了一个小时又一个小时,谈论生活,谈论她们将如何改造这个世界。她们想成立一

---

① 玛丽·安托瓦妮特(1755—1793),法国王后,路易十六之妻,1793年1月被法国革命政府判处死刑。
② 威廉·莫里斯(1834—1896),英国作家,美术家,有社会主义倾向。

个剥夺私有财产的协会,甚至写好了一封信,只不过没有寄出。这些想法当然出自萨莉——但是她自己很快就跟萨莉一样激动起来——早餐前在床上读柏拉图①的书,读莫里斯的书,还按钟点读雪莱②的作品。

萨莉的魅力是惊人的,还有她的天才,她的性格。比如,她摆鲜花的方法。在伯尔顿,人们总是把许多呆板的小花瓶放在桌上排成一行。萨莉自己出去,采集了蜀葵花、天竺牡丹——各式各样的从来没人见过放在一起的鲜花——然后剪下花朵,放进碗里,让它们漂浮在水面上。这样一摆,效果特别好,特别是夕阳西下时分你进来吃饭的时候(当然海伦娜姑妈认为这样摆弄鲜花有些邪恶)。还有一次萨莉忘记拿擦澡用的海绵,于是她赤身裸体跑过走廊。那个严厉的老女仆埃伦·阿特金斯走过来走过去嘟囔着:"要是让一个男士看见了呢?"是啊,萨莉确实让人震惊。爸爸说她衣冠不整。

回想起来,最奇怪的是她对萨莉的感情竟是那么纯洁,那么完美。它跟对一个男人的感情不同。它是彻底无私的,此外,还有一个特点,它只存在于女性之间,存在于刚成年的女性之间。从她自己的角度来看,它是保护性的;它出自一种盟友的感觉,一种有什么东西注定要把她们分开的预感(她们常说婚姻是灾难),这种感觉导致了这种豪侠气概,这种保护性的感情在她身上比在萨莉身上体现得更明显。因为在那些日子里萨莉完全不顾忌后果,为了表现自己勇敢而做了许多蠢事,在台地上骑着自行车围着矮栏杆兜圈子,抽雪茄烟。萨莉很荒唐,非常荒唐。但是那种魅力是无法抗拒的,至少对她来说是如此,所以她还能记得自己曾站在顶楼的卧室里抱着暖水袋大声说:"她就在这个屋檐下面……她就在这个屋檐下面!"

现在不同了,这些话对她已毫无意义。她连过去那种感情的影子都找不到了。但是她还能记得当时曾激动得浑身发冷,曾狂喜地卷着头发(昔日的感情现在又开始回到她的心里,在她拿出发卡放在梳妆台上开始卷发的时候),当时有几只乌鸦在傍晚粉红色的余晖中炫耀

---

① 柏拉图(约公元前428—前348),古希腊三大哲学家之一。和苏格拉底、亚里士多德共同奠定西方文化的哲学基础。
② 雪莱(1792—1822),英国诗人、哲学家、改革家和散文作家。

地飞上飞下,她穿好衣服,走下楼去,在穿过大厅时感觉:"如果现在就死去,现在就是最幸福。"①那就是他的感觉——奥赛罗的感觉,她相信自己感受到了幸福,正如莎士比亚让奥赛罗感受到的那样强烈,这都是因为她披着白色罩袍下楼到饭桌边与萨莉·西顿相会!

萨莉当时穿着粉红色薄纱裙——这可能吗?无论如何,她**好像**十分轻盈,光彩照人,像一只飞进来的小鸟或一只气球,粘在一棵黑莓灌木上但仅停留了一瞬间。然而一个人恋爱的时候(这不是恋爱是什么?),最奇怪的莫过于其他人对此竟漠然视之。海伦娜姑妈吃过饭就走开了;爸爸在读报。彼得·沃尔什有可能在场,还有年老的卡明斯女士;约瑟夫·布赖特科普夫肯定在场,因为他每年夏天都来这里,可怜的老人,一住就是好几个星期,他装作来陪她读德语,实际上是来弹钢琴,还唱勃拉姆斯②的歌曲,尽管嗓子很糟糕。

这一切不过是衬托萨莉的背景而已。她站在壁炉旁边谈天,优美的声音使她的每句话都像一个吻,爸爸觉得似乎如此,他已开始受到她的吸引,违背了自己的意志(他曾借给过她一本书,后来发现书被扔在台地上浸湿了,因此一直耿耿于怀);突然间萨莉说:"总坐在屋里多遗憾呀!"于是大家都走出屋到台地上散步。彼得·沃尔什和约瑟夫·布赖特科普夫继续谈着瓦格纳。她和萨莉稍微落后一点儿。然后当她们走过一个栽满鲜花的石盆时,她经历了一生中最最美好的时刻。萨莉停下来,摘了一朵花,吻了一下她的嘴唇。整个世界似乎天翻地覆了!其他的人都消失了,只有她和萨莉单独在一起。她觉得好像自己先前得到了一件礼品,是用纸包装好的,并被告知要保存好,不要看——一块钻石,一个无价之宝,包得严严实实的,而在她们散步的时候(她们来回来去走着),她才打开包看见了它,或许是它的光芒透过包装直射出来,它就是神的启示,就是这种宗教般的感情!——突然间,老约瑟夫和彼得面对着她们:

"在占星吗?"彼得问。

---

① 见莎士比亚的《奥赛罗》第二幕第一场,表达了奥赛罗对恋人苔丝狄蒙娜的深切爱情。
② 勃拉姆斯(1833—1897),德国钢琴家、作曲家。

这就像黑暗中一个人的脸撞到花岗岩墙壁上！太令人震惊了,太可怕了!

她倒不是为了自己。她只是觉得萨莉已经受到伤害,受到虐待;她感觉出了彼得的敌意、他的嫉妒之心、他破坏她们友谊的决心。这一切她都看出来了,正如一个人在闪电的瞬间看见一片风景——而萨莉(她从来没有如此爱慕过她!)依然我行我素,毫不服输。她哈哈大笑。她让老约瑟夫告诉她天上星座的名称,那是约瑟夫正经喜欢干的事。她站在那里,她在倾听。她听见了那些星座的名称。

"啊,这种恐怖感!"克拉丽莎自语道,仿佛她一直知道会有什么东西来干扰她瞬间的幸福,使她痛苦。

然而后来她是多么感谢彼得·沃尔什啊。每当她想起彼得,不知怎的总会想起他们的争吵——也许是因为她太急于得到他的好评。她感谢他使用了两个词:"感伤的"和"有教养的";她以这两个词开始每一天的生活,仿佛有他在保护自己。一本书是感伤的;一种生活态度是感伤的。由于她是"感伤的",她也许注定要回忆起过去。他回来之后会怎么想呢?她真想知道。

他会认为她已经老了吗?他回来以后会说她老吗?也许她会看出他在这样想。这是事实。自从生病以来她变得差不多苍白了。

她把胸针放在桌上,突然感觉一阵紧张,仿佛就在她冥想之际那些冰冷的爪子已趁机牢牢地抓住了她。她还不老呢。她刚刚进入五十二岁。还有许许多多的岁月没有度过。六月、七月、八月!每个月还几乎是完整的;克拉丽莎(现在穿过房间走向梳妆台)似乎想接住流逝的点滴时间,她投身于这个六月早晨的瞬间——这个汇集着所有其他早晨的压力的瞬间——的中心,把它凝固在那里,她用一种崭新的眼光审视着镜子、梳妆台和所有的小瓶子,把自己的全身定格在一点(在她照镜子的时候),她看见了一张粉红色的细嫩的脸,它属于当天要举办晚会的那个女人,属于克拉丽莎·达洛维,属于她自己。

她观察自己的脸已经有几百万次了,而且每次脸部的肌肉总是紧缩,但不易为人察觉!她照镜子时总要噘起嘴唇。那是为了使自己的脸有一个突出点。那就是她的自我——尖尖的,像个飞镖,十分清晰。

那就是她的自我,当某种努力、某种对她的自我的召唤将她脸上的各个部分紧缩在一起的时候,只有她自己才知道这与平时有多么不同,有多么不谐调,而她这样做只是为了使世界进入一个中心,一块钻石,一个坐在自家客厅里成为聚会焦点的女人,一个在某些人的暗淡生命中无疑是璀璨的光点,也许还是孤独的人们寻求的一个庇护所;她曾经帮助过年轻人,他们感激她;她尽力做到表现一贯,丝毫不暴露自己的其他方面,如过错、嫉妒、虚荣、疑心等,例如布鲁顿夫人不请她吃饭这件事;那是十分卑鄙的!她想(一面最后梳理一下头发)。咦,她的衣裙在哪儿呢?

她的晚礼服都挂在衣橱里。克拉丽莎把手伸进柔软的衣服当中,轻轻地取出那件绿色衣裙,把它拿到窗前。这件衣服她曾弄撕过。有人曾踩过裙边。她在大使馆的晚会上曾感到裙腰的褶子撕裂了。这绿色料子通常在灯光下会闪闪发光,但此时在阳光下却黯然失色。她要自己补这裙子。她的女仆们要做的事情实在太多了。她今天晚上就要穿这件晚礼服。她要把她的丝绸、她的剪刀、她的——还有什么来着?——当然还有她的顶针,都拿到楼下客厅里去,因为她还要写信,还要确保一切准备工作基本就绪。

真奇怪,她一面想一面在半楼梯的驻脚台上停下来,同时思忖着那钻石形状、那孤独的人,真奇怪,一个女主人是多么了解这一时刻,多么了解全家人的情绪!模糊不清的声音从楼梯的井孔旋转直上:墩布拖地的窸窣声、轻拍声、敲击声,前门开启时的一声巨响,地下室里传达吩咐的说话声;银餐具和托盘碰撞的叮当声;洁净的银器是为晚会准备的。一切全是为了晚会。

(这时露西端着托盘走进客厅,她把几个极大的烛台放到壁炉架上,把小银箱放在中央,再把水晶海豚转向座钟。他们会来的;他们会站在这里;他们会用那种她能模仿的矫揉造作的语气说话,女士们和先生们。在所有的人当中,她的女主人是最可爱的——拥有银器、亚麻制品和瓷器的女主人,因为那阳光、那些银器、那些摘下的门扇、那些朗波尔迈耶店里来的工人都使她有一种成就感,此时她把裁纸小刀放在嵌花桌子上。看啊!看啊!她在面包店里和几个老朋友谈话时说,在店里她头一次透过窗玻璃看见卡特勒姆教堂的礼拜仪式。她就是安杰拉夫人,陪伴着玛丽公主,这时达洛维太太突然走了进来。)

"哎,露西,"她说,"这些银餐具真好看!"

"还有,"她说,一面转动那个水晶海豚使它直立,"你们喜欢昨晚的话剧吗?""唉,他们没看完就得走了!"她说。"他们十点以前必须回来!"她说。"所以他们不知道后面的剧情。"她说。"那真是不幸。"她说(因为平时她的仆人们常看到很晚,如果他们跟她说一声的话)。"那真是遗憾,"她一面说,一面拿起沙发中央那个光秃秃的旧靠垫塞到露西的怀里,并轻轻推了她一下,大声说,"把它拿开!给沃克太太送去,替我谢谢她!拿走!"她喊道。

露西抱着靠垫在客厅门旁停了下来,脸有些红,非常羞涩地问,能不能让她帮着补衣裙?

可是,达洛维太太说,露西手头的事已经很多了,足够她干的,就不用管这事儿了。

"但还是谢谢你。露西,啊,谢谢你。"达洛维太太说,谢谢你,谢谢你,她继续说(同时坐在沙发上,把那件衣裙放在膝头,还有剪刀、丝绸),谢谢你,谢谢你,她继续说着,笼统地感谢所有的仆人帮助她成为现在这个样子,成为她自己理想的样子,温柔,宽大为怀。她的仆人们喜欢她。再回到她的这件衣裙——撕破的地方在哪里?现在该往针上穿线啦。这是她最喜欢的一件衣服,是萨丽·帕克做的许许多多衣服中的一件,天呀,差不多是最后的一件,因为萨丽现已退休,住在伊令区,如果我有一点点时间,克拉丽莎想(可是她不会再有一点点时间了),我会去伊令看望她。因为她是一个有个性的人,克拉丽莎想,是个真正的艺术家。她常想些稀奇古怪的小事,然而她做的那些衣裙却从来不怪。你可以穿着它们去哈特菲尔德侯爵府,去白金汉宫。她确实穿着它们去过哈特菲尔德侯爵府,去过白金汉宫。

宁静降临到她的身上,平静,安详,此时她手里的针顺利地穿入丝绸,轻柔地停顿一下,然后将那些绿色的褶子聚敛在一起,轻轻地缝到裙腰上。于是在一个夏日里海浪聚拢起来,失去平衡,然后跌落;聚拢又跌落;整个世界似乎越来越阴沉地说:"完结了。"直到躺在海滩上晒太阳的躯体里的心脏也说"完结了"。无需再怕,那颗心脏说。无需再怕,那颗心脏说,同时将自己的重负交给某个大海,那大海为所有人的忧伤发出哀叹,然后更新,开始,聚拢,任意跌落。那个躯体则孤零零地倾听着过往蜜蜂的嗡嗡声;海浪在拍打;小狗在吠叫,在很远的地方吠叫,吠叫。

"天啊,前门铃响了!"克拉丽莎大喊,停下了手中的针线。她精神起来,注意倾听着。

"达洛维太太会见我的。"一个年纪不轻的男人在大厅里说,"啊,是啊,她会见我的。"他重复道,同时和善地把露西推到一边,以从未有过的快速跑上楼梯,"是啊,是啊,是啊,"他一面上楼一面喃喃地说,"她会见我的。在印度待了五年之后,克拉丽莎会见我的。"

"有谁能——有什么能。"达洛维太太问道(她想,在她要举办晚会这天的上午十一点被人打扰实在可气),她听见了楼梯上的脚步声。她听见手拍门的声音。她试图把衣裙藏起来,犹如一个处女保护自己的贞操,因为她尊重自己的隐私权。现在铜门把动了。现在门打开了,进来的是——刹那间她竟想不起他叫什么名字!她见到他是那么惊奇,那么高兴,那么羞涩,那么震惊,彼得·沃尔什竟然在这个上午出乎意料地来看望她!(她没读到他的信。)

"你好。"彼得·沃尔什说,无疑是在颤抖,他握住她的双手,亲吻她的双手。她老多了,他想,同时坐了下来。我不会对她这样讲的,因为她确实老多了。她正在看着我,他想,此时一种窘迫感突然向他袭来,尽管他刚刚吻过她的手。他的一只手伸进口袋,掏出一把大折刀,打开了一半。

他和以前一模一样,克拉丽莎想,还是那种古怪的目光,还是那件格子西装;他的脸有些不像往日那么严肃,瘦了一些,也许更带些嘲讽的表情,但是他的身体看来非常健康,和以前一个样。

"见到你太高兴了!"克拉丽莎喊道。他又把折刀拿出来了。那就是他的做派,她想。

他昨天晚上刚进城,他说;他必须马上到乡下去;情况怎么样?大家——理查德,伊丽莎白——都好吗?

"这都是干什么用的?"他问,一面拿折刀斜着指向她的绿衣裙。

他穿得十分讲究,克拉丽莎想,可他还总批评**我**。

她在这里补衣服,像往常一样补衣服,他想;我去印度的这些年里她一直坐在这里,缝补衣裙,到处玩耍,参加各种晚会,跑到下议院去然后再回来,等等,他想,越想越生气,越想越激动,因为对某些女人来说世界上没有什么比婚姻再坏了,他想,还有政治,还有嫁给一个保守党的丈夫,比如令人钦佩的理查德。确实是这样,确实是这样,他想,一面啪的一声合上折刀。

"理查德身体很好。理查德正在一个委员会开会。"克拉丽莎回答。

她打开剪刀,并且问他是否介意她补裙子,因为他们当天晚上要举行晚会。

"我不打算请你参加。"她说。"我亲爱的彼得!"她说。

然而他感觉亲切,听见她如此称呼自己——我亲爱的彼得!是啊,一切都是那么亲切——那些银餐具、那些椅子,所有的东西都是那么亲切。

她为什么不请他参加晚会呢?他问。

克拉丽莎想,他现在显然是迷人的!绝对迷人!现在我还记得当初下决心不嫁给他是多么困难,就在那个可怕的夏天,我为什么要下这个决心呢?她真想不明白。

"可是你今天早上来这里实在太不寻常了!"她大声说,同时把自己的双手重**叠**在一起,放到衣裙上。

"你还记得吗,"她说,"在伯尔顿村的时候,那些窗帘是怎么啪啪响的?"

"是啊。"他说;他还记得曾单独陪克拉丽莎的父亲吃早餐,非常局促不安;那老人已经去世,而他也没有给克拉丽莎写信;不过他一向跟老帕里合不来,那个牢骚满腹、毫无主见的老头儿,克拉丽莎的父亲贾斯廷·帕里。

"我常希望我那时和你的父亲相处得好一点。"他说。

"但是他从来没喜欢过任何一个——我们的朋友。"克拉丽莎说。

她本来可以控制自己不说这话,因为这等于提醒彼得他曾想和她结婚。

是啊,我是想过和她结婚,彼得想;那件事还差点儿让我心碎,他想;他全身心沉浸在自己的痛苦当中,这痛苦在上升,有如从台地上看到的月亮,在白昼余光的映照下美丽得吓人。自那以后我还从来没有那么忧伤过,他想。他觉得自己仿佛真的坐在那个台地上,于是向克拉丽莎挪近一点儿,伸出一只手,抬起来,又放下。那轮明月就挂在他们的上方。她也仿佛和他一起坐在台地上,沐浴着月光。

"那房子归赫伯特了。"她说。"我现在不去了。"她说。

而后,正如在月光照耀在台地上时经常发生的那样,一个人因已经厌烦而开始感到惭愧,可由于对方只是无言地坐着,非常安静,悲哀地望着月亮,因此,他不想说话,只是挪挪脚,清清嗓子,看看桌子腿上的卷轴形铁饰物,动动桌子的活边,但一言不发——这就是彼得·沃尔什现在的心境。因为何必要这样回顾过去呢?他想。为什么要让他又想起往事呢?在她已经那么残酷地折磨过他之后,为什么还要让他受苦呢?为什么?

"你还记得那个湖吗?"她说,声音很突兀,出于一种感情的压力,这种感情攫取了她的心,使她喉部肌肉发紧,使她在说"湖"字时嘴唇痉挛。因为她既是个孩子,站在父母中间,向鸭群扔着面包,同时又是个成年女人,向站在湖边的父母走去,怀抱着自己的生命,在她接近父母时它越变越大,最后变成了整个生命,完好的生命,她把它放在父母身边说:"这就是我的成果!这就是!"可她的生命有什么成果呢?究竟是什么呢?这个上午和彼得坐在一起缝衣服。

她看着彼得·沃尔什;她的目光掠过那段时光和那种情感,犹豫不决地落到他的身上,满含泪花停留在他的身上,然后向上,扑棱着离开了,犹如一只鸟儿擦过树枝后扑打着翅膀飞走了。她很自然地擦了擦眼睛。

"记得。"彼得说,"记得,记得,记得。"他说,仿佛她把什么东西提到表面,而这个东西在上升时肯定伤害了他。停下!停下!他想喊。因为他的年纪还不老,他的生命还没有完结,绝对没有。他刚五十岁出头。他想,我是告诉她,还是不告诉她呢?他愿意坦言一切。但是她太冷淡了,他想,只顾缝衣服,用剪刀。黛西和克拉丽莎在一起会显得非常平庸。那么克拉丽莎就会认为我是个失败者,他想,从他们的意义上来讲,从达洛维夫妇的意义上来讲,我确实是失败者。啊,是啊,他对此确信无疑;他是失败者,与这里的一切——嵌花桌子、文具架上的裁纸刀、水晶海豚和烛台、椅子罩和古老珍贵的英国淡彩画——与这些相比,他确实是失败者! 我讨厌整个恋爱事件中的那种自以为了不起的态度,他想,我讨厌的是理查德的所作所为,而不是克拉丽莎的,但她嫁给他这件事除外。(这时露西走进屋来,捧着银餐具,更多的银餐具,但是她看上去很妩媚、苗条、优雅,在她俯下身来放这些东西时他想。)这些年来这一切仍在继续! 他想;一个星期又一个星期,克拉丽莎就这样生活;与此同时我——他想;顿时仿佛一切都从他身上向四面八方射出光芒:旅行、骑马、争吵、历险、桥牌聚会、恋爱、工作、工作、工作! 他当面拿出他的折刀,并攥在手心里——克拉丽莎敢说这三十年来他一直带着这把有牛角柄的旧折刀。

多么特别的习惯呀,克拉丽莎想;总是玩小刀。总是让人感觉他太轻浮,内心空虚;他不过是个愚蠢的、喋喋不休的人,和过去一样。但我也和过去一样,她想,一面拿起针,一面发出召唤,就像一个在卫兵们熟睡的情况下无人保护的女王(她被他的来访所震惊,感到十分沮丧),因此任何人都能漫步来到弯曲的黑莓枝下她躺着的地方看看她;她在召唤她所做过的事情、她喜欢的事情、她的丈夫、伊丽莎白、她的自我(彼得现在已不了解她的自我了)来帮助她;简而言之,她把一切都召唤到她身边来打退敌人。

"那么,你这些年都干了些什么呢?"她问。就这样,在战斗开始之前,战马踢着地,摇着头,光线照射着它们的肋腹,它们的脖子弯曲着。就这样,彼得·沃尔什和克拉丽莎并肩坐在蓝色的沙发上,争论起来。他的力量在胸中涌动翻滚。他从许多不同的方面把各种各样的事情集中到一起:他所受到的称赞、他在牛津大学的经历、他的婚姻(对此她还一点儿都不了解)、还有他如何恋爱等,向她倾诉这一切,回答了她的问题。

"无数的事情!"他感慨地说。此时聚集在他胸中的各种力量正在朝各个方向涌动,使他感觉被腾空推到无缘谋面的人们的肩膀上,既感到恐惧又极其振奋,在这些力量的促使下,他将双手举向额头。

克拉丽莎腰板挺直地坐着,吸了一口气。

"我在恋爱。"他说,但不是对她,而是对某一个人,这个人在黑暗中被安放在高处,因而你摸不着,但你必须在黑暗中把你的花环摆在草地上。

"恋爱,"他重复道,现在用一种略带嘲讽的口气对克拉丽莎说,"爱上了一个印度的姑娘。"他已经摆好了他的花环。克拉丽莎爱怎么理解就怎么理解吧。

"恋爱!"她说。他在这种年龄竟戴着小领结被那魔鬼拖下水去!他的脖子上已没有了肌肉,他的双手发红,而且他比我才大六个月!她的目光一闪转向自己;但是在内心里她感觉他还是老样子,他总是在恋爱。他总有爱情,他总是恋爱,她感到了这一点。

但是那不可战胜的自负感永远能击败反对它的大军,犹如那总是说流啊流啊流啊的大河,即便它承认我们可能根本就没有什么目标,它还是流啊流啊;这种不可战胜的自负感突然给她的面颊带来红晕,使她显得十分年轻,皮肤白里透红,眼睛分外明亮,此时她坐在那里,衣裙放在膝头,针已缝到绿色丝绸的尽头,她在微微颤抖。他在恋爱!不是和她。当然是和一个年轻些的女人。

"那么她是谁呢?"她问。

现在必须把这座雕像从高处取下,放到他们两人中间。

"非常遗憾,是个结了婚的女人,"他说,"一个印度陆军少校的妻子。"

他微微一笑,带有几分不寻常的讥讽和愉悦,因为他竟以如此可笑的方式把她放到了克拉丽莎面前。

(还是老样子,他总是在恋爱,克拉丽莎想。)

他继续非常理智地说:"她有两个小孩子,一个男孩,一个女孩;我这次回来是找我的律师们办离婚手续的。"

他们的情况就是如此!他想。你愿意怎样对待他们都行,克拉丽莎!他们的情况就是如此!对他来说,那位印度陆军少校的妻子(他的黛西)和她的两个孩子似乎每一秒钟都变得更加可爱,因为克拉丽莎在看着他们;仿佛他照亮了盘子里的灰色小丸,于是一棵可爱的树立时长了出来,沐浴着凉爽的带咸味的海风,这海风就是他们两人之间的亲密关系(因为从某种意义上讲,还没有一个人像克拉丽莎那样了解他,与他感情相通)——他们之间美好的亲密关系。

那个女人奉承他,愚弄他,克拉丽莎想,用小刀三划两划画出那个女人即那个印度陆军少校的妻子的轮廓。简直是浪费!简直是愚蠢!彼得一生中总是这样被人愚弄,先是从牛津被开除,然后是娶了他在去印度的船上遇到的姑娘为妻;现在又来了个少校的妻子——感谢老天爷她当初拒绝了他的求婚!尽管如此,他还是恋爱了,她的老朋友、她亲爱的彼得在恋爱。

"那你打算怎么办呢?"她问他。哦,林肯律师协会的胡珀-格雷特利事务所的律师们和诉讼代理人们,他们准备受理此事,他说。他真的在用折刀削指甲。

看在老天爷的分上,放下你的小刀吧!她以一种不可压抑的愠怒对自己喊;这是他不遵从社会习俗的愚蠢表现,是他的弱点,还有他丝毫不懂对别人的感情,这些都使她恼火,一直使她恼火;现在他年纪已经不小了,多愚蠢啊!

这些我都知道,彼得想;我知道我对抗的是什么,他一面想一面用手指摸着折刀的刀刃,是克拉丽莎和达洛维以及所有他们这样的人;但是我要向克拉丽莎显示——然后令他十分吃惊的是,他突然受到那些被抛到空中的无法控制的力量的袭击,顿时眼泪夺眶而出,大哭起来,一点儿也不觉得羞耻地大哭起来,他坐在沙发上,任凭泪水顺着面颊往下流。

克拉丽莎这时已经探出身去,拉住他的手,把他拉到身边,吻吻他的手——实际上她已经感觉他的脸接触到了自己的脸,但她还是将在她胸中舞动着的那些银光闪闪的羽毛(就像热带狂风中的蒲苇)压了下去;随着羽毛的退却,她只是握住他的手,拍拍他的膝,然后重新坐回去,她感到和他在一起异乎寻常地安逸和愉快。刹那间她产生了一个念头,如果我当初嫁给了他,我就能整天享受这种欢欣了!

对她来说一切都结束了。床单绷得很平,床很狭窄。她已独自上了顶楼,听任别人在阳光下采摘浆果。门已经关上了,在那里透过剥落墙皮的尘埃和鸟巢掉下的杂屑可以望得多么远啊,传来的各种声音极不清晰且令人悚然(有一次在莱斯山上,她还记得);她喊道,理查德啊,理查德!犹如一个熟睡的人夜间惊醒后在黑暗里伸出手求救。他在和布鲁顿夫人共进午餐,她又想起了这件事。他已经离开了我,我将永远孤独,她想着,把双手搭在膝头。

　　彼得·沃尔什已经站起身来穿过房间走到窗前,背向她站着,快速地挥动着一条颜色鲜丽的方巾。他那对瘦瘦的肩胛骨把上衣稍稍支起,他看上去干练、冷静、孤独,他用力地擤着鼻涕。你带我走吧,克拉丽莎冲动地想,仿佛他马上要从这里出发去开始重要的航行;过了一瞬间,又仿佛一出十分激动感人的五幕话剧刚刚结束,而她已在剧中生活了一辈子,曾经私奔过并与彼得一起生活过,可是现在一切都结束了。

　　现在该行动了,犹如一个女人收拾起自己的斗篷、手套、观剧用的小望远镜等东西,然后站起身来准备离开剧场走上街头,她从沙发上站起来走向彼得。

　　真是太奇怪了,当她在叮当声和沙沙声中走来的时候,当她穿过房间的时候,他想,她竟然保持着昔日的魅力,那种能使他所讨厌的月亮在夏天升起在伯尔顿的台地上空的魅力。

　　"告诉我,"他说,一面抓住她的肩膀,"克拉丽莎,你幸福吗?理查德他——"

　　门打开了。

　　"我的伊丽莎白来啦。"克拉丽莎激情地,也许是故作姿态地说。

　　"你好。"伊丽莎白走上前来说。

　　此时大本钟敲击半点的声响以惊人的气势在他们之间回荡,仿佛一个强壮、冷漠、毫不体恤他人的小伙子在挥舞哑铃,这边一下,那边一下。

　　"你好啊,伊丽莎白!"彼得大声说,同时把方巾塞进口袋,很快地走到她面前,连看都没有看她便说,"再见,克拉丽莎。"然后快步走出房间,跑下楼梯,打开大厅的门。

"彼得！彼得！"克拉丽莎喊,跟在他后面走到半楼梯的驻脚台。"我的晚会！别忘了今天晚上我家有晚会！"她喊道,她不得不提高嗓音以便压过外面传来的喧闹声。在过往的车辆和所有的时钟占压倒性优势的混响中,她的"别忘了今天晚上我家有晚会"的喊声显得微弱无力,并且非常遥远,因为彼得已经关上了大门。

别忘了我的晚会,别忘了我的晚会,彼得·沃尔什走上大街时有节奏地自言自语着,与大本钟那直截了当的半点报时的声流相合拍。(那深沉的音波逐渐消逝在空中。)啊,这些晚会,他想,克拉丽莎的晚会。她为什么要举办这些晚会呢,他想。他并不是责备她,也不是责备这个正在向他走来的像纸人一般的男人,这人穿着燕尾服,纽扣孔里插着一朵康乃馨。世界上只有一个人可能像他这样在恋爱。他就在那里,这个幸运的人,就是他自己,映照在维多利亚街一个汽车制造商的玻璃橱窗上。整个印度横卧于他的身后,平原、高山、霍乱瘟疫,面积相当于两个爱尔兰的区域,他曾独自做出的那些决定——他,彼得·沃尔什;他现在是平生头一次真正在恋爱。克拉丽莎变得冷酷了,他想;除此之外还有一点伤感,他猜想,一面看着那些名牌汽车的功能——用多少加仑汽油能跑多少英里？因为他倒是有些机械方面的才能;他在自己管辖的区里曾发明过一种犁,还从英国定购过一些手推车,但那些苦力却不肯使用,所有这些克拉丽莎一点儿都不知道。

她说"我的伊丽莎白来啦"——这种措辞使他恼火。为什么不简单地说"伊丽莎白来啦"？她那样说一点儿都不真诚,连伊丽莎白都不喜欢听。(那巨大深沉的钟声的余音仍在他周围的空中震荡;半点钟,时间还早,才刚刚十一点半。)因为他理解年轻人,喜欢他们。克拉丽莎身上总有一种冷漠,他想。她总是有那么一点儿怯懦,就是在做姑娘时也如此,到了中年,这种怯懦变成了因循守旧,然后一切都完了,一切都完了,他沮丧地注视着橱窗玻璃的深处时想,并思索着刚才在那个时间去拜访是否惹恼了她;他突然为自己刚才做了傻事而羞耻,他刚才痛哭流涕,大动感情,把一切都告诉了她,和以往一样,和以往一样。

像一朵云彩飘过太阳,寂静降临到伦敦城,也降临到人们的心头。

一切努力都停止了。时间在桅杆上呼啦啦地飘扬。我们在那里停下；我们在那里站立。只有习惯势力的僵硬骨架在支撑着人的身体。其实里面一无所有,感情被掏空了,内心极度空虚,彼得·沃尔什对自己说。克拉丽莎拒绝了我,他想。他站在那里沉思,克拉丽莎拒绝了我。

啊,圣玛格丽特教堂的钟声说,犹如一个女主人在报时的钟声刚响起时走进客厅,发现客人都已经到了。我没来晚。我没来晚,现在刚好十一点半,她说。尽管她完全有理,她的声音,女主人的声音,还是不愿意彰显个性。对过去的某种哀伤,还有对现在的某种担忧抑制了它。她说现在是十一点半,而圣玛格丽特的钟声滑进心灵的深处,在一圈又一圈的声波中将自己埋葬,就像一种有生命的东西,想袒露自己,想扩散自己,想带着一阵喜悦去休息——就像克拉丽莎本人在正点的钟声响起时穿着白衣裙走下楼梯,彼得·沃尔什想。这钟声就是克拉丽莎本人,他想,满怀着深情和对她的异常清晰而又困惑的回忆,似乎这钟声在多年以前就传入过他们两人坐着共享亲密时刻的那个房间,并且在穿过了一个个房间后离去,犹如一只采集花蜜的蜜蜂,满载着那一瞬间的收获。可那究竟是哪一个房间呢?是哪一个瞬间呢?他为什么会在这个钟敲响时产生如此巨大的幸福感呢?而后,在圣玛格丽特教堂的钟声逐渐减弱时,他想,她一直有病,这阵钟声表达了衰弱和痛苦。她有心脏病,他想起来了;那突然加大的最后一响是报丧的钟声,死神在生命的中途骤然而至,克拉丽莎就在她站着的地方倒下了,在她的客厅里。不可能!不可能!他大喊。她没有死!我还不老,他喊道,一面迈着大步沿着白厅街走去,似乎他的未来正朝着他滚滚而来,充满活力,无穷无尽。

他还不老,也不顽固,一点儿都不冷漠。至于说别人如何议论他——达洛维夫妇、惠特布雷德夫妇,还有他们圈子里的人,他一点儿都不在乎——一点儿都不在乎(尽管他偶尔确实不得不考虑理查德是否能帮他找个工作)。他迈着大步,瞪大眼睛,怒视着坎布里奇公爵的雕像。他曾被牛津大学开除——这是事实。他曾是个社会主义者,在某种意义上是个失败者——这也是事实。然而人类文明的前途却掌握在那样的年轻人手里,他想,像三十年前的他那样的年轻人;他们喜欢抽象的原则；他们千里迢迢让人把书从伦敦给他们寄到喜马拉雅山的一座山峰上；他们阅读科学书籍，阅读哲学书籍。未来掌握在那样的年轻人手里，他想。

从他身后传来一阵急速的轻拍声，犹如林中树叶的飒飒声，还伴随着一种窸窣的有规律的啪啪声，这声响从他身边经过时敲击着他的思绪，与行进的节拍完全同步，不知不觉地把他的思绪带到白厅街。穿着军装的小伙子们扛着步枪在行进，双目直视，步伐整齐，他们的臂膀僵挺，他们面部的表情体现了刻在一座雕像底座上的文字所赞扬的：尽职、感恩、忠诚、热爱英格兰。

彼得·沃尔什开始跟上他们的步伐并想，他们训练得不错。可是他们的体质看来不很强壮。大多数人瘦弱，都是十六岁的小伙子，他们有可能明天就站到摆在柜台上的一碗碗米饭和一块块肥皂后面。现在他们脸上的表情是肃穆的，丝毫没有肉欲的快感和日常的忧虑，这肃穆感来自他们从芬斯伯利街带来放到那座空空的坟墓上的花圈。他们刚刚宣过誓。来往的车辆对此表示尊重；小货车被禁行。

我跟不上他们的步伐，彼得·沃尔什想，此时他们继续沿着白厅街齐步前进，毋庸置疑地超过了他，超过了所有的人，他们稳步前行，仿佛有一个统一的意志指挥着他们的腿和胳膊一致行动，而丰富多彩的、不甘沉默的生命则被放到满是纪念碑和花圈的街道底下，并被纪律麻醉成一具虽僵挺但仍在凝视的尸首。你不得不尊重它；你可能发笑，但不得不尊重它，他想。他们往那边走了，彼得·沃尔什想，一面在人行道边停下歇脚；所有那些尊贵人物的雕像，纳尔逊①、戈登②、哈夫洛克③，所有那些伟大军人的黝黑雄壮的形象站立着向前瞻望，似乎他们也曾同样宣誓克己尽忠(彼得·沃尔什觉得自己也曾将此视为重大的承诺)，也曾受到同样的诱惑的摧残，最终才得到了雕刻在大理石上的凝视。但这是彼得·沃尔什一点儿都不想为自己争取的，尽管他能尊重

---

① 纳尔逊(1758—1805)，英国著名海军统帅，受人爱戴的民族英雄。
② 戈登(1833—1885)，英国将军，因镇压中国太平军和守卫喀土穆时被苏丹起义者杀死而出名。
③ 哈夫洛克(1795—1857)，英国将军。

别人的凝视。他能尊重小伙子们凝视的目光。他们还不懂得肉欲的烦恼,当那些行进的年轻人沿着河滨街的方向逐渐消失的时候他想——没有经历过我所经历的一切,他想,一面穿过马路来到戈登雕像下,他在孩提时代曾崇拜过的戈登;戈登孤独地站着,一腿抬起,双臂抱肩,——可怜的戈登,他想。

正因为除了克拉丽莎以外还没有人知道他来伦敦,而且在乘船旅行之后陆地对他来说仍像个岛屿,他为自己活着但不为人所知并且在十一点半钟独自站在特拉法尔加广场这一奇特的处境而激动不已。这是怎么回事?我是在哪儿?你究竟为什么要这样做呢?他想,离婚的事好像是极其愚蠢而又不现实的。他的心沉下去并扩展开来,像一片沼泽;有三种激烈的情感征服了他,那就是理解、博大的仁爱,最后是一种不可抑制的极度的快乐,后者似乎是前两者的结果;仿佛在他的脑子里有另一只手拉动了绳索,打开了百叶窗,而他虽与此无关,却仍站在许多无尽头的街道的起点处,如果他愿意的话可以沿着它们漫步下去。他多年来从未感觉过这么年轻。

他已经逃脱了!他完全自由了——这种情况在习惯势力衰败的时候经常发生,人的心像一个没有灯罩保护的火苗前后摇曳,似乎马上要从灯台上迸出去。我多年来没有感觉过这么年轻啦!彼得想,他正在逃离现在的他(当然才一个小时左右),他感觉自己像个跑到外面的孩子,一边跑一边看见老保姆在一个并非正对着他的窗口招手。可是她格外漂亮,他想,就在他穿过特拉法尔加广场向干草市场街方向走去的时候,迎面过来一个年轻女人,她走过戈登雕像时仿佛在摘掉一层又一层面纱,彼得·沃尔什想(因为他极易动感情),最后她变成了他一直放在心上的那个女人,年轻而庄重,愉快而谨慎,黝黑而动人。

他挺直身子,暗自摸着口袋里的折刀,跟了上去,尾随这个女人,追寻这种激情;似乎这激情即使在背向他时仍会射出光芒照亮他,把他们两人联系在一起,使他突出,仿佛那车流的任意的喧嚣声已经通过拢在一起的双手轻声喊着他的名字,不是喊彼得,而是喊他在想心事时自己对自己的秘密称呼。"你",她说,只有一个"你"字,她带着白手套拢着双肩喊道。然后在她走过科克斯波街的丹特商店时,她那薄薄的长斗篷被风掀动飘了起来,传达出一种铺天盖地的慈爱,一种哀伤的柔情,宛如一双手臂,会张开去拥抱那疲倦的——

然而她是个未婚女人,她年轻,很年轻,彼得想,早在她穿过特拉法尔加广场时他就看见她戴着一朵红色康乃馨,现在这红花又一次在他眼里燃烧,使她的嘴唇变得通红。但是她在人行道的石沿上等待。她身上有一种尊严。她不像克拉丽莎那么世俗,也不像克拉丽莎那么富有。她是否人品端正呢,当她又开始走的时候他想。她谈吐机智,口舌之快如同壁虎,他想(因为你必须想象,必须允许自己有一点点消遣),是个能冷静等待的有才智的人,一个有敏锐才智的人,而且从不喧嚷。

她向前走去,穿过马路,他跟着她。他最不愿使她尴尬。然而假如她停下来的话,他会说:"过来吃个冰激凌吧。"而她会非常简单地回答:"好吧。"

但是街上的行人走到了他们两人中间,挡住了他,遮住了她。他追赶着;她变幻着。她面颊绯红,眼神嘲讽;他是个冒险家,他想,鲁莽、敏捷、大胆,的确是个浪漫的海盗(他确实是昨天晚上从印度来此登陆的),他毫不关心所有这些该死的礼仪规范,这些展示在商店橱窗里的黄色晨服、烟斗、钓鱼竿,毫不关心名誉、地位、晚会和那些在西服背心里穿着白色套衫的整洁的老先生们。他是个海盗。那女人继续前行,穿过皮卡德利广场,走上摄政街,走在他的前面,她的斗篷、她的手套、她的肩膀,连同橱窗里展示的带穗花边、饰带和羽毛围巾构成了一种既华贵艳丽又光怪陆离的精神,它越变越小,从那些商店飘到人行道上,正如夜间一盏灯的光芒颤悠悠地散射到黑暗中的灌木篱上。

她兴奋地笑着,已经穿过牛津街和大波特兰街,拐进一条小马路,现在,就是现在,伟大的时刻正在到来,因为现在她放慢了脚步,打开手提包,朝他的方向瞥了一眼,但不是看他;她以这告别的一瞥总结了整个形势,并得意扬扬地将它永远置之脑后;她已插入钥匙,打开大门,不见了!克拉丽莎说"别忘了我的晚会,别忘了我的晚会"的声音在他的耳边回响,这所房子是那些门前挂着花篮的红色平房中的一所,似非正经之地。这一幕到此结束。

哈,我已从中得到了快乐,得到了快乐,他想,一面抬头注视那些摇曳着的浅色天竺葵花篮。然而他的快乐立刻被击得粉碎,因为它有一半是假想出来的,他知道得非常清楚,这一跟踪姑娘的恶作剧是虚构出来的,是假想出来的,正如一个人常常假想生活中较好的部分,他想——假想自己,也假想她,创造一种极度的兴奋以及更多的感受。但奇怪的是,这一切从来不能与他人分享,确实如此——它已被击得粉碎。

他转过身,走上大街,想找个地方坐坐,一直坐到该去林肯律师协会——去胡珀-格雷特利事务所的时候。他现在究竟去哪儿呢?无所谓。就沿着这条大街走吧,去摄政公园。他的皮靴在人行道上敲击出"无所谓"的节奏,因为时间还早,还很早呢。

今天上午又是那样晴朗。生命直接敲击着条条街道,像一个健全的心脏在搏动。没有一点儿失误,没有一点儿犹豫。此时此刻,一辆汽车疾驰而来,急转弯后准确地、适时地、无声地停在门口。一个姑娘走下车来,她穿着高筒丝袜、戴着羽毛头饰,很快就消失了,但这姑娘对他并没有什么吸引力(因为他刚刚恣情放纵过)。彼得通过敞开的大门看见那些令人羡慕的男管家、黄褐色的乔乔狗、镶嵌着黑白菱形图案并飘着白窗帘的大厅,他对这一切表示赞同。其本身不失为一种辉煌的成就,伦敦,夏季,文明。事实上,他出身于一个有声望的久居印度的英国人家庭,他家至少有三代人参与管理一片大陆的事务(很奇怪,他想,我对此竟有如此感情,尽管他不喜欢印度,不喜欢帝国,不喜欢军队)。由于他的家庭背景,他有时在刹那间会觉得文明(即使是这种形式的文明)似乎像一件私人财产那样宝贵;他有时在刹那间会为英格兰,为管家们,为乔乔狗和过着安逸生活的姑娘们感到自豪。这够可笑的,但这种感觉确实存在,他想。那些医生、商人、干练的女人四处奔忙,遵守时间,机敏而健壮;在他看来他们是完全值得钦佩的,他们都是好人,你会把自己的生命托付给他们,他们都是生活艺术中的伴侣,会帮助你渡过难关。由于这样那样的原因,他刚才见到的那一炫耀的场面的确是可以容忍的;他想坐到树荫下抽烟。

摄政公园到了。是啊。他小时候就在摄政公园散步——真奇怪,他想,童年的往事不断涌上心头——也许是见到了克拉丽莎的结果,因为女人通常比我们更加怀旧,他想。她们对地方有感情,对她们的父亲有感情——女人总是为自己的父亲感到骄傲。伯尔顿是个好地方,非常好的地方,但是我和那个老头儿一向合不来,他想。有一天晚上曾发生过争吵——争论什么事情,具体是什么他记不起来了。大概与政治有关。

是啊,他记得摄政公园,那长长的笔直的小路,左面是人们常去买气球的小屋,什么地方还有座刻着碑文的可笑的雕像。他在寻找空座位。他不想被问询钟点的人们打扰(他真的感觉有些困了)。一个头发灰白的年长保姆,还有一个在童车里熟睡的婴儿——这是他的最佳选择,就挨着这位保姆坐在长椅的另一头吧。

她是个长相古怪的女孩,他想,突然回忆起刚才伊丽莎白进屋后站在她母亲身边的样子。她长大了,成熟多了,不大漂亮,可以说很健美,而且最多不过十八岁。大概她和克拉丽莎相处得不好。"我的伊丽莎白来啦"——诸如此类的事——为什么不简单地说"伊丽莎白来啦"?——想掩盖事情的本来面貌,像大多数母亲那样。她过于相信自己的魅力,他想。她做得太过分了。

浓烈宜人的雪茄烟雾旋转着进入他的喉咙,带来一丝凉意;他又将烟吐了出来,一个个烟圈刹那间勇敢地推开周围的空气,蓝色,圆形——今天晚上我要设法和伊丽莎白单独谈一谈,他想——那烟雾开始游移着转化成古代计时沙漏的形状,然后逐渐消失;它们的形状真怪,他想。他突然闭上眼睛,吃力地抬起一只手,扔掉雪茄烟的粗头。一把巨大的刷子平稳地掠过他的心头,横扫过去,移开树枝、孩子们的说话声、沙沙的脚步声,移开过往的行人、嗡嗡的车流、此起彼伏的车流。他往下陷啊陷啊,陷进了睡眠的羽毛堆里,最后什么声音都听不见了。

彼得·沃尔什坐在被晒热的椅子上开始打鼾的时候,他旁边的头发灰白的保姆又开始织毛衣了。她穿着灰色衣裙,双手不知疲倦地但无声地移动着,活像一个保护睡觉者权利的卫士,活像黄昏时分从树林中升起的那种由天空和树枝构成的幽灵。那孤独的旅人,即那出没于小径之间、拨乱蕨草丛、破坏巨大的毒芹丛的人,突然抬起头来,看见这一巨大的人形出现在旅途的尽头。

大概由于他是个无神论者,他在体验到瞬间的狂喜时总是大吃一惊。在我们自身以外不存在别的,只存在一种心态,他想;那是一种愿望,寻求慰藉,寻求解脱,寻求存在于这些可怜的芸芸众生,这些懦弱、丑陋、胆怯的男人女人之外的某种力量。但是如果他能想象出那种力量,那么她就在某种程度上存在,他想;而当他一面沿着小路前行一面望着天空和树枝的时候,他总是迅速地赋予它们以女人的特性,惊喜地看到它们变得多么严肃,看到它们在微风吹拂时是如何以树叶神秘的摇动将慈爱、理解和宽恕庄重地赐予人们,而后它们突然高高扬起,以狂饮的姿态颠覆自己虔诚的表面形象。

这些都是幻象,它们向孤独的旅人献上盛满水果的巨大羊角,或像跳跃于碧海琼涛之上的海妖在他耳边窃窃私语,或像一束束玫瑰花直抛到他的脸上,或像渔民们在洪水中挣扎时力图拥抱的那些惨白的面孔一样浮上海面。

这些都是幻象,它们不断漂浮上来,在现实存在的事物旁边徘徊,并将自己的面孔伸到它的前面;它们经常控制孤独的旅人,剥夺他对大地的感觉和回归的希望,相反却给予他一种普通的平和的心境,似乎(他沿着森林小径向前骑行时心里这样想)所有这些生活的狂热其实非常简单,似乎无数的事物都汇合于一体,似乎这个其实是由天空和树枝构成的人形从汹涌的海面升起(他年纪大了,已五十出头),犹如某种人形有可能被吸出海涛,以便用她神奇的双手泼洒同情、理解和宽恕。因此,他想,但愿我永远不再回到那灯光里去,永远不再回到那客厅里去,永远不读完我的书,永远不磕尽我的烟斗,永远不按铃叫特纳太太来收拾餐具;我情愿一直走向这巨大的人形,她将会抬抬头,让我登上她那狭长的旗幡,让我和其他人一起随风飘向虚无。

这些都是幻象。孤独的旅人很快走出了树林;在那边,一个上了年纪的女人走到门口,举着手遮在眼睛上方,白色的围裙随风飘荡,可能是在企盼他回家;她好像(这个衰弱的人是如此强有力)要穿过沙漠去寻找一个失散的儿子,去寻觅一个被害的骑者;她仿佛是一个母亲的形象,她的儿子们都已在世界的多次战斗中阵亡。因此,当孤独的旅人走在那个村庄的街道上,看到女人们站着编织而男人们在庭院里锄地的时候,这个傍晚似乎预兆着不祥;那些人一动不动,仿佛威严的命运(他们都熟悉它并无畏地等着它)马上就要将他们扫荡殆尽。

在室内,在餐具橱、桌子、摆放着天竺葵的窗台等普通的东西之间,那女房东弯身撤台布的轮廓在灯光下突然变得柔和了;这是一个可爱慕的象征,我们只是因为回忆起往日冰冷的人际关系才无法接受它。她拿起柑橘酱,把它放进餐具橱。

"先生,今天晚上没有别的事儿了吧?"
可是孤独的旅人该对谁做出回答呢?

那位年长的保姆就是这样在摄政公园里一面照看熟睡的婴儿一面织毛衣。彼得·沃尔什就是这样鼾睡着。他突然醒来,自言自语道:"灵魂之死。"

"上帝啊,上帝!"他大声对自己说,伸着懒腰,用力睁大眼睛。"灵魂之死",这几个字与他刚才梦见的某个场面、某个房间、某件过去的事相关联。现在那个场面、那个房间、那件过去的事变得更加清晰了。

那事发生在伯尔顿,在九十年代的那个夏天,当时他是那么忘情地热恋着克拉丽莎。有许多人在那里说说笑笑,他们吃过午茶后仍围坐在桌旁,整个房间沐浴在金色的阳光里,弥漫着香烟的烟雾。他们在谈论一个娶了自家女仆为妻的人,是邻近的一位乡绅,他已忘记那人的姓名。那人和女仆结了婚,曾带她来伯尔顿做客——那次访问简直糟透了。她打扮得过分妖艳,"像个澳大利亚鹦鹉,"克拉丽莎曾说,一面模仿着她,再有那女人说起话来喋喋不休。她说呀,说呀,说呀,说呀。克拉丽莎模仿着她。然后不知是谁说——是萨莉·西顿——你要是知道她在和他结婚前就生过一个孩子,这对你感情有什么真正的影响吗?(在那个年代,当男女宾客在一起的时候,说这种话是很冒失的。)他现在还能想见克拉丽莎当时的样子,她的脸涨得通红,莫名其妙地扭曲了,并说:"哎呀,我今后没法再跟她说话了!"于是所有围坐在茶桌旁的人好像都摇晃起来。真让人受不了。

他并没有因为她在乎这件事而责怪她,要知道在那个年代,一个像她这样教养出来的女孩子什么都不懂,但是她的态度使他恼火,她怯懦、无情、傲慢、过分拘谨。"灵魂之死。"他当时本能地说出了这句话,像往常那样给那一时刻冠以名称——她的灵魂之死。

每一个人都在摇晃,每一个人在她说话时似乎都在弯腰低头,然后站起身来姿态各异。他还能想见萨莉·西顿的样子,她像个刚刚捣过乱的孩子,身体前倾,面颊绯红,想要说话,但又害怕;克拉丽莎确实能吓唬人。(她是克拉丽莎最要好的朋友,常出入她家,是个动人的姑娘,健美、肤色较暗,当时以敢说敢为而闻名;他常给她雪茄烟,她就在自己的卧室里抽;她是和某人订了婚或是和家人吵了架;老帕里对他们两人都不喜欢,这倒使他俩亲近起来。)随后克拉丽莎仍带着怨恨大家的神情站起身来,找了个借口,独自走开了。她开门的时候,那只用来驱赶羊群的大长毛狗正在往里跑,她立刻扑向那只狗,欣喜若狂。她仿佛是在对彼得说——他明白这是冲着他来的——"我知道刚才关于那女人的事你认为我很荒谬,可是现在看看我多么有同情心吧,看看我多么爱小狗罗伯吧!"

他们两人之间一向有这种奇特的能力,不用说话就能沟通。她能直接明白他在批评她。然后她会做些非常明显的事来为自己辩护,例如这次对小狗的故作姿态——可是这从来瞒不过他,他总能看穿克拉丽莎。当然,他什么话都不说,只是坐在那里怏怏不乐。他们之间的争吵往往是这样开始的。

她关上了门。他立刻变得十分沮丧。一切似乎都是徒劳无益的——继续恋爱,继续吵架,继续和好,于是他独自一人到外面的棚舍和马厩之间闲逛,观看那些马匹。(那个地方很简陋,虽然帕里一家从来没有很富裕过,但那里总有仆人和马夫出入——克拉丽莎喜欢骑马——还有一个年老的马车夫——他叫什么名字来着?——还有个老保姆,叫老穆迪,或老古迪,反正他们喊她类似的名字,人们会被带到一间小屋去见她,屋里有很多照片,很多鸟笼。)

那是个极不愉快的夜晚!他越来越忧郁,不仅仅是因为那一件事,而是因为所有的事。他见不到她,不能向她解释,不能把问题谈开。周围总是有许多人——她会继续干她的事,好像什么事情都没有发生过。那是她邪恶的一面——这种冷漠、这种拘谨,是她内心深处的东西,他今天上午和她谈话时又一次感受到了,那是一种让人捉摸不透的东西。然而老天爷知道他在爱着她。她有某种奇特的力量,能弹拨一个人的神经,把它们变作小提琴的琴弦,确实如此。

　　他很晚才去就餐,那是出于想引起人们注意的某种愚蠢念头,他坐下来,挨着老帕里女士,即海伦娜姑妈、老帕里先生的姐姐,她应是宴会的主人。她坐在那里,披着用克什米尔羊毛线织成的白色披巾,头靠着窗户——一个可敬畏的老妇人,但对他很慈祥,因为他曾帮她找到一种罕见的花卉,而她是个有名的植物学家,常常穿着厚厚的靴子上路,双肩背着铝制的黑色采集箱。他在她身边坐下,说不出一句话。一切仿佛从他身边匆匆而过;他只是坐在那里吃饭。后来晚餐吃到一半的时候,他第一次强迫自己看了看坐在餐桌另一边的克拉丽莎。她正在与她右边的一个小伙子聊天。他突然得到一个启示。"她会嫁给那个男人的。"他对自己说。当时他连那人的姓名都不知道。

　　因为肯定是在那天下午,就在那天下午,那个达洛维来了;克拉丽莎叫他"威克姆";于是一切就开始了。不知是谁把他带来的;克拉丽莎听错了他的姓氏。她向大家介绍他叫威克姆。最后他自己说:"我叫达洛维!"——那是他对理查德的第一个印象——一个皮肤白皙的小伙子,有些局促不安,坐在帆布椅上,突然脱口说出:"我叫达洛维!"萨莉抓住了这一点,此后她总喊他"我叫达洛维!"

　　那时他常被各种各样的启示所困扰。这一个启示——她会嫁给达洛维的——使他失去了判断力,使他在那一瞬间感到无能为力。在她对他的态度中有一种——他该怎样形容呢?——有一种轻松随意,有一种母性,有一种温柔。他们在谈论政治。整个晚餐过程中他都在努力倾听他们谈些什么。

　　他记得自己后来在客厅里站到老帕里女士的坐椅旁。克拉丽莎走了过来,彬彬有礼,像个真正的女主人,而且要把他介绍给某人——她说话的口气就像他们两人以前从不认识似的,这使他勃然大怒。然而即便在那个时候他仍为此而钦佩她。他钦佩她的勇气、她的社交本能,他钦佩她把事情做到底的能力。"完美的女主人。"他对她说,一听这话她全身立刻微微颤抖起来。但他是故意让她有这种感觉的。看见她和达洛维在一起以后,他简直想用一切办法伤害她的感情。于是她离开了他。他觉得所有这些人聚集在一起是为了阴谋反对他——在他背后又是嘲笑又是议论。他站在老帕里女士的坐椅旁,活像个木雕的人,谈论着野生花卉。他还从来没有,从来没有经历过这种地狱般可怕的痛苦!他当时一定是连假装倾听谈话都忘记了;最后他清醒过来;他看见帕里女士露出几分焦虑、几分气愤,她那双突出的眼球一动不动。他差一点儿脱口说出他无法集中精神,因为他心在地狱!人们开始走出客厅。他听见他们说要去取斗篷,还说水面很冷,云云。他们要趁着月色去湖中划船——这是萨莉出的疯主意之一。他能听见她在描述月亮。他们都出去了。他独自留了下来。

"你不想和他们一起去吗?"海伦娜姑妈说——这个老太太!——她已经猜到了。他转过身去,又见到了克拉丽莎。她是回来叫他的。他深深地感动了,为她的宽宏大量——她的美德。

"来吧,"她说,"他们都在等着呢。"

整个一生中他还从来没有感觉过这样幸福!他们不说一句话就和好了。他俩向河边走去。他享受了二十分钟完完全全的幸福。她的说话声、她的笑声、她的衣裙(轻飘飘的、白色、深红色)、她的勇气、她的冒险精神;她说服他们都下船去游览那个小岛;她吓跑了一只母鸡;她大笑;她唱歌。在这整个过程中他一直知道得十分清楚,达洛维在爱上她,她也在爱上达洛维,但这似乎没有什么关系。一切都无所谓。他们坐在地上谈天——他和克拉丽莎。他们之间不用费力便可出入对方的心田。后来在一刹那一切都结束了。他们重新登上小船时,他对自己说:"她会嫁给那个男人的。"说得很平淡,毫无怨尤;可那是很明显的事。达洛维会娶克拉丽莎的。

达洛维划着船把他们送回来。他没有说一句话。可是不知怎的,当他们目送他上路的时候,看着他跳上自行车准备穿过树林骑行二十英里的时候,看着他摇摇晃晃地沿庭院小路远去,招了招手便消失了的时候,他确实本能地、充分地、强烈地感到了那一切;那个夜晚、那段浪漫史、克拉丽莎。他理应得到她。

至于他自己则是荒谬的。他对克拉丽莎提出的许多要求是荒谬的（他现在能看出这一点了）。他总是要求难以得到的东西。他曾大吵大闹。她那时也许还会接纳他，如果他不是那么过分荒谬的话。萨莉也这样认为。她在那年的整个夏天给他写了许多长信；她们是如何评论他的，她是如何称赞他的，克拉丽莎是如何突然大哭的！那是个不平常的夏天——全是信件、吵闹、电报——凌晨到达伯尔顿，四处游逛，直到仆人们起了床；早餐时与老帕里先生的密谈令人震惊；海伦娜姑妈令人生畏但心地善良；萨莉风风火火地拉他到菜园里谈话；克拉丽莎因头痛而卧床。

那最后一次争吵，那次激烈的争吵，发生在酷热的一天下午三点钟，他相信这比他整个一生中的任何事情都重要（这样说可能有些夸张——但是现在看来似乎确实如此）。争吵是由一件小事引起的——午饭时萨莉谈起达洛维，把他叫做"我叫达洛维"；克拉丽莎一听便激动起来，脸涨得通红，像她经常表现的那样，突然尖刻地说："这个无聊的玩笑我们已经听够了。"就这么一句话；但是在他看来，她似乎是说："我不过是跟你玩玩而已；我和理查德·达洛维已经达成了理解。"他对此耿耿于怀。他夜夜难眠。"横竖得吹灯。"他告诉自己。他让萨莉给她送去一张便条，约她三点钟在喷泉边会面。他在便条末尾潦草地写着："出了一件大事。"

那个喷泉位于一个小灌木丛中央，离她家很远，四周全是灌木和树丛。她来了，比预定的时间还提前了，然后他们站到喷泉两边，那喷嘴（已损坏）不停地滴着水。眼见的景象竟会在心里留下不可磨灭的印象！例如，那鲜绿的苔藓。

她一动不动。"你告诉我实话。告诉我实话。"他不停地说。他感觉自己的头好像要裂开。她则似乎缩小了，变成了石头。她一动不动。"告诉我实话。"他重复道。突然间那个布赖特普夫老先生探出头来，手里拿着《泰晤士报》，他瞪着他们，惊愕地张大了嘴，然后走开了。他们两人都没有动。"告诉我实话。"他又重复一遍。他觉得自己是在研磨一种质地坚硬的东西；她丝毫不让步。她像铁，像燧石，直到脊柱都是僵硬的。当她说"没用了,没用了,到此为止吧"的时候——在他淌着泪水絮絮叨叨地讲了大概有几个小时之后——这就像她打了他一记耳光。她转过身去,离开他,走远了。

"克拉丽莎!"他喊道,"克拉丽莎!"可是她再也没有回来。一切都完了。他当天夜里就走了。他再也没有见她。

真糟糕,他喊道,糟透了,糟透了!

然而,阳光依然炎热。人依然渡过了难关。生活依然日复一日地运转。他想着,一面打着哈欠并开始注意到——摄政公园依然没有多少变化,跟他儿时所见差不多,除了那些松鼠之外——大概损失依然会得到补偿——突然间,一直在捡卵石的小埃莉斯·米切尔(她准备扩充她和哥哥放在保育室壁炉架上的收藏)把一捧石子猛地倒在那保姆的膝上,又飞快地跑开了,不料撞到一个妇人的腿上。彼得·沃尔什大笑起来。

然而柳克利西娅·沃伦·史密斯正在自言自语,真倒霉,我为什么就该受罪?她沿着宽路走去,一面问着自己。不行,我再也忍受不下去了,她说道;她刚才暂时离开了塞普蒂莫斯,让他独自坐在那边的椅子上,他已不是过去的塞普蒂莫斯了,总是说些无情的、残酷的、邪恶的话,总是自言自语,总是对一个死人说话;此时那个小女孩飞跑着撞上了她,跌倒在地,大哭起来。

这倒起了宽慰的作用。她扶起小女孩,掸掉她衣裙上的土,亲吻了她。

但是从她来讲,她并没有做过什么错事;她曾爱过塞普蒂莫斯;她曾很幸福;她曾有过一个漂亮的家,至今她的姐妹们还住在那里,还在做帽子。为什么单单**她**就得受苦呢?

那个女孩一直跑回保姆身边;利西娅看见那孩子先是受到责备继而受到安慰,最后那保姆放下手中的毛线活儿把她抱了起来,而那面孔慈祥的男人把自己的手表递给女孩让她打开,以此安慰她——可是**她自己**为什么没有人保护呢?当时她为什么不留在米兰呢?她为什么受到折磨呢?为什么?

由于眼泪的作用,那宽路、保姆、灰衣男人、童车变得有些模糊,在她眼前时起时伏。她命中注定要被这个可恶的折磨人者摇来晃去。可究竟是为什么呢?她像一只小鸟,躲在一片树叶形成的薄薄空间里,当这片树叶摇动时她对着阳光眨眼睛,而当一根干枝断裂时她又大吃一惊。她得不到任何保护;她被巨大的树木和大片的云朵所环绕,四周是一个冷漠的世界,她得不到任何保护;她受着折磨;但她为什么就该受苦呢?为什么?

她皱了皱眉头,跺了跺脚。她必须回到塞普蒂莫斯身边去,因为时间快到了,他们该动身去威廉·布拉德肖爵士家了。她必须过去告诉他,回到他的身边去,这时他仍坐在那棵树下的绿椅子上自言自语,或者对那个死鬼埃文斯说话,那人她只在商店里匆匆见过一面。埃文斯倒像个文静的好人,是塞普蒂莫斯的密友,在大战中阵亡了。然而类似的事每个人都有所经历。每个人都有朋友死于大战。每个人结婚时都要放弃些什么东西。她就放弃了自己的家。她来到了这里,居住在这个讨厌的城市。可是塞普蒂莫斯却放任自己胡思乱想各种可怕的事,这她也能做到,如果她努力的话。他现在变得越来越怪。他说有人在他卧室的墙后面谈话。菲尔默太太认为这实在离奇。他还能看见很多东西——他曾看见一个老妇人的头长在一根蕨草的中段。然而如果他愿意,他也能快活。一次他们去汉普顿宫廷花园,坐在公共汽车上层,简直开心极了。草丛里开满红黄色的小花,他说像飘浮的灯笼,他谈笑风生,编了许多故事。突然间他说:"现在我们要自杀了。"当时他俩正站在河边,他望着河水,那眼神她曾见过,是在一列火车或许是一辆公共汽车驶过的时候——那是一种好像着了迷的眼神;她感觉他要离开她,于是抓住了他的胳膊。可是在回家的路上他却十分平静——十分通情达理。他愿意和她争论自杀的事,还给她解释人们是多么邪恶,以及他如何能在街上的行人走过时看出他们在编造谎言。他说他知道他们都在想些什么;他什么事情都知道。他说他知道这个世界的意义。

后来他们到家时他几乎走不动了。他躺在沙发上非叫她握紧他的手,别让他跌呀,跌呀,跌进火焰里去!他喊道;他看见四面墙上有许多张脸在嘲笑他,用可怕的、令人作呕的话骂他,还有许多手指头在屏风周围对他指指点点。其实屋子里只有他们两个人。可是他开始大声说话,回答别人的问题,争论,大笑大闹,激动异常,还非让她做记录。完全是一派胡言,关于死亡,关于伊莎贝尔·波尔小姐。她再也忍受不下去了。她要回娘家。

现在她离他很近,能看见他在瞪着天空喃喃自语,还拍着手。可是霍姆斯医生却说他没有病。那么看看都发生了什么事吧——他为什么每况愈下,她挨着他坐下时他为什么吓了一跳,对她皱眉,躲到一边,并指着她的手,拉过去惊恐地看呢?

是不是因为她摘掉了结婚戒指?"我的手变细了。"她说,"我把戒指放进手提包了。"她告诉他。

他放开她的手。他们的婚姻结束了,他想,既痛苦,又轻松。绳索已经切断;他登鞍上了马;他自由了,因为上苍有令说他,塞普蒂莫斯,人类的君主,应该得到自由;只他一个人(因为他的妻子已经扔掉了结婚戒指,因为她已经离开了他)先于大众被召去聆听真理,去了解意义;这真理和意义在经过了所有为文明付出的辛劳之后——希腊人、罗马人、莎士比亚、达尔文,现在是他自己——即将完整地揭示给······"揭示给谁呢?"他大声问道,"揭示给首相。"他头部上方塞塞窣窣的声音回答道。这个最高的秘密必须告诉内阁;首先,树木都活着;其次,不存在罪恶;再其次,爱,普天之下的爱;他喃喃自语,喘着气,发着抖,痛苦地拉着长声道出这些真理,它们是如此深刻如此困难,需要费很大的力气才能说出来,但是它们彻底改变了整个世界。

不存在罪恶;爱;他重复道,一面摸索着找卡片和铅笔。突然一只斯开猎犬过来闻闻他的裤子,他吓了一跳,充满恐惧的痛苦。那狗正在变成人!他不能看着这等事情发生!看着狗变人,可怕,太可怕了!那条狗马上快步跑开了。

老天无比宽容,无限慈悲。它解除了他的灾难,宽恕了他的弱点。可是怎样用科学来解释呢(因为人首先必须讲科学)?他为什么能看穿肉体,为什么能看到未来,看出狗类将变成人类呢?大概是由于热浪的缘故,热浪对进化了几千年而变得敏感的大脑起了作用。科学地讲,肌肉会被化解并从世界上消失。他的肉体会被浸烂,直到只剩下一根根神经纤维。它会像面纱一样铺在一块岩石上。

他向后靠在椅背上,非常疲倦,但仍硬挺着。他半躺着休息,他在等待,准备再一次痛苦地努力向人类做出解释。他躺得非常高,躺在世界的脊梁上。大地在他下面震颤。许多红花长入他的肉体,那些僵挺的叶片在他的头颈旁边刷刷作响。音乐当啷啷响起来,碰撞着这上面的岩石。那是从下面的街道传来的汽车鸣笛声,他自语道;但是它在这上面猛力地敲击着一块块岩石,四散开去,又汇合在由许多光滑的圆柱此起彼伏构成的声音的震波中(音乐竟有形可见,这是一大发现),然后变成一曲圣歌;现在这圣歌声被一个牧童的笛声所缭绕(那是一位老人在一家酒店旁边吹着六孔小笛,他自语道),那牧童站着不动,乐声从他的笛子里翻滚而出,然后,当他登高时,笛子又发出美妙的如泣如诉的声音,与此同时车辆在下面驶过。那个牧童的悲歌是在车流的喧嚣声中演奏的,塞普蒂莫斯想。现在他缩进雪堆里,周围悬吊着许多玫瑰花——就是长在我卧室墙上的那些浓密的红玫瑰,他想起来了。那乐声中止了。他得到了一个便士,又走向另一家酒店,塞普蒂莫斯思索着得出结论。

然而他自己仍躺在那块高高的岩石上,像一个溺水的海员躺在岩石上。我是趴在小船边上掉进水中的,他想。我沉入了海底。我死过去,现在又活过来了,可是让我再休息一会儿吧,他乞求道(他又自言自语——可怕,太可怕了!)正如一个熟睡的人在醒来之前,由于百鸟啁啾和车轮轧轧的奇特和谐之音越来越响而感到自己正在接近生活的海岸,他也感到自己正在接近生活,阳光变得更热,喊声变得更响,重大的事情即将发生。

他只需睁开眼睛去看;然而有一种重量压在他身上,是一种恐惧感。他紧张起来,他用力去推,他睁开眼,他看见眼前的摄政公园。阳光的条条长丝带在他脚下跳跃。树木都在得意扬扬地招手。这个世界仿佛在说,我们欢迎,我们接受,我们创造。美,这个世界仿佛在说。似乎为了证明这一点(科学地证明),无论他朝哪边看,无论是看那些房子,还是那些栏杆,还是那些从围栏里探出头来的羚羊,美都立即涌现出来。观察一片叶子在一股气流中颤动给人以巨大的快乐。高空之中,一群燕子猝然低飞,急速转弯,冲出冲入,转来转去,但它们总能很好地控制自己,就像有许多橡皮筋在拴着它们;无数苍蝇飞起飞落;太阳开玩笑地一会儿照亮这片叶子,一会儿照亮那片叶子,完全出于好心用自己柔和的金光使其闪亮;某种钟声(可能是汽车的笛声吧)在无数草梗上美妙地响起——所有这一切虽然是宁静而合乎情理的,虽然是由普通事物组成的,但它们就是现时的真理;美,就是现时的真理。美无所不在。

"时间到了。"利西娅说。

"时间"这个词撕开自己的外壳,把财富倾泻到他的身上;于是许许多多的词语,难懂的、白色的、不朽的词语,自动地从他的嘴唇里飞落下来,像无数贝壳,像无数刨花,用不着他安排就自动地飞到应在的位置,组成了一曲时间的颂歌;那是一曲不朽的时间颂歌。他唱了起来。埃文斯在那棵大树后面应答着。死者都在色萨利①,躺在幽兰花丛里,埃文斯唱道。他们在那里等待大战结束,而现在那些死者,现在埃文斯自己——

"看在上帝的分上,你别过来!"塞普蒂莫斯喊出声来。因为他无法直视那些死者。

但是树枝被分开了,一个穿灰衣的男人真的向他走来。那是埃文斯!可是他的身上没有泥土,也没有伤痕;他一点儿都没有变。我必须告诉全世界,塞普蒂莫斯喊,一面举起一只手(当那个灰衣死者走得更近些时),他举起一只手,酷似一个巨人;这巨人多年来独自在沙漠里哀叹人类的命运,双手捂着前额,双颊布满绝望的皱纹,而今他在沙漠的边缘见到了光明,在光照之下那个铁青色的人形变得宽大明亮(塞普蒂莫斯从椅子上欠起身来),而且巨人身后有无数男人俯身致敬,一刹那哀伤的巨人脸上的表情显示他接受了这整个的——

"可我总是那么不快活,塞普蒂莫斯。"利西娅说,同时用力按他坐下。

那几百万人在哀悼;他们已经悲伤多年。他要转过身去,几秒钟

---

① 色萨利系希腊北部的一个地区。

后,仅仅再过几秒钟,他就要对他们讲述这种轻松的感觉,这种兴奋的感觉,这一令人惊讶的启示——

"时间,塞普蒂莫斯,"利西娅重复道,"现在是什么时间啦?"

他在说话,他惊恐地跳起来,这个男人一定注意到了。他正在注视着他们。

"我会告诉你时间的。"塞普蒂莫斯非常缓慢地、非常困倦地说,同时对那个灰衣死者神秘地笑了笑。正当他坐着微笑的时候,报时钟声敲响了——差一刻十二点。

那就是年轻人的特点,彼得·沃尔什经过他们身边时这样想。吵吵闹闹——那个可怜的姑娘看上去完全绝望了——在上午才过了一半的时候。但他们在争吵什么呢,他真不明白;那个穿大衣的小伙子到底说了些什么才使她如此绝望呢?他们两人究竟陷入了怎样严重的困境,才会在这样美好的夏日上午显得如此绝望呢?离开五年后再回到英国,他发现最有意思的是一切事物都那么显眼,好像以前从来没有见过似的,至少头几天里是这样;恋人们在树下为琐事争吵;人们举家到公园里消闲。他还从来没有见过伦敦如此妩媚迷人——那社会差别的和缓、那富裕、那绿化、那文明,特别是在印度生活过之后感触很深,他一面漫步穿过草坪一面想。

这种好动感情的特点一向是导致他失败的原因,这是毫无疑问的。当他还在这个小伙子的年龄时,他的情绪就变化无常,简直像个小孩;有的日子情绪好,有的日子情绪坏,没有任何理由,见到一张漂亮的脸就高兴,见到一个穿着平俗的女人又非常难过。当然啦,从印度回来之后你会爱上你所见到的每一个女人。她们的身上有一种青春活力;就连那些穿得最差的女人也肯定比五年前穿得好;在他看来,时装从来没有这么合身过;那长长的黑斗篷,那苗条的身材,那高雅的风度,还有那宜人悦目的而且显然已普及了的化妆面部的习惯。每一个女人,就连最有身份的女人,面颊都像玻璃罩下盛开的玫瑰;嘴唇像用小刀雕刻过一样;鬈发是用印度染发剂染过的;到处都是设计,到处都是艺术;毫无疑问,确实发生了某种变化。年轻人对此看法如何呢?彼得·沃尔什问自己。

一九一八年到一九二三年那五年在某种意义上非常重要,他猜想。人们的模样变了。报纸似乎也变了。比如说,现在有人在一家有声望的周报上公开发表文章谈论厕所。十年前你绝不会这样做的——不会在有声望的周报上公开谈论厕所。还有,你也不会拿出口红或粉扑在大庭广众之下化妆。他回来时乘的轮船上有许多青年男女——他特别记得贝蒂和伯提——他们非常公开地亲热;那位上了年纪的母亲坐在那里一边织毛衣一边看着他们,竟然十分冷静。那姑娘常常停下来当着众人往鼻子上抹粉。再说他们两人并没有订婚,只不过在一起玩玩;双方的感情都没有受到伤害。她像钉子一样坚硬——那个叫贝蒂什么的——可她完全是个好人。三十岁上她会成为一个很好的妻子——她会在她认为合适的时候结婚;会嫁给一个有钱人并住进曼彻斯特市附近的一所大公馆。

是谁已经这样做了?彼得·沃尔什问自己,同时拐弯走入宽路——嫁给一个有钱人并住进曼彻斯特附近的大公馆?是那个不久前给他写过一封感情洋溢的长信的人,信中谈到"蓝色绣球花"。她是因为看见蓝绣球花才想起了他和过去的时光——是萨莉·西顿,没错!是萨莉·西顿——世界上你最想不到会嫁给有钱人并住进曼彻斯特附近的大公馆的人,那个放肆、大胆、浪漫的萨莉!

但是在所有的老相识当中,即克拉丽莎的朋友——惠特布雷德夫妇、金德斯利夫妇、坎宁安夫妇、金洛克·琼斯夫妇——当中,萨莉大概是最好的人。不管怎么说,她能恰如其分地把握事物。不管怎么说,她看穿了休·惠特布雷德——那可爱慕的休——就在克拉丽莎和其他人还拜倒在他脚下的时候。

"惠特布雷德夫妇?"他现在还能听见她说,"惠特布雷德夫妇是什么人?是煤炭商。体面的商人。"

她讨厌休是有原因的。他对什么事都不关心,只关心自己的仪表,她说。他本来应该当个公爵。那他肯定会娶一个王室的公主。当然啦,在他遇见的所有人当中,休对英国贵族怀有一种最非凡的、最自然的、最崇高的敬意。就连克拉丽莎都不得不承认这一点。啊,可他是那么可爱的人,那么不自私,他放弃了射击运动以取悦老母亲——总记得他的姑妈姨妈们的生日,等等。

说句公道话,萨莉把这一切都看透了。他记得最清楚的一件事是一个星期天上午在伯尔顿进行的关于女权的争论(那个已经过时的论题),当时萨莉突然大发雷霆,火冒三丈,她告诉休他代表英国中产阶级生活中最令人厌恶的一切。她说她认为他对"皮卡德利街上的穷姑娘们"的境况负有责任——休,那完美的绅士,可怜的休!——还从来没有一个男人像他那样显得如此恐惧!她是故意的,她后来承认(因为那时他们常在菜园里交换意见)。"他什么都不读,什么都不想,什么都没感觉到。"他仍能听见她用一种刻意强调的声音这样说,这声音传达的意思远远超出她的本意。她说那些马夫比休更有活力。她说他是私立学校培养出来的十全十美的典型。除了英国以外没有别的国家能培养出他这样的人。她确实看不起他,因为某种原因,她对他怀有怨恨。曾经发生过一件事——他想不起是什么——就在吸烟室里。他侮辱了她——亲吻了她?简直难以置信!当然,谁都不相信说休不好的话。谁能相信呢?他在吸烟室里亲吻了萨莉!如果是某个有贵族身份的尊敬的伊迪斯或瓦奥莱特小姐的话,这倒有可能;但不可能是那个衣衫褴褛的萨莉,她的名下没有一分钱,父亲或母亲又不在蒙特卡罗城赌博。因为在他见过的所有的人当中休是最势利眼的人——最卑躬屈节的人——不对,他并非完全卑躬屈节。他是个自视甚高的人,不会如此下贱。把他比做第一流的仆人显然十分恰当——那种跟在后面提皮箱的人,能委派去发电报的人——女主人们不可缺少的人。他找到了职业——与尊敬的伊夫琳结了婚;他在宫中得到一个小职位,照管国王的酒窖,打磨王室成员的鞋扣,穿着过膝的短裤和带金线的褶边衬衫进进出出。生活是多么无情啊!宫廷里的小职务!

他娶了这位贵族小姐——尊敬的伊夫琳,他们就住在这附近,他这样想(一面看着那些俯视摄政公园的显赫的房子),因为有一次他曾到一所那样的房子里吃过午饭,那房子像休的所有财产一样,有着其他房子所不可能有的东西——大概是那些盛亚麻制品的柜子吧。你不得不去参观那些东西——你总是不得不费很多时间去欣赏房间里的东西,不管是什么——那些亚麻柜、枕头套、橡木家具、油画,都是休偶然买到的便宜货。但休夫人有时却把这些展品送给别人。她是那种不起眼的、瘦小如鼠的女人,爱慕身材高大的男人。她几乎被人忽视。然后她会突然说些出人意料的话——非常尖刻的话。她大概仍保留着一点她家族的高贵举止。烧锅炉用的煤对她来说气味有些过于刺激——它使空气浓烈。他们就是这样在那里生活,连同他们那些亚麻柜、那些老管家、那些饰有真正金边的枕头套,年收入可能有五千到一万英镑,而比休大两岁的他却仍在托人找工作。

他在五十三岁还不得不到这里来请求他们把他安插进某个秘书的办公室,或帮他找个男校助教的职位,去教小男孩拉丁语,并在办公室里听从某个自以为是的人调遣,总之找一个每年能挣五百英镑的工作;因为如果他和黛西结了婚,就是算上他的退休金,他们至少还需要五百英镑才能维持生活。也许惠特布雷德能帮助他;或者是达洛维。他倒不怵头求达洛维办事。他可是个十足的好人;权力有限,头脑不大灵活,这是事实,但他绝对是个好人。他无论承诺了什么事都会以同样客观明智的方式去完成,不掺杂任何想象,也不使用任何心计,只是用他这类人特有的难以解释的好心去处理。他本该当个乡绅——搞政治浪费了他的才能。他最大的本事在户外,在跟马和狗打交道的时候——例如,他表现得多么好啊,当克拉丽莎那只长毛大狗跌进陷阱并有一只爪子被掀掉一半的时候,克拉丽莎吓晕了,达洛维包揽了一切;给狗缠绷带,上夹板;还劝克拉丽莎别犯傻。那也许就是她喜欢他的原因——那正是她所需要的。"嗨,我亲爱的,别犯傻啦。拿着这个——去取那个。"同时他一直在和那条狗说话,仿佛它是个人。

但是她怎么能容忍那些关于诗歌的谈话呢?她怎么能听任他喋喋不休地大谈莎士比亚呢?理查德·达洛维严肃地、郑重地站起来说,任何一个正经的男人都不应该读莎士比亚的十四行诗,因为读它们就像通过门上的钥匙孔去偷听(再说,那种人际关系是他所不赞同的)。任何一个正经的男人都不应该允许他的妻子去看望一个亡妇的姐妹。真难以理解!唯一能做的事是拿起糖粘杏仁向他扔过去——那是在吃正餐的时候。但是克拉丽莎竟把这些都听进去了;她认为他是那么诚实,那么有独立见解;老天知道她是否认为达洛维是她所遇到的最有创见的人!

那是把他和萨莉联系在一起的纽带之一。那时他们经常去花园散步,那个地方四面都有围墙,种着许多玫瑰花和大花椰菜——他还能记得萨莉摘下一朵玫瑰花,并停下来赞叹月光下的卷心菜叶子是多么美丽(真奇怪,这一切都生动地回到他的记忆里,那些他多年没有想起过的事),同时她还请求他,当然是半开玩笑地,请求他把克拉丽莎抢走,以保护她免受休和达洛维以及其他"完美的绅士"的影响,他们会"窒息她的灵魂"(在那些日子里萨莉写了许多诗歌),他们会把她变成单纯的女主人,会鼓励她的世俗欲望。但是你必须公正地评价克拉丽莎。她并不打算嫁给休。她完全清楚自己的意愿。她的情绪都是表面的东西。在内心深处,她是非常精明的——例如她判断人的性格比萨莉要准确得多,但尽管如此,她仍具有纯女性的特质;她有一种非凡的天才,一种女人的天才,即无论到哪里她都能创造自己的天地。她走进一个房间;她站在门口,周围有许许多多的人,正如他经常所见。但是你能记住的却是克拉丽莎。并不是因为她长得出众,她一点儿都不漂亮,身上也没有任何不寻常的地方;她从来没有说过特别聪明的话;然而她却很显眼,十分显眼。

不对,不对,不对!他已不再爱她!他只是觉得,在今天早上见到她拿着剪刀和丝绸为晚会做准备之后,他无法不想念她;她一再回到他的记忆里,好似火车车厢里一个熟睡的人不时地碰撞他;当然,这绝非恋爱;他是在思念她,批评她,然后重新开始努力去解释她,在过了三十年之后。对她明显的评语是:她很世俗,过分热衷于地位、上流社会和向上爬——从某种意义上讲这是事实;她向他承认过这一点。(你如果费一点力气的话总是能让她承认的;她很诚实。)她会说她讨厌穿着过时的女人、因循守旧的人、无所作为的人,也许包括他自己;她认为人们没有权利袖手闲逛,他们必须干点什么,成就点什么;而那些大人物、那些公爵夫人、那些在她家客厅里见到的头发花白的伯爵夫人们,在他看来微不足道,远非什么重要人物,而在她看来则代表着一种真正的成就。她有一次说贝克斯伯拉夫人身板直挺(克拉丽莎自己也是同样;她无论是坐还是站从不懒散地倚着靠着;她总是像飞镖一样直挺,事实上还有一点儿僵硬)。她说她们有一种勇气,对此她随着年龄的增长钦佩有加。在这些看法中自然不乏达洛维先生的见解,不乏那种热心公益的、大英帝国的、主张税制改革的统治阶级的精神,这种精神已进入她的思想,正如经常发生的那样。虽然她的天资比理查德高两倍,但她却不得不通过他的眼睛去看待事物——这是婚姻生活的悲剧之一。虽然她有自己的思想,但她却必须永远引用理查德的话——仿佛一个人读了早晨的《晨邮报》后仍一点儿都不明白理查德的观点似的!例如,这些晚会都是为他而举行的,或者说是为她认为他应如何社交而举行的(公道地讲,理查德如果在诺福克郡务农会快乐得多)。她把自家的客厅变成了类似会议室的地方;她在这方面很有天才。他曾不止一次看见她拉过一个不谙世事的年轻人,激发他,规劝他,使他觉醒,让他行动。无数枯燥乏味的人聚集在她的周围,这是必然的。但是出人意料的奇怪客人也会出现,有时是个艺术家,有时是个作家,总之是与那里的气氛不协调的怪人。在这一切的背后是一个网络,其组成部分包括登门造访、留下名片、善待客人、捧着一束束鲜花和小礼物东奔西跑;某某人要去法国——需要一个气垫;这等事费尽了她的心思;街上的车辆川流不息是因为有她这类女人频频出行;然而她是真心实意地做着这些事,出于一种本能。

奇怪极了,她是他所遇见的最彻底的宗教怀疑论者之一,她可能(这是他过去编造出来以解释她的行为的一个理论,在某些方面是那么明白易懂,在其他方面又是那么难以理解),她很可能对自己说:由于我们是注定要灭亡的民族,被锁在一艘正在下沉的轮船上(她年轻时最喜欢读赫胥黎①和廷德耳②的书,他们两位都喜欢使用航海的比喻),由于这一切是个拙劣的玩笑,那无论如何让我们尽自己的努力吧,减轻我们狱友的痛苦(又是赫胥黎的比喻),用鲜花和气垫装饰我们的囚室,尽我们所能活得体面。绝不允许众神恶棍们为所欲为——她认为众神总是不失时机地伤害、攻击和毁灭人类的生命,然而如果你

---

① 赫胥黎(1825—1895),英国生物学家、作家,公开支持达尔文的进化论思想,并发明了"不可知论者"一词,用来指对上帝存在与否没有把握的人。
② 廷德耳(1820—1893),英国物理学家。

像贵妇人一样行事的话,他们就真的被赶走了。这一思想阶段直接始于希尔维娅之死那一恐怖事件发生之后。亲眼看见你自己的妹妹(一个也将走向生活的女孩、她们中间最有天分的一个)被一棵倒下的大树活活砸死(这都是贾斯廷·帕里的过错——都怪他粗心大意),足以使人怨恨尘世,克拉丽莎常说。后来她大概不再那么乐观了。她认为众神根本不存在,不应埋怨任何人;她因而逐渐发展到信仰这一无神论的准则:为了拥有美德而行善。

诚然,她充分享受着生活的乐趣。享受乐趣是她的本性(尽管,老天爷才知道,她有含蓄的一面;他常觉得,就连他在这么多年之后也只能描绘出克拉丽莎的轮廓)。不管怎么说,她并没有怨恨,丝毫没有好女人的那种令人生厌的道德感。她几乎从任何事物中都能得到乐趣。如果你和她一起去海德公园散步,一会儿是一花坛郁金香,一会儿是童车里的小孩,一会儿是她即兴编出的荒唐小故事,都能使她快乐。(她很可能会跟刚才那对恋人说话,如果她知道他们不快乐的话。)她有一种真正敏锐的喜剧感,可是她需要很多人,总是需要很多人将它引发出来,其必然的结果是:她浪费了许多时间去参加午餐会,参加宴会,举办这些无休止的晚会,谈些毫无意义的事,说些言不由衷的话,降低了自己的思维能力,丧失了辨别是非的能力。她常坐在餐桌一头的主座上费尽心机招待一个也许会对达洛维有用的老家伙——他们认识全欧洲最令人憎恶的人——要不就是伊丽莎白走进来,然后一切都必须让位于**她**。他上次来访时伊丽莎白还是个高中生,处于不善言谈的阶段,她是个眼睛圆圆、面色苍白的女孩,没有一处像她的母亲,沉默寡言而不易激动。她对这一切习以为常,听任她的母亲小题大做地谈论她,然后问道:"现在我可以走了吗?"像个四岁小孩。她要去打曲棍球,克拉丽莎解释道,口气中流露出似乎是被达洛维本人唤起的兴奋和骄傲。现在伊丽莎白大概就算"初入社会"了;她把他看做因循守旧的人;她嘲笑她母亲的朋友们。没关系,随她去吧。彼得·沃尔什拿着帽子走出摄政公园时想,人虽然逐渐变老,但还是得到了报偿;这报偿是:尽管激情依旧,他却得到了——终于得到了!——给生活增添极大美味的能力,也就是说他有能力抓住生活的体验并在光亮中慢慢地审视它。

他有一种想法,说出来不大好(他重新戴上帽子),那就是:现在,人到了五十三岁,已经不再需要别人了。生活本身,它的每一瞬间、每一点滴、此地、此刻、现在、在阳光里、在摄政公园,就足够了。确实是太多了。整个人生太短暂了,即便一个人取得了品味人生的能力,也无法尝出它的全部滋味,无法从中摄取每一盎司的快乐和每一层次的意义;这快乐和意义比过去要充实得多,个人色彩也要少得多。他今后不会再受痛苦的折磨了,不会像克拉丽莎曾使他痛苦那样。有一段时间他一连几个小时(祈求上帝保佑,你说这些事时不被别人听见!),他一连几小时甚至几天没想过黛西。

他是不是因为回忆起往日的痛苦、折磨和那不寻常的激情才与黛西相恋的呢?这段恋情与过去的完全不同,它要快乐得多,因为实情是**她**爱上了**他**,这是毋庸置疑的。可能就是那种想法使他在轮船真的开航时感到特别轻松,使他什么都不想干只想独处,使他在发现舱房里有她派人送来的小礼品——雪茄烟、便笺、旅途用的毯子——时感到恼火。每个人如果诚实的话都会说同样的话:一个人过了五十岁就不再需要别人了,不想再告诉女人她们很漂亮;大多数五十岁以上的男人都会这样说的,如果他们诚实的话,彼得·沃尔什想。

然而这些令人惊奇的感情宣泄——今天早晨的痛哭流涕,究竟是为了什么呢?当时克拉丽莎会怎样想他呢?大概认为他是傻瓜,肯定不是第一次了。说到底那是由于嫉妒引起的,嫉妒比人类的任何其他情感都要持久,彼得·沃尔什想,同时握住小刀伸直胳膊。黛西在最近的一封信中说,她一直和奥德少校约会;他明白,她是故意这样说的,目的是让他嫉妒;他能想见她写信时皱着眉头的样子,她在思索着能说些什么话来伤害他;然而这起不了什么作用;他气愤极了! 他专程回到英国又忙着拜访律师,他做这一切不是为了和她结婚,而是为了不让她嫁给任何别的人。那就是折磨着他的情感,那就是当他看到克拉丽莎如此镇静、如此冷漠、如此专心地缝补衣裙之类东西时突然袭来的情感,他意识到她本来是可以不伤害他的,也意识到她已把他贬低为什么样的人——一个呜咽泣诉的老傻瓜。但是女人不懂得什么是激情,他一面合上折刀一面想,她们不知道激情对男人意味着什么。克拉丽莎像冰柱一样冷漠。她常和他并肩坐在沙发上,任他握她的手,她会吻一下他的面颊——此时他已来到十字路口。

一个声音扰乱了他的思绪;那是一个微弱颤抖的声音,一个人的歌声,它突突地冒了出来,没有方向,没有活力,没有开头也没有终结,它无力地但刺耳地流淌着,丝毫不含人类能理解的任何意义:

  义 安 发 安 叟
  伏 绥 图 印 乌……

这声音没有年龄和性别的特征,它是古老的泉水喷出地面的声音;它来自摄政公园地铁车站正对面的一个高高的、微微颤抖的形体,像个漏斗,像个生锈的曲柄抽水机,又像一棵饱经风霜、永远不长叶子的树,它听凭风儿出入它的枝桠并唱道:

  义 安 发 安 叟
  伏 绥 图 印 乌,

它在永不停息的微风中摇曳,碰撞,呻吟。

经过了所有的年代——当这片人行道还是草地的时候,当它还是沼泽的时候,经过了长牙野象出没的年代,经过了寂静日出的年代,那个饱经风霜的女人(因为她穿着一条裙子),右手张开,左手叉腰,站在那里歌唱爱情,那已经延续了一百万年的爱情,战胜一切的爱情;她轻声唱道,几百万年前,她的恋人(他在许多世纪前就已死去)曾经在五月里和她一起散步;但是她还记得,在像夏日般漫长的岁月里,在只有红色紫菀花发出火一样的光芒的岁月里,他已经去了;死神的巨大镰刀已经横扫过那些高大的山峦,当她终于把自己长满华发的、非常衰老的头靠在大地(现已变为冰的焦土)上的时候,她请求众神在她身边放上一束紫色石南花,就放在埋葬她的地方,那受到最后的太阳的最后光线照耀的高岗上,因为到那时宇宙的万象将不复存在。

正当这支古老的歌曲在摄政公园地铁车站对面突突响起之时,大地似乎依然郁郁葱葱、花团锦簇;尽管这歌声出自那么粗俗之口,出自大地上的一个空洞,沾满泥土,交织着根的纤维和成团的野草,这支古老的汩汩突突的歌曲,这支浸透了远古年代的无数盘根、骷髅和宝藏的歌曲,依然分成细流不断地流淌在人行道上,流过整条玛丽乐彭路,流向尤斯顿路,肥沃了这些地方,留下了潮湿的痕迹。

那个生锈的曲柄抽水机,即那个一手伸出索要铜板、一手叉着腰部的饱经风霜的老妇人,仍然记得在某个久远年代的五月里和恋人一起散步的情景;一千万年之后她仍然会站在那里,仍然会记得她在五月里散步的情景(那个地方现已成了海洋),跟谁在一起散步并不重要——他是个男人,啊,是啊,一个爱过她的男人。但是随着年代的流逝,那个古老的五月天已不再清晰;艳丽的花朵已染上银白色的寒霜;当她请求他(正如她现在很清晰地唱着)"用您那美妙的眼睛,注意看看我"时,她再也看不见,再也看不见那双褐色的眼睛、黑色的络腮胡子和被阳光晒黑的面庞,只能看见一个隐约出现的形体、一个黝黑的身影,但她仍以高龄老人特有的像小鸟般活泼的神态喋喋不休地唱:"向我伸出你的手吧,让我轻轻摸。"(彼得·沃尔什情不自禁地给了可怜的老妇人一枚硬币,然后上了出租车。)"若被人看见,那又有何妨?"①她继续唱着诘问;她用拳头不时捶着腰,微笑着把那一先令硬币放进衣袋,此时所有那些凝视探察的目光似乎都被抹掉了,那一代又一代的过客——人行道上挤满了匆忙赶路的中产阶级——都消失了,像无数的树叶被踩在脚下,并被浸湿,泡透,变成腐叶土,被那永恒的泉水——

义 安 发 安 叟
伏 绥 图 印 乌。

"可怜的老妇人。"利西娅·沃伦·史密斯说。

哎,可怜的不幸的人!她说,一面等着过马路。

假设这是个雨夜呢?假设你的父亲或了解你过去生活富裕情况的人恰巧路过此地,看见你站在路旁的雨水沟里,会怎么想呢?还有,她夜里究竟在什么地方睡觉呢?

这微弱的、不可战胜的歌声愉快地、甚至是兴奋地旋转着飘入空

---

① 老妇人唱的歌曲是《万灵节》,由奥地利诗人赫尔曼·封·格尔姆(1812—1864)作词,德国作曲家理查·施特劳斯(1864—1949)作曲。万灵节是纪念所有忠于信仰的死者的宗教节日。

中，犹如从一座农舍的烟囱里冒出的轻烟，它旋转着飘上洁净的山毛榉树丛，然后变成一缕蓝烟，从树冠顶部飞了出来。"若被人看见，那又有何妨？"

由于利西娅已连续许多个星期那么不快活，她认为发生的一切事情都是有一定用意的，她有时几乎觉得她必须拦住街上的行人，如果他们像慈祥的好人的话，目的只是对他们说："我很不快活"；而这个在街上唱"若被人看见，那又有何妨？"的老妇人使她突然相信一切都会好起来的。他们要去见威廉·布拉德肖爵士；她认为他的名字听着挺不错；他会马上治好塞普蒂莫斯的病。这时一辆酿酒厂的马车过来了，那些灰马的尾巴上沾满直立的麦秸；还有许多报纸广告牌。感觉不快活实在是非常非常愚蠢的梦幻。

于是他们——塞普蒂莫斯·沃伦·史密斯先生和太太——穿过马路，那么他们身上有什么能引起别人注意的地方吗？有什么能使过路人想到这里有个年轻男子负责传播世界上最伟大的信息，因而是世界上最幸福也是最痛苦的人吗？也许他们比别的人走得慢一些，而且这男子走路的姿态有些犹豫，有些拖拉，但是对于一个多年没有在工作日里的这个时辰光顾伦敦西区的小职员来说，不时望望天空，看看这看看那，不是最自然的事吗？他东顾西盼，仿佛波特兰波拉斯街是一间屋子，他来访时恰逢主人举家外出，只见大吊灯包在粗亚麻布袋里，那位看管房子的女仆掀起拖地窗帘的一角，让一缕缕长长的、充满尘土的光线照亮那些久未使用的、式样怪异的安乐椅，同时向客人们解释这个地方有多么好；多么好啊，可又是多么奇怪啊，他想。

从外表看，他倒有可能是个小职员，不过是较好的那种职员，因为他穿着棕色的靴子，有着受过教育的人所特有的手，还有他的侧面轮廓——有棱角、大鼻子、聪慧、敏感——也是受过教育的人所特有的；但他的嘴唇却不尽如此，因为它们不受约束；他的眼睛（人的眼睛一般如此）仅仅是眼睛而已，淡褐色的、大大的；因此总的来讲他是个边缘人物，既不属于这类也不属于那类；他最终有可能在帕利拥有一所房子和一辆汽车，也可能一辈子继续租用坐落在小街上的公寓；他是受过一些教育又自学成才的人们中的一员，他们从公共图书馆借来书籍，在工作之余利用晚间阅读,并通过书信得到著名作者的指教,他们都是这样完成学业的。

至于其他的经历,那些孤独的经历,即人们在卧室、在办公室、在田间或伦敦街头单独经历的事情,他都经历过。他少年时代就离开了家,是因为他的母亲说了谎,是因为他第五十次没有洗手就下楼吃茶点,是因为他觉得诗人在斯特劳德镇没有前途,因此他悄悄地和小妹告了别便离开家来到伦敦,只给家人留下一张荒谬的便条,类似许多伟人曾写过的并在他们的斗争史出名后全世界都读到过的那种便条。

伦敦已经容纳了好几百万姓史密斯的年轻人;它根本看不上这些人的父母为使他们成名而为他们取的教名,例如塞普蒂莫斯。他寄宿在离尤斯顿路不远的地方,经历了许许多多的事,例如在两年之内他那红润、天真、椭圆形的脸变得又瘦又小而且充满敌意。对于所有这些变化,朋友当中那最富于观察力的一位又能说什么呢?他只能借用园丁在清晨打开暖房门发现一株植物开新花时常说的一句话:它开花了;这花是从虚荣心、雄心壮志、理想主义、激情、孤独、勇气、懒惰中生长出来的,它们都是常见的种子,它们混杂在一起(在离尤斯顿路不远的一间屋子里),使他羞怯、口吃,使他急于完善自己,使他爱上了伊莎贝尔·波尔小姐,她当时在滑铁卢街学校讲莎士比亚的作品。

他不是很像济慈①吗?她问道,并思量着如何让他品味一下《安东尼和克莉奥佩特拉》②及其他作品;她借给他许多书,用纸片给他写了许多信,并在他心中点燃了一生中只燃烧一次的火,这火没有热量,闪烁着金红色的火焰,它无限轻妙而虚幻,映照在波尔小姐身上;《安东尼和克莉奥佩特拉》,还有滑铁卢街学校。他认为她非常美丽,相信她绝对聪慧,他梦见她,写诗献给她,而她却毫不理睬诗的内容,一律用红墨水批改;那是一个夏日的晚上,他看见她穿着绿衣裙在广场散步。"花开了。"那园丁可能会这样说,如果他打开门的话;也就是说,如果园丁在任何一天夜里的这个时辰走进来,会发现他在写作,发现他在撕

---

① 济慈(1795—1821),英国诗人,被认为是浪漫主义运动中最伟大的人物之一。
② 《安东尼和克莉奥佩特拉》,莎士比亚写的一部悲剧。

手稿,发现他在凌晨三点完成了一篇杰作并跑到街上踱步,去教堂礼拜,今天禁食明天酗酒,贪婪地阅读莎士比亚、达尔文①的著作,还有《文明史》和萧伯纳②的作品。

一定出什么事了,布鲁尔先生心里明白;布鲁尔先生在专门从事拍卖、估价及房地产经纪的西布利斯和阿罗史密斯公司里担任负责管理的职员;一定出什么事了,他想,而且由于他对年轻雇员有一种父亲般的感情,由于他高度评价史密斯的能力并预言十到十五年后他会坐到里间屋天窗下的皮椅上,周围摆满装契约的小箱子,他说:"如果他能保持健康的话。"而这正是危险之处——史密斯看上去弱不禁风;他劝史密斯踢足球,请他吃晚饭并表示愿意推荐给他加薪,但突然间出了一件大事,把布鲁尔先生的许多打算抛到九霄云外,还拉走了他那些最得力的年轻雇员,最后,由于欧洲战争的魔爪是如此喜好触动隐私并具有如此隐秘的破坏力,它们打碎了谷类女神刻瑞斯的石膏复制像,在天竺葵花坛里刨了一个大坑,还彻底摧垮了厨师的神经,这些都发生在马斯韦尔山上布鲁尔的家里。

塞普蒂莫斯是首批志愿兵的一员。他到法国去保卫英国,而这个英国几乎完全是由莎士比亚戏剧和穿绿衣信步广场的伊莎贝尔·波尔小姐组成的。在那边的战壕里,布鲁尔先生当年劝他踢足球时就期望看到的变化立时发生了,他变得很有男子气,他得到了晋升,引起了名叫埃文斯的军官的注意,实际上是得到了他的钟爱。这就像两只狗在壁炉前的地毯上玩耍,一只正在玩引火用的纸捻。龇着牙大声吼叫,并不时揪揪老狗的耳朵;另一只则躺着发困,对着炉火眨眼睛,并抬起一只爪子,转过头去和善地低声叫。他们两个必须在一起,共享甘苦,相互打架,相互吵嘴。但是当埃文斯(利西娅只见过他一面,说他是"文静的人";他身体强壮,头发棕红,在有女人的场合感情不外露)于停战前夕在意大利阵亡时,塞普蒂莫斯却无动于衷,对这段友谊的终结没有丝毫表示,相反他庆幸自己不为感情所动。战争教育了他。战争是崇

---

① 达尔文(1809—1882),英国自然博物学家,提出了以自然选择为基础的进化论。
② 萧伯纳(1856—1950),爱尔兰籍剧作家、小说家、音乐和文学评论家。

高的。他已经历了整个过程:友谊、欧洲战争、死亡,他得到了晋升,他还不到三十岁,肯定能活下来。他当时就在现场。最后的炮弹没有击中他。他漠然地看着炮弹爆炸。

和平来临的时候,他正在米兰,随部队借宿在一个旅店老板家里;房前有一个小院,圆盆里种着鲜花,还摆着几张小桌子,店主的女儿们在做帽子;他和小女儿柳克利西娅订了婚,那是在一天晚上他因自己变得麻木不仁而惊慌失措的时候。

因为现在一切都已结束,停战协定已签订,死者已被安葬,在这种情况下,特别是那天晚上,他突然经历了像阵阵雷鸣般的恐惧。他变得麻木不仁了。当他推开房门时,那几个意大利姑娘正在做帽子,他能看见她们,能听见她们说话,她们在盛着彩色珠子的小盘子里磨着铁丝,她们把硬衬布折来折去;桌上摆满了羽毛、光片、丝绸、装饰带;剪刀在桌子上轻轻碰撞;但是他失去了什么东西,他失去了感知的能力。尽管如此,剪刀在轻轻敲击,姑娘们在说笑,帽子在制作之中,这一切保护了他,使他确实感到安全;他有了一个庇护所。但是他不可能整夜坐在那里。凌晨时分总有醒来的时候。床在跌落,他也在跌落。啊,为了那剪刀、灯光和不同形状的硬衬布!他请求两姐妹中年纪较小的柳克利西娅嫁给他,她既快乐又风流,长着艺术家的纤细的手指,她常翘起手指说,"都是它们的功劳。"它们给丝绸、羽毛及其他东西带来了生命。

"帽子是最重要的。"他们一起到外面散步的时候她常常这样说。他们在路上见到的每一顶帽子她都要仔细观察,还有斗篷、衣裙以及女人优雅的姿态。她批评不讲究穿着的人和过于讲究穿着的人,但并不粗鲁,只是不耐烦地挥着两手,就像一位画家不耐烦地挥着手拿开某件明显的赝品,尽管制作者显然并非出于恶意。然后她会豁达地但总是挑剔地赞赏一个尽其所有而装扮入时的女售货员,或以一种热情的和内行的理解力去衷心称赞一个正走下马车的法国贵妇人,这女人穿着绒鼠皮衣和长袍,戴着珍珠首饰。

"美极了!"她会小声说,同时碰碰塞普蒂莫斯,让他也看。但是美似乎隔着一层玻璃。就连美味(利西娅喜欢吃冰激凌、巧克力、甜食)对他都没有吸引力。他把茶杯放到大理石小桌上。他看着外面的人们;他们似乎很快乐,聚集在大街当中,叫着,笑着,无缘无故地争吵着。但是他品不出滋味,他失去了感觉的能力。在那个茶馆里,在许多小桌子和闲聊的侍者中间,可怕的恐惧向他袭来——他变得麻木不仁了。他能够论理,他能够很轻松地阅读例如但丁①的作品("塞普蒂莫斯,把书放下。"利西娅说着轻轻地合上《地狱篇》),他能够计算账单;他的脑子是完好的;那么他的麻木不仁一定是这个世界的过错了。

"英国人是那么少言寡语。"利西娅说。她说她喜欢这一点。她尊敬这些英国男人,她想看看伦敦,想看看英国马,还有裁剪合体的西装,她还记得听一个嫁到伦敦并定居索霍区的姨妈说过那里的商店有多么好。

他们离开纽黑文市时,塞普蒂莫斯一面望着火车车窗外的英国大地一面想,这个世界本身大概没有任何意义。

在办公室里,他被提升到一个相当负责的职位。同事们为他感到自豪;他曾荣获过十字勋章。"你已尽了你的职责,我们决定——"布鲁尔先生开始讲,但未能讲完,他的情绪是那么兴奋。他和利西娅在离托特纳姆科特路不远的地方租了一套令人羡慕的寓所。

在这里他又一次打开莎士比亚的书。那家伙在《安东尼和克莉奥佩特拉》里所使用的语言已经完全失去了魅力。莎士比亚是多么厌恶人类啊——穿衣服,生孩子,嘴和肚子同样肮脏!

现在这一点已向塞普蒂莫斯揭示出来,这一信息隐藏在优美文字当中。一代人传给下一代人的经过伪装的信号是:厌恶、仇恨、绝望。但丁的作品也是如此。埃斯库罗斯②的(翻译过来的)作品也是如此。利西娅坐在那边的桌子旁修饰帽子。她一连几个小时为菲尔默太太的朋友们修饰帽子。她看上去脸色苍白,显得神秘,像朵睡莲被淹没在水中,他想。

"英国人是那么严肃。"她常说,一面搂着塞普蒂莫斯,把脸贴在他的脸上。

---

① 但丁(1265—1321),意大利诗人,著有《神曲》。
② 埃斯库罗斯(公元前525—前456),古希腊戏剧家,被称为希腊悲剧之父。

男女之间的情爱在莎士比亚看来是令人厌恶的。性交的事在他看来早就是肮脏的。但是利西娅说她必须要孩子。他们结婚已经有五年了。

他们一起去参观伦敦塔,去参观维多利亚和阿尔伯特博物馆;他们一起站在人群中观看国王主持议会开幕式。还有许多店铺——帽子店、衣裙店、橱窗里展示着真皮手提包的商店,她常站在这些店铺前睁大眼睛好奇地观看。但是她必须有个儿子。

她必须有个长得像塞普蒂莫斯的儿子,她说。可是没有一个人能像塞普蒂莫斯;他是那么温柔,那么严肃,那么聪明。她难道不能也读读莎士比亚的书吗?莎士比亚是个难懂的作家吗?她问道。

你不能把孩子带到这样的世界上来。你不能让苦难延续下去,也不能更多地繁育这些充满情欲的动物,他们没有始终如一的情感,有的只是冲动和虚荣心,驱使着他们一会儿朝东一会儿朝西。

他看着她剪裁、成型,犹如一个人看着一只小鸟在草地上蹦跳、轻飞,却不敢动一动手指头。因为事实是(她看不到就算了)人类既没有仁慈,又没有信念,也没有怜悯之心,只知道增加一时的快乐。他们成群结队狩猎。他们的队伍扫荡沙漠,然后尖叫着消失在荒原里。他们抛弃了倒下的同伴。他们的脸上满是痛苦的神情。布鲁尔先生坐在办公室里,他有抹过蜡的胡子,戴着珊瑚领带夹,穿着白色套衫,他的情绪使人感到愉快——然而他的内心却完全是冷冰冰黏糊糊的——他的天竺葵毁于大战之中——他的厨师精神崩溃;或者那个叫阿米利娅什么的,每天五点钟准时给大家送茶点——是个爱送秋波的世俗风骚的小妖精;还有那些叫汤姆呀波梯呀的仆人们,穿着浆过前襟的衬衣,渗出一滴滴浓浓的坏水。他们从未看见过他在笔记本上给他们画的像,在画里他们赤身裸体做着滑稽愚蠢的动作。在大街上,小货车吼叫着从他身边开过;公告牌上醒目地记载着暴力事件:男人们被困在矿井里,女人们被活活烧死。有一次一队残疾精神病患者被当众训练、展示,以供公众取笑(人们哈哈大笑);那些人懒散地迈着步子,点着头,咧嘴笑着走过他的身边,在托特纳姆科特路上,每个人都是半抱歉地又非常得意地把失望的痛苦强加于他。

那么**他自己**会发疯吗?

喝午茶时,利西娅告诉他,菲尔默太太的女儿快生孩子了。**她自己**年龄越来越大也不能没有孩子呀!她很孤独,她很不幸!他们结婚以来她第一次哭了起来。他听得见她在抽泣,声音离得很远;他听得真真切切,看得清清楚楚;他把这哭声比做活塞起落的砰砰声。但是他无动于衷。

他的妻子在哭泣,而他却无动于衷;只是她如此强烈、无言、绝望地每哭一次,他就向深渊迈下一步。

最后,他机械地做出一种夸张的姿态,把头埋进双手里,但他完全清楚这是在装模作样。现在他已经投降了;现在别的人必须帮助他。必须叫人来。他让步了。

什么都不能使他打起精神。利西娅让他上了床。她派人去请医生,去请菲尔默太太的霍姆斯医生。霍姆斯医生为他作了检查,说他什么病也没有。啊,可松了一口气!他是个多么慈祥、多么好的人啊!利西娅想。霍姆斯医生说,他自己的情绪像这样坏的时候,他就去音乐厅。他休了一天假陪他的妻子打高尔夫球。不妨试试把两片溴化钾镇静剂溶解在一杯水里睡前服用。霍姆斯医生敲了敲墙壁说,这些布卢姆斯伯里区的老式房子通常有很好的护墙板,可那些房东净做傻事,用壁纸把它们都糊上了。就在前两天他去探访过一个病人,是某某爵士,住在贝德福德广场——

这么说没有任何借口了,什么病都没有,只有那罪恶——他的麻木不仁,为此人性已判处他死刑。埃文斯遇难时他无动于衷,那是最糟糕的事;但是所有其他的罪恶也纷纷抬起头来,在凌晨时分从床栏上方摇晃着手指,挖苦嘲笑那个软弱无力的躯体;这个躯体躺在那里反省自己的堕落;他是如何娶了妻子但并不爱她,如何对她说了谎,如何玷污了她,如何激怒了伊莎贝尔·波尔小姐;他身上散布着那么多邪恶的疤痕,使得女人们在街上见到他就瑟瑟发抖。人性对这样一个坏蛋的宣判是死刑。

霍姆斯医生又来了。他身材高大、面色红润、英俊潇洒,他掸了掸靴子,照了照镜子,他认为头痛、失眠、恐惧、梦呓等都不要紧,不过是些神经症状,没有别的,他说。如果霍姆斯医生发现自己的体重比十一斯通①零六磅下降了哪怕半磅,他也要在早餐时让妻子多给他一盘麦片粥。(利西娅将要学会煮麦片粥。)但是,他继续说,健康在很大程度上是我们自己可以控制的。让你自己对外界的事情产生兴趣,培养某种业余爱好。他翻开了莎士比亚的剧本《安东尼和克莉奥佩特拉》,然后又将莎士比亚的书推到一边。某种业余爱好,霍姆斯医生说,因为他之所以有这样好的身体(要知道他像伦敦的任何男人一样拼命工作)不就是因为他能从注意病人转向注意旧家具吗?啊,沃伦·史密斯太太头上戴的小梳子是多么漂亮啊,如果允许他评论的话。

这个可恶的傻瓜再来的时候,塞普蒂莫斯拒绝见他。他真的不想见我?霍姆斯医生愉快地笑着问。说真的,他必须友善地推开那位娇小美丽的史密斯夫人才得以进入她丈夫的卧室。

"这么说你很害怕。"他愉快地说着,在病人身边坐下。他真的对他的妻子说过要自杀吗?她还是个年轻姑娘,并且是个外国人,对吧?这难道不会使她对英国丈夫们产生奇怪的看法吗?难道一个人对他的妻子不负有什么责任吗?起来干点什么不是要比躺在床上好吗?因为霍姆斯医生已有四十年的经验,塞普蒂莫斯可以相信他的话——他什么病都没有。霍姆斯医生希望下次再来时会看见史密斯已经下了床,不会再让他那美丽的小妻子为他担心了。

一句话,人性对他发起了攻击——那可恶的野兽,长着血红色的鼻孔。霍姆斯在攻击他。霍姆斯医生几乎每天都来。你一旦要跌倒,人性就来攻击你,塞普蒂莫斯在一张明信片的背面写道。霍姆斯在攻击你。他们唯一的办法是逃跑,不让霍姆斯知道;逃到意大利去,逃到哪里都行,哪里都行,远远地躲开霍姆斯医生。

但是利西娅不能理解他。霍姆斯医生是这么慈祥的人。他对塞普蒂莫斯是那么关心。他说他只是想帮助他。他有四个孩子,他已经邀请她去吃茶点了,她告诉塞普蒂莫斯。

这么说他被遗弃了。整个世界都在大声疾呼:你自杀吧,你自杀

---

① 斯通为英制重量单位,一斯通相当于十四磅。

吧,为了我们。但是他为什么要为他们而自杀呢?食物使人愉悦,阳光依旧炎热;而自杀,人怎样自杀呢,用餐刀,惨不忍睹,血流遍地,那么吸煤气管怎么样?他太懦弱,他连手都抬不起来。再说,既然他现在是孤身一人,受人谴责,被人遗弃,与那些垂死的人同样孤独,那么在这种孤独中便有一种难得的享受,一种完全崇高的孤立,一种亲人们永远不能理解的自由。霍姆斯当然占了上风;那长着血红鼻孔的野兽占了上风。但就是霍姆斯本人也不能碰一碰这个躲在世界边缘的最后的遗人,这个被抛弃了的人,他回过头去凝望着那些有人居住的地区,像溺水的海员躺在世界的海岸上。

正是在这一瞬间(利西娅已去购物)他突然领悟到一个伟大的真理。屏风后面传来说话声。那是埃文斯在说话。那些死者和他在一起。

"埃文斯,埃文斯!"他喊道。

史密斯先生在大声跟自己说话,女仆阿格妮斯对厨房里的菲尔默太太喊道。她端着托盘进去时他在喊:"埃文斯,埃文斯!"她当时跳了起来,真的跳了起来。她仓皇逃到楼下。

利西娅进来了,她捧着鲜花穿过房间,把玫瑰花放进一个花瓶里,阳光直射到花瓶上,她笑着,跳着,在屋子里转着圈子。

利西娅说,她不得不从街上一个穷苦的男人那里买下这些玫瑰。但是这些花都已经快死了,她一面摆弄着玫瑰花一面说。

这么说外边有个男人,也许是埃文斯吧;利西娅提到的那些半死的玫瑰花就是他从希腊的田野里采来的。与人沟通就是健康,与人沟通就是幸福,沟通,他自语道。

"塞普蒂莫斯,你说什么?"利西娅问,她害怕极了,因为他在自言自语。

她让阿格妮斯赶紧去请霍姆斯医生。她说她的丈夫发疯了,几乎不认识她了。

"你这头野兽!你这头野兽!"当塞普蒂莫斯看见人性(即霍姆斯医生)走进屋时喊道。

"这都是怎么回事呀,"霍姆斯医生用世界上最和蔼的态度问道,

"你怎么净说胡话吓唬你的妻子呢?"然而他要给他点什么药让他睡觉。可是如果他们很有钱的话,霍姆斯医生一面讽刺地环顾着房间一面说,那就让他们去哈利街求医吧,如果他们不相信他的话,霍姆斯医生说到这里显得不那么和善了。

现在是十二点整,大本钟报时十二点整,那钟声随风飘荡在伦敦北部上空,与其他钟声汇合在一起,轻飘飘地融入云彩和缕缕烟雾之中,最后消逝在天上的鸥群里——十二点的钟声响起时,克拉丽莎·达洛维把她的绿色衣裙放到床上;而沃伦·史密斯夫妇正走在哈利街上。十二点是他们预约的时间。利西娅想,那座门前停有灰汽车的房子大概就是威廉·布拉德肖的家。(那深沉的音波逐渐消逝在空中。)

那辆汽车确实是布拉德肖爵士的,车身矮,功率大,灰颜色,侧面漆着交织在一起的两个字母,是他的名和姓的起首字母,很朴素,似乎因为此人是提供精神帮助的人和传播科学的权威,所以不宜在车身漆炫耀贵族地位的盾形纹徽;由于那辆汽车是灰色的,为了与它朴素雅致的风格相匹配,里面堆满了灰色的皮毛,那银灰色的暖毯是为尊敬的爵士夫人等在车里时保暖用的。因为威廉爵士经常坐车去六十英里外或更远的乡下探访有钱的、受痛苦折磨的病人,他们有能力支付他非常恰当地索要的极其昂贵的出诊费。爵士夫人要在车里等上一个小时或更长时间,她腿上盖着毯子,身体向后靠着,有时想想病人,有时想想那座用金子筑成的墙,这完全有道理,就在她等候的同时,金墙每分钟都在增高;金墙不断地增长,把他们与所有的变故和焦虑(她已勇敢地承受了它们;他们两人曾经艰苦奋斗过)分隔开来,直到她感觉自己被挤入一个平静的海洋,那里只有带馨香料味的风儿吹过;她受人尊敬,被人爱慕,被人嫉妒,简直没有什么再可奢望的了,尽管她为自己的肥胖而感到遗憾;每星期四晚上为医务界人士举办大型宴会,偶尔需要主持慈善义卖开幕式,还要去欢迎王室成员;天啊,她和丈夫在一起的时间太少了,而他的工作也越来越多;她有一个儿子就读于伊顿公学,成绩不错;她也曾希望能生个女儿;然而她有多方面的兴趣:儿童福利、癫痫病人出院后的护理以及摄影;因此在她等待丈夫的过程中,如果当地有教堂,或颓败的教堂建筑,她总要贿赂教堂司事,拿过钥匙进去拍照,这些照片与专业摄影师的作品相差无几。

威廉爵士本人已不再年轻。他一直拼命地工作;他取得现在的地位完全凭自己的能力(他是个店主的儿子);他热爱自己的职业;他已成为各种仪式上优秀的头面人物,擅长讲演——到了他被授予爵位时,他所作的上述一切努力已使他显得那么笨重、那么疲乏(他的病人川流不息;他的职业赋予他的责任和特权是那么繁多),这种疲惫的样子再加上他的灰白头发,使他无论走到哪里都格外引人注目,而且使他不仅以诊断技术快捷惊人和准确无误著称,而且以富于同情心、处世圆通和理解人的灵魂而闻名(这种声望对于诊治精神病人最为重要)。他们刚刚进屋(他们叫沃伦·史密斯夫妇)他就看出来了,他一见那个男人就敢肯定他是个极其严重的病人。那是精神彻底崩溃的病例——身体和神经的彻底崩溃,具有晚期的各种症状,他在两三分钟内就确诊了(同时记下他们对他的谨慎小声提问做出的回答,写在一张粉红色的卡片上)。

霍姆斯医生给他看病有多长时间啦?

六个星期。

开了一点镇静剂?说没有什么病?啊,是啊(那些家庭医生!威廉爵士想。他得花费一半的时间去纠正他们的错误。有些错误是无法补救的)。

"你参加过大战并获得很高的荣誉是吗?"

病人疑问地重复着"大战"一词。

他给词语加上象征性的意义。一个严重的症状,应记在卡片上。

"大战?"病人问。欧洲战争——那个小学男生们用火药搞的小小喧嚣吗?他参过战得到过荣誉吗?他还真想不起来了。他就是在大战中失败的。

"是啊,他参过战还得到过最高的荣誉,"利西娅肯定地告诉医生,"他得到了晋升。"

"你们办公室的人对你评价很高是吗?"威廉爵士瞟了一眼布鲁尔先生写的充满溢美之词的信,小声问道,"那么说你没有什么可担心的事,没有经济方面的忧虑,什么问题都没有啦?"

他犯过一个可怕的罪,已被人性判处死刑。

"我曾经……我曾经,"他开始说,"犯了一个罪……"

"他没做过任何错事。"利西娅肯定地告诉医生。威廉爵士说,如果史密斯先生愿意等一等的话,他要带史密斯太太到隔壁房间去单独谈一谈。她的丈夫病情非常严重,威廉爵士说,他是不是要挟过要自杀?

对,他是这么说过,她哭了。可他不是真心的,她说。当然不是。只是个休息的问题,威廉爵士说,是休息、休息、休息的问题,长期卧床休息。乡下有一个宜人的疗养所,她的丈夫在那里会受到最好的照料。要离开吗?她问。很遗憾,是要离开;我们生病的时候,我们最亲近的人就不适合照顾我们了。可是他没有疯,对吗?威廉爵士说他从来不用"疯"字,他把这叫做失去均衡感。可是她的丈夫不喜欢医生,他不会同意到那儿去的。威廉爵士和善地向她简单解释了病情。他已经说过要自杀了。没有别的办法。这是个法律问题。他将到乡下那所漂亮的房子里卧床休养。那里的护士们是值得称赞的,威廉爵士将每星期去看他一次。如果沃伦·史密斯太太没有别的问题要问的话——他从不催促他的病人——他们就回到她丈夫那边去。她没有什么要问的了——没有什么要问威廉爵士的。

于是他们回到那个全人类中地位最显赫的人身边,那面对法官的罪犯,那袒露在高原上的受害者,那逃亡者,那溺水的海员,那创作了不朽的时间颂歌的诗人,那出生入死的上帝;他们回到塞普蒂莫斯身边,他坐在天窗下的安乐椅上凝视着布拉德肖夫人身穿宫廷礼服的照片,念念有词地谈论着对美的看法。

"我们已经谈完了。"威廉爵士说。

"他说你的病很重,非常严重。"利西娅哭着说。

"我们一直在做安排,让你进一个疗养所。"威廉爵士说。

"去霍姆斯的疗养所吗?"塞普蒂莫斯轻蔑地说。

这个家伙给人极不愉快的印象。因为威廉爵士(他的父亲是商人)很自然地尊重教养和穿着,而破衣烂衫激怒了这种情感;还有更深刻的一方面,威廉爵士一向没有时间读书,因而从内心深处嫉恨某些温文尔雅的人,他们走进他的房间并暗示医生不算受过教育的人,而实际上医生的职业要求所有最高级的官能处于持续紧张的状态。

"是去**我办的**一个疗养所,沃伦·史密斯先生,"他说,"在那里我们将叫你休息。"

还有一件事。

他敢肯定沃伦·史密斯先生在身体好的时候绝不会吓唬他的妻子。但是他已经说过要自杀了。

"我们都有情绪低落的时候。"威廉爵士说。

你一旦跌倒,人性就来攻击你,塞普蒂莫斯对自己重复道。霍姆斯和布拉德肖在攻击你。他们扫荡沙漠。他们尖叫着跑进荒原。扯肢刑架和拇指夹等刑具都用上了。人性丝毫没有同情心。

"他有时会突然冲动吗?"威廉爵士问,他的铅笔停留在粉红色的卡片上。

那是他私人的事,塞普蒂莫斯说。

"谁都不是只为自己活着。"威廉爵士说着瞟了一眼他夫人身穿宫廷服装的照片。

"你有光明的前程。"威廉爵士说。布鲁尔先生的信就在桌子上。"极其光明的前程。"

可是如果他坦白呢?如果他把自己的想法说出来呢?霍姆斯、布拉德肖他们会放过他吗?

"我……我……"他结结巴巴地说。

可是他到底犯了什么罪呢?他想不起来了。

"说呀。"威廉爵士鼓励他。(可是天已经晚了。)

爱情、树木、没有罪恶——他想说的是什么呢?

他想不起来了。

"我……我……"塞普蒂莫斯结结巴巴地说。

"尽可能少想你自己。"威廉爵士和气地说。说真的,他不适合到处乱跑。

他们还有什么问题想问他吗?威廉爵士会安排一切的(他小声对

利西娅说),他将在当天傍晚五点到六点之间通知她。

"把一切都交给我吧。"他说,然后把他们打发走了。

利西娅一生中还从来没有,从来没有这么痛苦过。她是来请求帮助的,却遭到了背弃!他辜负了他们的期望!威廉·布拉德肖爵士不是好人。

光是保养那辆汽车他就得花不少钱,他们走到外面大街上时塞普蒂莫斯说。

她紧紧地挽着他的手臂。他们遭到了背弃。

可是她还想再要求什么呢?

对他的病人,威廉爵士已经奉献了三刻钟的时间;再说医疗是颇费精力的科学,毕竟关系到我们不懂的东西,如神经系统、人脑。那么如果医生失去了均衡感,那他作为医生就一事无成。健康是我们必须拥有的,而健康就意味着均衡;因此如果有人走进你的房间说他就是耶稣基督(这是一种普遍的幻觉),说他有信息要传达(这类人通常都有信息要传达),并且威胁说要自杀(正如他们常做的那样),你就必须调动均衡感;命令他们卧床休息,隔离休息,默默地休息,不准会见朋友,不准看书,不准传达信息;要休息六个月,直到入院时体重为七点六斯通的人出院时增加到十二斯通。

均衡,神圣的均衡,是威廉爵士的女神,是他在巡视医院、捕捞鲑鱼、与布拉德肖夫人在哈利街生养儿子的过程中得到的。布拉德肖夫人也常捕捞鲑鱼,还摄影,她的照片与专业摄影师的作品相差无几。威廉爵士靠崇拜均衡不仅自己发家致富,而且使英国繁荣昌盛,他隔离了英国的精神病人,禁止他们生育,宣布绝望也算犯罪,不让病人宣扬自己的观点,直到他们也获得了他的均衡感——如果病人是男人,得到的就是他的均衡感,如果病人是女人,得到的就是布拉德肖夫人的均衡感(她刺绣,织毛衣,每周七天里有四天晚上待在家里陪伴儿子),因此不仅他的同事们敬重他,他的下级惧怕他,而且他的病人的亲朋好友最深切地感激他,因为他坚持让这些预言世界末日或上帝降临的男女耶稣们在床上喝牛奶,按照威廉爵士的命令;威廉爵士有三十年治疗这类病人的经验,还有准确无误的直觉(这个属于疯狂,那个属于理智),即他的均衡感。

但是均衡还有个妹妹,更不爱笑,更加可怕,这个女神如今仍奔忙在印度的酷暑和沙漠中,在非洲的泥潭和沼泽中,在伦敦内外,总之在气候或魔鬼引诱人们背叛真正信仰(即她自己的信仰)的一切地方;她如今仍在忙着掀翻祭坛,击碎偶像,以她自己威严的面容取而代之。她的名字叫劝皈,她吞噬弱者的意志,喜欢留下印记,喜欢强加于人,把自己的面容烙在公众的脸上并洋洋自得。在海德公园的"讲演者之角",她站在木箱上发表演说;她全身裹着白衣,乔装成博爱,以忏悔的姿态走过许许多多的工厂和议会;她主动提供帮助,但又渴望权力;她把阻碍她前进的持异议者或心怀不满的人统统野蛮地消灭掉;她祝福那些仰望她的眼睛并服帖地从中看见自己光明的人们。这个女神也在威廉爵士心中占有一席之地(利西娅·沃伦·史密斯领悟到这一点),尽管多数情况下她隐藏在某些冠冕堂皇的伪装之下,在某个值得崇敬的名称之下,如爱情、责任、自我牺牲。他是如何地不辞劳苦——四处奔波去募集资金,宣传改革,发起成立慈善机构!但是劝皈,这个贪婪的女神,爱鲜血胜过爱砖瓦,她用最微妙的方法吞噬人类的意志。例如布拉德肖夫人。十五年前她就被征服了。你弄不清是什么原因,当时没有争执,没有吵闹,只是她的意志慢慢下沉,陷入水中,逐渐沉入他的意志之中。她的微笑是甜美的,她的归顺是迅速的;在哈利街寓所举行的宴会上,有八九道菜,有十几个从事专业工作的客人,宴会进行得相当顺利,客人们个个温文尔雅。只是到了后来,她表现出些许迟钝,也许是不安,肌肉紧张地抽动了一下,她胡乱摸索,不断说错话,思路不清,这些迹象表明这位可怜的贵妇人说了谎——这是令人痛心的。很久以前,她曾自由自在地捕捞鲑鱼,可现在为了迅速帮助丈夫实现对于统治和权力的热望(这种热望使他的眼睛放射出狡黠的光芒),她克制,压挤,削减,剔除,退缩,窥视;结果那个夜晚变得极不愉快,尽管人们不清楚是什么缘故,并在人们的头脑里造成这么大的压力(这不妨归咎于关于医学的谈话或一个伟大医生的劳累,用布拉德肖夫人的话来说,他的生命"不属于自己而属于病人"),总之,晚宴极不愉快,因此当客人们在十点的钟声响起时呼吸到哈利街上的空气后甚至狂喜起来;然而这种轻松感他的病人却无法得到。

在那间挂着油画、陈设着贵重家具的灰暗房间里,在那嵌有磨砂玻璃的天窗下,他的病人们了解到自己在多大程度上逾越了规范;他们蜷缩在安乐椅里,观看他为他们而做的一种奇怪的双臂操练,他快速伸出双臂,然后直接收回臀部,目的在于证明(如果病人顽固的话)威廉爵士能够控制自己的行为,而病人却不能。在那里一些意志薄弱者崩溃了,抽泣了,屈服了;另一些人出于一种老天爷才知道的极度的疯狂当面骂威廉爵士是该死的骗子;他们更加邪恶地质问生活本身。他们诘问:为什么要活着?威廉爵士回答:生活是美好的。是啊,布拉德肖夫人穿着饰有鸵鸟毛的服装的照片就挂在壁炉架上方,至于他的收入,每年足有一万二千英镑。但是生活对我们却没有那么慷慨,他们争辩道。他默认了。他们缺乏均衡感。也许根本就没有上帝吧?他耸了耸肩。简而言之,这个活与不活的问题是我们自己的事吧?但是他们想错了。威廉爵士有一个朋友在萨里郡,他们在那里教病人培养均衡感,他坦率地承认那是一门困难的艺术。除此之外,还有家庭亲情、勇气和光辉的事业。威廉爵士是上述这一切的坚强卫士。如果他们失败了,还有警察和社会的善举作他的后盾;在萨里郡,警察和社会善举会很快行动起来,使这些主要由于出身卑贱而形成的不合社会规范的冲动得到控制,他非常平静地说。然后那位劝皈女神便从藏身之地悄然而至,登上她的宝座;她强烈的欲望是压制反对派,将自己的形象不可磨灭地打印在别人的圣殿里。那些疲惫不堪的人们,那些无亲无故的人们,赤身裸体,赤手空拳,他们接受了威廉爵士意志的烙印。他猝然攻击,他贪婪吞食。他把人们囚禁起来。正是这种决断与人性的结合使威廉爵士得到受害者的亲属们的青睐。

但是利西娅·沃伦·史密斯在沿着哈利街回去的路上大声地说她不喜欢那个人。

哈利街的许多时钟在蚕食着这个六月天,把它切成丝,削成片,分割了再分割;它们劝告人们服从,它们维护权威,并以合奏的方式指出均衡感的高度优越性,直到成堆的时间消逝了那么多,一个广告钟宣告现在已是一点半了;这个广告钟悬挂在牛津街一家商店上方,它和蔼地、友善地报时,仿佛免费提供时间信息对里格比-朗兹商店来说是一件快乐的事。

抬起头来可见广告钟上嵌有里格比(Rigby)和朗兹(Lowndes)这两个姓氏的十二个字母,每个字母代表一点钟;你会下意识地感谢里格比和朗兹先生为自己提供了格林尼治天文台认可的时间;而这种感激之情(休·惠特布雷德在橱窗前闲逛,反复思索着)后来很自然地以购买里格比-朗兹商店的鞋袜体现出来。他如此思索着。这是他的习惯。他想得并不太深。他仅仅涉及表面:那些失去生命力的语言,那些活着的人,在君士坦丁堡、巴黎和罗马的生活,曾经骑马、射击、打网球。对他怀有敌意的人断言他目前在白金汉宫担任卫士,穿着长丝袜和齐膝短裤,至于看守什么就不得而知了。但是他的卫士工作干得极其有效率。他漂浮在英国社会的精华之上已有五十五年了。他认识几届的首相。他对他们的深情是一致公认的。如果说他的确没有参加过当代任何一个伟大的运动也没担任过要职的话,他却对一两个小小的改革立下过汗马功劳,改善公共防雨棚是其一,保护诺福克郡的猫头鹰是其二;年轻的女仆们有理由感激他;还有他给《泰晤士报》写了许多信,要求经费,呼吁公众保护和维护环境、清除垃圾、呼吁减少烟尘、消灭公园里的不道德行为,等等,他在这些信函末尾的签名值得人们尊敬。

他的外表也相当引人注目,他此时驻足片刻(在半点报时的钟声消逝时),以批评的、权威的眼光看着那些短袜和鞋子,无可挑剔,十分结实,仿佛他站在某个高度俯瞰世界,并且穿着与之相称的服装;但他意识到,能力、财富和健康带来了许多义务,因而他即便在不十分必要的时候仍一丝不苟地遵守各种小小的礼节,参加各种过时的仪式,因为这些礼仪能给他的举止增色,使人们能模仿他记住他;比如他和布鲁顿夫人已相识二十年了,他每次去参加她的午餐会时总不会忘记伸出手臂献上一束康乃馨,而且不会忘记向布鲁顿夫人的秘书布拉什女士问候她在南非的弟弟。尽管布拉什女士在各方面都缺少女人的魅力,她却出于某种原因非常讨厌他的问候,她说:"谢谢你,他在南非干得不错。"而事实上她的弟弟六年来一直在朴次茅斯市干得不怎么样。

布鲁顿夫人本人更喜欢理查德·达洛维。他和休同时到达,他们两人确实是在门前台阶上相遇的。

布鲁顿夫人有理由喜欢理查德·达洛维。他是用更好的材料制成的。但是她不会允许别人贬低她亲爱的休。她永远不会忘记他的慷慨帮助——他确实一直都特别慷慨——她记不起是在什么具体场合。但他确实特别慷慨。不管怎么说,一个人与另一个人并没有多大的差别。她从来不明白贬低别人有什么意思,像克拉丽莎·达洛维那样先贬低别人然后再抚慰他们;反正一个人在六十二岁上是不会那样做的。她接过休送的康乃馨,带棱角的脸上露出一丝威严的笑容。她说没有别的客人了。她托辞请他们来是为了让他们帮助解决一个难题——

"咱们还是先吃饭吧。"她说。

于是穿着围裙、戴着白帽的女仆们开始无声地优美地穿梭往来于弹簧门之间,她们倒不一定是贴身女仆,但都是梅费尔区的女主人们在一点半到两点之间导演的神秘剧或大骗局中熟练的演员。通常在那段时间里,挥手之间所有的车辆都停了下来,代之而升起的是这一奥秘的幻觉,首先是关于食品的——吃饭不用花钱;然后餐桌自动地摆满了玻璃杯、银餐具、小衬垫、带有红色水果图案的小碟;再摆上浇着棕色奶油汁的鲆鱼,鸡块在瓷焙盘里游动,普通家庭少见的彩色火焰在燃烧;由于酒和咖啡(都不用花钱)的作用,各种愉快的幻象升起在客人眼前,那些深思的眼睛、悄悄推测的眼睛、看见生活充满音乐和神秘的眼睛,还有被激发起来和善地观察艳美红花的眼睛;那些红色康乃馨已被布鲁顿夫人(她的动作总是带棱带角)放在盘边;于是休·惠特布雷德感到自己与整个宇宙十分和谐并完全确信自己的地位,他放下叉子说:

"这些花衬着你衣服的金边不是会更美吗?"

布拉什女士十分讨厌这种过分亲昵的话。她心想他是个缺乏教养的人。她使布鲁顿夫人大笑起来。

布鲁顿夫人拿起康乃馨,捧着一动不动,与她身后画像中的将军手捧一卷奖状的姿态一模一样;她仍然不动,两眼出神。那么她是那位将军的曾孙女呢,还是玄孙女呢?到底是哪一个呢?理查德·达洛维思量着。罗德里克爵士、迈尔斯爵士、塔尔博特爵士——那就对了。那个家族的面貌特征在女性成员中一直遗传下来,真是太不寻常了。她本人也应是个重骑兵将军。那么理查德就会愉快地服务于她的麾下;他对她最为敬重;他对富有的名门望族老妇人素来持有这样浪漫的看法;他本来会把他结识的一些鲁莽的年轻人带来与她共进午餐,好像她这种类型的人可以从和气的喝茶积极分子当中培养出来似的!他了解她的家乡。他了解她的家族。那里有一棵葡萄藤,至今依然结果,洛夫莱斯①或赫里克②曾在藤下坐过——她自己从未读过一句诗,但传说是这样的。最好是等一会儿再向他们提出那个一直困扰着她的问题(关于向公众呼吁的事;如果写的话,怎样措辞,等等),最好是等他们喝完咖啡,布鲁顿夫人想;于是她把康乃馨放在盘边。

"克拉丽莎好吗?"她突兀地问。

克拉丽莎总说布鲁顿夫人不喜欢她。的确,布鲁顿夫人的名声是众所周知的,她关心政治胜于关心人,说起话来像男人,曾参与策划十九世纪八十年代某个臭名昭著的阴谋,这一事件已开始在回忆录中提及。她的客厅里肯定有一个凹室,里边有一张桌子,上面摆着已故的将军塔尔博特·穆尔的照片;将军曾在那里(在八十年代的一天晚上)当着布鲁顿夫人的面,在她的注视下,也许在她的建议下,起草过一份电报,命令英国军队在某个历史关头向前挺进。(她保存着这支笔并讲述这段往事。)因此,当她信口说出"克拉丽莎好吗?"的时候,丈夫们很难说服他们的妻子相信她竟会对那些常做丈夫绊脚石的女人感兴趣,那些女人常阻挠丈夫接受海外任职,在会议进行中不得不因患流行性感冒被送到海滨去疗养;丈夫们自己无论对她多么忠心也确实暗自怀疑这一点。然而女人们会准确无误地认为她的"克拉丽莎好吗?"是一个信号,来自一个好心的人,一个几乎沉默的伴侣,她的话(这种话她一生中只说过六七次)标志着对某种女性之间的同志情谊的认同,这种认同深入到男性客人出席的午餐会里并将布鲁顿夫人和达洛维太太(她俩很少见面,见了面都很冷淡,甚至露出敌意)奇特地联结在一起。

"今天早上我在圣詹姆斯公园遇见了克拉丽莎。"休·惠特布雷德

---

① 洛夫莱斯(1618—1657),英国诗人、军人、狂热的保王分子。
② 赫里克(1591—1674),英国牧师、诗人,有保王倾向。

说(一面迫不及待地吃焙盘里的菜,急于犒劳自己),因为他只要来一趟伦敦就能同时见到所有的朋友。可是他真贪吃,是她所见过的最贪吃的人之一,米莉·布拉什想,她以一种无畏的坦诚观察男人,并能长期保持忠心,特别是对女性,尽管她脸上有疙瘩和疤痕,棱角突出,全然没有女人的魅力。

"你们知道谁进城了吗?"布鲁顿夫人想到克拉丽莎时突然说,"我们的老朋友彼得·沃尔什。"

他们都微笑了。彼得·沃尔什!达洛维先生是真正的高兴,而惠特布雷德先生一心只想着他的鸡块,米莉·布拉什想。

彼得·沃尔什!布鲁顿夫人、休·惠特布雷德和理查德·达洛维三个人回忆起同一件事——彼得曾经怎样热恋,怎样被拒绝,怎样去了印度,怎样栽了跟头,搞得很糟;而理查德·达洛维倒还很喜欢这个亲爱的老家伙。米莉·布拉什看出来了。她从他的棕色眼睛里看出一种深度,看出他在犹豫,在思考,这引起了她的兴趣(达洛维先生总能引起她的兴趣),因为她想知道他对彼得·沃尔什是怎么想的。

他在想,彼得·沃尔什曾与克拉丽莎相恋过,自己午饭后要直接回去找克拉丽莎,他要用那么多话对她说他爱她。是的,他会这样说的。

米莉·布拉什大概几乎爱上过这些沉默的时刻;而达洛维先生总是那么可靠,还那么有绅士风度。米莉·布拉什现年四十岁了,因此只要布鲁顿夫人点点头或突然扭头,她就能心领神会,无论她如何沉湎于这些想法之中;她以冷静超脱的精神和未受腐蚀的心灵来沉思冥想,不会受生活的欺骗,因为生活没有给予她丝毫有价值的装饰物,没有鬈发,没有微笑,也没有好看的嘴唇、面颊和鼻子,什么都没有;只要布鲁顿夫人点点头,她就会吩咐帕金斯快点送咖啡来。

"是啊,彼得·沃尔什回来了。"布鲁顿夫人说。这使他们所有的人暗自庆幸。他遍体鳞伤,一事无成,又回到他们安全的海岸上。但是,他们想,很难给他帮忙,他的性格有某种缺点。休·惠特布雷德说当然可以向某某人提提他的名字。随后,他故作忧伤地皱起眉头,想着他将给政府各部门的负责人写的那些信,关于"我的老朋友彼得·沃尔什"云云。但是那起不了任何作用,不会有什么根本性的结果,因为他的性格。

"他跟一个女人闹了点儿麻烦。"布鲁顿夫人说。他们早已猜到**那**就是问题的症结所在。

"不过,"布鲁顿夫人说,她急于结束这个话题,"我们要听听彼得本人讲讲整个经过。"

(咖啡迟迟没有端上来。)

"他的地址呢?"休·惠特布雷德低声问道;于是一个微波立时出现在仆人服务的灰色浪潮之中,这浪潮日复一日地在布鲁顿夫人周围激荡,聚敛着,阻隔着,用一种能解除震惊和缓解干扰的薄膜包裹她,并将一张细网覆盖在这幢坐落在布鲁克街的房子四周;网上嵌着各种各样的东西,花白头发的帕金斯能立刻准确地把它们挑拣出来。帕金斯近三十年来一直跟随布鲁顿夫人,他现在写下那个地址,递给惠特布雷德先生;惠特布雷德掏出笔记本,抬抬眼眉,把它塞进那些最为重要的文件中去,并说要让伊夫琳请彼得吃午饭。

(他们要等惠特布雷德先生收拾好了才送咖啡。)

休的动作很慢,布鲁顿夫人想。她注意到他发胖了。理查德总是保持着良好的身体状况。她逐渐不耐烦起来;她的全身心开始积极地、明确地、专横地排除所有这些不必要的琐事(彼得·沃尔什及其恋爱事件),以便突出她十分关注的话题;那话题不仅占据了她的注意力,还占据了能激发她的灵魂之火的那种特质,即她身上最本质的部分,没有这部分她就不是米莉森特·布鲁顿了。这个话题就是:让出身于有声望家庭的青年男女移居加拿大并为其提供良好发展前景的计划。她夸夸其谈起来。她大概已失去了均衡感。对别人来讲,"移民"并不是个显而易见的解决办法,并不是非常好的创意。对他们(休、理查德,甚至包括忠心耿耿的布拉什女士)来讲,"移民"绝非释放聚集已久的自我主义的好办法;这种自我主义在一个强健、勇武、营养好、出身高贵的女人胸中涌动,她有直接的冲动和直率的情感,但缺乏内省的能力(心宽而单纯——为什么不能每个人都心宽而单纯呢?她问),青春一旦逝去,她就必须把这种自我主义喷射到某个目标上去——也许是"移民",也许是"解放";但不管是什么,她的灵魂每天分泌出精华缠绕着这个目标,使它自然而然地变得五彩缤纷、光彩照人,一半似镜子,一半似宝石;它一会儿小心隐藏起来怕被人嘲笑,一会儿又骄傲地显示自己。总而言之,"移民"已在很大程度上变成了布鲁顿夫人的生命。

但是她必须写信。她常对布拉什女士说,给《泰晤士报》写一封信比组织一次南非远征(她在大战期间曾组织过)还要费力。经过一上午写了开头又撕掉重写的战斗,她常感到自己作为女人的无能,但在任何其他场合她都没有这种感觉,于是她会感激地想起休·惠特布雷德,他精通给《泰晤士报》写信的技巧,没有人能怀疑这一点。

休与她自己禀赋截然不同,他对语言掌握得如此熟练,他能按编辑们的喜好写文章,他有着不能简单称之为贪婪的激情。布鲁顿夫人通常不轻易对男人做出判断,因为她尊重一种神秘的共识:是男人,而不是女人,坚信宇宙的规律,知道怎样书写表达,理解别人说的话;因此如果理查德给她出主意,休给她代笔的话,她肯定能占几分理。所以她让休先吃蛋奶酥,还问候可怜的伊夫琳,等到他们两人都抽上了烟才说:

"米莉,把文件拿来好吗?"

布拉什女士出去又进来,把文件放在桌子上;休掏出自来水笔,他的银质自来水笔;他一面拧开笔帽一面说,这支笔已经为他服务了二十年。这笔依然完好,他曾拿去给制笔工匠们看过,他们说这支笔没有理由磨损;这话在某种程度上是称赞休的,也是称赞他的笔所表达过的那些意见(理查德·达洛维觉得如此)。这时休开始用心地在纸页边缘写着大写字母并在周围画上圆圈,于是他神奇地把布鲁顿夫人的繁乱思绪变成了意义,变成了语法;布鲁顿夫人在观察着这一巨大的变化时感到,这意义和语法是《泰晤士报》的编辑们必须尊重的。休的动作很慢。休很执拗。理查德说,人必须敢冒风险。休则建议作些小小的改动以尊重人们的情感;当理查德大笑时休尖刻地说"必须考虑"人们的情感,随后朗读道:"所以,我们的意见是时机已经成熟……我们持续增长的人口中那些富余的青年人……我们感谢那些死者给了我们……"理查德认为这些都是废话蠢话,但也无伤大雅,这是肯定的;休继续按字母表的顺序起草着最崇高的意见,他掸掸西服背心上的雪茄烟灰,不时小结一下他们已取得的进展,最后朗读这封信的初稿,布鲁顿夫人敢肯定这是一篇杰作。她自己的意思听起来能那么好吗？

休不能保证报社编辑一定刊登这封信，但是他将在午餐会上见见某人。

由于这一成果，布鲁顿夫人（她难得干一件优雅得体的事）把休送的康乃馨都插在衣裙前胸，甩出双手叫他："我的首相！"她简直不知道假如没有他们两人她该怎么办。他们站起身来。理查德·达洛维像往常一样慢慢走开，去欣赏那幅将军的画像，因为他有意利用点滴闲暇时间撰写布鲁顿夫人的家史。

米莉森特·布鲁顿为自己的家族感到无比自豪。但是他们能够等待，他们能够等待，她望着画像说；她的意思是她家族里的那些军人、行政官员、海军将官们都是付诸行动的人，他们已尽了自己的职责，而理查德首先要对国家尽责，但他的打算是令人鼓舞的，她说；所有的文件都在奥德米克斯顿为他准备好了，时机到来就可以使用，她指的是将来工党上台的时候。"唉，那些来自印度的消息！"她喊道。

后来，当他们站在门厅里从放在孔雀石桌上的盘子里取出黄手套的时候，休以完全不必要的礼节送给布拉什女士一张没人要的戏票或其他小礼物，而布拉什女士从内心深处讨厌这些，她的脸变成砖红色。理查德手里拿着帽子转向布鲁顿夫人说：

"今天晚上您会光临我家的晚会吧？"布鲁顿夫人一听这话立刻恢复了平日尊贵的神态，那神态曾被写信的事驱散得无影无踪。她可能去，也可能不去。克拉丽莎精力真充沛。晚会使布鲁顿夫人望而生畏。不过，她的年龄是越来越大了。她就是这样站在门口对他们说着心里话，仪容高贵，身板直挺；与此同时，她的中国种狗卧在她的身后，而布拉什女士则捧着文件消失在背景中。

布鲁顿夫人若有所思地、姿态优雅地走回楼上她的房间里，然后躺到长沙发上，一只胳膊伸展开去，她叹了口气，发出呼噜噜的声音，但她没有睡着，只是感觉又困又累，又困又累，犹如这六月天里阳光照耀下的一片苜蓿地，有许多蜜蜂穿梭其间，还有许多黄蝴蝶。她的思绪总会回到德文郡的田野里，她曾在那里骑着小马帕蒂，跟她的兄弟莫蒂默和汤姆一起，跃过一条条小溪。那里有很多狗，有很多老鼠；她父母坐在树荫下的草坪上,茶具都摆在外面,周围是花坛,种着大丽花,以及蜀葵、蒲苇草;他们这些小淘气总是想方设法捣乱!他们穿过灌木丛偷跑回家,以免让人看见,由于恶作剧把全身弄得湿乎乎脏兮兮的。老保姆总是抱怨她弄脏了衣裙!

哎呀,她记起来了——今天是星期三,她是在布鲁克街。理查德·达洛维和休·惠特布雷德两位善良的好人已经在这炎热的白天沿着大街走远了,她仍躺在沙发上,街上的隆隆声传到她的耳边。她有权力,有地位,有收入。她曾生活在她那个时代的最前沿。她有过好朋友,认识那个时代最能干的男人们。低声细语的伦敦向着她滚滚而来,她靠在沙发背上,一只手握住一根想象中的权杖,犹如她的祖先有可能握过的那种,仿佛在举着权杖指挥几个军团挺进加拿大,尽管她又困又累;此时那两个好心人正穿越伦敦,穿越他们的领土,穿越像块小地毯的梅费尔区。

他们离她越来越远,靠一条细线与她相连(因为他们刚才曾与她共进午餐),他们穿过伦敦城时,这条线会逐渐拉长,越来越细;仿佛你的朋友们和你一起吃过午饭后就被一条细线拴到你的身上,这条线(当她在那里打盹的时候)随着报时的钟声和教堂仪式的钟声,变得朦胧起来,正如一线蛛丝被雨点溅湿后为其重量所坠而垂了下去。她就是这样睡着了。

就在米莉森特·布鲁顿躺在沙发上听凭这条细线拉断并打着鼾的时候,理查德·达洛维和休·惠特布雷德正在喷泉街的拐角处迟疑停步。街角上刮过来两股逆风。他们两人注视着一个商店的橱窗;他们既不想买东西又不想谈话,只想分手,他们之所以暂时停下脚步仅仅是因为街角上刮过两股逆风,因为身体里的潮汐出现了某种懈怠,那是由于上午和下午两股势力在旋涡中相会所致。某家报纸的广告牌贸然飞上天空,起初像只风筝,后来停顿片刻,猝然下飞,飘飘摇摇,像一块女人的面纱挂在空中。黄色的遮阳篷在抖动。上午的车流速度减慢了,不时有单人两轮马车漫不经心地沿着空了一半的街道嘎嘎驶过。理查德朦胧地想起,在诺福克郡,一股柔和的暖风把花瓣吹向花心,掀动了水面,吹皱了鲜花盛开的草原。打草的人在上午劳作之后已躺在灌木篱下准备休息，他们扒开绿色草叶构成的帘子，拨开一团团抖动的欧芹仰望天空，那蓝色的、不变的、灿烂的夏日天空。

理查德虽然意识到自己在看着一个詹姆斯一世时代的双柄银酒杯，也意识到休·惠特布雷德正在以鉴赏家的神态有些得意地观赏着一串西班牙项链（想问问价钱，也许伊夫琳会喜欢），但他还是感到木然，既不能思维也不能走动。生活竟然把这些陈年遗物又翻腾出来了；橱窗里充斥着五颜六色的人造宝石，而他竟站着往里面看，像个老年人，由于倦怠而一动不动，由于僵化而拘谨呆板。伊夫琳·惠特布雷德有可能想买这串西班牙项链，很有可能。他得打个哈欠。休走进这家商店。

"行，进去看看！"理查德说，也跟着进了商店。

老天爷知道他并不想跟休一起进去买项链。但是人体里有不同的潮汐。上午总是与下午汇合。犹如一叶扁舟漂浮在深深的洪水之中，布鲁顿夫人的曾祖父与他的回忆录以及他在北美洲的政治运动曾遭灭顶之灾，沉了下去。米莉森特·布鲁顿也如此。她沉了下去。理查德一点儿都不关心移民运动会有什么结果，不关心那封信，也不关心《泰晤士报》的编辑是否刊登那封信。那串项链在休的令人羡慕的手指间下垂伸展。让他把项链送给一个姑娘吧，如果他必须买珠宝的话——给任何一个姑娘，街上的任何一个姑娘。因为理查德强烈地意识到这种生活是毫无意义的——给伊夫琳买很多项链。假如他有个男孩的话，他就会对他说：工作，工作。但是他只有伊丽莎白，他钟爱他的伊丽莎白。

"我要见杜波奈先生。"休以他简慢的世俗的方式说。看来这位杜波奈先生有惠特布雷德夫人颈围的尺寸，或者，更奇怪的是，他了解她对西班牙首饰的看法以及她有多少这样的首饰（这些休都不记得）。所有这些在理查德·达洛维看来都非常奇怪。因为他从来没给克拉丽莎买过礼物，除了两三年前送过一个手镯以外，而这个礼物却没起作用。她从来不戴。一想起她从来不戴那个手镯，他就感到痛苦。像一根蛛丝在东摇西摆之后搭在一片树叶的尖端，理查德那从倦怠状态恢复过来的心，现在集中到他妻子克拉丽莎身上，彼得曾经那么热恋她；

理查德突然幻想看见她就在午餐会上,看见自己和克拉丽莎,看见他们一起的生活;他把那盘旧首饰拉过来,先拿起这个胸针,又拿起那个戒指,"那个多少钱?"他问,但是又怀疑自己的鉴赏力。他真想打开客厅的门进去,手里举着一样东西,一件送给克拉丽莎的礼物。那么送什么好呢?可是休又往前走了。他有一种说不出的傲慢。是啊,在这个店里买过三十五年东西之后,他不能容忍一个不懂业务的小男孩敷衍他。因为杜波奈好像外出了,所以休要等杜波奈先生决意留在店里的时候再来买东西;听到这话那年轻人脸红了,并正经地鞠了一个躬。他的动作十分合乎礼仪规范。然而理查德绝不会说这样的话来保全自己的面子!他不明白这些人为什么竟能容忍那种可恶的怠慢态度。休正在变成一个不能容人的傻瓜。理查德·达洛维和他在一起不能超过一小时,否则就受不了。理查德挥着礼帽告了别,然后在喷泉街的转角处拐了弯,他急切地,是的,非常急切地想沿着那条连结他和克拉丽莎的蛛丝前进,他要直接回到她的身边,回到威斯敏斯特去。

但是他想在进屋时手里拿点东西。拿鲜花好吧?对了,鲜花,因为他不相信自己对金首饰的鉴赏力;多少鲜花都行,玫瑰也好,兰花也好,作为庆祝某件事,你可以随心所欲地设想;庆祝他对她的感情,那感情是在午餐会上谈起彼得·沃尔什的时候油然而生的。他和克拉丽莎从来没有谈过这种感情,多年来他们从未谈过;这是世界上最大的错误,他想,同时捧起刚买的红玫瑰和白玫瑰(裹在薄纸里的一大束花)。每当时机到来的时候,话却突然说不出口,因为过分害羞而说不出口,他想,一面把刚找回来的六便士或两便士零钱放进口袋,然后紧紧地抱着那一大束花出发去威斯敏斯特,准备献上鲜花并直截了当地用许多话说:"我爱你。"(不管她会怎样理解他。)为什么不说呢?这确实是个奇迹;如果想想大战,想想千千万万可怜的年轻人,他们还有许多岁月没有度过便被铲到了一起,快要被人遗忘了,与此相比,他目前的情况是个奇迹。他在这里穿过伦敦,为了用那么多的话对克拉丽莎说他爱她。你从来没有说过这句话,他想,一是因为懒惰,二是因为羞怯。克拉丽莎——很难想起她;除非在某些突然的瞬间,例如在午餐会上,他很清晰地看见了她,看见了他们的全部生活。他在路口停了下来——

他生性单纯,有高尚的道德,因为他曾徒步旅行过也射击过;他固执己见,坚忍不拔,一直在下议院里维护受压迫人民的利益,并按自己的本能办事;他一直保持着单纯,但又变得少言寡语,态度僵硬——他重复道:这是个奇迹;他娶了克拉丽莎,这是个奇迹;他的一生都是奇迹,他想,欲过马路又停下。但是当他看见几个五六岁的小孩自己穿过皮卡德利街时,热血确实沸腾起来。警察应该立刻让车辆停下来。他对伦敦的警察不抱幻想。实际上,他正在搜集他们渎职行为的证据;还有那些卖蔬菜水果的小贩,警察不允许他们把手推车停在街上;还有妓女们,上帝啊,过错不在她们,也不在年轻的男人们,而在我们讨厌的社会制度及其他方面;所有这些他都想到了,可以看出他在思考,他头发灰白,他顽强、整齐、干净,就在他穿过圣詹姆斯公园去告诉妻子他爱她的时候。

他进屋时将用很多的话去表达这个意思。因为从来不表达自己的感情是一千个遗憾,他穿过格林公园时想,同时高兴地观察着许多贫穷的游客全家人一起随便地坐卧在树荫下的情景;孩子们在向上踢腿,在吸吮乳汁;纸袋扔得到处都是,那些穿制服的胖胖的男人中的任何一个人本来是可以轻而易举地把它们收拾起来的(如果人们提出抗议的话);因为他主张每个公园和每个广场在夏季时应对儿童开放(公园里的草时而闪亮时而幽暗,映照着威斯敏斯特的穷苦母亲们和满地爬的婴儿们,仿佛有一盏黄灯在他们下面移动)。但是他不知道能为女流浪者们做些什么,比如那个用胳膊肘撑地趴着的可怜的人(她似乎已扑到大地上,割断了一切联系,以便好奇地观察,大胆地推测,思考事物的原因;她粗鲁无礼,嘴唇张开,并且幽默)。理查德·达洛维捧着鲜花,像举着一件武器,他走近那个女人,全神贯注地从她身边经过;但仍有一刹那他们两人之间燃起火花——她见到他时笑了笑,他也和善地微笑并思考着有关女流浪者的问题;但这并不意味着他们会互相说话。可是他要告诉克拉丽莎他爱她,用很多很多的话。他过去曾嫉妒过彼得·沃尔什,嫉妒他和克拉丽莎。但是她常对他说她没有和彼得·沃尔什结婚是对的;这话显然是真心的,他了解克拉丽莎,她需要有人支持。并不是说她很懦弱,但她需要支持。

至于白金汉宫(像一个年老的歌剧女主角穿着一身白衣面对观众),你不能不允许它享有某种尊严,他想,你也不能蔑视它,因为它在千百万人的心目中毕竟是个象征(一小群人正在王宫门前等候国王坐车出来),尽管这很荒唐;一个小孩子用一盒积木搭的房子可能比它还好,他想,一面注视着维多女王纪念雕像(他还记得维多利亚女王戴着牛角边眼镜乘车驶过肯辛顿街),注视着雕像的白色基座,以及那衣裙飘拂的母亲形象;可是他喜欢接受霍萨的后代①的统治;他喜欢连续性,喜欢把过去的传统传下去的感觉。那是他曾生活过的伟大时代。的确,他的生活是个奇迹;他千万要清楚这一点;他正处于生命的最佳时期,正在走向去威斯敏斯特的路上,要回家去告诉克拉丽莎他爱他。这就是幸福,他想。

这就是幸福,他说着,同时走进迪安斯亚德路。大本钟开始敲响了,先是前奏,旋律优美;然后报时,铿锵有力。午餐会总要浪费一整个下午,他想,这时他已离家门不远了。

大本钟的声音涌进克拉丽莎的客厅,她坐在写字台前,心烦意乱,忧虑,恼火。她确实没有邀请埃莉·亨德森参加晚会,但她是故意这样做的。现在马香太太在信中说,她已告诉埃莉·亨德森她会问克拉丽莎的——埃莉是多么想参加啊。

但是她为什么就应该邀请全伦敦城的无聊的女人都来参加她的晚会呢?马香太太为什么要多此一举呢?还有伊丽莎白整天跟多丽丝·基尔曼关在屋里。她简直想像不出比这更令人作呕的事了,在这个钟点和那样的女人一起祈祷。大本钟以它忧伤的声浪淹没了这个房间;声浪退去,然后又积聚力量涌了进来,这时她突然听见一种声音,分散了她的注意力,那是一种摸索抓门的声音。在这个钟点会是谁呢?三点钟,老天爷啊!已经三点钟啦!大钟以它那铺天盖地的直率与尊严敲了三响;她没有听见别的声音;可是门把手转动了,理查德进来了!多么令人吃惊啊!理查德进来了,双手前伸,举着鲜花,有一次她没能

---

① 霍萨与其兄亨吉斯特曾率领朱特人侵入英国,建立了肯特王国。霍萨于公元455年阵亡。英国维多利亚女王的家族系肯特国王的后裔。

使他满足,那是在君士坦丁堡;而布鲁顿夫人(据说她的午餐会总是极富情趣)没有请她去出席。他举着鲜花——是玫瑰花,红玫瑰和白玫瑰。(但是他无法让自己说出爱她的话;无法用很多话表达自己的感情。)

这些花多么可爱呀,她说着接过了他手中的鲜花。她理解;他不说话她也能理解;他的克拉丽莎。她把鲜花放进壁炉架上的花瓶里。花儿看上去多可爱呀!她说。午餐会有意思吗?她问。布鲁顿夫人问起她了吗?彼得·沃尔什回来了。马香太太来了信。她必须请埃莉·亨德森吗?基尔曼那女人正在楼上。

"让我们坐下来待五分钟吧。"理查德说。

屋里显得空空荡荡。所有的椅子都靠墙放着。他们刚才在干什么呢?啊,那是为晚会做准备;没有,他没有忘记晚会。彼得·沃尔什回来了。啊,是啊,她刚接待了他。他正准备离婚;他爱上了印度那边的一个女人。他一点儿都没有变。她正在那里缝着裙子……

"想起了伯尔顿儿。"她说。

"休刚才也去吃午饭了。"理查德说。她也碰见了他!是啊,他变得叫人无法容忍。总是给伊夫琳买项链;比以前更胖了;一个叫人无法容忍的傻瓜。

"当时我突然想到,'我本来是有可能嫁给你的,'"她说,想着彼得戴着蝴蝶领结坐在那边的情景,他手里拿着折刀,一会儿打开,一会儿合上,"他就跟从前一样,你知道吗。"

他们在午餐会上也谈到了他,理查德说。(但是他却无法告诉她他爱她。他握着她的手。这就是幸福,他想。)他们刚才在替米莉森特·布鲁顿给《泰晤士报》写信。休只适合干这类事。

"我们亲爱的基尔曼女士呢?"他问。克拉丽莎认为那些玫瑰花非常可爱;起初是聚拢的,现在自动散开了。

"我们刚吃完午饭基尔曼就来了,"她说,"伊丽莎白脸红了。她们两人关在屋子里,我猜她们是在祈祷。"

上帝啊!他不喜欢这个;但是这种事你如果不计较也就过去了。

"她穿着防水布上衣,带着雨伞。"克拉丽莎说。

他还没说"我爱你"呢;但是他握着她的手,这就是幸福,这就是幸福,他想。

"可是我为什么就该请全伦敦的无聊女人都来参加晚会呢?"克拉丽莎说。如果马香太太举行晚会,她是不是**自己**决定邀请哪些客人呢?

"可怜的埃莉·亨德森。"理查德说——真是怪事,克拉丽莎竟会对她的这些晚会如此上心,他想。

但是理查德连一间屋子应该布置成什么样都不知道。然而——他打算说什么?

她若是为这些晚会过分操心的话,他以后就不让她举办晚会了。她是否希望她当初嫁给了彼得呢?但是他该走了。

他该走了,他站起来说。但他又停了一会儿,好像要说什么。她也在寻思他究竟要说什么?为什么?这里有玫瑰花。

"去委员会吗?"他开门时她问。

"亚美尼亚人的事。"他说;或许是"阿尔巴尼亚人"吧。

人都有一种尊严、一种独处的愿望,就是在夫妻之间也存在一道鸿沟;你必须尊重它,克拉丽莎想,眼看着他开了门;因为如果你放弃了它,或违背丈夫的意愿把它从他手里拿过来,那么你就失去了自己的独立和尊严——那毕竟是十分珍贵的东西啊。

他返回来了,抱着枕头和被子。

"午饭后你要彻底休息一小时。"他说。然后他走了。

多么像他平时的样子!他会不断地说"午饭后你要彻底休息一小时",直到时间终止,因为有一位医生曾这样吩咐过。他平时对医生的话总是句句照办,这是他那可爱的、美好的单纯特质的一个组成部分,没有别人会单纯到如此程度;这种单纯使他去办实事,而她和彼得却为无谓的小事争吵。他已经走在去下议院的半路上了,去找他的亚美尼亚人,他的阿尔巴尼亚人,就在他把她安置在沙发上观看他送的玫瑰之后。人们会说:"克拉丽莎·达洛维被惯坏了。"她关心她的玫瑰胜于关心那些亚美尼亚人。他们是暴行和非正义行为的受害者,受到驱逐,无法生活,惨遭残害,受冻挨饿(她曾听理查德说过不止一次)——不管他们,她对那些阿尔巴尼亚人没有感情,或许是亚美尼亚人吧?但是她爱她的玫瑰花(这难道不能帮助那些亚美尼亚人吗?)——玫瑰是她能忍心见到被剪下的唯一花卉。但是理查德已经到了下议院,正在他的委员会开会,在他解决了她所有的难题之后。可是不对;哎呀,事实并非如此。他并不明白她反对请埃莉·亨德森的理由。她当然会按他的意思邀请她的。既然他拿来了枕头,她就躺下吧……但是——但是——她为什么突然无缘无故地感觉非常烦恼呢?就像一个人不慎将一粒珍珠或宝石掉在草丛里,于是异常小心地分开长长的草叶,一会儿这边,一会儿那边,左找没有,右找没有,最后突然在草根周围看见了,她就是这样细细地审视着一件又一件事;不对,不是因为萨莉·西顿说理查德的脑子是二流的因此永远进不了内阁(她想起了这件事);跟伊丽莎白和多丽丝·基尔曼也没有关系;那些都是事实。也许是因为今天早些时候的一种感觉,某种不愉快的感觉;是彼得说的什么话,再加上她自己的抑郁感,在卧室里摘下帽子的时候;理查德的话又加深了这种感觉,可他说了什么呢?这里有他的玫瑰。是她的晚会!她想起来了!她的晚会!他们两人都很不公正地批评了她,很不公正地嘲笑了她,就因为她的那些晚会。就是这个原因!就是这个原因!

那么,她准备怎样为自己辩护呢?现在她知道了原因,她感到十分快乐。他们认为,或至少彼得认为,她喜欢引人注目,喜欢和名人在一起,喜欢大人物,一句话,她简直就是个势利小人。唔,彼得可能这样想。理查德只是认为她很愚蠢,明知道激动对她的心脏不好,可还是喜欢激动的场面。太孩子气了,他想。他们两个人都错了。她所喜欢的不过是生活本身。

"那就是我举办晚会的原因。"她大声地对生活说。

由于此时她躺在沙发上,像隐居在修道院里,无须承担任何责任,她明显地感受到的"生活"这种东西变成了可触摸的具体的存在,伴随着从充满阳光的街上传来的笼罩一切的声音,伴随着一面低语一面把窗帘吹起来的热风。但是假如彼得对她说,"是啊,是啊,可是你的那些晚会——你的那些晚会究竟有什么意义呢?"她只能说(她不期望任何人明白):它们是一种奉献;这话听起来极其含混。可是彼得有什么资格总是假设生活会一帆风顺呢?——彼得怎么总是恋爱,总是跟不合适的女人恋爱呢？你的爱情到底是什么？她可能这样问他。她知道他会怎样回答：爱情是世界上最重要的东西，没有一个女人能理解它。好极了。可是又有哪一个男人能理解她的意思呢？关于生活的意义。她不能想象彼得或理查德会无缘无故地费事举办晚会。

但是往深处想，在她的心目中，在人们所说的这些话的下面（这些判断是多么肤浅，多么支离破碎啊！），她称之为生活的东西对她意味着什么呢？啊，很奇怪。某某人在南肯辛顿区；另一个人在贝斯沃特区；另一个人比如说在梅费尔区。她不断地感觉到他们的存在；她觉得那是多大的浪费啊，是多大的遗憾啊，她觉得若能把他们都聚集到一起该有多么好啊；所以她就这样做了。这是一种奉献；去联合，去创造；但这是对谁的奉献呢？

也许是为了奉献而奉献吧。不管怎么说，这是她的天赋。除此以外，她再没有丝毫有用的才能了；她不会思考，不会写作，甚至不会弹钢琴。她分不清亚美尼亚人和土耳其人；她喜欢成功；她憎恨困苦；她必须被人喜欢；她海阔天空地讲废话；时至今日问她赤道是什么，她都不知道。

然而，日子一天一天在流逝：星期三，星期四，星期五，星期六；她仍在早晨醒来，仰望天空，去公园散步，碰见休·惠特布雷德，然后彼得突然来了，然后是这些玫瑰花；这就足够了。在这之后，死亡是多么令人难以相信呀！——难以相信生命必须完结，难以相信全世界将没有一个人知道她曾多么热爱这一切，多么热爱这每分每秒……

门开了。伊丽莎白知道她母亲在休息。她轻轻地走进来。她静静地站着。是不是曾有蒙古人因翻了船而来到诺福克郡沿岸（正如希尔伯里太太所说），后来与达洛维家的女人通了婚，也许是在一百年前吧？因为达洛维家的人一般是黄头发蓝眼睛，而伊丽莎白则相反，她头发偏黑，白净的脸上有一双中国人的眼睛，带有东方人的神秘色彩；她温柔、沉静、体贴人。她小的时候很有幽默感，可是现在十七岁了，她为什么变得非常严肃，克拉丽莎一点儿都不明白；她像一棵包在光亮的绿叶之中的风信子，花苞刚刚露出一点儿颜色，像一棵未经阳光照射的风信子。

她一动不动地站着，看着她的母亲；但门是敞着的，克拉丽莎知道，基尔曼女士就在门外,基尔曼女士穿着防水布上衣,正在听她们说话。

是的,基尔曼女士确实站在半楼梯的驻脚台上,确实穿着防水布上衣;可是她有她的道理。首先,防水布便宜;其次,她已四十出头,她穿衣服毕竟不是为了讨人喜欢。再说她又很穷,穷得潦倒。否则,她不会给达洛维夫妇这样的人干活,不会给有钱人干活,这些人喜欢对人发善心。公正地讲,达洛维先生一直很友善。可是达洛维太太不同。她只是持恩赐态度。她来自所有阶级中最没出息的阶级——富人,而且缺乏文化修养。她家到处都是昂贵的东西:画像、地毯,还有成群的仆人。基尔曼认为她完全有权利接受达洛维一家对她所做的一切。

她曾受过骗。是的,这话并不夸张,因为一个姑娘肯定有权利得到某种幸福吧?可她从来没有幸福过,因为她长得那么笨拙而且又那么贫穷。后来,正当她有可能在多尔比女士的学校里得到发展机会的时候,大战爆发了;再说她又从来不会说谎。多尔比女士认为,基尔曼跟那些对德国人的看法与她相同的人在一起会更快活。她不得不离开学校。她家的祖先是德国人,这是事实;她的姓氏 Kilman(基尔曼)在十八世纪时拼写成 Kiehlman;但是她的哥哥还是被杀害了。他们开除了她,因为她不愿意假装承认德国人都是坏人——她有一些德国朋友,她一生中最幸福的时光是在德国度过的!然而她毕竟能阅读历史。她只好找到什么工作就干什么工作。达洛维先生在她为基督教的教友会工作时遇见了她。他让她教自己的女儿历史(他确实很慷慨)。她还在大学的补习部教一点儿课,等等。后来我们的上帝来到她心里(讲到此处她总要低下头去)。她在两年零三个月前就见到了上帝的灵光。现在她不嫉妒像克拉丽莎·达洛维这样的女人了,她可怜她们。

她从内心深处可怜她们,鄙视她们,此时她站在柔软的地毯上望着那古老的雕版画,上面是个抱着手笼的小女孩。在这一切豪华奢侈仍在不断继续的情况下,还有什么希望能让事态变得好些呢?她不应该躺在沙发上——"我的妈妈在休息。"伊丽莎白刚才说。——她应该在工厂,在工作台后面,达洛维太太以及所有那些贵妇人们!

由于痛苦和极度的愤怒,基尔曼女士在两年零三个月前走进一座教堂。她聆听爱德华·惠特克牧师布道,倾听男孩子们唱赞美诗,看见庄严的光华降临；不知是因为那音乐，还是因为那歌声和布道声（她本人在晚间独自一人时常拉小提琴解闷，可是那声音非常难听；她缺乏辨音能力），当她坐在那里时，在她胸中翻滚涌动的那些激愤难耐的情感逐渐平静下来；她号啕大哭，然后去肯辛顿街惠特克先生家拜访。他说，那是上帝的手。上帝已经给她指出了道路。所以现在每当那些激愤痛苦的情感，如这种对于达洛维太太的仇恨、这种对于世界的怨恨，在她心中翻滚时，她就想想上帝。她就想想惠特克先生。于是愤怒就被平静取代了。一种美妙的感觉充满她的血管，她的嘴唇张开了；她穿着防水布上衣站在驻脚台上，令人望而生畏，她以持续的、带有几分邪恶的平静注视着跟女儿一起走出来的达洛维太太。

伊丽莎白说她忘拿手套了。那是因为基尔曼女士和她的母亲宿怨很深。她看见她们在一起就受不了。她跑上楼去找手套。

但是基尔曼女士不恨达洛维太太了。基尔曼女士把醋栗绿色的大眼睛转向克拉丽莎，观察着她那粉红的小脸、柔弱的身体、精力充沛和打扮入时的样子，心里想：傻瓜！笨蛋！你这个既不懂悲伤又不懂快乐的人，你这个随随便便浪费自己生命的人！她心里油然生出一种征服的欲望，要战胜她，要撕破她的假面。如果她早能把她打倒在地，她早就安心了。但她想降服的，想置于自己统治之下的不是她的身体，而是她的灵魂及其假象。如果她能让她哭，让她破产，羞辱她，让她跪下喊：你是正确的，那该多好！可这是上帝的旨意，而不是基尔曼女士的意志。这应该是宗教的胜利。她就是这样瞪大眼睛怒目注视着。

克拉丽莎确实震惊了。这个女人是个基督教徒！这个女人抢走了她的女儿！她跟一些不可见的神灵有联系！她虽然笨拙、丑陋、平庸，既不和善又不优雅，但她却懂得生活的意义！

"你要带伊丽莎白去百货商店吗？"达洛维太太问。

基尔曼女士说是要去。她们两人站在那里。基尔曼女士并不打算表现得很随和。她一向自食其力。她对现代史的了解极其深刻。她确实从微薄的收入中拿出那么多钱去支持她所信仰的事业，而这个女人什么都不干，什么都不信仰，养育了女儿——啊，伊丽莎白来了，气喘吁吁的，这个美丽的姑娘。

那么说她们要去陆海军百货商店。真奇怪,就在基尔曼女士站在那里的时候(她确实站着,显示出远古战争中身披甲胄的史前怪物所特有的力量和无言的沉默),心中的基尔曼的形象一秒钟一秒钟在消失,仇恨(是恨思想而不是恨人)崩溃了,她失去了恶意和巨大的身形,一秒钟一秒钟地变成了基尔曼女士本人,穿着防水布上衣;对于她本人,老天爷知道克拉丽莎本来是愿意帮助的。

克拉丽莎对着这个正在逐渐缩小的怪物大笑。她笑着说再见。

基尔曼女士和伊丽莎白一起下楼去了。

克拉丽莎突然冲动起来,感到一种强烈的痛苦,因为这个女人正在夺走她的女儿,于是她伏在楼梯栏杆上喊道:"别忘了晚会!别忘了我们今天的晚会!"

可是伊丽莎白已经开了前门;一辆小货车正驶过门口;她没有回答。

爱情和宗教!克拉丽莎想着走回客厅,全身感到轻微的刺痛。它们是多么可恶,多么可恶呀!由于基尔曼女士的身躯已不在她眼前,她心中的基尔曼的形象便制服了她。爱情和宗教是世界上最残酷的东西,她想,看见它们笨拙、激动、专横、虚伪、偷听、嫉妒、无限残酷、极不道德、随便地穿着防水布上衣、站在驻脚台上;爱情和宗教。她自己劝服过任何人吗?她不是希望每个人都保持自己的个性吗?她从窗口望出去看见对过楼里的那位老妇人在上楼梯。她想上楼就让她上吧;让她停一下;然后,正如克拉丽莎经常见到的那样,让她去她的卧室,拉开窗帘,再消失在背景中。不知为什么,她总是敬仰那种景象——那个老妇人望着窗外,丝毫没有意识到别人在看她。那景象里有一种庄严肃穆的东西——可是爱情和宗教会不管不顾地毁掉它,毁掉灵魂的私密性。可恶的基尔曼会毁灭它。然而这却是一种使她想哭的景象。

爱情也有毁灭性。一切美好的东西,一切真实的东西都会消亡。不妨以彼得·沃尔什为例。这里有一个男人,有魅力,有才智,对什么事情都有自己的见解。如果你想了解蒲柏或艾迪生①,或者只是闲聊

---

① 艾迪生(1672—1719),英国散文家、诗人、剧作家和政治家。

天,谈人们的长相啦,某些事物的意义啦,彼得比别人知道得都多。正是彼得曾经帮助过她;是彼得曾经借给她许多的书。可是看看他爱的那些女人吧——粗俗、委琐、平庸。想想恋爱中的彼得吧——他过了这么多年来看她,可谈的是什么呢?是他自己。可怕的激情!她想。使人堕落的激情!她想,同时想到基尔曼和她的伊丽莎白正在走向陆海军商店。

大本钟敲响了半点钟。

看着那个老妇人(她们已是那么多年的邻居了)离开窗口是多么不寻常啊,多么新奇,是啊,多么动人,仿佛她与那钟声,与那细线有着千丝万缕的联系。尽管钟身宏大,可与她有联系。那手指下垂,下垂,最后落入平凡的事物中间,使这一瞬间变得庄严肃穆。克拉丽莎想象,那钟声迫使老妇人挪动,迫使她行走——但是走向哪儿呢?当她转过身去并消失之时,克拉丽莎仍用目光尽量跟踪着她,仍能看见她的白帽子在卧室的后边移动。她仍在房间的另一头踱来踱去。克拉丽莎想,为什么还要信条、祈祷词和防水布衣服呢?既然那就是奇迹,那就是奥秘;她指的是那老妇人,她仍能看见她从五屉柜走向梳妆台。她仍能看见她。基尔曼会说她已解开了这个至高无上的奥秘,或者彼得会说他已解开了,但克拉丽莎相信他们两人一点儿都不知道怎样解开它;其实那奥秘很简单,不过是:这边是一间屋子;那边是一间屋子。宗教解开它了吗?爱情解开它了吗?

爱情——但是这里的另一个时钟,那个总比大本钟晚两分报时的时钟,用衣服下摆兜着零七八碎的东西蹒跚走来,然后把它们全都倒在地上;仿佛大本钟因为有国王陛下制定法律而运转完全正常,是那么庄严,那么公正,但她却还得记住各种零星小事——马香太太、埃莉·亨德森、盛冰块的玻璃杯——各类零星小事跟随着那庄严的一响竟相蹦跳着涌了进来,那一响钟声就像一道金色平铺在海面上。马香太太、埃莉·亨德森、盛冰块的玻璃杯。她现在必须立即打电话。

那个报时晚的时钟唠唠叨叨烦躁不安地跟在大本钟后面响着,用衣服兜着各种零星杂物。袭来的马车、野蛮的小货车、无数急忙前行的鲁莽的男人和爱炫耀的女人、办公楼和医院的圆顶和尖顶等不断冲撞着衣兜里的零星杂物,把它们打得粉碎,它们的最后的遗物犹如无力的浪花拍打在基尔曼女士身上,而那时她刚好在街上静静地停了一会儿,喃喃自语地说:"这是肉体的问题。"

正是这肉体她必须加以控制。克拉丽莎·达洛维侮辱了她。对此她早有思想准备。但是她还没有赢得胜利;她还没有控制住自己的肉体。克拉丽莎曾嘲笑她丑陋、笨拙,曾重新引起她的肉体的欲望,因为她站在克拉丽莎身旁时总是很在乎自己的长相。她也不能像她那样讲话。但是为什么要像她呢?为什么?她从心底里看不起达洛维太太。她不严肃,也不和善。她的生活好似虚荣和欺骗的交织物。然而,多丽丝·基尔曼曾失去过自制。事实上,当克拉丽莎·达洛维嘲笑她的时候,她差一点儿掉下眼泪。"这是肉体的问题。这是肉体的问题。"她沿维多利亚街走去时喃喃地说(她习惯于说出声来),竭力压制这种激烈痛苦的情感。她向上帝祈祷。她对自己的丑陋无可奈何;她买不起漂亮的衣裳。克拉丽莎·达洛维嘲笑过她——可是她在到达邮筒之前要把心思集中到别的事情上。无论如何她现在有了伊丽莎白。但到达邮筒之前,她要想些别的事,她要想想俄罗斯。

她说,如果能住在乡下,正如惠特克先生劝告的那样,在那里与自己对这个世界的强烈怨恨进行斗争该有多么好;这个世界鄙视她,讥讽她,抛弃了她,首先给了她这种耻辱——把这个人们目不忍睹的可憎的身体强加于她。无论她怎样梳理头发,她的前额总像个鸡蛋,光秃秃的,白白的。无论什么样的衣服都不适合她穿。她买哪件都一样。对于一个女人来说,那当然意味着从来不与异性约会。她与任何人竞争都不会得第一。近来她有时觉得,似乎除了伊丽莎白之外吃饭就是她全部的生活目标,她的舒适的生活条件、她的正餐、她的午茶、她夜里用的暖水袋。但是一个人必须斗争,必须征服,必须信仰上帝。惠特克先生曾说她来到世界上是为了某个目的。可是谁都不了解这种痛苦!他指着圣像十字架说:上帝了解。可是她为什么就得受苦,而别的女人,例如克拉丽莎·达洛维,就能逃脱呢?知识来自苦难,惠特克先生说。

她已走过了那个邮筒,伊丽莎白也已转身进了陆海军百货商店内棕色凉爽的烟草部,这都发生在她仍念叨着惠特克先生关于知识来自苦难的话以及她关于肉体的思考的时候。"肉体。"她喃喃地说。

她想去哪个柜台？伊丽莎白打断了她。

"衬裙部。"她突兀地说，大踏步直奔电梯走去。

她们来到楼上。伊丽莎白领着她往这儿往那儿，在她心不在焉的情况下领着她走，仿佛她是个大孩子，是一艘笨重的战舰。这些是衬裙，棕色的、典雅的、条纹的、轻浮的、结实的、薄透的；她心不在焉地很傲慢地挑选着，女售货员心想她一定是疯了。

在她们包装衬裙时，伊丽莎白不明白基尔曼女士到底在想什么。她们得吃茶点了，基尔曼女士说，她此时如梦初醒，打起了精神。她们去吃茶点。

伊丽莎白心想基尔曼女士真饿了吗？她吃东西的姿态就是这样，使劲地吃，然后盯着邻桌盘子里的甜蛋糕，看了又看；后来一个妇人和一个孩子坐下了，那孩子拿起蛋糕时，基尔曼女士会在意吗？是的，她确实在意。她原想要那块蛋糕的——那块粉红色蛋糕。吃东西的乐趣大概是她仅存的一点儿纯粹的乐趣，然而就连这点乐趣她都很难得到！

她曾对伊丽莎白说过，人们在过得好的时候都有所储备，以便日后使用，而她则像个没有车胎的车轮（她喜欢使用这种比喻），一个小石头子就能使它颠簸震颤——她常这样说，她课后没有马上走，就站在壁炉旁，拿着一提袋书，就是她所谓的"书包"，在星期二上午，下课以后。她也谈到了世界大战。毕竟有人认为英国人绝非一贯正确。有许多的书。有许多的会议。有许多其他的观点。伊丽莎白愿意跟她一起去听某某（一个仪表堂堂的老人）讲话吗？然后基尔曼女士带她去肯辛顿的一个教堂，和一位牧师一起吃茶点。她曾借给她很多书看。法律、医学、政治，所有的职业都对你们这一代妇女敞开了大门，基尔曼女士说。可是就她自己来说，她的事业完全被毁掉了，这是她的过错吗？天啊，不是，伊丽莎白说。

她母亲会进来告诉她从伯尔顿送来一大篮子东西，并问：基尔曼女士想要鲜花吗？虽然她对基尔曼女士总是非常非常和善，可是基尔曼女士却把那成把的鲜花捏得粉碎，也不与她寒暄；所有基尔曼女士感兴趣的事她母亲都厌烦，她们两人在一起总是别别扭扭的；基尔曼女士秉性傲慢,相貌平庸,但聪明得惊人。伊丽莎白过去从来没有想到过穷人。她家要什么有什么——她母亲每天在床上吃早餐,由露西给送上楼;她喜欢老妇人,因为她们都是公爵夫人,是某个勋爵的后裔。但基尔曼女士说(在某个星期二上午下课之后),"我祖父过去在肯辛顿有一个油画颜料商店。"基尔曼女士和她所认识的人都不一样,她让你感到自己是那么渺小。

基尔曼又喝了一杯茶。伊丽莎白笔直地坐着,举止像东方人,带有不可思议的神秘色彩;不要,她什么也不要了。她在找她的手套——那副白手套。它们在桌子底下。啊,但是她不能走!基尔曼女士不能让她走!这个年轻人,是那么漂亮;这个姑娘,她真心喜欢她!她的一只大手在桌子上一张一合。

可是伊丽莎白不知怎的似乎觉得有点儿乏味。她真的想走。

但是基尔曼女士说:"我还没喝完呢。"

当然,伊丽莎白会等她的。但是屋里实在闷得慌。

"你今晚去参加晚会吗?"基尔曼女士问。伊丽莎白说她想去;她母亲希望她去。她不应该让晚会耗费她的精力,基尔曼女士说,手里捏着一块手指形巧克力小酥饼剩余的两英寸饼根。

她不大喜欢聚会,伊丽莎白说。基尔曼女士张开嘴,微微向前探探下巴,把那点剩余的巧克力酥饼吞了下去,然后擦了擦手指头,把杯子里的茶晃了晃。

她觉得她快要粉身碎骨了。太痛苦了。如果她能抓住她,如果她能紧紧抱住她,如果她能绝对地、永远地拥有她,然后再死,那该多好;那是她最大的愿望。但是坐在这里,想不出什么好说的,眼看着伊丽莎白转而反对自己,就连她都讨厌自己了——这太过分了,她受不了。她那粗壮的手指握在一起。

"我从来不参加晚会,"基尔曼女士说,目的只是不让伊丽莎白走,"人们从来不邀请我参加晚会。"——说这话的时候她知道这种自负正是使她失败的原因;惠特克先生曾警告过她;但是她无法控制自己。她遭了那么多的罪。"他们为什么要请我呢?"她说,"我长相一般,我又不快乐。"她知道这是傻话。然而是所有那些过路的行人——那些拿着大包小包的瞧不起她的人们——使她不得不这样说。不过,她毕竟是多丽丝·基尔曼。她有学位证书。她是在这个世界上已经有所作为的女人。她那丰富的近代史知识非常令人敬佩。

"我并不可怜自己,"她说,"我可怜"——她想说"你的母亲",但是不行,她不能说,不能对伊丽莎白说这话。"我可怜别人胜过可怜自己。"

伊丽莎白·达洛维静静地坐着,像一头不会说话的牲口,不知为什么被带到大门口,站在那里急切地要冲出去。基尔曼女士还打算接着说下去吗?

"别把我给忘了。"多丽丝·基尔曼说;她的声音在颤抖。那头不会说话的牲口,惊恐万状地跑向田野尽头。

那只大手张开又合上。

伊丽莎白转过头去。女侍者过来了。伊丽莎白说,她得到收银台去付账,于是走开了,基尔曼女士觉得她这一走似乎把自己的内脏给拉了出来,她在穿过房间的时候把它们拉得很长,最后她转过身来,然后很有礼貌地点了点头就离开了。

她走了。基尔曼女士坐在摆满巧克力酥饼的大理石桌子旁,忍受着痛苦的撞击,一下,两下,三下。她走了。达洛维太太胜利了。伊丽莎白走了。美人走了;青春走了。

她就这样坐了一会儿。她站起身来,在小桌子中间笨拙地走着,身体轻微地左右摇摆,有个人拿着她买的衬裙追了过来;她迷了路,走进了一堆准备发往印度的衣箱中间,后来又走进产妇用品和婴儿床单中间;她摇摇摆摆地走过世界各国生产的商品,有易腐烂的,有能永久保存的,火腿、药品、鲜花、文具,散发着各种不同的气味,一会儿是香味,一会儿是酸味。她从一面大镜子里看见自己歪戴着帽子摇晃走路的形象,脸色通红,从头到脚都映在镜子里;她终于走出商店来到大街上。

威斯敏斯特天主教堂的钟楼耸立在她面前,那是上帝的住所。在这繁忙的车流之中,竟有上帝的住所。她拿着包裹顽强地走向另一个庇护所,即威斯敏斯特教堂,进去后她用双手在脸上搭起凉棚,挨着那些像她一样不得不进来寻求庇护的人们坐下;那些形形色色的朝圣者们现在已失去了社会地位的差别,几乎分不清是男是女,因为他们用双手在脸上搭起了凉棚;可是他们一旦把手放下,立即就成了虔诚的英国中产阶级的男士女士,他们中有些人很想参观那些蜡像。

但基尔曼女士的手还搭在脸上。一会儿人们离她而去;一会儿又有人来与她做伴。新的朝圣者从街上进来取代了那些闲逛者;当人们向四周凝望并拖着脚步走过无名武士墓时,她仍然用手指挡住双眼,努力在这双重的黑暗中(因为教堂里只有虚幻的灵光)寻求那超越虚荣、欲望和商品的理想,消除自身的恨与爱。她的手不由自主地抽动着。她似乎在挣扎。然而,对别人来说上帝是能够接近的,而且通向他的道路是平坦的。曾在财政部工作现已退休的弗莱彻先生、著名的王室法律顾问的遗孀戈勒姆太太都轻而易举地接近了上帝,他们祈祷过后便靠在椅背上欣赏音乐(管风琴高奏出甜美的乐曲);他们看见坐在同一排边上的基尔曼女士在祷告呀祷告,他们因为自己仍徘徊在阴间的门口,所以很同情她,认为她也是经常出没于同一地域的灵魂,是个用非物质材料剪裁而成的灵魂,不是个女人,而是个灵魂。

但是弗莱彻先生得走了。他不得不从她身边经过,由于自己衣着整洁、容光焕发,他不禁感到有些沮丧,因为这个可怜的女人衣冠不整,披头散发,包裹就放在地上。她没有立即给他让路。但当他站在那里环顾四周,凝视着那白色的大理石、灰色的玻璃窗和那多年积聚起来的宝贵文物的时候(要知道他为这教堂格外感到自豪),他看到她坐在那里不时地挪动膝盖(她接近上帝的道路是如此坎坷——她的世俗欲望是如此顽强),她那粗大健壮的身材和内在的力量给他留下深刻的印象,正如她曾给达洛维太太(她那天下午无法使自己忘掉她)、爱德华·惠特克牧师和伊丽莎白也留下深刻的印象一样。

伊丽莎白在维多利亚街等候公共汽车。来到户外多么好啊。她想也许不必现在就回家。来到露天地里多么好啊。因此她要乘公共汽车。就在她穿着剪裁得体的衣服站在那里的时候,那一套正在开始……人们开始把她比做白杨树,比做黎明,比做风信子花,比做幼鹿,比做流水,比做庭院里的百合花;这使她的生活成了她的负担,因为她是那么喜欢待在乡下,不受干扰,想干什么就干什么,可他们总是把她比做百合花,她不得不去参加各种聚会;比起她和父亲及小狗在乡下的宁静生活,伦敦又是那样沉闷乏味。

公共汽车一辆辆飞快驶来,停下,又开走——色彩异常鲜艳的车队,闪耀着红色和黄色的光泽。可是她应该上哪一辆呢?上哪一辆都无所谓。当然啦,她是不会往车上挤的。她趋向于被动。虽然她所需要的是表情,但她的眼睛很好看,是中国式的东方人眼睛,而且,正如她母亲所说,她有那么健美的双肩,而且身板挺得那么直,看上去总是那么有魅力;近来,特别是在晚上,当她有兴致的时候(因为她似乎从来没有激动过),她看上去几乎是美丽的,非常庄重,非常安详。她可能在想些什么呢?每一个男人都爱上了她,而她确实感到非常厌烦。因为那一套正在开始。她母亲看得出来——那些赞美之词开始了。她对这类事没有太大的兴趣,例如她不讲究穿着,这虽然有时使克拉丽莎担忧,但这种担忧也许就跟担忧那些小狗和荷兰猪都要患瘟病没有什么两样,而且还使她具有魅力。还有她和基尔曼女士的奇怪的友谊。是啊,这证明她还是有感情的,克拉丽莎在凌晨三点因睡不着觉而读马博特男爵的书时这样想。

突然间,伊丽莎白向前迈步,很利索地登上了公共汽车,赶在所有人的前面。她在上层找了个座位坐下。那鲁莽的家伙——那海盗船——启动前行,不停地跳跃;她不得不拉住扶手以保持平衡,因为它是一只海盗船,鲁莽、肆无忌惮,毫不留情地逼近,冒着危险躲闪,无礼地抓起一个乘客,或根本不理会一个乘客,高傲地像鳗鱼一样在空隙中挤来挤去,然后鼓起所有的风帆目空一切地沿白厅街冲去。伊丽莎白这会儿是否想到可怜的基尔曼女士了呢(基尔曼女士毫无嫉妒之心地爱着她,把她看做旷野里的小鹿,林间空地上空的月亮)?她很高兴今天这样自由自在。清新的空气是那么宜人。刚才在陆海军商店里闷得难受。现在就像骑着马沿白厅街跑去。这个穿着小鹿皮色外套的美丽身躯随着汽车的每一下颠簸自然地晃动,好似骑手,好似船头上的木雕破浪女神,因为微风稍稍吹乱了她的头发;热气使她的面颊变得苍白,好似涂了白漆的木头的颜色;她那双美丽的眼睛因为没有别人的眼睛可对视而凝望着前方,茫然而明亮,具有雕像特有的那种凝神注视和令人难以置信的天真。

基尔曼女士总是谈论自己所受的痛苦,这使她如此难以相处。那么她说得对吗?如果说参加委员会的工作,每天牺牲几个小时(她很少在伦敦见到他)就算帮助穷人的话,她的父亲就是这样做的,天知道——那是不是基尔曼女士所说的"当基督徒"的意思;但是那很难说。啊,她还想再走远一点儿。去河滨街站要加一便士吗?那给你一便士。她要去河滨街。

她喜欢生病的人。各种专业性的职业都对你们这一代妇女开放了,基尔曼女士说。所以她有可能成为医生。她有可能成为农场主。动物常常生病。她有可能拥有一千英亩土地,手下有很多人。她将到他们住的小房子里去看他们。这里是萨默塞特宫。她有可能成为非常好的农场主——说来奇怪,这个想法虽然跟基尔曼女士的话有点儿关系,但几乎完全得益于萨默塞特大厦。它看上去是那么辉煌,那么庄严,那座灰色的宫殿。她喜欢人们工作时的感觉,她喜欢那些教堂,像各种形状的灰色纸片,抵挡着河滨街上的车流。这里和威斯敏斯特不一样,她想,一面在法院街下了车。这条街是那么严肃,那么繁忙。一句话,她想从事专业性的工作。她会成为医生,成为农场主,如果她认为必要的话,有可能进议会,她产生这些想法都是因为来到了河滨街。

那些人四处奔走,忙于各种活动,他们的手在垒着一块块石头,心里想的不是无谓的闲谈(把女人比做白杨——这当然激动人心,但非常愚蠢),而永远是轮船、商务、法律、行政管理;这里的一切是那么庄严(她在圣殿里)①,那么欢快(有泰晤士河),那么虔诚(有圣殿教堂),使她下定决心要当农场主或医生,不管母亲会怎么说。可是当然啦,她很懒惰。

这事最好对谁也别提。它似乎很愚蠢。这种情况有时的确会发生,在你一个人的时候——那些没有建筑师署名的大楼,那些从城里回来的人群,比肯辛顿区的单个牧师更有力量,比基尔曼女士借给她的任何一本书更有力量,能激发躺在流沙般的心底里沉睡的笨拙而羞怯的

---

① 圣殿系伦敦"金融城"内的一组古建筑,伦敦的四大律师学院就坐落在那里。

东西,能破开表层,犹如一个小孩突然伸直胳膊;正是那种东西,也许是一声叹息、双臂的伸出、一种冲动、一种启示,产生出永恒的效果,然后又回落到流沙般的心底里。她必须回家。她必须换装参加晚宴,可是现在几点啦?——哪里有钟表?

她望着舰队街。她朝着圣保罗大教堂走了一小段路,她感到羞怯,像一个人在夜间手持蜡烛踮起脚尖深入探索一幢陌生的房子,心情非常紧张,害怕房东会突然推开卧室的门问她是干什么的;她也不敢贸然走进古怪的小巷和诱人的小街,如同一个人在一所陌生的房子里不敢贸然开启屋门,那可能是卧室门、客厅门,也可能直通食物储藏室。因为达洛维家没有一个人每天都来河滨街;她是个开拓者、流浪者,敢于冒险,易于轻信别人。

她母亲觉得,她在很多方面极不成熟,仍像个孩子,离不开玩具娃娃,喜欢穿旧拖鞋,是个十足的婴儿;这倒很有魅力。可是当然啦,达洛维家族一向有为公众服务的传统。这个家族的女成员中,出过很多女修道院院长、学院院长、女校的校长、高级官员等——她们当中没有一个人非常聪明,但都很有魅力。她朝着圣保罗大教堂的方向又走了一小段路。她喜欢这喧哗声里传出的善意、姐妹之情、母爱之情和兄弟之情。她觉得这声音似乎很不错。嘈杂的声响非常之大;突然间,在喧哗声中又传来小号的高声齐鸣,急促刺耳(是失业者们);那是军乐,仿佛人们在齐步前进;然而假如他们濒临死亡——假如某个女人刚刚咽了气,刚刚完成了那一极其尊严的举动,而守护着她的人,不管是谁,只要打开那个房间的窗户俯视舰队街,那喧嚣声、那军乐声就会洋洋得意地向着他扑面而来,既表示安慰,又表示冷漠。

那声响并无意识。它并不表示对一个人的运气或命运的认可;正因为如此,就是对于那些想从死者脸上寻觅最后一丝意识而又感到茫然的人们,它仍然带来了慰藉。

人们的健忘可能有伤害作用,人们的忘恩负义可能有腐蚀作用,但是这年复一年无休止涌进来的声音会把任何东西都带走的,无论是这个誓言、这辆小货车、这条生命,还是这个游行队伍,会把它们统统包裹起来带走,犹如在冰川的汹涌水流中冰块裹挟着一块白骨、一个蓝色花瓣、几棵橡树顺流滚滚而下。

但是现在的时间比她想的要晚。她母亲不喜欢她这样独自在外面闲逛。她转身沿河滨街向回走。

一阵风(尽管天很热,风还是不小)将一块薄薄的黑纱吹盖到太阳上,吹临河滨街上空。因为虽然那些云彩像白色的山峦,使人想象能用斧头砍下坚硬的碎片,而且两边有辽阔的金色山坡,是天堂乐园的草坪,酷似因众神集会议事而聚集到一起的居所群落,但是云彩之间仍然存在着一种永不停息的运动。仿佛为了完成某个既定的计划,一会儿一个云峰变小了,一会儿一整块静止的金字塔大小的云彩原封不动地移到中天,或庄重地带队来到新的停泊地,这时各种征兆相互转换了。虽然那些云彩似乎空前一致地坚守岗位,一动不动,但是那雪白的或金光闪烁的表层则比什么都显得清新、自由、灵敏;有可能立刻变化,移动,并使那庄严的居所群落解体;尽管那些云彩庄重地固守岗位,尽管它们积聚得坚实无缝,但仍给大地一会儿带来光明,一会儿带来黑暗。

伊丽莎白·达洛维平静地、利索地登上了开往威斯敏斯特的公共汽车。

那光和影忽而把墙壁变成灰色,忽而把香蕉变成鲜黄色,忽而把河滨街变成灰色,忽而又把公共汽车变成鲜黄色;现在那光和影似乎来来去去,在招手示意,这是塞普蒂莫斯·沃伦·史密斯的感觉,他正躺在客厅里的沙发上,观察着那似水的金光在壁纸上不断地闪亮而后暗淡,犹如停留在玫瑰花丛中的某个生灵那样敏感得惊人。在室外,树木拖着无数的叶子通过空间的深处,像拖着许多张网;房间里可以听到水声,透过波浪传来阵阵鸟儿的歌声。每一种力量都将自己的宝藏倾倒在他的头上,他的一只手放在沙发背上,酷似他在海里游泳时见到自己的手的样子,漂浮在波浪之上,与此同时他听见遥远的岸上有几只狗在叫,叫声越来越远。无须再怕,身体里的心儿在说;无须再怕。

他并不害怕。每一个瞬间,"大自然"都用某种带有笑意的征兆,如那个在墙上旋转的金色光点来暗示——注意,注意,注意——她表达自己旨意的决心,通过挥动她的羽毛,摇动她的长发,向两边舞动她的披风,很美妙,总是很美妙,并站得很近,用拱起的双手低声说出莎士比亚的诗句,表达她的意思。

利西娅坐在桌旁一面折着手中的帽子一面观察着他,看见他在微笑。这么说,他很快活。但是她看见他微笑就受不了。这不是正常的夫妻关系;为人夫者不应该是那副怪样子,他总是惊跳起来,哈哈大笑,或一连几小时坐着沉默不语,或拽住她让她代笔写东西。这桌子的抽屉里装满了那些作品,关于战争,关于莎士比亚,关于许多伟大的发现,以及如何没有死亡。最近他常无缘无故地突然激动起来(霍姆斯医生和威廉·布拉德肖爵士都说激动对他来讲是最糟糕的事),而且挥着两手大喊他明白了真理! 他什么都明白! 他说,那个男人,他那已阵亡的朋友埃文斯来了。埃文斯就在屏风后面唱歌。她记录下他的原话。有些东西写得很美,其他的不过是一派胡言。他总是半截停下,改变思路,想加上点什么,听见了新的信息,举起一只手倾听。可是她什么都听不见。

有一次他们发现打扫客厅的年轻女仆在读这些作品,发出阵阵笑声。这是个可怕的遗憾。因为那使塞普蒂莫斯大声慨叹人类的残酷——他们无情地相互攻击。他说,他们把战败者彻底毁灭。"霍姆斯在向我进攻。"他常说,他还时常编造有关霍姆斯的故事:霍姆斯喝麦片粥,霍姆斯读莎士比亚——逗得自己哈哈大笑或使自己勃然大怒,因为在他看来霍姆斯似乎代表着一种可怕的东西。他把霍姆斯叫做"人性"。此外还有许多幻象。他常说他溺水了,躺在悬崖上,鸥群在上方尖叫。他时常从沙发边上往下看,是在看海。有时他听见了音乐声。实际上只不过是转筒风琴声或街上某个男人的喊声。可是他总说:"多美啊!"然后眼泪就顺着面颊流了下来;这在她看来是最最可怕的事,看着一个像塞普蒂莫斯这样参过战、表现勇敢的男人痛哭流涕。他常躺着倾听,然后会突然惊叫说他在跌落,跌进火焰里去! 她真的会环顾四周寻找火焰,因为他说得那么煞有介事。可是什么都找不到。屋子里只有他们两人。她会告诉他那是个梦,终于使他安静下来,但有时她自己也被吓坏了。她缝着帽子,叹了口气。

她的叹气声轻柔而愉悦,好似晚间外面树林里的风。她一会儿放下剪刀,一会儿转身从桌上拿起什么。就在她坐着缝纫之时,随着轻微的移动、轻微的窸窣声、轻微的拍打声,桌子上就出现了做出的东西。他透过眼睫毛可以看见她那模糊的轮廓,那娇小黝黑的身体、她的脸和手,还可以看见她在桌旁转身的动作,那是她在拿起一轴线或是在寻找丝绸(她总是丢三落四的)。她在为菲尔默太太已出嫁的女儿做一顶帽子,那女儿的名字是——他已经忘记了。

"菲尔默太太那结了婚的女儿叫什么名字?"他问道。

"叫彼得斯太太。"利西娅说。她恐怕帽子做得太小了,她举着帽子说。彼得斯太太个子高大,但她不喜欢她。只是因为菲尔默太太一直对他们那么好——"今天早上她给了我很多葡萄。"她说——所以利西娅才想做点儿什么来表示他们的感激之情。前天晚上她走进屋来发现彼得斯太太(她以为他们出去了)在使用留声机。

"是真的吗?"他问。她在用留声机?是啊,她当时曾告诉过他;她曾发现彼得斯太太在用留声机。

他开始小心翼翼地睁开眼睛,想看看那里是否真有一台留声机。但是真实的东西——真实的东西让人过分激动。他必须十分小心。他不想发疯。他先看看架子底层的时装图样,然后逐渐地把目光移到带有绿色喇叭的留声机上。没有什么能比这再真切的了。于是他鼓起勇气看看餐具橱,看看那碟香蕉,看看维多利亚女王及其丈夫的雕版像,就在壁炉架上,和那瓶玫瑰在一起。这些东西都没有动。它们都是静止的;它们都是真实的。

"她是个爱用恶语伤人的女人。"利西娅说。

"彼得斯先生干什么工作?"塞普蒂莫斯问。

"唔。"利西娅说,她在努力回忆。她记得菲尔默太太说过他为某个公司外出办事。"目前他在霍尔市。"她说。

"目前!"她说这个词时带有意大利口音。那是她亲口说的。他用手遮住眼睛,这样每次只能看见她脸上的一部分,先是下巴,再是鼻子,然后是前额,以防她的脸万一长得畸形或有可怕的疤痕。可是没有,她就在那里,十分自然,缝着帽子,像别的女人一样噘着嘴唇,一副缝纫的姿态,表情忧伤。可是她的脸上并没有什么可怕的东西,他一次又一次看她的脸和手并肯定地对自己说,因为她在大白天坐着缝纫的时候能有什么让人害怕或讨厌的呢?彼得斯太太爱恶语伤人。彼得斯先生在霍尔市。那自己为什么要生气,为什么要预言呢?为什么要逃跑,受苦,又被世人遗弃呢?为什么让云彩吓得浑身发抖并哭泣呢?在利西娅坐着往衣裙前襟插大头针的时候,在彼得斯先生在霍尔的时候,自己为什么要追求真理并传达信息呢?奇迹、痛苦、孤独感都掉进了大海,掉呀,掉呀,掉进了火焰里,一切都被烧毁了,因为当他看着利西娅修整那顶给彼得斯太太做的草帽时感觉像一块点缀着花朵的床罩。

"这帽子给彼得斯太太戴太小了。"塞普蒂莫斯说。

多少日子以来他这是第一次像往常那样说话!确实太小——小得可笑,她说。可那是彼得斯太太自己定的尺寸。

他从她手中拿过帽子。他说这帽子只能给转筒风琴演奏者的小猴子戴。

这让她多么高兴啊!已经有好几个星期了,他们没有这样一起放声大笑过,没有像结了婚的人那样私下开玩笑。她是说,如果菲尔默太太这时走进来,或彼得斯太太或别的什么人这时走进来,她们不会明白她和塞普蒂莫斯在笑什么。

"看呀。"她说,把一朵玫瑰花插在帽子的一边。她从来没有这么幸福过!一生当中从来没有过!

可是那样更可笑,塞普蒂莫斯说。现在那可怜的女人会像展览会上的一头猪。(还从来没有一个人像塞普蒂莫斯这样逗她发笑。)

她的针线盒里都有什么呢?她有许多丝带和珠子、流苏和假花。她把这些东西一股脑儿地倒在桌子上。他开始把颜色不协调的装饰物放在一起——要知道他虽然手笨,连包裹都包不上,但他有很好的眼光,而且常常看得很准,当然有时也荒谬,但有时确实看得非常准。

"她将会有一顶漂亮的帽子!"他低声说,拿起这个,又拿起那个,利西娅跪在他的身边,从他肩上望过去。现在完成了——就是说设计完成了;她必须缝到一起。但是她必须非常非常小心,他说,要保持他原来设计的样子。

她就按他的要求缝了起来。他想,她缝帽子的时候,有一种像水壶在炉架上发出的声音;像冒泡声,像低语声,她又小又尖的手指头很有劲,总是忙着捏呀捅呀,她的针不停地闪闪发光。尽管阳光忽隐忽现,照在流苏上,照在壁纸上,但是他愿意等待,他想,一面伸出双脚,看着沙发另一头自己脚上的带环纹的短袜;他愿意等待,在这个温暖的地方,在这个静止的气潭中;晚上你有时会在在树林边缘遇到这种现象,因为地面的突降或树木的分布格局(人必须首先讲究科学,要讲科学)使暖气滞留不散,而且空气像鸟的翅膀扑面而来。

"做好了,"利西娅说,一面用手指尖挑着彼得斯太太的帽子不停地旋转,"暂时就这样吧。过一会儿……"她的话淙淙流淌,滴滴答答,像一个开着的水龙头,心满意足地淌着水。

太好了。他还从来没有做过使他感到那么自豪的事。彼得斯太太的帽子是那么真实,那么实在。

"看看这帽子吧。"他说。

是啊,看见那帽子她总会感到高兴的。他又恢复了先前的样子,他刚才笑了。他们刚才一直单独在一起。她会永远喜欢这顶帽子。

他让她试试帽子。

"我一定显得很怪!"她喊道,同时跑到镜子前面,先看看这边,再看看那边。然后她很快地把帽子摘下来,因为有人敲门。会是威廉·布拉德肖爵士吗?难道他已经派人来了吗?

不是他!是那个小女孩,来送晚报。

他们生活中一向发生的事,即每天晚上都发生的事,又发生了。那个小女孩站在门口,吸着大拇指;利西娅跪下来,哄着她,亲着她;利西娅从桌子的抽屉里拿出一包糖果。因为一向都是这样的。先做一件事,再做另一件。她就是这样一步一步地构筑生活,先做一件事,再做另一件。她和小女孩在屋子里转着圈跑,又蹦又跳。他拿过报纸。他读道:萨里队大败。热浪滚滚来。利西娅重复着:萨里队大败。热浪滚滚来。她把这话编进游戏里,跟菲尔默太太的外孙女一起玩,两个人边说边笑。他很累了。他很快活。他要睡觉了。他闭上眼睛。于是他立刻什么都看不见了,游戏的声音越来越轻,越来越怪,好似人们的喊叫声,他们在寻找什么但没有找到,越走越远,越走越远。他们把他给丢了!

他惊恐地跳了起来。他看见什么了？看见了餐具橱上的那盘香蕉。屋里没有别人（利西娅送小女孩到她妈妈那里去了；已到睡觉时间）。就是如此：永远孤独。这就是他悲惨的命运，他在米兰走进那间屋子看见她们把硬麻布剪裁成各种形状时，他的命运就注定是永远孤独。

他独自一人，身边是餐具橱和香蕉。他独自一人，袒露在这荒凉的高地上，全身挺直——但不是在小山顶上，也不是在峭壁上，而是在菲尔默太太的客厅里的沙发上。那些幻象、那些面孔、那些死者的声音都到哪里去了呢？他的面前有一扇屏风，上面画着黑色的香蒲和蓝色的燕子。在他看见过高山的地方，在他看见过面孔的地方，在他看见过美景的地方，现在只有一扇屏风。

"埃文斯！"他喊道。没有回答。一只老鼠刚吱吱叫过，或许是一扇窗帘沙沙响过。那些都是死者的声音。那屏风、那煤箱、那餐具橱是给他留下来的。那就让他面对屏风、煤箱、餐具橱吧……但是利西娅跑进屋来，口中念念有词。

来了一封信。大家的计划都得变。菲尔默太太竟然不能去布赖顿市了。来不及通知威廉斯太太了，利西娅确实认为这事非常非常使人恼火；突然间她看见了那顶帽子，她想……也许……她……可以做一点……她那心满意足的动听的声音逐渐消逝了。

"哎呀，见鬼！"她喊（她说粗话是他们两人之间的一种玩笑）；缝衣针断了。帽子、孩子、布赖顿、缝衣针。她一步一步地构筑生活；先做一件事，再做另一件，她缝着帽子，一步一步地构筑生活。

她想让他评论她挪动了玫瑰花的位置以后帽子是不是更漂亮了，她在沙发边上坐下。

他们现在十分幸福，她突然放下手中的帽子说。因为现在她能对他无话不谈了。她想什么就能说什么。这大概是那天晚上在小饭店里她对他的第一个感觉，当他和他的英国朋友进来的时候。他走进来，表情羞涩，向四处张望，挂帽子的时候帽子还掉了。这事她还记得。她知道他是英国人，尽管不是她姐姐爱慕的那种身材高大的英国人，要知道他总是很瘦；但是他的肤色漂亮清润，他的大鼻子、他那双明亮的眼睛，还有他那微微驼背的坐态使她联想起年轻的鹰(她常对他说起此事),就在她见到他的头一个晚上,当时他们在玩多米诺骨牌,他走了进来——使她想起年轻的鹰;但是他和她在一起的时候总是非常温柔。她从来没见过他胡闹或酩酊大醉,只见过他有时因那场可怕的战争而感到痛苦,但即便如此,在她进来时,他总会把那一切抛开。她对他无话不谈:世界上的一切事情、她工作中的一切小问题以及她突然想起要说的一切,她都要告诉他,而他立刻就能理解。连她自己的家人也做不到这一点。由于他比她年长而且是那么聪明——他是多么认真啊,想让她读莎士比亚的著作,可她连英文的儿童故事还读不懂呢!——由于他是那么见多识广,他能帮助她。当然她也能帮助他。

可是现在这顶帽子。还有(天色已晚)那个威廉·布拉德肖爵士。

她把双手放在头上,等着他说是否喜欢这顶帽子;就在她坐着等待并向下看的时候,他能感触到她的思绪,像小鸟似的从一根树枝落到另一根树枝,总是飞落得十分准确;他能跟踪她的思绪,当她坐在那里很自然地做出一种无拘无束、漫不经心的姿态时;而且只要他一说话,她就立刻报以微笑,犹如一只小鸟飞落下来,用所有的爪子牢牢地抓住树枝。

可是他想起来了。布拉德肖曾说:"我们生病的时候,我们最喜爱的人就不适合照顾我们了。"布拉德肖说,他必须教他如何休息。布拉德肖说,他们夫妻必须分开。

"必须","必须",为什么"必须"呢?布拉德肖有什么权利管他?"布拉德肖有什么权利对我说'必须'?"他诘问道。

"那是因为你说过要自杀。"利西娅说。(老天发慈悲,她现在对塞普蒂莫斯什么都能讲了。)

这么说他已经在他们的控制之下了!霍姆斯和布拉德肖在向他进攻!那头野兽把血红的鼻孔伸进每一个秘密的地方!它竟说"必须"!咦,他的文件到哪儿去了?他写的那些东西呢?

她取来了他的文件,他写的东西、她替他写的东西。她把它们一股脑儿地倒在沙发上。他们两人一起察看这些东西。图表、图案,一些小个子男人和女人挥动着棍棒当武器,背上还长着翅膀——是翅膀吧?

绕着一先令硬币和六便士硬币画出来的许多圆圈——是太阳和星星;犬牙交错的悬崖,活像刀叉,有登山队员用绳子系在一起向上攀登;一片片的海,有许多小脸在笑,可能是从海浪里冒出来的,那是世界地图。他喊:把它们烧掉!现在看看他写的作品吧:死者如何在石楠花丛后面唱歌,时间赞歌,与莎士比亚的谈话;还有埃文斯,埃文斯,埃文斯——他从死者那里捎来的信息;不要砍树,要告诉首相。博爱:世界之意义。他喊:把它们烧掉!

可是利西娅用手按住了它们。有的写得很美,她想。她要用一块绸子把它们捆上(因为她没有信封)。

即便他们把他带走,她也会跟着去的。他们不能违背他们两人的意愿把他们分开,她说。

她把那些文件叠好并沿边理齐,然后,连看也不看一眼就捆上了;她就坐在他的身边,挨得很近,他想,似乎她全身上下花瓣绽开。她是一棵开花的树;从她的树枝中间露出一张立法者的脸,她已经到了一个庇护所,在那里她谁都不用怕了,不怕霍姆斯,不怕布拉德肖;这是一个奇迹,一个胜利,是最后的也是最伟大的胜利。他看见她跟跟跄跄地登上那可怕的楼梯,背负着霍姆斯和布拉德肖;那两个男人的体重从来不少于十一斯通零六磅,他们把他们的妻子送上法庭,他们每年赚一万英镑却侈谈均衡,他们虽然做出不同的判决(因为霍姆斯一个说法,布拉德肖又一个说法),但他们都是法官,他们把幻象与餐具柜混为一谈,而且什么都不明白,却在统治人迫害人。她战胜了他们。

"好了!"她说。文件捆好了。谁也别想把它们拿走。她要收藏起来。

还有,她说,什么都不能把他们两人分开。她在他身边坐下,叫他鹰或乌鸦;由于那种鸟极具恶意又大肆毁坏庄稼,跟他倒是颇为相像。谁都不能把他们分开,她说。

然后她站起来要到卧室去收拾东西,但是听见楼下有说话声,于是想到霍姆斯医生大概来了,她跑下去想阻止他上楼。

塞普蒂莫斯能听见她在楼梯上跟霍姆斯说话。

"我亲爱的夫人,我是作为朋友来的。"霍姆斯说。

"不行。我不允许你见我的丈夫。"她说。

他能看见她,像只小母鸡,张着翅膀挡着他的路。可是霍姆斯非要上楼。

"我亲爱的夫人,请允许我……"霍姆斯说着把她推到一边(霍姆斯是个身体强健的人)。

霍姆斯正在上楼。霍姆斯会突然打开房门。霍姆斯会说:"你害怕得要命,是不是?"霍姆斯会抓住他的。可是不行,不要霍姆斯,不要布拉德肖。他摇摇晃晃地站起身来,实际上是单腿轮换着往前跳,他考虑用菲尔默太太那把干净漂亮的切面包的刀子,刀把上刻着"面包"字样。唉,谁也不应该玷污它。用煤气点火?可是现在太晚了。霍姆斯正在走来。他本来是可以用剃须刀的,但利西娅把它们都收拾起来了,她总是干这类事情。只剩下了窗户,那布鲁姆斯伯里区公寓的大窗户;只有打开窗户纵身一跳,那是件令人生厌、使人忧愁又颇有通俗喜剧意味的事。他们却认为是悲剧,但他和利西娅不这样看(因为她同意他的意见)。霍姆斯和布拉德肖喜欢这种事(他坐到了窗台上)。但是他要等到最后一分钟。他不想死。生活是美好的。阳光是火热的。只有人类吗?对面楼里有一位老先生正在下楼,停住脚看了他一眼。霍姆斯已经来到门口。"给你吧!"他喊,然后猛地纵身一跳,落在菲尔默太太院落的围栏上。

"胆小鬼!"霍姆斯医生喊道,猛然推开房门。利西娅跑到窗前,她看见了,她明白了。霍姆斯医生和菲尔默太太撞了个满怀。菲尔默太太拉下围裙,让利西娅蒙上眼睛待在卧室里。楼梯上有很多人跑上跑下。霍姆斯医生进来了——脸像纸一样苍白,全身颤抖,手里拿着一个玻璃杯。她必须勇敢,必须喝点什么,他说(喝什么?喝点甜的东西),要知道她丈夫伤势很重,惨不忍睹,恢复不了知觉,不能让她看,尽可能不让她掺和,不过她得接受询问,可怜的少妇。谁想到会出这种事呢?一时的冲动,谁也不能责怪(他对菲尔默太太说)。他这死鬼为什么要跳下去呢,霍姆斯医生想不通。

她喝下那甜甜的东西时,感觉似乎在打开长长的落地窗,迈进一个花园。可这是什么地方呢?时钟正在敲响,一下、两下、三下;和那些砰砰的重击声和低低的耳语声相比,这声音是多么敏感,就像塞普蒂莫斯本人。她正在入睡。但是钟声继续响着,四下、五下、六下;菲尔默太太挥动着围裙的情景(他们不会把尸体抬到这里来吧,对吗?)好像是那花园的一个景致,或者是一面国旗。她在威尼斯市住在姨妈家时就曾见过一面国旗在桅杆上缓缓飘荡。人们就是以这种方式向在战斗中牺牲的人表示敬意,而塞普蒂莫斯是经历过大战的。她的回忆多数是幸福的。

她戴上帽子,在玉米地里奔跑——可能是在什么地方呢?——直跑上一个小山冈,离海不远,因为那里有轮船、海鸥、蝴蝶;他们坐在一个悬崖上。在伦敦也是如此,他们坐在那里,处于半梦幻状态,许多声音从卧室门口传到她的耳边:落雨声、耳语声、干玉米秆晃动的沙沙声,她还似乎听见大海爱抚地把他们卷进拱形浪花里,还对被冲上海岸的她低声耳语,她觉得自己被撒落在各处,犹如抛洒在某座坟墓上的花朵。

"他死了。"她说,一面向看护她的那位可怜的老妇人微笑,老妇人那双诚实的浅蓝色的眼睛一直盯着房门。"他们不会把他抬到这儿来吧,对吗?"可是菲尔默太太对此不以为然。嗨,不会的,不会的!他们正在把他抬走。难道不应该告诉她吗?结发夫妻本应该在一起的,菲尔默太太想。可是他们必须执行医嘱。

"让她睡吧。"霍姆斯医生摸着她的脉搏说。她看见他那宽大身体的轮廓在窗前显得黝黑。这么说那就是霍姆斯医生。

人类文明的一个胜利,彼得·沃尔什想。这是人类文明的一个胜利,当一辆救护车的铃声轻飘尖利地响起时他这样想。那辆救护车快捷地、利索地向着医院疾驰而去,它刚刚本着人道主义精神迅速救上某个可怜鬼,某个或是被击伤头部,或是被疾病摧垮,或是一两分钟前在一个这样的路口被撞倒的人,这种事有可能发生在自己身上。这就是文明。由于他刚从东方回来,因此对伦敦的办事效率、组织工作和公共服务精神印象极深。每一辆二轮马车或四轮马车都自动地驶到路边让那辆救护车通过。他们对救护车和里面的伤病员表现出的尊重也许有些病态,或者不如说是令人伤感——忙碌的男人们正在匆忙赶路回家,然而当救护车开过时他们立即想起某人的妻子,或许会很容易地假定车里装的就是自己,躺在担架上,身边有医生和护士……唉,可是你一开始想象医生和死尸,思想就变得病态、感伤了;从那视觉印象中得到的一丝快感,也就是一种情欲,警告他不要继续想那种事了——它会毁灭艺术,毁灭友谊的。的确如此。然而,彼得·沃尔什想,(此时那辆救护车在街角处拐了弯,但是它不断响着铃穿过了托特纳姆科特街之后,它那轻飘尖利的铃声仍在下一条街或更远的地方回响),然而那是孤独的好处;你在独处时可以随心所欲。如果没有人看见,你可以哭泣。这种易受外界事物影响的气质,一直是他失败的原因,特别是在久居印度的英国人的社群里;他不会在适当的时候哭,也不会在适当的时候笑。他站在邮筒旁边,心想:我心里有一种东西,现在就能溶解在泪水里。为什么呢?只有老天知道。也许是因为某种美,也许是因为这一整天的压力(这一天以拜访克拉丽莎开始,又热又紧张,已使他精疲力竭),还因为各种印象一个接一个滴答、滴答地流入那心灵的地下室,它们在那里常驻,深邃,幽暗,永远不会为人知晓。生活的隐秘性是完整不可侵犯的,在一定程度上由于那个原因,他已经发现生活像一个陌生的花园,曲折迂回,令人惊讶,的确如此;它确实使你激动得透不过气来,这些瞬间;他在不列颠博物馆对面的邮筒旁就经历了这样的瞬间,在这一瞬间里所有事物都汇集到一起,这辆救护车,还有生与死。他仿佛被涌上心头的感情吸到一个很高的屋顶,而他身上的其他一切则像布满贝壳的沙滩,暴露无遗。这种易受外界事物影响的气质,一直是使他在久居印度的英国人的社群里失败的原因。

有一次,克拉丽莎跟他一起乘公共汽车去一个地方,坐在上层;克拉丽莎至少是在表面上那么易于激动,一会儿绝望,一会儿又兴高采烈,那时候她常激动得全身发抖,是个很不错的伴侣;她会从汽车上层往外看,观察沿途的奇怪小景、名称和行人,要知道他俩过去经常漫游伦敦并从卡里多尼亚商场带回整袋整袋的宝物——那时候克拉丽莎有一个理论——他们有成堆的理论,总是有很多的理论,像今天的年轻人这样。那是为了解释他们的不满足感;他们不了解别人,也不被别人了解。因为他们怎么可能相互了解呢?你们每天见面;然后过上半年或几年才能再见面。这不能令人满意,他们都有同感,对别人了解得太少了。但是坐在车上沿着沙夫特斯伯里街驶去的时候,她说她觉得自己无处不在;不是"在这里、在这里、在这里",她用手敲着坐椅的靠背说,而是在所有的地方。汽车经过沙夫特斯伯里街的一路上她都在挥手。她就是这一切。所以要想了解她或是任何人,你必须找出那些成就了这个人的人,甚至成就了这个人的地方。她与那些她从未交谈过的人,街上的某个女人、柜台后的某个男人,有很多奇怪的相通之处——甚至与树木、谷仓也有相通之处。她因而得出一个超验的理论;由于她惧怕死亡,这个理论使她相信,或者说她自己相信(尽管她有怀疑心理):我们的外表,即显露在外的部分,与我们广为存在的部分,即不可见的部分相比,是那么稍纵即逝,因此那不可见的部分在我们死后可能依然存在,它会以某种方式附着在这个人或那个人身上,甚至出没于某些地方。也许——也许是吧。

回顾长达近三十年之久的友谊,她的理论竟然产生了如此的效果。虽然他们之间实际的会面是短暂的、断断续续的,甚至是痛苦的,那是由于他经常外出,还由于某些干扰(例如今天上午正当他要和克拉丽莎深谈的时候,伊丽莎白进来了,像个长腿小马驹,漂亮而寡言),但是这些次会面对他一生的影响则是不可估量的。这其中颇有神秘色彩。你得到了一颗尖利的、尖锐的、令人难受的谷粒——那实际的会面,它经常是极其痛苦的,然而在没有机会见面的时候,在一些最想象不到的地方,它会长出花苞,盛开怒放,散出幽香,让你抚摸,让你品尝,让你环顾自己,让你完整地感觉它并理解它,在它被遗失多年之后。她就曾这样回到他的心间,在轮船上,在喜马拉雅山间,由于受到某些最奇怪的东西的暗示(萨莉·西顿,那个慷慨热情的傻姑娘,就是因为看见蓝绣球花而想起**他**的)。克拉丽莎比他认识的任何别的人对他影响都大。她总是不等他想便这样来到他的面前,很冷静,非常有教养,持批判态度;或者是妩媚、浪漫,使人想起田野或英国人的收成。他看见她多半是在乡下,而不是在伦敦。是伯尔顿的一幕幕往事……

他来到了下榻的旅馆。他穿过前厅,厅里放着一大堆发红的椅子和沙发,还有看上去已经枯萎的针叶植物。他从钩子上取下钥匙。年轻的小姐递给他几封信。他上了楼——他看见她多半是在伯尔顿,在暮夏时节,他常在那里住上一个星期,甚至两个星期,那时人们通常是这样的。先是看见她站在一座小山顶上,用手按着头发,斗篷被风吹起,指着下面对他们大喊——她看见了塞万河。或者她在树林里,用水壶烧水——她的手指头很不听使唤;袅袅轻烟在行着屈膝礼,直扑到他们脸上;她那粉红色的小脸从烟雾中显露出来;他们向一座木屋里的老妇人讨水,老妇人走到门口目送他们离去。他们总是步行,其他的人则坐汽车。她坐汽车坐腻了,她讨厌所有的动物,除了那只狗以外。他们沿着大路步行旅游过许多英里。她常停下来凭借指南针辨别方向,引导着他穿过乡野往回走;整个过程中他们都在争论,讨论诗歌,讨论人,讨论政治(她那时是个激进派);他们沿途什么都顾不上看,除非她停下来,因看到一种景象或一棵树木而大叫起来,并让他也一起看;然后又继续往前走,穿过收割后留有残株的麦田,她走在前面,手里拿着给她的姑妈摘的一朵花,尽管她很娇小,但从来不厌倦走路;黄昏时分来到伯尔顿她就倒下了。饭后,老布赖特科普夫打开钢琴唱歌,嗓子很糟糕,而他们半躺在安乐椅上,尽量想法子不笑,但总是控制不住,终于笑出声来,大笑——无缘无故地大笑。他们以为布赖特科普夫看不见。然后到了早上她就在房前跳来跳去,活像一只鹡鸰……

啊,是她来的信!这蓝色的信封;那是她的字体。他得读这封信。这又是一次往常那种相会,注定是痛苦的!读她的信要费点儿力气。"她见到他是多么高兴啊。她必须把这告诉他。"仅此而已。

然而这使他沮丧。这使他恼火。她还不如没写这封信。在他思绪万千之时,这封信的到来就像有人用胳膊肘捅了他的肋骨一样。她为什么不能让他安静一会儿呢?她毕竟已经嫁给了达洛维,而且这么多年来一起生活得很幸福。

这种旅馆绝不是给人以安慰的地方。远远不是。很多人都曾把帽子挂在那些帽钩上。甚至连苍蝇也曾在别人的鼻子上停留过,如果你想到这点的话。至于那令他震惊的清洁,与其说是清洁,不如说是空荡、刻板;只能如此。一个无聊的女总管每日黎明时分到各处检查,这里闻闻,那里看看,吩咐那些清教徒式的年轻女仆刷刷洗洗,好像下一个来客是一大块肉,需要盛在十分清洁的大托盘里端上来似的。要睡觉,有一张床;要坐下,有一把安乐椅;要刷牙刮脸,有一个牙缸,一面镜子。书籍、信件和睡衣狼藉散落在冷漠的马鬃床上,像是粗鲁无礼的人干的事,与整洁的环境极不协调。是克拉丽莎的信使他看到了这一切。"见到你太高兴了。她必须这样说!"他叠起那张信纸;把它推到一边;他无论如何绝不再读了。

为了在六点钟以前把这封信送来,她一定在他刚离开时就坐下来写信,然后贴上邮票,派人把信投出去。正如人们所说,这是她的做派。他的来访使她沮丧。她有很多感触:她在吻他的手时曾一度感到后悔,甚至嫉妒他,或许记起了(因为他从她的表情看出来了)他曾说过的什么话——也许是如果她嫁给他的话,他们会怎样去改变世界;另一方面,正是这一点,正是中年人的年纪,正是平庸,当时迫使她以不可战胜的活力把那一切置之度外,因为她身上有一根生命之线,给了她坚忍、忍耐和克服一切障碍的力量,使她战胜困难取得胜利;这么强的生命力他还从未见别人有过。是啊,但是他一离开房间她就会做出反应。她会为他感到特别遗憾;她会想她究竟能做些什么来使他快乐(这正是他一向缺乏的)。他能想象她泪流满面地走向写字台,奋笔疾书那一行字,就是后来映入他眼帘的那行字……"见到你太高兴了!"她说的是真心话。

彼得·沃尔什已解开皮靴的带子。

可是如果他们当初结了婚的话,也不可能过得好。他的另一桩恋事毕竟来得更自然些。

这很奇怪,又很真实;许多人都有同感。彼得·沃尔什表现得很体面,平日的工作完成得很好,因此受人喜欢,但是有人认为他有点儿古怪,爱摆架子——特别是在他的头发已经灰白的时候,**他**竟然显得心满意足,一派心有余力的样子,这太奇怪了。正是这一点使得他对女人有吸引力,她们感觉他并非只有男子汉气概,她们正是喜欢这一点。在他身上或在他的内心深处有一种不寻常的东西。也许是因为他是个书呆子——他每次来看你都要拿起桌上的书(他现在正在看书,皮靴带子拖在地上);或者因为他是个绅士,他的绅士风度表现在磕烟斗灰的姿态,当然也表现在对待女人的彬彬有礼。因为某个什么都不懂得年轻姑娘竟能如此轻易地摆弄他,实在非常迷人又很可笑。但是这姑娘是在冒险。也就是说,虽然他总是很随和,而且因为他性格开朗、教养良好,确实让人喜欢接近,但那是有一定限度的。她说了个什么事——不行,不行;他已把那事儿看透了。他不能容忍那个——不能,不能。然后他能因一个笑话跟别的男人一起捧腹大笑,笑得前仰后合。在印度他是最好的烹调鉴赏家。他是个男人,但不是那种你不得不尊敬的男人——谢天谢地;例如,他不像西蒙斯上校,一点儿都不像,黛西这样认为,尽管她已有了两个小孩,她还总是拿他们两人作比较。

他脱下靴子。他把所有衣袋掏空。和折刀一起掏出来的是一张黛西在阳台上的照片;黛西全身穿着白衣,膝头有一只猎狐短毛犬;她非常迷人,肤色黝黑;这是他所见过的她的照片中最好的一张。要知道照片里她的样子是那么自然,比克拉丽莎要自然得多。没有大惊小怪。没有焦虑烦恼。不拘泥小节,也不烦躁不安。一切顺顺当当。阳台上的那个肤色黝黑令人爱慕的漂亮姑娘感叹地说(他能听见她的声音):当然啦,她当然愿意把一切都给他!她喊道(她没有谨慎的意识):他要什么就给他什么!她叫喊着,跑上去迎接他,不管有谁在看着他们。她只有二十四岁。她还有两个孩子。哎呀呀!

唉,说真的,他在这个年龄上已经把自己弄得一团糟了。夜里醒来时这个想法很强烈地困扰着他。假设他们真的结了婚呢?对他来说固然非常好,可是对她呢?伯吉斯太太是个好人而且不是个话匣子,他曾对她坦言过自己的心事;伯吉斯太太认为他这次离开印度回英国,说是去见律师,倒可以让黛西重新考虑这件事,想一想与他结婚意味着什么。这是她的处境问题,伯吉斯太太说,涉及社会障碍,还有放弃她的孩子。说不定哪一天她就会成为曾结过婚的寡妇,在郊区流浪,满身泥水,或者更有可能胡作非为(你知道吗,她说,这样的女人会变成什么样子,浓妆艳抹的)。但彼得·沃尔什对所有这些话付之一笑。他还没想过死呢。不管怎么说,她必须自己做出决定,自己做出判断,他想,一面穿着短袜在屋子里踱来踱去,并抚平他的礼服衬衫,因为他可能去参加克拉丽莎的晚会,也可能去一个音乐厅,或者待在屋里阅读一本很吸引人的书,那是他过去在牛津大学认识的一个熟人写的。如果他真的退了休,他想干的事就是写书。他会去牛津大学,到伯德利图书馆里东查西找。那个肤色黝黑、招人喜爱的漂亮姑娘跑到台地尽头都无济于事,她招手也没有用,她叫喊着说她一点儿都不在乎别人怎么说还是没有用。他——她日思夜想的男人,那完美的绅士,那迷人的、高贵的人(他的年龄在她看来无所谓)就在这里,在布鲁姆斯伯里区的一所旅馆的房间里踱步,刮脸,洗漱,当他拿起香水喷雾罐、放下剃须刀的时候,继续在伯德利图书馆神游,查找资料,并弄清楚他感兴趣的一两件事的真相。他会跟他可能遇到的任何人聊天,因此越来越忽略开午饭的准确钟点,会错过约会的时间;当黛西像往常那样要求他吻她,要求和他亲热的时候,他没能表现得像她所期望的那样好(尽管他真正忠诚于她)——简单一句话,正如伯吉斯太太所言,黛西忘掉他也许会更快活,或者只记得他在一九二二年八月时的样子,像一个人影于黄昏时分站在十字路口,当她坐的双轮小马车飞速离去时,他变得越来越远,而她尽管两臂前伸,却牢牢地坐在有挡板的后座上;当她看见那人影越变越小以至消失时,她还在喊,她愿意做世界上的任何事,任何事,任何事,任何事……

他从来都不知道人们是怎么想的。他越来越难以集中精力。他还是变得专心起来,只忙于思考自己的事;一会儿抑郁,一会儿高兴;他依赖于女人,心不在焉,情绪时好时坏,越来越不能理解(他一面刮脸一面想)克拉丽莎为什么不能痛痛快快地给他们找个住处并对黛西表示友好,把她介绍给大家。然后他就能——就能干什么呢?就能像鹰一样出没,盘旋(实际上此刻他正在清理各种钥匙和文件),猛扑,品尝,独来独往,一句话,自己想干什么就干什么;然而毋庸置疑,他比任何人都更依赖别人(他扣上西服背心的扣子);这一直是他失败的原因。他不能不进吸烟室,他喜欢上校牌雪茄烟,喜欢打高尔夫球,喜欢玩桥牌,他尤其喜欢与女人交往,喜欢她们那美好的友情,还有她们的忠诚、大胆、高尚的爱,这种爱尽管有不足之处,但在他看来(那肤色黝黑、令人爱慕的漂亮姑娘的脸庞就叠印在那摞信封上面)是那么全然令人仰慕,是开在人类生命顶峰的一朵那么光彩夺目的鲜花,然而他无法达到人们的期望,因为他总是能够看透事物(克拉丽莎已经彻底削弱了他身上的某种东西),他极容易厌倦那种无言的忠诚,并渴望爱情丰富多彩,尽管如果黛西爱上别人会把他气疯!因为他生性嫉妒,嫉妒得不能自已。他受尽了折磨!可是他的折刀、手表、图章、皮夹、那封他不愿再读但喜欢想起的克拉丽莎的来信以及黛西的照片都在什么地方呢?现在该去吃饭了。

他们正在吃饭。

他们坐在中间摆放着花瓶的一个个小桌旁,有的人穿得很正式,有的人穿得很随便,他们的披肩和手提包就放在身旁;他们的神态是故作镇静的,因为他们不习惯正餐吃这么多道菜;可他们又表现得充满自信,因为他们付得起钱;他们还显得非常疲惫,因为他们已经在伦敦购物游览了一整天;他们还显示出一种自然的好奇心,因为他们在这位面容友善、戴着牛角框眼镜的绅士走进来时纷纷扭头抬头看他;他们表现出性情善良,因为他们本来会高兴地给别人帮一点儿小忙,如借阅时刻表或告知有用的信息;他们显示出一种愿望,这愿望像脉搏在他们身上跳动,暗中不时地拉扯着他们,他们希望通过某种方式与别人建立联系,哪怕只因为出生地相同(例如利物浦市)或朋友的名字相同;他们偷偷地看看别人,有时沉默得让人费解,有时又突然和自己的家人开玩笑而不理别人,就在他们坐着吃饭的时候,沃尔什先生走了进来,在靠近窗帘的一张小桌旁坐下。

他赢得了他们的尊敬,不是因为他说了什么话,他是一个人来的,只能对侍者说话,而是因为他看菜谱的样子、用食指点着一种酒的样子、把身子移近桌边的样子、郑重而专注地吃饭但不贪吃的样子。在晚餐大部分时间里,这种尊敬之情得不到机会表达,现在它在莫里斯一家围坐的餐桌边突然表现出来,那是在他们听见沃尔什先生最后说"要巴特莱特梨"的时候。他说话为什么竟然能如此适度而坚决,神态像个行使建立在法制基础上的权力的训导者呢,无论是小查尔斯·莫里斯还是老查尔斯,无论是伊莱恩小姐还是莫里斯太太都不明白。可是当他独自坐在桌旁说"巴特莱特梨"时,他们觉得他在提出某种合法的要求,指望得到他们的支持,他是一项事业的捍卫者,而这项事业顷刻间成了他们自己的事业,因此他们用同情的眼光看着他的眼睛。当他们几个人同时走进吸烟室的时候便自然而然地攀谈起来。

他们谈得并不深入——大意无非是伦敦太拥挤,三十年来变化很大;莫里斯先生喜欢利物浦;莫里斯太太去参观了威斯敏斯特的花展,而且他们全家都见到了威尔士亲王,等等。是啊,彼得·沃尔什想,世界上没有一个家庭能与莫里斯一家相比,无论在哪一方面都不能;他们之间的关系是完美的,他们对上层阶级一点儿都看不上,他们有自己的喜好,伊莱恩正在接受培训准备继承家业,那个男孩获得了里兹大学的奖学金,那个老妇人(她的年龄与他自己相仿)家里还有三个孩子;他们有两辆汽车,但莫里斯先生每星期天仍然自己补靴子。太棒了,绝对棒,彼得·沃尔什想,他手里拿着酒杯在那些毛茸茸的红椅子和烟灰缸中间前后轻轻摇摆,为自己而高兴,因为莫里斯一家喜欢他。是啊,他们喜欢一个说"巴特莱特梨"的男人。他们喜欢他,他能感觉出来。

他要去参加克拉丽莎的晚会。(莫里斯一家走开了,但他们还会再见的。)他要去参加克拉丽莎的晚会,因为他想问问理查德那些人——那些保守党的傻瓜们究竟在印度干些什么。正在采取什么行动?还有音乐……啊,对了,还有纯粹的闲聊。

因为这是关于我们的灵魂的真理,即关于我们的自我的真理,他想,我们的自我像鱼儿栖息在深海,在无人知晓的水域中游来荡去,她穿行于一棵棵巨大的水草之间,游过片片闪烁着阳光的水面,然后继续游啊,游啊,游进冰冷、深邃、神秘莫测的幽暗之中;突然间她快速冲上海面,嬉戏于被风吹皱的波浪之上;也就是说,我们的自我确实需要刷洗、刮净、激发自己,通过闲聊。政府打算怎样处理印度的局势呢?理查德·达洛维会知道的。

由于夜晚非常炎热,而且报童挂着用红色大字宣告有热浪的广告牌频频路过,旅馆的台阶上摆了许多藤椅,冷漠的男士们坐在那里啜着饮料,抽着香烟。彼得·沃尔什也坐在那里。你可以想象,这一天,伦敦的一天才刚刚开始。就像一个刚脱掉印花衣裙和白围裙并准备穿蓝衣戴珍珠首饰的女人,白天发生变化,推迟了要做的事,拿起薄纱,变成傍晚;随着兴奋的叹息声(就像女人把衬裙扔到地板上时发出的声音),白天也卸下了尘土、热量和色彩;街上的车辆稀少了;当嘟作响、嗖嗖驶过的小汽车取代了艰难行进的小货车;在几个广场的浓密绿荫之中,分散悬挂着一盏盏极亮的路灯。我辞职,傍晚仿佛在说,当她在旅馆、公寓楼和商业街区的雉堞墙和高耸的圆顶和尖顶上空逐渐黯淡失色的时候,她说,我隐退,我消失,但是伦敦无论如何不允许这种情况发生,于是迅速向空中伸出多把刺刀,将傍晚定住,强迫她成为狂欢中的伙伴。

因为在彼得·沃尔什上次回英国之后发生了威利特先生①的夏时制大革命。傍晚被延长了,这对他来说很是新鲜,或者说很令人振奋。因为当那些年轻人(他们为有此闲暇而兴奋,为踏上这著名的街道而默默自豪)带着公文箱从身边走过时,一种欢乐,可以说是廉价的、华而不实的,但仍是发自内心的狂喜,把他们的脸染得通红。他们穿得也很讲究,穿着粉红色的长袜和漂亮的鞋子。他们现在将要花两个小时去看电影。夜晚黄蓝色的光线使他们轮廓鲜明,更为文雅;这光线照耀着广场里的树叶,忽而艳丽,忽而青紫——它们看上去仿佛在海水中浸过——像海中城市的树叶。这一美景使他惊讶,也鼓舞了他,因为当一些回国的久居印度的英国人理所当然地坐在东方俱乐部里(他认识很多这类人)愤怒地总结世界所遭受的破坏时,他却在这里,像以往一样年轻;他羡慕年轻人享有的夏季时光及其一切,并从一个姑娘的话里、从一个女仆的笑声里——这些都是你触摸不着的东西——更有把握地猜测他年轻时看来不可动摇的整个金字塔形堆积物已经发生了变化。这个金字塔曾压在他们头上,把他们压扁,特别是对妇女们,就像克拉丽莎的海伦娜姑妈过去经常制作的花卉标本,她在晚饭后坐在灯下,把花夹在几层吸墨纸里,用利特雷编的大辞典压上。她已经去世了。他曾听说她有一只眼睛失明,是听克拉丽莎说的。老帕里女士竟用玻璃眼球,这似乎很恰当,是大自然的杰作之一。她会像一只寒霜里的小

---

① 威廉·威利特(1856—1915),倡导在英国实行夏时制,每年夏季月份里要把钟表向前拨一小时。在他去世后的1916年,英国正式实行夏时制。

鸟,死去时仍用力抓住树枝。她属于另一个时代,但是由于她是那么完整、那么完美,她会永远站立在地平线上,像石头一般洁白,非常突出,像一座灯塔,标志着过去的某个阶段,在这漫长又漫长的冒险航程中,在这没有终极的——(他摸出一个铜板准备买一张报纸,好读读有关萨里郡队和约克郡队的消息;他伸出手臂递铜板已经有几百万次了——萨里队又大败了)——在这没有终极的人生里。但是板球不仅仅是个运动项目。板球非常之重要。他总是情不自禁地阅读有关板球的事。他先看最后消息中的板球赛比分,再看天气有多热,然后读有关一桩谋杀案的报道。做事做了几百万次之后会使这些事情充实,尽管可以说去掉了其表面的光泽。过去使人充实,经验也是如此;由于曾经关心照顾过一两个人因而获得了年轻人所缺乏的一种能力,即能够突然中断所做的事情,去做自己喜欢做的事,一点儿都不在意别人说什么,来来去去不抱过高的期望(他把报纸放在桌子上,然后走开),然而(他在找帽子和上衣)说不抱过高的期望并不完全真实,今天晚上就不是,因为他要从这里出发去参加晚会,在他这个年龄,他相信自己即将取得一种新的经验。可究竟是什么呢?

无论如何,是一种美。不是肉眼所见的粗糙的美。不是单纯的简单的美——贝德福德波拉斯街直通向拉塞尔广场。它当然是笔直的、空旷的,像对称的走廊,但它又是灯火通明的窗口,一架钢琴、一个留声机发出音响,一种故意隐藏起来但又不时涌现出来的愉悦感;你通过那没有窗帘遮挡也没有关闭的窗口看见人们三五成群坐在一个个餐桌旁,年轻人在缓慢旋转起舞,男人们和女人们在谈天,女仆们悠闲地向外张望(这是她们评价别人的一种奇特方式,在干完活之后),晾晒在窗户上方晾衣架上的袜子、一只鹦鹉、几盆花草,此时那种愉悦感会油然而生。这种生活是吸引人的、神秘的、无限丰富的。在硕大的拉塞尔广场,出租车奔驰并急转弯;一对对恋人在散步,在调情,在拥抱,隐入一棵大树的树荫里;那景象令人感动;那么宁静,那么全神贯注,因此你走过时要小心谨慎,仿佛在参加某个神圣的仪式,任何干扰行为都是不虔敬的。真有意思。他想着想着走进了闪烁的和炫目的光彩之中。

他的薄大衣被风吹开,他以一种难以描述的特有的姿势往前走着,上身略向前倾,双手背在身后,两只眼睛仍有点儿像鹰眼。他轻快地穿过伦敦,朝威斯敏斯特走去,一面观察着沿途的景物。

那么,是不是大家都要出去吃饭呢?在这里,男仆打开大门,让出来一位步态庄重的老妇人,穿着带扣鞋子,头上装饰着三根紫色鸵鸟毛。又一扇门打开了,出来几个贵妇人,身子紧裹在印着鲜艳花朵的披巾里,活像木乃伊,贵妇人出门竟然不戴帽子。在带灰泥装饰柱的高级住宅,女士们(她们刚刚跑到楼上看过孩子)穿过房前的小花园走出来,穿得很单薄,头上插着小梳子;男士们在等她们,他们的上衣被风吹开,汽车的引擎已经发动了。人人都在出门。由于这些大门都在打开,由于人们走下来开始出发,似乎全伦敦的人都在上船,登上那些停泊在岸边的在水中摇晃的小船,似乎整个伦敦城都在漂浮前行去欢度狂欢节。白厅街上好似有无数蜘蛛在滑冰,尽管它像一片银箔;而弧光路灯周围似乎聚集着许多蚊虫;天气是那么热,人们都懒散地站着聊天。在威斯敏斯特这里,有一个已退休的法官,他大概正端坐在自家门前,穿着一身白衣。大概是个曾经久居印度的英国人。

这里有女人吵架的喧哗声,是喝得醉醺醺的女人;这边只有一个警察,还有轮廓模糊的房屋,高耸的房屋、圆顶的房屋、教堂、议会,还有河上一艘汽船的汽笛声,像空旷的不清晰的叫喊声。但这是她的街道,克拉丽莎的街道;出租车在急速转过街角,像桥墩周围的流水,聚集到一起,在他看来如此,因为这些车运送着去她家参加晚会的人们,克拉丽莎的晚会。

现在这些视觉印象如同冰冷的流水离他而去,似乎眼睛是个满得溢水的杯子,听任多余的水沿着瓷杯壁往下流淌而不留痕迹。现在脑子必须清醒。身体必须紧张起来,走进那座房子,那座灯火通明的房子;那里大门洞开,许多汽车停在门前,光彩照人的女宾们走下车来;灵魂必须鼓起勇气去忍耐。他打开了折刀的大刀刃。

露西从楼上飞跑下来,她刚才急匆匆进客厅去抚平一个椅套,摆正一把椅子,还稍微停留片刻,心里想:不论是谁进来,一定会想这房子是多么干净,多么明亮,收拾得多么漂亮啊,当他们看见这些美丽的银器、黄铜壁炉架、新的椅套,还有那些黄色印花窗帘的时候;她鉴赏着每一件东西,听见一阵喧哗声;人们已经吃完正餐上楼来了;她必须快跑!

首相要来,阿格妮斯说,她是在餐厅里听他们说的,她端着一托盘酒杯进来时说。首相来与不来要紧吗?究竟要紧吗?已经是夜里这个时辰了,对沃克太太来说这无关紧要。沃克太太站在盘子、煮锅、滤锅、煎锅、鸡冻、冰激凌冷冻箱、切下的面包皮、柠檬、汤罐和布丁盘子中间;不管他们在厨房旁的盥洗室里如何费力洗刷,沃克太太眼前的布丁盘子总不见少,厨房的桌子椅子上都摆满了;与此同时炉火在熊熊燃烧,发出轰轰的响声,几盏电灯射出炫目的光芒,还有夜宵也需要摆上餐桌。阿格妮斯只是觉得,多一个首相还是少一个首相对沃克太太来说实在是无关紧要。

女士们已经在上楼了,露西说;女士们一个接一个地上楼,达洛维太太走在最后,而且几乎总是让人捎话给厨房:"向沃克太太致意。"有一天晚上就是这么说的。第二天早上他们会议论这些饭菜——那汤、那鲑鱼;沃克太太知道这些鲑鱼像往常一样做得过嫩,因为她总是紧张,怕布丁做不好,就把鲑鱼交给珍妮去做,因此出现了这种情况,鲑鱼总是做得过嫩。但是露西说,一个黄头发戴银首饰的女士谈到那道主菜时问:这菜真是自家做的吗?但最让沃克太太担心的是鲑鱼,她旋转着一个个盘子并把壁炉上的节气阀推进又拉出;这时从餐厅里传来一阵笑声、一个人的说话声,然后又是一阵笑声——女士们退席之后,男士们很开心。要托考伊葡萄酒,露西跑进来说。达洛维太太让拿托考伊酒,皇帝酒窖酿造的,皇家托考伊酒。

女主人要的酒经过厨房端了出去。露西回过头来说,伊丽莎白显得多么可爱呀,穿着粉红色衣裙,戴着达洛维先生送的项链,她的目光简直没法离开她。珍妮可别忘了那只狗,伊丽莎白小姐的猎狐长毛狗,由于它咬人不得不把它关起来,伊丽莎白认为它可能该吃点什么了。珍妮可别忘了喂狗。然而珍妮不打算当着这么多客人上楼。门口已经传来了汽车引擎声!门铃响了——可男士们还在餐厅里,喝着托考伊酒呢!

啊,他们上楼了;那是第一批,人们会越来越快地到达,因此帕金森太太(她专门受雇为晚会服务)会把前厅的大门半敞着,前厅里会有满屋子的男士在等候(他们站在那里等候,梳理着头发),与此同时女士们在过道旁的一间屋子里脱下斗篷,巴尼特太太在那里帮助她们,老埃伦·巴尼特,她在达洛维家干了四十年,每年夏天都要来帮助这些女士们,她还记得现在做了母亲的女宾们出嫁前的事情;她虽然不想引人注意但仍与客人们握手,很尊敬地说"我的贵夫人",然而她态度幽默,看着那些年轻女士,而且总是很娴熟地帮助洛夫乔伊夫人,因为她系紧身底衣有困难。洛夫乔伊夫人和艾丽丝小姐都自然而然地感觉她们在梳头方面得到了特别的关照,因为她们认识巴尼特太太已经有——"三十年了,我的贵夫人",巴尼特太太替她们说。年轻女士过去不搽口红,洛夫乔伊夫人说,过去她们在伯尔顿小住的时候。艾丽丝小姐用不着搽口红,巴尼特太太慈爱地看着她说。巴尼特太太会坐在衣帽间里,理顺那些大衣上的皮毛,抚平那些西班牙披巾,整理梳妆台,她很清楚哪些女士是好人哪些不是,尽管她们都穿皮衣和绣花衣裳。亲爱的老妇人,克拉丽莎的老保姆,洛夫乔伊夫人上楼时说。

而后洛夫乔伊夫人挺了挺身子。"洛夫乔伊夫人和洛夫乔伊小姐。"她告诉威尔金斯先生(他专门受雇为晚会服务)。他的举止令人敬慕,他弓身又直身,弓身又直身,一视同仁地宣布:"洛夫乔伊夫人和洛夫乔伊小姐……约翰爵士和尼达姆夫人……韦尔德小姐……沃尔什先生。"他的举止令人敬慕,他的家庭生活一定是无可指责的,但这样一个嘴唇发青、脸刮得很干净的人竟会自寻烦恼生养了几个孩子,真令人难以置信。

"见到你真是太高兴了!"克拉丽莎说。她对每一个人都说这句话。见到你真是太高兴了!她正处在她最差的状态——过分动感情,一点儿都不真诚。到这里来是个绝大的错误。彼得·沃尔什想,他真应该待在家里读书,他真应该去音乐厅;他真应该待在家里,因为这里的客人他一个都不认识。

哎呀,这晚会开不好,会彻底失败的,克拉丽莎从骨子里感到这一点,此时亲爱的莱克斯海姆老勋爵正站在那里为自己的妻子未能前来而表示歉意,因为她在白金汉宫的游园会上得了感冒。克拉丽莎用眼角的余光看见彼得·沃尔什在批评她,就在那边,在那个角落里。她究竟为什么要做这些事呢?她为什么要追求达到顶峰然后淹没在火海里呢?不管怎样,但愿这火把她烧尽!把她烧成灰!无论什么结局,就是挥舞你的火炬扔到地上,都比像埃莉·亨德森那样逐渐消瘦萎缩要好!仅仅由于彼得来了并站在角落里就使她产生了这些思绪,真是太不寻常了。他使她看清了自己,她在虚张声势。这是愚蠢的。但是他为什么要来呢,只是为了来批评她吗?为什么总是索取而从不奉献呢?为什么不能牺牲自己的一个小小的观点呢?他现在要转到别处去了,她必须和他谈谈。可是她没有机会。生活就是这样——屈辱、克制。莱克斯海姆勋爵说他的妻子在游园会上不肯穿皮大衣,因为"我亲爱的,你们女士们都一样"——莱克斯海姆夫人至少有七十五岁了!他们老两口那相亲相爱的样子真是甜蜜极了。她确实喜欢莱克斯海姆老勋爵。她确实认为她的晚会很重要;当她知道晚会要出问题,不能达到预想的效果时感到不好受。任何事情,任何爆炸,任何恐怖景象都比客人现在的状况强,他们无目的地转来转去,三五成群站在角落里,像埃莉·亨德森那样,甚至不注意挺直腰板。

　　印着天堂鸟图案的黄色窗帘被风吹了起来,房间里似乎有许多翅膀在飞翔,窗帘被吹起来后又被吸了回去。(因为窗户都开着。)有穿堂风吧?埃莉·亨德森想。她很容易着凉。但是她并不在乎自己明天会打喷嚏病倒,她是为那些袒露着肩膀的姑娘们着想,因为她从小就受到父亲的教育要关心别人,她的父亲体弱多病,是伯尔顿从前的牧师,现已过世;而她虽容易着凉却从来没有影响过胸肺,从来没有。她完全是替那些姑娘着想,那些袒露着肩膀的年轻姑娘,因为她自己一向纤弱瘦小,头发稀疏,并不引人注目;可是现在她已年过五十,身上开始发射出一种微光,那微光被多年的自我克制所净化后变得与众不同,但又由于她那令人沮丧的高贵出身和突如其来的恐惧感而变得永远黯淡;她的恐惧感来自她每年三百英镑的收入和无奈的处境(她连一个便士都挣不来),这使她变得怯懦,而且一年年地越来越没有条件会见衣着讲究的人,那些人在这个季节每天晚上都在做着类似参加晚会的事,只需告诉女仆一声"我要穿什么什么衣服"就行了,而埃莉·亨德森则紧张地跑出去,买来粉红色的花朵,一共六枝,然后匆匆忙忙把一条披巾披在她的黑色旧衣裙上。因为克拉丽莎晚会的请帖是最后一刻才到的。她对此不大高兴。她有一种感觉:克拉丽莎今年并非真心邀请她。

她为什么就应该请她呢?实在没有理由,不过是因为她们两人一向认识。她们确实是表姐妹。可是由于克拉丽莎被那么多人追求,她们两人自然宁愿疏远。参加晚会对她来说是件大事。光是看看那些可爱的服装就是个享受。那不是伊丽莎白吗?长大了,梳着时髦的发型,穿着粉红色的裙子?然而她顶多才十七岁。她非常非常健美。可是姑娘们第一次在社交场合露面时似乎不像以往那样穿白色衣裙了(她必须记住这一切,回去好告诉伊迪丝)。姑娘们穿的是直筒衣裙,完全是紧身的,裙长远远不及脚腕。很不得体,她想。

于是,视力不好的埃莉·亨德森伸长了脖子,她倒不在乎没有人说话(这里的人她几乎都不认识),因为她觉得他们都是那么有意思,光看看他们就够了,他们大概是政治家,理查德·达洛维的朋友;倒是理查德自己感到他不能让这个可怜的人独自在那里站一个晚上。

"嘿,埃莉,这个世界对**你**怎么样?"他像往常那样友善地说,而埃莉·亨德森却紧张起来,脸涨得通红,觉得他特别好,能过来和她说话,她说很多人真的感觉热而不感觉冷。

"是啊,他们感觉热,"理查德·达洛维说,"是啊。"

可是还说什么呢?

"你好啊,理查德。"一个人说着拉住他的胳膊肘,上帝啊,老朋友彼得来啦,老彼得·沃尔什。他很高兴见到他——他总是那么高兴见到他!他一点儿都没有变。他们两人立刻一起穿过房间,互相拍打着;他们仿佛有很长时间没有见面了,埃莉·亨德森看着他们走开时想,她肯定见过那个人的脸。个子高高的男人,是个中年人,眼睛漂亮,肤色较暗,戴着眼镜,有点儿像约翰·伯罗斯。伊迪丝一定会知道他是谁。

那个印有飞翔的天堂鸟图案的窗帘又被风吹起来了。克拉丽莎看见——她看见拉尔夫·莱昂把窗帘拍了回去又接着聊天。那么说晚会毕竟没有办砸!它会顺利进行下去的——她的晚会。它已经开始了。它已经开始了。但它的结局仍不可确知。她目前必须站在那里。客人仿佛蜂拥而至。

加罗德上校和夫人……休·惠特布雷德先生……鲍利先生……希尔伯里太太……玛丽·马多克斯夫人……奎因先生……威尔金斯拉长声音报着名字。克拉丽莎对每个客人说了六七个字,然后他们就继续向前走,进了屋子;进入了有意义的地方,而不是虚空之中,因为拉尔夫·莱昂已经把窗帘拍了回去。

然而就她扮演女主人角色来说,实在太费精力了。她并没有感到快乐。这简直就像——就像她成了没有个性的"任何人",站在那里;任何人都能这样做;然而她还真有点儿爱慕这个"任何人",她不禁觉得无论如何是她本人促成了这次晚会,它标志着一个阶段,她感到自己变成了一根木桩,因为很奇怪,她已完全忘掉自己的模样,只感觉自己是根木桩,钉在楼梯之上。每次她举办晚会都感觉失去了自己的个性,还觉得每个人一方面不真实,另一方面又要真实得多。她想,一个原因是他们的服装,另一个原因是他们不得不改变平时的仪态,再一个原因是整个背景;你可以说在任何其他场合不能说的话,可以谈需要费点儿力气才能谈出的事;你有可能比平时谈得深入得多。但她不能这样,至少现在还不能。

"见到你多么高兴啊!"她说。亲爱的老哈里爵士!他会认识大家的。

令人感到那么奇怪的是当客人们一个接一个上楼时你所得到的感觉,芒特太太和西莉亚,赫伯特·安斯蒂,戴克斯太太——啊,还有布鲁顿夫人!

"您能光临真是太荣幸了!"她说,这是她的真心话——很奇怪,你站在那里感觉他们在走啊,走啊,有的人年纪较大,有的人……

叫**什么**名字?罗塞特夫人?这个罗塞特夫人究竟是谁呢?"克拉丽莎!"那个声音!是萨莉·西顿!萨莉·西顿!过了这么多年之后!她在薄雾中显现出来。因为她过去不是**这副模样**,萨莉·西顿,在当年克拉丽莎抓起暖水袋的时候。想着她就在这个屋顶下面,就在这个屋顶下面!那时她绝不是这副模样!

千言万语一齐涌了出来,既窘困,又夹杂着笑声——我正路过伦敦,从克拉拉·海登那里听说的,正是个见你的好机会! 所以我冒昧地来了——没有请帖……

你有可能很镇静地放下暖水袋。她已经失去了昔日的光彩。然而再见到她确实不寻常,她老多了,更快活了,不那么可爱了。她们互相亲吻,先吻这边脸,再吻那边脸,在客厅的门旁,然后克拉丽莎握着萨莉的手转过身去,看着房间里高朋满座,听着鼎沸的人声,看着那些烛台、那些被风吹起的窗帘和理查德送给她的玫瑰花。

"我有五个大儿子啦。"萨莉说。

她有着最纯朴的自负,总有想拔尖的最公开的愿望,克拉丽莎欣喜地看到她还是这样。"我简直不能相信!"她喊道,一想起过去,快乐的感觉就在她的全身燃烧。

可是哎呀,威尔金斯;威尔金斯请她过去;威尔金斯正在用一种最高权威的声音说话,似乎所有在场的人必须受到训诫,而女主人则必须停止放纵,改邪归正,他在报着一个人的名字:

"是首相。"彼得·沃尔什说。

首相? 是真的吗? 埃莉·亨德森很感惊奇。这可是大事,必须告诉伊迪丝!

你不能笑话他。他显得那么普通。你本来可能把他安置到柜台后面,从他那里买饼干的——可怜的家伙,全身上下都镶着金边。公正地说,当他先由克拉丽莎陪同再由理查德陪同到各屋寒暄的时候,他表现得十分得体。他努力使自己像个大人物。观察这个场面很有意思。谁都不看他。他们只管继续谈话,然而心里十分清楚,他们都知道并从骨髓里感觉到这位大权在握的人从身边走过;这个人象征着他们所有的人所代表的英国社会。布鲁顿老夫人看上去身体也很健康,穿着带金边的衣服显得忠诚而坚定,她翩翩然走过来,于是他们进了一间小屋,小屋立刻受到监视和警戒,一种骚动声和沙沙声像水面的涟漪一样公开地传到每一个人耳边:是首相!

上帝啊,上帝,英国人真趋炎附势! 彼得·沃尔什站在角落里想。他们多么喜欢穿镶金边的礼服,多么喜欢顶礼膜拜呀! 看! 那人一定是——哎呀那就是——休·惠特布雷德,他在伟人圈里东跑西颠,比以前胖多了,头发白多了,那个可爱慕的休!

他看上去总像在执行公务,彼得想,他是个有特权但很隐秘的人,收集了许多他会誓死保守的机密,尽管那不过是一个宫廷看门人无意中说的闲话而且第二天所有报纸都会刊登出来。他平时喋喋不休谈论的、想方设法显示的就是这些东西;他在把玩这些东西的过程中变得头发花白,接近老年,得到有幸结识这类英国私立学校毕业生的所有人的尊敬和爱戴。你会很自然地编造出这类关于休的故事;那就是他的风格,也是他写的那些令人敬慕的信件的风格;彼得曾在几千英里之遥的海外从《泰晤士报》上读到过这些信,并为自己逃离了那种邪恶的喧嚣而感谢上帝,即便他在海外只能听见狒狒尖叫和苦力们殴打妻子的吵闹声,他仍为之感到庆幸。从一所大学来的一个有橄榄色皮肤的男青年逢迎地站在他旁边。休一定会资助他,启发他,教他如何取得成功。因为他最喜欢做的莫过于小小的好事,例如让老夫人们因为还有人惦记自己而高兴得心跳加快,她们上了年纪,境遇不佳,觉得被人遗忘了,然而亲爱的休驾车去看她们,坐上个把小时谈谈过去,回忆许多鸡毛蒜皮的小事,称赞她们家里自制的蛋糕,尽管休一生中可能每天都陪一位公爵夫人吃蛋糕,而且,只要看看他那副样子就知道他可能确实花费了很多时间来从事这个愉快的职业。那评判一切人、宽恕一切人的上帝也许能原谅他。彼得·沃尔什则不能宽恕他。世上一定有坏人,而且,上帝知道,那些因为在火车里把一个姑娘的脑浆打飞而被处以绞刑的流氓们所造成的危害,总的来讲还不如休·惠特布雷德和他的善心造成的危害大!看看他现在的样子吧,首相和布鲁顿夫人出现的时候,他踮起脚尖,迈着舞步往前走,点着头哈着腰,暗示让全世界都看看他有特权和布鲁顿夫人说话,谈论某件私事,在她经过的时候。她停了下来,摇了摇苍老、优雅的头。她大概正在为他的某个卑躬的行为而表示感谢。她有一群谄媚奉迎的追随者,他们是政府各办公室的小官员,他们四处奔波,代表她去完成一些小任务,她则请他们吃午饭作为回报。但是她遵循的是十八世纪的传统规范。她是无可指责的。

现在克拉丽莎陪同她的首相走进这间屋子,她昂首阔步,精神焕发,她那灰白的头发给人以庄重的感觉。她戴着耳环,穿着银绿色美人鱼式衣裙。她仿佛在海浪上跳跃,编结着长发,她仍保持着那种天赋:活着,存在着,在她经过的一瞬间内总揽全局;她转过身去,她的围巾挂到了某个女宾的衣裙上,她取下围巾,哈哈大笑,这一切她做得轻松自如,神态怡然自得,活像一条在水中浮游的鱼儿。可是岁月没有放过她;即便是个美人鱼也会在一个非常晴朗的傍晚从镜子里看见海浪上空的夕阳。她身上有了一丝温柔;她的严厉、她的谨慎、她的拘束现在都被暖透了;当她与那个身穿宽金边制服的、竭力显示自己十分重要的人(祝他交好运吧)说再见的时候,表现出一种不可言状的尊严、一种极度的诚挚;好像她是在祝愿全世界健康,而且由于她处在一切事物的边缘,她现在倒是必须告辞了。她使他产生了这些想法。(但他并非在恋爱。)

克拉丽莎想,首相能赏光出席晚会实在太好了。而且,自己陪同首相走过整个房间,萨莉在场,彼得也在场,理查德非常高兴,所有的客人可能都会羡慕她,因此她感受到了那一瞬间的极度兴奋,感受到心脏里的神经在扩张,直到心脏似乎颤抖起来,它已被浸透并直立向上;——确实如此,但那毕竟是别人都有的感觉;因为虽然她喜欢这一刻极度的兴奋,感觉它在刺激自己,但是这些炫耀,这些成功(例如,亲爱的老彼得认为她是那么光彩照人),仍然包含着一种空虚;它们距她有一臂之遥,并不在她心里;可能是因为她年龄大了,它们不再像过去那样令她满足;突然间,就在她目送首相下楼的时候,她看见了乔舒亚爵士画的拿皮手笼的小女孩的画,那圆形镀金画框一下子把基尔曼带回她的心中;她的敌人基尔曼。那才能令人满足;那才是真实的。啊,她多么恨她啊——暴躁、虚伪、腐败,竟有那种诱人的力量,是她勾引了伊丽莎白,她是个悄悄溜进来偷盗和亵渎的女人(理查德会说:全是胡说八道!)。她恨她,她爱她。你需要的是敌人,而不是朋友——不是杜兰特太太和克拉拉,不是威廉爵士和布拉德肖夫人,不是特鲁洛克女士和埃莉诺·吉布森(她看见他们在上楼)。如果他们需要她,他们必须找到她。她是整个晚会的主持人!

她的老朋友哈里爵士来了。

"亲爱的哈里爵士!"她说着走到这位健康的老家伙面前;他创作

了很多坏作品,比整个圣约翰伍德学院的其他会员中任何两个人的坏作品加起来还要多(他的作品里总是有牛,或站在夕阳映照的水潭里喝水,或跷起一条前腿摇着双角以示意"陌生人来了",因为他创造了一整套象征性的姿势——他的一切活动,在饭店吃饭也好,看赛马也好,都是以描绘牛群站在夕阳映照的水潭里喝水为基础的)。

"你们笑什么呢?"她问他。因为威利·蒂特科姆、亨利爵士和赫伯特·安斯蒂都在笑。可是不行。哈里爵士不能给克拉丽莎讲那些音乐厅舞台的事(虽然他很喜欢她,认为她是同类女人中最完美的一个,并扬言要画她)。他友好地拿这个晚会和她开玩笑。可惜这里没有他喜欢喝的那种白兰地酒。他说,这些圈子里的人都比他层次高。可是他喜欢她,尊敬她,尽管她那上层阶级的优雅姿态既可恶又难对付,使他无法叫她坐到他的大腿上。希尔伯里老太太走过来了,像飘忽不定的鬼火,像闪烁不定的磷光,她随着他的笑声(他们在谈论公爵和夫人)伸出双手;她在房间的另一头听见这笑声时,似乎感到宽心多了,因为她在早晨醒得很早又不想召唤女仆送茶来的时候常为一个想法而烦恼,那想法就是:我们必定要死,这是毫无疑问的。

"他们不肯告诉我们刚才讲的是什么。"克拉丽莎说。

"亲爱的克拉丽莎!"希尔伯里太太喊道。克拉丽莎今天晚上是那么像她的母亲,她说,就像她第一次看见她母亲戴着灰帽子在一个花园里散步的样子。

克拉丽莎真的热泪盈眶了。她的母亲,在花园里散步!可是哎呀,她必须走了。

因为布赖尔利教授在那边,他专门讲授弥尔顿的作品,现在正跟小吉姆·赫顿说话(吉姆·赫顿来参加这样的晚会既不系领带又不穿西服背心,也没把头发理顺);即便离得这么远,她仍能看出他们是在争吵。因为布赖尔利教授是个怪人。他的性格中有一些古怪的成分:渊博的学识和胆怯懦弱、缺乏友情温暖的冰冷魅力、掺杂着势利言行的单纯;与那些拙劣的作家相比,他拥有各种学位证书、荣誉证书和讲师职位,因此他能立刻觉察出对他的古怪性格不利的氛围;如果他从一个妇人蓬乱的头发、一个小伙子的皮靴意识到存在着一个由反叛者、狂热青年和自诩天才的人组成的邪恶社会(这本领值得称道,毫无疑问),他总是微微颤抖,轻轻甩一下头,吸一口气——哼!——以此向人们暗示保持克制有多么重要,以及为了欣赏弥尔顿①的作品先学习一点儿古希腊罗马典籍有多么重要。布赖尔利教授跟小吉姆·赫顿(后者穿着红袜子,因为他的黑袜子还在洗衣房呢)谈弥尔顿谈得很不投机(克拉丽莎看得出来)。她打断了他们的谈话。

她说她爱好巴赫②的音乐。赫顿也喜欢巴赫的音乐。那是联结他们的纽带,而且赫顿(一个很蹩脚的诗人)总是感觉达洛维太太是对艺术有兴趣的了不起的女士中最最优秀的。很奇怪她是那么严格注意礼节。谈起音乐她完全持客观态度。她倒是个一本正经的人。可是看上去多么迷人啊!她把家里的气氛搞得那么温馨,要是没有那些教授们在这儿就好了。克拉丽莎倒是有心拉他出来,让他在后屋的钢琴旁边坐下。因为他钢琴弹得很美。

"可是屋里太吵了!"她说,"太吵了!"

"这是晚会成功的标志。"布赖尔利教授有礼貌地点点头,步履轻缓地走到一边。

"全世界有关弥尔顿的事他都了解。"克拉丽莎说。

"是吗?"赫顿说,他会在全汉普斯特德区模仿这位教授,这位研究弥尔顿的教授、主张保持克制的教授、步履轻缓地走开的教授。

可是她必须和那一对夫妇说说话,克拉丽莎说,他们是盖顿勋爵和南希·布洛。

不要认为**他们两人**明显地增加了晚会的喧闹。他们并肩站在黄窗帘旁边,(显而易见)没有谈话。他们很快就要到别处去,一起行动;他们在任何情况下都没有多少话可说。他们只是观看而已。那就足够了。他们显得那么整洁,那么健康,她脸上搽着脂粉像杏花开放;而他非常干净利索,眼睛像鸟眼,因而没有一个球他打不着,也没有一次击球能使他惊奇。他击球,他跳起,准确,快捷。他一拉缰绳,小马的嘴就

---

① 弥尔顿(1608—1674),英国伟大的诗人,地位仅次于莎士比亚。
② 巴赫(1685—1750),音乐史上最伟大的德国作曲家之一。

微微抖动。他有各种荣誉,有祖先的纪念碑,家乡的教堂里悬挂着他家族的旗帜。他有自己的公务、自己的佃户,还有母亲和姐妹;他已在洛德板球场玩了一整天,那正是达洛维太太走过来时他们谈论的话题——板球、堂兄弟姐妹、电影。盖顿勋爵特别喜欢达洛维太太。布洛小姐也有同感。她的姿态总是那么优雅。

"你们能光临真是太赏光了,太荣幸了!"她说。她喜欢洛德板球场;她喜欢青春活力,此时南希站在那里,穿着巴黎最伟大的艺术家设计制作的极其昂贵的衣服,看上去仿佛从她身上自动长出了绿色的褶边。

"我本来打算开舞会的。"克拉丽莎说。

因为那些年轻人不会谈话。他们为什么要谈话呢?他们大喊,拥抱,摇摆,黎明时起床,给马驹送食糖,亲吻抚摸可爱的乔乔狗的鼻子;然后,所有的人都跃跃欲试,一个接一个跳进水中游泳。但是英国语言的巨大资源他们却用不上,他们毕竟缺乏这种语言赋予人们的交流感情的能力(她和彼得在他们的年龄会彻夜争论不休)。他们在很年轻的时候就会定型。他们对待庄园里的人会好得不得了,可是单独出来时就可能相当乏味。

"多遗憾呀!"她说,"我本来想开舞会的。"

他们能来真是太好了!可是还说舞会呢!几间屋子都挤满了人。

老海伦娜姑妈围着披巾来了。哎呀,她必须离开他们——盖顿勋爵和南希·布洛。老帕里女士,她的姑妈来了。

要知道海伦娜·帕里女士没有死,帕里女士还健在。她有八十多岁了。她拄着拐杖慢慢走上楼梯。她被让到椅子上(理查德事先关照过的)。那些了解缅甸七十年代情况的人总会被带到她的面前。彼得到哪儿去了?他们两人过去曾是那么好的朋友。因为只要一提印度,甚至锡兰,她的两只眼睛(只有一只是玻璃的)就慢慢变得深邃了,变成了蓝颜色,它们看见的不是人类——她对总督们、将军们,以及军队哗变没有任何温情的回忆,也没有自豪的幻想——她看见的是兰花、山间的通路以及自己在六十年代被苦力们抬着翻越渺无人迹的山峰或下山拔兰花的情景(那些兰花很不寻常,以前从没有见过),她把这些花画进了水彩画;她是一个无所畏惧的英国女人,如果她在深思兰花或自己六十年代在印度旅行的形象时受到战争的打扰,比如说一颗炸弹就落在她家门前,她一定会着急生气的——可是彼得来了。

"过来给海伦娜姑妈讲讲缅甸的情况吧。"克拉丽莎说。

然而整个晚上他还没能和她说上一句话呢!

"咱们过一会儿再谈。"她把他领到围着白披巾、拿着拐杖的海伦娜姑妈面前。

"这是彼得·沃尔什。"克拉丽莎说。

这话没引起任何反应。

克拉丽莎邀请她来。晚会很累人,很喧闹;可是克拉丽莎请她参加。所以她就来了。可惜他们住在伦敦——理查德和克拉丽莎。如果只为克拉丽莎的健康着想的话,住在乡下要好得多。但是克拉丽莎一向喜欢社交。

"他去过缅甸。"克拉丽莎说。

啊!她不禁回忆起查尔斯·达尔文①对她那本关于缅甸兰花的小册子的评语。

(克拉丽莎必须去和布鲁顿夫人说话。)

毫无疑问,那书已被遗忘了,她的关于缅甸兰花的书,可是在一八七〇年前那本书已出了三版,她告诉彼得。现在她记起彼得了。他在伯尔顿待过(那天晚上他在客厅里没有告别就离开了她,彼得·沃尔什还记得,就在克拉丽莎叫他去划船的时候)。

"理查德是那么欣赏那天的午餐会。"克拉丽莎对布鲁顿夫人说。

"理查德最能帮忙啦,"布鲁顿夫人回答,"他帮我写了一封信。你身体好吗?"

"啊,好极了。"克拉丽莎说。(布鲁顿夫人讨厌政治家的妻子有病。)

"哎,彼得·沃尔什来了!"布鲁顿夫人说(因为她总是想不出跟克拉丽莎说什么好,尽管她喜欢她。她有很多好的品质;可是她们之间丝

---

① 查尔斯·达尔文(1809—1882),英国博物学家、进化论的奠基人。

毫没有共同之处——她和克拉丽莎。如果理查德当初娶一个不那么妩媚的女人就好了,那样的女人会帮他做更多的工作。他已经失去了进内阁的机会)。"彼得·沃尔什来了!"她说,一面和那个令人愉快的罪人握手,那个本来应该出名可是没有出名的能干的家伙(他总是和女人闹麻烦),当然啦,她也和老帕里女士握手。了不起的老夫人!

　　布鲁顿夫人站在帕里女士的椅子旁边,像个披着黑纱的手榴弹兵幽灵,邀请彼得·沃尔什共进午餐;她很诚挚友好,可是不会寒暄,她对印度的动植物一点儿都想不起来了。她当然去过印度,曾经在三届总督家住过;她认为有些印度平民是非同一般的好人,可是印度的状况①简直是太惨了!首相刚才一直在给她讲(老帕里女士缩在披巾里,并不关心首相一直在给她讲些什么);布鲁顿夫人想听听彼得的意见,正好他刚从那个中心地区回来,而且她要让桑普森爵士会见他,因为作为士兵的女儿,印度局势的荒唐,或者说是邪恶,确实使她彻夜难眠。她已经老了,干不了什么大事。但是她的房子、她的仆人们、她的好朋友米莉·布拉什——他还记得她吗?——都在那里要求效劳,如果——一句话,如果他们能派得上用场的话。要知道她虽然从来不提英格兰,但是这个养育着众生的岛屿,这片亲爱又亲爱的土地已溶进她的血液之中(尽管她没读过莎士比亚)②;如果有史以来有一个女人能戴头盔射利箭,能领兵出征,能用不可抗拒的正义去统治野蛮的部族,并成为一具没有鼻子的尸首躺在教堂的盾形坟墓之中,或变成某个古老山坡上被青草覆盖的小土堆,那个女人就是米莉森特·布鲁顿。尽管她受到性别的限制,又缺乏逻辑思维能力(她感到给《泰晤士报》写封信很困难),但她仍时时想着大英帝国,并且通过与那个全副武装的战争女神相联系得到了像步枪捅弹杆的身姿和粗犷的举止,因此不能想象她即便死后能与大地分离,也不能想象她会以某种精灵的形象游荡于那些已不再悬挂英国国旗的地区。要她不当英国人,即便在死人中

---

① 指第一次世界大战后印度人民在以圣雄甘地为领袖的国大党领导下进行的全国性不合作运动,旨在迫使英国殖民当局同意印度自治。
② 句中赞扬英格兰的话模仿莎士比亚历史剧《理查二世的悲剧》第二幕第一场的台词。

间——不行,不行!绝对不行!

可那是布鲁顿夫人吗?(她过去认识她。)彼得·沃尔什难道头发花白了吗?罗塞特夫人问自己(她过去叫萨莉·西顿)。那位肯定是老帕里女士——她在伯尔顿小住时遇到的那位很爱生气的老姑妈。她永远忘不了自己赤身裸体跑过走廊,后来被帕里女士叫去训斥的事!克拉丽莎!哎,克拉丽莎!萨莉拉住她的胳膊。

克拉丽莎在他们身边停了下来。

"可是我待不住,"她说,"我会回来的,等一等吧。"她看着彼得和萨莉说。她的意思是,他们一定要等到所有的客人离开以后。

"我会回来的。"她说,注视着她的老朋友萨莉和彼得,他们两人正在握手,而萨莉在大笑,无疑是回忆起了往事。

但是她的声音已失去了过去那令人陶醉的圆润,她的眼睛也不再像以前那样炯炯有神;那时她吸着雪茄烟,那时她曾一丝不挂地跑过走廊去取她的海绵包,为此受到埃伦·阿特金斯质问:如果让男士们撞见了怎么办?可是大家都原谅了她。她到食品储藏室偷着拿了一只鸡,因为她夜里饿了;她在卧室里吸雪茄烟;她把一本价值不可估量的书忘在小船里。可是大家都非常喜爱她(大概除了爸爸以外)。那是因为她的热情和她的活力——她要画画,她要写作。伯尔顿村的老妇人直到如今还忘不了问候"你那位穿红斗篷的、样子很快活的朋友"。在所有的人当中,她唯独指责休·惠特布雷德(他就在那边,她的老朋友休,正在和葡萄牙大使说话)在吸烟室里吻她,作为对她的惩罚,因为她说妇女应该有选举权。庸俗的男人才干这种事,她说。克拉丽莎记得曾不得不劝说她不要在全家祈祷时谴责他——萨莉能做出这种事来,因为她大胆、鲁莽,喜欢煞有介事地成为一切的中心并喜欢大吵大闹,而那肯定会以某种可怕的悲剧收场:她或者死去,或者殉难,克拉丽莎过去常这样想;然而与此相反,萨莉非常出人意料地嫁给了一个秃顶的、能听她唠叨的男人,据说他在曼彻斯特市拥有几座棉纺织厂。而且她竟生养了五个儿子!

她和彼得已经一起坐下。他们在谈话:这情景似乎很熟悉——他们应该在谈话。他们会谈起往事。她和这两个人有许多共同的经历

(甚至比她和理查德的共同经历还要多):那个花园、那些树、老约瑟夫·布赖特科普夫嗓子不好还唱勃拉姆斯的歌曲、那客厅的壁纸、那些铺地垫子的气味。萨莉肯定永远是这一切的一个组成部分;彼得也是。可是她必须离开他们。布拉德肖夫妇来了;她不喜欢他们。

她必须过去见布拉德肖夫人(夫人一面穿着灰色和银色服装,像只海狮在水池边表演平衡,一面吵着让人邀请她,要见公爵夫人们,她是典型的成功男人的妻子),她必须过去见布拉德肖夫人并说……

可是布拉德肖夫人先声夺人。

"我们来得实在太晚了,亲爱的达洛维太太;我们简直不敢进来了。"她说。

威廉爵士头发花白,眼睛湛蓝,显得很有身份;他说:是啊;他们抵制不住晚会的诱惑。他大概在和理查德谈议案的事,他们想让下议院通过那个议案。她为什么一看见他(正在和理查德说话)就讨厌呢?他的样子没有什么特殊的,就是名医的样子。一个十足的医学界带头人的样子,非常权威,相当疲惫。想想都是什么样的人到他那里看病吧——陷入悲惨深渊的人们、处于精神崩溃边缘的人们、丈夫们和妻子们。他不得不决定许多非常棘手的问题。然而——她感觉,任何人都不喜欢让威廉爵士看出自己不快活。不行,不能让那个人看出来。

"你的儿子在伊顿公学怎么样?"她问布拉德肖夫人。

他没能参加板球队,布拉德肖夫人说,因为得了腮腺炎。他的父亲比他本人还在乎这事,她这样认为,"因为他自己不过是个大孩子而已。"她说。

克拉丽莎看了看威廉爵士,他还在和理查德说话。他哪里像个孩子——一点儿都不像。

她有一次曾陪一个什么人去请教他。他说的做的完全正确,特别明智。可是老天爷啊——她重新回到大街上的时候觉得多么轻松啊!她还记得,有个可怜的人在候诊室里哭泣。但是她不知道威廉爵士有什么问题,不知道自己到底不喜欢他哪一点。只有理查德同意她的看法,"不喜欢他的情趣,不喜欢他的气味。"可是他异常能干。他们正在讨论这个议案。威廉爵士正提到某个病人,他压低了声音。这跟他正谈着的弹震症的延缓效果有关。议案里必须包括有关的条款。

布拉德肖夫人(可怜的傻瓜——你并不讨厌她)突然压低声音,把达洛维太太拉到一边,好像把她拉到防空洞里,这防空洞由共同的女性特点和对丈夫们的杰出品格以及工作狂的可悲倾向的共同自豪感构成;她小声说:"就在我们动身要来的时候,我丈夫接到了电话,是个非常悲惨的病例。一个年轻男子自杀了(那就是威廉爵士正在告诉理查德的事)。他曾在陆军服役。"天呀!克拉丽莎想,我的晚会才开到一半,死讯就来了。

她继续往前走,进了那间小屋,就是首相和布鲁顿夫人进过的那间。也许屋里有人。可是一个人都没有。椅子上仍留有首相和布鲁顿夫人坐过的印记:布鲁顿夫人恭敬地转过身去,首相则以权威的姿态稳稳地坐着。他们曾一直谈着印度的局势。现在一个人都没有了。晚会的光辉消失了,她穿着华贵的衣服独自走进来感觉那么怪。

布拉德肖夫妇有什么权利在她的晚会上谈论死亡?一个男青年自杀了。他们在她的晚会上谈论这件事——布拉德肖夫妇谈论死亡。他自杀了——可怎么死的呢?每当她头一次突然听说个什么事故,她的身体总要去体验它;她的衣裙着起火,她的身体被烧伤。他是从窗口跳出去的。地面很快一闪;那些生锈的围栏尖头错误地刺穿他的身体,弄得他遍体鳞伤。他躺在那里,脑子里啪啪啪地响,然后一派黑暗使他窒息。这情景她都看见了。但是他为什么要自杀呢?而布拉德肖夫妇竟在她的晚会上谈论这种事!

她有一次曾把一先令硬币扔进蛇形湖里,以后再没有抛弃过别的东西。但是他把自己的生命抛弃了。他们这些人继续活着(她得回去;那些屋子里仍挤满了人;客人还在不断地来)。他们(一整天她都想着伯尔顿,想着彼得,想着萨莉),他们会变老的。有一种东西是重要的;这种东西被闲聊所环绕、外观被损坏,在她的生活中很少见,人们每天都在腐败、谎言和闲聊中将它一点一滴地丢掉。这种东西他却保留了。死亡就是反抗。死亡就是一种与人交流的努力,因为人们感觉要到达中心是不可能的,这中心神奇地躲着他们;亲近的分离了;狂喜消退了;你孤身一人。死亡之中有拥抱。

但是这个自杀的青年——他是不是抱着他最宝贵的东西跳下去的呢?"如果现在就死去,现在就是最幸福。"她有一次曾这样对自己说,是在走下楼梯的时候,穿着白色衣裙。

或许诗人和思想家们也有同感。假设这个青年曾有过那种激情,并去见过威廉·布拉德肖爵士;威廉爵士是个名医,然而在她看来有一种不易察觉的邪恶,他没有性感或情欲,对女人特别有礼貌,但是他能做出某种难以形容的暴行——给你的灵魂施加压力,对了,就是这个;如果这个年轻人到他那里去过,而且威廉爵士用自己的权势对他施加那样的压力,年轻人是否可能说(她现在真切地感到这一点):生活真让人受不了;他们——像威廉爵士那样的人——把生活搞得让人无法忍受?

再说(她只是今天早晨才感到这一点的)还有那种恐怖感,那种强烈的无能为力的感觉,因为父母把这条生命交到你手里的时候期望你活到老,期望你宁静地与其同行,而你却不能;在她心灵深处有一种极度的恐惧感。即使是现在,如果理查德不是经常在那里阅读《泰晤士报》,从而使她能像小鸟一样蹲伏着逐渐恢复活力,把那不可估量的快乐大吼出来,擦过一个个柴枝,用一种东西摩擦另一种东西的话,她一定早就死了。她逃避了死亡。可是那个年轻人却自杀了。

在某种意义上,这是她的灾难——她的耻辱。她看见这里一个男人、那里一个女人陷入这深邃的黑暗并消失了,而她却穿着晚礼服勉强站在这里,这是对她的惩罚。她曾使过诡计,她曾偷过小东西。她从来就不是完美的令人爱慕的人。她曾希望成功,像贝克斯伯拉夫人那样拥有一切。而昔日她曾在伯尔顿的台地上散步。

真奇怪,真难以置信,她还从来没有这么幸福过。什么都不够缓慢,什么都延续得不够长。她早已告别了青春的成功,一直埋头于生活的进程,突然间她又惊喜地找到了幸福,在太阳升起的时候,在白昼逝去的时候,因此没有任何快乐能与这种幸福相比,她想,一面整理着椅子,把一本书推进书架里。在伯尔顿时她曾不只一次在大家谈话的时候走出去瞭望天空,或在晚餐时从人们的肩膀之间看着天空;在伦敦,她睡不着觉的时候也要看看天空。她走向窗口。

这郊外的天空,这威斯敏斯特的天空,包容着她自己的某种东西,尽管这想法很愚蠢。她打开窗帘,向外张望。哎呀,可是多么令人惊奇啊!——在对面楼房的房间里,那位老妇人正在和她对望!她正准备上床睡觉。还有这天空。她曾预料,天空会把美丽的脸庞转向后面,它将是肃穆的、昏暗的。可是看看它吧——像灰一样苍白,有大片的带状云彩飞速穿越其间。这在她看来非常新鲜。风一定是刮起来了。在对面的房间里,她要上床了。观察那位老妇人在屋子里走动,穿过房间来到窗口,真是太有意思了。她能看得见她吗?正当客人们仍在客厅里说说笑笑的时候,观察那位老妇人很安静地独自上床真是太有意思了。现在她拉下百叶窗。时钟敲起来了。那个年轻人自杀了,但是她并不可怜他;由于钟声在报时,一下、两下、三下,由于这一切仍在继续,她不可怜他。看!那老妇人已经熄灯了!现在整个房间一片黑暗,而这一切还在继续,她重复道,然后几个字自动来到她的嘴边:无需再怕骄阳酷暑。她必须回到他们那边去。但这是个多么不寻常的夜晚啊!她不知为什么觉得自己非常像他——那个自杀的年轻人。她为他的离去感到高兴,他抛弃了自己的生命,与此同时他们还在继续生活。时钟正在敲响。那深沉的音波逐渐消逝在空中。可是她必须回去。她必须和客人们在一起。她必须找到萨莉和彼得。于是她从小屋进到客厅。

"可是克拉丽莎在哪呢?"彼得说。他和萨莉一起坐在沙发上。(这么多年之后他实在无法叫她"罗塞特夫人"。)"那女人到哪去了?"他问,"克拉丽莎到哪去啦?"

萨莉猜想,彼得也同样猜想,一定是来了一些重要人物,政治家们,他们两个都不认识,除非在报纸上看见过照片,克拉丽莎不得不招待他们,和他们说话。她正跟他们在一起。然而理查德不是内阁成员。他干得不好吧?萨莉猜想。她自己很少看报。她有时看见报上提到他的名字。可是后来——是啊,她过着一种非常孤独的生活,在荒野里,克拉丽莎会说,在大商人中间,在大工厂主中间,总而言之,在务实的男人中间。其实她也干了不少事!

"我有五个儿子!"她告诉他。

上帝啊,上帝,她的变化多大呀!那母性的温柔,还有那母性的自我吹嘘!彼得还记得,他们最后一次见面是在月光下的花椰菜丛中,那些叶片像"粗糙的青铜",她曾这样说,用她的文学表达方法;她还摘下一朵玫瑰。她曾强迫他走过来又走过去,就在那个可怕的夜晚,在喷泉旁的那一幕发生之后;他那时准备赶午夜的火车。老天爷啊,他曾号啕大哭!

那是他的故技,打开随身带的折刀,萨莉想,他激动的时候总是开关折刀。他们两人曾经非常非常亲近,她和彼得·沃尔什,在他和克拉丽莎恋爱的时候;还有午餐时那场关于理查德·达洛维的荒唐可笑的争吵。她曾叫理查德"威克姆"。为什么不叫他"威克姆"呢?克拉丽莎大发雷霆!而且她们两人从那以后确实没有再见面,她和克拉丽莎,在最近十年里也许最多只见过六次。彼得·沃尔什后来去了印度,她曾隐约听说他的婚姻不幸福,她不知道他有没有孩子,她也不便问,因为他已经变了。她觉得,他样子憔悴,但是比以前更友善了,她对他有一种真正亲切的感情,因为他是和她的青春联系在一起的,她仍保存着他送的一本艾米莉·勃朗蒂的小书,而且他肯定是想写作的吧?那时候他的确是准备写作的。

"你写什么书了吗?"她问他,同时把一只手,她那结实的、形状很美的手,放到膝头,跟他记得的一模一样。

"一个字都没写!"彼得·沃尔什说;她哈哈大笑。

她仍旧很动人,仍旧引人注目,萨莉·西顿。可是这位罗塞特是个什么样的人呢?他在婚礼那天戴了两朵山茶花——关于他的情况彼得就知道这么多。"他们有很多仆人,有绵延几英里的暖房。"克拉丽莎信中说;大意如此。萨莉高声大笑着承认了这一点。

"是啊,我一年收入一万英镑。"——不知是交税前还是交税后,她记不清了,因为这些事都是她丈夫替她做的;"你应该见见他。"她说;"你会喜欢他的。"她说。

萨莉过去可是衣衫褴褛。为了来伯尔顿,她曾典当了她曾祖父的戒指,那是玛丽·安特瓦尼特赠送的——他这消息没错吧?

啊,是啊,萨莉想起来了,她仍然保存着那枚戒指,玛丽·安特瓦尼特送给她曾祖父的红宝石戒指。那时候她名下没有分文,去伯尔顿总是意味着她得使劲勒紧裤腰带。但是去伯尔顿对她很有意义——使她精神免于崩溃,她相信,因为她在家里很不愉快。但那都是过去的事了,一切都过去了,她说。帕里先生已经去世,而帕里女士还活着。他一生中从来没有这样震惊过,彼得说。他曾确信她已辞世。那婚姻一直是成功的吧?萨莉琢磨着。那个很漂亮、很自信的姑娘是伊丽莎白,就在那边,在窗帘旁边,穿着红衣服。

(她像一棵白杨,她像一条小河,她像一朵风信子花,威利·蒂特科姆在想。啊,若是在乡下,她想干什么就干什么该多好!伊丽莎白确信她能听见她那可怜的小狗在叫。)她一点儿都不像克拉丽莎,彼得·沃尔什说。

"啊,克拉丽莎!"萨莉说。

这就是萨莉的感觉,很简单。她欠克拉丽莎许许多多的情。她俩曾是朋友,不是一般的熟人,而是朋友,她仍能看见克拉丽莎身穿白衣手捧鲜花在房子里走来走去——时至今日烟草植物仍能使她想起伯尔顿。但是——彼得明白吗?——她缺少点什么。缺少什么呢?她有魅力,她有非同寻常的魅力。但坦率地说(她感觉彼得是个老朋友,一个真正的朋友——他有一个时期不在英国,这有关系吗?相距遥远有关系吗?她常常想给他写信,可是写了又撕掉,然而她觉得他能理解,因为人们无须把事情都说出来便能理解,有如一个人意识到自己年岁已老;她老了,当天下午刚去伊顿公学看过她的儿子们,他们患了腮腺炎),十分坦率地说,克拉丽莎怎么能那样做呢?——怎么能嫁给理查德·达洛维呢?那人是个体育爱好者,一个只喜欢狗的人,说真的,他一进屋就散发出一股马厩的气味。然后生活就变成了这个样子?她摆了摆手。

那是休·惠特布雷德,悠闲自在地走了过去,穿着白色西服背心,迟钝、肥胖、视而不见,他对一切都不留意,只注意自尊和安逸。

"他不打算认**咱们**。"萨莉说,说实在话她也没有那个勇气去——这么说,那就是休!那个令人爱慕的休!

"他做什么工作?"她问彼得。

他给国王擦皮靴,或在温莎宫里数酒瓶子,彼得告诉她,彼得的舌头还是那么尖刻!可是萨莉必须说老实话,彼得说。讲讲那次休亲吻她的事。

吻在嘴唇上,她肯定地告诉他,那是一天晚上在吸烟室里。她当时生气极了,立即去找克拉丽莎。休不会干那种事!克拉丽莎说,那令人爱慕的休!休的短袜无一例外,总是她所见过的最漂亮的——现在他穿的晚礼服也无可挑剔!他有孩子吗?

"这屋子里的每个人都有六个儿子上伊顿公学。"彼得告诉她,除了他自己以外。感谢上帝,他一个孩子都没有。没有儿子,没有女儿,也没有妻子。唉,他好像并不在意,萨莉说。他比他们所有的人都显得年轻,她想。

可是那样的婚姻从很多方面来说都是愚蠢的,彼得说;"她是个十足的傻瓜。"他说,但是,他又说:"我们曾度过一段美好的时光。"但是那怎么可能呢?萨莉想不通;他的话是什么意思呢?认识他却一点儿都不了解他的情况,多么奇怪啊。他这样说是出于自尊吗?很可能,因为那桩婚事一定使他恼怒(尽管他是个怪人,是个精灵式的人物,绝不是普通的人),在他这个年龄,没有家,没有去处,一定很孤独。但是他应该到她家去住上几个星期。当然啦,他会去的;他愿意到她家小住;他们就这样商量定了。这么多年来达洛维夫妇一直没有到她家去过。他们一次次邀请他们夫妇。克拉丽莎(当然是克拉丽莎)不愿意去。因为,萨莉说,克拉丽莎在内心深处是个势利眼——谁都得承认她是个势利眼。她相信,正是这一点使得她们之间有隔阂。克拉丽莎认为她下嫁给了地位比她低的人,因为她丈夫是个矿工的儿子——她为此而自豪。他们拥有的每一分钱都是他挣来的。他很小的时候(她的声音颤抖了)就能扛很大的货包了。

(彼得觉得,她会这样讲下去,一个小时一个小时地讲下去:那个矿工的儿子,人们会认为她下嫁了地位比她低的人,她的五个儿子,还有一件什么事来着——是植物,绣球花、丁香花,还有非常非常罕见的木槿,在苏伊士运河以北地区从来不生长,但是她在曼彻斯特郊区只雇了一个园丁就种植了许多,有整整几花坛呢!所有这些辛苦克拉丽莎都逃避了,因为她一向缺乏母性。)

她是势利眼吗?是的,表现在很多方面。这么长的时间她到哪儿去了呢?时间越来越晚了。

"可是,当我听说克拉丽莎要开晚会的时候,我觉得我不能**不**来——我必须再见见她(我就住在维多利亚街,差不多就在隔壁),"萨莉说。所以我就不请自到了。"可是,"她小声说,"告诉我,请告诉我,这个人是谁?"

那是希尔伯里太太,她正在寻找大门。因为天已经那么晚啦!还有,她小声说,在夜越来越深、人们已经离去的时候,你找到了老朋友,找到了安静隐蔽的角落和最可爱的景致。她问,他们知道自己的周围有个迷人的花园吗?照明灯、树木、波光粼粼的湖水和那天空。克拉丽莎·达洛维刚才说,后花园里只不过有几盏彩灯罢了!可她是个魔术师!那简直就是个公园……她不知道他们的姓名,但她知道他们是朋友,不知姓名的朋友、没有歌词的歌总是最好的。但这里有那么多的门,那么多意想不到的地方,她找不着路了。

"是希尔伯里老太太。"彼得说;可那个人是谁呢?那个妇人一晚上都站在窗帘旁边,一言不发。他看她有些面熟,便把她和伯尔顿联系在一起。她过去一定是常在窗子里的大桌子上裁剪内衣吧?戴维森,是她的名字吧?

"啊,那是埃莉·亨德森。"萨莉说。克拉丽莎对她很苛刻。她是个表亲,很穷。克拉丽莎对人**实**在很苛刻。

她是够苛刻的,彼得说。然而,萨莉像往常那样充满感情、热情洋溢地说(她的这种热情彼得过去很欣赏而现在又有点儿惧怕,因为她可能变得过分感情用事),克拉丽莎对她的朋友们是多么慷慨啊!那是多么难得的品质啊,而且有时她在夜间或在圣诞节历数自己的幸事时总要把那段友谊放在第一位。她们都很年轻,这是原因之一。克拉丽莎心地纯洁,这是原因之二。彼得会认为她感情用事。她确实如此。因为她已逐渐认识到唯一值得说的是自己的感情。耍小聪明是愚蠢的。人必须直言自己的感受。

"可是我不知道自己感受到了什么。"彼得·沃尔什说。

可怜的彼得,萨莉想。克拉丽莎为什么不过来和他们说话呢?那正是他渴望的事。她是知道的。他一直只想着克拉丽莎,并不停地摆弄着折刀。

他发现生活并不简单,彼得说。他和克拉丽莎的关系并不那么简单。这关系已经毁了他的一生,他说。(他们曾经那么亲近——他和萨莉·西顿,他不对她直言倒是荒谬了。)一个人不能恋爱两次,他说。她能说什么呢?然而恋爱过总比没恋爱过要好(可是他会认为她感情用事——他过去是那么尖刻)。他应该去曼彻斯特到她家小住。那些都是实话,他说。都是实话。他很愿意到她家去做客,他在伦敦办完事以后马上就去。

克拉丽莎喜欢他胜过喜欢理查德,萨莉敢肯定。

"不对,不对,不对!"彼得说(萨莉不该这么说——她太过分了)。那个好人——他就在房间的另一头滔滔不绝地说话,跟以往一样,亲爱的理查德。跟他谈话的是个什么人呢?萨莉问,那个看上去很有身份的男人是谁呢?由于她的确生活在荒原里,她有一种难以满足的好奇心想了解别人。可是彼得不认识那个人。他不喜欢那人的外貌,他说,也许是个内阁部长吧。他说,他认为理查德在所有那些人当中是最好的人,最公正无私。

"可是他都干了什么工作呢?"萨莉问。是公共管理工作吧,她猜想。那么他们在一起过得幸福吗?萨莉问(她自己是特别幸福的);要知道,她承认,她对他们一点儿都不了解,只是匆匆得出结论,正如人们常做的那样,因为就是对每天和你一起生活的人你又能了解多少呢?她问。我们难道不都是囚徒吗?她读过一部很有意思的剧本,描写一个囚犯抓囚室的墙壁,她觉得剧本反映了生活的真实——人们总是在抓墙壁。由于她对人际关系感到绝望(人们是那么难以相处),她常常走进自己的花园,在鲜花丛中得到一种任何人不能给予她的平和的心境。可是不行,他不喜欢卷心菜;他喜欢的是人,彼得说。是啊,年轻人是美丽的,萨莉说,一面看着伊丽莎白穿过房间。克拉丽莎在她这个年龄可不是这个样子!他能从伊丽莎白的样子看出她的情况吗?她本人是不会开口的。看不出多少,现在还看不出,彼得承认。她像朵百合花,萨莉说,像池塘边的百合。可是彼得不同意说我们什么都不了解。我们什么都了解,他说;起码他自己什么都了解。

但是这两个人,萨莉小声说,这两个正走过来的人(她真得走了,如果克拉丽莎不快过来的话),这个显得很有身份的男人和他那相貌平常的妻子,他们曾一直和理查德谈话——对这样的人又能了解什么呢?

"我知道他们是可恶的骗子。"彼得说,冷冷地看了他们一眼。他引得萨莉哈哈大笑。

但是威廉·布拉德肖爵士在门口停下看一张画。他在画的角落里寻找雕版者的姓名。他的妻子也在看。威廉·布拉德肖爵士对艺术是那么有兴趣。

彼得说,他在年轻时总是过于急切而无法了解别人。现在他老了,确切地说五十二岁了(萨莉说,她五十五岁了,那是指的身体,但她的心还像二十岁姑娘的一样);现在他成熟了,彼得说,那么他就能观察,就能理解,也不失感觉的能力,他说。是的,确实这样,萨莉说,她感受得更深,更有激情,年年如此。他说,哎呀,也许吧,感受的能力在增长,但是你应该为此而高兴——这种能力在他的经历中不断增长。在印度有一个人。他愿意对萨莉谈谈她的事。他愿意让萨莉与她相识。她已经结过婚,他说。她有两个很小的小孩。他们应该一起来曼彻斯特,萨莉说——在他们分手之前他必须答应她。

"伊丽莎白来了,"他说,"我们感受到的事情她连一半也感受不到,目前还感受不到。""可是,"萨莉说,看着伊丽莎白走向她的父亲,"可以看得出来他们之间关系很亲密。"她从伊丽莎白向她父亲走去的样子可以感觉出来。

要知道她的父亲一直在看着她,当他站着和布拉德肖夫妇谈话的时候心里就想:那个可爱的姑娘是谁呢? 突然间他看出来那就是他的伊丽莎白,而他刚才却没认出来,她穿着粉红斗篷多可爱呀! 伊丽莎白在和威廉·蒂特科姆谈话时也感觉到他在看她。所以她就走了过来,父女俩站在一起;由于现在晚会已接近尾声,他们看着客人离开,看着房间变得越来越空,地板上零乱地散落着一些东西。就连埃莉·亨德森也要走了,她几乎是最后一个,尽管没有人和她说话,她本来就打算来多看看,回去好讲给伊迪丝听的。晚会结束了,理查德和伊丽莎白都非常高兴,但理查德是为自己的女儿感到自豪。他本来不想对她说,但还是情不自禁地告诉了她。他说,他当时看着她,心里纳闷,那个可爱的姑娘是谁呢?那正是他的女儿!这真叫她高兴。可是她那可怜的小狗叫起来了。

"理查德有进步。你说得对,"萨莉说,"我要过去跟他谈谈。我要道一声晚安。和心灵相比,脑子又有什么重要呢?"罗塞特夫人站起来说。

"我会来的。"彼得说,但他又在那里坐了一会儿。为什么会恐惧呢?为什么会狂喜呢?他暗自想。是什么让我异常激动呢?

是克拉丽莎,他说。

因为她来了。

"名著名译丛书"书目

（按著者生年排序）

第 一 辑

书　名	著　者	译　者
荷马史诗·伊利亚特	[古希腊]荷马	罗念生　王焕生
荷马史诗·奥德赛	[古希腊]荷马	王焕生
伊索寓言	[古希腊]伊索	王焕生
一千零一夜		纳　训
源氏物语	[日]紫式部	丰子恺
十日谈	[意大利]薄伽丘	王永年
堂吉诃德	[西班牙]塞万提斯	杨　绛
培根随笔集	[英]培根	曹明伦
罗密欧与朱丽叶	[英]莎士比亚	朱生豪
鲁滨孙飘流记	[英]笛福	徐霞村
格列佛游记	[英]斯威夫特	张　健
浮士德	[德]歌德	绿　原
少年维特的烦恼	[德]歌德	杨武能
傲慢与偏见	[英]简·奥斯丁	张　玲　张　扬
红与黑	[法]司汤达	张冠尧
格林童话全集	[德]格林兄弟	魏以新
希腊神话和传说	[德]施瓦布	楚图南

书名	作者	译者
高老头 欧也妮·葛朗台	[法]巴尔扎克	张冠尧
普希金诗选	[俄]普希金	高莽 等
巴黎圣母院	[法]雨果	陈敬容
悲惨世界	[法]雨果	李丹 方于
基度山伯爵	[法]大仲马	蒋学模
三个火枪手	[法]大仲马	李玉民
安徒生童话故事集	[丹麦]安徒生	叶君健
爱伦·坡短篇小说集	[美]爱伦·坡	陈良廷 等
汤姆叔叔的小屋	[美]斯陀夫人	王家湘
大卫·科波菲尔	[英]查尔斯·狄更斯	庄绎传
双城记	[英]查尔斯·狄更斯	石永礼 赵文娟
雾都孤儿	[英]查尔斯·狄更斯	黄雨石
简·爱	[英]夏洛蒂·勃朗特	吴钧燮
瓦尔登湖	[美]亨利·戴维·梭罗	苏福忠
呼啸山庄	[英]爱米丽·勃朗特	张玲 张扬
猎人笔记	[俄]屠格涅夫	丰子恺
包法利夫人	[法]福楼拜	李健吾
昆虫记	[法]亨利·法布尔	陈筱卿
茶花女	[法]小仲马	王振孙
安娜·卡列宁娜	[俄]列夫·托尔斯泰	周扬 谢素台
复活	[俄]列夫·托尔斯泰	汝龙
战争与和平	[俄]列夫·托尔斯泰	刘辽逸
海底两万里	[法]儒勒·凡尔纳	赵克非
八十天环游地球	[法]儒勒·凡尔纳	赵克非
马克·吐温中短篇小说选	[美]马克·吐温	叶冬心
汤姆·索亚历险记	[美]马克·吐温	张友松
爱的教育	[意大利]埃·德·阿米琪斯	王干卿
莫泊桑短篇小说选	[法]莫泊桑	张英伦
契诃夫短篇小说选	[俄]契诃夫	汝龙
泰戈尔诗选	[印度]泰戈尔	冰心 等
欧·亨利短篇小说选	[美]欧·亨利	王永年

名人传	[法]罗曼·罗兰	张冠尧 艾珉
童年 在人间 我的大学	[苏联]高尔基	刘辽逸 等
绿山墙的安妮	[加拿大]露西·蒙哥马利	马爱农
杰克·伦敦小说选	[美]杰克·伦敦	万紫 等
卡夫卡中短篇小说全集	[奥地利]卡夫卡	叶廷芳 等
罗生门	[日]芥川龙之介	文洁若 等
了不起的盖茨比	[美]菲茨杰拉德	姚乃强
老人与海	[美]海明威	陈良廷 等
飘	[美]米切尔	戴侃 等
小王子	[法]圣埃克苏佩里	马振骋
钢铁是怎样炼成的	[苏联]尼·奥斯特洛夫斯基	梅益
静静的顿河	[苏联]肖洛霍夫	金人

第 二 辑

威尼斯商人	[英]莎士比亚	朱生豪
忏悔录	[法]卢梭	范希衡 等
罪与罚	[俄]陀思妥耶夫斯基	朱海观 王汶
哈克贝利·费恩历险记	[美]马克·吐温	张友松
漂亮朋友	[法]莫泊桑	张冠尧
斯·茨威格中短篇小说选	[奥地利]斯·茨威格	张玉书
海浪 达洛维太太	[英]弗吉尼亚·吴尔夫	吴钧燮 谷启楠
日瓦戈医生	[苏联]帕斯捷尔纳克	张秉衡
大师和玛格丽特	[苏联]布尔加科夫	钱诚
太阳照常升起	[美]海明威	周莉

第 三 辑

神曲	[意大利]但丁	田德望
吉尔·布拉斯	[法]勒萨日	杨绛
都兰趣话	[法]巴尔扎克	施康强

叶甫盖尼·奥涅金	[俄]普希金	智 量
笑面人	[法]雨果	郑永慧
红字 七个尖角顶的宅第	[美]纳撒尼尔·霍桑	胡允桓
死魂灵	[俄]果戈理	满 涛 许庆道
南方与北方	[英]盖斯凯尔夫人	主 万
莱蒙托夫诗选 当代英雄	[俄]莱蒙托夫	余 振 等
前夜 父与子	[俄]屠格涅夫	丽 尼 巴 金
白鲸	[美]赫尔曼·梅尔维尔	成 时
米德尔马契	[英]乔治·爱略特	项星耀
小妇人	[美]路易莎·梅·奥尔科特	贾辉丰
娜娜	[法]左拉	郑永慧
一位女士的画像	[美]亨利·詹姆斯	项星耀
十字军骑士	[波兰]亨利克·显克维奇	林洪亮
樱桃园	[俄]契诃夫	汝 龙
约翰-克利斯朵夫	[法]罗曼·罗兰	傅 雷
我是猫	[日]夏目漱石	阎小妹
嘉莉妹妹	[美]德莱塞	潘庆舲
月亮与六便士	[英]威廉·萨默塞特·毛姆	谷启楠
人性的枷锁	[英]威廉·萨默塞特·毛姆	叶 尊
人类群星闪耀时	[奥地利]斯·茨威格	张玉书
尤利西斯	[爱尔兰]詹姆斯·乔伊斯	金 隄
好兵帅克历险记	[捷克]雅·哈谢克	星 灿
城堡	[奥地利]卡夫卡	高年生
喧哗与骚动	[美]威廉·福克纳	李文俊
老妇还乡	[瑞士]迪伦马特	叶廷芳 韩瑞祥
金阁寺	[日]三岛由纪夫	陈德文
万延元年的Football	[日]大江健三郎	邱雅芬